Barbara Wood

Seelenfeuer

Roman

Aus dem Amerikanischen
von Mechtild Sandberg

Fischer Taschenbuch Verlag

Limitierte Sonderausgabe
Veröffentlicht im Fischer Taschenbuch Verlag,
einem Unternehmen der S. Fischer Verlag GmbH,
Frankfurt am Main, August 2003

Die amerikanische Originalausgabe
erschien unter dem Titel ›Soulflame‹
by Random House, New York 1986

Gesamtherstellung: Clausen & Bosse, Leck
Printed in Germany
ISBN 3-596-50624-7

Prolog

Viele Omen hatten den Tag gekennzeichnet, darum wußte die Heilerin, schon ehe sie das späte, dringliche Klopfen an ihrer Tür hörte, daß diese Nacht ihr Leben für immer verändern würde.
Seit Tagen hatte sie die Vorzeichen wahrgenommen: ihre eigenen bedeutungsschweren Träume – von Schlangen und einem blutroten Mond – und die Träume jener, die sie aufsuchten, schwangere Frauen, denen geträumt hatte, sie hätten Tauben geboren, und jungfräuliche Mädchen, die im Schlaf von beunruhigenden Bildern heimgesucht worden waren. Im Beduinenlager südlich der Stadt war ein Kalb mit zwei Köpfen zur Welt gekommen, und auf den Straßen hatte man um Mitternacht den Geist des Andrachus wandeln sehen, der, obwohl seinem Körper das Haupt fehlte, immer wieder die Namen seiner Mörder gerufen hatte. So viele Zeichen, daß sie nicht zu übersehen waren. Aber wem gelten diese Zeichen? fragten die Bürger der Wüstenstadt Palmyra mit ängstlichen Blikken.
Sie gelten mir, dachte die Heilerin, ohne zu wissen, woher sie das wußte.
Und als sie kurz nach Mondaufgang das verzweifelte Klopfen an ihrer Tür hörte, wußte sie: Dies ist die angekündigte Stunde.
Sie warf sich ein Tuch um die schmalen Schultern und öffnete, die Lampe in der Hand, die Tür, ohne zuvor zu fragen, wer da sei. Andere Bewohner Palmyras hätten den nächtlichen Besuch eines Fremden vielleicht gefürchtet; Mera nicht. Zu ihr kamen die Menschen, um sich Hilfe zu holen; sie wollten Medizin und Zaubersprüche, Linderung ihrer Schmerzen und Ängste. Keiner kam, um ihr Böses anzutun.
Ein Mann und eine Frau standen in der windgepeitschten Dunkelheit auf der Schwelle. Der Mann hatte weißes Haar und edle Gesichtszüge, an seinem blauen Umhang glänzte eine goldene Spange. Die Frau war kaum dem Kindesalter entwachsen, ihr weites Gewand verbarg kaum den gewölbten Leib. Die Augen des Mannes waren voller Furcht. Das Gesicht des Mädchens war schmerzverzerrt.
Mera trat zurück, so daß der Wind die beiden hereintreiben konnte. Sie hatte Mühe, die Tür zu schließen. Das Licht der Lampe flackerte unruhig, Meras lange, schwarze Zöpfe bewegten sich im Wind. Als die Tür zu war,

drehte sie sich um und sah, daß die junge Frau auf die Knie gesunken war.
»Es ist ihre Stunde«, sagte der Mann, während er sie mit den Armen umfing und sich bemühte, sie aufrechtzuhalten.
Mera stellte die Lampe nieder und wies mit dem Kopf auf die Matte in der Ecke. Sie half ihm, die junge Frau niederlegen.
»In der Stadt sagte man uns, daß du helfen würdest«, begann er.
»Wie heißt sie?« fragte Mera. »Ich muß ihren Namen wissen.«
In seine Augen trat ein gehetzter Ausdruck. »Ist es notwendig?«
Mera spürte seine Furcht; sie berührte sie wie kalter Winterregen. Sie sah ihm in die angsterfüllten Augen und legte ihm die Hand auf den Arm. »Schon gut. Die Göttin weiß ihn.«
Flüchtlinge, dachte Mera, während sie sich eilig an die Arbeit machte. Vor irgend etwas oder irgend jemandem auf der Flucht. Wohlhabend nach ihren feinen Gewändern zu urteilen. Und sie kommen von weit her, sind fremd in Palmyra.
»Sie ist meine Frau«, sagte der Mann, der, unsicher was er tun sollte, in der Mitte des Raumes stehengeblieben war. Er musterte die Hebamme aufmerksam. Er hatte erwartet, in diesem Haus am Rande der Stadt, ein altes Weib vorzufinden. Doch diese Frau war schön und gewiß nicht alt, auch wenn er ihr Alter nicht schätzen konnte. Er breitete hilflos die Hände aus.
Glatte Hände, wie Mera im flackernden Lampenschein bemerkte. Langgliedrige, schöne Hände, die zu dem Mann paßten, der groß und gut gebaut war und zu den Gebildeten zu gehören schien. Ein Römer, vermutete sie. Ein Römer von hohem Rang.
Sie wünschte, sie hätte Zeit gehabt, um alles richtig vorzubereiten; um die Sterne und die astrologischen Karten zu befragen. Aber die Geburt stand unmittelbar bevor.
Der Mann beobachtete die weise Frau, während sie eilig Wasser heiß machte und Leinentücher zurechtlegte. Der Herbergswirt hatte mit Ehrfurcht von ihr gesprochen. Sie sei eine Zauberin, hatte er gesagt, und ihr Zauber sei sogar noch mächtiger als der Ishtars. Aber warum, fragte sich der Römer, während er sich in dem kleinen Raum umsah, lebte sie dann in solcher Armut? Ohne einen Sklaven, der nächtlichen Besuchern die Tür öffnete.
»Halte ihr die Hände«, sagte Mera, als sie zwischen den Beinen der jungen Frau niederkniete. »Welchen Gott habt ihr?«
Er zögerte einen Moment, ehe er antwortete: »Wir verehren Hermes.«

Sie kommen aus Ägypten! Mera nickte befriedigt. Sie war selbst Ägypterin und daher innig vertraut mit Hermes, dem Heilsgott. Rasch neigte sie sich über die Frau und machte das Zeichen des Kreuzes des Hermes, wobei sie Stirn, Brust und Schultern der Liegenden berührte. Dann richtete sie sich wieder auf und bekreuzigte sich selber. Hermes war ein mächtiger Gott.

Es war eine schwierige Geburt. Das Becken der jungen Frau war schmal; immer wieder schrie sie vor Schmerzen. Der Mann kniete fürsorglich an ihrer Seite, drückte ihr ein feuchtes Tuch auf die Stirn und hielt ihre Hände, während er in dem Dialekt des Niltals, den Mera selbst vor vielen Jahren gesprochen hatte, leise auf sie einredete. Wie süße Musik trafen die Worte Meras Ohren. Ich bin zu lange fort gewesen, dachte sie, während sie sich bemühte, dem Ungeborenen ins Leben zu helfen. Vielleicht gewährt mir die Göttin vor meinem Tod einen letzten Blick auf meinen grünen Strom...

»Es ist ein Junge«, sagte sie endlich und sog sachte an Näschen und Mund des Kindes.

Der Römer neigte sich zu ihr, und sein Schatten fiel über den Säugling wie eine schützende Decke. Die junge Frau, von den Wehen erlöst, seufzte tief auf. Nachdem Mera die Nabelschnur verknotet und abgeschnitten hatte, legte sie das Kind an die Brust der Mutter und sagte leise: »Du mußt ihm jetzt seine Namen geben. Schütze ihn, Mütterchen, damit der Wüstendschinn ihn nicht stehlen kann.«

Die junge Frau drückte die aufgesprungenen Lippen an das rosige kleine Ohr und flüsterte den Seelennamen ihres Sohnes, der nur ihm und den Göttern bekannt sein würde. Und danach sagte sie laut, wenn auch mit schwacher Stimme, seinen Lebensnamen: »Helios.«

Befriedigt wandte sich Mera wieder ihrer Arbeit zu. Doch während sich draußen das Pfeifen des Windes zu wildem Geheul steigerte und Türen und Läden klapperten, sah sie im ungewissen Licht etwas, das sie erschreckte. Ein blaugeädertes Händchen schob sich durch den Geburtskanal.

Ein Zwilling!

Wieder schlug sie das Kreuz des Hermes und schickte ihm das heilige Zeichen der Isis nach, um sich für die zweite Geburt bereitzumachen. Sie hoffte aus tiefstem Herzen, daß die junge Frau die Kraft besaß, sie durchzustehen.

Nun schien es wahrhaftig, als rüttelten die Dschinn an der Tür, um die zwei neuen Leben zu rauben, so schrill heulte der Sturm. Meras Häuschen, aus festen Lehmziegeln, zitterte und bebte, als wollte es jeden Au-

genblick einstürzen. Die junge Frau schrie mit dem Wind. Ihre Wangen brannten fiebrig; ihr Haar war feucht von Schweiß. Besorgt legte Mera ihr ein Amulett um den Hals, einen aus Jade geschnitzten Frosch, das heilige Tier der Hekate, Göttin der Hebammen.
Sonderbarerweise hatte das Neugeborene, das noch immer an der Brust seiner Mutter lag, bisher keinen Laut von sich gegeben.
Endlich gelang es Mera, das zweite Kind ins Licht zu holen. Mit tiefer Erleichterung sah sie, daß es lebte. Doch während sie dabei war, die Nabelschnur zu durchschneiden, hörte sie neben dem Heulen des Windes andere Geräusche. Mit einem Ruck hob sie den Kopf und sah, daß der Römer zur Tür starrte.
»Pferde«, sagte er. »Soldaten.«
Gleich darauf erschütterten donnernde Schläge die Tür. Das war nicht jemand, der um Einlaß bat, das waren Leute, die die Tür aufbrechen wollten.
»Sie haben uns gefunden«, sagte er.
Blitzschnell war Mera auf den Beinen. »Komm!« zischte sie und rannte zu der schmalen Tür am Ende des einzigen Raumes im Haus. Sie blickte nicht zurück, sah nicht die rotgekleideten Soldaten, die hereinstürmten. Ohne zu überlegen tauchte sie in die Finsternis des Vorratsschuppens, der sich an ihr Haus anlehnte, und kletterte, das neugeborene kleine Mädchen naß und nackt an ihr Herz gedrückt, in den Maistrog, wo sie sich unter Hülsen und Blättern so klein wie möglich zusammenrollte. Kaum atmend lag sie in der Finsternis und lauschte den schweren Tritten auf dem Fußboden aus festgetrampelter Erde: ein kurzer Wortwechsel in griechischer Sprache, eine scharfe Frage, der eine kurze Antwort folgte, ein pfeifendes Zischen zerschnitt die Luft, zwei Schreie, dann Stille.
Mera schauderte. Der Säugling in ihren Armen zitterte. Wieder hörte sie die schweren Schritte. Sie näherten sich dem Schuppen. Durch die Ritzen im Trog sah sie ein Licht. Dann hörte sie die Stimme des vornehmen Römers, schwach und atemlos. »Es ist niemand hier, sage ich euch. Die Hebamme war nicht im Haus. Wir sind allein. Ich – ich selbst habe das Kind geholt...«
Zu ihrem Entsetzen begann das Kind in ihren Armen zu wimmern. Hastig legte sie ihre Hand auf das kleine Gesichtchen und flüsterte: »Gesegnete Mutter, Königin des Himmels, laß nicht zu, daß dieses Kind getötet wird.«
Sie hielt den Atem an und lauschte wieder. Nun war nichts mehr um sie herum als Dunkelheit und Stille, und draußen das Pfeifen des Windes.

Sie wartete. Das Kind an ihre Brust gedrückt, lag Mera eine Ewigkeit, wie ihr schien, im Maistrog. Ihr Körper begann zu schmerzen, das Kind wurde unruhig. Aber sie mußte in ihrem Versteck aushalten.
Endlich glaubte Mera eine Stimme zu hören. »Frau!« klang es schwach zu ihr herüber.
Vorsichtig richtete sie sich auf. In der Düsternis vor Tagesanbruch konnte Mera nur undeutlich die verkrümmte Gestalt auf dem Boden des Zimmers erkennen.
Wieder rief der Römer schwach: »Frau, sie sind fort...«
Glieder und Muskeln schmerzten, als sie aus dem Trog stieg und zu dem Mann hinüberging, der blutüberströmt auf dem Boden lag. »Sie haben sie mitgenommen«, stieß er hervor. »Meine Frau und meinen Sohn...«
Entsetzt blickte Mera zu der leeren Matte hinüber.
Der Römer hob zitternd einen Arm. »Meine Tochter... laß mich...«
Sie kamen, um den Vater zu töten, ging es Mera durch den Kopf, während sie dem sterbenden Mann den nackten Säugling in die Hände gab. Und doch haben sie Mutter und Sohn lebend mitgenommen. Warum?
»Ihre Namen«, stöhnte der Mann. »Ich muß ihr ihre Namen geben, ehe...«
Mera schob den Kopf des Säuglings dicht an seinen Mund und sah, wie seine Lippen den geheimen Namen formten, der das geistige Band eines Kindes zu den Göttern war, und den wegen seines mächtigen Zaubers kein Sterblicher hören durfte. Dann sprach er laut ihren Lebensnamen: »Selene. Sie heißt Selene...«
»Und jetzt laß mich deine Wunden versorgen«, sagte Mera sanft, aber er verneinte mit einem Kopfschütteln. Und sie sah, warum: Der Römer lag in unnatürlicher Haltung hingestreckt.
»Bring sie von hier fort«, flüsterte er. »Sofort. Noch heute nacht. Sie dürfen sie nicht finden. Versteck sie. Sorge für sie. Sie kommt von den Göttern.«
»Aber wer bist *du?* Was soll ich ihr sagen, wer ihre Eltern sind, welcher Familie sie angehört?«
Er schluckte krampfhaft. »Dieser Ring – gib ihn ihr, wenn sie älter ist. Er wird ihr – alles sagen. Er wird sie zu dem führen, was ihr bestimmt ist. Sie gehört den Göttern...«
Der Römer starb, als Mera ihm den schweren goldenen Ring vom Finger streifte, und im selben Moment begann das Kind – Selene – zu weinen. Mera sah zu ihm hinunter und entdeckte mit Schrecken, daß der Mund

nicht normal gestaltet war – ein kleiner Geburtsfehler. Aber plötzlich begriff sie: Es war das Zeichen dafür, daß dieses Kind in der besonderen Gunst der Götter stand. Der Römer hatte die Wahrheit gesprochen: Dieses kleine Mädchen stammte in der Tat von den Göttern ab.

Erstes Buch
Antiochien in Syrien

1

Selene überquerte gerade den Marktplatz, als das Unglück geschah. Sie kam nur selten in diesen Teil der Stadt, die nördliche Vorstadt mit ihren breiten Prachtstraßen und den Häusern der Reichen, und war an diesem heißen Julitag nur hierhergekommen, um ein Geschäft aufzusuchen, das seltene Heilkräuter verkaufte. Ihre Mutter brauchte Bilsenkraut für einen Schlaftrank. Was Mera nicht in ihrem Kräutergarten ziehen oder auf dem großen Markt der Unterstadt kaufen konnte, mußte ihr Selene bei Paxis, dem Griechen, besorgen. So kam es, daß sie gerade in dem Moment über den Marktplatz ging, als dem Teppichhändler der Unfall zustieß.

Selene sah, wie es geschah. Der Mann hatte mehrere Teppiche auf dem Rücken seines Esels festgezurrt und bückte sich, um das herabhängende Stück Strick aufzuheben, da schlug das Tier plötzlich aus und traf den Händler mit schwerem Schlag seitlich am Kopf.

Selene riß einen Moment erschrocken die Augen auf, dann lief sie zu dem Verunglückten. Achtlos ließ sie ihren Korb samt seinem kostbaren Inhalt fallen, kniete neben dem Bewußtlosen nieder und legte seinen Kopf auf ihren Schoß. Er blutete stark, und sein Gesicht war aschgrau.

Einige Vorüberkommende blieben stehen und schauten neugierig, aber keiner machte Anstalten zu helfen. Selene sah zu den Umstehenden auf.

»H-hilfe!« rief sie. »Er ist v-v-v-...« Angestrengt verzog sie das Gesicht, während sie sich vergeblich bemühte, die Worte hervorzubringen.

Die Leute um sie herum starrten sie an. Sie konnte ihnen an den Gesichtern ablesen, was sie dachten. Eine Schwachsinnige! Sie kann ja nicht einmal sprechen.

»E-er ist v-verletzt!« stieß sie hervor, das Blut des Verunglückten an ihren Händen.

Die Umstehenden tauschten Blicke. »Dem ist nicht mehr zu helfen«, sagte ein Tuchhändler, der aus seinem Laden geeilt war und jetzt die teuren Teppiche musterte und überlegte, wie er sie in seinen Besitz bringen könnte. »Die Behörden werden dafür sorgen, daß er beerdigt wird.«

»Er ist nicht t-tot!« widersprach Selene, doch die Leute hatten schon das

Interesse verloren und wandten sich ab. Vergeblich rief Selene ihnen nach, sie sollten doch helfen, irgend etwas tun.
»Was gibt es denn?« fragte plötzlich jemand neben ihr.
Selene hob den Kopf. Ein Mann von gebieterischem Auftreten, in der weißen Toga des römischen Bürgers, stand vor ihr.
»D-der Esel hat ausg-geschlagen«, artikulierte sie so deutlich sie vermochte. »Und ihn am K-kopf getr-troffen.«
Der Fremde musterte sie. Die Einkerbung zwischen seinen Brauen gab dem Gesicht einen finsteren Ausdruck; doch die Augen schienen freundlich. Er betrachtete sie einen Moment, die Augen, die um Hilfe flehten, den Mund, der sich ungeschickt mit den Worten abplagte, dann sagte er: »Nun gut«, kniete nieder und untersuchte rasch den Verletzten. »Komm mit mir. Vielleicht können wir ihn retten.«
Der Fremde winkte einem Begleiter, einem kräftigen Sklaven, der den Bewußtlosen auf seine breiten Schultern lud. Dann gingen die beiden Männer mit Selene an ihrer Seite, die groß war und gut Schritt halten konnte, in schnellem Tempo die Straße hinunter. Selene dachte nicht an ihren Korb, der auf dem Platz zurückgeblieben war und nun Beute eines Bettlers wurde; sie dachte auch nicht an ihre Mutter, die im Armenviertel Antiochiens auf die Bilsenkrautsamen wartete, die sie für eine Abtreibung brauchte.
Sie traten durch ein Tor in einer hohen Mauer in einen Garten voller Sommerblumen. Nie zuvor hatte Selene ein so prächtiges Haus mit so großen, luftigen Räumen gesehen, nie zuvor hatte sie Fuß auf so edlen, von Mosaiken gezierten Boden gesetzt. An schimmernden Marmorwänden vorbei folgte sie dem Herrn und seinem Sklaven durch das Atrium in einen Raum, der größer war als ihr ganzes Haus und sparsam ausgestattet mit einer Liegestatt, mehreren Stühlen und Tischen mit goldglänzenden Beinen.
Nachdem der Sklave den Verletzten auf dem Ruhebett niedergelegt und ihm Kissen unter den Nacken geschoben hatte, legte der Fremde seine weiße Toga ab und schickte sich an, die Kopfverletzung zu untersuchen.
»Ich bin Andreas«, sagte er zu Selene. »Ich bin Arzt.«
Der Sklave zog Schubladen auf, goß Wasser in eine Schale, legte Leinentücher und Instrumente bereit. Selene sah mit großen Augen zu, wie der Arzt den Kopf des Teppichhändlers rasierte, um dann die blutende Wunde mit Wein und Essig zu säubern.
Während er arbeitete, sah Selene sich aufmerksam um. Welch ein Unterschied zu dem Raum, in dem Mera ihre Heilkünste ausübte! In dem

Haus, das nur aus einem Zimmer bestand, war jeder Winkel vollgestopft mit den Berufswerkzeugen ihrer Mutter. Krücken hingen an den Wänden, in Regalen stapelten sich Dosen und Töpfe, Kräuter und Wurzelwerk hingen von der niedrigen Decke herab, Schalen türmten sich in Schalen, Verbandzeug war in jeder Nische untergebracht. Das Häuschen war eine heimelige und vertraute Zuflucht für die Kranken und Verletzten des Armenviertels von Antiochien; und es war das einzige Heim, das Selene in ihrem beinahe sechzehnjährigen Leben kennengelernt hatte.

Aber dieser Raum hier! Groß und hell, mit glänzendem Fußboden und einem Fenster, durch das Sonnenlicht hereinströmte, mit kleinen Tischen, auf denen klar angeordnet Instrumente und Schwämme bereitlagen und kleine Behälter in ordentlichen Reihen nebeneinander standen. Und in der Ecke ein Standbild des Äskulap, des Gottes der Heilkunde. Dies, erkannte Selene, war der Behandlungsraum eines griechischen Arztes; sie hatte davon gehört, wie fortschrittlich diese Ärzte waren.

Als sie sah, wie sachkundig Andreas die Kopfhaut des Verletzten mit einem Messer aufschnitt, wußte sie, daß sie richtig vermutet hatte. Dieser Mann war vielleicht sogar in Alexandria ausgebildet worden.

Andreas hielt plötzlich in seiner Arbeit inne und sah sich nach Selene um. »Du kannst im Atrium warten. Mein Sklave ruft dich, wenn ich fertig bin.«

Aber sie schüttelte den Kopf und blieb.

Er maß sie mit einem flüchtigen Blick der Verwunderung, ehe er sich wieder seiner Aufgabe widmete. »Zuerst müssen wir feststellen, ob ein Bruch vorliegt.« Er sprach das Griechisch des gebildeten Mannes, das Selene in ihrem Viertel selten zu hören bekam. »Und um die Bruchstelle zu finden, tragen wir das hier auf...«

Während Andreas eine dicke schwarze Paste auf den geöffneten Schädel gab, trat Selene näher. Fasziniert beobachtete sie die Bewegungen der langen, schlanken Finger. Nachdem Andreas die Paste einen Moment hatte einwirken lassen, nahm er sie wieder ab.

»Da«, sagte er und wies auf eine schwarze Linie im Schädelbein. »Da ist der Bruch. Siehst du, wie der Knochen da eingedrückt ist? Er drückt auf das Gehirn. Wenn der Druck nicht beseitigt wird, stirbt der Mann.«

Selene war wie gebannt. Sie half ihrer Mutter seit Jahren bei der Versorgung der Kranken und Verletzten und hatte in dieser Zeit viel gesehen und gelernt, aber noch nie hatte sie eine solche Operation miterlebt.

Andreas ergriff ein Instrument, das ganz ähnlich aussah wie der Drillstab, den Selene und ihre Mutter benutzten, um Feuer anzufachen. »Malachus«, befahl er dem Sklaven, »halte ihn mir ruhig bitte.«

Staunend sah Selene zu, wie Andreas' Hände in ruhigem, gleichmäßigem Rhythmus den Bohrer benutzten und Malachus die Wunde ab und zu mit Wasser auswusch. Schließlich legte Andreas das Instrument aus der Hand.

»Da ist es, das Ei, das ihn getötet oder für immer gelähmt hätte«, sagte er.

Selene sah es. Eingebettet wie in einem Nest, lag das Ei des bösen Geistes, der in den Huf des Esels gefahren war, zwischen Schädeldecke und Gehirn. Sie war tief beeindruckt. Wenn man Mera Menschen mit Kopfverletzungen brachte, pflegte sie den Patienten einen Breiumschlag aus Opium und Brot aufzulegen, sprach ein Gebet, gab ihm ein Amulett und ließ ihn wieder fortbringen. Die meisten Patienten mit derartigen Verletzungen starben. Selene wartete mit großer Spannung, ob sie jetzt ein Wunder erleben würde.

Andreas nahm ein Instrument, das aussah wie eine stumpfe Pflanzkelle, schob es vorsichtig unter die Schädeldecke und hob den auf das Gehirn drückenden Knochen an. Augenblicklich stieß der Mann einen tiefen Seufzer aus, sein Gesicht bekam Farbe, seine Atemzüge wurden tiefer.

Andreas arbeitete mit höchster Konzentration. Sein Gesicht wirkte streng durch die steile Falte, die sich zwischen den zusammengezogenen Brauen gebildet hatte. Die Lippen unter der großen, gebogenen Nase waren zu einer dünnen Linie zusammengepreßt, der Unterkiefer, durch einen kurzgestutzten braunen Bart konturiert, war angespannt. Selene meinte, er müsse etwa dreißig Jahre alt sein, obwohl sich im dunklen Haar an seinen Schläfen schon erste graue Fäden zeigten.

Er hob das Ei unversehrt heraus, doch zugleich strömte viel Blut aus der Wunde. Ohne sich davon beirren zu lassen, arbeitete Andreas ruhig und schweigend weiter. Sein Gesicht war ernst, doch es zeigte keine Furcht. Und doch glaubte Selene, er müsse jeden Augenblick die Instrumente hinwerfen und rufen: »Es ist nicht zu schaffen.«

Doch Andreas arbeitete unbeirrt, Augen, Hände, seine ganze Geisteskraft auf den Patienten konzentriert. Seine unerschrockene Entschlossenheit rief bei Selene tiefen Respekt hervor.

Endlich ließ die Blutung nach, und Andreas legte die Instrumente aus der Hand. Er säuberte die Wunde mit Wein, füllte die Öffnung mit angewärmtem Bienenwachs und zog dann die Ränder der Kopfhaut zusammen. Als er sich dann die Hände wusch, sagte er zu Selene: »Wenn er innerhalb von drei Tagen wieder zu Bewußtsein kommt, wird er am Leben bleiben. Wenn nicht, wird er sterben.«

Selene sah ihm einen Moment lang in die Augen und wünschte, sie könnte die vielen Fragen, die in ihrem Kopf herumschwirrten, in klare Worte fassen.
Plötzlich schrie der Mann auf dem Bett auf und begann, mit den Armen um sich zu schlagen. Der Sklave Malachus, der damit beschäftigt gewesen war, den Kopf zu verbinden, sprang zurück.
»Ein Anfall«, sagte Andreas und eilte zum Bett. Er versuchte, die Arme des Mannes zu fassen, doch es gelang ihm nicht. »Hol Stricke«, befahl er Malachus. »Und bring Polibus mit. Wir brauchen Hilfe.«
Der Bewußtlose wälzte und wand sich unter wilden Zuckungen auf dem Bett wie ein vom bösen Geist Besessener. Andreas mühte sich, ihn zu halten, um zu verhindern, daß er vom Bett stürzte, wurde aber immer wieder von den fuchtelnden Armen zurückgestoßen. Der Kopf des Mannes hämmerte in heftigem Auf und Nieder auf die Kopfstütze, so daß die Wunde aufbrach und unter dem Verband zu bluten begann. Ein befremdliches Knurren drang aus dem Mund des Mannes, die Sehnen an seinem Hals standen in dicken Strängen hervor.
Endlich kam Malachus mit einem Sklaven von riesenhaftem Wuchs zurück, und zu dritt schafften es die Männer, die Arme und Beine des Patienten an das Bett zu fesseln. Doch selbst dann ließ der Anfall nicht nach. Während der Tobende sich unter seinen Fesseln aufbäumte, krachten seine Glieder, als wollten sie jeden Moment brechen.
»Dagegen können wir nichts tun«, bemerkte Andreas bedrückt. »Er wird sich umbringen.«
Selene starrte ihn an, flüchtig trafen sich ihre Blicke, dann richtete sie ihre Aufmerksamkeit wieder auf den Tobenden. Eine Möglichkeit gab es noch . . .
Ohne ein Wort trat sie an das Krankenbett. Sie schloß die Augen und beschwor vor ihrem inneren Auge ein Bild herauf – das Bild einer ruhig und stetig brennenden goldgelben Flamme. Mit allen Sinnen gab sie sich der Vision der stetig brennenden Flamme hin, bis sie ihre Wärme zu fühlen begann und ihr sachtes Knistern hören konnte. Während sie sich auf die Flamme konzentrierte, die ihren Ursprung in der Tiefe ihrer Seele hatte, verlangsamte Selene ihren Atem und entspannte ihren Körper. Es war ein Vorgang, der ihr Stunden zu dauern schien, tatsächlich aber in Sekunden ablief – das Sammeln all ihrer Kräfte im Feuer dieser Flamme.
Für die Beobachter, Andreas und seine beiden Sklaven, sah es aus, als wäre sie in Schlaf gesunken. Ihr Gesicht verriet nichts von ihrer inneren Konzentration, nichts von dem, was in ihr vorging, die Bündelung der in

ihr wachsenden Kräfte nämlich. Verwundert sahen sie zu, wie das Mädchen, ruhig und gleichmäßig atmend, langsam die Hände hob, um sie direkt über den zuckenden Körper des Verletzten zu halten. Die Innenflächen abwärts gekehrt, schwebten die Hände dicht über dem Mann, ohne ihn zu berühren, und begannen sich zu bewegen, in kleinen Kreisen zuerst, die allmählich immer größer wurden, bis sie den Körper des Kranken in seiner ganzen Länge überspielten.

Selene sah nur die Flamme, und nichts als die Flamme. Geradeso, wie Andreas all seine Verstandeskräfte auf die Operation gerichtet hatte, ließ Selene nun all ihre Lebensenergien in das Bild der Flamme einströmen. Und als sie mit ihr Verbindung bekam, floß die Wärme der Flamme aus ihrer Seele heraus in ihre Arme und durch ihre Hände und hüllte den rastlosen Körper des Verletzten ein.

Andreas beobachtete neugierig die leicht schwankende Gestalt des Mädchens. Er musterte das Gesicht – die hohen Wangenknochen, den volllippigen Mund –, das Augenblicke zuvor Scheu und Befangenheit gezeigt hatte, jetzt aber in einer ruhigen Heiterkeit leuchtete. Sie hielt die Hände über den Kranken, bis der gemarterte Körper sich langsam zu entspannen begann, ruhiger wurde und schließlich von Schlaf umfangen wurde.

Selene öffnete die Augen und blinzelte wie im Erwachen.

Andreas runzelte die Stirn. »Was hast du getan?«

Ihre Scheu war zurückgekehrt, und sie vermied es, ihn anzusehen. Sie war es nicht gewöhnt, mit Fremden zu sprechen. Sie reagierten mit Befremden, wenn sie so unbeholfene Rede aus ihrem wohlgeformten Mund vernahmen; und nach dem Befremden kam immer die Ungeduld, dann die Verachtung, die besagte, eine Schwachsinnige. Eigentlich, sagte sich Selene oft, hätte sie nach den langen Jahren grausamer Neckereien von ihren Altersgenossen und ständigen Nichtbeachtetwerdens an den Marktständen dagegen gefeit sein müssen. Ihre Mutter hatte ihr erklärt, der Defekt, die Zungenlahmheit, die ihr angeboren und die später korrigiert worden war, sei ein Zeichen dafür, daß die Götter sie liebten.

Zu Selenes Verwunderung zeigte das schöne Gesicht des griechischen Arztes keine der üblichen Reaktionen. Sie zwang sich, ihm in die Augen zu sehen, die streng und gütig zugleich waren, und glaubte eine tiefe Menschlichkeit in ihnen zu sehen.

»I-ich habe ihm d-den Weg in d-den Sch-schlaf gezeigt«, sagte sie.

»Wie?«

Selene sprach ganz langsam. Es bereitete ihr Schwierigkeiten, sich verständlich zu machen; sie brauchte Zeit, und daher kam es, daß ihre Gesprächspartner im allgemeinen ihre Sätze für sie vollendeten.

»D-das hat m-meine Mutter m-mich gelehrt.«
Andreas zog eine Augenbraue hoch. »Deine Mutter?«
»Sie ist eine Heilk-kundige.«
Andreas blieb einen Moment nachdenklich. Dann erinnerte er sich der wieder aufgebrochenen Wunde des verletzten Teppichhändlers, trat zum Bett, nahm den blutgetränkten Verband ab und ging daran, die Wunde zu versorgen. Als er fertig war, nahm er eine rostige Speerspitze und schabte mit einem Messer den Rost ab, so daß er auf die Wunde fiel. »Der Rost beschleunigt die Heilung«, erklärte er, als er Selenes fragenden Blick bemerkte. »Es ist bekannt, daß in Kupfer- und Eisenbergwerken die Geschwüre von Sklaven rascher heilen als anderswo. Warum das so ist, weiß allerdings niemand.« Er umwickelte den Kopf des Teppichhändlers mit einem frischen Verband, ließ ihn sachte auf die Kopfstütze hinunter und wandte sich dann wieder Selene zu. »Sag mir, was du getan hast, um ihn zur Ruhe zu bringen. Wie hast du es gemacht?«
Von neuerlicher Schüchternheit überkommen, blickte Selene zu Boden. »I-ich habe g-gar nichts getan«, antwortete sie. »Ich habe n-nur s-seine En-en –« Sie ballte die Hände zu Fäusten, »seine Energien aus ihrer Ver-verwirrung geleitet.«
»Und das bringt Heilung?«
Sie schüttelte den Kopf. »Es h-heilt n-nicht. Es h-hilft nur.«
»Wirkt es immer?«
»Nein.«
»Aber wie«, drängte er. »*Wie* hast du es gemacht?«
Selene hielt die Lider immer noch gesenkt. »Es ist ein a-altes Ver-verfahren. M-man s-sieht eine Flamme.«
Andreas betrachtete sie aufmerksam. Sie war schön. Ein Bild trat ihm vor die Augen, die Erinnerung an eine seltene Blume, die er einmal gesehen hatte und die den Namen Hibiskus trug. Selene hatte wohlgestaltete Gesichtszüge, und das Schönste war ihr Mund. Welch grausame Ironie, dachte er, daß dieser gefällige Mund seiner Aufgabe nur so unzulänglich gerecht werden kann. Sie war nicht zungenlahm, das konnte er sehen, wenn sie sprach.
Als von dem Teppichhändler plötzlich ein lautes Schnarchen kam, lächelte Andreas und sagte: »Deine Flamme besitzt Zauberkraft, scheint mir.«
Selene hob zaghaft den Blick und sah, wie das Lächeln sein Gesicht veränderte. Er sah plötzlich viel jünger aus.
Der Sprachfehler, dachte Andreas, war möglicherweise auf einen Geburtsdefekt zurückzuführen, der in der Kindheit korrigiert worden war,

aber wohl erst spät und ohne nachfolgenden Sprechunterricht. Andreas konnte sich vorstellen, wie sehr das Mädchen unter dieser Unzulänglichkeit gelitten haben mußte. Sie war ein wahrhaft schönes Mädchen, doch sie war scheu bis zur Ängstlichkeit.
Ein Schatten flog über Andreas' Gesicht, und die steile Falte zwischen den Brauen verdüsterte wieder seine Züge. Was geht es mich an? fragte er sich, da er schon vor Jahren den Punkt erreicht hatte, wo nichts ihm mehr naheging.
Ein Windhauch wehte durch das Fenster und blähte die feinen Vorhänge. Im heißen Atem des Sommers mischten sich die Düfte von Holzfeuern und blühenden Blumen mit dem Geruch des grünen Flusses, der sich dem Meer entgegenwälzte. Der Wind fuhr seufzend durch das Haus des Arztes Andreas und riß den Griechen aus seinen Gedanken.
»Du brauchst Hilfe, um deinen Freund fortzubringen«, sagte er und winkte Malachus. »Mein Sklave wird dir helfen.«
Selene warf ihm einen verständnislosen Blick zu.
»Ich nehme an, du möchtest ihn nach Hause bringen«, fügte Andreas hinzu.
»N-n-nach Hause?«
»Ja. Zu seiner Gesundung. Was hattest du dir denn vorgestellt?«
Selene war verwirrt. »I-ich weiß n-nicht. Ich w-weiß nicht, w-wer er ist.«
Andreas war verblüfft. »Du kennst den Mann gar nicht?«
»Ich g-ging g-gerade über d-den M-m –« Selene drückte erschrocken eine Hand auf den Mund. »Mein Korb!«
»Willst du mir sagen, daß du den Mann gar nicht kennst? Warum hast du dann um Hilfe gerufen?«
»Mein Korb!« rief sie wieder. »Unser l-letztes G-geld... die M-medizin...«
Jetzt kam doch Ungeduld in seine Stimme. »Wenn du diesen Mann nicht kennst – und ich kenne ihn ganz gewiß nicht –, warum sind wir dann hier? Und warum habe ich ihn behandelt?«
Selene warf einen Blick zu dem Schlafenden hinüber. »E-er war ver-verletzt.«
»Er war verletzt«, wiederholte Andreas ungläubig und sah die Belustigung seines Sklaven. Sein Gesicht wurde noch finsterer. »Einen ganzen Nachmittag an einen Fremden verschenkt«, murmelte er. »Was soll ich nun mit ihm anfangen?«
Selene antwortete nicht.
Andreas' Ungeduld schlug in Gereiztheit um. »Du hast erwartet, daß ich

ihn hier behalte, wie? Ich nehme keine Patienten in meinem Haus auf. Das ist nicht die Aufgabe des Arztes. Ich habe ihn behandelt. Jetzt ist es Aufgabe seiner Familie, für seine Genesung zu sorgen.«
Selenes Gesicht zeigte Verzweiflung. »A-aber ich k-kenne seine F-familie nicht.«
Andreas starrte sie ungläubig an. War es möglich, daß diesem Kind das Los eines wildfremden Menschen am Herzen lag? Wieso war sie nicht gleichgültig wie alle anderen? Wann war er das letztemal einem Menschen von solcher Naivität begegnet? Seit Jahren nicht; nicht mehr seit den Tagen in Korinth, als er in der Wasserfläche eines Weihers sein eigenes Spiegelbild betrachtet und das Gesicht eines unreifen Jungen gesehen hatte, eines noch kindlichen, bartlosen Knaben auf der Schwelle zur Ernüchterung.
Andreas zügelte den aufsteigenden Zorn. An dieser Schwelle stand jetzt dieses Mädchen, das noch arglos war und unverdorben. Sie hatte auf dem Marktplatz angehalten und ihre Schüchternheit überwunden, um einem Menschen zu helfen, den sie nicht kannte.
Selene sah den Ausdruck auf seinem Gesicht, und eine Frage, die sie schon lange beschäftigte, meldete sich wieder. Es war eine Frage, die allem Anschein nach nicht zu lösen war: Was tat man mit den Kranken und Verletzten, wenn sie behandelt waren, aber noch nicht wieder gesund?
Immer wieder erlebte es Selene im Haus ihrer Mutter: Fremde kamen zu ihr, um sich behandeln zu lassen, und hatten dann keinen Menschen, der sie pflegen konnte. Es waren Menschen, die allein lebten, Witwen ohne Verwandte, Invaliden, die sich zurückgezogen hatten. Alle diese behandelte Mera, aber danach war niemand da, der sich um sie kümmerte. Ach, und auf den Straßen! Besonders in dem schmutzigen Viertel am Hafen, wo die Kinder sich in Horden herumtrieben, wo Prostituierte in finsteren Gassen ihre Kinder gebaren, wo namenlose Matrosen von Krankheit befallen wurden und auf dem kalten Pflaster starben. Diese Menschen waren dem Tod ausgeliefert, weil sie niemanden hatten, dem ihr Wohl am Herzen lag, weil es für sie keinen Ort gab, wo sie Zuflucht finden konnten.
Selene sagte: »B-bitte, k-kannst du ihn nicht...«
Andreas sah sie stumm an, während er sich im stillen Vorwürfe machte, daß er sich auf diese Geschichte eingelassen hatte. Aber dann wurde er weich unter ihrem flehenden Blick.
»Also gut«, sagte er endlich. »Ich werde Malachus zum Marktplatz schikken, damit er sich dort erkundigt. Vielleicht kennt dort jemand den Mann. Inzwischen –« Andreas griff nach seiner weißen Toga und legte

sie sich über die Schulter – »kann er hier in der Unterkunft meiner Sklaven bleiben.«
Selene lächelte dankbar.
Sie hatte etwas sehr Anziehendes, dachte Andreas, das nicht zu definieren war. Ganz sicher kam sie nicht aus wohlhabendem Hause – ihr Gewand ließ auf ärmliche Verhältnisse schließen. Und wie alt mochte sie sein? Noch nicht sechzehn; sie trug noch das kniekurze Kleid des Kindes. Aber der Tag, an dem sie die Stola und die Palla der Frau anlegen würde, war wahrscheinlich nicht mehr fern. Wieder wanderte Andreas' Blick wie unwiderstehlich angezogen zu ihrem schönen Mund, der süße Sinnlichkeit verhieß. Und wieder dachte er an den blutroten Hibiskus, den er einmal gesehen hatte. Der volle, rote Mund verlieh dem Gesicht einen exotischen, stark verführerischen Zug, einen Reiz, dem man sich kaum entziehen konnte. Übel hatten die Götter ihr mitgespielt, daß sie diesen Mund, ihre schönste Gabe an das Mädchen, zugleich zum lähmenden Makel gemacht hatten. Es war, als wollten sie der Schönheit des Mädchens spotten. Er fühlte sich unerklärlich angerührt von diesem Schicksal.
Impulsiv fragte er: »Was hast du auf dem Markt verloren?«
»B-bilsenkraut«, antwortete sie und hob zwei Finger, um die Menge zu zeigen.
Andreas wandte sich an Malachus. »Gib ihr, was sie braucht. Und einen Korb dazu.«
»Ja, Herr«, antwortete der Sklave erstaunt und trat zu einem Bord mit einer Reihe von Behältern.
Andreas' Gesicht wurde wieder streng, der dunkle, grüblerische Ausdruck kehrte zurück, der ihn älter wirken ließ, doch seine Stimme war gütig. »Sei in Zukunft vorsichtig, wem du hilfst. Im Hause des Nächsten bist du vielleicht nicht so sicher wie hier.«
Errötend nahm Selene den Korb entgegen, den Malachus ihr reichte, dankte Andreas und eilte hinaus.
Er stand da und lauschte dem Klang ihrer sich entfernenden Schritte. Dann schüttelte er den Kopf. Ein ungewöhnlicher Nachmittag! Zuerst hatte er einen Fremden operiert, der ihn wahrscheinlich nie dafür bezahlen würde, dann hatte er das Mädchen, dem er das zu verdanken hatte, mit einem Vorrat der teuersten Medizin fortgeschickt. Und als Gegenleistung hatte er nichts erhalten – hatte nicht einmal, wie ihm plötzlich bewußt wurde, ihren Namen erfahren.

2

»Da! Siehst du, Tochter?« flüsterte Mera, und Selene neigte sich näher, um mit dem Auge dem Weg des bronzenen Spekulums zu folgen, das den Weg zum Muttermund offenhielt. »Das ist der Muttermund«, murmelte Mera. »Das segensreiche Tor, durch das wir alle in die Welt eintreten. Siehst du den Faden, den ich vor Monaten um den Muttermund geschlungen habe, als er sich zu öffnen drohte, noch ehe das Kind ausgereift war? Paß gut auf, was ich jetzt tue.«

Selene staunte immer wieder über das Wissen und die Weisheit ihrer Mutter. Mera schien ihr alles zu wissen, was es über Geburt und Leben zu wissen gab. Sie kannte die Kräuter, die bei Frauen, die sich Kinder wünschten, die Fruchtbarkeit erhöhten, sie wußte um die Salben, mit denen die Empfängnis verhütet werden konnte; sie kannte die Mondzyklen und die günstigen Tage für Empfängnis und Geburt; sie wußte, welche Amuletts dem Ungeborenen den besten Schutz gaben; sie verstand sich sogar darauf, bei Frauen, die aus gewissen Gründen kein Kind bekommen durften, Abtreibungen vorzunehmen, ohne ihr Leben oder ihre Gesundheit zu gefährden. Erst an diesem Nachmittag hatte Selene zugesehen, wie Mera einen Bambusspan in den Schoß einer Schwangeren eingeführt hatte, deren Gesundheit so zart war, daß sie eine Geburt nicht überlebt hätte. Der Bambusspan, hatte Mera erklärt, würde, in den Muttermund eingeführt, die Körperflüssigkeit der Schwangeren aufsaugen, sich dabei ausdehnen, so daß der Muttermund sich öffnen mußte.

Die Frau, der Mera und Selene an diesem Abend im letzten Stadium der Wehen beistanden, war eine junge Frau, die im vergangenen Jahr drei Fehlgeburten erlitten hatte und nahe daran gewesen war, alle Hoffnung auf ein Kind aufzugeben. Ihr junger Ehemann, ein Zeltmacher, der unbedingt Söhne wollte, die später einmal das Geschäft weiterführen konnten, war von seinen Brüdern bedrängt worden, eine Scheidung ins Auge zu fassen, damit er sich eine neue Frau nehmen könne.

Darum war die junge Frau im zweiten Monat ihrer Schwangerschaft, voller Angst, auch dieses Kind zu verlieren, zu Mera gekommen. Es war ihre letzte Hoffnung gewesen. Und Mera hatte den Muttermund zugenäht. Dann hatte sie der jungen Frau den ganzen Winter und Frühling hindurch Bettruhe verordnet.

Nun waren die neun Monate um. Die junge Frau lag auf ihrem Bett, und an ihrer Seite kniete besorgt und ängstlich ihr Mann, der Zeltmacher.

»Jetzt müssen wir vorsichtig sein«, sagte Mera leise. »Halt die Lampe ruhig, Tochter. Ich will jetzt den Faden durchschneiden.«

Jedes Wort, das ihre Mutter sagte, jede Bewegung, die sie machte, prägte sich Selene ins Gedächtnis ein. Seit ihrem dritten Lebensjahr, seit sie zwischen dem heilsamen Blatt der Minze und dem tödlichen des Fingerhuts unterscheiden gelernt hatte, arbeitete und lernte Selene an der Seite ihrer Mutter. Auch an diesem Abend hatte sie ihr, sobald sie im Haus des Zeltmachers angekommen waren, bei den Vorbereitungen geholfen. Sie hatte das heilige Feuer der Isis entzündet, die kupfernen Instrumente in seinen Flammen erhitzt, um die bösen Geister der Infektion auszutreiben, hatte zu Hekate gebetet, der Göttin der Geburtshilfe, und sie gebeten, dieser jungen Mutter beizustehen, und hatte schließlich die Laken und Tücher, die das Neugeborene aufnehmen sollten, zurechtgelegt.
Danach hatte sich Mera an die Arbeit gemacht, nachdem sie sich vorher sorgfältig die Hände gewaschen hatte. Ihr scharf geschnittenes Gesicht wirkte wie aus schwarzen und braunen Flächen herausgemeißelt.
Während die junge Frau stöhnend die Hände ihres Mannes umklammerte, führte Mera mit ruhiger Hand eine lange Zange über die Furche des Spekulums und faßte das Ende des Fadens mit den feinen Kupferzähnchen. Dann ergriff sie das lange Messer und wartete ab.
Die Gebärmutter war in lebendiger Bewegung. Bei jeder Kontraktion wurde der Kopf des Ungeborenen an den verschlossenen Muttermund gedrückt. Die junge Frau schrie auf und versuchte, die Hüften zu heben. Mehrmals mußte Selene die Lampe in neue Position bringen; sie hielt das Spekulum ruhig für ihre Mutter. Nur eine dünne Wand aus weichem Fleisch trennte das scharfe Messer vom zarten Köpfchen des ungeborenen Kindes.
»Halt sie fest und ruhig«, befahl Mera dem bleichen Ehemann. »Ich muß jetzt schneiden. Ich kann nicht länger warten.«
Selene klopfte das Herz bis zum Hals. Ganz gleich, wie vielen Geburten sie beiwohnte, nie würde sie sie als etwas Alltägliches ansehen können. Jede Geburt war anders; jede war von ihren eigenen Elementen der Gefahr begleitet, jede war ein neues Wunder. Dieses Kind lief Gefahr, im Mutterschoß zu ersticken, an seinen vergeblichen Anstrengungen, ins Leben hinauszufinden, zu sterben.
Die Stadt außerhalb des Hauses des Zeltmachers lag still in der heißen Sommernacht. Die Bewohner der blühenden Handelsstadt Antiochien schliefen, viele auf den Dächern ihrer Häuser, während Mera, die ägyptische Heilerin, ihre wunderbare Arbeit verrichtete.
Die Augen des jungen Ehemannes waren starr vor Angst. Schweiß glänzte auf seiner Stirn. Selene lächelte ihm zu, um ihn zu beruhigen, und berührte sachte seinen Arm. Manchmal litten die Männer bei einer

Geburt so sehr wie ihre Frauen, erschüttert und hilflos angesichts dieses größten Mysteriums. Selene hatte erlebt, wie Männer am Bett ihrer gebärenden Frau ohnmächtig geworden waren; die meisten zogen es vor, draußen im Freien zu warten, am liebsten in der Gesellschaft von Freunden. Dieser junge Mann war ein guter Ehemann. Unverkennbar geängstigt und von dem Wunsch geplagt, schleunigst das Weite zu suchen, blieb er dennoch bei seiner Frau und bemühte sich, ihr in dieser schweren Stunde beizustehen.

Selene berührte nochmal leicht seinen Arm, um ihn zu trösten. Er sah sie an, schluckte einmal krampfhaft und nickte.

Meras Auge war ruhig. Ihr Rücken war starr, ihre Brust hob und senkte sich kaum unter ihren Atemzügen. Eine falsche Bewegung mit dem Messer jetzt, und alles war verloren.

Plötzlich erschlaffte die Gebärmutter einen Augenblick, und sie sah, wie der Kopf des Ungeborenen zurückwich. Mit einem raschen Schnitt durchtrennte sie den Faden.

Die junge Frau schrie auf. Mera entfernte eilig die Instrumente und machte sich für die Geburt bereit. Selene trat an die Seite des Bettes, kniete nieder und drückte der jungen Frau ein feuchtes Tuch auf die Stirn. Die Wehen kamen jetzt so rasch hintereinander, daß kaum Raum zum Verschnaufen blieb. Selene legte ihre Hände um den Kopf der Frau, schloß die Augen und beschwor die Seelenflamme herauf. Worte des Trostes und der Ermutigung konnte sie nicht bieten: sie war mit der Gabe der leichten, besänftigenden Rede, die anderen Heilerinnen geschenkt war, nicht gesegnet. Aber in ihrem Schweigen sprachen ihre Hände für sie. Ihre langen, kühlen Finger strahlten Ruhe und Kraft aus.

Die junge Frau stieß einen letzten wilden Schrei aus, dann glitt das Kind in Meras wartende Hände, ein gesunder Knabe, der sofort kräftig zu schreien anfing. Alle lachten, am lautesten der erleichterte Ehemann, der selig seine Frau in die Arme schloß.

Zur zweiten Nachtwache endlich kehrten Mera und Selene in ihr eigenes Haus zurück. Während Mera zu einem Schrank ging, um sich etwas zu trinken zu holen, machte sich Selene daran, die Instrumente zu waschen und die Vorräte in Meras Kräutertöpfen aufzufüllen.

Sie war müde, aber erregt, mit ihren Gedanken nicht bei der Arbeit, während sie Mutterkorn und weiße Nieswurz sortierte. Statt dessen weilte sie in Gedanken wieder in der prächtigen Villa in der Oberstadt, wo an diesem Nachmittag Andreas, der Arzt, ein Wunder vollbracht hatte.

Sie sah ihn so klar und deutlich vor sich, als stünde er im Schein der Lampe vor ihr: das lockige dunkelbraune Haar, das ihm weich in die Stirn fiel; die goldene Borte seiner weißen Tunika, unter der die muskulösen Beine hervorsahen; die langgliedrigen Hände. Wieder sah sie in die graublauen Augen, die in so scharfem Gegensatz zum strengen Ausdruck seines Gesichts standen. Und sie fragte sich, was Andreas zugestoßen war, das ihn so hart gemacht hatte.

Selene warf einen Blick auf ihre Mutter, die sich am Schrank zu schaffen machte, und überlegte, ob sie mit ihr über Andreas sprechen konnte. So vieles wollte sie wissen. Neue, unbekannte Gefühle regten sich in ihr, die sie verwirrten. Sie verstand nicht, warum sie sich nicht auf ihre Arbeit konzentrieren konnte. Ganz gleich, wie sehr Selene sich bemüht hatte, all ihr Denken auf ihre jeweilige Aufgabe zu richten, immer hatte das schöne Gesicht des griechischen Arztes sich dazwischengeschoben.

Selene hatte kaum Erfahrung mit Männern. Zwar pflegte sie Mera bei der Behandlung männlicher Patienten zu helfen, doch sonst kam sie nur selten mit Jungen oder Männern in Berührung. Die Jungen aus dem Viertel beachteten Selene nicht. Sie war hübsch, aber ihr Sprachfehler stellte ihre Geduld auf eine zu harte Probe.

Selene sah, wie ihre Mutter sich aus einem Krug etwas in einen Becher goß und trank. Mera weiß alles, dachte Selene. Es gab nichts, was ihre Mutter nicht verstand, nicht erklären konnte. Und doch...

Nie hatte Selene ihre Mutter von Liebe sprechen hören, von Männern oder Heirat. Sie hatte Selene in ihrer Kindheit von ihrem Vater erzählt – einem Fischer, der bei einem Bootsunglück ums Leben gekommen war, ehe sie geboren wurde –, aber darüber hinaus hatte Mera zu diesem Thema nichts zu sagen gehabt. Immer wieder hatten Männer Interesse an Mera gezeigt, waren mit Geschenken für sie ins Haus gekommen, aber Mera hatte sie alle freundlich, doch bestimmt zurückgewiesen.

Selene begann, die gewaschenen Instrumente zu polieren.

Heirat. Ehe. Darüber hatte sie eigentlich nie nachgedacht. Wenn sie sich ihre eigene Zukunft vorstellte, sah sie sich ein Leben führen wie ihre Mutter; ein bescheidenes Leben, allein in einem kleinen Haus, wo sie sich ihrem Kräutergarten und der Behandlung der Kranken und Verletzten widmete.

Während Selene die Instrumente in ein weiches Tuch einwickelte und an ihren Platz legte, fragte sie sich, ob Andreas verheiratet war; ob er allein in dem großen Haus lebte.

Wie geduldig er gewartet hatte, während sie gesprochen hatte. Nicht ein einziges Mal hatte er ihr die Worte aus dem Mund genommen, wie alle anderen das immer taten; nicht ein einziges Mal hatte sie sich von ihm ignoriert gefühlt. Ein schöner Name – Andreas. Am liebsten hätte sie ihn laut ausgesprochen, um ihn auf ihrer Zunge zu fühlen. Selene wußte, wenn sie sich an diesem Abend zu Bett legte, würde sie lange nicht einschlafen, sondern wach liegen und jeden Augenblick dieses Nachmittags noch einmal durchleben.

Im Schatten des Alkovens, wo sie ihre Mahlzeiten bereiteten, beobachtete Mera ihre Tochter, während sie heimlich aus einem Krug trank. Dann wischte sie sich mit dem Handrücken über den Mund, stellte den Krug nieder und schloß die Augen. Sie spürte, wie die starke Medizin in ihre Adern strömte, und konnte sich schon jetzt, ehe es soweit war, die Erleichterung vorstellen, die sie ihr bringen würde. Der Schmerz würde nachlassen; eine weitere Nacht, hoffte Mera, würde sie von ihm befreit sein.

Aber, dachte sie, während sie den Krug wieder an sein Versteck stellte, wie lange noch? Bald würde sie die Dosis erhöhen müssen. Und dann würde sie ihre Krankheit nicht länger vor Selene verheimlichen können.

Der Wind, der draußen durch die vereinsamten Straßen pfiff, erinnerte Mera an jene Nacht vor nahezu sechzehn Jahren, als der Wind ihr die Flüchtlinge unbekannter Herkunft ins Haus geweht hatte. Immer häufiger suchte die Erinnerung an jene Tage sie in letzter Zeit heim, und sie wußte auch, warum: Die Träume waren wiedergekehrt; die grauenvollen Träume, die in den ersten Tagen nach ihrer Flucht aus Palmyra ihren Schlaf gestört hatten – Träume von rotgekleideten Soldaten, die plötzlich in ihr Haus stürmten, Selene packten und sie in die Nacht hinaus schleppten. Manchmal sah Mera in ihren Träumen, wie sie das Kind ermordeten; manchmal wurde es in rabenschwarze Finsternis davongetragen, die es verschlang. Jedesmal war Mera mit rasendem Herzklopfen und schweißnassem Nachtgewand aus dem Schlaf hochgefahren.

Die Träume hatten vor Jahren aufgehört, und sie hatte sie vergessen; aber nun waren sie wieder da, Träume, die so wirklich schienen, daß Mera abends Angst vor dem Einschlafen hatte.

Was hatten sie zu bedeuten? Warum waren sie nach so langer Zeit wiedergekehrt? War der Grund Selenes bevorstehender Geburtstag, der Tag, an dem sie die Schwelle vom Kind zur Frau überschreiten würde? Waren die Träume eine Warnung der Götter? Und wenn ja, wovor sollten sie warnen?

In der Dunkelheit des Alkovens stehend, in Erwartung der lindernden Wirkung der Medizin, dachte Mera über sich und ihr Leben nach.

Sie war, groß und schlank, mit ihren einundfünfzig Jahren noch immer eine schöne Frau, obwohl das Leben sie nicht geschont hatte. Es war hart gewesen, dieses Leben, geprägt von langen Zeiten unsteter Wanderschaft, in denen sie sich immer wieder in neuen Städten hatte zurechtfinden müssen, und die Liebe ihr nur in unpersönlichen Umarmungen mit Männern begegnet war, deren Namen sie vergessen hatte. Nahezu dieses ganze harte Leben lang hatte sie darüber gerätselt, worin ihre Bestimmung lag, und hatte darauf gewartet, daß die Göttin ihr offenbaren würde, warum sie Mera zur Heilerin von Seele und Körper berufen hatte.

Warum war ihr dieses Kind anvertraut worden? War ihr ganzes Leben nur Vorbereitung auf die Betreuung dieses elternlosen kleinen Mädchens gewesen? Selene selbst war von einem Geheimnis umgeben, das die in vieler Hinsicht so weise und kundige Mera nicht zu ergründen vermocht hatte.

Bescheiden war das dem Kind zugedachte Vermächtnis, das Mera aus dem Häuschen in Palmyra mitgenommen hatte: ein Ring, eine Locke vom Haar des ermordeten Römers, ein kleines Stück von dem Leintuch, das den neugeborenen Zwillingsbruder aufgenommen hatte. Zeichen, in denen Selenes Identität eingeschlossen war.

Was diese Zeichen bedeuteten, hatte Mera nie zu entschlüsseln vermocht. Doch sie hatte sie sicher aufbewahrt für den Tag, an dem sie sie Selene übergeben würde; das Mädchen selbst mußte sich dann auf die Suche machen.

In sicherem Gewahrsam in einem kleinen Kästchen lag eine Elfenbeinrose. Mera hatte sie vor Jahren in der Stadt Byblos von einem dankbaren Patienten als Bezahlung erhalten. Sie hatte die Größe einer Pflaume, ein vollkommenes Kunstwerk aus edelstem Elfenbein geschnitzt. Innen war sie hohl, und darin hatte Mera den Ring, die Haarlocke und das Leinenfetzchen verwahrt. Im Lauf der Jahre hatte sie die Elfenbeinrose ab und zu aus dem Kästchen genommen, um sie Selene zu zeigen und sie mit Nachdruck auf ihren unermeßlichen Wert hinzuweisen. Aber als Selene wissen wollte, was denn im Herzen der Rose verborgen sei, hatte Mera ihr geantwortet, das würde sie erst erfahren, wenn sie älter sei, an ihrem sechzehnten Geburtstag, dem Tag, an dem sie sich, wie alle Mädchen, dem Wandlungsritual unterziehen würde, das sie vom Mädchen zur Frau machen würde.

Und was soll ich ihr an diesem Tag sagen? fragte sich Mera, während sie zusah, wie Selene den Medizinkasten an seinen Platz stellte. Ich werde ihr die Wahrheit sagen müssen, daß ich nicht ihre leibliche Mutter bin.

Wieder dachte Mera an jene Nacht vor nunmehr fast sechzehn Jahren. Wieder erinnerte sie sich der überstürzten Flucht aus dem Häuschen, das fünf Jahre lang ihr Heim gewesen war. Sie hatte in rasender Eile ihre Habseligkeiten – die Kräuter und Medizin, die Instrumente und die magischen Schriftrollen – in einen Kasten gepackt und war, mit dem Neugeborenen in einem Korb, den ihr alter Esel trug, nach Norden aufgebrochen. Es war eine lange und beschwerliche Reise gewesen, in Einsamkeit und Furcht. Sie hatte Haken geschlagen, um ihre Spur zu verwischen, für den Fall, daß rotgekleidete Soldaten ihnen folgten, und in Städten und Oasen nur lange genug Halt gemacht, um neue Kraft zu schöpfen, ehe sie weitergezogen war. Sie hatte sich westwärts reisenden Karawanen angeschlossen, das Wasser mit Wüstenbewohnern geteilt, in den Heiligtümern fremder Götter gebetet, bis sie endlich die blühende Stadt Antiochien erreicht hatte, die im grünen Schoß des Orontes-Tals eingebettet lag. Hier endlich hatten ihr die Sterne gesagt, daß ihre Wanderungen zu Ende waren; daß das Kind hier in Sicherheit sein würde.

Und so war es gewesen. Fast sechzehn Jahre lang hatte Selene in Antiochien Sicherheit und Geborgenheit genossen, während sie langsam herangewachsen war, bei Mera gelernt und ihr bis dahin einsames Leben mit warmer Liebe erfüllt hatte.

Nun würde es enden. Die Zeit war knapp, Mera spürte es beklemmend. In zwanzig Tagen sollte die erste Feier stattfinden – der bedeutungsvollste Tag im Leben eines Mädchens, wenn sie die Kinderkleider auszog und dafür die Stola anlegte, das lange Gewand der erwachsenen Frau, und den Hausgöttern eine Locke ihres Mädchenhaars zum Opfer brachte.

In den meisten Fällen endete die Einkleidung mit einem großen Fest, dem Freunde und Verwandte beiwohnten; Selene jedoch würde sich noch einem weiteren Ritual unterziehen müssen. In der ersten Vollmondnacht nach ihrem Geburtstag, in achtundzwanzig Tagen, wie Mera errechnet hatte, würde Selene von ihrer Mutter in die naheliegenden Berge hinaufgeführt werden, um dort in die höheren Mysterien eingeweiht zu werden.

Mera hatte Selene alles gelehrt, was sie von der Heilkunde wußte – uraltes Wissen, das über Generationen von der Mutter an die Tochter weitergegeben worden war. Nun jedoch sollten ihr in einem Ritual, dem Mera selbst sich vor Jahren in der ägyptischen Wüste unterzogen hatte, die höchsten Geheimnisse anvertraut werden. Es genügte nicht, die Kräuter und ihre Anwendung zu kennen; eine weise Frau mußte auch des Geistes der Göttin teilhaftig werden, die allein die Gabe des Heilens bescherte.

Nichts durfte diese Einweihung verhindern. Nicht einmal mein Tod, dachte Mera entschlossen.

Sie schloß die Augen und versuchte, das Bild ihrer Seelenflamme heraufzubeschwören, um die Wirkung des Opiums zu beschleunigen. Aber sie war zu angespannt; ihre Gedanken waren zu fest in der irdischen Ebene verwurzelt. Sie machte sich Sorgen um Selene und ihre Zukunft. Sie wußte, daß ihr der Tod beschieden war; daß sie sehr bald schon sterben würde. Dann würde Selene ganz allein auf der Welt sein. War sie vorbereitet? Wie würde dieses Kind, das noch immer Furcht hatte zu sprechen, überleben?

Selene war mit unbeweglicher Zunge zur Welt gekommen; sie war auf dem Grund ihres Mundes festgewachsen gewesen. Erst als das Kind sieben Jahre alt gewesen war, hatte Mera einen Arzt gefunden, der gut genug ausgebildet war, um die Operation zu wagen und die Zunge freizusetzen. Bis zu jenem Tag hatte Selene überhaupt nicht gesprochen, und selbst nach dem Eingriff hatte sie Mühe gehabt, richtig sprechen zu lernen. Und im Lauf der Jahre, durch den Spott der anderen Kinder und die Ungeduld der Erwachsenen, war der Sprachfehler schlimmer geworden statt besser. Das wenige, was Mera das Kind hatte lehren können, war durch die Außenwelt wieder zunichte gemacht worden. So kam es, daß Selene noch heute, zwanzig Tage vor ihrem sechzehnten Geburtstag und dem Eintritt in die Welt der Erwachsenen, von lähmender Schüchternheit geplagt war.

Heilige Isis, betete Mera, laß mich lange genug am Leben, um die Kraft meines Geistes an Selene weiterzugeben. Gib mir die Zeit, sie in die Welt der Frauen und der Selbständigkeit einzuführen. Und ich bitte dich, heilige Isis, gib, daß meine Tochter rein bleibt bis zum Tag ihrer Einweihung in die Mysterien...

Meras Gesicht verdunkelte sich, als sie sich erinnerte, in welcher Erregung Selene an diesem Nachmittag aus der Oberstadt heimgekehrt war. Der Korb an ihrem Arm war nicht der gewesen, mit dem sie am Morgen das Haus verlassen hatte, und er hatte weit mehr Bilsenkraut enthalten, als sie mit ihrem Geld hätte kaufen können. Selene hatte eine wirre Geschichte von einem Mann erzählt, der von einem Esel getreten worden war, von einem wohlhabenden griechischen Arzt und einer wunderbaren Heilung. Nie zuvor hatte Mera ihre Tochter so aufgeregt erlebt.

»E-er hat d-die In-instrumente zuerst im F-feuer erhitzt«, hatte Selene hervorgestoßen. »Und er h-hat sich zuerst d-die Hände ge-gewaschen.«

»Ja«, hatte Mera geantwortet. »Aber war das Feuer aus einem Tempel? Sonst hilft es nichts. Und hat er kein Räucherwerk verbrannt? Was für Amulette hat er in den Verband eingebunden? Was für Gebete hat er gesprochen? Welche Götter waren im Zimmer?«

Mera war überzeugt davon, daß einer der beste Arzt sein konnte und doch nichts ausrichten würde, wenn er sich nicht der Hilfe der Götter versicherte. Und ein Messer zu gebrauchen! Um ein Geschwür aufzustechen, ja, oder um die Naht um einen Muttermund zu durchtrennen. Aber das Messer in menschliches Fleisch zu senken, war Hochmut, Frevel. Mera vertraute auf Kräuter und Zauber; dem menschlichen Körper mit dem Messer zuleibe rücken, das taten nur Scharlatane und ruhmsüchtige Dummköpfe.

Als Mera aus dem Alkoven trat, um sich zur Ruhe zu legen, sah sie wieder Selenes Gesicht, wie es gewesen war, als sie von dem griechischen Arzt gesprochen hatte. Es hatte einen ganz neuen Ausdruck gezeigt, wie ihn Mera bis dahin nie an ihr gesehen hatte, und bei der Erinnerung daran fühlte Mera von neuem das Drängen der Zeit. Reinen Geistes, reinen Herzens und reinen Körpers mußte Selene zu ihrer Einweihung kommen. Es durfte keine Ablenkung geben, keinen Gedanken an fleischliche Lust. Fasten, Beten und Meditation würden dem Ritual vorausgehen, um das Mädchen in den Zustand kosmischen Bewußtseins zu bringen. Sie würde Selene in diesen letzten achtundzwanzig Tagen sicher behüten müssen.

Mit einem müden Seufzer streckte sich Mera auf ihrer Matte aus. Es war ein langer Tag gewesen. Am Morgen hatte sie den gebrochenen Arm der Frau eines Fischhändlers eingerichtet und geschient; ihr rechter Arm war es gewesen, wie fast immer bei Frauen. Die Frau hatte behauptet, sie hätte ihn sich beim Sturz von der Treppe gebrochen, aber Mera wußte die Wahrheit: Der Arm war gebrochen worden, als sie ihn abwehrend gegen ihren tobenden Ehemann erhoben hatte. Unzählige Male hatte Mera im Lauf der Jahre diese gleiche Verletzung behandelt.

Nachdem sie die Fischhändlersfrau versorgt hatte, hatte sie ein Geschwür aufstechen, ein entzündetes Ohr ausspülen und am Nachmittag eine Abtreibung vornehmen müssen. Das meiste hatte sie ohne die Hilfe ihrer Tochter schaffen müssen, deren weiches Herz sie wieder einmal verleitet hatte, sich um die Mißgeschicke eines Wildfremden zu kümmern.

Selene schien sich verpflichtet zu fühlen, jedem Unglücklichen zu helfen, der ihr über den Weg lief, ganz gleich, wie vergeblich oder sinnlos ihre Bemühungen waren. Als kleines Mädchen hatte sie verletzte Tiere nach Hause gebracht, ihnen kleine Kästen gebaut und sie gesund gepflegt, ehe sie sie wieder freigelassen hatte. Später hatte sie ihre Puppen in kleine Betten gelegt und ihre hölzernen Gliedmaßen mit Verbänden umwickelt. Woher Selene diese Idee hatte, diese Vorstellung von einem Haus, wo Kranke gemeinsam wohnten, wußte Mera nicht.

Mera starrte in die Dunkelheit, und in dieser Dunkelheit sah sie ihre Zukunft – den Tod. Und ich dachte, ich hätte noch Jahre vor mir. Aber das Schicksal befiehlt es anders.
Die Geschwulst an ihrer Seite, die eines Tages plötzlich da gewesen und von da an schnell gewachsen war, hatte Mera das Unabänderliche menschlicher Vergänglichkeit gezeigt. So ruhig wie der Orontes war das Leben dahingeflossen; jetzt aber drängte die Zeit, und die Tage schienen sich zu überschlagen wie das Wasser eines Sturzbachs.
Ich will zum Tempel gehen und das Orakel befragen, dachte sie. Ich muß wissen, was für eine Zukunft die Sterne für Selene bereithalten.

3

Sie saßen in einer Taverne in Antiochiens Vergnügungsviertel, in einer Straße beim Hafen, wo die Prostituierten rote Lampen über ihre Türen hängten, um die ankommenden Seeleute wissen zu lassen, daß ihre Häuser geöffnet waren.
Andreas und Naso, der Schiffskapitän, hatten sich in einer Ecke der Gaststube niedergelassen, abseits der trunkenen Menge, und sahen zwei nackten Tanzmädchen zu, die sich im Rhythmus von Cymbal und Flöte wiegten und drehten. Andreas beobachtete das Schauspiel mit Distanz. Obwohl für ihn als Arzt der nackte Frauenkörper nichts Geheimnisvolles hatte, ließen ihn solche verführerischen Darbietungen im allgemeinen nicht unberührt. Auf seinen Reisen hatte Andreas viele Tänzerinnen gekannt. An diesem Abend jedoch konnte er sich in die fröhliche Ausgelassenheit seiner Umgebung nicht hineinfinden, so sehr er es wünschte. Er konnte sich das Mädchen vom Marktplatz nicht aus dem Kopf schlagen.
Größtenteils drängten sich Seeleute in der Taverne, eine lärmende, trinkfreudige Horde von Matrosen, die entweder von langer Fahrt zurückgekehrt waren oder ein letztes Mal kräftig feierten, ehe sie in See stachen. Aus allen Teilen der Welt kamen sie in die reiche Hafenstadt Antiochien; Männer, die die unglaublichsten Geschichten zu spinnen wußten. Männer mit herzhaften Gelüsten, aber einfachen Bedürfnissen. Es waren Heimatlose, von der Gesellschaft Ausgestoßene, aber gerade unter ihnen fühlte sich der hochkultivierte Andreas sehr zu Hause. Das war der Grund, weshalb er von Zeit zu Zeit die Gesellschaft des knorrigen, von der Sonne geschwärzten Naso suchte, der sich rühmte, die größte Nase in Syrien zu haben. Dreimal in der Vergangenheit hatten Andreas und

Naso ihren sonderbaren Vertrag geschlossen, und sie hatten sich an diesem Abend in der Taverne getroffen, um die Bedingungen eines vierten auszuhandeln.
Der Kapitän leerte seinen Krug und winkte der Kellnerin, ihm noch einen zu bringen. Andreas saß, wie Naso bemerkte und wie er es an ihm kannte, immer noch bei seinem ersten Bier, das er kaum angerührt hatte. Trotz ihrer langen Bekanntschaft und der gemeinsam bestandenen Abenteuer, blieb der schweigsame Arzt Naso ein Rätsel.
Er hatte keine Ahnung, was Andreas immer wieder, in beinahe regelmäßigen Abständen, aufs Meer zog. Es war fast, als stünde er unter einem Zwang. Dreimal in den letzten Jahren war Naso Zeuge dieses unerklärlichen Verhaltens gewesen. Der Arzt hatte sein Haus abgeschlossen, seine Patienten fortgeschickt, um auf Nasos Schiff zu fernen Häfen zu segeln. Wenn Andreas an Bord kam, war er stets unzugänglich und verschlossen, und in seinen Augen spiegelte sich ein tiefes, unergründliches Verlangen. Wochenlang pflegte er beinahe reglos an Deck zu stehen, den Blick in die Ferne gerichtet, immer abseits und alleine, nicht einmal die Mahlzeiten mit den Leuten gemeinsam einnehmend. Und immer dann, wenn Naso unruhig zu werden begann und dachte, er wird über Bord springen, trat die Veränderung ein. Andreas wurde plötzlich gesellig, sprach und aß mit den Leuten, und kehrte schließlich wie innerlich gereinigt nach Hause zurück.
Jetzt hatte ihn das Fieber wieder gepackt. Naso sah es ihm an. Er kannte diesen Ausdruck, hatte ihn in Alexandria, in Byblos und in Caeserea gesehen, den Hafenstädten, wo der wandernde Arzt gelebt hatte. Als Naso im vergangenen Jahr gehört hatte, daß Andreas in Antiochien ein Haus gekauft hatte, hatte er Hoffnung für den Freund gesehen. Jetzt wird er ruhiger werden, hatte der Kapitän gedacht. Er wird heiraten und eine Familie gründen. Aber nun, nach nur wenigen Monaten in seinem prächtigen Haus, war Andreas wieder hier, suchte im Hafen nach einem Schiff, das ihn weit fortbringen konnte.
Naso hätte sich nie einfallen lassen, ihn zu fragen, was ihn immer wieder auf die See hinaustrieb. Er kannnte das unter den Ärzten gebräuchliche Wort, ›Heile dich selbst, Arzt‹, aber er hatte den Verdacht, daß die Verwundung mit Salben und Wässerchen nicht zu heilen war.
»Wir segeln bei Tagesanbruch mit der Ebbe«, sagte Naso, nachdem die Bedienerin ihm ein frisches Bier gebracht hatte. Er nahm eine der Würste, die auf einem Teller auf dem Tisch standen, wickelte sie in einen flachen Brotfladen und stopfte sie sich in den Mund. »Diesmal geht's bis zu den Heraklessäulen und weiter. Paßt dir das, Andreas?«

Andreas nickte. Das Ziel der Fahrt war ihm stets gleichgültig; die Fahrt selbst war ihm wichtig. Er hatte seinem Sklaven Malachus gesagt, daß er diesmal vielleicht sechs Monate wegbleiben würde. Malachus, dem das merkwürdige Bedürfnis seines Herrn, von Zeit zur Zeit zur See zu fahren, vertraut war, würde in seiner Abwesenheit das Haus versehen.
»Nimm dir heute abend noch einmal eine Frau«, sagte Naso, der seine Wahl schon getroffen hatte. »Wird lang dauern, ehe wir wieder Frauen zu sehen bekommen.«
Aber Andreas schüttelte den Kopf. Ihn interessierte an diesem Abend nur eine Frau – genauer, ein Mädchen. Das Mädchen mit dem Sprachfehler, das ihm am Vortag den Teppichhändler gebracht hatte.
Stirnrunzelnd sah Andreas sich in der Taverne um, während er versuchte, alle Gedanken an das Mädchen beiseite zu schieben.
Warum? dachte Andreas. Er war auf seinen Reisen vielen Frauen und Mädchen begegnet, keine hatte ihn so beeindruckt wie diese, die fast noch ein Kind war.
Weil sie anders ist, sagte sein Herz, und sein Verstand widersprach: Nein, das ist sie nicht. Die Frauen waren im Grunde genommen alle gleich. Das wußte Andreas, der Arzt und das wußte Andreas, der Mann.
»Der da gefällst du«, bemerkte Naso und stieß Andreas an.
Andreas hob den Blick und sah auf der anderen Seite des Raumes eine junge Prostituierte, die ihn mit unverhohlenem Interesse musterte. Sie war groß für eine Frau, mit weißer Haut und kohlschwarzem Haar. Und sie hatte einen roten, roten Mund. Sie erinnerte ihn an –
»Na, gönn dir doch das Vergnügen«, drängte Naso und griff sich noch eine Wurst.
Andreas senkte den Blick. Die Erinnerung an den schönen lockenden Mund ließ ihn nicht los. Wie war ihr Name? Wie hieß sie?
Als er wieder aufblickte, sah er das Freudenmädchen, das sich, lachend grapschende Hände abwehrend, durch das Gewühl drängte. Naso bemerkte das gierige Blitzen in ihren Augen noch vor Andreas; sie wußte, daß sich ihr hier ein reicher Fang bot. Männer wie der Arzt mit seinen gepflegten Händen und dem edel geschnittenen Gesicht kamen selten in diesen Teil der Stadt.
Andreas beobachtete das Mädchen, und als sie vor ihm stand, war er enttäuscht. Die weiße Haut war nicht naturgegeben, sondern das Produkt dick aufgetragenen Reispuders; die schmalen Lippen waren rot übermalt, um ihnen eine Fülle zu verleihen, die sie nicht hatten. Mit einem Blick sah Andreas ihr bisheriges Leben – Mühsal und Mißbrauch – und ihre Zukunft. Eine böse Krankheit fraß sie von innen heraus auf.

Wußte sie, fragte er sich, um die Kürze ihres Lebens? Wußte sie, daß ihre Tage gezählt waren?
Ehe sie ihr Gewand lupfen und sich mit nacktem Gesäß auf seinen Schoß setzen konnte, stand Andreas auf. Mit einem förmlichen Gruß an den Kapitän sagte er: »Ich bin bei Tagesanbruch beim Schiff.« Dem verwirrten Mädchen drückte er eine goldene Münze in die Hand, die erste, die sie je in den Fingern gehalten hatte.
Die Nachtluft war heiß und drückend. Es war Sommer, und der Orontes wälzte sich träge durch das Land. Andreas sah scharf nach rechts und links. Die Lampen und Pechpfannen in Türen und Fenstern erleuchteten die Straße. Andreas zog seine Toga zur Schulter hinauf und machte sich auf den Weg am Wasser entlang, hielt sich, wie ihm die Erfahrung gebot, in den hellen und von Menschen belebten Straßen. Er kannte die Hafenviertel vieler Handelsstädte des Römischen Reiches – sie waren überall gleich.
Beim Gehen vertiefte er sich in seine Gedanken. Ja, die Rastlosigkeit hatte ihn wieder gepackt. Aber diesmal früher als sonst. Bisher hatte er zwei, drei Jahre in Ruhe leben können, ehe das Gift sich aufstaute und draußen auf hoher See ausgewaschen werden mußte. Diesmal war seit seiner letzten Reise mit Naso nur ein Jahr vergangen. Und schuld war dieses Mädchen.
Nachdem sie gegangen war und der bewußtlose Teppichhändler ins Sklavenquartier gebracht worden war, hatte Andreas zu seiner Verwunderung und seinem Ärger festgestellt, daß er das Mädchen nicht vergessen konnte. Am Nachmittag, als sie so schön und scheu vor ihm gestanden und mühsam um jedes Wort gerungen hatte, hatte Andreas sich flüchtig angerührt gefühlt. Aber er hatte sich hart gemacht mit den Jahren und wehrte das zarte Gefühl ab. Härte war Sicherheit; wenn man Gefühle nicht zuließ, konnten sie auch nicht verletzt werden. Darum hatte er sie ruhig gehen lassen und am folgenden Morgen den Sklaven Malachus ausgesandt, Naso zu suchen. Wäre Naso nicht in der Stadt gewesen, so hätte es auch ein anderer Kapitän getan, Hauptsache sein Schiff segelte in weite Fernen. Doch zum Glück war Naso in Antiochien gewesen und würde mit seinem Schiff am folgenden Tag nach Britannien segeln. Und bei Tagesanbruch würde Andreas auf diesem Schiff sein.
Ein plötzlicher Aufschrei, dem laute Rufe folgten, riß ihn aus seinen Gedanken. Als er sich umdrehte, sah er aus einer Gasse einen Mann herausstürzen.
»Hilfe«, schrie der Mann und packte Andreas' Arm mit blutverschmierter Hand. »Mein Freund ist verletzt. Er blutet.«

Argwöhnisch spähte Andreas über des Mannes Schulter und sah im Schatten am Ende der Gasse einen Mann auf dem Boden liegen, der sich mit einer Hand das blutende Ohr hielt. »Was ist denn passiert?« fragte er.
»Wir sind überfallen worden. Mein Freund und ich, wir wollten den Weg abkürzen, und da haben sie uns überfallen. Sie haben ihm das Ohr abgeschnitten.«
Andreas sah dem Mann ins Gesicht, das grau war vor Entsetzen, und blickte dann wieder zu dem Mann hinüber, der in einer Blutlache auf der Straße lag. Gerade wollte er sich abwenden, da sah er plötzlich das stammelnde Mädchen vor sich, das die Vorübergehenden anflehte, einem verletzten Fremden zu helfen.
»Ich bin Arzt«, sagte Andreas impulsiv. »Ich will sehen, ob ich helfen kann.«
»Mögen die Götter dich dafür segnen«, rief der Mann und rannte schon die Gasse hinunter.
Andreas kniete bei dem Verletzten nieder und sah, daß der Fremde schwer verwundet war. »Beruhige dich, Freund«, sagte er. »Ich bin Arzt. Ich helfe dir.«
Da sagte der andere Mann, der immer noch stand, mit leiser, drohender Stimme: »Ja, und wenn du jetzt nicht sofort tust, was ich sagte, werde ich dir auch helfen.«
Andreas hob den Kopf und sah das blutige Messer. Im selben Moment erkannte er, daß er auf einen der ältesten Tricks der Welt hereingefallen war. Der Mann, der da in seinem Blut lag, war das erste Opfer gewesen, und man hatte sich seiner bedient, um ein zweites anzulocken. Andreas wurde eiskalt.
»Du kannst mein Geld haben«, sagte er so ruhig er konnte.
Doch da schwang der Räuber schon den Arm in die Höhe. Das Messer blitzte auf, als es zu Andreas' Gesicht herabsauste. Unmittelbar bevor es ihn traf, bevor Sterne und Straßenlichter in schwarzer Nacht versanken, dachte Andreas: So ist es denn endlich soweit, nach all den Jahren...

4

Mera folgte dem jungen Fackelträger nur mißmutig die dunkle Straße hinunter. Sie hatte an diesem Abend nicht aus dem Haus gehen wollen; sie steckte mitten in den Vorbereitungen zu Selenes Geburtstag und ihrer Initiation, die acht Tage danach folgen sollte. Sie mußte die Zeit nutzen, die ihr noch blieb. Aber als sie im Lichtschein, der aus ihrer geöffneten

Tür fiel, das schmale Gesicht des kleinen Mädchens sah, das sie im vergangenen Jahr von einer Lungenentzündung geheilt hatte, und als das Kind sie anflehte, zum Hafen zu kommen, weil Naso, der Schiffskapitän, ihrer Hilfe bedürfe, wurde sie weich. Vor allem anderen war sie Heilerin. Sie hatte sich der Göttin mit heiligen Gelöbnissen verpflichtet.
Das Zimmer der Dirne war unten am Fluß, in einer jener *insulae*, die, immer überbelegt, häufig samt allen Bewohnern einstürzten. Der Fackelträger führte Mera die schmale Steintreppe hinauf, wo das Mädchen wartete. Hinter ihr stand mit finsterer Miene ein massiger, vierschrötiger Mann – der Schiffskapitän, vermutete Mera nach seiner Kleidung.
»Danke, daß du gekommen bist, Mutter«, flüsterte die Hure, die traditionelle Anrede gebrauchend. »Er ist hier drinnen.«
Meras scharfes Auge vermerkte alles mit einem Blick: die elende Kammer, die Lampe, die unangenehm qualmte, weil sie mit billigem Olivenöl gefüllt war; die Blässe des Mädchens; schließlich den Mann, der reglos auf einer Matte lag.
»Er wollte mit mir segeln«, bemerkte Naso, während Mera neben seinem Freund niederkniete. »Er ist von Räubern überfallen worden.«
»Lebt er?« fragte das Mädchen, dessen Name Zoë war.
Mera legte ihre Finger behutsam an den Hals des Bewußtlosen und spürte den schwachen Pulsschlag. »Ja«, antwortete sie und winkte dem Fackelträger, der ihr den Kasten brachte, den er getragen hatte. Es war ihr Medizinkasten, aus Zedernholz gemacht, in das heilige Zeichen eingeritzt waren. »Geh jetzt nach Hause, mein Sohn«, sagte sie. »Danke dir, daß du mich begleitet hast. Leg dich jetzt schlafen und sag deinem Vater, ich werde ihm morgen zum Dank seinen schlimmen Zahn ziehen.«
Sie beugte sich über den Verwundeten und streifte ihm die Tunika ab. Als sie die Kette sah, die um seinen Hals lag, hielt sie inne und hob sie ans Licht, um sie näher anzusehen. An ihr befestigt war das Auge des Horus, Zeichen des ägyptischen Gottes der Heilkunde. Mera warf einen fragenden Blick auf den Kapitän.
»Er ist Arzt?«
»Ja, und er soll bei Morgengrauen mit uns in See stechen.«
Mera schüttelte den Kopf. »Das wird nicht gehen, Kapitän. Er hat einen Schlag auf den Kopf bekommen.«
Naso stieß einen erbitterten Fluch aus. »Dann kann ich hier nichts mehr tun«, sagte er und wandte sich zum Gehen.
»Warte!« Zoë packte ihn beim Arm. »Du kannst ihn nicht hier lassen.«
Naso riß sich los. »Ich muß mich um mein Schiff kümmern, Mädchen.«

»Aber ich kann ihn hier nicht behalten«, rief sie. »Ich bringe meine Kunden hierher.«
Er sah zu Mera hinunter, die gerade ihren Medizinkasten öffnete. »Kannst du ihn aufnehmen, Mutter?«
»Er darf nicht bewegt werden.«
Naso wiegte sich ratlos auf stämmigen Beinen. Er hatte keine Ahnung, wo Andreas wohnte. Nach flüchtiger Überlegung griff er in seinen Gürtel und zog einen kleinen Lederbeutel heraus. »Hier.« Er warf ihn dem Mädchen zu. »Behalte das als Bezahlung. Er hat's mir für die Fahrt auf meinem Schiff gegeben.«
Zoë öffnete den Beutel und riß die Augen auf beim Anblick der Münzen. Sie sah zu dem bewußtlosen Andreas hinüber, zu der Heilerin und rechnete hastig.
»Gut«, sagte sie. »Er kann bleiben.«
Mera bat um eine Schale Wasser, nahm Arzneien und saubere Tücher aus ihrem Kasten und dachte dabei die ganze Zeit an die halbfertige Stola zu Hause, das Frauengewand, das Selene bei der Einkleidungsfeier anlegen würde, und an die Elfenbeinrose, die sie noch zu einem Goldschmied bringen mußte, um sie an einem Halskettchen befestigen zu lassen. Würde sie das alles schaffen, und dazu die Schriftrolle mit den heiligen Formeln, die sie Selene noch schreiben wollte? Zwanzig Tage waren eine so kurze Zeit, und ihr kranker Körper bereitete ihr immer stärkere Schmerzen.
»Ich werde ihn heilen«, sagte sie zu dem Mädchen und dem Kapitän. »Mag er auch ein Fremder sein, er ist Arzt und daher mein Bruder.«

5

Zoë hockte mit gekreuzten Beinen auf dem Boden und zählte noch einmal die Münzen. Nicht um ihren Wert festzustellen, den wußte sie schon. Sie hatte die Münzen schon zwei Tage zuvor gezählt, als man den Fremden zu ihr gebracht hatte. Es hatte einen anderen Grund, daß Zoë die Münzen auf dem Fußboden auslegte – Silber hier, Kupfer dort – und jede einzelne sehnsüchtig berührte: Die Münzen standen ihr für ein neues Leben. Sie waren der Ausweg aus diesem elenden Dasein. Sie würden sie erlösen.
Der Haken war nur, daß sie ihr nicht gehörten.
Naso hatte sie ihr als Bezahlung für die Aufnahme des verletzten Griechen gegeben, aber selbst ein Schwachkopf konnte sehen, daß ihr Wert das, was Zoë dafür gab, weit überstieg. Eine einzige dieser Münzen ent-

sprach dem Verdienst eines ganzen Jahres; die Börse dem eines ganzen Lebens – eines Lebens in Würdelosigkeit und Erniedrigung, in Angst und Einsamkeit. Zoë brauchte nur in den dunklen Schacht ihrer Zukunft zu blicken und konnte die Männer sehen – hart und gefühllos, einige freundlich, die meisten grausam –, konnte Krankheit, Armut und Hoffnungslosigkeit sehen, und am Ende des Schachts die einsame alte Frau, die in den Hafenkneipen um einen Schluck Bier bettelte. Doch diese Münzen zeigten ihr ein anderes Leben, wo sie Ansehen und Wohlstand genoß, in einem kleinen Haus lebte, in Sizilien vielleicht, ihren Garten versorgte und morgens am Brunnen mit den Nachbarinnen klatschte. Sie konnte neu beginnen, Zoë, die Hure, begraben, und als ehrbare junge Witwe wieder auferstehen, die ihren Gatten auf See verloren hatte. Sie würde erhobenen Hauptes durch die Straßen gehen können und nachts achtbar und anständig in einem richtigen Bett schlafen. Die Vorstellung war so überwältigend, daß ihr der Atem stockte.
Sie warf einen Blick auf den schlummernden Fremden. Seit zwei Tagen schlief er dank der schmerzstillenden Mittel, die die Heilerin ihm gegeben hatte, fast ununterbrochen. Er hatte Fieberträume gehabt, die seltenen Male, in denen er erwacht war, hatte er nicht gewußt, wo er war, aber bald, hatte Mera dem Mädchen erklärt, würden die Schleier sich heben, und er würde wieder zu Sinnen kommen. Dann würde er seine Familie kommen lassen, man würde ihn holen und nach Hause bringen, um ihn in seinem eigenen Bett gesundzupflegen.
Und seine Münzen wird er mitnehmen, dachte Zoë.
Sie beobachtete ihn mit zusammengekniffenen Augen. Sie dachte an seine Halskette. Das Auge irgendeines Gottes, hatte die Heilerin gesagt, in Gold und Lapislazuli gearbeitet und sicher doppelt so viel wert wie die ganze Börse. Mit dieser Kette und den Münzen in ihrem Besitz konnte Zoë auf der Stelle ein neues Leben anfangen.
Was machte es ihr, daß sie den Kranken hier hilflos und allein zurücklassen würde? Zweifellos würde er bald aus der Bewußtlosigkeit erwachen und um Hilfe rufen; oder man würde ihn früher oder später finden. Sein Verlust war ihr Gewinn. Zoë lächelte. Die Entscheidung war gefallen – sie wollte noch heute nacht aufbrechen.
Nachdem sie die Münzen eingesammelt und wieder in die Lederbörse geschüttet hatte, legte sie ihre wenigen Habseligkeiten auf einen Haufen und schnürte sie zum Bündel. Als sie zum Aufbruch bereit war, blieb nur noch eines: Sie mußte dem Fremden die Halskette abnehmen. Aber als sie sich ihm zuwandte, sah sie überrascht, daß er wach war.
Er setzte sich auf. In der mondschimmernden Finsternis starrten sie ein-

ander an; Zoë mißtrauisch ihr Bündel an sich drückend, der Fremde erstaunt, mit zusammengezogenen Brauen. In den vergangenen zwei Tagen, während er geschlafen hatte, hatte Zoë kaum einen Blick an ihn verschwendet, jetzt aber fiel ihr auf, wie schön der Fremde war.
»Wo bin ich?« fragte er.
Ein Gefühl, das Zoë ganz neu war, ergriff sie, und sie schauderte. Er war so hilflos.
»Du bist in meinem Haus«, antwortete sie.
»Wer bist du?«
»Erinnerst du dich nicht?« Vorsichtig ging Zoë zu ihm und blieb im Licht des Mondstrahls stehen, der durch das Fenster fiel.
»Kenne ich dich?« fragte er.
Sie überlegte. Hatte er das Gedächtnis verloren? Die Heilerin hatte auf diese Möglichkeit hingewiesen. Wenn es so war, würde er dann nicht auch die Münzen vergessen haben?
»Wir sind einander vor zwei Tagen begegnet«, sagte sie.
Er hob eine Hand und rieb sich verwirrt die Stirn. »Was ist geschehen?«
»Du bist von Dieben überfallen worden. In einer Gasse am Hafen.«
Die steile Falte zwischen seinen Brauen vertiefte sich. Er musterte Zoë mit solcher Eindringlichkeit, daß diese unwillkürlich den Rand ihrer Palla über ihre Brust zog.
Wie sie da so stand und ihn anstarrte, kam sie Andreas irgendwie bekannt vor. »Am Marktplatz«, sagte er langsam. »Der Teppichhändler. Dort war ein Mädchen...«
Zoë hielt den Atem an.
»Bist du das Mädchen?«
Sie zögerte. Sie hatte schon viele Rollen gespielt. Betrunkene, traurige Männer kamen in ihrer Einsamkeit zu ihr, weil sie sich nach Bythia, Deborah oder Lotus sehnten und in der Umarmung mit Zoë mehr suchten als die Befriedigung ihrer Lust – sie brauchten die Erfüllung eines Traums, eines Wunsches, einer letzten Hoffnung. Viele Nächte hatte sie nicht als Zoë, die Dirne, auf ihrer Matte gelegen, sondern als die lang vermißte Ehefrau, als Jugendliebe der Vergangenheit, manchmal als Frau eines anderen Mannes, gelegentlich sogar als Mutter. Wenn also dieser verwirrte Fremde in ihr ein Mädchen sehen wollte, dem er zufällig auf dem Marktplatz begegnet war, was konnte es schaden, wenn sie mitspielte und ihn dadurch glücklich machte?
»Ja«, antwortete sie, »ich bin das Mädchen.«
»Du bist fortgegangen, ohne mir deinen Namen zu sagen«, murmelte

er, und rieb sich wieder die Stirn. Noch immer wußte er nicht, wo er sich befand, verstand nicht, warum sein Kopf so heftig schmerzte. Er hatte das Gefühl, irgend etwas sehr Wichtiges vergessen zu haben. Naso... Alles war so unklar. Sein Kopf dröhnte, sein ganzer Körper schmerzte. Er sah zu dem Mädchen auf, das vor ihm im Mondlicht stand. Ihre Haut war milchweiß, das dunkle Haar verschmolz mit der Nacht. War sie es wirklich, das Mädchen vom Marktplatz?
Andreas' Verwirrung vertiefte sich. Er hatte geträumt; wirre Träume, die ineinander geflossen waren. Was hatten sie zu bedeuten? Eine ägyptische Heilkundige mit kühlen, sanften Händen; Naso und ein Teller voll Würste; ein Korb mit Bilsenkraut. Was hatte das alles zu bedeuten?
Das Mädchen kam näher und kniete neben ihm nieder. Sie hatte eine melodische Stimme. »Hast du mich gesucht?«
Andreas schien, er hätte das getan. »Ja...«
»Dann hast du mich jetzt gefunden.« Sie lächelte.
Andreas faßte flüchtig ihre Hand und ließ sich seufzend wieder niedersinken. Nein, da stimmte etwas nicht. Aber er war unfähig zu denken. Er fühlte sich ungeheuer schwach. Malachus! Wo war Malachus? Und dieses Mädchen, das behauptete, die andere zu sein – er erkannte jetzt ganz klar, daß sie nicht das Mädchen vom Marktplatz war. Seine Lider wurden schwer. Noch einmal seufzte er auf, dann fiel er in wohltuenden Schlaf.
Einige Zeit später stand Zoë am Fenster und sah über die Dächer der Häuser und den silbern schimmernden Fluß in die Nacht hinaus. Als sie dem Fremden gesagt hatte, sie wäre das Mädchen vom Marktplatz, hatte der sie lange angesehen, mit einem Blick in den Augen, der sie deutlich bat, ihm die Wahrheit zu sagen. Und jetzt schlief er, friedlicher als zuvor, wie es Zoë schien, und sie war allein und fühlte sich kalt und leer in ihrer Einsamkeit.
Sie war nicht weniger verwirrt als es der Fremde gewesen war. Hier war ein Mann, wie sie noch keinem begegnet war. Sie hatte sich für eine gehalten, die die Männer kannte und fähig war, ihre Gedanken, Listen und Geheimnisse zu durchschauen. Aber Andreas paßte in keine der Kategorien, in die sie die Männer einzuordnen pflegte, seit sie im Alter von zehn Jahren das erste Mal ihren Körper verkauft hatte. Am tiefsten beeindruckt hatte sie die Kraft seiner Zärtlichkeit. Als er ihre Hand genommen und flüchtig gehalten hatte, war es wie ein Blitz durch sie hindurchgefahren. Die zarte Berührung hatte sie tiefer getroffen als irgend etwas je zuvor. Zoë, die von Männern nur Gewalt und Dominanz kannte, konnte die Sanftmut und das Vertrauen, mit denen der Fremde sich ihr

ausgeliefert hatte, nicht mit ihrem Männerbild in Einklang bringen. Sie hatte seinen Blick, der offen seinen Schmerz und seine Hilflosigkeit zeigte, nicht aushalten können und sich abwenden müssen.
Als sie jetzt vom Fenster wegtrat und zu ihm hinuntersah, überschwemmte sie plötzlich eine Woge warmer Fürsorglichkeit und heißen Begehrens. Es war das erstemal, seit Jahren des Abscheus und des Ekels, daß sie Begehren nach einem Mann verspürte. Plötzlich galt ihre Sehnsucht nicht mehr dem Häuschen in Sizilien, sondern diesem Mann. Die Vorstellung von Freiheit und Wohlstand, die sie noch vor kurzem genährt hatte, wurde verdrängt vom Bild dieses Mannes, von der Vorstellung, über seine Dankbarkeit seine Liebe zu gewinnen. Zoë, die Dirne, die gerade erst träumen gelernt hatte, sah nun in ihrer Naivität ein langes, glückliches Leben an der Seite dieses sanftmütigen Fremden vor sich.
Sie wußte, was sie tun würde. Sie würde ihm ein neues Gedächtnis geben. Sie würde ihm sagen, sein Name sei – Titus. Ja, das war ein hübscher Name. Titus, das klang stark. Und sie würde ihm sagen, sie wären einander versprochen, sie hätten geplant, miteinander fortzugehen...
Die Hände zu Fäusten geballt, schwor sich Zoë, daß sie diesen Mann niemals von ihrer Seite lassen würde.

6

Voll Hoffnung spähte Selene die Straße hinauf und hinunter. Aber es kam niemand. Enttäuscht kehrte sie ins Haus zurück und nahm die Arbeit an ihrem Medizinkasten wieder auf. Er war gemacht wie der ihrer Mutter, aus Ebenholz, mit Elfenbeinmosaiken verziert. Er enthielt viele kleine Schubladen und Fächer für die verschiedenen Mittel und Instrumente, und hatte einen breiten Lederriemen, so daß sie ihn bequem über der Schulter tragen konnte. Mera hatte ihn ihrer Tochter zum sechzehnten Geburtstag geschenkt.
Die Einkleidungsfeier, jener alte Brauch, der noch aus der Zeit vor der Gründung Roms überkommen war, stand unmittelbar bevor. Selene würde die Kindheit zurücklassen und ihr Haar schneiden, um es Isis zu opfern. Danach sollte das Festmahl stattfinden, das Mera ausgerichtet hatte.
Selene hob den Kopf und sah bekümmert zum reich gedeckten Tisch hinüber. Auch das wollte der Brauch, daß bei der Einkleidungsfeier Freunde und Verwandte, die zum Gratulieren kamen, großzügig mit Speise und

Tank bewirtet wurden. Bei Esters Fest im vergangenen Monat hatten sich so viele Gäste eingefunden, daß die Tische mit den Erfrischungen auf die Straße hinausgetragen werden mußten. Tagelang hatte Mera gebacken, hatte sogar zwei Enten gekauft, die sie sich eigentlich gar nicht leisten konnten, um den Gästen reichlich anbieten zu können. Viel zuviel wahrscheinlich, dachte Selene traurig, die nahe daran war, alle Hoffnung auf Gäste und Gratulanten aufzugeben.

Seufzend kehrte sie an ihre Arbeit zurück. Wie der Medizinkasten ihrer Mutter enthielt der ihre Verbände und Salben, Nahtmaterial und Nadeln, dazu einen Feuerstein. Jedoch keine chirurgischen Instrumente, da Mera es ablehnte zu schneiden. Das Messer im Medizinkasten diente nur zum Aufstechen von Geschwüren, die Nadeln dem Zunähen offener Wunden. Mit den Instrumenten, die Selene im Haus Andreas' des Arztes gesehen hatte, ließen sich diese Werkzeuge nicht vergleichen. Er hatte bronzene Skalpelle gehabt, Klemmen, mit denen man die Blutgefäße stillegen konnte, Zangen zum Zerdrücken von Blasensteinen und viele andere Instrumente, deren Verwendungszweck Selene unbekannt waren.

Es mußte wunderbar sein, dachte sie, während sie ein Fläschchen mit Fingerhutextrakt an seinen Platz im Medizinkasten stellte, mit solchen Instrumenten arbeiten zu können. So geschickte Hände zu haben. Seit dem Tag drei Wochen zuvor, als Selene das Haus des griechischen Arztes verlassen hatte, war sie kaum fähig gewesen, an andere Dinge zu denken.

Aber natürlich galten ihre Gedanken nicht nur den interessanten Instrumenten, sondern vor allem dem Mann. Immer sah sie sein schönes Gesicht vor sich, und jeden Abend, bevor sie einschlief, durchlebte sie noch einmal jenen Nachmittag bei ihm.

Einmal, ungefähr eine Woche nach der Begegnung, hatte Selene ihren ganzen Mut zusammengenommen und sich auf die Suche nach seinem Haus gemacht. Aber sie hatte es nicht gefunden – ein Tor in einer Mauer, die wie jede andere Mauer aussah. Und sie hatte nicht den Mut gehabt, sich nach ihm zu erkundigen.

Als Selene draußen Schritte hörte, sprang sie auf und lief zur Tür. Aber es war nur ein Fremder, der vorüberging.

Mera hatte Geld leihen müssen, um die Speisen einzukaufen. Mit einem Tuch zugedeckt lagen auf einer Platte flache runde Brote, die man mit Oliven und Zwiebeln, mit Lammstückchen, Reis oder Honig füllen konnte. Von einem Bauern, dessen Sohn sie wegen eines Augenleidens behandelt hatte, hatte Mera drei große Käse bekommen, und den Wein, der in einer Amphore auf dem Tisch stand, hatte Mera dem Händler mit dem Versprechen abgekauft, seine ganze Familie das kommende Jahr hindurch kostenlos zu behandeln. Feigen, Äpfel, sogar einige kostbare Orangen waren da, liebevoll hingerichtet, vor Fliegen und Staub geschützt.

Sie werden kommen, versuchte Selene, sich zu trösten. Es ist ja noch Zeit.

Sie war allein im Haus. Mera war in die Straße der Goldschmiede gegangen, um die Elfenbeinrose abzuholen, die endlich fertig war. Sie hatte sie dem Goldschmied ein paar Tage zuvor gebracht, um in eines ihrer Blütenblätter ein Loch bohren zu lassen, damit man eine Kette durchziehen und Selene die Rose als Anhänger tragen konnte. Diesen Morgen hatte der Goldschmied mitteilen lassen, daß die Halskette fertig war, und Mera war sofort losgegangen, um sie abzuholen, allerdings nicht ohne Selene vorher noch einmal zu ermahnen, die Gäste freundlich zu empfangen.

Gäste? dachte Selene mit einem Blick zur Tür. Was für Gäste? Wenn niemand kam, würde sie ihre Einkleidung ganz allein feiern müssen.

Sie dachte an die neue Stola, an der Mera viele Nächte lang gearbeitet hatte und die nun säuberlich gefaltet in ihrem Kasten lag. Der Stoff stammte von einem Karawanenführer, den Mera von einem hartnäckigen Husten geheilt hatte. Es war pflaumenblaue Baumwolle von feinster Qualität. Um den Saum der Stola und die Ärmel entlang hatte Mera hellblaue Blumen gestickt. Bei Sonnenuntergang würde Selene das lange Frauengewand das erstemal anlegen, und dazu die blaßblaue Palla, das lange Tuch, das die Frauen zu tragen pflegten.

Traditionsgemäß war es der Vater, der seine Tochter nach der Einkleidung als erwachsene Frau in die Familie aufnahm. Und es waren die Brüder, die ihr die Haarsträhne abschnitten, die dann den Hausgöttern dargebracht wurde. Doch Selene, die keinen Vater und keine Brüder hatte, würde von ihrer Mutter eingeführt werden; und ihre Mutter würde ihr auch das Haar nach Frauenart hochstecken, obwohl das eigentlich die Aufgabe der Schwestern war.

Mit Wehmut erinnerte sich Selene Esters Einkleidungsfeier im vergangenen Monat. So viele Gäste waren gekommen, so fröhlich war es zugegangen! Sechs Tanten, drei Schwestern und vier Cousinen hatten Ester in den oberen Raum im Haus ihrer Eltern begleitet, um ihr aus dem Jungmädchengewand in eine sonnenblumengelbe Stola zu helfen. Als sie herausgekommen war, war es ganz still geworden. Dann war ihr Vater auf sie zugegangen, hatte sie umarmt und geküßt und sie als erwachsene Frau in der Familie willkommengeheißen.

Nachdem alle sie mit lauten Freuderufen beglückwünscht hatten, hatten

die Brüder sich um sie geschart. Mit dem Balbiermesser in der Hand hatten sie sie geneckt und so getan, als wollten sie all ihr Haar abschneiden, und Ester hatte sie kichernd und errötend abgewehrt. Dann folgte die feierliche Niederlegung der Haarsträhne auf dem Altar der Hausgötter. Später wurde Esters Haar in einen Behälter gelegt, in dem schon die Locken ihrer älteren Schwestern, ihrer Mutter und ihrer Großmutter verwahrt wurden.
Selene, die allein zu der Feier gegangen war, weil Mera zu einer Entbindung gerufen worden war, hatte lächelnd geklatscht, innerlich von Neid und Begehrlichkeit erfüllt. Auch Esters Verlobter war auf dem Fest gewesen, ein gutaussehender junger Mann, so gerade gebaut wie ein Pfeil, mit Augen so grün wie das Gras im Frühling.
Jetzt war Ester eine erwachsene Frau und hatte Anteil an allen Pflichten, die zum Bereich der Frauen gehörten – Spinnen, Weben, die Pflege des Hausaltars. Wenn sie jetzt die Straße hinunterging, verbarg der Saum ihrer Stola ihre Fesseln, und ihr Kopf war züchtig bedeckt von der Palla. Ester hatte mit Anmut und Würde das Jungmädchenalter hinter sich gelassen.
Ein Geräusch an der Tür veranlaßte Selene, sich hastig umzudrehen. Aber es war nur der Wind gewesen.
Selene war sich bewußt, daß ihre eigene Einkleidungsfeier vielmehr traditionsgebundene Formalität war als tatsächliches Überschreiten einer Schwelle von einer Lebensphase zur anderen. Da sie mit ihrer Mutter allein lebte, weder Vater noch Brüder hatte, hatte sie schon sehr früh die Pflichten einer Erwachsenen übernehmen müssen, hatte Spinnen und Weben gelernt, den kleinen Hausschrein der Isis versorgt und mehr noch: Sie hatte im Kräutergarten gearbeitet, Arzneien angerührt, ihrer Mutter bei der Behandlung der Patienten geholfen.
Dennoch tat dies der Bedeutung des Tages in Selenes Augen keinen Abbruch. Jahrelang hatte sie diesen Tag herbeigesehnt; seitdem sie als kleines Mädchen das erstemal einer solchen Feier beigewohnt hatte, zu der man sie nicht etwa eingeladen hatte, weil die Kinder aus der Nachbarschaft sie dabeihaben wollten – nein, die hatten sie längst zur Außenseiterin gestempelt –, sondern weil ihre Mutter Mera war, und man im ganzen Viertel die ägyptische Heilerin achtete. Auf jedem dieser Feste hatte Selene allein gestanden, abseits von den anderen, und hatte sehnsüchtig zugesehen, wie die jungen Frauen das begehrte lange Gewand und den Kuß eines stolzen Vaters in Empfang genommen hatten.
»Selene, Kind. Der große Tag ist da!«
Sie fuhr herum. An der offenen Tür stand die dicke Bäckersfrau.

»W-willk-kommen«, sagte Selene, klappte den Medizinkasten zu und ging der Gratulantin entgegen. »B-bitte k-k-«
Die Frau trat aus der glühend heißen Sonne ins schattige Haus und sah sich blinzelnd um. »Wo ist deine Mutter?«
»Ausgeg-g-«
»Ausgegangen?«
Selene nickte.
»An deinem großen Tag? Wohin ist sie gegangen?«
»M-meine Halsk-k-k-«
»Deine Halskette holen? Sie ist also fertig?«
Selene nickte wieder, wies zum Tisch und zum besten Stuhl des Hauses, den die Frau sogleich besetzte, nachdem sie sich eine Handvoll Oliven vom Tisch genommen hatte.
»W-wo ist –«
»Mein Mann? Er kann nicht kommen. Er hat's wieder mit den Nieren.«
Selene war enttäuscht. Ihr lag nicht viel an dem Bäcker, aber er wäre ein Gast mehr auf ihrer Feier gewesen.
»Wann ist deine Mutter weggegangen?«
»Heute m-m –«
»Ah, heute morgen. Dann ist sie sicher bald wieder da. Es ist ja schon Mittag.«
Selene brauchte nicht an die Tageszeit erinnert zu werden. Bei Esters Feier war das Haus um die Mittagszeit so voll gewesen, daß die Gäste sogar auf der Straße standen.
Schweigen breitete sich zwischen ihnen aus, während die Bäckersfrau ihre Oliven schmatzte und die auf dem Tisch wartenden Speisen musterte. Selene wurde immer nervöser. Der Gedanke, es könnten überhaupt keine Gäste sich mehr einfinden, bedrückte sie. Wenigstens einige der Leute, die ihre Mutter im Lauf der Jahre behandelt hatte, würden doch kommen. Aber Mädchen ihres eigenen Alters erwartete sie nicht zu sehen.
Als Kind war Selene von den Straßenspielen ausgeschlossen worden, weil die anderen Kinder sie für schwerfällig und dumm hielten. Später wollten die Mädchen nichts mit ihr zu tun haben, weil die stotternde Selene immer noch ein bißchen armseliger gekleidet war als alle anderen in diesem Kleine-Leute-Viertel. Ihre Mutter, das war allgemein bekannt, gab ihr ganzes Geld für Arzneien aus, anstatt ihrer Tochter Kleidung zu kaufen. Die Cliquen halbwüchsiger Mädchen machten sich kichernd über Selenes schäbige Kleider lustig und über ihre Binsensandalen von der Art, wie sie nur die ärmsten Bauern trugen. Wenn sie sich ihnen näherte,

schwiegen sie, und wenn sie zu sprechen versuchte, lachten sie verstohlen. Und als sie diesem grausamen Alter entwachsen waren, vielleicht die Reife gehabt hätten, Selene mit freundlicher Anteilnahme zu begegnen, war die Kluft so groß geworden, daß sie nicht mehr überbrückt werden konnte. Sie sei eine Komische, flüsterte man sich zu. Man hätte beobachtet, wie sie bei Mondenschein Kräuter pflückte; sie mache nie den Mund auf; und sie hätten doch alle miterlebt, wie sie über dem alten Kiko, dem ehemaligen Soldaten, der die Fallsucht hatte, mit geschlossenen Augen die Hände ausgebreitet hatte und wie sein Anfall plötzlich aufgehört hatte.

Es war einfach so, daß Selene, obwohl sie beinahe sechzehn Jahre lang in dieser überbevölkerten kleinen Straße gelebt hatte, unter ihren Leuten eine Fremde war. Wenn sie nicht zu ihrem Fest kamen, so nicht aus Unfreundlichkeit oder Abneigung gegen Selene, sondern weil es ihnen gar nicht in den Sinn gekommen wäre.

Doch ihre Mutter genoß allgemeine Achtung, und so kam es, daß doch einige Gratulanten sich einfanden: der junge Zeltmacher und seine Frau mit ihrem dreiwöchigen Sohn, die Witwe, die Mera regelmäßig wegen ihrer Gelenkschmerzen behandelte, der verkrüppelte Tuchwalker, dessen Bein Mera zu retten versucht hatte und der als Bettler auf dem Marktplatz saß, und der alte Kiko, der fallsüchtige Soldat. Ein jämmerliches Grüppchen gewiß, doch Selene war froh und dankbar, daß überhaupt jemand gekommen war.

Sie reichte gerade eine Platte mit Safrankuchen herum, als ein Schatten durch die Haustür fiel. Alle blickten auf, um zu sehen, wer der Neuankömmling war, und augenblicklich versiegten alle Gespräche.

Die Gäste, und Selene mit ihnen, starrten sprachlos den vornehmen Herrn an, der auf der Schwelle stand.

Andreas.

Selene zwinkerte, als könne sie ihren Augen nicht trauen.

Aber da sagte Andreas schon: »Man sagte mir, daß dies das Haus Meras der Heilerin ist.«

Die anderen blieben weiterhin stumm, doch Selene stellte die Kuchenplatte nieder und ging zu ihm. »Ja«, sagte sie, »d-das ist ihr Ha-haaus. W-willk-kommen.«

Jetzt war Andreas der Überraschte. »Du!«

Sie sahen einander wortlos an. Selene konnte noch immer nicht glauben, daß er leibhaftig vor ihr stand, dieser Mann, von dem sie seit drei Wochen träumte, und Andreas dachte, ich habe dich wiedergefunden, nachdem ich schon alle Hoffnung aufgegeben hatte.

Selene faßte sich endlich. »B-bitte k-k-« stammelte sie verwirrt und zornig, daß ihre Zunge ihr nicht gehorchen wollte.
Andreas trat ein.
»D-das sind m-meine F-f-freunde«, erklärte Selene und wies auf ihre sechs Gäste, die immer noch mit offenen Mündern dasaßen wie vom Donner gerührt.
»Ich bin Andreas«, stellte er sich vor, während jeder der sechs überlegte, wann das letzte Mal ein so vornehmer Herr ihre Gesellschaft gesucht hatte.
Der alte Soldat sprang hastig auf und bot dem Herrn seinen Hocker an, doch Andreas lehnte dankend ab.
Kleider, wie er sie trug, bekamen diese Leute höchstens einmal im Circus zu sehen, wenn sie aus der Ferne die Adligen in ihren privaten Logen bewunderten. Nicht einmal der Steuereinnehmer war je so erlesen gekleidet. Alle sechs Gäste bestaunten die lavendelblaue Tunika mit dem goldgeränderten Saum, die blütenweiße Toga, die ledernen Sandalen, die bis zu den Knien geschnürt waren, das gepflegte lockige Haar, den sorgsam gestutzten Backenbart. Wer mochte dieser elegante Herr sein, der Selene an ihrem großen Tag die Ehre gab?
Er wandte sich ihr zu. »Ich suche Mera. Ist sie deine Mutter?«
»Ja.«
Andreas nickte. Das Schicksal ging seltsame Wege. »Wie heißt du?«
»S-selene.«
Er lächelte. »Jetzt weiß ich, wer du bist.«
In den Händen hielt er einen schön gemeißelten Alabasterkrug, aus dem ein süßer Duft aufstieg, den sie alle kannten. Es war der Duft von Myrrhe, einer sehr kostspieligen medizinischen Tinktur.
Andreas übergab Selene das Gefäß und sagte leise: »Ich wollte es deiner Mutter bringen. Sie kam mir zu Hilfe, als ich verletzt war.«
Als sie scheu den Krug entgegennahm, berührten sich ihre Finger, und ein Zucken ging durch Selenes ganzen Körper. Hastig wandte sie sich ab, um das Gefäß auf ein Bord zu stellen, wo alle es sehen konnten, und fragte sich dabei, ob auch er den Blitzschlag gespürt hatte, hoffte es aus tiefster Seele.
Dann drehte sie sich wieder nach ihm um und sagte langsam, so deutlich, wie es ihr möglich war: »D-du warst verletzt?«
»Es geschah unten am Hafen. Vor knapp drei Wochen. Ein Schlag auf den Kopf. Und deine Mutter hat mich behandelt.«
Selene erinnerte sich der Nacht. Ein Schiffskapitän hatte ihre Mutter holen lassen.

Andreas trat einen Schritt näher. »Ich erwachte in einem fremden Zimmer«, berichtete er mit gesenkter Stimme, während er sie aufmerksam ansah. »Dort war ein Mädchen. Ich glaubte, sie wäre du.«
Selene, die wie gebannt war von seinem Blick und seiner Nähe, bemerkte nicht die verwunderten Blicke, die ihre Gäste tauschten. Andreas sprach so vertraulich mit ihr, als wären sie allein.
»Aber dann kehrte meine Erinnerung zurück, und ich sah, daß du es nicht warst. Ich fürchtete schon, ich würde dich nie wiederfinden.« Er hielt inne und sah ihr forschend in die Augen. »Erinnerst du dich an unsere Begegnung? Bei dem Unfall des Teppichhändlers?«
Sie nickte.
»Er ist wieder gesund und ist inzwischen nach Damaskus zurückgekehrt. Als er mir dafür dankte, daß ich ihm das Leben gerettet habe, sagte ich ihm, sein Dank gebühre einem Mädchen, dessen Namen ich nicht wüßte.«
Selene konnte nicht sprechen. Sie war gefangen im Blick seiner Augen.
Schließlich scharrten Stuhlbeine über den Boden, und jemand hüstelte. Wie aus einem Traum erwachend, sah Andreas auf.
»Aber ich störe«, meinte er. »Du hast Gäste.« Sein Blick fiel auf den reich gedeckten Tisch. »Ich komme ein andermal wieder«, fügte er hinzu und wandte sich zur Tür.
»Warte!« Selene legte ihm die Hand auf den Arm. »G-g-«
Andreas sah zuerst auf die Hand an seinem Arm, dann auf den schönen Mund, der sich mühte, die Worte zu bilden.
»G-g-geh n-«, stammelte Selene und verzog das Gesicht, als litte sie Schmerzen.
Andreas wartete.
»G-geh n-n-«
»Sie will dir sagen, daß du nicht gehen sollst«, bemerkte die Bäckersfrau.
Andreas warf ihr einen kühlen Blick zu. Dann fragte er Selene: »Was wird denn gefeiert?«
Selene runzelte die Stirn, zornig auf die Götter, die ihr diese Behinderung mitgegeben hatten. Es war eine Menge zu sagen: Heute ist mein Geburtstag. Ich bin sechzehn Jahre alt geworden. Heute ist meine Einkleidung. Als sie zu ihm aufsah, stellte sie mit Überraschung fest, daß Andreas bereits erraten hatte, was gefeiert wurde. Aber er wollte, daß sie selbst es ihm sagte.
»M-mein Geburtstag«, erklärte sie. »D-die Einkl-kleidung...«

Sein Lächeln vertiefte sich. »Es wäre mir eine Ehre zu bleiben, wenn es dir recht ist. Ich möchte auch gern deiner Mutter meine Dankbarkeit ausdrücken.«

Einen Moment lang gab es Durcheinander. Die Gäste sprangen von ihren Stühlen, um dem Herrn einen Platz anzubieten und von den Erfrischungen zu reichen.

Zur gleichen Zeit gab es ein Stück straßenabwärts ungewohnte Aufregung. Ester, die im vergangenen Monat ihre Einkleidung so großartig gefeiert hatte, war im Garten gewesen, als Andreas auf dem Weg zu Meras Haus vorübergekommen war. Ester hatte in ihrer Arbeit innegehalten und dem vornehm gekleideten Mann neugierig nachgeblickt, um dann verdutzt zu sehen, daß er Meras Haus betrat. Inzwischen waren mehrere Minuten vergangen, und er war immer noch nicht wieder herausgekommen. Das war mehr, als ihre Neugier aushalten konnte. Nachdem sie die Neuigkeit an Mutter und Schwestern weitergegeben hatte – »Ein reicher Mann, ganz eindeutig, und mit einem Geschenk!« –, eilte Ester über die Straße zum Haus ihrer besten Freundin Almah, jung verheiratet und mit ihrem ersten Kind schwanger.

»Ihre Einkleidungsfeier«, sagte Almah, erfreut über diese Abwechslung in ihrem eintönigen Leben. »Er muß ein Gast sein. Wer kann er sein?«

»Ich wollte eigentlich nicht hingehen...«

»Aber immerhin war sie ja bei unseren Feiern...«

»Selene zuliebe. Es ist das Wenigste, was wir tun können.«

Während Ester und Almah sich auf den Weg zu Meras Haus machten, eilte die Bäckersfrau auf flinken Füßen zu ihrem eigenen Haus zurück, um ihren Mann aus seinem Nickerchen zu reißen und ihm zu sagen, er müsse unbedingt zur Feier kommen, es sei ein vornehmer Fremder da, der Selene an ihrem großen Tag ehren wolle.

Diese sensationelle Neuigkeit breitete sich rasch aus, und als Mera, müde und von unerträglichen Schmerzen gequält, in die kleine Straße einbog, hörte sie schon von weitem Stimmengewirr und Gelächter. Ein Fest, dachte sie und überlegte, bei wem es stattfinden mochte. Wenig später sah sie die Menschen vor ihrer eigenen Tür im Vorgarten stehen; lauter Leute, die sie kannte und die sich trotz der Hitze des Sommernachmittags essend und trinkend bestens zu unterhalten schienen.

Mera blieb verdutzt stehen. Was war geschehen? Waren alle diese Leute zu Selenes Einkleidungsfeier gekommen? Das waren ja mehr als Esters Feier beigewohnt hatten, die danach noch tagelang die Nachbarschaft beschäftigt hatte.

Als sie das Gartentor erreichte, begrüßten Freunde und Nachbarn sie

bereits weinseliger Stimmung. Sprachlos vor Verblüffung drängte sie sich in ihr Häuschen, das voller lachender, schwatzender Menschen war.
Die Speisen auf dem Tisch hatten sich schon gelichtet; die ersten Platten waren bereits leer, ein frischer Krug Wein, den sie nie gesehen hatte, stand da. Überschwenglich begrüßte man Mera und beglückwünschte sie zu der gelungenen Feier. Sie hielt verwirrt nach Selene Ausschau und fand sie mit glühenden Wangen und leuchtenden Augen im Mittelpunkt der allgemeinen Aufmerksamkeit. Neben ihr stand ein hochgewachsener Mann, der Mera bekannt vorkam.
Während sie sich zwischen den Gästen hindurchdrängte und immer wieder sagte, »Ja, es ist ein großer Tag«, versuchte sie, sich zu erinnern, wo sie den jungen Mann schon einmal gesehen hatte. Natürlich, es war der Verwundete, den sie im Zimmer der Dirne unten am Fluß behandelt hatte! Er mußte ihren Namen und ihren Wohnort erkundet haben und hergekommen sein, um ihr zu danken. Jetzt war Mera auch klar, warum so viele Nachbarn sich zur Einkleidungsfeier ihrer Tochter eingefunden hatten.
Wenn er wirklich hergekommen war, um ihr zu danken, konnte sie ihm nur doppelt dankbar sein. Denn zweifellos hatte er durch sein vornehmes Aussehen die neugierigen Nachbarn angelockt.
Als Andreas Mera gewahrte, unterbrach er mitten in der Rede, wandte sich ihr zu und verneigte sich förmlich.
»Ich bin Andreas, Mutter«, sagte er. »Ich bin gekommen, um dir für das zu danken, was du für mich getan hast.«
Meras Augen strahlten, und einen Moment lang vergaß sie ihre quälenden Schmerzen.
»Es war mir eine Ehre, dir zu helfen, Andreas.«
»M-mutter!« rief Selene. »Schau!« Sie hob den Alabasterkrug vom Bord, um ihn ihr zu zeigen.
Der Duft erreichte Mera, noch ehe sie das Geschenk berührte. Myrrhe. Ein wundertätiger Balsam, den sie sich nie hatte leisten können und den sie so gut gebrauchen konnte. Mera war von Dankbarkeit überwältigt.
Doch während Selene ihr aufgeregt erklärte, daß dies der Arzt sei, von dem sie ihr erzählt hatte, während sie glücklich lachend fragte, ob das nicht ein wunderbarer Zufall sei, wandelte sich ihre Freude in Beunruhigung. Sie sah Selenes glühende Wangen, bemerkte die strahlenden Augen, den plötzlich so unbefangenen Redefluß ihrer Tochter und erkannte, was geschehen war.
Selene hatte sich verliebt.

Ehe sie einen klaren Gedanken fassen konnte, zogen die Gäste sie von ihrer Tochter und dem gefährlichen Fremden weg, die Bäckersfrau nahm sie bei einem Arm, die alte Witwe beim anderen, und beide redeten auf sie ein, um ihr zu versichern, was für ein großer Tag dies sei und wie stolz sie sein könne. Mera nickte zerstreut und dankte ihnen, während sie zwischen Köpfen hindurch nach Selene spähte, die mit unmißverständlichem Blick zu dem jungen Arzt aufsah.
Immer ausgelassener wurde das Fest. Man eilte davon, um frische Speisen und mehr Wein herbeizuschaffen. Musikanten fanden sich ein und spielten auf Harfen und Flöten Melodien, die im allgemeinen Lärmen und Lachen kaum zu hören waren. Jeder kämpfte um einen Platz in der Nähe des glanzvollen Fremden; Ester und Almah flirteten mit ihm. Bis schließlich, als die Sonne sich zum westlichen Horizont neigte, der Augenblick kam, an dem Selene ihre Gäste verlassen mußte, um das Frauengewand anzulegen und sich für die eigentliche Zeremonie bereitzumachen.
Da es im Haus keinen zweiten Raum gab, führte Mera ihre Tochter aufs Dach hinauf, wo sie im Sommer zu kochen und zu schlafen pflegten und wo eine Laube aus Rosmarin Selene vor den Augen Neugieriger schützte, wenn sie sich nun umkleidete.
Mutter und Tochter standen im goldenen Licht der untergehenden Sonne. Von fernen Dächern stiegen die Rauchfahnen von Kochfeuern auf und breiteten einen feinen grauen Schleier über die Stadt. Nur die hohen Tempelbauten durchstießen den Dunst und leuchteten wie verzaubert im klaren Schein der Abendsonne.
Selene konnte kaum stillstehen, während ihre Mutter sie ankleidete. »Ist er nicht w-w-«, versuchte sie zu sagen, als Mera ihr das abgetragene alte Kleid über den Kopf zog. »Ist Andreas n-nicht...«
Sie wusch sich in einer Schüssel frischen Wassers und legte dann ein neues Hemd an. Mera nahm schweigend die pflaumenblaue Stola aus ihrem Kasten. Von unten hörten sie das Lärmen der Gäste. Alle warteten auf Selenes Erscheinen.
Mera war hin und her gerissen. Auf der einen Seite war sie froh und dankbar, daß Selenes Fest so gelungen war; andererseits jedoch brachte ihr der Urheber des Erfolgs, Andreas, neue Sorge.
In acht Tagen war Vollmond. Diese Nacht würden Mera und Selene in den naheliegenden Bergen verbringen, in einem einsamen Lager, wo sie fasten, beten und mit der Göttin Zwiesprache halten würden. Dort, in der Wildnis, würde Selene zur Heilerin geweiht werden. Und dort würde Mera ihr die Wahrheit über ihre Herkunft sagen; die Elfenbeinrose

würde geöffnet werden, so daß Selene sich nun selber auf die Suche nach ihren Wurzeln begeben konnte.
Bis zu diesem Nachmittag war alles nach Plan gegangen.
Diese vergangenen zwanzig Tage waren ganz dem Lehren und Lernen gewidmet gewesen. Mera hatte sich beeilt, all ihr irdisches Wissen an ihre Tochter weiterzugeben. In acht Tagen würde sie auch des geistigen Wissens teilhaftig werden, und dann, hatte Mera gehofft, würde sie nach Erfüllung ihrer Aufgabe in Frieden sterben können. Doch nun war plötzlich ein Hindernis aufgetaucht. Gerade in diesem entscheidenden und kostbaren Augenblick ihres Lebens hatte Selene sich verliebt.
»Du mußt heute abend an anderes denken, Selene«, sagte Mera, während sie Selene in die Stola half. »Du mußt an den Ernst dieses Tages denken. Du bist nun kein Mädchen mehr, Selene. Sondern eine Frau. Und keine gewöhnliche Frau, sondern eine Heilerin, die kein gewöhnliches Leben führen kann. Du mußt an deine zukünftigen Pflichten denken, Selene.«
»Ich w-will aber n-nur an an Andreas d-denken!«
Mera preßte die Lippen aufeinander. Vor zwanzig Tagen hatte sie um Erlaubnis ersucht, die Seherin im Tempel befragen zu dürfen. Sie mußte wissen, was in den Sternen ihrer Tochter geschrieben stand. Sie mußte Selenes Zukunft wissen, ehe sie starb. Aber man hatte ihr gesagt, sie solle in siebenundzwanzig Tagen wiederkommen. Sie hatte den Tempelwächter angefleht, sie vorzulassen, doch es hatte nichts gefruchtet. Den Zeitpunkt der Orakelbefragung wählte man nicht selbst.
Schmerz durchzuckte Meras Körper. Sie biß die Zähne aufeinander. Aber Selene hatte nichts bemerkt, wußte nicht, daß ihre Mutter dem Tod nahe war.
Als die Stola über ihren Kopf glitt und mit streichelnder Berührung an ihrem Körper herabfiel, wurde Selene still. Nie hatte so edler Stoff ihre Haut berührt. Der Saum, auf dem blaßblaue Blüten tanzten, berührte knapp den Boden. Die Ärmel, weit und fließend, an der äußeren Naht offen und nur stellenweise gerafft, wehten wie ein sanfter Hauch um ihre Arme. Sie schlang die Kordel aus blaugefärbtem Hanf um ihre Mitte und band sie, zwischen ihren Brüsten gekreuzt nach oben.
Zum Schluß legte Mera ihr die Elfenbeinrose um den Hals. Leuchtend lag sie auf dem tiefen Blau der Stola, jedes Detail der fein geschnitzten Blütenblätter scharf gezeichnet. Der Rücken der Rose war vor langer Zeit mit Ton versiegelt worden; nur einmal würde der Verschluß geöffnet werden. An dem Tag, wenn Selene und ihre Mutter zum Berg Silpius hinaufstiegen, der auf Antiochien herabschaute.

Zuletzt bürstete Mera Selenes langes schwarzes Haar, das sie an diesem Tag zum letztenmal offen trug. Danach trat sie zurück, um ihre Tochter zu betrachten. Tiefe Trauer überkam sie einen Moment lang.
Du bist zu mir gekommen in meiner Kinderlosigkeit und in meiner Einsamkeit, dachte Mera, und die Tränen schossen ihr in die Augen. Unsere gemeinsame Zeit war kurz, liebste Tochter, aber ich bereue nicht einen Augenblick dieser sechzehn Jahre.
Blitzartig erschien das Gesicht des sterbenden Römers vor Mera, so lebendig, als stünde der Mann vor ihr. Sie kommt von den Göttern, sagte er. Der Ring wird ihr alles sagen. Er wird sie zu dem führen, was ihr bestimmt ist.
Mera wollte die Vision festhalten, wollte rufen, wer bist du? Doch das Gesicht zerfloß im dunstigen Abendlicht.
Die Gäste verstummten, als Mera endlich an der Hintertür erschien. Alle drehten sich um, Selenes Eintritt zu erwarten.
Manch einem stockte der Atem, als Selene ins Zimmer trat. Ester und Almah, die neben Andreas standen, rissen die Augen auf, als sie die blaue Stola sahen. Wo hatte Selenes Mutter dieses Gewand gefunden? Wie hatte sie es bezahlen können? Und beide dachten: Meine war nicht mit Blumen bestickt...
Selene trat zögernd ein, ein scheues Lächeln auf den Lippen, die Augen niedergeschlagen. Mera sah die Gesichter der Gäste, und wieder stiegen die Tränen auf. Jetzt endlich sahen sie ihre Tochter so, wie sie wirklich war, eine schöne, reine Seele. Diese Leute, die Selene wegen ihrer unbeholfenen Rede verachtet, die Mera gewarnt hatten, daß ihre Tochter niemals eine gute Heirat machen würde, all diese Leute, die jahrelang ihre Tochter kaum beachteten – jetzt brauchte man nur ihre Gesichter zu sehen!
Dann glitt Meras Blick zu Andreas, und ihre Freude zerstob. Sie hatte in ihrem Leben genug Männer gekannt, um den Ausdruck auf seinem Gesicht richtig zu deuten, und sie bekam Angst. Sie durfte nicht zulassen, daß Andreas sich Selene näherte...
Einen Moment war die Szene in Stille gefroren, dann trat Mera zu ihrer Tochter und umarmte und küßte sie. Die Gäste klatschten und riefen ihnen Glückwünsche zu. Über Meras Schulter hinweg sah Selene nach Andreas. Stumm und reglos stand er da und sah Selene mit brennendem Blick an. Kein Lächeln lag auf seinen Zügen. Die dunklen Augen unter den zusammengezogenen Brauen hatten den grüblerischen Ausdruck, den sie kannte.
Mera ließ ihre Tochter los und wischte sich die Tränen von den Wangen.

Dann holte sie von einem Bord das Messer, mit dem sie Selene die Haarsträhne zum Opfer der Hausgötter abschneiden wollte. Doch als sie das Messer hob und ansetzte, die traditionellen Begleitworte zu sprechen, trat Andreas vor.

»Es ist Brauch, daß die Brüder diese Pflicht übernehmen«, sagte er und streckte die offene Hand aus.

Mera sah ihn überrascht an, dann legte sie unsicher das Messer in seine Hand.

Andreas trat dicht an Selene heran und sagte leise: »Betrachte mich für diesen Augenblick als deinen Bruder.«

Als seine Hände ihr Haar berührten, schloß Selene die Augen, und Mera, die die schwarze Locke in die Hand des jungen Mannes fallen sah, dachte: Er nimmt sie mir.

Nachdem Selene die Locke auf dem kleinen Hausaltar niedergelegt hatte, begannen die Musikanten wieder zu spielen, der Wein begann von neuem zu fließen, Stimmengewirr und Gelächter erfüllten die heiße Sommernacht.

Selene trat vom Schrein weg. Sie konnte Andreas nicht in die Augen sehen. Ihr war, als wäre sie im Traum, als müßte sie jeden Moment zu rauher Morgenluft und bitterer Enttäuschung erwachen.

Jemand holte einen Stuhl, und Selene ließ sich feierlich auf ihm nieder. Ihre Mutter brachte Kämme und Haarnadeln für das letzte Ritual, das Hochstecken von Selenes Haar nach Frauenart.

Ester und Almah, die sehr darauf bedacht waren, die Aufmerksamkeit des vornehmen Herrn auf sich zu ziehen, bestanden darauf, diese Aufgabe zu übernehmen, die traditionsgemäß Sache der Schwestern war. Wieder trat Mera zurück und überließ ihre Tochter den Handreichungen Fremder; und wieder beobachtete sie heimlich Andreas.

Er wird sie mir nehmen, dachte sie. Er wird sie der Göttin und ihrer Bestimmung abtrünnig machen. Dieses Kind wurde mir anvertraut. Die Götter erwählten mich zu ihrer Hüterin. Sie hat ihnen gegenüber eine Pflicht; sie muß sich auf die Suche machen, um herauszufinden, wer sie ist. Und nichts, niemand darf sie davon abhalten.

In sieben Tagen, tröstete sich Mera, wird mir das Orakel sagen, was zu tun ist...

Als Ester und Almah zurücktraten, lobten alle ihr Werk. Es war eine schlichte Haartracht. Nun waren alle Rituale abgeschlossen, und Selene wurde von den Nachbarn als erwachsene Frau aufgenommen.

Selene thronte mit glühenden Wangen und glänzenden Augen wie eine Königin auf ihrem Stuhl. Sie hatte ein Gefühl, als wäre sie aus ihrem

Körper herausgetreten und stünde neben der jungen Frau mit dem kunstvoll aufgesteckten Haar, die da in ihrer Stola, auf deren tiefem Blau die weiße Rose wie ein Stern leuchtete, Mittelpunkt der Festsfreude war.
Erst als Mera ihren Arm berührte und leise sagte: »Du mußt jetzt ein paar Worte sprechen, Selene, und allen eine gute Nacht wünschen«, fand sie in die Wirklichkeit zurück.
Entsetzt sah sie ihre Mutter an. Ein paar Worte sprechen? Vor all diesen Leuten?
»Nur ein paar Worte des Dankes«, sagte Mera.
»A-aber –«
»Selene«, sagte Mera leise, aber bestimmt. »Steh jetzt auf und bedanke dich.«
»I-ich kann n-nicht«, flüsterte Selene.
Da war plötzlich Andreas bei ihr. »Sie braucht frische Luft«, erklärte er Mera. »Sie braucht einen Augenblick Ruhe von dem Lärm und der Aufregung.« Er bot Selene die Hand, und diese ergriff sie dankbar. Nur wenige sahen die beiden hinausgehen – Almah und Ester, die wissende Blicke tauschten, und Mera, die allein zurückblieb.
Selene und Andreas stiegen zum Dach hinauf, das wie eine Insel des Friedens unter den schimmernden Sternen lag.
»Selene«, sagte Andreas, »hab keine Angst. Du kannst zu ihnen sprechen!«
»A-aber ich k-k-k-«
»Warte«, sagte er. Er sah ihr in die erwartungsvollen Augen und wunderte sich über sich selbst. Es war Jahre her, daß er sich das letztemal einem anderen Menschen geöffnet hatte, und er war dabei so tief und bitter verletzt worden, daß er nie wieder jemandem Zugang zu seinem Herzen gegeben hatte. Er hatte sich allen Gefühlen verschlossen, weil er meinte, noch eine solche Verletzung würde ihn vernichten. Und nun stand er hier oben auf dem Dach eines ärmlichen Hauses und legte behutsam seine Hände um das Gesicht dieses scheuen Mädchens, das er kaum kannte, und sagte: »Ich weiß, daß du zu ihnen sprechen kannst, Selene.«
»W-wie?« fragte sie.
»Du besitzt die Fähigkeit, andere zu heilen; nun mußt du dich selbst heilen. Erinnere dich an den Anfall des Teppichhändlers.«
»Ja?«
»Setze diese Kraft für dich selbst ein.«
Sie sah ihn groß an. Sie hatte nie daran gedacht, das zu versuchen. »A-aber w-wie?« fragte sie.

»Immer, wenn du zu sprechen versuchst, konzentrierst du dich auf die Worte, und gerade weil du das tust, gerätst du ins Stottern. Du strengst dich zu sehr an. Denk nicht an das, was du sagen willst, sondern konzentriere dich auf etwas anderes. Dann kommen die Worte ganz von selbst. Nimm die Menschen wahr, mit denen du sprichst, Selene, aber richte dein inneres Auge nicht auf sie. Stell dich neben dich. Was hast du an dem Tag bei dem Teppichhändler gesehen? Eine Flamme, nicht wahr? Stell dir diese Flamme vor, konzentriere dich auf sie und nichts anderes, und dann sprich.«
Selene sah ihm wie gebannt in die Augen. Genau so hatte Mera mit ihr gesprochen, als sie sie vor Jahren dieses uralte Verfahren gelehrt hatte. Beschwöre die Seelenflamme herauf, richte dein ganzes Sein auf sie.
»Stell sie dir jetzt vor«, sagte er leise.
Sie schloß die Augen und öffnete sie wieder. Sie sah die Flamme und wurde ruhig. Selene öffnete den Mund und sagte: »Ich will es versuchen, Andreas. Für dich will ich es versuchen.«
Zur Beschließung der Feier drängten sich alle ins Haus. Sie waren so still, daß der Herold, der auf der anderen Seite der Stadt die zweite Nachtwache ausrief, zu hören war. Selene sah ihre Gäste an und sprach ruhig und ohne zu stottern. Sie dankte ihnen, nannte jeden beim Namen und segnete sie zum Schluß. Als sie geendet hatte, rührte sich niemand. Stumm und still standen alle.
Dann begannen die ersten sich langsam zu regen, als erwachten sie aus einem Zauberschlaf, und die anderen taten es ihnen nach. Die Gäste verabschiedeten sich, nahmen ihre Umhänge und gingen in die Nacht hinaus.
Ester sagte: »Selene, ich webe gerade ein neues Muster. Ich würde gern wissen, wie du es findest.« Und Almah sagte: »Darf ich dich einmal besuchen, Selene?«
Als die Bäckersfrau gute Nacht wünschte, lag ein ganz neuer Ausdruck auf ihrem Gesicht, und ein hübscher junger Mann, der Sohn des Olivenhändlers, fragte Selene schüchtern, ob er sie einmal zu einem Spaziergang einladen dürfe.
Andreas ging als letzter, nachdem er Mera noch einmal für ihre Hilfe gedankt und Selene nochmals gratuliert hatte. Und als er ging, dachte er an die lange Nacht, die auf ihn wartete. Er wußte, daß er nicht schlafen würde.

7

»Dein Tod ist nahe, meine Tochter«, sagte die Seherin.
Mera neigte den Kopf. »Ja, Mutter, ich weiß.«
»Und deine Tochter weiß nichts davon?«
»Nein.«
Tiefe Weisheit schimmerte in den alten Augen der Seherin. »Warum hast du deiner Tochter nicht gesagt, daß du stirbst?«
»Ich wollte alle Sorge und Angst von ihr fernhalten, damit ihr Geist und ihre Seele frei sind am Tag der Einweihung in die Mysterien der Göttin.«
Die Seherin nickte und wandte sich von Mera ab, um aus dem Fenster in den Tempelvorhof hinauszuschauen. Es war ein grauer, bewölkter Tag, typisch für den Monat August. In der Ferne braute sich ein Gewitter zusammen. Einige Bittsteller schritten durch den Hof, um der Göttin ihre Gaben zu bringen. Ein heiliger Stein stand in der Mitte des Hofs, ein gewaltiger Block, von dem es hieß, er wäre einst von der Göttin selbst berührt worden. Mütter brachten ihre Kinder hierher und schlugen ihnen die Köpfe an den Stein, in der Hoffnung, ihnen Vernunft einzubleuen.
Die Seherin richtete den Blick wieder auf Mera. »Wann wird sie eingeweiht?«
»Morgen. Wir gehen ins Gebirge hinauf.«
Die Seherin nickte beifällig. Diese Heilerin war eine fromme und treue Tochter der Göttin. Hoch oben in der reinen, dünnen Luft der Berge, die Antiochien bewachten, würde sie ihre eigene Tochter der Großen Mutter verbinden.
»Ist sie bereit?« fragte die Seherin.
Mera hob den Kopf und sah ihr direkt in die Augen. Sie war eine alte Frau, klein und von zartem Äußeren, eingehüllt in schwarze Gewänder und einen schwarzen Schleier. Mera fühlte sich unbedeutend vor ihr; die alten Frauen, die das Haus der Göttin versorgten, geboten über ungeheure Macht. Wie die Priesterinnen der Minerva und der Sophia waren die Frauen, die der Isis dienten, in jenem Lebensalter, wo der Mondfluß versiegt ist, und das gestattete ihnen, ihre ganze Mondweisheit in sich zu bewahren.
»Ich weiß es nicht«, antwortete Mera leise auf die Frage der Seherin. »Sie müßte bereit sein. Ich habe sie gut gelehrt und vorbereitet, aber ...«
Die Seherin wartete.
»Aber jetzt ist ein Mann aufgetaucht.«

»Du weißt, daß deine Tochter rein und unberührt in die Einweihung gehen muß.«
»Ich habe ihr verboten, ihn zu sehen.«
»Gehorcht sie?«
Mera rang die Hände. Nein, dachte sie. Sechzehn Jahre lang war Selene eine gute und gehorsame Tochter. Aber jetzt schleicht sie sich heimlich davon und läuft zu dem Haus in der Oberstadt.
»Kennt sie die Gefahr?« fragte die Seherin, als hätte sie Meras Gedanken gelesen.
»Ich habe sie gewarnt. Am Abend der Einkleidung vor sieben Tagen, als wir allein waren, habe ich sie belehrt. Aber sie glaubt diesen Mann zu lieben, Mutter. Ihre Gedanken schweifen von meinen Lehren ab. Sie denkt nur noch an ihn, spricht nur von ihm...«
Die Seherin hielt ihre Hand hoch. »Deine Tochter ist kein gewöhnliches Kind«, sagte sie. »Eine Bestimmung erwartet sie. Du hast mir gesagt, daß sie von den Göttern gekommen ist und deiner Obhut anvertraut wurde. Fürchte dich nicht, meine Tochter, die Göttin wird sie lenken und leiten.« Die Seherin hielt inne und sah Mera forschend ins Gesicht. »Das ist nicht alles«, sagte sie dann. »Dieser Mann macht dir angst. Warum?«
»Weil er meine Tochter auf Abwege führt und sie der wahren Lehre entfremdet. Er ist ein *Chirurg*, Mutter. Er übt eine schreckliche Art der Heilkunst aus. Ohne die Hilfe der Göttin zu erbitten, ohne das heilige Feuer anzuzünden, ohne Gebete. Er ist gefährlich, Mutter. Er wird alles zerstören, was ich ihr nahezubringen versucht habe.« Mera senkte die Stimme. »Nicht die Unschuld ihres Körpers ist in Gefahr, Mutter, sondern die Unschuld ihrer Seele.«
Die Seherin hüllte sich in Schweigen.
»Was soll ich tun?« Mera beugte sich vor. »Kannst du mir sagen, was in den Sternen geschrieben steht?«
Die Seherin sagte: »Unter welchen Sternen ist sie geboren?«
»Sie wurde im Zeichen des Löwen geboren mit aufsteigender Venus im Zeichen der Jungfrau.«
»Um welche Stunde?«
»Ich – das weiß ich nicht, Mutter. Es war eine überstürzte Geburt. Ihre Eltern waren Flüchtlinge.«
»Du weißt, daß wir den wahren Aszendenten wissen müssen, Tochter. Mehrere Planeten können in ihrem ersten Haus stehen. Wir müssen wissen, welcher der Aszendentenachse am nächsten steht.«
Das wußte Mera bereits. Sie hatte im Verlauf der vergangenen sech-

zehn Jahre immer wieder versucht, Selenes Sterne deuten zu lassen, aber vergeblich.
»Aber das ist noch immer nicht alles«, bemerkte die Seherin. »Sage mir, was du mir bis jetzt verschwiegen hast.«
»Unmittelbar vor Selene wurde ihr Zwillingsbruder geboren. Die Eltern nannten ihn Helios.«
Die Seherin zog die dünnen Brauen hoch. »Helios und Selene? Sonne und Mond?« Die Augen der Priesterin schienen sich nach innen zu richten, während sie nachdachte. »Das Mädchen muß seinen Bruder finden«, sagte sie dann, »denn er ist ihre andere Hälfte. Es ist von lebenswichtiger Bedeutung, daß sie mit ihm vereint wird. Weißt du, wo er ist?«
Mera schüttelte den Kopf.
»Gib mir jetzt die Haarsträhne.«
Mera hatte die Locke, die Andreas Selene abgeschnitten hatte, aus dem Schrein der Isis genommen und legte sie jetzt der Seherin in die Hände.
Lange saß die Dienerin der Isis stumm in den Schatten der von Weihrauch durchzogenen Kammer, ehe sie wieder sprach. »Sechzehn Jahre lang«, sagte sie dann, »hast du dieses Kind genährt. Jetzt ist die Zeit gekommen, wo du sie freigeben und sie ihren eigenen Weg gehen lassen mußt.«
Mera wartete. Als die Seherin stumm blieb, beugte sie sich von Angst und Sorge getrieben vor und sagte: »Kannst du mir nicht sagen, wer sie ist, bevor ich sterbe, Mutter?«
»Das kann ich nicht. Das muß das Mädchen selbst herausfinden. Es ist die Bestimmung ihres Lebens. Aber ihr Weg beginnt nicht hier in Antiochien. Du mußt sie dorthin zurückbringen, wo ihr Leben begann, an den Ort ihrer Geburt. Von dort wird die Göttin sie weiterführen.«
Mera starrte die Seherin ungläubig an. Sie zurückbringen? Nach Palmyra?
»Aber Mutter«, sagte sie zaghaft. »Das ist eine sehr weite Reise. Es wäre große Mühsal für mich.«
»So muß es sein, Tochter. Du wirst Palmyra nicht wiedersehen, aber du mußt das Mädchen in die Wüste dort hinausbringen, damit sie beginnt, nach der wahren Straße zu suchen, die sie zu ihrer Bestimmung führen wird. Ihr werdet noch heute abend aufbrechen. Der Mond ist voll, das ist die günstigste Zeit«, sagte die Seherin. »Der Mond wird euch leiten.«
Mera war wie betäubt. Sprachlos sah sie zu, wie die Priesterin langsam von ihrem Stuhl aufstand und mit alterskrummem Rücken zu einer verschlossenen Nische in der Wand trat. Sie entnahm der Nische einen Ge-

genstand, den sie vor Mera auf den Tisch legte. »Gib das deiner Tochter«, sagte sie. »Es wird ihr eines Tages das Leben retten.«
Es war ein Schwefelbrocken, wie man ihn in Krankenzimmern anzuzünden pflegte, um die bösen Geister zu vertreiben. Konnte das bedeuten, fragte sich Mera, daß in Selenes Zukunft eine furchtbare Krankheit wartete?
»Das ist alles, was ich für dich tun kann, Tochter«, sagte die Seherin und ließ sich unter Mühen wieder auf ihrem Stuhl nieder. »Du hast noch viel zu tun, wenn du der Göttin gehorchen und noch heute abend Antiochien mit deiner Tochter verlassen willst. Brecht bei Mondesaufgang auf.«

8

»*Primum non nocere*«, sagte Andreas leise, während er dem Patienten die betäubende Salbe ins Ohr rieb. »Das heißt, vor allem keinen Schaden tun, Selene. Es ist die wichtigste Regel aller Ärzte.«
Schläfrig lag der Patient auf dem Bett in Andreas' Behandlungsraum. Man hatte ihm das Haar rund um das Ohr geschoren, sein Kopf lag seitlich gewendet. Im Licht der Sommersonne, das durch das Fenster strömte, konnte Selene deutlich die Deformierung des Ohrläppchens sehen.
Der Mann war ein ehemaliger Sklave, dem die Freiheit gegeben worden war. Er hatte Andreas seinen Freilassungsbrief gebracht, um zu beweisen, daß er berechtigt war, sein Ohrläppchen wiederherstellen zu lassen.
Das durchbohrte Ohr war das Zeichen des Sklaventums. Im allgemeinen wurde die Perforation mit einer Ahle auf dem Sklavenmarkt vorgenommen, wenn der Sklave noch jung war, und durch das Einhängen des schweren Rings kam es dann zu einer häßlichen Verformung des Ohrläppchens, an der selbst nach seiner Befreiung der ehemalige Sklave noch zu erkennen war. Andreas gehörte zu den wenigen Ärzten, die die Kunst beherrschten, derart deformierten Ohren ihre natürliche Gestalt wiederzugeben. Und an diesem Morgen zeigte er Selene, wie das gemacht wurde.
Sie stand dicht an seiner Seite, und als sie das Skalpell ergriff, legte er es ihr richtig in die Hand. »Zuerst schneidest du hier«, sagte er und führte ihr die Hand. Sobald das Ohrläppchen durchtrennt war, stillte Andreas die Blutung mit einem heißen Ätzstift. »Denk jetzt daran, was ich dir

gesagt habe. Die Wundränder müssen offen und sauber sein, sonst wachsen sie nicht zusammen.«

Selenes Hand war ruhig, als sie die Wundränder abrieb. Sie schöpfte die Ruhe aus der Nähe Andreas', und aus dem Bild ihrer Seelenflamme, das klar vor ihrem inneren Auge stand. Ihr Blick war scharfe Aufmerksamkeit, ihr Mund zusammengepreßt in gespannter Konzentration, und Andreas, der sie beobachtete, spürte, wie sein Herz ihm zu entgleiten drohte.

»Lehre mich, was du weißt«, hatte Selene zu ihm gesagt. Und diese beiden gewöhnlichen Worte, lehre mich, hatten die Mauern eingerissen.

»Jetzt ätze«, sagte Andreas und griff über ihre Hände hinweg, um das Blut abzuwischen. »Und jetzt die Naht.«

Sie nahm das gebogene Fischbein, an dessen Ende ein Seidenfaden befestigt war, und Andreas führte ihr beim Nähen die Hand.

»Die Ränder müssen genau übereinstimmen«, erklärte Andreas, »sonst wachsen sie nicht zusammen. Unser Patient möchte, daß niemand merkt, daß er einmal Sklave war; es ist unsere Pflicht, ihm diesen Wunsch zu erfüllen.«

Erregung bemächtigte sich Selenes, wie immer, wenn sie sich dem Abschluß eines chirurgischen Eingriffs näherten. Zu Beginn einer Operation war sie immer nur verwirrt und verwundert, da sie nicht fähig war, das zu sehen, was Andreas offensichtlich sah – eine neue Form, makellos verheilt. Und während der Operation selbst, konzentrierte sie sich zu sehr, um an irgend etwas anderes denken zu können als das, was sie gerade tat. Doch am Ende, wenn sie mit Andreas' Hilfe das Fleisch formte, und es vernähte wie ein Stück Stoff, konnte Selene endlich sehen, was Andreas schon vorher gesehen hatte, und das Wunder erregte sie immer wieder.

Als Andreas ihr an dem Morgen nach ihrer Einkleidungsfeier zum erstenmal gezeigt hatte, wie man ein Skalpell hielt und seine Hand um die ihre gelegt hatte, um sie zu führen, überkam Selene ganz überraschend das Gefühl, angekommen zu sein. Es fühlte sich so richtig an, das Messer zu halten, den Einschnitt zu machen und danach das verletzte Fleisch zusammenzufügen. Sie war überzeugt, daß in dieser Tätigkeit ihre Berufung lag.

Es gab keinen Zweifel für sie, daß sie an jenem magischen Abend vor sieben Tagen einen weit bedeutungsvolleren Schritt getan hatte als nur den vom Mädchen zur Frau. Andreas hatte ihr das Tor zu einer Welt aufgetan, deren Möglichkeiten zu helfen und zu heilen, weit über alles hinausgingen, was Mera sie gelehrt hatte. Alles, was diese neue Welt zu

bieten hatte, wollte Selene lernen und mit dem vereinigen, was sie schon wußte und konnte.
»Jetzt den Rost«, sagte Andreas und reichte Selene die Speerspitze.
Während sie sorgsam den Kopf des befreiten Sklaven verband, hörte sie Andreas zu. »Wir lassen ihn jetzt schlafen, und dann kann er nach Hause gehen. In zwei Tagen soll er wiederkommen, damit wir den Verband wechseln können. Dann siehst du gleich nach, ob an dem Ohr eine Entzündung festzustellen ist. Nach acht Tagen ziehen wir die Fäden, und er ist geheilt.«
Andreas ging zum Wasserbecken, um sich die Hände zu waschen.
Die medizinische Praxis hatte längst nichts Wunderbares mehr für Andreas. Er arbeitete als Arzt, weil das die Tätigkeit war, auf die er sich verstand. Doch die Leidenschaft, das befriedigende Gefühl, etwas Sinnvolles zu tun, hatten weitgehend gefehlt. Ein Tag war wie der andere gewesen, eine Krankheit wie die vorhergehende. Doch mit seinem Bemühen, Selene zu unterweisen, hatte sich der Funke von neuem entzündet. Er hatte gemerkt, daß er ein guter Lehrer war. An den Nachmittagen, wo er Selene lehrte und führte, fühlte er sich lebendiger als je zuvor in seinem Leben; jeden Morgen erwachte er voller Ungeduld, beflügelt von dem Bestreben, Selene zu sehen.
Er hatte nicht gemerkt, daß er sie angestarrt hatte, bis sie plötzlich den Kopf hob und ihn anlächelte.
Mit dem Gefühl war an jenem Abend vor sieben Tagen auch das körperliche Begehren wiedererwacht, das Andreas völlig abgetötet geglaubt hatte. Er wußte, daß er Selene mit größter Behutsamkeit begegnen mußte.
Am liebsten hätte er sie auf der Stelle in die Arme genommen. Er hatte ihr das Tor zu anderen Welten geöffnet, nun wollte er ihr auch die Liebe erschließen. Manchmal war sein Verlangen nach ihr so heftig, daß es schmerzte: Aber dann dachte er an ihre Jugend, ihre Unschuld und daran, daß die Verbindung zwischen ihnen, so tief und fest sie sein mochte, neu war. Es war, als kennten sie sich seit Jahren, gewiß. Doch das Band, das sich zwischen ihnen angesponnen hatte, war noch zart und bedurfte liebevoller Pflege.
Denn die Frage war ja auch, was Selene wollte. Andreas war vierzehn Jahre älter als sie – auch wenn ein solcher Altersunterschied einer Heirat nicht unbedingt im Wege stand; es gab viele gute Ehen zwischen jungen Mädchen und reifen Männern. Aber er war auch in anderer Hinsicht älter als sie. Er war weit in der Welt herumgekommen. Selene hingegen hatte bis zu diesem Tag ein behütetes Leben geführt.

Wie sah sie ihn? Wenn sie ihn mit so unverhohlener Zuneigung ansah, war das dann die Liebe der Schülerin zu ihrem Lehrer, oder die der Schwester zum Bruder oder gar, was die Götter verhüten mochten, die Liebe der Tochter zum Vater? Was würde geschehen, wenn er es wagen sollte, ihr seine Gefühle zu offenbaren? Würde er sie nicht nur erschrekken und das zarte Band zwischen ihnen zerreißen?
Tumult auf der Straße riß Andreas aus seinen Gedanken. Er ging zum Fenster und schaute hinaus.
»Was ist?« fragte Selene und lief ebenfalls zum Fenster.
Eine wilde Menge wälzte sich um die Ecke und zog mit lautem Geschrei an Andreas' Haus vorüber. Es schien eine Art Prozession zu sein. Die Teilnehmer waren mit Blumenkränzen und Kronen aus Eicheln geschmückt. Flötenspieler und Trommler begleiteten den Zug, dem sich immer mehr Leute zugesellten.
Dann sah Andreas das lebensgroße Bildnis, das dem Zug hinterhergetragen wurde. »Es ist eine Geburtstagsfeier«, sagte er. »Zu Ehren des Gottes Augustus.«
»Wohin ziehen sie?«
»Ich nehme an, nach Daphne. Dort werden die Feste zu Ehren der Götter abgehalten. Heute huldigen sie Augustus.«
»Aber Augustus ist doch tot?« fragte Selene, die sich zu erinnern meinte, daß in Rom ein anderer Kaiser namens Tiberius herrschte.
»Ja, Augustus starb vor sechzehn Jahren.«
»Warum feiern sie dann seinen Geburtstag?«
»Weil er ein Gott ist.«
Selene betrachtete das Standbild, das vorübergetragen wurde, und dachte, Augustus müsse ein sehr schöner Mann gewesen sein, wenn das Bildnis der Wirklichkeit entsprach.
»Aber wenn er ein Mensch war, wie kann er dann jetzt ein Gott sein?« fragte sie.
»Das Volk hat ihn zum Gott erhoben.«
»Hat es denn die Macht dazu?«
»In Rom herrscht der Pöbel, Selene. Er hat die Macht, Götter zu schaffen oder sie zu vernichten. Die Familie der Claudier herrscht nur, weil der Pöbel es ihr gestattet. Er machte auch Julius Cäsar zum Gott. Und es sollte nicht wundern, wenn man Tiberius noch zu Lebzeiten zum Gott erhebt.«
Selene konnte nur staunen. Was mußten das für Menschen sein, die Götter waren und den Kaiserpalast im fernen Rom bewohnten?
»Möchtest du zu dem Fest gehen?« fragte Andreas.

Selene überlegte. Sie hatte an diesem Tag nur zu Andreas kommen können, weil ihre Mutter zum Tempel der Isis gegangen war, um das Orakel zu befragen. Sie hatte Selene verboten, Andreas zu besuchen. Aber wie hätte sie es fertigbringen sollen, ihm fernzubleiben?

9

Zoë sah ihnen nach, als sie gingen, und Tränen der Eifersucht und der Wut schossen ihr in die Augen. Sie sah, wie sich Andreas und das Mädchen dem Festzug anschlossen, der sich die Straße hinunterwand, und blieb am Fenster stehen, bis auch die letzten Nachzügler verschwunden waren und wieder Stille eingekehrt war. Nie in ihrem zweiundzwanzigjährigen Leben der Armut und des Getretenwerdens, der Einsamkeit und des Unglücks, nicht einmal in den Nächten finsterster Verzweiflung war Zoë die Ungerechtigkeit des Lebens so schmerzhaft bewußt geworden wie in dieser Stunde.

Sie hätte mit ihm auf das Fest gehen müssen; *sie* hatte ihr Bett hergegeben und ihn aufgenommen, als er verwundet gewesen war. Sie war es gewesen, die die Heilerin hatte holen lassen; sie hatte an seiner Seite gesessen, bis er erwacht war. Den schönsten Träumen von einem gemeinsamen Leben mit ihm hatte sie sich hingegeben.

Und beinahe wären sie ja auch in Erfüllung gegangen. Er war in ihrem Zimmer erwacht und hatte sie einen flüchtigen Moment lang voll Zärtlichkeit und Gefühl angesehen. Zum erstenmal in ihrem Leben war ihr das Herz weich geworden. Doch als er am folgenden Tag wieder erwacht war, hatte er nach einem Menschen namens Malachus verlangt, man hatte ihn fortgebracht und sie mit ihren zerstörten Träumen allein gelassen.

Einige Tage später jedoch hatte sie eine Einladung von Andreas erhalten. Er hatte sie in sein Haus rufen lassen und ihr eine Belohnung dafür angeboten, daß sie ihn bei sich aufgenommen hatte. Die alte Zoë hätte Geld verlangt und wäre zu Schiff nach Sizilien gereist, um sich dort ihr Häuschen mit Garten zu kaufen. Doch die neue Zoë hatte von Liebe betört darum gebeten, als Dienerin in Andreas' Haus bleiben zu dürfen. Nun hatte sie ein eigenes kleines Zimmer; sie trug ordentliche Kleider und wurde für ihre Dienste bezahlt. Sie war jetzt versorgt und eine anständige junge Frau.

Doch das alles bedeutete Zoë nichts. Für sie zählte einzig, daß sie in Andreas' Nähe sein konnte.

Eine Zeitlang war es der Himmel auf Erden gewesen, ihm seinen Wein einzuschenken, Blumen in sein Zimmer zu stellen, immer und überall für sein Behagen zu sorgen. Bis dieses Mädchen erschienen war.
Zoë war nicht dumm. Sie wußte, was der Ausdruck in den Augen ihres Herrn bedeutete, wenn er dieses Mädchen sah. Zoë selbst sah Andreas mit solchen Blicken an, nur bemerkte er es nicht.
Aber sie war fest entschlossen, nicht aufzugeben. Endlich hatte sie einen Mann gefunden, für den Opfer und Kampf sich lohnten, und sie würde weder das eine noch das andere scheuen, um Andreas für sich zu gewinnen.
Zoë wandte sich jetzt, wo es auf der Straße wieder still geworden war, vom Fenster ab und merkte nicht, daß sie selbst beobachtet wurde. Malachus verfolgte sie mit sehnsüchtigen Blicken.
Es war grausame Ironie und ein Fluch dazu, daß ein Mann so spät im Leben endlich der Liebe begegnen sollte; daß er sich ausgerechnet in ein Mädchen verlieben sollte, das so jung und so hartherzig war, daß diese Liebe ihm mehr Kummer als Freude brachte. Malachus wußte, was Zoë von ihm hielt; sie hatte der Haushälterin einmal gesagt, er hätte Ähnlichkeit mit einem Tanzbären, der seinem Herrn ständig hinterher trottete. Malachus konnte nicht leugnen, daß er ein großer und schwerfälliger Mann war, der sich nicht darauf verstand, schöne Worte zu machen. Doch sein Herz war groß, er war zuverlässig und treu. Er wußte nicht, ob Zoë ahnte, daß er sie liebte; er glaubte es nicht, meinte, daß sie ihn dann wohl kaum so grausam behandelt hätte. In seiner Einfalt gab Malachus sich der Hoffnung hin, daß sie ihm freundlicher entgegenkommen würde, wenn sie wüßte, wie er zu ihr stand; und daß sie eines Tages vielleicht sogar seine Gefühle erwidern würde.
Aber nicht solange ich ein Sklave bin, dachte Malachus unglücklich, während er ihr nachsah. Sie wird mich nicht lieben, solange ich den Sklavenring im Ohr trage.
Zum erstenmal in seinem Leben verfluchte Malachus, der Sklave, sein Los. Er wollte die Freiheit. Nur dann konnte er Zoë gewinnen. Alle Geschenke, die er ihr machte – die Feigen, das Halstuch, das Armband, das ihn so viel Geld gekostet hatte –, nahm sie mit einer kühlen Gleichgültigkeit entgegen, die ihm bitter weh tat. Aber seine Freiheit, seine Selbständigkeit als Mensch und Mann, die würde sie gewiß zu schätzen wissen; um sie zu erlangen, würde er sich von Andreas loskaufen müssen, dem Herrn, den er nie hatte verlassen wollen.
Als Sklave mußte man sehen, daß man auf seine alten Tage ein gutes Unterkommen hatte, und Malachus war da in besserer Lage als die mei-

sten. Andreas mißhandelte seine Leute nicht; er war freundlich, großzügig und behielt die Alten auch bei sich, wenn er keinen Nutzen mehr aus ihnen ziehen konnte. Er sorgte dafür, daß sie einen Schlafplatz und Nahrung hatten, und kümmerte sich um sie, wenn sie krank waren. Malachus hatte sich auf einen sorgenfreien Lebensabend unter Andreas' Dach gefreut. Aber damit war es jetzt vorbei. Er mußte frei sein. Er würde sich loskaufen von diesem Haus, das zehn Jahre lang sein Heim gewesen war, und versuchen, als freier Mann seinen Weg zu machen.
Als erstes würde er Andreas bitten, sein Ohrläppchen zu schließen, damit Zoë nicht ständig an das frühere Sklaventum ihres Mannes erinnert werden würde.
Seufzend wandte sich Malachus ab. Ein ernstes Hindernis stand seinem Plan entgegen: Zoë hatte nur Augen für ihren Herrn. Malachus wußte natürlich, wie aussichtslos ihr Verlangen war; keine Frau würde je das Herz seines Herrn gewinnen. Einzig Malachus, der noch damals in Alexandria zu Andreas gekommen war, wußte, daß Andreas unerreichbar war wie der fernste Stern, und einzig Malachus wußte, warum. Dennoch begehrte Zoë den Herrn, und solange all ihre Wünsche Andreas galten, würde sie, das war Malachus klar, seine Liebe zu ihr gar nicht wahrnehmen.
Doch eine Hoffnung gab es. Vor vier Tagen hatte Malachus erfahren, daß Naso, der Schiffskapitän, wieder in Antiochien war. Aus irgendeinem Grund hatte er die Reise nach Britannien abbrechen und umkehren müssen. Vielleicht, hoffte Malachus, würde Andreas, vor drei Wochen durch seine Verletzung verhindert, diesmal mit ihm fahren.
Malachus war voll der Hoffnung. Er wußte, Andreas würde der Verlokkung einer solchen Reise nicht widerstehen können.

10

Der Strom der Feiernden, auf seinem Weg durch die Straßen Antiochiens, ergoß sich lärmend durch das Südtor der Stadt auf die Straße, die nach Daphne führte. Dieses große, massige Tor war Ausgangs- und Endpunkt vieler Karawanen, das ganze umgebende Gebiet ein einziges großes Lager: Zelte, Kamele, Esel und Maultiere so weit der Blick reichte.
Gehetzt von der drängenden Zeit und vom Befehl des Orakels hastete Mera durch das Gewirr von Tieren und Menschen, in der Hoffnung, eine Karawane zu finden, die an diesem Abend aufbrechen würde. Gleich nach Verlassen des Tempels war sie nach Hause zurückgekehrt und war nicht

überrascht gewesen, Selene nicht vorzufinden. Sie war zweifellos wieder bei Andreas. In aller Eile hatte sie alles zusammengerafft, was irgendeinen Wert besaß: den Alabasterkrug mit der Myrrhentinktur, ihr zweites Paar Sandalen, einen Steckkamm aus Schildpatt. Den einzig wahrhaften Wertgegenstand, den sie je besessen hatte, hatte sie ihrer Tochter geschenkt, und Selene hatte die Elfenbeinrose seitdem nicht mehr abgelegt. Aber die Rose hätte Mera sowieso nicht verkauft; der Erlös aus dem Verkauf der anderen Dinge reichte aus, um für sie beide die lange Reise nach Osten zu bezahlen; in die Wüste, zurück nach Palmyra.

Überall auf dem großen Platz waren Karawanen; die einen waren gerade angekommen, die anderen rüsteten zum Aufbruch. Das Lager war ein riesiges Gewimmel von Reisenden, Händlern, Bettlern und Tieren. Die Hand fest auf ihre wunde Seite gedrückt, keuchend vor Schmerz, hetzte Mera von einem Zelt, von einer Bude zur anderen und stellte immer wieder die gleiche Frage. Um den Befehl des Orakels zu erfüllen, mußte sie eine Karawane finden, die noch an diesem Abend die lange Reise nach Osten antreten würde. Sie achtete nicht auf den fröhlich lärmenden Zug, der an ihr vorüberkam. Sie sah nicht ihre Tochter und Andreas, die Hand in Hand mit der singenden Menge zogen.

Die Prozession war auf dem Weg zu jenem Ort, der Grotte der Daphne genannt wurde, weil hier der Legende zufolge Daphne sich in einen Lorbeerbaum verwandelte, um den Nachstellungen Apollos zu entgehen. Jeder, der in diesen grünen Hain kam, pflegte nach dem Baum zu suchen, der einst die Nymphe gewesen war, und so tat es jetzt auch Selene, ihre Hand fest in der Andreas'.

Der Zug löste sich auf, als er die Grotte erreichte. Das Standbild des Augustus wurde auf einem kleinen Hügel aufgestellt, und rundherum begannen die Menschen zu tanzen. Obwohl der Himmel sich zu verdunkeln begann und die Luft feucht war, war des fröhlichen Feierns kein Ende.

Selene meinte, sich in einer Zauberwelt zu befinden, während sie mit Andreas durch den duftenden, grünen Hain schritt. Sie war sorglos und unbeschwert, verlor keinen Gedanken an Medizinen und Krankheiten, keinen Gedanken auch an ihre bevorstehende Einweihung in die höheren Mysterien. Nur das Schicksal Daphnes beschäftigte sie in diesem Moment, die auf ihr Flehen in einen Baum verwandelt worden war, weil sie sich dem Liebeswerben Apollos entziehen wollte.

Selene fragte sich, warum sie vor der Leidenschaft geflohen war. Ich, dachte sie, würde das nicht tun. Wenn Andreas mich begehrt...

Aus dem Augenwinkel warf sie ihm einen Blick zu. Er war schön und stark. Sie liebte ihn so sehr, daß es ihr den Atem benahm. Was dachte Andreas von ihr? War sie vielleicht in seinen Augen noch zu jung für Liebe und Leidenschaft? Sah er sie nur als Schülerin und Schützling? ›Betrachte mich für diesen Augenblick als deinen Bruder‹, hatte er bei der Einkleidungsfeier gesagt. War das alles, was er ihr sein wollte?

Sie sehnte sich nach seiner Umarmung, wollte ihm so gern sagen, was sie fühlte. Aber immer, wenn sie sich vornahm, ihm ein Zeichen zu geben, packte sie plötzlich die Furcht und sie scheute davor zurück. Die Freundschaft zwischen ihnen war noch zu jung. Sie wollte sie nicht aufs Spiel setzen.

Als die ersten warmen Regentropfen fielen, sahen Selene und Andreas sich überrascht an. Im nächsten Moment öffnete der Himmel seine Schleusen, und ein Wolkenbruch ging nieder, der die Menge zerstreute. Andreas nahm Selene beim Arm und suchte mit ihr Schutz unter den tiefhängenden, dichtbelaubten Ästen eines alten Baumes.

Selene sah lachend in den strömenden Regen hinaus. Als die Tropfen durch das Blattwerk drangen, nahm Andreas seine Toga ab, warf sie wie einen Umhang über seine Schultern und zog Selene an sich. Sie wurde still und dachte, während sie in den Regen hinausstarrte, nur an seinen Arm, der um ihre Schultern lag.

Auch Andreas sprach nichts. Nach einer Weile, als der Regen nicht nachlassen wollte, zog er Selene mit sich zu Boden, und sie hockten sich, die Beine angezogen, an den Baumstamm.

»So regnet es in Alexandria«, sagte Andreas.

Sein Tonfall veranlaßte Selene, sich umzudrehen und ihn anzusehen. Sein Gesicht war dem ihren sehr nahe; er starrte stumm geradeaus.

»Der Regen erinnert mich an jemanden, den ich in Alexandria kannte«, sagte er leise, den Blick immer noch geradeaus gerichtet. »Ich weiß nicht, warum ich gerade jetzt an ihn denken muß – nach so vielen Jahren. Es war ein Junge, den ich während meines Studiums der Medizin kannte. Wir studierten zusammen.«

Selene spürte, wie sich Andreas' Körper unter einem Seufzer weitete und wieder zusammenzog. Sein Arm schien schwerer auf ihrer Schulter zu lasten.

»Er war neunzehn Jahre alt, als ich ihn kennenlernte. Er kam aus Korinth, wo auch ich herstammte. Er war still und verschlossen, und die Leute machten sich ihre Gedanken über ihn. Nachts erwachte er oft schreiend aus dem Schlaf.«

Selene betrachtete Andreas' Profil. So nahe war sie ihm noch nie gewesen.

»Erzähl mir von ihm«, sagte sie.
Andreas schien sie nicht gehört zu haben. Er blickte angestrengt in den Regen hinaus, als suchte er etwas. Schließlich sagte er: »Eines Tages erzählte mir dieser Junge eine außergewöhnliche Geschichte.«
Er hatte als Einzelkind mit seinen Eltern in Korinth gelebt, erzählte Andreas. Sein Vater war ein nicht sonderlich begabter Arzt gewesen, seine Mutter eine freundliche, rundliche Frau, in deren Gegenwart sich jedermann wohl fühlte. Der Junge hatte von seiner Kindheit an bei seinem Vater gelernt und hatte keinen größeren Ehrgeiz, als ein guter Dorfarzt zu werden. Bis er eines Tages einer Frau begegnete.
»Ich glaube, er sagte, sie hieß Hestia. Wie dem auch sei, er verliebte sich unsterblich in sie. Er war sechzehn Jahre alt und hatte keinerlei Lebenserfahrung. Hestia war älter und hatte schon viele Männer gekannt. Stundenlang pflegte er vor ihrem Haus herumzulungern, nur um sie sehen zu können, und schickte kleine Geschenke. Hestia ermutigte ihn nicht, stieß ihn aber auch nicht zurück. Sie verhielt sich ihm gegenüber etwa so, wie man sich einem anhänglichen Schoßhündchen gegenüber verhält. Eines Abends, erzählte er mir, erzwang er sich Einlaß in ihr Haus und gestand ihr seine leidenschaftliche Liebe. Hestia wies ihn nicht zurück und lachte ihn nicht aus. Was sie tat, war viel schlimmer für ihn: Sie war einfach freundlich.
Seine Liebe wurde ihm zur Besessenheit. Er vernachlässigte seine Pflichten zu Hause und dachte Tag und Nacht einzig darüber nach, wie er Hestia für sich gewinnen könne. Und eines Tages hatte er die Lösung. Er hatte gesehen, daß solche Frauen durch Reichtum zu beeindrucken waren, daß reichen Männern mehr Aufmerksamkeit zuteil wurde als armen. Der Junge war in seiner Naivität fest überzeugt davon, daß sie ihn erhören würde, wenn er nur reich genug wäre.
Er wußte, daß ein Leben als Frau eines Landarztes sie nicht befriedigen würde, und ihm war auch klar, daß sie nicht so lange auf ihn warten würde, bis er sein Glück gemacht hatte. Er brauchte den Reichtum sofort. Und er wußte, wie er zu erwerben war.«
Der Junge hatte von den Bernsteinjägern gehört, die unter Einsatz ihres Lebens bis ans Ende der Welt segelten, um Bernstein zu suchen. Es war allgemein bekannt, daß Bernstein zu den wertvollsten Gütern auf der Welt gehörte; eine kleine aus Bernstein geschnitzte Figur war so viel wert wie sechs Sklaven. Der Junge beschloß also, auf einem Schiff anzuheuern, dessen Fahrt zu den Bernsteingebieten ging, ein Jahr hart zu arbeiten und dann als reicher Mann zu Hestia zurückzukehren.
Andreas hielt inne. Als die Pause sich in die Länge zog, drehte Selene den

Kopf, um ihn anzusehen. Die steile Falte zwischen den dunklen Brauen war verschwunden. Sein Gesicht war glatt und ausdruckslos, der Blick in die Ferne gerichtet. Als er schließlich wieder zu sprechen begann, schien seine Stimme von weither zu kommen. Er erzählte ihr, wie der Junge zu Hestia gegangen war und ihr von seinem Plan erzählt hatte. Zum erstenmal gab Hestia ihm Ermutigung. Sie versprach, auf ihn zu warten, und sagte, wenn er in der Tat mit Bernstein zurückkehren sollte, wollte sie seine ganz besondere Freundin sein. Seinen Eltern verriet er nichts von seinem Vorhaben. Bei Nacht und Nebel schlich er sich aus dem Haus und schlug den Weg zum Hafen ein, wo ein Mann gerade die Besatzung für ein Bernsteinschiff anheuerte.

Als der Schiffskapitän dem Jungen erklärte, er wäre zu jung und unerfahren für ein solches Unternehmen, schwor der Junge bei den Göttern, daß er härter arbeiten würde als jedes andere Besatzungsmitglied. Der Kapitän sah die Leidenschaft in den Augen des Jungen und heuerte ihn; danach erklärte er ihm die Vertragsbedingungen.

»Es gibt vielleicht auf der ganzen Welt kein besser gehütetes Geheimnis«, sagte Andreas, »als die Lage der Bernsteingebiete. Die wenigen Männer, die die Bernsteinschiffe ausrüsten, sind sehr darauf bedacht, das Geheimnis um jeden Preis zu bewahren, und da sie wissen, wie gern der gemeine Matrose seine Geschichten spinnt, haben sie ein Mittel erdacht, um ihre Leute zu ewigem Schweigen zu verpflichten.

Jedes Besatzungsmitglied muß einen Vertrag unterschreiben. Auf diesem Papier sind die Namen der Angehörigen und nahestehenden Personen aufgeführt, die man zurückläßt. Wer das Dokument unterzeichnet, weiß, daß dies die Versicherung des Kapitäns gegen Verrat ist. Sollte ein Seemann über die Bernsteingebiete sprechen, sich mit seinem Wissen brüsten, ganz gleich, in welcher Hafenkneipe der Welt, so wird das bekannt werden. Und dann wird der Schiffsunternehmer von den Leuten, deren Namen auf der Liste stehen, Vergeltung verlangen. Der Junge erzählte mir, daß er die Namen seiner Eltern niederschrieb und den Standort ihres Hauses in Korinth angab.«

Der Junge war, Andreas' Bericht zufolge, am nächsten Tag abgesegelt, ohne seinen Eltern Lebewohl zu sagen, weil er sich so sehr schämte. Er war nur von seiner Leidenschaft zu Hestia getrieben und von den Visionen großen Reichtums. Die abenteuerliche Reise, weit über die Heraklessäulen hinaus hoch in den Norden, dauerte zwei Jahre, und in dieser Zeit wurde der Junge zum Mann.

Während Selene in den nun dünner fallenden Regen blickte und Andreas' leiser Stimme lauschte, sah sie die Meereswogen, die so hoch waren wie Berge, sah grausige Seeungeheuer und das von Nebeln umhüllte Land der blauhäutigen Wilden. Sie litt die Qualen der Seekrankheit, die die Männer in den Wahnsinn trieb, den entsetzlichen Durst, als die Wasservorräte auf dem Schiff zur Neige gingen; sie sah die Männer an Skorbut sterben, um einen Fetzen verfaulten Fleisches kämpfen. Sie hörte den todbringenden Gesang der lockenden Sirenen auf den Felsen und spürte die bittere Kälte der eisigen Meere, in der die Männer Finger und Zehen verloren. Sie litt in ihrer eigenen Seele die Verzweiflung und Einsamkeit, die dieser Junge erlitten hatte.

»Sie fanden den Bernstein«, fuhr Andreas fort, »und beluden das Schiff bis zum Bersten. Dann traten sie die lange Heimfahrt an, eine geschrumpfte Besatzung auf einem überlasteten, kaum manövrierfähigen Schiff. Als sie endlich in Korinth an Land gingen, waren sie sich selbst fremd geworden, aber sie waren reich, unermeßlich reich, für den Rest ihres Lebens gesichert.«

Der Junge, achtzehn Jahre alt nun, aber weit älter aussehend und weit älter an Reife, war unverzüglich zu Hestias Haus gegangen. In den zwei endlos langen, grauenvollen Jahren, wo er keine Nacht ohne sein Messer in der Hand geschlafen und manche Nacht bitterlich geweint hatte, wo er sich manchmal vor Hunger und Schwäche kaum noch hatte auf den Beinen halten können, hatte nur das Bild Hestias ihn am Leben erhalten. Als er nun sah, daß das Haus von Fremden bewohnt war, die das Haus nahezu zwei Jahre zuvor gekauft hatten und nicht wußten, was aus den früheren Eigentümern geworden war, hätte er beinahe den Verstand verloren.

Ein ganzes Jahr lang suchte er sie überall, aber er fand sie nicht. Und eines Abends setzte er sich in eine Hafenkneipe und betrank sich. Er schrie seinen ganzen Schmerz und Kummer heraus, und ohne sich dessen bewußt zu sein, erzählte er allen, die es hören wollten, von den Bernsteinfeldern an der Küste der Nordsee, dort, wo der kalte Rhein seine Wasser ins Meer entleert. Als er wieder zu Sinnen kam und erkannte, was er getan hatte, war es zu spät.

Andreas holte tief Atem und zog Selene noch näher an sich. Seine Finger gruben sich in ihren Arm, als er weitersprach.

»Natürlich mußte ein Exempel statuiert werden. Eines Nachts stattete man den Eltern des jungen Mannes einen Besuch ab. Alles wurde gestohlen, das kleine Haus zerstört. Und am folgenden Tag begannen Gerüchte über die skandalösen Praktiken eines gewissen ortsansässigen Arztes zu kursieren. Bei einer stümperhaften Abtreibung, munkelte man, wäre ein junges Mädchen unter seinen Händen gestorben.«

Andreas' Stimme war brüchig, als er sagte: »Du weißt, Selene, daß ein Arzt sein Können einsetzen kann, um Leben zu retten, aber auch um Leben zu nehmen. Als der junge Mann nach Hause kam, fand er seine Eltern aufgebahrt. Nur ein einziger Trauergast hatte sich eingefunden. Für den jungen Mann war ein Brief da. Er muß ihn auswendig gelernt haben, denn er konnte ihn mir wörtlich zitieren. ›Wir hörten von Deinem Unglück, als es für uns zu spät war, Dir zu helfen‹, stand in dem Brief. ›Traure nicht um uns, Sohn, denn alles Leben ist eitler Schein, und wir scheiden mit Erleichterung. Vergiß niemals, daß wir Dich stets geliebt haben.‹

Der junge Mann ging nach Alexandria und nahm das Studium der Medizin auf. Dort habe ich ihn getroffen, und er hat mir seine Geschichte erzählt.«

Als Andreas schwieg, drehte Selene sich ihm zu und fragte: »Was ist aus dem Jungen geworden?«

»Er entwickelte eine tiefe Faszination für Schiffe. Er pflegte zum Hafen hinunterzugehen und Stunden dort zu verbringen – nur mit Schauen. Und eines Tages, kurz nachdem er den hippokratischen Eid gesprochen hatte, muß wohl das rechte Schiff eingelaufen sein. Der junge Mann ging an Bord, ohne einen Blick zurück, und segelte davon, um niemals wiederzukehren...«

Selene blickte wie gebannt auf Andreas' starres Gesicht. Sie spürte seinen Herzschlag durch den feinen Stoff der Tunika. Sein Atem war langsam wie der eines Schlafenden. Sie wollte ihm etwas sagen, aber sie wußte nicht, was.

»Das ist eine sehr traurige Geschichte«, sagte sie schließlich.

Er sah sie an, und sie sah in den graublauen Augen ihr eigenes Bild und noch etwas anderes – Meerestiefen und Strömungen.

Andreas streckte sich, als erwachte er aus tiefem Schlaf. Er hob die Hand und legte sie an ihre Wange.

»Du bist wirklich anders, nicht wahr?« sagte er. »Was habe ich getan, um dich zu verdienen? Warum lächeln mir die Götter plötzlich zu? Das macht mir angst.«

Selene schmiegte sich an ihn. »Hab keine Angst, Andreas«, flüsterte sie und drückte ihren Mund an seinen Hals.

Der Kuß, zu dem ihre Lippen sich trafen, war sanft, unsicher beinahe, als fürchte jeder der beiden, der andere würde plötzlich fliehen – wie Daphne vor Apoll –, doch als Selene ihre Arme um Andreas' Hals schlang, wurde der Kuß leidenschaftlicher und sehr sicher. Andreas bettete Selene sachte ins feuchte Gras, und seine Toga schützte sie vor dem Regen.

Lange küßten und streichelten sie einander, doch als Selene sich stöhnend an ihn drängte, fuhr Andreas zurück.
»Nicht jetzt«, sagte er rauh.
Sie setzte sich auf. »Andreas –«
Er berührte ihren Mund mit den Fingerspitzen. »Wir haben Zeit, Selene. Viel Zeit. Wir haben die ganze Zukunft vor uns.«
»Ich liebe dich, Andreas.«
Er strich ihr lächelnd über das Haar. »Wir sind von weither gekommen, Selene. Wir sind aus weiten Fernen gekommen, du und ich, aus Welten, die weiter voneinander entfernt sind als selbst die Sterne. Wir sind wie zwei Wanderer auf Erden, gerade erst geboren, allein zusammen, du und ich.« Er sah ihr forschend ins Gesicht. »Ich liebe dich, Selene«, sagte er. »Es ist eine Liebe, die mehr umfaßt, als das Begehren des Mannes nach der Frau, obwohl ich gestehen muß, daß ich dich leidenschaftlich begehre. Du bist in mein Leben getreten und hast mich erweckt. Ich lebte nicht, Selene, ich war einfach nur da. Aber du hast mir einen Sinn gegeben. Ich möchte dich lehren, Selene. Zuerst dich. Und dann möchte ich andere lehren.« Er sprach leidenschaftlich, mit brennendem Blick. »Wir sind jetzt zusammen, und nichts wird uns je trennen. Ich werde nicht mehr zur See fahren. All diese Reisen, das ewige Suchen. Ich weiß nicht, was ich gesucht habe, ich wußte nur, daß ich mich mit der Härte des Lebens auf See bestrafen mußte. Aber ich weiß, daß das jetzt vorbei ist. Mir ist verziehen worden. Du wurdest mir gegeben und mit dir eine zweite Chance. Selene, du bist mein Leben, meine Seele.«
Er hob die Hände zu der goldenen Kette, die um seinen Hals lag und an der das Auge des Horus hing, das er an dem Tag erhalten hatte, als er den Eid des Hippokrates geleistet hatte. Er zog die Kette über seinen Kopf und legte sie Selene um den Hals.
»Das ist mein wertvollster Besitz. Damit binde ich mich an dich.«
»Und ich mich an dich, Andreas«, sagte Selene und nahm ihre eigene Halskette ab, die, an der die Elfenbeinrose hing. Als sie sie ihm umlegte, sagte sie: »Meine Mutter hat mir gesagt, daß diese Rose alles enthält, was ich bin. Darum gebe ich sie dir, Andreas, wie ich selbst mich dir geben möchte.«
Er zog sie in seine Arme und hielt sie fest an sich gedrückt. Und sie sahen in den sanften Regen hinaus.

11

»Palmyra! Mutter, das kann nicht dein Ernst sein!«

Mera antwortete nicht. Sie eilte im Haus hin und her, um die letzten Stücke in den einen Korb zu legen, den sie auf die Reise mit der Karawane mitnehmen durften.

»Sag etwas!« rief Selene.

Als sie von Daphne gekommen war, hatte sie ihre Mutter beim Packen vorgefunden. Zuerst hatte sie geglaubt, Mera packe den Korb für den zweitägigen Aufenthalt in den Bergen, aber als sie die Schriftrollen mit den Rezepturen sah, Brot und Käse in einer Menge, die leicht für eine ganze Woche reichte, hatte sie ihre Mutter erschrocken gefragt, was sie vorhätte.

»Wir gehen fort«, hatte Mera gesagt. »Noch heute. Wir reisen mit einer Karawane nach Palmyra.«

»Mutter!« rief Selene und packte ihre Mutter am Arm, um sie zu zwingen, endlich stillzustehen. »Warum reisen wir nach Palmyra?«

»Es ist der Befehl der Göttin. Das Orakel hat es mir heute nachmittag gesagt.«

»Aber warum, Mutter? Warum nach Palmyra? Es ist Hunderte von Meilen von hier entfernt. Wir müssen durch die Wüste. Wir wären ja wochenlang weg.«

Ich werde schon in wenigen Tagen nicht mehr da sein, dachte Mera. Und du, meine Tochter, wirst nie hierher zurückkehren.

»Ich habe es dir doch gesagt. Die Göttin hat es befohlen.«

Selene war wie vor den Kopf geschlagen. Sie ließ Mera los und schüttelte langsam den Kopf. »Nein, ich gehe nicht fort.«

»Du hast keine Wahl.«

»Ich heirate Andreas.«

»Du wirst Andreas *nicht* heiraten«, entgegnete Mera mit solchem Grimm, daß Selene erschrocken zurückwich. Mit blitzenden Augen wiederholte Mera: »Du wirst nach Palmyra reisen, wie die Göttin es befiehlt. Du wirst gehorchen.«

»Aber – Palmyra, Mutter! Warum gerade Palmyra?«

Mera kehrte zu ihrem Korb zurück, klappte den Deckel zu und band den Strick. »Weil in Palmyra deine Bestimmung auf dich wartet.«

»Meine Bestimmung ist Andreas.«

Mera wirbelte herum und sah ihre Tochter mit herausforderndem Blick an. »Hör mir zu, Selene«, sagte sie ruhig. »Ich habe nicht geglaubt, daß du mit Freuden gehen würdest. Ich selbst scheue mich vor dieser Reise.

Aber wir haben keine Wahl. Du gehörst den Göttern, Selene. Du bist von ihnen gekommen, du mußt zu ihnen gehen. Du mußt tun, was sie gebieten.«

Selene war, als drehte sich das ganze Zimmer im Kreis. »Was – was meinst du damit?«

»Wenn die Zeit gekommen ist, werde ich es dir sagen. Jetzt hole deinen Umhang. Wir müssen sofort aufbrechen.«

»Ich muß Andreas Bescheid sagen.«

»Dazu ist keine Zeit.« Mera faßte blitzschnell Selenes Arm. »Du wirst Andreas nichts sagen.«

»Ich muß!«

»Er hat keinen Platz in deinem Leben, Selene. Du mußt ihn vergessen.«

Entsetzen und Ungläubigkeit spiegelten sich auf Selenes Zügen. Sie sah den tödlichen Ernst in den Augen ihrer Mutter und meinte, die Welt um sie herum müsse einstürzen.

»Nein!« rief sie und versuchte, sich loszureißen.

»Selene, du schuldest mir Gehorsam, und der Göttin ebenso.«

»Ich reise nicht, Mutter.«

Ihre Blicke trafen sich, prallten hart aufeinander. Doch Mera hatte so etwas vorausgesehen und war gewappnet.

»Du mußt reisen«, sagte sie leise. »Es ist mein letzter Wunsch.«

»Wie meinst du das?«

»Ich werde bald sterben, Tochter.«

Mera ließ Selenes Arm los und ergriff ihre Hand, um sie an ihre Seite zu legen, wo die harte Geschwulst, so groß wie eine Orange jetzt, den Stoff ihres Gewandes straffte.

Selene schrie auf.

»Ich habe es dir verheimlicht«, sagte Mera, sich abwendend, »weil ich nicht wollte, daß du dir Sorgen machst. Ich wollte, daß du dich ganz auf deinen Eintritt in den Bund mit der Göttin konzentrieren kannst. Aber jetzt bleibt mir keine Wahl. Die Göttin gebietet, daß ich dich in die Wüste bei Palmyra führe und dir dort die letzten Belehrungen gebe.« Sie drehte sich wieder um und sah ihrer Tochter gerade ins Gesicht. »Mir bleiben nur noch wenige Tage, Selene. Meine Bestimmung ist erfüllt, und die deine mußt du jetzt übernehmen. Ich habe der Göttin gelobt, daß ich dich noch heute nacht nach Palmyra bringen werde, bevor ich sterbe.«

Selenes Gedanken rasten. Andreas – sie mußte es ihn wissen lassen.

»Komm, Tochter. Wir müssen uns beeilen.«

»Aber was tun wir denn in Palmyra?«

»Die Göttin wird dich wissen lassen, was sie mit dir im Sinn hat. Hier ist dein Umhang, Selene. Hol deinen Medizinkasten.«
Selene war wie versteinert. Ihre Mutter mußte den Verstand verloren haben!
»Aber ich kehre sofort nach Antiochien zurück, Mutter«, sagte sie. »Ich kehre zu Andreas zurück.«
»Wenn es dir so bestimmt ist. Ich glaube das allerdings nicht.«
»Ich bestimme mir selbst.«
Mera stand wartend an der offenen Tür. »Die Entscheidung liegt nicht in deiner Hand, Selene. Komm jetzt. Wir haben nicht mehr viel Zeit.«
Sie eilten die Straße hinunter nach Süden, begleitet von der untergehenden Sonne, die hinter den Nachmittagswolken hervorgekommen war. Sie blickte nicht zu dem kleinen Haus zurück, das hatte seinem Zweck gedient; weder sie noch Selene, dessen war Mera sicher, würden es je wiedersehen.
Im Karawanenlager herrschte immer noch das Chaos. Soeben war ein Zug mit fünfhundert Kamelen aus Damaskus angekommen; ein noch größerer Zug stand unmittelbar vor dem Aufbruch nach Jerusalem. Selene folgte ihrer Mutter durch das lärmende Getümmel. Sie hielt den Medizinkasten fest, der an einem Gurt von ihrer Schulter hing, und stolperte ihrer Mutter hinterher, während tausend Fragen ihr durch den Kopf schossen. Was sollte sie tun? War ihre Mutter wirklich dem Tod nahe? Und warum mußten sie ausgerechnet nach Palmyra reisen?
»So, hier sind wir«, sagte Mera endlich atemlos und stellte den schweren Korb auf die Erde. »Wir haben zusammen einen Esel.«
Selene sah sich in dem qualmgeschwängerten, eingegrenzten Bezirk um. Sie sah, wie die Leute rundum ihre Zelte abbrachen, geschäftig umherliefen, um ihre Wasserkrüge zu füllen und schließlich ihre Tiere zu beladen. Sie war wie betäubt. Sie konnte nicht glauben, daß dies Wirklichkeit war. Andreas!
Sie sah, wie ihre Mutter sich aufrichtete und dabei eine Hand auf ihre Seite preßte. Ich sterbe bald, hatte sie gesagt.
Selene faßte ihren Arm. »Mutter –« sagte sie.
»Eine Weile geht es noch, Tochter. Aber das Opium wirkt nicht mehr.«
Da erinnerte sich Selene, wie oft ihre Mutter nachts aufgestanden war, um zu trinken. Selene hatte geglaubt, sie wäre nur durstig.
»Mutter«, rief sie entsetzt. »Du bist viel zu krank für diese Reise.«
»Es geht nicht anders, Selene. Warte einen Moment hier. Ich muß noch etwas erledigen.«
Tränen brannten Selene in den Augen, als sie ihrer Mutter nachsah. Sie

strebte auf einen Mann zu, auf den mehrere einredeten. Selene hörte etwas von Wasserrechten in den Oasen. Aber das interessierte sie nicht. Sie sah nur, wie ihre Mutter hinkte, wie sie sich krampfhaft die Seite hielt, und sie erkannte, daß es die Wahrheit war: Ihre Mutter war dem Tod nahe.

Noch einen Moment blieb Selene stehen, dann machte sie kurzentschlossen kehrt, rannte blind durch das Menschengewühl, sprang über Kisten und Bündel, schlug Bögen um Zelte und ruhende Tiere. Andreas, Andreas, dröhnte es in ihr.

Als Selene die Straße in der Oberstadt erreichte, hatte der Himmel sich schon verdunkelt, und über den Dächern glänzte ein erster Schimmer des Mondlichts.

Würde Mera ohne sie reisen? Nein. Aber Selene wußte, wenn sie nicht rechtzeitig zurück war, würde die Karawane aufbrechen und Mera allein in einem nächtlichen Lager voller Reisender und Diebe zurücklassen. Und Mera hatte gewiß inzwischen gemerkt, daß ihre Tochter verschwunden war. Sie wird furchtbare Angst haben. Andreas und ich müssen schnellstens zu ihr zurück.

Er würde Mera diesen Wahnsinn ausreden. Und wenn nicht, dann würde er mit ihnen nach Palmyra ziehen. Andreas!

Selene riß am Glockenzug, als ginge es um ihr Leben, und als das Tor in der hohen Mauer geöffnet wurde, mußte sie erst Atem schöpfen, ehe sie sprechen konnte.

»Ich muß deinen Herrn sprechen«, rief sie erregt. »Es ist dringend.«

Zoë musterte Selene mit kühlem Blick, sah den Reiseumhang, den schönen Medizinkasten aus Ebenholz und Elfenbein, sah auch ihre Erregung und sagte: »Mein Herr ist nicht zu Hause.«

»Nicht zu Hause? Aber er muß da sein.«

»Er ist ausgegangen.«

»Wohin?«

»An den Hafen. Zu einem Schiffskapitän.«

Selene war verzweifelt. Sie hatte keine Zeit mehr, ihn zu suchen. Jeden Moment würde die Karawane aufbrechen. Sie mußte zurück. Hastig ließ sie den Medizinkasten von der Schulter fallen, kniete nieder und klappte den Deckel auf. Zoë, die direkt vor ihr stand, sah ihr zu, wie sie ein Tonplättchen aus dem Kasten nahm, von der Art, wie es Ärzte benutzten, um ihre Rezepte aufzuschreiben. Dann spie sie auf eine Tintenplatte und rührte mit der Spitze einer Feder darin herum.

»Gib das deinem Herrn«, sagte Selene, während sie schrieb. Auf dem Täfelchen stand: ›Wir sind auf der Straße nach Palmyra. Wir reisen mit einer Karawane unter dem Banner des Mars. Komm uns nach. Meine Mutter ist im Sterben.‹ Sie hielt einen Moment inne, dann schrieb sie noch: ›In Liebe‹.

Nachdem Selene den Medizinkasten geschlossen und wieder auf die Schulter genommen hatte, hielt sie der Dienerin das Tontäfelchen hin. »Du weißt, wer ich bin, nicht wahr? Sag deinem Herrn, daß ich hier war. Und gib ihm das, sobald er zurückkehrt. Es ist dringend.«

Zoë nahm das Täfelchen. »Sobald er zurückkehrt«, wiederholte sie und trat zurück, um das Tor zu schließen.

»Und sag ihm«, fügte Selene hastig hinzu, »daß ich mit meiner Mutter auf der Straße nach Palmyra reise. Sag ihm, er soll mir nachkommen.«

Zoë nickte, dann schloß sie das Tor und lauschte den verklingenden Schritten von Selene. Als nichts mehr zu hören war, warf Zoë einen Blick auf das Tontäfelchen, dann warf sie es auf den Gartenweg, zermalmte es unter ihrem Absatz und fegte den Pfad sauber.

Andreas sah von seinem Schreibtisch auf und blickte durch das offene Fenster. Über den Dächern zeigte sich der erste Schimmer weißen Mondlichts. Er hatte gemeint, die Glocke am Tor gehört zu haben. Mit der Feder in der Hand wartete er. Wenn wirklich jemand am Tor war, ein Patient höchstwahrscheinlich, würde ihm das unverzüglich gemeldet werden.

Er lauschte. Im Haus war alles still. Niemand kam. Es muß wohl die Glocke des Nachbarhauses gewesen sein, sagte sich Andreas und beugte sich wieder über die frische, unbeschriebene Schriftrolle auf seinem Tisch.

Er hatte sie an diesem Nachmittag gekauft, nachdem er und Selene aus Daphne zurückgekommen waren; die erste Erwerbung in seinem neuen Leben. Ja, er sah diese Schriftrolle als das Symbol seines neuen Lebens an. Es sollte der Anfang eines medizinischen Lehrbuches werden. Der Anfang seiner gemeinsamen Zukunft mit Selene.

Andreas wußte, daß er von Selenes Liebe inspiriert und ermutigt, Großes würde vollbringen können. Bei dem Gedanken faßte ihn Erregung. Es war ein so gewaltiger Schritt, daß er beinahe Angst hatte, ihn zu wagen. Durch Selene lernte er wieder vertrauen.

Einen Moment lang schloß er die Augen. Er war von einer so tiefen Freude erfüllt, daß er meinte, das Herz müsse ihm bersten. Dann öffnete er die Augen wieder und schrieb die ersten Worte auf die leere Schriftrolle – ›*De Medicina*‹. Das Geräusch eilender Schritte, die sich auf der Straße immer weiter entfernten, hörte er nicht.

Zweites Buch
Palmyra

12

Kazlah, der Leibarzt der Königin im Palast von Magna, hatte nur zwei Ziele: Der Liebhaber der Königin zu werden und das ewige Leben zu gewinnen.

Als Leibarzt der Königin Lasha war Kazlah der einzige am Hof, der der Königin direkt ins Gesicht blicken durfte; und das tat er jetzt, während er sprach und dabei unaufhörlich überlegte, wie er es anstellen sollte, ins königliche Bett zu gelangen.

»Wir brauchen Jungfrauen.« Lashas Stimme schnitt scharf durch die kerzenschimmernde Düsternis. »Jungfrauen. Sie werden den König von seiner Impotenz heilen.«

Kazlah bezweifelte das. König Zabbais Unfähigkeit, den Beischlaf auszuüben, war durch die üblichen Mittel der Anregung nicht zu beheben. Jungfrauen, bei allen Göttern, für einen Mann mit mehr als hundert Frauen! Doch der Leibarzt wagte nicht, der Königin zu widersprechen. Genaugenommen war es nicht die Königin, die sprach, sondern die Große Göttin selbst.

Die Große Göttin war unter dem Namen Allat, Allah und Alla', als Morgenstern und als die, die ihre Liebhaber verschlingt, bekannt. Ursprünglich war ihr Heim in Saba gewesen, tief in Arabien, doch vor Jahrhunderten war sie von arabischen Nomaden, die die große Wüste durchstreiften, in die Stadt Magna, weit im Norden, gebracht worden. In dieser exotischen Stadt am Euphrat erteilte die Göttin Allat ihre Gebote durch den Mund Lashas, der Königin von Magna.

»Es ist der Wunsch der Göttin«, sagte die Königin jetzt zu Kazlah. »Der König muß verjüngt werden. Es ist noch nicht Zeit für ihn zu sterben.«

Kazlah strich sich den dunklen Spitzbart, während er zur Göttin aufsah, die sich an diesem Abend in ihrem verschlingenden Aspekt zeigte, wie sie Nacht und Sterne auffraß. Kazlahs Hauptaufgabe als Leibarzt war es, König Zabbai am Leben zu erhalten. Der König war zwar in fortgeschrittenem Alter, doch er war immer noch gesund und kräftig. Wenn er vorzeitig sterben mußte, so nicht aus natürlichen Gründen, sondern aus Gründen der Religion: Ein impotenter König mußte getötet werden.

Der Brauch hatte seinen Ursprung in grauer Vorzeit, in einer Epoche der Frauenherrschaft, wo Männer beseitigt wurden, wenn sie ihren Zweck

erfüllt hatten. Es war ein uralter Glaube, den man überall auf der Welt antraf: daß durch die Ersetzung des alten Königs die Kraft und die Unsterblichkeit des Volkes gesichert wurden. In der alten Stadt Magna, sechzig Meilen von Palmyra entfernt, hatte nun, nach einem Leben in Überfluß und Ausschweifung, König Zabbai den Punkt erreicht, wo er als Mann nicht mehr zu gebrauchen war, und im ganzen Palast wurde getuschelt, daß der Zeitpunkt seiner Ablösung unmittelbar bevorstünde.
Doch niemand im Palast, am wenigsten natürlich König Zabbai selbst, wollte schon jetzt die Krone an einen Jüngeren übergeben. Der Leibarzt Kazlah und andere mächtige Hofbeamte waren froh, daß dieser König sie nicht hinderte, ihre Intrigen zu spinnen; und Königin Lasha, unumschränkte Herrscherin, war nicht gewillt, den Thron mit einem ehrgeizigen jungen Mann zu teilen.
Man war sich daher einig, daß die Manneskraft des Königs wiederhergestellt werden müsse.
Der Leibarzt ließ von seiner Betrachtung des nächtlichen Himmels ab und sah wieder die Königin an. Obwohl sie auf einem Auge blind war, war sie auf eine strenge, beinahe furchterregende Art, eine schöne Frau. Und eine ungewöhnliche Frau. Gerade so, wie Kazlahs Liebe zu ihr nicht von gewöhnlicher Art war. Menschliche Wärme und Zuneigung waren ihm fremd; ihn bewegte allein der Trieb, zu erobern, zu unterwerfen und zu besitzen, was unerreichbar schien: die Königin selbst, die fleischgewordene Göttin.
»Sagt uns die Göttin, wie das zu vollbringen ist?« fragte er.
Lashas Auge wurde hart und kalt. »Das ist deine Sorge, Kazlah.«
Kazlah, ein Mann von hohem, schlankem Wuchs mit scharfgeschnittenem Gesicht, hielt Lashas Blick einen Moment stand, dann wandte er sich ab. Er mußte jetzt vorsichtig sein. Alles, wofür er gearbeitet, intrigiert, ja, sogar gemordet hatte, hing an einem seidenen Faden. Zum erstenmal in den langen Jahren seines Daseins bei Hof setzte die Königin ihre ganze Hoffnung und ihr ganzes Vertrauen in ihn. Vielleicht war nun endlich der Weg frei zu seinem höchsten Ziel – dem königlichen Schlafgemach.
Kazlah wanderte in Gedanken versunken auf und ab. Lasha beobachtete ihn; halb haßte, halb bewunderte sie diesen Arzt, von dem sie sich gegen ihren Willen im Lauf der Jahre allzu abhängig gemacht hatte. Er war ein ehrgeiziger Mann, und ehrgeizigen Männern durfte man nicht trauen. Lasha erinnerte sich noch an den Tag, als Kazlah, ein Neuling am Hof, in Furcht und Unterwürfigkeit vor ihr gekrochen war und nicht gewagt hätte, ihr ins Gesicht zu blicken. Doch was jedem anderen den Tod brachte, war ihm nun gestattet. Dank jahrelanger geschickter Intrigen war der Sohn

eines arabischen Nomaden zu schwindelnden Höhen emporgeklettert. Auf seinem Weg nach oben hatte sich Kazlah die Geheimnisse der Heilkunde angeeignet und im Lauf der Jahre mit kluger Berechnung dafür gesorgt, daß die königliche Familie und jene Höflinge, die im Palast lebten, in seine Abhängigkeit gerieten. Lasha mochte ihn hassen, aber sie brauchte seine Hilfe.
»Gut, Jungfrauen also«, sagte Kazlah endlich und verneigte sich vor der Königin. »Weiße Jungfrauen vielleicht mit reiner, makelloser Haut. Vielleicht wird das den König anregen.«
Lashas eisiges Gesicht zeigte Unmut. Wo, in diesem Land sengender Sonne und glühender Wüstenwinde, sollte man milchhäutige Mädchen auftreiben?
»Laß nach Palmyra schicken«, sagte sie nach einer Weile kalten Schweigens. »Dort lebt ein Mann, ein Sklavenhändler, der die Straßen beobachtet.«
»Aber, meine Königin, die Straßen werden von römischer Polizei bewacht.«
»Die Polizei kann nicht überall zugleich sein.«
»Und die palmyrenische Wüstenpolizei? Diese Oasenhändler bewachen ihre Karawanenstraßen so eifersüchtig wie ein Vater seine Töchter, denn wenn sie nicht Sicherheit auf ihren Straßen garantieren könnten, würde die Stadt Palmyra ihre Vormachtstellung als Handelszentrum verlieren. Sie würde wieder dem Sand und den Skorpionen anheimfallen. Eher kann man es wagen, die Wasserversorgung abzuschneiden als jene zu bedrohen, die auf palmyrenischen Straßen reisen.«
Lasha kniff das gesunde Auge zusammen und warf ihrem ungeliebten Berater einen scharfen Blick zu. »Ich habe gehört, daß der Mann in Palmyra diskret ist. Er schlägt schnell und plötzlich zu und verschwindet in der Wüste wie ein Dschinn. Und er weiß, welche Hände er mit Gold schmieren muß. Es muß sein, Kazlah.«
Der Ton, in dem die letzten Worte geäußert wurden, mahnte den Arzt zu schweigen. Lasha war nicht in Stimmung, Widerworte zu dulden, und Kazlah wußte auch, weshalb das so war. Die Königin hatte Kazlah nicht verziehen, daß es ihm bisher nicht gelungen war, ihren Sohn von einem Sommerfieber zu heilen. Seit drei Tagen brannte Lashas Sohn in einem geheimnisvollen Fieber, und bisher hatte keines von Kazlahs Mitteln angeschlagen.
Schon erging man sich im Palast in eifrigen Mutmaßungen über Kazlahs Schicksal. Was würde dem mächtigen Leibarzt geschehen, fragte man sich, wenn der junge Prinz sterben sollte?

Kazlah fröstelte in der warmen Augustnacht. Er wollte nicht daran denken. Die Königin war nicht für ihre mitleidige und barmherzige Seele bekannt. Sie würde sich eine grausame Strafe für ihn einfallen lassen, dessen war Kazlah sicher.
»Nun gut, meine Königin«, sagte er, klein beigebend. »Nenn mir den Namen des Palmyrenen.«

13

»So«, sagte der alte Römer befriedigt. »Was hältst du davon?«
Selene blickte in die Flamme, die plötzlich wie durch ein Wunder aus dem Holzhaufen in die Höhe stieg. Aber sie sagte nichts.
Ignatius sah auf den durchsichtigen Stein in seiner Hand und zuckte die Achseln. Die meisten Leute waren beeindruckt, wenn er mit diesem Stein ein Feuer entzündete. Aber dieses Mädchen hatte mit den Schaulustigen, die ihn sonst umgaben, wenig gemein. Zum einen war da die sterbende Mutter, für die sie sich verantwortlich fühlte; zum anderen schien sie von der Vorstellung besessen, daß jemand ihr folgte. Seit sie Antiochien vor zwei Wochen verlassen hatten, war Ignatius aufgefallen, daß das Mädchen immer wieder nach rückwärts blickte, als halte sie Ausschau, als erwarte sie jemanden. Sie tat ihm leid, und er fühlte sich getrieben, ihr ein Geschenk zu machen.
»Nimm den Stein, mein Kind«, sagte er freundlich. »Er gehört dir.«
Selene nahm ihn und griff nach dem Kasten aus Ebenholz und Elfenbein, den sie immer bei sich hatte. Sie hob den Deckel, legte den Stein hinein, schloß den Kasten und sah wieder mit großen, ernsten Augen ins Feuer.
Ignatius hatte sich mit dem Mädchen und ihrer kranken Mutter angefreundet, während die Karawane in langen Windungen die Hänge der libanesischen Berge hinuntergezogen war. Als eine Woche nach dem Aufbruch aus Antiochien ihre mageren Vorräte an Brot und Käse zu Ende gegangen waren, hatte Ignatius, ein alter römischer Rechtsgelehrter, der sich von seinen Geschäften zurückgezogen hatte und nun auf der Reise zu seinem Sohn und seiner Schwiegertochter war, es übernommen, für die beiden Frauen zu sorgen. Jeden Abend, wenn die Reisenden an der Straße ihr Lager aufschlugen, schichtete Ignatius aus seinen Vorräten an Holzkohle einen kleinen Scheiterhaufen auf und entzündete ihn mit dem durchsichtigen Stein, der, wenn man ihn so über die Holzkohle hielt, daß er die Strahlen der untergehenden Sonne auffing, auf wunderbare Weise die Flamme für das Kochfeuer hervorbrachte.

Während sich die Sonne langsam zum westlichen Horizont senkte, leuchteten überall in dem riesigen Lager der Karawane, die von tausend Kamelen begleitet wurde, Feuer auf. Sie befanden sich in einer unwirtlichen und rauhen Gegend; nachdem der Zug die grünen Berge hinter sich gelassen hatte, führte sein Weg durch flaches Steppengebiet, eine dürre Landschaft, nur von Hartgräsern und verholzten Stauden bewachsen, Wohngebiet eines Nomadenvolkes, der Beduinen. Palmyra erhob sich am Ostrand dieses wüsten Landstrichs, und jenseits der Oase, weit nach Osten und südwärts bis nach Arabien hinein, erstreckte sich die syrische Wüste, leer und unbewohnt. Und jenseits davon lag die alte Stadt Magna, über die die Königin Lasha herrschte.
Viele andere Karawanen waren auf der Straße unterwegs, mit Menschen aus Ländern, von denen man nie gehört hatte. In Schiffen waren sie vom Persischen Golf kommend den Euphrat hinaufgefahren, waren dann durch Magna gezogen und weiter durch die Wüste nach Westen – Karawanen aus China, die Seide, Jade und Gewürze mit sich brachten; Karawanen von den Mittelmeerländern mit purpurgefärbter Wolle und syrischem Glas. Und auch arabische Karawanen zogen diese Straße; sie kamen aus Süden herauf, aus Mekka, wo die Göttin Allat durch einen Sichelmond dargestellt wurde, und die Frauen vom Scheitel bis zu den Füßen in schwarze Gewänder gehüllt waren, die nur einen Schlitz für die Augen hatten.
»Ich habe uns Fisch gekauft«, sagte Ignatius. »Sehr gute Stücke«, fügte er in der Hoffnung hinzu, Selene damit zum Essen reizen zu können. »Ich bin ein alter Mann und kann mich von alten Gewohnheiten nicht mehr trennen.« Er lächelte. »Heute ist der Tag der Venus, der letzte Tag der Woche. In Rom ehren wir die Göttin, indem wir an diesem Tag nur Fisch essen. Es ist ein sehr alter Brauch, und ich halte viel von alten Bräuchen.«
Selene antwortete nicht. Das Herz war ihr zu schwer. Sie verstand nicht, warum Andreas nicht kam; warum er die Karawane noch immer nicht eingeholt hatte. Zwei Wochen waren seit dem Aufbruch in Antiochien vergangen. Unablässig hatte sie nach ihm Ausschau gehalten, voller Sehnsucht und voller Sorge. Sie fühlte sich so matt und teilnahmslos, als hätte ihre Seele eine tödliche Wunde empfangen. Es gab keine Salben und keine Tinkturen, die ihr Elend heilen konnten; nur Andreas konnte das, mit seiner Berührung, seinem Lächeln, seiner Liebe. Selene sah sein Gesicht in den Flammen des Lagerfeuers – bald würde er kommen und sie holen.
Es ging ihnen nicht gut. Sie hatten kein Geld. Ihre Mutter hatte zu Be-

ginn der Reise eine Gebühr bezahlt, die ihnen das Anrecht auf einen Esel und Wasserrechte in allen Oasen gesichert hatte. Doch als ihre Vorräte schon wenige Tage nach dem Aufbruch aufgezehrt waren, hatte Selene von Mitreisenden kaufen müssen, die unerhört hohe Preise verlangten. Hin und wieder konnte sie als Lohn ihre medizinischen Hilfeleistungen einsetzen, so im Fall einer jungen Syrerin, die vorzeitig in die Wehen gekommen war. Selene hatte zur Verhinderung einer Frühgeburt während der Reise stündlich einen Becher Wein verschrieben, und das Mittel hatte zum Erstaunen aller gewirkt – die Wehen hatten aufgehört. Der dankbare Ehemann hatte Selene Brot und Fisch für drei Tage gegeben. Aber auch davon war inzwischen nichts mehr übrig.
Selene wandte sich vom Feuer weg und sah auf die schlafende Mera. Ihrer Mutter ging es von Tag zu Tag schlechter. Sie hatte seit zwei Tagen nichts mehr gegessen. Eine schreckliche Angst stieg in Selene auf, während sie sie stumm betrachtete. Ich werde sie verlieren, dachte sie. Meine Mutter wird hier in dieser furchtbaren Wüste sterben.
Andreas, Andreas! Habe ich auch dich verloren?
Selene blickte den Weg zurück, den sie gekommen waren. Schon senkte sich die Dunkelheit über die Wüstenstraße. – Sie starrte so angespannt ins Zwielicht, als könne sie damit das Bild eines einsamen Reiters heraufbeschwören, der im fliegenden Galopp dem Lager entgegenjagte.
Eine Hand berührte ihren Arm. Als sie sich umdrehte, sah sie in die gütigen Augen des alten Ignatius. Er glaubte zu wissen, was sie bedrückte. Auch ihm war der körperliche Verfall ihrer Mutter nicht entgangen.
Ignatius war ein teilnahmsvoller und großzügiger Mensch. Er hatte Selene und Mera in seine eigene kleine Reisegesellschaft, die aus zwölf Sklaven und acht Kamelen bestand, aufgenommen und sich zu ihrem Beschützer gemacht. Ignatius wußte nach vielen Reisen nur zu gut, wie gefährdet Frauen waren, die es wagten, allein zu reisen.
»Ich habe Angst, Ignatius«, bekannte Selene endlich mit gepreßter Stimme. »Der Mond ist im Abnehmen. Das ist die Zeit, in der die Kranken und Alten am ehesten sterben. Ich habe Angst, daß meine Mutter gar nicht mehr bis Palmyra kommt. Ich glaube, sie kann die Reise morgen gar nicht fortsetzen. Wir müssen bleiben und eine Rast einlegen.«
Ignatius nickte ernst. Auch ihm war dieser Gedanke schon gekommen.
»Nun gut«, sagte er und legte seinen Fisch aus der Hand. »Ich glaube, es ist an der Zeit, daß ich mit dem Karawanenführer spreche. Ich werde sehen, daß er euch ein Kamel, Begleitschutz und Wasser zur Verfügung stellt.«

»Glaubst du denn, das wird er tun?«
Ignatius stand lächelnd auf. »Der Mann ist so vorhersehbar in seinem Handeln wie ein Baum in seinem Wachstum.«
Selene sah ihm zweifelnd nach, während er zwischen Lagerfeuern und Zelten hindurch nach vorn ging. Sie hatte den Karawanenführer nur wenige Male flüchtig gesehen, aber sie hatte nicht den Eindruck gewonnen, daß er ein großherziger Mann war.
Sehr schnell war Ignatius zurück. Er hockte sich wieder auf seinen Schemel und nahm den hölzernen Reisebecher – auf Reisen verbarg man seinen Wohlstand und zeigte nur ärmliche Besitztümer. »Ich verfluche dieses Zeitalter und die Männer, die es gemacht haben«, brummte er, vergoß zuerst etwas Wein für die Wüstengötter und trank dann den Rest selber.
»Ignatius, was –«
»Ich habe ihn nur gebeten, euch eine Marke zu geben, damit ihr die Wasserrechte ausüben könnt, wenn ihr in die Oasen kommt. Schließlich habt ihr für sie bezahlt, und der Vertrag ist bindend.«
»Aber er will sich nicht daran halten?«
»Der Mann ist ein gemeiner Geizhals.«
»Was soll ich tun?« Selene war verzweifelt. »Meine Mutter kann nicht weiterreisen. Sie braucht eine Rast.«
»Sei ruhig, Kind.« Ignatius, dem es leid tat, sie geängstigt zu haben, streichelte ihr besänftigend den Arm. »So schlimm ist es ja nicht. Wir sind nur zwei Tagereisen von der Stadt entfernt. Auf der Straße ist viel Verkehr. Ihr werdet niemals allein sein.«
»Trotzdem macht es mir angst.«
»Du brauchst keine Angst zu haben. Diese Straße ist sicher. Die berittenen Bogenschützen der palmyrenischen Wüstenpolizei werden von allen Banditen gefürchtet.« Ignatius lehnte sich zurück und betrachtete Selene, deren bleiches Gesicht von der Glut des Feuers beleuchtet wurde. »Mach dir keine Sorgen, Kind«, sagte er leise und legte seine Hand auf die ihre. »Ich bleibe bei euch. Ich kümmere mich um dich und deine Mutter.«

14

Obwohl sie die Tochter der Göttin war und als diese vorgeblich über unbegrenzte Macht verfügte, fühlte sich Königin Lasha in diesem Augenblick ohnmächtig. Sie kniete am Lager ihres fiebernden Sohnes und konnte nichts tun, um ihn der Krankheit zu entreißen.
Ärzte und Höflinge drängten sich nervös und ängstlich im Hintergrund

des Raumes. Sie hatten jedes Mittel versucht, um das Fieber des Prinzen herunterzudrücken, aber keines hatte gewirkt. Der Zorn der Königin war so heiß wie der Körper ihres kranken Sohnes.
Sie hob den Kopf und richtete ein starres Auge auf die Ärzte.
»Wo ist Kazlah?« fragte sie.
Die Ärzte sahen einander an. »Er ist im Tempel, Königin.«
Sie zog die Augenbraue hoch. »Bittet er die Göttin, das Leben meines Sohnes zu erhalten?«
Furcht, so eisig wie das Wasser des Euphrat, rann ihnen allen durch die Adern. »Es – äh – handelt sich um die Angelegenheit des Königs, Königin.«
»Laßt ihn holen. Wenn mein Sohn stirbt, wird er nicht allein sterben.« Müde stand sie auf. »Und jetzt hinaus mit euch allen.«
Sie ging auf den Balkon hinaus, von wo sie den Fluß sehen konnte, der im Mondlicht glänzend dahinzog. Königin Lasha blickte zu den Trauerweiden hinunter und fühlte sich klein und demütig. Nachdem sie jahrelang dem Tod befohlen hatte, schien er nun ihr zu befehlen. Sie liebte ihren Sohn mehr als alles andere auf der Welt.
Langsam hob sie das Gesicht zur silbernen Göttin am Himmel und betete. »Große Mutter, laß meinen Sohn nicht sterben...«

15

Selene hob den Blick zur Mondsichel am schwarzen Himmel und flüsterte: »Große Mutter, bitte laß meine Mutter am Leben...«
Sie lag auf den Knien und hielt Meras Kopf in ihrem Schoß. Vor einer Weile hatte sie ihr ein paar Tropfen Wasser eingeflößt, die einen erschreckenden Hustenanfall ausgelöst hatten. Selene hatte Angst, sie erneut zu bewegen.
Kurz nach Mitternacht öffnete Mera die Augen und sah ihre Tochter an. »Es ist Zeit«, sagte sie leise. »Die Stunde meines Todes ist nahe.«
»Nein, Mutter –«
»Doch, Kind«, widersprach Mera zwischen keuchenden Atemzügen. »Jetzt ist nur noch für die Wahrheit Zeit. Darum hör mir zu. Hör mir genau zu. Ich habe dir Wichtiges zu sagen, und es kostet mich große Mühe zu sprechen. Es ist mir nicht bestimmt, Palmyra zu erreichen, Tochter. Meine Aufgabe ist erfüllt. Meine Arbeit ist getan. Ich habe dich zurückgebracht...«
»Mutter«, murmelte Selene, während sie Meras Haar streichelte. »Ich

verstehe deine Worte nicht. Wie meinst du das, du hast mich ›zurückgebracht‹?«
»Vor sechzehn Jahren... Du bist auserwählt...«
Selenes Blick hing an den bläulich verfärbten Lippen ihrer Mutter, während sie versuchte, die hinter den Worten verborgene Bedeutung zu erfassen.
Auserwählt? dachte Selene. Auserwählt wozu?
»Dein Vater...« hauchte Mera. »Er sagte, daß du von den Göttern abstammst. Daß du zu ihnen gehörst.«
Selene starrte Mera verständnislos an. Vor Jahren hatte Mera ihr von dem Fischer erzählt, der vor ihrer Geburt bei einem Bootsunglück ums Leben gekommen war. Danach hatte sie nie wieder von dem Mann gesprochen. Wie sollte ein einfacher Fischer darauf kommen, zu behaupten, sein Kind stamme von den Göttern ab?
Tränen schossen Mera in die Augen, und sie verfluchte den Körper, der sie verriet, der ihr zum Feind geworden war. Ich hätte es ihr schon vor Tagen sagen sollen, als ich noch die Kraft hatte. Warum nur habe ich es so lange aufgeschoben, ihr die Wahrheit zu sagen?
Mera schloß die Augen. Sie wußte die Antwort. Weil ich Angst hatte. Ich wollte sie noch ein wenig länger behalten. Nur ein paar Tage noch sollte sie *meine* Tochter sein. Ich wollte sie nicht ansehen und dabei wissen müssen, daß sie nicht mehr an mich denkt, sondern an eine andere Frau, diese arme junge Frau, die von Soldaten aus dem Kindbett gerissen wurde. Es wäre mir unerträglich gewesen, meine Tochter anzusehen und zu wissen, daß sie nicht mehr meine Tochter ist.
»Selene, du warst das Gute und das Schöne in meinem Leben. Du kamst zu mir, als ich einsam und allein war. Ich war selbstsüchtig. Ich wollte dich ganz für mich haben. Aber ich wußte immer, daß eines Tages die Götter ihre Rechte auf dich geltend machen würden. Sie haben dich bei der Geburt gekennzeichnet, und du trägst ihr Mal heute noch. Immer, wenn du deine Zunge verfluchst, Selene, und ich weiß, daß du das tust, denke daran, daß die Götter dich so geschaffen haben, daß es das Zeichen ihrer Gunst ist...«
Meras Stimme erstarb. Selene sah verwirrt zu ihr hinunter und wartete.
Ignatius, der auf der anderen Seite des Lagerfeuers lag, beobachtete die beiden schattenhaften Gestalten. Zwei Tage war es her, seit die Karawane sie auf der Straße nach Palmyra zurückgelassen hatte, eine kleine Gruppe von fünfzehn Menschen, acht Kamelen und einem müden Esel. Nachdem die riesige Karawane am Horizont verschwunden war und der Staub

in ihrer Nachhut sich gelegt hatte, schien die syrische Wüste noch gewaltiger und bedrohlicher als zuvor. Ignatius trug jetzt einen Dolch im Gürtel und hatte seinen Sklaven befohlen, sich zu bewaffnen.
Das Mädchen hatte zwar immer wieder behauptet, daß ein Freund ihr auf der Straße folge und jeden Augenblick eintreffen müsse, aber daran glaubte Ignatius nicht. Wenn wirklich ein Freund unterwegs gewesen wäre, hätte er längst da sein müssen.
»Du bist berufen, Selene.« Meras Stimme war nur ein Hauch. »Du bist etwas besonderes. Dir ist ein besonderes Schicksal zugedacht, eine Bestimmung, auf die ich dich sechzehn Jahre lang vorbereitet habe und die du jetzt selbst suchen mußt. Ich habe keine Antworten für dich, Selene. Du mußt sie selber finden.«
Selene schüttelte verständnislos den Kopf. »Ich verstehe nicht, wovon du sprichst, Mutter.«
»Hör mir zu, meine Tochter. Hör mir zu. Du mußt jetzt die Wahrheit erfahren ...«
Während Selene mit gesenktem Kopf auf die ausgedörrten Lippen ihrer Mutter blickte, die mühsam die Worte formten, wich das gewaltige Schweigen der Wüste allmählich dem Heulen eines wütenden Sturms. Mera schilderte die Ereignisse jener Nacht vor sechzehn Jahren so lebendig, daß Selene alles vor sich sah: den vornehmen Römer und seine junge Frau; Meras kleines Haus am Stadtrand; die Geburt des ersten Kindes – eines Jungen, der den Namen Helios erhielt; dann die unerwartete und lebensbedrohende Geburt des zweiten – eines Mädchens namens Selene. Sie sah, wie die römischen Soldaten das Haus stürmten, wie Mera sich im Vorratsspeicher versteckte, wie sie, nachdem die Soldaten verschwunden waren, dem sterbenden Römer auf seinen Befehl den goldenen Ring vom Finger zog.
»Er sagte ... daß du von den Göttern kommst, Selene. Die Göttin gab dich mir in meiner Einsamkeit, und dafür habe ich nun meinen Teil des Vertrags mit ihr erfüllt. Ich habe dich, wie es das Orakel befahl, nach Palmyra zurückgebracht, wo der Weg beginnt, der dich zu deiner Bestimmung führen wird.«
Selene blieb stumm, kaum fähig, die unglaubliche Geschichte ihrer Geburt zu fassen.
Mera hob zitternd die Hand. »Die Zeit ist da, Selene. Gib mir die Rose.«
»Die Rose?«
»Die Kette. Die ich dir am Tag deiner Einkleidung umgelegt habe. Jetzt mußt du sehen, was sie enthält, und ich muß dir erklären, was ihr Inhalt bedeutet.«

»Aber – ich habe die Rose nicht mehr, Mutter. Ich habe sie verschenkt.«
Mera riß entsetzt die Augen auf. »Du – hast sie verschenkt? Selene, was sagst du da?«
Selene drückte eine Hand auf die Brust, wo sie durch den Stoff ihres Gewandes Andreas' Kette spüren konnte. »Ich – habe sie Andreas geschenkt. Wir haben uns einander versprochen. Er gab mir sein Auge des Horus, und ich ...«
Ein Klagelaut drang aus Meras Mund, der schaurig durch die Nacht klang. Die Kamele schnaubten unruhig. Ignatius und seine Sklaven hoben erschreckt die Köpfe.
»Was habe ich getan?« wimmerte Mera und schlug sich mit kraftloser Faust auf die Brust. »Was habe ich getan? In meiner Furcht und meiner Torheit habe ich dich in Unwissenheit gelassen. Ich hätte dir längst die Wahrheit sagen müssen! Was habe ich getan?«
Schluchzend berichtete Mera ihrer Tochter von dem goldenen Ring, der nach den Worten des sterbenden Römers dem Mädchen alles über seine Herkunft und seine Bestimmung hätte sagen können. Er hatte eine Prägung gehabt – ein Gesicht und fremdartige Schriftzüge, die Mera nicht hatte lesen können. »Gib ihn ihr, wenn sie älter ist«, hatte der Römer gesagt. »Er wird sie zu dem führen, was ihr bestimmt ist.«
»Was soll dich jetzt führen, wo du den Ring nicht mehr hast?« fragte Mera weinend. »In der Rose war auch eine Locke vom Haar deines Vaters und ein Fetzchen Stoff von der Decke, die deinen Bruder nach seiner Geburt aufgenommen hat. Das sind mächtige Bande, Selene, die einzigen auf dieser Welt, die dich an deine wahre Familie binden. Und nun sind sie fort. Du bist von ihnen getrennt. Ach, was habe ich getan?«
Selene sah vor sich die Elfenbeinrose, wie sie auf Andreas' Brust gelegen hatte. Sie hatte ihm mehr gegeben als nur sich selbst; sie hatte ihr Schicksal in seine Hände gelegt.
»Kind, hör mir zu. Du mußt nach Antiochien zurückreisen. Du mußt zu Andreas zurückkehren und dir die Kette wieder holen. Öffne die Rose, Selene. Sieh dir den Ring an ...«
Selene starrte ihre Mutter an. Nach Antiochien zurückkehren, zu Andreas.
»Selene, versprich es mir!« Mera umklammerte Selenes Handgelenk mit unerwarteter Stärke. »Tochter, Isis ist deine Göttin. Sie hat dich auserwählt. Du mußt herausfinden, wozu du auserwählt wurdest. Das ist deine Pflicht. Du mußt herausfinden, wer du bist. Du mußt deinen Bruder suchen, damit ihr endlich miteinander vereint werdet ...«

Wieder verfiel Mera in Schweigen, zu schwach, um weiterzusprechen. Als sie die Augen schloß, schien sie zu schlafen. Selene saß lange reglos da, den Kopf ihrer Mutter im Schoß. Dann regte sich das Gefühl; sie fröstelte, und heiße Tränen verschleierten ihren Blick. Du bist nicht meine wahre Mutter? fragte sie lautlos die Schlafende in ihren Armen. Aber wer ist dann...

Selene hob den Kopf und blickte über die leere Wüste zu den kahlen Hügeln am fernen Horizont. Hinter diesen Hügeln lag ihre Geburtsstadt Palmyra.

Ist sie noch dort, meine wahre Mutter? Und mein Zwillingsbruder Helios?

Wird Andreas mich dort finden, in jener Stadt? Wird er dieser Straße folgen und mich suchen? Oder soll ich gleich jetzt umkehren, um wieder nach Antiochien zu reisen, und einer Mutter und einem Bruder, die vielleicht in dieser fremden Stadt weilen, den Rücken kehren?

Selene begann zu weinen. Sie konnte es nicht annehmen, daß diese sanfte Frau nicht ihre wahre Mutter war. Diese Frau hatte ihre Kindertränen getrocknet und ihre Kinderängste besänftigt; hatte ihr die Phasen des Mondes und die Bewegungen der Sterne erklärt. Diese Frau hatte sie in die Geheimnisse der Heilkunst eingeführt; sie hatte ihr den Weg in ihre eigene Seele gezeigt und sie gelehrt, ihrer Seelenflamme zu begegnen.

Und diese einfache, liebevolle Frau hatte nächtelang über einer blauen Stola gesessen, damit ihre Tochter am wichtigsten Tag ihres bisherigen Lebens in ihrer wahren Schönheit leuchten konnte.

Nein, sagte sich Selene, ihr Schicksal wartete nicht in dieser fernen, unbekannten Stadt. Es wartete in Antiochien; ihr Schicksal war Andreas.

Als Mera wieder zu sprechen versuchte, strich Selene ihr die heiße Stirn und sagte leise: »Streng dich jetzt nicht mehr an, Mutter.«

»Nichts als Schlaf erwartet mich, Tochter. Bitte versprich mir, daß du die Wege wandeln wirst, die ich dir gezeigt habe, daß du die uralte Kunst des Heilens immer in Ehren halten und die Göttin niemals vergessen wirst. Du mußt jetzt die Verantwortung für dich und deine besondere Berufung übernehmen, Selene. Versprich es mir, Tochter.«

Weinend nahm Selene die Hand ihrer Mutter und versprach.

»Gut«, flüsterte Mera erleichtert. »Dann mach jetzt das Grab für mich bereit.«

»Nein!«

»Tote verwesen bei Mondlicht rascher als im Sonnenlicht, das habe ich dich gelehrt. Beeile dich. Es ist nicht mehr viel Zeit.«

Immer noch weinend richtete sich Selene vorsichtig auf und ließ Mera

sachte auf die ausgebreitete Palla gleiten. Als sie davongehen wollte, hielt Mera sie noch einmal fest.
»Es ist töricht, das Sterben zu fürchten, Tochter«, sagte sie zärtlich. »Sterben ist wie einschlafen. Wenn ich erwache, werde ich mit der Großen Mutter vereint sein. Und du und ich, mein Kind, werden uns in der Auferstehung wiedersehen. Das verspricht uns die Göttin. Ich werde auf dich warten...«
Dennoch verspürte Mera Bedauern, während sie in der Stille lag und dem Knirschen des Sandes lauschte, in dem ihr Grab ausgehoben wurde. Wenn sie nur lange genug hätte leben dürfen, um zu erfahren, wer ihre Tochter war, und zu sehen, für welch großes Werk sie bestimmt war. Zum erstenmal in ihrem Leben wurde es Mera schwer, sich dem Gebot der Göttin zu fügen.
In den letzten Augenblicken ihres Lebens gewann Mera blitzartige Erkenntnis und hatte eine Vision. Den Kopf zur Seite gedreht, blickte sie voller Liebe auf die weinende Selene und dachte: Eines Tages wirst du nach Antiochien zurückkehren und wirst deinen geliebten Andreas suchen. Aber es wird nicht so sein, wie du jetzt erwartest; es wird ganz anders sein als du dir überhaupt vorstellen kannst...
Kurz vor Sonnenaufgang sprach Mera ein letztes Mal zu ihrer Tochter. »Bewahre dir immer die Freundschaft mit Isis«, sagte sie. Dann starb sie.

16

Als der Überfall kam, waren sie gerade dabei, das letzte Kamel zu beladen, und Ignatius sagte: »Ich habe überhaupt keinen Zweifel, daß du gleich bei unserer Ankunft in Palmyra eine Karawane nach Antiochien finden wirst. Und ich werde dafür sorgen, daß du bequem reisen kannst und nicht betrogen wirst.«
Im Licht des anbrechenden Tages, nachdem sie den letzten Stein auf Meras Grab gelegt hatten und das Lager abbrachen, um nach Palmyra weiterzuziehen, hatte Selene sich überlegt, bis zu diesem Ort mit Ignatius' Gruppe weiterzureisen und dort zu versuchen, eine Karawane nach Antiochien zu finden. Sie stellte sich gerade Andreas' Überraschung vor, wenn sie ihm auf der Straße begegnen sollte, da schlug der erste Pfeil ein.
Sie schienen aus dem Nichts zu kommen, wie von der Erde ausgespien – eine Horde berittener Riesen, die in donnerndem Galopp auf das kleine Lager zustürmten. Ignatius' Sklaven stürzten in helle Panik und rannten

schreiend im Kreis; der erste Pfeil hatte eine alte Frau in den Rücken getroffen, der zweite fällte einen alten Mann.

Im ersten Moment stand Selene wie erstarrt, dann flüsterte sie, »Dschinn«, und rannte.

Die Angreifer bildeten einen Kreis, ihre gewaltigen, gebogenen Säbel funkelten in der Morgensonne, als sie sie emporschwangen, um sich auf das Häufchen der Reisenden zu stürzen. Sie trugen schwarze Turbane, und ihre Gesichter waren hinter schwarzen Schleiern verborgen, unter den buschigen Brauen glühten dämonische Augen, und aus ihren Kehlen drang gellendes Geschrei in die Luft.

Verzweifelt suchte Selene nach Ignatius. Die Kamele brachen aus und drohten sie niederzutrampeln. Rund um sie herum stürzten die römischen Sklaven unter den Hieben der Krummsäbel wie Weizenhalme unter dem Schwung der Sensen. Sand und Dreck wirbelten in einer alles verfinsternden Wolke in die Höhe, das Schreien und Wimmern der Verwundeten war ohrenbetäubend.

Plötzlich fühlte sich Selene am Arm gepackt und weggezogen. Es war Ignatius, der sie mit sich zerrte. »Schneide den Pferden die Vorhand durch!« brüllte er und drückte ihr ein Messer in die Hand. Selene starrte in blankem Entsetzen auf die breite Klinge und sah im nächsten Moment, wie Ignatius herumwirbelte, um die Vorderläufe eines anstürmenden Pferdes zu durchtrennen. Er verfehlte sein Ziel, und der Säbel des Räubers riß ihm eine tiefe Wunde in den Arm.

»Ignatius!« schrie Selene und wollte zu ihm. Aber da sprengte schon das nächste Pferd heran, hielt direkt auf sie zu. Die funkelnden Augen des Reiters schienen sie zu durchbohren, und sie stand wie angewurzelt. Erst als der Reiter unmittelbar vor ihr war, den Krummsäbel hoch in der Luft, um ihn zum tödlichen Hieb herabsausen zu lassen, sprang sie vorwärts wie von einer fremden Kraft getrieben und stieß ihr Messer bis zum Heft in den Pferdekörper. Das Tier schrie markerschütternd und bäumte sich auf. Der Reiter stürzte, und Ignatius, der sich wieder gefaßt hatte, warf sich auf den Mann und schnitt ihm die Kehle durch.

Alles Denken und Fühlen war wie ausgelöscht. Selenes Körper handelte, während ihr Geist vor dem Grauen zurückschreckte. Laut schluchzend schlug sie um sich, drehte sich blindlings im Kreis, während sie, umgeben von Blut und Schreien und wirbelndem Sand immer wieder zustieß.

Dann war es plötzlich vorbei. Mit einem Schlag war es so still, daß das Keuchen der Pferde und das Klirren ihres Geschirrs überlaut schien. Das blutverschmierte Messer neben sich, lag sie an den Leib eines toten Ka-

mels gedrückt. Nicht weit entfernt lag Ignatius in seinem Blut. Er war tot.
In einer Sprache, die sie nicht verstand, brüllte jemand einen Befehl, und im nächsten Moment wurde Selene geknebelt und gebunden. Sie konnte sich nicht wehren, als einer der Räuber sie hochhob und wie einen Sack Getreide über den Rücken seines Pferdes warf. Dann jagte die Horde in wildem Galopp davon.
Außer Selene waren sechs Sklavinnen des Ignatius verschont worden, alles junge Frauen; die Männer und die älteren Frauen ließ man in der Wüste zurück. Die Gefangenen wurden in wildem Galopp weg von der Straße nach Antiochien, hoch hinauf in die felsigen Berge nördlich von Palmyra gebracht. Und ohne Rast setzten sie ihren Weg fort, der sie nach Osten in die weite Wüste führte, weg von allen Straßen und der Stadt Palmyra.
Selenes letzter Gedanke, ehe barmherzige Dunkelheit sie aufnahm, galt Andreas.

17

Kazlah wog den Beutel mit dem Gold in seiner Hand und maß den Gast mit berechnendem Blick. »Den Rest erhältst du, wenn erwiesen ist, daß unter den Gefangenen Jungfrauen sind.«
Der Gast, der staubbedeckt war vom langen Ritt, starrte mit gierigem Blick auf den Beutel. »Vier sind sehr jung, Herr. Sie sind zweifellos unberührt. Was die anderen angeht...« Er zuckte die Achseln.
»Das wird sich herausstellen, wenn ich sie untersuche. Nimm inzwischen das als vorläufige Bezahlung.« Kazlah warf den Beutel zu Boden. »Wenn ich die Mädchen untersucht habe, schicke ich dir einen Sklaven mit dem Rest des Geldes. Komm nicht wieder in den Palast.«
Der Mann kniff argwöhnisch die Augen zusammen. Konnte er sich darauf verlassen, daß Kazlah nicht nachher behaupten würde, keines der Mädchen wäre unberührt gewesen? Seinem Befehl gemäß hatte er blitzartig zuschlagen und mit den geraubten Mädchen verschwinden sollen, ehe die Polizei von dem Überfall Wind bekommen konnte. Aber er hatte der Versuchung nicht widerstehen können und einen, wie er meinte, höchst ungewöhnlichen Schatz mitgenommen.
»Herr«, sagte er, während er den Beutel mit dem Gold vom Boden aufhob, »vielleicht kann ich dich für eine Ware anderer Art interessieren.«

Kazlah sah den Mann mit Verachtung an. Überfälle auf schutzlose Frauen waren nicht die schlimmsten Taten des Palmyrenen; es war bekannt, daß er mit Kindern handelte, mit Knaben im besonderen. Kazlah hätte am liebsten nichts mit ihm zu tun gehabt, doch Königin Lasha hatte darauf bestanden, daß er die unerfreuliche Angelegenheit persönlich in die Hand nahm.

»Unser Geschäft ist abgeschlossen. Verschwinde.«

»Ich würde dir gern etwas Ungewöhnliches zeigen – wirklich hochinteressant.«

»Wenn du nicht auf der Stelle verschwindest, lasse ich dich hinauswerfen, und dann wirst du den Rest deines Geldes nie zu sehen bekommen.«

Der Mann drehte sich um, zog die Tür auf und winkte einem Trupp Männer, der draußen wartete. Dann wandte er sich, einen großen Fellsack hinter sich her ziehend, wieder Kazlah zu.

Der Leibarzt war irritiert. »Was ist das?«

»Wenn du es dir ansehen möchtest?« Der Palmyrene schleifte den Sack in die Mitte des Raumes, löste den Strick, griff vorsichtig hinein und zog einen rechteckigen Kasten heraus, der aus Ebenholz gezimmert und mit Elfenbeinintarsien verziert war.

Kazlahs Neugier war geweckt.

Der Palmyrene stellte den Kasten auf einen Tisch, hob den Deckel und beobachtete scharf das Gesicht des Arztes.

»Es ist ein Medizinkasten«, bemerkte er. »Siehst du? Er gehörte offensichtlich einem wohlhabenden und kenntnisreichen Arzt.«

Kazlah musterte die Reihen kleiner Behälter, die frischen Papyrusrollen, den Mörser mit dem Stößel, die kleinen Schubfächer, die säuberlich in ägyptischen Hieroglyphen beschriftet waren, das Nahtmaterial, die Beinnadeln. Der Eigentümer dieses Kastens konnte nur ein hochgelehrter Arzt gewesen sein.

»Woher hast du das?« fragte Kazlah schließlich.

»Das habe ich bei dem Überfall auf der Straße von Antiochien gefunden. Die Reisegruppe bestand aus einem alten Römer und einem Gefolge von Sklaven. Er war zweifellos Arzt und wollte sich wahrscheinlich in Palmyra niederlassen.«

Kazlah nickte. In Palmyra gab es mehr Ärzte als in jeder anderen Stadt der Welt, mehr selbst als in Rom. Der alte Römer wäre dort nur einer von vielen Fischen in einem überfüllten Teich gewesen, aber gewiß kein kleiner Fisch.

Kazlah streckte einen langen, schmalen Finger aus und berührte, wie gebannt von den Möglichkeiten, die sich hier eröffneten, jeden einzelnen Gegenstand, den der Kasten enthielt: einen durchsichtigen Stein, einen Schwefelbrocken, eine kleine Figurine der Isis. Dieser Kasten enthielt, das sah Kazlah klar, den gesammelten Schatz jahrelangen Lernens und Wirkens.

Er nahm einen der kleinen Behälter heraus, zog den Stöpsel und schnüffelte an der Öffnung. Die Substanz, die das Fläschchen enthielt, war ihm unbekannt. Sehr behutsam stellte er den Behälter wieder an seinen Platz und betrachtete nachdenklich den Kasten. Eindeutig hatte er einem Arzt gehört, der seine Ausbildung in Ägypten erhalten hatte; nirgends auf der Welt gab es bessere Ärzte als die in Alexandria ausgebildeten.

Neid regte sich in ihm – Neid auf den Mann, dem dieser Kasten gehört hatte; auf seine Ausbildung, die er vielleicht in der Tat an der berühmten Schule in Alexandria erhalten hatte. Kazlah selber war nie in den Genuß einer solchen Ausbildung gekommen. Was er an medizinischen Kenntnissen besaß, hatte er sich erkämpft, erstohlen, mit List und Tücke zu eigen gemacht. Als junger Neuling im Palast hatte Kazlah gesehen, welche Macht der Leibarzt dort besaß, Macht selbst über König und Königin, die Krankheit und Schmerz ebenso preisgegeben waren wie der niedrigste ihrer Untertanen. Die Grundlagen seiner medizinischen Kenntnisse hatte er vom alten Malal erhalten; danach hatte er seine Kenntnisse und Theorien an den Mitgliedern des Hofes ausprobiert. Dieser Medizinkasten kündete von einem Mann, der all die Vorteile genossen hatte, auf die Kazlah hatte verzichten müssen. Das erfüllte ihn mit Neid und Groll.

Nach kurzer Überlegung schritt der Leibarzt durch das Zimmer, griff hinter einen Vorhang und brachte einen zweiten, kleineren Beutel mit Gold zum Vorschein.

»Ich kaufe den Kasten«, sagte er und warf den Beutel auf den Tisch.

18

Als Selene erwachte, wußte sie nicht, wo sie war. Das erste, was sie wahrnahm, waren heftige, brennende Schmerzen in den Armen, im Rücken und in den Beinen. Während sie langsam zu sich kam, gewahrte sie auch anderes: die Strohmatte, auf der sie lag, die Trockenheit ihres Mundes, die Steinmauer, die gerade eine Armlänge von ihrem Gesicht entfernt war.

Stöhnend setzte sie sich auf. Der Boden schien unter ihr wegzukippen. Sie ließ sich wieder auf die Matte fallen und blieb lange liegen, den Blick

zur Decke gerichtet, während sie versuchte, die wirren Bilder zu ordnen, die ihr durch den Kopf schossen. Sie erinnerte sich an Meras Tod, an den hinterhältigen Überfall, den alptraumhaften Ritt durch die Wüste.
Als sie gedämpftes Schluchzen hörte, drehte sie den Kopf zur anderen Seite und war überrascht über das, was sie sah. Sie befand sich in einem großen, sauberen Raum, dessen Boden mit einem Teppich bedeckt war. Sonnenlicht fiel durch ein Fenster hoch unter der Zimmerdecke. In der Mitte des Raumes standen mehrere Wasserschalen mit frischen Tüchern und ein niedriger Tisch mit verschiedenen Speisen.
Das alles registrierte Selene mit einem Blick, ehe sie auf der anderen Seite des Raumes all die anderen jungen Frauen sah, die an den Wänden kauerten oder lagen, viele mit verstörtem Blick, leise weinend oder stöhnend.
Eine der jungen Frauen, in einer Tracht, wie Selene sie noch nie gesehen hatte – Beinkleider und eine weite Bluse – stand auf und ging zu dem weinenden Mädchen hinüber. Sie kniete nieder und sprach in einer fremden Sprache leise auf die Weinende ein, während sie sie gleichzeitig mit sanften Händen berührte. Das weinende Mädchen schrie auf vor Schmerz, und die fremdartig gekleidete junge Frau zog die Hände weg. Sie waren rot von Blut.
Selene versuchte nochmals, sich aufzusetzen, ganz langsam, und diesmal schaffte sie es, ohne daß ihr schwindlig wurde. Einen Arm fest auf die schmerzenden Rippen gedrückt, durchquerte sie das Zimmer.
Nachdem Selene die Verletzung am Arm des weinenden Mädchens untersucht hatte, sagte sie: »Das ist schlimm. Wir müssen –« Von plötzlichem Schwindel überkommen, drückte sie eine Hand an ihre Stirn und wartete, bis die Übelkeit nachließ. »Wir müssen die Blutungen stillen«, sagte sie dann. »Und die Wunde säubern.«
Das Mädchen in der fremdartigen Tracht starrte Selene verständnislos an. Dann sprang sie auf, als hätte sie plötzlich begriffen, und holte eine der Wasserschalen. Das Wasser war parfümiert, wie Selene feststellte, und die Tücher waren aus feinstem Leinen. Merkwürdige Behandlung für Gefangene, dachte sie und machte sich daran, die Verletzte zu versorgen.

Als der Fremde ins Zimmer trat, waren die Mädchen erwacht und versuchten zu ergründen, was geschehen war, wo sie sich befanden, weshalb man sie alle in diesem sonderbaren Raum gefangenhielt. Selene konnte nur mit den Frauen sprechen, die zu Ignatius' Sklaven gehört hatten, da die Sprachen der anderen ihr nicht geläufig waren. Immerhin konnte ihr

das zierliche Mädchen in den Beinkleidern vermitteln, daß ihre Heimat weit im Osten war, noch jenseits des Indus, und daß sie Samia hieß.
Als der große, dünne Mann in den dunklen Gewändern eintrat, verstummten die Mädchen. Hinter ihm standen zwei mit Schwertern bewaffnete Wächter. Der Mann blieb an der Tür stehen und musterte die zwanzig verängstigten Gesichter. Mit einem Blick, fand Selene, als taxiere er Pferde oder Kamele. Zitternd schloß sie die Augen und betete lautlos zu Isis.
Knappe Befehle erteilend, begann der Mann die Mädchen zu untersuchen. Er sprach das im Osten gebräuchliche Griechisch, und als Selene die Befehle verstand, die er den Wächtern zurief, wurde ihr noch banger.
»Diese beiden sind keine Jungfrauen«, sagte er. »Bringt sie ins Sklavenhaus. Heute abend kommt ein Händler und holt sie. Diese hier ist unberührt. Die bringt ihr dem Obereunuchen des königlichen Harems.«
Er war noch auf der anderen Seite des Raumes, aber Selene hatte schon die Knie zur Brust hochgezogen und umschloß die Beine mit beiden Armen, als könne sie sich so schützen. Sie war unberührt; sie würde mit den anderen in den königlichen Harem gebracht werden.
»Was ist das?« fragte der Mann plötzlich und hielt den bandagierten Arm des immer noch weinenden Mädchens hoch. »Wer hat das getan?« fragte er scharf.
Niemand rührte sich.
Dann warf das Mädchen unwillkürlich einen Blick auf Selene, und der dunkle Mann wandte sich ihr zu. »Hast du das gemacht?« fragte er.
Selene öffnete den Mund, konnte aber keinen Ton hervorbringen.
Er winkte einem der Wächter, der sofort auf Selene zuging.
»Ja«, sagte sie plötzlich. »Ja, das habe ich getan.«
»Warum?«
»Es – sie – sie hat –«
»Rede, Mädchen!«
Selene hatte Mühe, die Worte herauszubringen. »Sie hat geblutet.«
»Auf dem Verband ist Honig«, stellte der Mann fest und sah zu den mit Haferschleim, Feigen und Honig gefüllten Schalen auf dem Tisch hinüber – den Speisen, die dazu gedacht waren, die Gefangenen zu stärken. »Warum hast du Honig auf die Wunde gegeben?«
Selene schluckte und betete zu Isis, daß sie ihr die Herrschaft über ihre Zunge geben möge. »Ho-honig bannt die bösen Geister der Entzündung.«
In den Augen, die sie anstarrten, war eine Kälte, daß es Selene fröstelte.

Er ließ den Arm der Verwundeten los und ging zu Selene. Die anderen Mädchen beobachteten ihn stumm vor Angst.
»Woher weißt du das?« fragte er barsch, als er vor ihr stand.
Selene schreckte zurück. »Mei-mei-«
»Rede!«
»Meine Mutter war eine Heilkundige«, antwortete sie. »Sie hat mich gelehrt.«
Ein Ausdruck der Nachdenklichkeit trat in die kalten Augen. Eine Spur weniger barsch fragte der Mann: »Deine Mutter war eine Heilkundige? War sie mit dir auf der Reise?«
Selene nickte.
»Ihr wart in der Gesellschaft eines Römers auf der Straße von Antiochien. War er Arzt?«
»Nein.«
Kazlahs schmaler Mund zuckte. Er dachte an den Medizinkasten mit seinem geheimnisvollen Inhalt, den er in seinen Gemächern verborgen hatte.
»Beweise mir, daß deine Mutter dich die Heilkunst gelehrt hat. Sage mir zum Beispiel, wie man Fieber bei einem Kind senken kann.«
»Da gibt es viele Mittel. Man kann das Kind in sehr kaltem Wasser baden, oder seinen Körper mit Gerstenalkohol einreiben –«
»Und wenn das nichts hilft?«
Selene schluckte wieder. Bei jedem Atemzug durchzuckte ein heißer Schmerz ihren Brustkorb. Sie fühlte sich matt und schwach und fürchtete, jeden Moment ohnmächtig zu werden.
»Dann gibt es noch den Trank der Hekate«, flüsterte sie.
»Und was ist das?«
»Ein Tee. Meine Mutter macht ihn. Meine Mutter –« Sie schluchzte laut auf.
»Rede!«
Selene fing an zu weinen. Ihr schmaler Körper zitterte. »Meine Mutter ist tot«, sagte sie leise. Dann schlug sie die Hände vor ihr Gesicht und weinte.
Kazlah betrachtete sie mit einem dünnen Lächeln. Trank der Hekate, hatte sie gesagt.

19

Kazlah suchte in dem wohlgeordneten Medizinkasten und fand ein blaues Fläschchen mit dem Krötenzeichen der Hekate darauf.

Er probierte das Mittel zuerst an einem zum Tode Verurteilten aus, der auf seine Hinrichtung wartete. Als sich bei dem Mann nach dem Genuß einiger Tropfen des bitteren Tranks keinerlei Anzeichen einer schädlichen Wirkung zeigten, flößte Kazlah die Medizin einem Sklaven ein, der an einem gewöhnlichen Sommerfieber litt. Als das Fieber daraufhin verschwand, beschloß der Leibarzt, den Prinzen mit dem Mittel zu behandeln.

Die Stunde war spät, und im Schlafgemach des jungen Prinzen drängten sich die stummen Zuschauer. Allats Priesterinnen schwangen Weihrauchgefäße, die den Raum in würzige Wolken hüllten, und beschworen zum Klirren von Tambourins die vielen Namen der Göttin. Und Königin Lasha saß am Bett ihres Sohnes, mit ihrem einen gesunden Auge jede Bewegung Kazlahs verfolgend.

Er trug ein Leopardenfell über der Schulter. Das schwarze Haar schmiegte sich glatt und glänzend an den schmalen Schädel. Reglos, als wäre er in Trance, saß er über den fiebernden Prinzen gebeugt, starr das Auge, flach und kaum wahrnehmbar sein Atem.

Aus der Dunkelheit jenseits der mit spinnwebfeinem Stoff verhangenen Fenster kamen die Schreie der Nachtvögel. Der polierte Fußboden schimmerte von Sternenschein. Über den Kronen der Palmen war Allats schmale Sichel zu sehen. Und in der Nachtluft, die von einem leisen Wind bewegt wurde, hing der sumpfige Geruch des fruchtbringenden Euphrat.

Die erste Dosis der geheimnisvollen Medizin war dem Prinzen bei Abenddämmerung tropfenweise eingegeben worden. Die gespannten Zuschauer hatten gesehen, wie die Kehle des Knaben in instinktiven Schluckbewegungen gezuckt hatte.

Kazlah hatte keine Ahnung, wieviel von dem Trank er dem Knaben einflößen mußte, aber er hatte es nicht gewagt, die Gefangene eingehender zu befragen, da er fürchtete, daß sie dann argwöhnisch werden und alle Auskunft verweigern würde. Er hätte sie natürlich foltern lassen können, aber auch dann hätte er keine Gewähr gehabt, daß sie die Wahrheit sagte. Sie hätte ihn mit einer falschen Auskunft gar zum Mörder des Prinzen machen können. Besser, sie eingesperrt zu lassen. Wenn er es richtig anstellte, würde sie ihm mit der Zeit all ihr Wissen weitergeben, und wenn es von ihr nichts mehr zu lernen gab, würde er sie töten lassen, um alle Spuren ihrer Existenz auszulöschen und sicherzustellen, daß das Wissen um den geheimnisvollen Medizinkasten sein Geheimnis blieb.

Lasha saß starr im weihrauchgeschwängerten Raum. Kazlah wußte, wenn er jetzt versagte, würde er noch vor Tagesanbruch tausend Tode sterben. Doch wenn das Wunder geschehen und der Knabe genesen sollte...

Ein Seufzen schwebte wispernd durch den Raum, frisch und neu, als hätte der Fluß selbst geseufzt. Die schweren Schleier des Schlafs, unter denen der Prinz zu ersticken drohte, schienen sich zu lüften.

Kazlah beugte sich noch ein wenig weiter vor und legte seine lange, schmale Hand auf die königliche Stirn. Dann griff er wieder nach dem blauen Fläschchen. Niemand wußte, woher es gekommen war; niemand wußte von dem Medizinkasten. Und von dem Mädchen, das seine heimliche Gefangene war.

Kazlah stellte das Fläschchen auf den Tisch neben dem Bett und richtete sich auf. Aller Augen waren auf das kindliche Antlitz gerichtet. Das Klirren der Tambourins, die Beschwörungsgesänge hörten auf; die Weihrauchfässer hingen reglos. Wie versteinert standen die Höflinge. Furcht war in ihren Augen – wenn der Prinz starb, würde der Zorn der Königin sie alle treffen.

Die schmale Gestalt unter der seidenen Decke regte sich, die Lider flatterten. Dann schlug der Prinz die Augen auf und sah seine Mutter, die Königin, an.

»Mutter...« sagte er.

20

Andreas' Augen zogen Selene an. Eine magische Kraft ging von ihnen aus, der Selene nicht einmal hätte widerstehen können, wenn sie gewollt hätte. Ihre Farbe war das dunkle Graublau eines stürmischen Himmels, und sie waren überschattet von zornig zusammengezogenen dunklen Brauen; doch paradoxerweise war ihr Blick voller Güte und Teilnahme, Spiegel einer zärtlichen und liebenden Seele.

Andreas zog Selene an sich. Seine Arme hielten sie fest. Ihr Herz begann schneller zu schlagen, ihr Atem kam in abgerissenen Stößen. Sie hob ihm voller Sehnsucht und Begehren ihre Lippen entgegen. Andreas küßte sie, und sie flüsterte, nimm mich; nimm mich jetzt.

Lautes Krachen riß sie aus dem Schlaf. Erschrocken fuhr sie in die Höhe. Sie war verwirrt, dann erkannte sie, es war nur ein Traum gewesen. Sie sah zum Fenster hinauf. Es regnete, Donner war es gewesen, der sie geweckt hatte. Fröstelnd hüllte sie sich in die dünne Decke und stand auf.

Viele hatten schon in dieser Zelle gehaust, ehe man Selene hineingeworfen hatte. In die Wand unter dem Fenster hatte jemand Löcher geschlagen, wo man die Zehen einkrallen konnte, wenn man sich zum vergitterten Fenster hochziehen wollte, um hinauszusehen. Selene zog sich jetzt hoch und blickte auf die Stadt, deren Häuser sich unter dem prasselnden Novemberregen zu ducken schienen. Das Gesicht an die Gitterstäbe gepreßt, murmelte Selene: »Andreas, Liebster, wir küssen uns nur in meinen Träumen.«

Jeden Tag seit neunzig Tagen hing Selene an diesem Fenster, das Gesicht an die Eisenstangen gedrückt, den Blick unverwandt auf das Stadttor und die verkehrsreiche Straße gerichtet, die in die weite Wüste führte. Unablässig forschte ihr Auge nach dem einsamen Reiter, auf den sie immer noch wartete. Er wird kommen, sagte sie sich jeden Tag wieder, während sie die Gitterstäbe umklammert hielt, bis ihre Hände wund waren und ihre Schultern schmerzten. Sie war sicher, daß Andreas die Straße von Antiochien geritten war und von dem Überfall auf eines der Lager gehört hatte. Sie war sicher, daß er, wenn er sie in Palmyra nicht fand, die ganze öde Wüste nach ihr absuchen würde. Drei Monate waren vergangen; doch die Entfernung von Palmyra zu diesem Ort war groß. Früher oder später, daran glaubte Selene fest, würde er diese Stadt erreichen; darum mußte sie nach ihm Ausschau halten und bereit sein.

Doch an diesem Tag konnte sie durch den strömenden Regen kaum etwas sehen; nur wenige schemenhafte Gestalten bewegten sich auf der Straße. Selene ließ ihren Blick über die Straßen schweifen, deren Windungen und Kreuzungen sie sich genau eingeprägt hatte, und sandte ihre Phantasie auf den Fluchtweg, den sie gewählt hatte. Ihre Gedanken eilten durch die schmalen, gewundenen Gassen, sprangen über Mauern und Zäune, rannten in die Wüste hinaus Andreas entgegen.

Wo, dachte sie, mag Andreas jetzt sein? Sitzt er vielleicht schon hier unten, in der Straße mit den bunten Sonnendächern, an einem Feuer und wärmt sich die Hände?

Sie spürte, wie der kalte Regen in ihre Seele einzudringen und ihre Zuversicht zu ertränken drohte, aber sie ließ es nicht zu. Sie beschwor das Bild ihrer Seelenflamme herauf, konzentrierte all ihre Energien darauf, sie zu nähren und zu speisen, damit sie klar und hell brennen konnte. Sie wußte, wenn sie sich der Verzweiflung ergab, war sie verloren. Sie

mußte sich ihren Lebensmut bewahren, für Andreas und für Mera, deren Vermächtnis in der Stunde ihres Todes eine leidenschaftliche Kraft in Selene geweckt hatte.
Du bist auserwählt...
Ihr Blick war auf die Palmen gerichtet, die sich unter der Wucht des Sturmes neigten, aber sie sah sie nicht. Andere Bilder füllten ihr Auge: die Elfenbeinrose, ein goldener Ring, ein Zwillingsbruder mit Namen Helios. Andreas.
Selene ließ die Eisenstäbe los und glitt zu Boden. Sie wanderte in der engen Zelle hin und her, um sich warmzuhalten.
Sie war allein. Die anderen Mädchen waren nach und nach fortgebracht worden; die einen ins Sklavenhaus, die anderen, wie Samia, die Inderin, die in den kurzen Tagen gemeinsamer Gefangenschaft ihre Freundin geworden war, in den Harem des Königs. Und schließlich war Selene selbst aus dem großen, lichten Raum geholt und in diese elende Zelle geworfen worden.
Seit drei Monaten fristete sie ihr kümmerliches Dasein in dieser Steinkammer, wußte nicht, wer die Menschen waren, die sie gefangenhielten; wußte nicht, wo sie sich befand, was das Schicksal für sie bereithielt. Nur eines wußte sie: Sie durfte nicht aufgeben. Sie mußte durchhalten, fliehen, den Weg zu Andreas und ihrer Bestimmung finden.
Einziger Trost in der Finsternis war ihr das goldene Horusauge, das sie unter ihrem Gewand trug und das niemand entdeckt hatte. Ihr Medizinkasten war fort, ihre einzige greifbare Erinnerung an ihre Vergangenheit, ihre Mutter und an das, was sie gelernt hatte, die heilige Kunst des Heilens. Ohne ihn fühlte sie sich all dessen beraubt, was ihre Persönlichkeit und den Sinn ihres Daseins ausmachte. Aber wenn der Schmerz sie zu überwältigen drohte, brauchte Selene ihre Hand nur um das Horusauge zu legen und fühlte sogleich seine heilende Kraft. Andreas' Geist lebte in der Kette.
Hinter der Zellentür hörte sie plötzlich Schritte und unterbrach ihre rastlose Wanderung. Zitternd vor Kälte, beide Arme fest um ihren Oberkörper geschlagen, stand sie da und lauschte. Sie war voller Angst.
War es wieder ihr Peiniger? Der Mann, der sie quälte und folterte. Selene wußte nie, wann er erscheinen würde; manchmal kam er morgens, manchmal mitten in der Nacht, und stets hatte er Fragen.
»Was hat dieses Zeichen zu bedeuten?« fragte er dann vielleicht und hielt ihr einen Fetzen Papyrus unter die Nase. Oder: »Sag mir, was für ein Pulver das ist.«
Selene wußte, worauf er es abgesehen hatte – auf ihre medizinischen

Kenntnisse. Und sie wußte auch, daß nur ihre Kenntnisse sie am Leben erhielten, sie vor seinen furchtbaren Drohungen schützten.

»Wenn du mir nicht zu meiner Zufriedenheit antwortest«, hatte er sie am ersten Tag ihres Aufenthalts in der Zelle gewarnt, »lasse ich dich in den Harem bringen. Dort wird der König dich nehmen, und wenn er deiner müde ist, kann jeder, der dich haben will, sich mit dir vergnügen. Du wirst alle meine Fragen beantworten, verstanden?«

Diese Drohungen hatten sie in Angst und Entsetzen gestürzt. Die Vorstellung, von Männern mißbraucht, wie ein Gegenstand herumgereicht und schließlich weggeworfen zu werden, hatte sie zutiefst erschreckt und gleichzeitig mit Ekel erfüllt. Wie war es möglich, fragte sie sich verwirrt, daß derselbe Akt – die Vereinigung von Mann und Frau – zwei völlig entgegengesetzten Zielen dienen konnte?

Sie sehnte sich nach der Vereinigung mit Andreas; sie träumte davon; sie dachte fast ständig daran. Ihn in sich aufzunehmen, seine Kraft und sein Feuer zu fühlen.

Selene drückte beide Hände auf ihren Magen. Die Schritte kamen vor ihrer Zellentür zum Stillstand. Der Schlüssel drehte sich klirrend im Schloß.

Sie gehörte Andreas. Er war der einzige Mann, dem sie sich je hingeben würde.

Die Tür flog auf, und der Fremde trat in die Zelle. Über einem Arm hielt er eine dicke Decke. In der Hand hielt er einen Becher.

Selene wich zurück.

»Frierst du?« fragte er.

Sie nickte.

»Möchtest du die Decke haben?«

Sie blickte auf die Decke, die aus weicher Wolle gewebt war und die rotgoldene Farbe lodernden Feuers hatte. Oh, sich in den weichen Stoff einhüllen können; endlich wieder warm zu werden. Sie nickte wieder.

Er hielt ihr den Becher hin. »Sag mir, was das ist.«

Den Rücken an die Wand gepreßt, beugte sich Selene vor und spähte in den Becher. Einige Blätter lagen darin, die einen feinen Zitrusduft verströmten. Sie hätte gern gewußt, woher er die Blätter hatte, und warum er sie für bedeutsam genug hielt, sie danach zu fragen.

»Das ist Zitronenmelisse«, sagte sie.

»Wozu wird sie verwendet?«

Seine Fragen wunderten sie jedesmal. Wieso wußte er, daß es sich um heilende Pflanzen oder Kräuter handelte, wenn er offensichtlich keine Ahnung hatte, was sie waren und welchem Zweck sie dienten?

»Ein Tee aus Zitronenmelisse wirkt beruhigend auf das Herz und die Stimmung«, antwortete sie.
»Ist das alles?«
Sie starrte auf die Decke. Ihre Finger waren so kalt, daß sie gefühllos waren; sogar ihre Glieder schmerzten vor Kälte.
Er hatte sie völlig in der Hand. Nur um sie das Ausmaß seiner Macht über sie fühlen zu lassen, hatte er sie die ersten Tage in der Zelle hungern lassen. Dann war er mit Nahrung und mit Fragen gekommen. Und als sie ihm nicht hatte sagen können, was gegen die Impotenz des Königs zu tun war, hatte er ihre Strohmatte hinausbringen lassen, so daß sie auf kaltem Stein schlafen mußte.
Selene blickte auf die beiden Wächter, die hinter ihm standen und die Tür versperrten, die in den Korridor führte und letztendlich in die Freiheit. Wenn sie doch einfach hätte davonlaufen können...
»Als Tinktur«, sagte sie schließlich, »lindert Zitronenmelisse Gelenkschmerzen und die Schmerzen bei Prellungen und Quetschungen.«
Das scharfgeschnittene Gesicht war so unergründlich wie eine aus Stein gemeißelte Maske. Doch in den Tiefen der eiskalten Augen gewahrte Selene eine furchtbare Einsamkeit, von der der Mann gewiß nicht wußte, daß andere sie sehen konnten.
Er tat ihr leid, und sie fürchtete ihn. Sie wußte, daß der Tag kommen würde, wo er keine Fragen mehr hatte. Sie mußte fort, ehe dieser Tag kam; sie mußte Andreas irgendwie eine Nachricht zukommen lassen.
»Bitte, sage mir, wo ich bin? Was ist das für eine Stadt?«
Kazlah wandte sich ab, schritt aus der Zelle, gab den Wächtern Zeichen, die Tür abzusperren. Als es im Korridor wieder still geworden war und Selene allein in der Dunkelheit stand, merkte sie, daß er die Decke wieder mitgenommen hatte.

21

Königin Lasha strebte die Unsterblichkeit an; genauer gesagt, sie beabsichtigte, im Himmel als Königin der Götter zu herrschen.
Lashas Glaube an ein Weiterleben war so fest und unerschütterlich wie die Mauern ihres mächtigen Palasts. Sie glaubte an die sieben Sphären des Himmels, an ein göttliches Gericht, an ewige Strafe oder Belohnung und an die Macht der Götter. Die Götter wohnten in der obersten Sphäre des Himmels, hoch über dem Himmelszelt des Kosmos, und sie führten ein Dasein ewiger Glückseligkeit. Lasha wußte, daß sie als Königin nach

ihrem Tod selbstverständlich in einer der höheren Sphären des Himmels aufgenommen werden würde, aber das war ihr zu wenig. Sie erstrebte den höchsten Gipfel ewiger Herrlichkeit. Die Götter selbst würden sie als eine der ihren aufnehmen.
Lasha widmete sich während ihres Erdenlebens vor allem den Vorbereitungen auf ihr nächstes Leben. Am Tag ihrer Krönung im Alter von zwölf Jahren hatte sie mit dem Bau ihres Grabmals begonnen. Seitdem war nicht ein Tag vergangen, an dem sie ihre letzte Ruhestätte nicht aufgesucht hatte.
Es sollte ein prachtvolleres Grabmal werden als das der Königin Kleopatra, das in Alexandria stand und Gerüchten zufolge großartiger war als selbst die Grabmäler der größten Pharaonen. Nicht nur ein Haus der Ewigkeit würde es werden, sondern ein *Palast*, ein Prunkbau mit vielen Zimmern, mit Bädern und einem Thronsaal, in dem hundert Sklaven, die am Tag ihrer Grablegung lebendig mit ihr eingemauert werden würden, ihr in ihrem Nachleben zu Diensten sein würden. Aber nicht nur sollte Lashas Grabmal herrlicher werden als das ihrer Mutter und aller sagenhaften persischen Könige, sie wollte auch mit dem reichsten Kronschatz in die Ewigkeit eingehen.
Lasha, die den Nachmittag auf der Baustelle zugebracht hatte, wo sie den Steinmetzen zugesehen und sich mit den Baumeistern beraten hatte, saß tief beunruhigt in ihren Gemächern. Bei ihrer Rückkehr in den Palast hatte sie schlechte Nachricht aus dem Harem erhalten. Die jungfräulichen Mädchen, die drei Monate zuvor gefangen und nach Magna gebracht worden waren, hatten den König nicht von seiner Impotenz heilen können.
Aber es durfte nicht dazu kommen, daß sie einen neuen Gemahl nehmen mußte! Ihr Ziel, im Himmel der Götter zu herrschen, konnte sie nur erreichen, wenn sie die Reichste unter den Göttern war, und den Schatz, den sie heimlich in ihrem Grabmal gehortet hatte, konnte sie nur bewahren, wenn der alte Zabbai ihr Gemahl blieb.
Lashas Ehemann scherte sich nicht um ein Leben im Jenseits und göttliche Ehren. Er war ein gottloser Lustmensch, der nur der Befriedigung seiner fleischlichen Begierden lebte. Als Mädchen von zwölf Jahren, das Liebe nicht kannte und in der Umarmung ihres neuen Gemahls kalt blieb, so daß er sich schließlich anderswo sein Vergnügen suchte, hatte Lasha begonnen, langsam und mit Bedacht ihre Schätze für das Jenseits zusammenzutragen. Immer wenn ihr Heer gegen andere Königreiche marschierte und mit kostbarer Beute heimkehrte, interessierte sich Zabbai nur für die Frauen und Mädchen, die gefangengenommen worden wa-

ren; wenn Vasallenkönige Magna Tribut zollten, beachtete er weder Gold noch Edelsteine, war nur auf Geschenke aus Fleisch und Blut erpicht. Alle Reichtümer flossen der Königin zu, die nunmehr zu den reichsten Frauen der Welt gehörte.

Aber das wußte die Welt nicht. Andere Herrscher mochten mit ihrem Reichtum glänzen, Lasha hortete ihre Schätze einzig für das nächste Leben. Sie gestattete genug Prunk und Luxus im Palast, um Freund und Feind zu beeindrucken und Zabbai bei Stimmung zu halten, aber alle Reichtümer, die darüber hinaus nach Magna flossen, wanderten unverzüglich in die Schatzkammer des Grabmals, das Tag und Nacht von Wächtern bewacht wurde, denen man die Zunge herausgeschnitten hatte, damit Lasha am Tag ihres Todes in die siebente Sphäre des Himmels aufsteigen und die Götter mit ihren Schätzen blenden konnte.

Denn nur so konnte sie sich ihren Platz unter diesen Göttern sichern. Sie würden sie in ihre Reihen aufnehmen und auf den Thron heben, sie zu einer Herrscherin des Himmels machen, deren Glanz selbst den der Isis und der Ishtar überstrahlte.

Aber nun...

Zabbai war impotent. Das hieß, daß er beseitigt werden mußte; ein impotenter König nämlich verhieß Unglück für die Stadt. Die Fruchtbarkeit des Königs war mit der seines Volkes verbunden; versiegte sie, so würde auch Magna brachliegen. Und wenn Zabbai beseitigt war, mußte Lasha einen neuen Gemahl nehmen, einen jungen Prinzen auf der Höhe seiner Manneskraft, der, zweifellos ehrgeizig, sein Augenmerk sogleich auf Lashas Grabmal richten würde, um die Schätze, die sie so sorgsam angehäuft hatte, für seine eigenen Zwecke zu verwenden.

Sie ballte die Hand zur Faust und schlug zornig auf die Armlehne ihres Sessels. Wie dumm und kurzsichtig war sie gewesen, als sie aus Widerwillen gegen ihren Gemahl sich geweigert hatte, ihre königlichen Pflichten zu erfüllen! Vor Jahren schon hätte Zabbai mit ihr ein Kind zeugen können, einen männlichen Nachkommen, der nun alt genug gewesen wäre, den Platz seines Vaters als König einzunehmen – unter Anleitung seiner Mutter natürlich. Aber sie hatte zu lange gewartet, hatte ihre Pflicht am Ende nur erfüllt, weil die Hohe Priesterin gesagt hatte, die Göttin hätte gesprochen. Diese eine Vereinigung mit Zabbai hatte Frucht getragen. Lasha hatte einen Sohn geboren, doch der war noch zu jung, um seinen Vater zu ersetzen.

»Meine Königin!«

Lasha blickte auf. Die Hohe Priesterin Allats war in ihr Zimmer getreten.

»Was störst du mich heute abend?«

Die Priesterin vermied es, direkt vor die Königin zu treten. Immer wenn Königin Lasha empfing, setzte sie sich so, daß nur ihr gesundes Auge zu sehen war. Hätte es jemand gewagt, ihr ins Gesicht zu schauen, insbesondere auf den großen Smaragd, der das blinde Auge verbarg, so wäre er dafür mit dem Tod bestraft worden, so groß war die Eitelkeit der Königin.
»Ich bin gekommen, dich zu fragen, was mit deinem königlichen Gemahl geschehen soll. Das Volk von Magna beginnt, unruhig zu werden. Man versteht seine Impotenz als böses Omen.«
Lasha antwortete nicht. In kostbare Seide gehüllt, mit Edelsteinen geschmückt, saß sie auf ihrem Thron, die Füße auf einem Kissen, und starrte in die düsteren Schatten, die ihrer zu spotten schienen.
»Ich bin gekommen, dich zu fragen, ob du vorhast, auch die letzte der Jungfrauen zu ihm zu bringen.«
Die Königin fuhr auf. »Was redest du da?« fragte sie.
»Ich spreche von dem letzten Mädchen – sie wird offenbar zu besonderem Zweck festgehalten.«
Jetzt sah Lasha die Priesterin direkt an, und diese senkte die Lider.
»Im Turm«, erläuterte die Priesterin. »Ein junges, sehr schönes Mädchen, dem Sonderbehandlung zuteil wird. Niemand darf sie sehen.«
»Woher weißt du das?«
Die Priesterin zuckte die Achseln. »Ich habe viele Freunde, meine Königin. Unter denen, die das Essen des Mädchens zubereiten, die bei Tag und Nacht ihre Zelle bewachen.«
Und ich habe Feinde, dachte sie im stillen, für deren Vernichtung ich sorgen werde. Sie neidete Kazlah seine große Macht und hoffte, mit dieser Information, die sie sich zu hohem Preis beschafft hatte, genau die Waffe gefunden zu haben, die sie brauchte, um ihn zu stürzen.
»Wer hat sie dort gefangengesetzt?« fragte die Königin.
»Kazlah, meine Königin.«
»Bring sie zu mir«, sagte Königin Lasha leise.
»Du wirst die Königin nicht ansehen«, sagte die Hohe Priesterin, als sie Selene mit ihrem Stab vorwärts stieß. »Wenn du der Königin ins Gesicht siehst, bist du des Todes. Halte also den Blick gesenkt.«
Selene ging an den vielen Hofleuten vorüber, die im Gang versammelt standen. Sie starrten das schmale, unnatürlich bleiche Mädchen an der Seite der Hohen Priesterin neugierig an. Ihr Gewand war schlicht, und sie war barfüßig; das lange schwarze Haar fiel ihr offen und schmucklos über die Schultern – zweifellos eine Gefangene –, aber eine Art ruhiger Würde ging von ihr aus.

Als sie das Gemach der Königin erreichten, verschlug es Selene einen Moment den Atem. Nie zuvor hatte sie einen so hohen Raum gesehen, nie zuvor so massige Säulen. Vor einem Thron wurde sie auf die Knie gestoßen.

»Wer bist du?« Die Stimme war scharf.

Selene starrte auf den Marmorboden und wollte sprechen. Aber ihre Zunge gehorchte ihr nicht.

»Sprich, Mädchen!«

»Selene«, antwortete sie.

Die Priesterin versetzte ihr einen Schlag. »Sag, ›meine Königin‹.«

»Selene, meine Königin.«

»Wer hält dich im Turm gefangen?« fragte Lasha und beugte sich in ihrem Thronsessel vor.

»Ich w-w –« Selene biß sich auf die Unterlippe.

»Was ist mit ihr?« fragte Lasha.

Die Priesterin schlug wieder zu. »Rede!«

Isis, ich bitte dich, betete Selene lautlos. Lockere meine Zunge. Wenn dies ein Zeichen der Götter ist, dann laß nicht zu, daß es mich in Gefahr bringt.

»Du wagst es, ungehorsam zu sein?« Lashas Stimme war eisig.

Selene versuchte es von neuem. »I-ich –«

»Spielst du mit mir? Sprich! Oder ich lasse dir die Zunge aus dem Mund reißen.«

Selene drückte die Augen zu und versuchte, das Bild ihrer Seelenflamme zu beschwören, aber ihre Angst war zu groß. Hinter ihren Lidern war nur Finsternis. Da hob sie eine Hand zu ihrer Brust und fühlte unter dem Stoff ihres Gewandes das Horusauge.

Plötzlich hörte sie Andreas' gütige Stimme. Denk nicht an das, was du sagen willst, Selene. Konzentriere dich auf etwas andres. Dann kommen die Worte wie von selber.

Den Blick immer noch zum Marmorboden gesenkt, sah Selene Andreas' schönes Gesicht. Starr hielt sie ihre Augen auf sein Bild gerichtet. Sie holte ihn in diesen Raum, zu sich, und machte ihn lächeln, so daß sie sich von seiner Liebe beschützt fühlte.

»I-ich weiß n-nicht, wer m-mich im T-turm gefangenhält, meine Königin.«

»Bist du allein in der Zelle?«

»Ja, meine Königin.«

»Besucht dich jemand?«

»Ja, meine Königin. Ein Mann.«

»Und was tut er, wenn er dich besucht?«
»Er stellt mir Fragen, meine Königin.«
Die Königin schwieg, als hätte Selenes Antwort sie überrascht. Selene fröstelte. Die Kälte des Marmorbodens kroch ihre Beine hinauf.
»Was sind das für Fragen, die er dir stellt?« fragte die Königin.
»Über Krankheiten und die Heilmittel, die es für sie gibt.«
»Über Krankheiten und ihre Heilmittel? Wieso stellt er ausgerechnet dir solche Fragen?«
Selene zögerte. Jeden Moment, fürchtete sie, würde sie die falsche Antwort geben und dafür bestraft werden.
»Weil ich eine Heilkundige bin«, sagte sie schließlich.
Wieder hüllte sich die Königin in Schweigen. Selenes Furcht wuchs.
»Wann bist du hierhergekommen?« fragte die Königin schließlich.
»Ich wurde im August hierhergebracht, meine Königin.«
»Wurdest du allein gebracht oder zusammen mit anderen Frauen?«
»Zusammen mit anderen Frauen.«
Ein drittes Mal trat Schweigen ein. Selene begann zu zittern. Warum hatte man sie vor diese seltsame Frau gebracht? Der Mann hatte sie heimlich gefangengehalten. Warum? Würde er nun dafür bestraft werden, und sie – Selene – mit ihm? Die Stimme der Frau, die sie verhörte, verriet Zorn. Würde man Selene jetzt den Soldaten ausliefern?
Selene konzentrierte sich auf Andreas' Bild und fand Trost im Lächeln des Geliebten.
Die Frau begann wieder zu sprechen.
»Du sagst, du bist im August gekommen. Hat der Mann, der dich besucht und dir Fragen stellt, jemals nach einem Heilmittel für Fieberkrankheiten gefragt?«
»Ja, meine Königin.«
»Bei einem Kind?«
»Ja, meine Königin.«
»Was hast du ihm als Heilmittel empfohlen?«
»Ich sagte ihm, daß das Fieber mit dem Trank der Hekate gesenkt werden kann.«
»Die Medizin wird getrunken?«
»Ja, meine Königin.«
Die Stimme der Königin wurde noch schärfer. »Holt mir Kazlah!«
Selene blieb auf den Knien liegen. Die Priesterin stand immer noch hinter ihr, und die Königin auf ihrem Thron saß still und schweigend. Selene zitterte vor Schwäche und versuchte, ihren Geist in andere, sicherere Räume zu versetzen.

Dann wurde die Flügeltür des Saales aufgestoßen, und beim Klang der Stimme, die Selene als nächste hörte, gerann ihr das Blut in den Adern.
»Ja, meine Königin«, hörte Selene den Mann sagen, der ihr Peiniger war, »ich habe das Mädchen im Turm gefangengehalten. Als ich hörte, daß sie ein wenig von der Heilkunst versteht, hielt ich es für geboten, sie eine Weile festzusetzen.«
»Und sie dem König vorzuenthalten, für den sie eigentlich bestimmt war?«
Selene klopfte das Herz bis zum Hals. Das war es also! Sie war für den König bestimmt gewesen. Und jetzt würde diese Frau dafür sorgen, daß sie unverzüglich zu ihm gebracht wurde.
»Ich fand, der König hätte Jungfrauen genug, meine Königin. Ich dachte an den Prinzen.«
»Dann stammte das Heilmittel nicht von dir?«
»Ich habe nie etwas anderes behauptet, meine Königin.«
»Woher hattest du die Medizin? Hat sie dir gesagt, wie man sie herstellt?«
Jetzt zögerte Kazlah einen Moment, und als er wieder sprach, war Nervosität in seiner Stimme. »Die Medizin befand sich in einem Medizinkasten, der mir mit den gefangenen Mädchen übergeben wurde.«
Selene hob mit einem Ruck den Kopf. »Mein Medizinkasten! Dann ist er gar nicht in der Wüste geblieben. *Du* hast ihn!«
»Still!«
»Er gehört mir. Der Kasten gehört mir.« Selene sprang auf. »Darum hast du mir all diese Fragen gestellt!«
»Auf die Knie«, fauchte Kazlah und wollte ihren Arm packen. Aber Selene entwand sich ihm.
»Du mußt ihn mir zurückgeben!« rief sie erregt. »Er ist das einzige, was ich auf der Welt besitze!«
»Bringt sie zur Ruhe«, befahl die Königin.
Selene wirbelte herum und wich den Händen aus, die nach ihr griffen. »Mein Königin«, rief sie und sah Lasha direkt ins Gesicht. »Du mußt mir zuhören. Dieser Medizinkasten –« Die Augen weit aufgerissen, brach sie ab.
Die Königin saß wie eine Göttin auf ihrem goldenen Thron. Tausend schwarze, von goldenen Perlen durchwirkte Zöpfe hingen von ihrem Kopf herab. Ihre Arme waren unter dem Schmuck der funkelnden Reifen und Spangen nicht zu sehen. Ihre Schultern schienen sich unter der Last der juwelenbesetzten Ketten und Halsbänder abwärts zu neigen. Auf dem Kopf trug sie ein Diadem aus rosafarbenen Saphiren. Und sie war in

Seide gekleidet! Selene konnte es kaum fassen. In Antiochien war ein Pfund Seide so viel wert wie ein Pfund Gold; niemand verwendete dort Seide zur Bekleidung.

Am stärksten jedoch faszinierte Selene das Gesicht der Königin.

Das war kein menschliches Antlitz.

Kalkweiß gefärbt war es, und die Lippen leuchteten rot wie Blut. Die Wangenknochen waren mit Goldstaub gepudert, die Mulden unter ihnen geschwärzt. Und die Augen! Das rechte war mit dicken schwarzen Strichen umrandet, Ober- und Unterlid leuchtendgrün gemalt. Das andere Auge fehlte. An seiner Stelle befand sich ein großer Smaragd, der, in Gold gefaßt, mit feinen Goldbändern am Kopf befestigt war. Selene starrte die Königin an.

Eine grobe Hand riß sie wieder auf die Knie, und jemand flüsterte: »Jetzt ist es geschehen. Jetzt bist du des Todes, denn du hast der Königin ins Gesicht gesehen.«

»Was starrst du so?« fragte Königin Lasha.

»Dein Auge, meine Königin«, sagte Selene.

Ein unterdrückter Aufschrei des Entsetzens ging durch die Reihen der Versammelten.

»Bei allen Göttern«, murmelte jemand, und dann senkte sich schreckliche Stille über den Raum. Selbst Kazlah schien vor Furcht wie gelähmt.

»Was ist mit meinem Auge?« Die Stimme der Königin war eisig, ihr Gesicht so starr wie eine Maske aus Marmor.

»Meine Mutter war eine ägyptische Heilerin, meine Königin, in die ältesten Geheimnisse der Heilkunst eingeweiht. Viele Menschen werden in Ägypten von Augenleiden geplagt, wie jeder weiß. Meine Mutter kannte viele Arten und Möglichkeiten der Behandlung.«

Kaum merkliche Bewegung kam in den bis dahin starren Körper der Königin. Sie neigte sich ein wenig vor, so daß das Feuer der Edelsteine, die sie schmückten, funkelnde Reflexe an Wände und Decke warf.

»Was sind das für Behandlungen?« fragte sie.

»Behandlungen gegen Blindheit. In manchen Fällen gibt es Mittel, die Blindheit zu heilen.«

»Und wie wird das gemacht?«

»Mit einer Nadel.«

Immer noch saß Königin Lasha wie eine Statue auf ihrem Thron, und ihre Höflinge wagten kaum zu atmen vor Furcht. Außerhalb der Palastmauern wühlte der Novembersturm den grauen Fluß auf und riß an den Zweigen der königlichen Weiden an seinen Ufern.

Selene hielt den Kopf erhoben und sah die Königin an. Was hatte sie denn getan? Sie hatte nur die Wahrheit gesagt. Mera hatte sie gelehrt, daß ein aufrichtiges Wort aufrichtig gesprochen niemals Schaden bringen würde.

Vier kurze Worte sprach die Königin schließlich, auf die ihre Höflinge reagierten, als hätte der Blitz eingeschlagen. »Du wirst mich heilen.«

Selene erschrak. »Meine Königin, es ist nicht gewiß, daß deine Blindheit von der Art ist, die man heilen kann. Es gibt Leiden, gegen die der beste Arzt nichts ausrichten kann.«

Doch die Königin hatte ihren Entschluß gefaßt. »Du hast das Leben meines Sohnes gerettet. Nun wirst du mir das Augenlicht wiedergeben. Holt den Astrologen«, rief sie scharf. »Er soll die Zeichen lesen.«

»Aber meine Königin«, wandte Selene drängend ein, »selbst wenn die Behandlung mit der Nadel wirkt, wird damit nicht die volle Sehkraft wiederhergestellt.«

»Sehen kann ich«, entgegnete die Königin. »Mit meinem gesunden Auge. Das andere Auge ist entstellt. Diese Entstellung wirst du beheben. Du wirst dafür sorgen, daß ich das Auge nicht länger verbergen muß. Jetzt geh und mach dich bereit.«

Als Selene hinausging, flüsterte Kazlah ihr zu: »Jetzt wirst du es ja sehen. Bei mir warst du sicher, aber dein Hochmut wird dein Tod sein.«

22

»Ich brauche Feuer vom Tempel der Isis«, sagte Selene zu der Sklavin, die man ihr zugeteilt hatte.

Die Sklavin, die stumm war, bedeutete ihr, daß Isis nicht in Magna zu Hause war, und zeigte auf das Abbild des Sichelmondes, das Symbol der Allat, das um ihren Hals hing.

»Dann eben Feuer von eurem Gott.«

Selene mußte sich fast gewaltsam zur Ruhe zwingen, während sie ihre Vorbereitungen traf. Sie war so nervös, daß ihr die Hände zitterten.

Das konnte doch nur ein Zeichen der Götter sein! Ein Zeichen dafür, daß sie sie aus dieser schrecklichen Gefangenschaft erlösen und ihr den Weg in die Freiheit zeigen würden. Ihre Gebete waren erhört worden! Einem Menschen sein Augenlicht wiederzugeben, war etwas Großartiges und Wundersames. Selene zweifelte nicht daran, daß die Königin sie hoch belohnen würde.

Ich werde um meine Freiheit bitten, dachte sie, während sie sich die

Hände wusch und die Nadeln und Medikamente für den Eingriff bereitlegte. Ich werde darum bitten, daß man mich zur Straße nach Antiochien bringt, und dann werde ich zu Andreas zurückkehren.
Selene war so selig vor Freude, so begierig, diesem Ort und dem Mann, der sie drei Monate lang gequält hatte, den Rücken zu kehren, daß sie sich kaum auf ihre Arbeit konzentrieren konnte. Aber sie wußte, daß sie sich zusammennehmen mußte; denn wenn sie mit der ersehnten Freiheit belohnt werden wollte, mußte die Operation erfolgreich verlaufen.
Und Selene hatte noch nie eine solche Operation durchgeführt.
Beinahe zärtlich berührte sie die einzelnen Gegenstände in ihrem Medizinkasten; jedes Stück war wie ein wiedergefundener Freund: Das Fläschchen mit dem Thymianöl, der kleine Beutel mit den Löwenzahnwurzeln, die kostbaren Lavendelblüten, die getrocknet in einem Holzkästchen aufbewahrt wurden.
Sie wußte jetzt, daß alle Kräuter, die Kazlah ihr bei seinen Besuchen vorgelegt hatte, ihrem eigenen Medizinkasten entnommen gewesen waren; sie hatte sie nur nicht als die Kräuter erkannt, die sie selbst geerntet und liebevoll aufbewahrt hatte. Schwarzwurzblätter sehen überall auf der Welt gleich aus, und als Kazlah sie ihr gezeigt und gefragt hatte, wofür sie gut seien, hatte sie gesagt, »man verwendet sie für Breiumschläge bei Schnittwunden und Verbrennungen«, und hatte nicht gewußt, daß sie von den Blättern einer Pflanze sprach, die sie mit eigenen Händen gezogen und gepflückt hatte.
Nachdem die Sklavin mit dem heiligen Feuer aus dem Tempel zurückgekehrt war, füllte Selene einen Becher mit Wasser und erhitzte ihn über dem Feuer. Sobald das Wasser kochte, gab sie Fenchelsamen hinein und sprach dabei: »Heiliger Geist des Fenchel, entfalte deine heilenden Kräfte in diesem Tee.« Dann stellte sie den Becher beiseite, um den Tee abkühlen zu lassen. Sie würde ihn erst nach der Operation brauchen, um das Auge auszuwaschen und einer Entzündung vorzubeugen.
Sie nahm die Nadel. Sie hatte noch nie mit ihr gearbeitet, doch sie hatte ihrer Mutter mehrmals assistiert, wenn diese Patienten den Star gestochen hatte. Nachdenklich blickte sie auf die lange, feine Nadel, die auf ihrer offenen Hand lag, so leicht wie ein Schmetterlingsflügel, aber auch so drückend wie die Mauern dieses Palasts. Mit diesem hauchdünnen Instrument aus harter Bronze würde sie der Königin entweder das Augenlicht wiedergeben oder den Tod bringen.
Selene legte die Nadel neben die Flamme. Wenn ihre Hand ruhig und sicher war und die Operation erfolgreich, würde sie bald auf dem Weg

in die Heimat sein. Doch wenn sie einen Fehler machte – dann war sie verdammt.
Sie hob die Hand zu ihrer Brust und drückte sie auf das Horusauge. Laß es wahr sein, dachte sie, daß ich von den Göttern gekommen bin, denn dann werden sie mir heute abend die Hand führen. Sie können mich nicht an diesen Ort geführt haben, um mich hier sterben zu lassen. Ich habe eine Bestimmung. Ich muß zurück zu Andreas. Und darum muß mir der Weg in die Freiheit geöffnet werden.
Sie nahm die Nadel wieder zur Hand und hielt sie ins Feuer. »Heiliger Geist des Feuers«, murmelte sie, »reinige diese Nadel und verscheuche die bösen Geister, die Krankheit und Tod bringen.«
Sie schloß die Augen und bündelte alle ihre geistigen Kräfte, um sie in ihre Hände zu schicken. Sie hatte ein Gefühl, als würde sie nochmals geboren, als wäre diese Zeit der Gefangenschaft nur ein Traum gewesen, ein Zwischenspiel, das ihrer Vorbereitung diente.
Plötzlich erkannte Selene, daß diese drei Monate ihre Initiation darstellten, die sie und ihre Mutter eigentlich oben in den Bergen bei Antiochien hatten vollziehen wollen. Sie begriff jetzt, daß die Götter sie hier in diesen Palast geführt hatten, um sie auf das letzte Ritual vorzubereiten: Sie war im Begriff, das erstemal in ihrem Leben ganz allein und auf sich gestellt die Kunst auszuüben, die sie erlernt hatte. Niemand stand ihr jetzt zur Seite, nicht Mera und nicht Andreas. Dies war der Schritt in die Eigenständigkeit; in ihre Selbständigkeit als Heilerin.

»Man nennt es ein Katarakt«, sagte Kazlah mit seiner nasalen Stimme, als Selene ins Schlafgemach trat. »Es ist ein Schleier, der vor der Pupille liegt und dem Auge die Sehfähigkeit raubt.«
Die Königin brachte ihn mit einer ungeduldigen Geste zum Schweigen. Die Sehfähigkeit war ihr nicht wichtig; sie sah mit ihrem gesunden Auge genug. Was sie störte, war der häßliche Schatten, der sich vor Jahren langsam über ihrem Auge ausgebreitet und seine Schönheit ins Abstoßende entstellt hatte. Damals hatte sie angefangen, den Smaragd zu tragen, und niemand, nicht einmal König Zabbai, hatte das Auge seitdem zu Gesicht bekommen. Jetzt jedoch lag es bloß, starrte weitgeöffnet und blind zur Decke hinauf.
Selene trat an das breite Prunkbett der Königin und stellte ihren Medizinkasten auf den Tisch daneben. Ihr folgte die Sklavin mit dem heiligen Feuer.
»Ich brauche Wasser und Seife«, sagte Selene.
»Wozu?« fragte Kazlah unwirsch.

»Um mir die Hände zu waschen.«
Er sah sie argwöhnisch an.
»Das ist ägyptischer Brauch«, erklärte Selene.
»Holt ihr, was sie haben will«, befahl die Königin scharf.
Selene klappte den Deckel ihres Medizinkastens auf. »Würde jemand der Königin einen Becher Wein bringen, bitte?«
Aus der Reihe der Gefäße in ihrem Kasten nahm sie ein kleines Tonkrüglein und hielt es ans Licht, um die Inschrift zu lesen. Das Zeichen der Tollkirsche war in den Ton eingegraben und darunter das ägyptische Schriftzeichen, das böse bedeutete; eine Warnung, daß der Inhalt des Krügleins ein tödliches Gift war.
Als man den Wein brachte, goß Selene ein wenig Flüssigkeit aus dem Krüglein in einen kleinen Kupfertrichter, der mit einem Baumwollpfropfen verstopft war, und hielt den Trichter dann über den Weinbecher. Stumm beobachteten die Umstehenden, wie Selene mit ruhiger Hand den Trichter über den Becher hielt, ohne daß etwas geschah. Doch dann bildete sich am Ende des Trichterrohrs ein Tropfen und fiel in den Wein. Selene stand ganz still, den Blick unverwandt auf den Trichter gerichtet. Noch ein Tropfen formte sich und fiel herab. Und schließlich ein dritter.
Rasch zog sie den kleinen Trichter weg und setzte ihn auf die Öffnung des Krügleins mit dem Tollkirschensaft, um den nicht benötigten Rest des kostbaren Betäubungsmittels aufzufangen. Dann ergriff sie den Becher und schwenkte ihn behutsam, so daß sich die Droge mit dem Wein vermischen konnte. Schon früh hatte Mera sie den sicheren Umgang mit dem Gift der Tollkirsche gelehrt: Verwendete man es in der richtigen Dosis, so brachte es Schlaf und Schmerzlosigkeit; doch schon ein Tropfen zuviel konnte tödlich wirken.
Selene reichte den Becher einer der Kammerfrauen der Königin und sagte: »Gib das der Königin zu trinken.«
Doch ehe die Kammerfrau zugreifen konnte, hatte Kazlah den Becher genommen. »Was ist das?« fragte er.
Selene sah den Mann an, der sie monatelang in Angst und Schrecken versetzt hatte. Nie wieder würde er das tun.
»Das ist ein Geheimnis«, antwortete sie und sah, wie er erstarrte.
»Gib mir den Becher«, befahl die Königin, die ungeduldig auf den Beginn der Operation wartete. Dieses Mädchen hatte ihrem Sohn das Leben gerettet; sie vertraute ihr.
Doch während Selene zusah, wie die Königin trank, packte unerwartete Angst sie. Eiskalt kroch es ihr Arme und Beine hinauf, als ihr mit einem

Schlag die Ungeheuerlichkeit dessen bewußt wurde, was sie zu tun im Begriff war. Bei den Vorbereitungen hatte sie nur die Straße nach Antiochien vor sich gesehen, die sie zu Andreas zurückführen würde; jetzt aber, während der Königin die Lider schwer wurden und ihr Kopf auf das Kissen zurücksank, erkannte sie, daß es bei diesem Eingriff wahrhaft um Leben und Tod ging.

Was wird mit mir geschehen, dachte sie, wenn ich versage? Sie warf einen Blick auf Kazlah, dessen schmale Lippen zu einem blutlosen Strich zusammengepreßt waren. Was, wenn man mich zur Strafe diesem Menschen ausliefert?

»Die Königin schläft«, meldete die Hofdame.

Selene schloß die Augen und konzentrierte sich darauf, das Bild ihrer rechten Hand herzuholen, das Bild der Nadel, wie sie, von ihrer Hand geführt, den richtigen Weg in das Auge der Königin fand. Sie versuchte, sich bildlich vorzustellen, wie ihre Mutter den Eingriff durchgeführt hatte. Die Nadel konnte Schlimmes anrichten, wenn man einen Fehler machte. Sie konnte den Augapfel anstechen, was zu einem Erguß der Augenflüssigkeit und dem Kollaps des Auges führen würde; sie konnte ein Blutgefäß treffen und eine Blutung auslösen, die nicht zu stillen war; schlimmer noch, sie konnte zu tief hineingleiten und die empfindliche Wurzel hinter dem Auge treffen, was zum sofortigen Tod der Königin führen würde.

Selene zitterte. Sie ballte die Hände zu Fäusten, während sie um ihre Fassung kämpfte. Wenn die Operation erfolgreich sein sollte, brauchte sie eine ruhige Hand. Doch je mehr sie sich um Ruhe bemühte, desto schlimmer wurde das innerliche Flattern.

»Worauf wartest du?« fragte Kazlah hinter ihr.

Selene holte tief Atem und nahm die Nadel. Langsam näherte sie sich der schlafenden Königin. Aus dieser Nähe konnte sie die Spuren sehen, die die Jahre in das gepuderte Gesicht eingegraben hatten, die scharfen Kerben und Fältchen, die Lasha in ihrer Eitelkeit so geschickt zu verbergen verstand. Sie legte der Königin die linke Hand auf die kühle Stirn und zog mit Daumen und Zeigefinger sehr behutsam die Lider des kranken Auges auseinander. Blind starrte es ihr entgegen, ein Auge, das einst schön gewesen, nun aber durch eine häßliche Trübung entstellt war.

Das Verfahren zur Entfernung der Trübung war einfach: Man drückte mit der Nadelspitze auf die Augenlinse, bis die Linse sich löste und in die glasige Flüssigkeit zurückschwamm. Das Verfahren selbst war nicht schwierig; es kam vor allem auf die Geschicklichkeit der Hand an, die die Nadel führte. Mera hatte Jahre der Übung und der Erfahrung hinter sich

gehabt; Selene hatte nie eine solche Nadel auch nur in der Hand gehalten.
Zuerst hielt sie sie in Allats reinigende Flamme, um die bösen Geister zu bannen, dann näherte sie sie Lashas Auge.
Abrupt hielt sie inne. Nein, das war gewiß nicht der richtige Winkel! Sie lehnte sich ein wenig zurück, um die Rundung des Augapfels genau zu betrachten und den richtigen Eintrittspunkt zu bestimmen. Hier, entschied sie, gleich neben der Iris. Aber wieder wich sie zurück. Auch das war nicht die richtige Stelle. Führte man die Nadel von oben ein, oder mußte sie von unten kommen? Ich weiß es nicht mehr. O Mutter!
»Warum zögerst du?« drängte Kazlah.
Selene war entschlossen, ihn nicht zu beachten. Wieder senkte sie die Nadel, berührte mit ihrer Spitze die glasige Oberfläche des Auges. Hier, sagte sie sich. Drück jetzt ganz leicht.
Ein Beben durchrann ihre Hand, und sie zog sie hastig wieder zurück. Vierzig Augenpaare beobachteten sie. Draußen peitschte der Regen die Palmen und die Weiden.
Ich kann es nicht, dachte sie in Panik. Ich kann es nicht!
Da fiel ihr plötzlich etwas anderes ein, das Mera sie vor langer Zeit gelehrt hatte. Selene war neun Jahre alt gewesen, und ihre Mutter hatte zu ihr gesagt, ›Mach dir ein Bild von der Welt in deinem Inneren, Tochter. Stell dir einen Weg vor, der von der Außenwelt in dich hineinführt. Er hat Biegungen und Windungen, er führt über Hügel und durch Finsternis. Am Ende dieses Wegs wartet etwas auf dich, Selene. Tief im Innern deiner Seele. Du mußt versuchen, es zu ergreifen. Fasse es ...‹
Und sie hatte es gesehen. Eine kleine, bläulich-weiße Flamme, kaum größer als eine Träne, die in der Dunkelheit brannte. Selene war ohnmächtig geworden; ihr Kinderkörper hatte die Anstrengung der Reise nach Innen nicht aushalten können. Jetzt aber konnte sie sie aushalten. Sie beschwor die Flamme, und sie brannte hell und wahr in der Finsternis, vertrieb mit ihrem Licht und ihrer Wärme alle Kleinmütigkeit und Furcht.
Selene sah wieder auf das Auge der Königin hinunter, während sie vor ihrem inneren Auge das Bild der Flamme festhielt. Und da hörte sie die Stimme ihrer Mutter, die weit aus der Vergangenheit kam. ›Die Nadel muß von oben eingeführt werden‹, hatte Mera während einer Staroperation erklärt, bei der Selene zugesehen hatte. ›Man führt sie am Rand der Iris ein und hält sie dabei genau senkrecht zur Augenoberfläche.‹
Ganz auf die Flamme konzentriert, führte Selene die Nadelspitze zum Rand der Iris und übte sanften Druck aus. Langsam, beinahe unmerklich, setzte sich der dunkle Schatten in Bewegung.

Sachten, aber stetigen Druck ausübend, hielt Selene den Blick auf das schlafende Gesicht der Königin gerichtet, das im goldenen Schein ihrer Seelenflamme verklärt schien.
Totenstill war es im Raum; selbst der peitschende Regen schien nachgelassen zu haben. Das Licht von hundert Lampen tanzte über die Wände und warf zuckende Schatten. Wie gefroren standen sie, die königlichen Leibdiener in ihren langen Roben, die Wahrsager in ihren spitzen Hüten, die stummen Sklaven und Wächter; alle beobachteten sie die scheinbar reglose Hand des Mädchens.
Langsam löste sich die getrübte Linse von der Augenwand, und als die Nadel vorsichtig tiefer bohrte, riß sie sich mit kaum wahrnehmbarer Bewegung los und glitt in die Flüssigkeit des Auges zurück.
Selene zog die Nadel zurück, hob den Kopf und sagte: »Es ist getan.«

23

Als Königin Lasha erwachte, noch benommen von dem Schlaftrunk, den man ihr verabreicht hatte, betastete sie vorsichtig ihr Gesicht und stellte fest, daß der Smaragd wieder über ihrem Auge befestigt war. Dann spürte sie, wie eine starke, vertraute Hand die ihre ergriff. Es war Kazlahs Hand.
»Was ist geschehen?« fragte Lasha.
»Es ist vorbei.«
»Ist es geglückt?«
»Das mußt *du* uns sagen, meine Königin.«
Von zwei Hofdamen gestützt, setzte sie sich in ihrem Bett auf und verlangte einen Spiegel.
Starr vor Spannung sah Selene in ihrer Ecke zu, wie der Smaragd vor dem Auge der Königin entfernt wurde. Lasha nahm den glänzenden Kupferspiegel in die rechte Hand, ergriff mit der linken eine kleine Öllampe, hielt sie nahe an ihr Gesicht und öffnete die Augen.
Mit einem Aufschrei ließ sie den Spiegel fallen und schlug einen Arm vor ihr Gesicht.
Der versammelte Hofstaat fuhr ängstlich zusammen.
»Dieser Schmerz!« rief Lasha, eine Hand auf ihr linkes Auge gedrückt. »Dieser furchtbare Schmerz.«
Selene erschrak. Sie dürfte keine Schmerzen haben, schoß es ihr durch den Kopf. Der Eingriff war ohne Blutvergießen verlaufen, das Auge war unversehrt. Zumindest als sie es das letztemal untersucht hatte, war es

unversehrt gewesen; aber seitdem war eine Stunde vergangen, und in der Zwischenzeit, während alle auf das Erwachen der Königin gewartet hatten, war Selene aufgefallen, daß Kazlah sich mehrmals über das Gesicht der Königin gebeugt hatte, allem Anschein nach, um das Auge zu untersuchen.

»Gebt mir den Spiegel«, befahl Lasha, nachdem sie sich wieder gefaßt hatte.

»Meine Königin, offensichtlich ist der Eingriff nicht geglückt.«

Lasha streckte fordernd die Hand aus, und man legte ihr den Spiegel hinein. Diesmal öffnete sie die Augen in der natürlichen Beleuchtung des Raumes. Sie zuckte zusammen, aber sie ließ den Spiegel nicht los. Und als sie die Augen ein drittesmal öffnete, sagte sie: »Der Schmerz ist weg. Es war nur das grelle Licht der Lampe, das weh getan hat.« Und nach einer Pause fügte sie hinzu: »Es ist ein Wunder. Ich kann sehen.«

Erregtes Stimmengewirr folgte ihren Worten, doch die Königin brachte ihren Hofstaat sogleich wieder zum Schweigen.

»Für das, was du getan hast«, sagte sie zu Selene, »werden die Götter dich segnen. Tritt näher, mein Kind, denn ich will dich hoch belohnen.«

Selene hüpfte das Herz vor Freude. Morgen, dachte sie glücklich. Ich werde darum bitten, gleich morgen bei Tagesanbruch fortgehen zu dürfen.

»Weil Allat gnädig ist«, sagte Königin Lasha, »und zum Dank für das, was du für mich getan hast, sollst du eines schmerzlosen Todes sterben.«

Selene starrte sie an, ohne zu begreifen. Stirnrunzelnd winkte Kazlah den Wächtern an der Tür, und im nächsten Augenblick wurde Selene von kräftigen Armen gepackt. Während einer der Wächter ihr die Füße band und die Arme auf dem Rücken fesselte, zog der andere ein kurzes Messer und schnitt Selenes langes Haar ab. Es geschah alles so schnell, daß Selene kaum wußte, wie ihr geschah. Man stieß sie vor der Königin auf die Knie und drückte ihr einen Becher an die Lippen, der mit einem Betäubungsmittel vermischten Wein enthielt.

»Das Glück ist mit dir. O ja, das Glück ist mit dir«, sagte die Königin, während Selene ungläubig zu ihr aufblickte.

Kazlah, der neben der Königin stand, warf Selene einen Blick zu, der alles erklärte: Wenn eine wie du Hand an den königlichen Körper legt, ist sie des Todes.

»Warte«, sagte Selene, die plötzlich begriff.

Aber die Königin hörte nicht auf sie. Sie hob die Arme zur Decke und sprach ein Gebet zur großen Göttin, während gleichzeitig zwei stumme

Wächter ihre Plätze an Selenes Seite einnahmen. Sie sah, wie der eine sein Schwert zückte.

»Nein...« wimmerte Selene, als eine schwere Hand ihren Kopf nach vorn drückte. Sie sah aus dem Augenwinkel ihr Haar, das ihr von roher Hand abgeschnitten nur noch bis zur Wange fiel, und spürte einen eisigen Zug im Nacken. Man würde sie enthaupten.

»Bitte«, flüsterte sie und sah einen riesigen dunklen Schatten auf dem glänzenden Marmorboden, als das Schwert herabsauste. Als sie die leichte, kühle Berührung der scharfen Klinge im Nacken spürte, wankte sie unter der Wucht eines Schlages, der nicht ausgeführt wurde.

Dann hörte sie die Königin sagen: »Erhebe dich, Fortuna«, und die Wächter befreiten sie von ihren Fesseln.

Verstört starrte sie die Königin an, während die Wächter ihr auf die Beine halfen und sie festhielten, da ihre Beine sie nicht tragen wollten.

»Selene von Antiochien ist tot«, verkündete die Königin mit gebieterischer Stimme. »Schreibt es auf.« Sie winkte dem Hofschreiber. »An diesem Tag wurde Fortuna von Magna geboren. Tritt vor, mein Kind.«

Von den Wächtern gestützt, stolperte Selene zum Thron, stand wie betäubt, während die Königin herabstieg und ihre neugeborene Untertanin mit zwei klaren, scharfsichtigen Augen betrachtete.

»Ich nenne dich Fortuna, denn du hast mir Glück gebracht. Das soll von nun an dein Name sein. Selene ist tot; du bist neu geboren.«

Eine goldene Kette, an der rundherum tropfenförmige Rubine hingen, funkelte in der Hand der Königin. Sie legte sie Selene um den Hals, ein Symbol der ›Enthauptung‹, wie sie verkündete, die Selene soeben erlitten hatte.

Dann trat Lasha zurück und erklärte zu Selenes Entsetzen mit lauter Stimme: »Ich werde dich stets bei mir behalten. Fortuna von Magna, mit dem heutigen Tag beginnt dein neues Leben in meinem Haus.«

Drittes Buch
Magna

24

Flucht.

Das war das einzige, woran Selene dachte. Fort aus Magna, zurück zu Andreas, zurück auf den Weg, der sie zu ihrer Bestimmung führen sollte.

Das Risiko war groß. Es konnte geschehen, daß sie bei einem Fluchtversuch schon innerhalb der Palastmauern gefaßt werden würde. Jeden, der es wagte, ihr zu trotzen, bestrafte Lasha aufs grausamste. Nur allzu lebhaft erinnerte sich Selene der jungen Zofe, die mit einem Offizier der königlichen Leibwache hatte fliehen wollen – der Mann war kastriert worden; das Mädchen hatte man lebendig begraben. Und selbst wenn es gelingen sollte, aus dem Palast zu entkommen, wartete draußen die weite, unbarmherzige Wüste.

Dennoch wollte Selene es wagen. Die Königin und ihr Heer stummer Wächter würden sie nicht hindern, die Suche nach ihrer Bestimmung wiederaufzunehmen. Die Götter hatten sie auserwählt, das hatte Mera gesagt; und ein sterbender Römer hatte verheißen, daß Selene berufen war.

Wie soll ich meine Berufung in diesem Gefängnis erfüllen? fragte sie sich, während sie durch die Gänge zum Harem eilte. Die eingebildeten Krankheiten verfetteter Hofleute zu pflegen, hatte mit Heikunst nichts zu tun. Selene war überzeugt, daß sie dazu geboren war, Gutes in großem Ausmaß zu bewirken, eine heilige Berufung zu erfüllen. Sie hatte das in jenen Tagen erkannt, als Andreas ihr das Tor zu einer neuen Welt geöffnet hatte. Doch niemals würde sie diesen Traum erfüllen können, wenn sie nicht zu ihm zurückfand und zu dem goldenen Ring, der ihr, wie Mera versprochen hatte, alles sagen würde.

Lasha hatte einen ihrer Liebhaber bei sich, einen jungen Mann, den man aus der Stadt geholt hatte, und mit dem sie den ganzen Nachmittag verbringen würde. Selene ergriff diese Gelegenheiten stets, um in den königlichen Harem zu entfliehen und ihre einzige Freundin zu besuchen, Samia, die Inderin, die genau wie sie zwei Jahre zuvor bei einem Überfall gefangengenommen worden war. In der Abgeschlossenheit und Ungestörtheit des Harems – Selenes Sklavinnen und Sklaven durften diesen Teil des Harems nicht betreten – pflegten die beiden Mädchen, während

die anderen Frauen die Hitze des Nachmittags verschliefen, von Flucht zu sprechen.
Selene hatte Samia im Monat nach ihrer ›Hinrichtung‹ wiedergefunden, während der ganze Palast mit den Vorbereitungen zur Wintersonnwende beschäftigt gewesen war. Wie all die anderen gefangenen Mädchen hatte auch Samia nicht vermocht, den König von seiner Impotenz zu heilen, und war daher in den Harem verbracht worden, wo sie von nun an ein Leben in Vergessenheit führte. Beinahe unverzüglich nach ihrem ersten Wiedersehen hatten die beiden Mädchen begonnen, Fluchtpläne zu schmieden, und redeten seither kaum von etwas anderem.
Selene sah sich um. Überall im Palast lauerten Feinde und Spitzel. Schützling der Königin zu sein, war keine Gewähr für Sicherheit, schon gar nicht, wenn man einen Mann zum Feind hatte, der beinahe so mächtig und einflußreich war wie Lasha selbst, der in allen Ecken und Winkeln des Palasts seine Spione hatte, der nur darauf wartete, sich an dem Mädchen rächen zu können, das ihn öffentlich gedemütigt hatte – Kazlah, den Leibarzt.
Sonnenschein strömte durch ein offenes Tor, an dem Selene vorüberkam, und plötzlich überfiel sie eine tiefe Traurigkeit. Der Blick auf den sommerlichen Garten jenseits des Tores erinnerte sie an den Tag, an dem sie Andreas begegnet war. Sie hatte kurz vor ihrem sechzehnten Geburtstag gestanden und geglaubt, ein ganzes wunderbares Leben vor sich zu haben. Und dann – was war geschehen? Ihr Traum war zerplatzt, und ein seltsames Schicksal hatte sie in die Gefangenschaft geführt.
Und was ist aus meinem Geliebten geworden? dachte sie. Was hat er getan, als er mich nicht finden konnte? Sucht er mich noch? Hat er mich vergessen? Nein, er wird mich nicht vergessen; wir sind auf ewig miteinander verbunden.
Die Leute, an denen Selene auf ihrem Weg zum Harem vorüberkam, grüßten achtungsvoll; schließlich war sie die persönliche Heilerin der Königin. Rein äußerlich glich Selene in allem den Bewohnerinnen dieses königlichen Palasts. Wie alle Frauen trug sie einen Schleier, der die untere Hälfte ihres Gesichts verbarg, Zeugnis für den arabischen Einfluß in Magna. Das schwarze Haar, das ihr nun wieder bis zu den Schultern reichte, war zu festen Zöpfen geflochten, die unter einem lavendelblauen Schleier hochgesteckt waren. Ihre Stirn bekränzte ein Kettchen mit goldenen Münzen; ihr langes, weites Gewand war in der Taille von einem mit Edelsteinen besetzten Gürtel zusammengehalten. Auf Geheiß der Königin hatte Selene begonnen, sich das Gesicht zu schminken.
Kurz vor dem Harem verhielt Selene den Schritt, und die drei Sklavin-

nen, die ihr folgten, prallten aufeinander. Überall wurde sie von Sklavinnen begleitet; zu jeder Zeit waren sie an ihrer Seite, beobachteten und bespitzelten sie, berichteten der Königin alles, was sie tat. Eine der Sklavinnen – Selene wußte nicht, welche – hatte den Brief gefunden, den sie Andreas geschrieben hatte und aus dem Palast schmuggeln wollte, um ihn einem Reisenden nach Antiochien mitzugeben. Die Sklavin hatte den Brief Lasha überbracht. Seitdem war Selene keinen Augenblick mehr allein.

Zwei Wächter öffneten ihr jetzt die hohe Flügeltür, und danach tat sich das innere Tor, das von Eunuchen bewacht wurde, vor ihr auf. Selene ließ die Sklavinnen zurück und betrat, endlich allein, einen prächtigen, von der Nachmittagssonne erleuchteten Raum.

Sie nahm ihren Schleier ab und lächelte dem schönen, jungen Eunuchen entgegen, der sie begrüßte. Sein Name war Darius, und er gehörte noch nicht lange zum Stab der Eunuchen, die die Frauen des Harems bewachten. Doch in den wenigen Wochen seines Hierseins hatte sich manches nach Liebe ausgehungertes Herz für ihn entzündet.

Darius war schon in frühestem Kindesalter in die Sklaverei verkauft worden. Alles, was ihm aus jener Zeit geblieben war, war eine unscharfe Erinnerung an einen blühenden Innenhof, eine singende Frau, einen grünen Fluß jenseits einer Mauer. Immer waren es die gleichen Bilder, die ihn im Traum heimsuchten: wie große, derbe Hände ihn packten, ihm einen Sack über den Kopf zogen, ihn auf ein Pferd setzten, das ihn weit fort trug von dem grünen Fluß. Danach ein Gewimmel anderer Knaben, mit denen er zusammengesteckt wurde, und schließlich der wiederkehrende grauenhafte Alptraum von strömendem Blut und mörderischem Schmerz und von der erschreckenden Entdeckung seiner Verstümmelung. Es war alles so lange her, daß Darius nicht mehr sicher war, was Traum war und was Wirklichkeit. Klar war nur die Realität der Gegenwart: Nachdem er jahrelang von einem Herrn zum anderen gewandert war, fristete er heute sein Leben im königlichen Harem von Magna, ein empfindsamer junger Mann, dem die Zukunft nichts war als die Finsternis endloser Jahre der Einsamkeit.

Selene tat der Eunuch von Herzen leid, der nicht nur unter seiner Gefangenschaft zu leiden hatte, sondern auch unter den Ränken der Frauen, die er bewachen mußte. So wenig er für seine sanfte Natur und seine jugendliche Schönheit konnte, so wenig konnten die unglücklichen Frauen im Harem für ihre unerfüllten Leidenschaften und Sehnsüchte.

Selene fand den Harem faszinierend und abstoßend zugleich. Die Frauen lebten hier wie in einem goldenen Käfig. Viele hatten, seit sie im Kindes-

alter hergebracht worden waren, keinen Fuß mehr in den Gang jenseits der schweren verriegelten Tür gesetzt; einige, die im Harem geboren waren, hatten überhaupt nie etwas anderes kennengelernt als das Fleckchen blauen Himmel über dem Innenhof. Junge und alte Frauen lebten hier, schöne und häßliche, kluge und dumme, und keine hatte etwas Anspruchsvolleres zu tun, als darüber zu entscheiden, welchen Schleier sie tragen sollte. Einerseits verhätschelt, andererseits völlig mißachtet, lebten sie dahin, verbrachten ihre Tage bei Spiel und Klatsch, mit der Aufzucht ihrer Kinder und oft in lähmender Langeweile.
Leicht hätte ein derart umworbener junger Mann die Situation zu seinem Vorteil ausnutzen können. Es gab manchen Eunuchen, der durch kluge Verteilung seiner Gunst bestens für sich zu sorgen verstanden hatte. Einige der Frauen im Harem, Töchter oder Schwestern östlicher Herrscher, verfügten über großen persönlichen Reichtum und große Macht. Darius war einer jener Kastraten, die zu sexueller Betätigung weiterhin fähig waren; Zabbai war es gleichgültig, ob seine Frauen männliche Liebhaber hatten, Hauptsache, sie wurden nicht geschwängert.
Doch Darius hatte kein Interesse daran, sich in die Palastintrigen hineinziehen zu lassen und seine Gunst an die Meistbietende zu verkaufen; in jener Nacht nämlich, als er gebrandmarkt und gedemütigt in den Palast gebracht worden war, hatte er sich zum erstenmal in seinem Leben verliebt.
Er begrüßte Selene jetzt mit freundschaftlichem Händedruck.
»Sind wir sicher?« fragte Selene und schaute sich besorgt um.
Er nickte und erwiderte, Samia erwarte sie am Lotusteich.
Darius empfand wie die meisten bei Hof eine gewisse Ehrfurcht vor Selene. Zur Zeit der erfolgreichen Augenoperation an Königin Lasha und der späteren Heilung des Königs von der Impotenz war er noch nicht in Magna gewesen, doch er hatte alles darüber gehört, wie diese junge Frau aus Antiochien die königliche Gesundheit wiederhergestellt hatte. Im Palast munkelte man, in Fortunas Adern flösse das Blut einer alten ägyptischen Zauberin.
Über den Hof hinweg winkte Selene ihrer Freundin zu. Samia war es gewesen, die Selene in jener ersten beängstigenden Nacht im Palast geholfen hatte, die Verletzungen der anderen Mädchen zu versorgen; Samia hatte Selenes Schmerz und Kummer geteilt, als die Mädchen eines nach dem anderen zum König gebracht wurden, bis schließlich auch sie fortgeschleppt worden war. Weinend hatten sich die beiden Mädchen beim Abschied aneinander geklammert, und das starke Band, das sich zwischen ihnen angesponnen hatte, war auch in den folgenden Monaten

nicht gerissen. Samia war – außer Mera – die erste Freundin, die Selene je gehabt hatte.
Nachdem sie sich umarmt und geküßt hatten, setzte sich Selene an den Teich, begierig, ihre Neuigkeiten mitzuteilen. Den traurigen Blick in den Augen ihrer Freundin bemerkte sie zunächst gar nicht.
»Sie kommen in zwei Wochen«, berichtete sie eifrig und warf einen vorsichtigen Blick über ihre Schulter. Darius stand am Torbogen Wache. »Eine Abordnung aus Rom. Mit großem Gefolge. Ein ganzer neuer Flügel des Palasts soll ihnen zur Verfügung gestellt werden. Stell es dir vor, Samia. Überall im Palast wird alles drunter und drüber gehen. Da muß sich doch für uns eine Gelegenheit zur Flucht bieten!«
Als Samia den Blick hob, sah Selene, daß sie geweint hatte.
»Von der römischen Abordnung weiß ich schon«, sagte Samia tonlos. Sie schaute an Selene vorbei zu Darius. »Sie werden Darius mitnehmen.«
Entsetzt drehte sich Selene um und gewahrte zum erstenmal den unglücklichen Ausdruck auf Darius' Gesicht.
»Wieso?« fragte sie und neigte sich nahe zu Samia. »Wieso werden sie ihn mitnehmen?«
Samia schossen die Tränen in die Augen.
»Der König will dem Kaiser Tiberius zwanzig von seinen Frauen zum Geschenk machen. Und Darius soll sie begleiten.«
Selene fuhr erschrocken zurück. »Nach Rom? Darius soll nach Rom gebracht werden?«
Sie erinnerte sich an den Abend vier Monate zuvor, als sie Darius zum erstenmal begegnet war. Sie hatte von Samia ein heimliches Signal erhalten, das auf geheimem Weg, von Eunuch zu Wächter zur Dienerin, zu ihr gelangt war, und hatte sich sofort zum Harem aufgemacht, war verstohlen durch die dunklen Gänge geeilt und hatte gebetet, daß die Königin nicht erwachen und nach ihr fragen möge. Im hintersten Teil dieses Gartens hatte sie ihre Freundin gefunden, die ungeachtet des leichten Regens unter einer Weide hockte und einen bewußtlosen jungen Mann in den Armen hielt. Es war, wie sie Selene erklärte, ein Eunuch, der am Tag zuvor erst im Harem eingetroffen war. Er hatte versucht, sich mit einem seidenen Schleier zu erhängen. Samia, die ihn entdeckt hatte, hatte ihn gerettet. Selene hatte ihn mit Samia zusammen gepflegt, bis er genesen war.
Selene hing sehr an den beiden Liebenden, die ihre Gefangenschaft teilten. Samia und Darius waren die einzigen, die Selenes Geschichte kannten, die von Andreas wußten und ihrer Gewißheit, berufen zu sein. Sie waren die einzigen, die sie Selene nannten und nicht Fortuna, ein Na-

me, den sie verabscheute. Daß sie ihre Geheimnisse kannten und sie bei ihrem wahren Namen nannten, gab Selene das Gefühl, ihr Selbst und ihre Vergangenheit bewahrt zu haben, die Lasha ihr hatte rauben wollen.

»Es muß doch für dich eine Möglichkeit geben, mit ihm zu reisen«, sagte Selene, die ihr eigener Schmerz über die Trennung von Andreas niemals verließ.

Doch Samia schüttelte den Kopf. »Es gibt keine Möglichkeit. Die Götter haben mich verlassen.«

»Misch dich in die Gruppe der Frauen«, flüsterte Selene. »Reise mit ihnen nach Rom.«

»Es dürfen nur zwanzig reisen. Die Wächter werden zählen und merken es bestimmt, wenn eine zuviel da ist.«

»Dann tausch mit einer. Bestich sie.«

Wieder schüttelte Samia den Kopf. »Selene, all das habe ich mir auch schon überlegt. Ich habe mich umgehört. Sie wollen alle selbst reisen. Um keinen Preis würde eine von ihnen mit mir tauschen. Sie wollen alle Rom sehen.«

Wieder drehte sich Selene um und sah nach Darius.

An dem Tag, an dem man ihn in den Palast gebracht hatte, war er am ganzen Körper blau gewesen von den Püffen und obszönen Kniffen der Wächter. Die Frauen, die ständig nach Neuigkeiten und Aufregung gierten, hatten ihn umdrängt, genauestens in Augenschein genommen, ihre Kommentare abgegeben, ihn durch ihre Bemerkungen und Mutmaßungen noch tiefer gedemütigt. Er hatte seinem elenden Leben nur noch ein Ende machen wollen, und in der Nacht hatte er sich zu der Weide geschlichen, um sich zu erhängen. Doch in den vier Monaten, die seitdem vergangen waren, hatten Samia und Selene ihn wieder Liebe und Vertrauen gelehrt, Freude am Leben und Hoffnung auf eine bessere Zukunft. Doch wenn Darius jetzt nach Rom gebracht wurde, gab es für beide keine Zukunft mehr.

»Ich weiß was«, sagte Selene plötzlich. »Du kannst dich nicht in die Frauengruppe mischen, weil das auffallen würde. Also mußt du hierbleiben. Und das bedeutet die Trennung von Darius.«

»Ich weiß das alles, Selene.«

»Dann hör zu. Wenn aber auch Darius hierbleibt, wirst du nicht von ihm getrennt.«

»Aber – er muß reisen. Es ist ihm befohlen.«

»Er wird bleiben, und ich reise an seiner Stelle.«

»Du?« Samia starrte sie an. »Das geht doch nicht.«

»Warum nicht? Er und ich sind gleich groß und ähnlich gewachsen. In der Nacht ist es dunkel, da sieht einer aus wie der andere. Außerdem gibt es bestimmt Durcheinander, die Soldaten werden die Frauen zum Boot hinunterführen, das auf dem Fluß wartet, es wird Gezeter und Abschiednehmen geben, wenn ich da mitten in der Gruppe –«

»Selene, du bist verrückt«, sagte Samia leise, aber ihr Ton verriet Interesse.

Selene setzte ihr eifrig flüsternd ihren Plan auseinander. Es würde ganz einfach sein. Es würde nicht auffallen, wenn der Eunuch, der die Frauen begleitete, sich die Kapuze seines Reiseumhangs über den Kopf zog. Man würde die Frauen gewiß zur Eile treiben, um zu verhindern, daß eine floh. Und das Ganze würde in der Dunkelheit sein, da das Schiff um Mitternacht auslaufen sollte.

»Aber Selene«, wandte Samia ein, »erwartest du wirklich, daß du in dieser Verkleidung bis nach Rom kommst? Du wirst bestimmt entdeckt.«

»Ich habe nicht vor, bis nach Rom zu reisen«, versetzte Selene. »Ich werde bei der ersten Gelegenheit das Schiff verlassen. Und wenn ich über Bord springen muß. Das einzige, was mir wichtig ist, ist die Flucht aus dem Palast.«

Nach langem Hin und Her erklärten sich Samia und Darius schließlich mit dem Plan einverstanden. In der Nacht der Abreise sollte Selene unter einem Vorwand in den Harem gerufen werden. Sie würde Lasha am Abend ein starkes Pulver in ihren Wein mischen, damit ihre Abwesenheit nicht vor Tagesanbruch bemerkt werden würde. Während sich die Reisegruppe mitsamt Sklaven, Gepäck und Wächtern sammelte, würden Selene und Darius den Tausch vornehmen. Er würde sich danach im Palast verstecken – Schlupfwinkel gab es genug – und einen Plan ausarbeiten, um mit Samia gemeinsam aus Magna zu fliehen.

25

»Wo bist du gewesen?« fragte die Königin. »Ich habe nach dir gerufen.«

»Verzeih, meine Königin«, sagte Selene und stellte ihren Medizinkasten auf einen Tisch. »Ich brauchte ein wenig Bewegung.«

Lasha, in kostbare scharlachrote Seide gehüllt, das Gesicht mit Goldstaub gepudert, rekelte sich auf ihrem Ruhebett.

»Du bekommst Bewegung genug. Also, gib mir jetzt etwas gegen die

Schmerzen. Mein monatliches Unwohlsein ist unerwartet gekommen, und ich habe Krämpfe.«
Froh, etwas zu tun zu haben und dahinter ihre Erregung verbergen zu können, klappte Selene den Deckel ihres Medizinkastens auf.
Lasha trat in jene Lebensphase ein, wo der Mondfluß allmählich versiegte, und ihr Zyklus unregelmäßig wurde. Während Selene sich an ihrem Kasten zu schaffen machte, sah sie sich im prachtvoll ausgestatteten Schlafgemach nach Spuren des Jünglings um, mit dem Lasha den Nachmittag verbracht hatte. Sie hatte keine Ahnung, was mit den jungen Männern nach einer Zusammenkunft mit der Königin geschah; Lasha pflegte jeden Jungen nur einmal zu gebrauchen. Zu ihren Familien kehrten sie gewiß nicht zurück.
Während Selene einige Tropfen vom Trank der Hekate in einen Becher Wein gab, sah sie zur Terrasse hinaus. Nur ein einziges Mal war sie aus dem Palast in die Stadt gekommen, als Lasha einen Beduinenstamm besucht hatte, der in einer nahegelegenen Oase den Sommer verbrachte.
Gerüchte von ganz besonders geschickten Tänzerinnen, die auf dem Rükken liegend einzig mit Hilfe ihrer Bauchmuskeln Wein von einem Becher in einen anderen gießen konnten, waren Lasha zu Ohren gekommen. Das hatte sie mit eigenen Augen sehen wollen. Und immer wenn Lasha in so eine Laune verfiel – sich ungewöhnliche Darbietungen oder irgendwelche Kuriositäten anzusehen –, pflegte sie mit großem Gefolge auszuziehen. Niemals waren weniger als zweihundert Menschen in ihrem Zug.
Selene war an jenem Tag in einer verhangenen Sänfte gereist, die dem königlichen Palankin folgte, und hatte, während der Zug seinen Weg durch die Stadt nahm, immer wieder die Vorhänge gelüftet, um hinauszuspähen.
Was sie sah, erfüllte sie mit Entsetzen.
Nach monatelangem Leben in Pracht und Überfluß hatte Selene ihren Augen kaum trauen wollen, als sie den Schmutz und das Elend auf den Straßen Magnas sah. Ein Bild war ihr in besonders scharfer Erinnerung geblieben, und es kehrte auch jetzt wieder, als sie der Königin den Becher reichte: die schreiende, wogende Menschenmenge, die sich vor den Toren des Palastes drängte – Krüppel und Bettler, kleine Mädchen mit ausgezehrten Säuglingen in ihren mageren Armen, Männer, denen Arme oder Beine fehlten, deren Augen vereitert, deren Gesichter von Krankheit aufgedunsen waren. Alle drängten sie sich vor dem Palast in der trügerischen Hoffnung, daß die Nähe zur Königin, zur fleischgewordenen Göttin, sie heilen werde.

Später hatte Selene erfahren, daß es in Magna keinen Ort gab, an den diese Menschen sich in ihrer Not wenden konnten. Es gab keinen Tempel des Äskulap, wo ein Kranker für eine Nacht hätte Zuflucht suchen und sich der Hoffnung hätte hingeben können, daß der Gott in seinen Träumen zu ihm kommen und ihn heilen würde. Nur die Reichen konnten sich einen Leibarzt leisten; die anderen – die Leute der Mittelklasse ebenso wie die Armen – hatten niemanden, dem sie sich anvertrauen konnten, wenn sie von Leiden und Krankheit geschlagen wurden.

»Träumst du?« fragte Lasha.

Selene schüttelte den Kopf; sowohl in Antwort auf die Frage der Königin als auch, um sich des niederdrückenden Bildes zu entledigen. Auch in Antiochien hatte sie sich über die Kranken Gedanken gemacht, aber in Antiochien hatte es wenigstens einige Möglichkeiten gegeben, Hilfe zu suchen – den Tempel des Äskulap, Meras kleines Haus, die Villa Andreas', des Arztes.

Hier könnte ich helfen, dachte Selene und nahm der Königin den Becher ab, um ihn zu spülen. Wenn ich da draußen auf den Straßen wäre, könnte ich wirklich Heilerin sein, anstatt in diesem Käfig zu sitzen und meine ›Wunder‹ zu wirken.

Die Heilung König Zabbais von der Impotenz war kein Wunder gewesen, aber das wußte nur Selene. Nicht einmal Kazlah, der Leibarzt, hatte erkannt, daß das Leiden des Königs auf seine Fettleibigkeit zurückzuführen war.

Mera hatte Selene die Krankheit beschrieben, die die Griechen *diabetes mellitus* nannten und zu deren Erscheinungsbild häufiges Wasserlassen und ein starker Honiggeruch des Urins gehörten. Brach die Krankheit in der Kindheit aus, so bedeutete sie den sicheren Tod; brach sie jedoch erst in reiferem Alter aus, so konnte sie häufig einfach durch Gewichtsabnahme des Kranken gelindert werden. Aus bislang unbekanntem Grund, hatte Mera ihrer Tochter erklärt, führte Fettleibigkeit beim Erwachsenen manchmal zur Erkrankung an Diabetes; daher konnte Gewichtsabnahme in manchen Fällen die Krankheit zum Stillstand bringen.

Als Selene sich im Beisein von siebzig Bediensteten, Ärzten und Höflingen den König das erstemal angesehen hatte, war ihr völlig rätselhaft gewesen, was ihm fehlte. Doch als man ihr die Symptome beschrieben hatte – übermäßiger Durst, ständiges Hungergefühl, häufiges Wasserlassen –, war Selene eingefallen, was Mera sie gelehrt hatte. Sie hatte den Urin des Königs geprüft und festgestellt, daß er so süß war wie Honig.

Zabbai litt in der Tat an Diabetes, und da Selene wußte, daß diese Krankheit Impotenz verursachen konnte, sagte sie sich, wenn man der Krankheit entgegenwirkte, würde man vielleicht auch die Impotenz heilen können.

Zabbai wurde also auf strenge Diät gesetzt. Die Fettpolster an seinem Körper schrumpften, und sechs Monate später vollzog er zum erstenmal seit zwei Jahren wieder den Beischlaf.

Noch andere ›Wunder‹ hatte Selene gewirkt: Der alte Wesir der Königin litt monatelang an schrecklichem Kopfjucken; Selene heilte ihn mit einem Haarwaschmittel aus Schwefel und Zedernöl davon. Die geschwollenen Gelenke des Obereunuchen waren erfolgreich mit dem Trank der Hekate behandelt worden. Der beunruhigende Durchfall des kleinen Prinzen war mit einer Reisdiät zum Stillstand gebracht worden.

Es hatte auch einige echte Leiden im Palast gegeben, die Selene nur zu gern behandelt hatte, aber die meisten waren eingebildet, die Produkte von Langeweile und Untätigkeit. Im Palast der Königin sah sie sich in die Rolle der Zauberin gedrängt, ohne etwas dagegen tun zu können; draußen auf den Straßen jedoch hätte sie ihrem wahren Beruf nachgehen und viel Gutes tun können.

Die Königin betrachtete Selene mit starrem Blick. Sie war stolz auf die Schönheit ihrer Augen und pflegte sie seit der gelungenen Operation, mit Belladonnatropfen aus Selenes Medizinkasten noch größer und glänzender zu machen. Diese Droge erweiterte die Pupillen, und das gab Lashas Blick etwas Befremdliches – als könnten ihre Augen mehr sehen als andere.

Lasha betrachtete Selene mit einer Mischung aus Neid und Groll. Dieses einfache Mädchen verfügte über große Macht, eine Macht, die Lasha für sich selbst begehrte. Nicht die Macht über Leben und Tod – die hatte Lasha schon –, sondern die Macht über den Schmerz, die sie als etwas viel Wichtigeres betrachtete. Die eine Seite dieser Macht stand Lasha schon zu Gebote – die Macht, Schmerz zu bereiten. Dieses Mädchen jedoch, das unter den Ärmsten der Armen gelebt hatte, besaß die Macht, Schmerz zu *lindern*, und das war etwas weit Wundersameres.

Sie weiß noch nicht, dachte Lasha, welche Macht sie über mich hat – die Macht, mir Schmerzlinderung zu gewähren oder zu verweigern. Sie ahnt noch nicht, daß ich eine Gefangene bin, eine Gefangene der Schmerzen, die mein Körper hervorbringen kann. Nichts, nicht einmal der Tod, ist so beängstigend für mich wie unaufhörlicher Schmerz. Dieses Mädchen aus der Gosse, das unwissend und weise zugleich ist, hat keine Ahnung, wel-

che Höhen sie dank ihrer Macht erklimmen könnte. Aber eines Tages wird sie es wissen. Wenn sie älter geworden ist, wird sie erkennen, wie ohnmächtig ich der Schwachheit meines Fleisches unterworfen bin, und wenn dieser Tag kommt, werden unsere Rollen sich umkehren. Dann wird sie die Herrscherin sein, und ich die Untertane. Wird sie eines Tages versuchen, diese Macht gegen mich auszuspielen?
»Fortuna«, sagte Lasha mit ihrer scharfen Stimme. »Die Römer treffen in zwei Wochen ein. Du hast das gewiß schon gehört, denn diese Mauern haben ja nicht nur Ohren, sondern auch Zungen. Und wenn die Römer kommen, wird der ganze Palast in Aufruhr sein. Du wirst doch keine Dummheiten machen, Fortuna? Wie zum Beispiel einen Fluchtversuch?«
Sie sah, wie Selene erstarrte und dachte, also habe ich recht.
»Ich mache mir Sorgen um dich, mein Kind«, fuhr Lasha fort und erhob sich, ein Standbild in Rot und Gold, von ihrem Prunkbett. »Ich fürchte manchmal, daß die Einsamkeit dich allzu sehr bedrückt. Ich sehe Rastlosigkeit in deinen Augen. Du bist schließlich fast achtzehn Jahre alt. Und du bist immer noch unberührt, nicht wahr?«
Selene kannte jede tödliche Nuance von Lashas Ton. Sie wußte, daß Hinterlist in diesem Augenblick ihre Worte bestimmte. Und noch etwas anderes...
Ich habe das Leben ihres Sohnes gerettet, dachte Selene. Ich habe ihr das Augenlicht wiedergegeben. Ich habe ihren Gemahl von der Impotenz geheilt, so daß sie keinen neuen Gatten zu nehmen brauchte. Und sie haßt mich. Sie haßt mich, weil sie mir dankbar sein muß. Die Königin steht in meiner Schuld, aber ich bin diejenige, die bezahlen muß.
»Ich habe mir gedacht, Fortuna, daß du Gemeinschaft brauchst. Du bist zu viel allein.«
»Ich bin nie allein, meine Königin«, entgegnete Selene vorsichtig. »Ich habe viele Sklaven.«
»Ich spreche von echter Gemeinschaft, Fortuna. Von einem Menschen, mit dem du wahrhaft teilen kannst. Du brauchst einen Ehemann.«
Selene wirbelte herum. »Nein!« rief sie impulsiv und bedauerte es augenblicklich.
Lasha lächelte. Sie hatte gefunden, was sie suchte – Selenes wunden Punkt.
»Du bist jung, Fortuna«, sagte sie. »Du verfügst zwar über die reichen Kenntnisse in der Heilkunst, die deine Mutter an dich weitergegeben hat, aber in vieler anderer Hinsicht bist du noch ein kleines Kind. Es ist meine Pflicht, ich sehe es als meine Aufgabe, dafür zu sorgen, daß du ein normales

Leben führst. Denn dein jetziges Dasein ist doch wirklich unnatürlich. Achtzehn Jahre alt und immer noch unberührt!«
Lasha sah Selene aufmerksam ins Gesicht.
Ich bin nicht unberührt, dachte Selene trotzig. Ich bin von dem einzigen Mann berührt worden, den ich haben will – Andreas.
»Wie es der Zufall will«, fuhr Lasha fort, die künstlich vergrößerten Augen weiterhin auf Selene gerichtet, »hat sich im Palast jemand um dich beworben.«
Selene starrte sie entgeistert an.
»Ein Edler meines Hofes ist deinetwegen an mich herangetreten. Er möchte dich zu seiner Frau machen, Fortuna.«
Es war ganz still im Raum, während Lasha innehielt, um ihren folgenden Worten um so mehr Wirkung zu verleihen.
»Du bist in der Tat vom Glück begünstigt, wie der Name sagt, den ich dir gegeben habe«, sagte Lasha dann. »Denn der Mann, der um dich angehalten hat, ist kein gewöhnlicher Sterblicher, Fortuna. Es ist der Leibarzt selbst. Der edle Kazlah.«
Selene schwankte und hielt sich hastig am Tisch fest.
»Der Leibarzt wäre ein guter Ehemann für dich, mein Kind«, fuhr Lasha fort. »Ihr habt gemeinsame Interessen. Ihr könntet voneinander lernen und euer Wissen teilen. Er ist viel älter und weiser als du. Halte dir die Vorteile vor Augen.«
Selene wandte sich ab, zur offenen Tür hin, zur Terrassenmauer, die sie von der Freiheit trennte. Auf der anderen Seite der Mauer floß der Euphrat.
Aber dann sah sie nicht mehr die Mauer, sondern Kazlah, ein hohes, hageres Gespenst in mitternachtsblauen Gewändern. Er strafte einen Sklaven, der es gewagt hatte, einen Tropfen Wein über den Saum seiner Robe zu verschütten. Der Sklave war Musikant, ein sanftmütiger Harfenspieler, dem sein Gehör sein ganzes Leben war. Kazlah hatte aus dem Sortiment seiner Instrumente eine lange Nadel genommen und dem Sklaven auf beiden Seiten das Trommelfell durchstochen.
Selene starrte auf die Mauer. Ich kann jetzt gleich loslaufen, die Mauer überspringen, mich in den Fluß stürzen und um meine Freiheit schwimmen.
Wahnsinn, sagte sie sich. Wenn man mich einfängt und zurückbringt, habe ich für immer jede Chance verwirkt, Andreas wiederzusehen. Ich muß vorsichtig sein. In zwei Wochen werden zwanzig Frauen aus dem Harem um Mitternacht zu einem Schiff geführt. Und ich werde unter ihnen sein...

Selene wußte, warum Kazlah um sie angehalten hatte. Sie dachte an die üppig wuchernden Weiden, die die Flußufer außerhalb des Palasts säumten. Der Leibarzt hatte keine Ahnung, daß das, was er am heftigsten begehrte – den Trank der Hekate –, die Rinde dieser Bäume ihm hätte geben können.

Daß es Selene zwei Jahre lang gelungen war, das Geheimnis der Zubereitung der begehrten Medizin zu bewahren, hatte ihr das Leben bewahrt. Im Lauf der Monate hatte sie das blaue Fläschchen auffüllen müssen, und da sie vermutete, daß Kazlah seine Spitzel unter ihren Sklaven hatte, die ihm über die Herstellung des Tranks Bericht erstatten würden, hatte sie stets eine lange Liste von Ingredienzien angefordert, von denen einige tatsächlich erforderlich waren, andere nicht. Im Garten hatte sie den Trank dann zubereitet, und aus dem schlichten Aufbrühen eines Tees ein kompliziertes und verwirrendes Ritual gemacht. Niemand, der sie beobachtete, hätte die geheimnisvolle und völlig sinnlose Zeremonie ergründen oder sich erinnern können, welche Menge von welcher Zutat wann und wie dem Gemisch beigegeben wurde. So kam es, daß Kazlah das Geheimnis der Rezeptur noch immer nicht kannte und Selene noch am Leben war.

Für sie war es wichtig, daß er das Geheimnis niemals erfahren würde.

»Du zitterst.« Lasha war hinter Selene getreten. »Erregt dich die Vorstellung, Fortuna, Kazlahs Frau zu werden? Es wird getuschelt, daß er ein hervorragender Liebhaber ist, höchst erfahren in den raffiniertesten Praktiken der Liebe. Stell dir nur vor: Ich habe gehört, daß Kazlah gern mit –«

»Meine Königin.« Selene drehte sich um. »Ich bin zur Ehe noch nicht bereit. Ich bin es nicht – nicht wert, die Frau des Leibarztes zu werden.«

Lasha lächelte. »Hm, vielleicht hast du recht«, meinte sie mit einem Seufzer der Befriedigung. »Zumindest augenblicklich. Vielleicht solltest du vorläufig allein bleiben. Aber du verstehst wohl, Fortuna, falls du Dummheiten im Kopf haben solltest, du zum Beispiel mit Gedanken an Flucht spielen solltest, so werde ich das herausbekommen, noch ehe du den ersten Schritt unternommen hast, glaube mir. Und dann wird mir nichts anderes übrigbleiben, als Kazlahs Bitte stattzugeben. Er würde dafür sorgen, daß du nie wieder an Flucht denken würdest. Kazlah würde dich Gehorsam lehren, Fortuna, das verspreche ich dir.«

Selene sah die Königin an und fröstelte unter ihrem kalten Blick. Dann fielen ihr Samia und Darius ein, und sie dachte, ich muß fort von hier.

26

Als das nächtliche Klopfen an ihrer Tür dem schlaflosen Warten endlich ein Ende bereitete, kleidete sich Selene hastig an, nahm ihren Medizinkasten und folgte dem stummen Wächter durch den menschenleeren Gang. Erst nach einer Weile fiel ihr auf, daß etwas nicht stimmte.
»Das ist doch nicht der Weg zum Harem«, sagte sie zu ihrem Führer.
Er warf ihr nur einen verständnislosen Blick zu und ging weiter. Er hätte ihr auch gar nicht sagen können, wohin er sie führte; die Palastwachen waren alle stumm. Ein Klopfen an ihrer Tür, ein Winken, das sie zu folgen aufforderte, waren die einzigen Zeichen, die gegeben wurden, wenn man Selene holte.
Verwundert und ein wenig beklommen folgte sie ihm durch die öden Gänge, durch zugige Torbögen, an stillen Zimmern vorbei und schließlich eine Steintreppe hinunter in einen Teil des Palasts, in dem sie nie zuvor gewesen war. Mit wachsender Beunruhigung fragte sie sich, wohin er sie führte. Die Luft wurde kalt und klamm, die Mauern und der Boden unter ihren Füßen holprig. Als der Wächter schließlich haltmachte, wußte Selene, daß sie weit von der Mitte des Palasts entfernt war – weit entfernt auch vom Harem.
Eine einfache Holztür öffnete sich, und Selene trat in einen kleinen Raum, der von Fackeln an den Wänden hell erleuchtet war. Nur ein Tisch und ein Sessel standen in dem Raum. Der Boden war mit Sand aufgeschüttet, und die Luft war feucht, der Fluß mußte also nahe sein.
Selene blieb stehen, als die Tür hinter ihr zufiel, und starrte verwundert auf die kleine Gruppe Menschen in der Mitte des Zimmers. In dem einzigen Sessel hing reglos ein junger Mann, dessen Arme und Beine angeschnallt waren. Sein Kopf war nach rückwärts geneigt und sein Mund weit geöffnet. Hinter ihm stand ein vierschrötiger alter Mann, in dem Selene einen der Hofärzte erkannte, und vor dem Sessel, über den Bewußtlosen gebeugt, stand Kazlah.
Er beachtete Selenes Ankunft nicht, sondern konzentrierte sich auf seine Arbeit. Selene hatte keine Ahnung, was er tat. Er schien am Hals des Bewußtlosen beschäftigt zu sein.
Stumm beobachtete Selene den großen, hageren Mann, der beinahe reglos im flackernden Licht der Fackeln stand, eingehüllt von einer Stille, die so tief war wie die in einem Grab. Zwei Wachen waren auf der anderen Seite des Raumes zu beiden Seiten einer zweiten Tür postiert, sonst war niemand da. Warum hatte man sie hierhergeholt?
Darius fiel ihr ein – er hatte gewiß inzwischen nach ihr geschickt und

erwartete ihr Eintreffen im Harem. Tödlicher Schrecken durchzuckte sie. Kazlah weiß von unserem Plan, schoß es ihr durch den Kopf. Darum hat er mich hierherbringen lassen.
Aber, weiß er wirklich davon? Oder ist das vielleicht nur ein Zufall?
Als Kazlah schließlich von dem Bewußtlosen wegtrat und sich nach ihr umdrehte, spielte ein kaltes Lächeln um die schmalen Lippen.
»Du hast dir natürlich über unsere Palaststummen deine Gedanken gemacht, Fortuna«, sagte er in seidenweichem Ton. »Und möchtest zweifellos in das Geheimnis eingeweiht werden.«
Schreckliche Vorahnung schnürte Selene die Kehle zu. Was sagte er da? Sie sollte sich über die Stummen Gedanken gemacht haben? Niemals hatte sie auch nur das geringste Interesse geäußert.
Ihr Blick glitt zu dem schlafenden Jüngling, und sie sah, daß der assistierende Arzt dabei war, seinen Hals zu verbinden. Einen Moment stockte ihr der Atem. Auf den Tüchern waren Blutflecken.
Kazlah winkte den Wächtern, und der junge Mann wurde von den Riemen befreit, die ihn fesselten, und aus dem Zimmer getragen.
»Tritt näher, Fortuna«, forderte Kazlah sie auf. In seiner Stimme lag ein gebieterischer Unterton.
Von plötzlicher Angst gepackt, wich Selene zurück.
Kazlah zog fragend eine Braue hoch.
»Verzeih, Kazlah, aber die Königin wird verärgert sein, wenn sie erwachen und sehen sollte, daß ich fort bin.«
»Die Königin liegt in tiefem Schlaf, Fortuna. Das weißt du doch.«
Selene hielt den Atem an. Das Zimmer um sie herum schien ihr zu schrumpfen, die kahlen Mauern schienen erdrückend nahe.
»Komm her, Fortuna«, sagte Kazlah. »Es ist Zeit, dich in eines der raffinierteren Geheimnisse Magnas einzuweihen.«
Als Selene auf ihn zutrat, öffnete sich die Tür , und die beiden Wächter brachten eine Frau herein. Sie war so schwarz wie das Ebenholz, aus dem Selenes Medizinkasten gemacht war, und in ihren Augen spiegelte sich Todesangst. Während die Wächter sie am Stuhl festschnallten, sagte Kazlah: »Das ist eine Sklavin aus Afrika. Wir wissen ihren Namen nicht, da sie nur einen primitiven Dialekt spricht. Sie wird auch den bald nicht mehr sprechen.«
Selenes Blick traf den der verängstigten Frau, und einen Moment lang begegneten sich ihre Herzen in gemeinsamem Entsetzen. Dann zwang der assistierende Arzt die Sklavin, aus einem Becher zu trinken, den er ihr an die Lippen drückte. Es dauerte nicht lange, da fiel ihr Kopf nach vorn auf ihre Brust.

»Das Opfer muß völlig bewußtlos sein, Fortuna«, bemerkte Kazlah. Er nickte dem anderen Mann zu, der den Kopf der Frau nach rückwärts zog und festhielt. »Der Hals muß völlig entspannt sein. Wenn auch nur die geringste Anspannung vorhanden ist, kann es geschehen, daß man versehentlich eines der großen Blutgefäße durchschneidet, die im Hals liegen, und dann ist ein Sklave vergeudet.« Der schmale Mund verzog sich zu einem flüchtigen Lächeln. »Bei diesem Geschäft kann man sich Ungeschicklichkeit nicht leisten.«

Selene war wie betäubt. Von irgendwo aus den Gängen des Palasts erscholl die laute Stimme des Nachtwächters, der die Mitternachtsstunde ausrief. Sie dachte an Darius, der jetzt gewiß ängstlich nach ihr Ausschau hielt, und fühlte sich von einer entsetzlichen Angst umklammert.

»Jetzt sieh genau her, Fortuna«, sagte Kazlah mit gesenkter Stimme, und ihr Blick glitt gegen ihren Willen zu seinen langen, schmalen Händen, die einen kleinen silbernen Pfeil hielten. Mit klopfendem Herzen sah Selene zu, wie Kazlah zunächst den Hals der bewußtlosen Frau musterte, dann die Spitze des dünnen, aber starken Pfeils an eine Seite ihrer Kehle führte.

Einen Moment stand Kazlah wie gefroren, dann stach er zu, schnell und geübt, und Selene sah eine winzige Schnittwunde, aus der ein Blutstropfen quoll.

»Hier kommt es einzig auf das Können an, Fortuna«, bemerkte Kazlah, während er seinen Pfeil auf der anderen Halsseite anlegte und wieder zustach. »Im Hals liegt ein Nerv, der die Sprache hervorbringt. Wie das geschieht, ist nicht bekannt. Aber wenn er durchtrennt wird – und ich habe ihn soeben durchtrennt –, ist es vorbei mit der Sprache. Man muß jedoch vorsichtig sein, daß man nicht eines der großen Blutgefäße verletzt, die zu beiden Seiten des Nervs liegen.«

Selene konnte nur in stummem Entsetzen auf die schwarze Sklavin starren, die, nachdem man ihr den Hals verbunden hatte, von ihren Fesseln befreit und aus dem Raum getragen wurde.

»Sieh dir dieses Instrument genau an, Fortuna«, befahl Kazlah und hielt es ihr auf der geöffneten Hand hin. »Sieh, wie fein die Pfeilspitze gearbeitet ist. Diese Schärfe! Einzig in Magna ist dieser Eingriff bekannt. Die barbarischen Völker bringen ihre Sklaven zum Verstummen, indem sie ihnen die Zunge herausschneiden, aber wie häßlich sieht das hinterher aus! Und was für unerfreuliche Laute die Sklaven danach von sich geben! Unsere Sklaven, Fortuna, beleidigen weder das Auge noch das Ohr.« Wieder das kalte Lächeln, ein leichtes Heben der Stimme.

»Du kannst dich wahrhaftig glücklich preisen, Fortuna, denn ich werde dich in dieser seltenen Kunst unterweisen.«
Wieder öffnete sich die Tür, und die Wächter führten einen weiteren Sklaven herein, einen blonden Mann diesmal, einen wahren Riesen, der den Eindruck machte, als hätte er die beiden Wächter leicht abschütteln können, der jedoch wie ein geprügelter Hund zwischen ihnen ging.
»Das ist ein ungewöhnliches Exemplar«, sagte Kazlah, während der Sklave an Händen und Füßen an den Sessel gefesselt wurde. »Er kommt aus dem Rheintal in Germanien. Er wurde bei den jüngsten Kämpfen gefangengenommen und von römischen Legionen mitgebracht. Sein Name ist Wulf.«
Das Haar, das die Farbe hellen Weizens hatte, fiel dem Sklaven bis über die Schultern. Seine Kleidung war das Seltsamste, was Selene je gesehen hatte – Stiefel und Beinkleider aus Pelz. Doch sein Oberkörper war nackt, nur eine primitive Halskette lag auf seiner muskulösen Brust. Sein Gesicht faszinierte Selene am meisten – ein bärtiges, von Narben durchzogenes Gesicht mit blitzenden blauen Augen, die unter buschigen blonden Brauen halb verborgen waren. Er war jung und, wie Selene an seiner Haltung erkennen konnte, von grimmigem Stolz.
»Bei ihm hatten wir eigentlich mit Schwierigkeiten gerechnet«, bemerkte Kazlah, während er darauf wartete, daß sein Assistent die Schlaftropfen in den Wein mischte. »Aber er hat sich als höchst gefügig erwiesen. Du mußt verstehen, Fortuna, daß er in tiefer Schande lebt, da er die Schlacht überlebt hat, während seine Kameraden gefallen sind. Man hat mir berichtet, daß er in seinem Volk ein Häuptling ist und in dem Glauben erzogen wurde, daß ein wahrer Mann mit dem Schwert in der Hand sterben müsse. Nun, dieser Barbar ist zweifellos auf seine Weise gestorben, als die Römer ihn lebend gefangennahmen.«
Selene hätte gern weggesehen, doch sie konnte dem Blick der blauen Augen nicht ausweichen, der sich auf sie richtete. Als Kazlah ihr den silbernen Pfeil in die Hand legte, gewahrte sie ein Flackern in dem eisblauen Blick. Er weiß, was ihm angetan werden soll, dachte Selene.
»Ich kann nicht«, flüsterte sie.
»Du mußt«, befahl Kazlah. »Komm, ich zeige es dir.«
Als sie an den Barbaren herantrat, konnte sie den Schweiß und den Schmutz riechen, die seinem Körper anhafteten. Sie sah, wie die Muskeln unter der von Narben durchsetzten Haut sich spannten. Doch Furcht schien dieser Mann nicht zu kennen.
»Du kannst von mir nicht erwarten, daß ich einen solchen Eingriff vornehme, Herr!«

»Du mußt es lernen, Fortuna. Wir haben genug Sklaven, an denen du üben kannst.« Kazlah stand dicht neben ihr, berührte sie beinahe, und in seiner Stimme war ein ekelhaft schmieriger Ton. »Wir müssen einander in unserem hohen Beruf helfen, Fortuna. Ich will dich in meine Geheimnisse einweihen, und dafür wirst du mich in die deinen einweihen. Warum zögerst du, Fortuna?«
»Er –« Sie konnte kaum atmen. »Man sollte ihm erlauben, vorher zu seinem Gott zu beten.«
»Zu seinem Gott!« spie Kazlah verächtlich. »Auch nur ein ungehobelter Barbar. Das ist sein Zeichen.« Er deutete auf das aus Holz gefertigte T-Kreuz, das an dem Lederband um den Hals des Germanen hing. »Odin«, fügte er geringschätzig hinzu.
Selene sah in die blauen Augen, die unverwandt auf sie gerichtet waren, und nahm jetzt, aus der Nähe, die Gefühlsströmungen in ihnen wahr. Er fürchtet sich doch, dachte sie.
Sie hatte plötzlich das Bedürfnis, dem Barbaren etwas zu sagen, Worte des Trostes, um seine Furcht zu stillen. Ich war selber einmal stumm, dachte sie. Meine Zunge war gelähmt, und ich konnte nicht sprechen. Und nachdem meine Zunge gelöst war, hatte ich Furcht zu sprechen. Andreas hat mich befreit. Der Gedanke, daß sie jetzt auf Kazlahs Befehl einen anderen Menschen in diese Welt stummer Ohnmacht verdammen sollte, erfüllte Selene mit Grauen und Abscheu.
Kazlah beugte sich über den Germanen, und der andere Arzt drückte ihm den Becher mit dem Wein an die Lippen. Doch der Barbar weigerte sich zu trinken.
»Auch gut«, meinte Kazlah wegwerfend. »Wenn er es so haben will. Dann bleibt er eben wach. Tu es jetzt, Fortuna. Genau so, wie ich es dir gezeigt habe.«
Sie stellte sich vor den Barbaren und sah ihn fest an. Ich fürchte mich genau wie du, sprach sie lautlos zu ihm. Hör mir zu, wenn du kannst.
Sie hob den kleinen Pfeil, daß der Sklave namens Wulf ihn sehen konnte, und legte dann einen Finger auf die Lippen. Sie konnte nur hoffen, daß er diese Geste, Schweigen zu bewahren, verstand. Die eisblauen Augen blickten sie an. Selene krauste die Stirn vor Anstrengung, sich dem Mann mitzuteilen. Sie preßte die Lippen fest aufeinander und legte nochmals einen Finger darauf. Doch nichts im Blick des Sklaven zeigte Verstehen.
»Such die Luftröhre«, befahl Kazlah. »Jetzt ertaste den Puls. Da, genau dazwischen. Die Stelle ist klein. Sei jetzt sehr vorsichtig.«
Selene neigte sich so dicht sie konnte über den Barbaren. Ihr Gesicht war dem seinen sehr nahe, ihr Schleier fiel ihm über die Schulter und schirmte

seinen Hals von den Blicken der anderen ab. Während der Assistent den blonden Kopf festhielt, tastete Selene mit den Fingern der linken Hand Wulfs Hals ab und hob in der Rechten den Pfeil. Sie starrte auf die schmutzige helle Haut und wußte nicht, was sie tun sollte.
Doch sie hatte keine Wahl. Als versuche sie, die richtige Position zu finden, neigte sie den Oberkörper leicht zur Seite, so daß Kazlah vollends die Sicht versperrt war, dann ritzte sie vorsichtig die bleiche Haut mit der Pfeilspitze. Der Germane zuckte zusammen. Als ein Tropfen Blut aus der Wunde quoll, trat Selene zur Seite.
Kazlah warf einen Blick auf die Wunde und sagte: »Gut. Jetzt die andere Seite. Beide Nerven müssen durchtrennt werden.«
Der Assistent drehte den Kopf des Germanen auf die andere Seite, Selene beugte sich über ihn, ritzte die Haut und richtete sich wieder auf.
Kazlahs Augen verrieten flüchtige Überraschung, grollende Bewunderung für ihr Können, dann packte Selene den Verband und wand ihn dem Barbaren hastig um den Hals. Jetzt konnte sie nur noch beten, daß er ihre Warnung verstanden hatte und sie nicht beide verraten würde, indem er plötzlich zu sprechen anfing.
»Ich habe getan, was du von mir verlangt hast«, sagte sie zu Kazlah gewandt, während Wulf aus dem Raum geführt wurde. »Darf ich mich jetzt zurückziehen? Wir werden uns beide den Zorn der Königin zuziehen, sollte sie erwachen und sehen, daß ich nicht da bin.«
Kazlah lächelte. »Und wir wissen beide, daß das nicht geschehen wird, nicht wahr? Nur noch eine Lektion, Fortuna, dann kannst du gehen.« Er winkte den Wachen. »Du hast diesen einen Eingriff fehlerlos durchgeführt, aber ich denke, du bist dir der Gefahren, die mit der Operation verbunden sind, noch gar nicht recht bewußt. Ich werde dir daher vorführen, was geschehen kann, wenn fehlerhaft operiert wird.«
Selene war in Panik. Ihre Gedanken rasten. Wie spät war es? War noch Zeit, in den Harem zu gelangen und mit Darius Platz zu tauschen? Woher wußte Kazlah von dem Schlaftrank im Wein der Königin?
Mutter Isis, betete sie in Verzweiflung. Erspare mir dieses Grauen.
Doch als das nächste Opfer hereingebracht wurde, erstarben alle Gebete in Selenes Herzen. Sie wußte nur eines, nichts würde ihr in dieser Nacht erspart bleiben. Es gab kein Entkommen, keine Rettung aus dem Grauen.
Der Mann war Darius.
»Jetzt sieh mir genau zu, Fortuna«, sagte Kazlah, während Darius angeschnallt wurde. »Denn dies wird eine besonders lehrreiche Lektion für dich werden.«

Der Eunuch starrte Selene an. Er wehrte sich nicht, als der assistierende Arzt beide Hände fest um seinen Kopf legte.
»Guter Wein wäre an diesen Burschen nur verschwendet«, erklärte Kazlah, trat dicht an den Sessel heran und nahm den silbernen Pfeil zur Hand.
Wie gelähmt sah Selene zu, wie der Leibarzt mit langen Fingern Darius' Hals betastete und, als er die richtige Stelle gefunden hatte, die Haut zwischen Daumen und Zeigefinger straffte.
»Siehst du, Fortuna«, sagte er leise, »der Sprachnerv liegt hier, gefährlich nahe bei den großen Blutgefäßen. Jahrelange Erfahrung gestattet mir, diese Aufgabe tausendmal durchzuführen, ohne einen tödlichen Fehler zu machen. Aber da das Verfahren für dich ganz neu ist, mußt du darauf hingewiesen werden, was geschehen kann, wenn man einen Fehler macht. Und das werde ich dir jetzt vorführen.«
»Nein!« schrie Selene laut, doch als sie nach dem Pfeil greifen wollte, stürzte einer der Wächter von der Tür herbei und packte sie.
»Ich sagte doch, Fortuna, das wird eine lehrreiche Lektion für dich«, bemerkte Kazlah nur.
»Nein!« schrie sie wieder und versuchte, sich von dem Wächter loszureißen. »Tu es nicht. Ich flehe dich an. Ich tue alles, was du willst, Kazlah. Alles. Nur tu es bitte nicht.«
Doch der Pfeil bohrte sich schon in den Hals.
Kazlah trat zurück. »Es gibt Leute, Fortuna, die behaupten, daß die Arterien Luft befördern. Aber wie du siehst, beförderte diese Arterie, die vom Herzen zum Gehirn führt, Blut.«
»Bitte...« wimmerte sie.
Als Kazlah sah, wie sie in den Armen des Wächters erschlaffte, bedeutete er dem Mann, sie loszulassen. Doch sobald Selene frei war, raste sie zu Darius und preßte ihre Hand auf seinen blutenden Hals. Während sie noch wie wahnsinnig nach einer Binde greifen wollte, packte Kazlah sie und riß sie zurück. Selene verlor das Gleichgewicht und fiel taumelnd an ihn. Er hielt sie fest an seinen knochigen Körper gepreßt. Sie wehrte sich, strampelte. Ihr war übel vor Abscheu und Ekel.
»Eines Tages«, flüsterte Kazlah dicht an ihrem Ohr, »wirst du mir gehören, das verspreche ich dir. Und wenn es soweit ist, wirst du mir gehorchen. Dann wirst du keine Geheimnisse mehr vor mir haben, denn als dein Ehemann habe ich das Recht, dich zu bestrafen, und keiner wird sich einmischen. Und glaube mir, ich weiß Strafen, die du dir überhaupt nicht vorstellen kannst.«
Selene starrte nur auf Darius. Sein Kopf bewegte sich schwach in den

Händen des Assistenten; aber bald fielen seine Augenlider herab. Er wurde bewußtlos, und wenig später war er tot.
»Du hast doch nicht geglaubt«, murmelte Kazlah, »daß ich dich entkommen lassen würde? Dein alberner Plan wäre niemals geglückt. Soll ich der Königin sagen, was du getan hast? Wie du sie betäubt hast, um fliehen zu können? Dann können wir morgen Hochzeit feiern. Und dann wirst du die wahre Bedeutung des Wortes Strafe kennenlernen. Oder – wir können einen Tausch machen.«
Selenes Blick war starr auf den leblosen Darius gerichtet. Sie spürte, wie alles Leben auch aus ihrem eigenen Körper wich.
»Du hast einen Fehler gemacht, Herr«, sagte sie tonlos, während ihr die Tränen aus den Augen strömten. »Du hättest meinen Freund nicht töten sollen. Denn nun wirst du nie erfahren, was du wissen willst. Du kannst alles der Königin berichten, du kannst tun, was du willst. Ich werde diese Nacht niemals vergessen. Die Erinnerung wird mir die Kraft geben, mich dir niemals zu unterwerfen.«

27

König Zabbai starb plötzlich und unerwartet eines Nachts im Schlaf. Im Palast herrschte Ratlosigkeit. Die Priesterin Allats fastete und hielt Zwiesprache mit der Göttin, während Opfergaben verbrannt wurden und das Volk betete.
Endlich gab die Göttin ihre Antwort: Es gab ein uraltes, heiliges Ritual, das im gesamten Osten ausgeübt wurde. Es war überliefert aus grauer Vorzeit matriarchalischer Herrschaft. Wurde eine Königin plötzlich ihres Gatten beraubt, so konnte sie aus den Familien der Edlen einen Stellvertreter auswählen, einen jungen Mann von gutem Stamm und schöner Gestalt, der für seine Kraft und Tapferkeit bekannt war, und konnte ihn für eine Nacht zu ihrem Gatten nehmen, um am folgenden Morgen in kultischer Handlung mit seinem Blut die Erde zu tränken und fruchtbar zu machen.
Ein Kandidat wurde gefunden, die Vorbereitungen begannen.
Drei Tage lang beschworen die Priester und Priesterinnen Allats die heilige Wandlung der Mondfrau und riefen die gütige Bewahrerin der Toten und der Ungeborenen an, die Vereinigung Lashas mit ihrem Opfergatten zu segnen. Sie brachten der Lebensspenderin, die in mildem Glanz von ihrem Sternenreich herabstrahlte, reiche Opfergaben an Früchten und Honig dar, um für Königin Lasha und Magna, die heilige Mondstadt, ihren Segen zu erbitten. Jeder im Palast, vom edelsten Edlen bis zum

niedrigsten Sklaven, nahm an den Feierlichkeiten teil: Mondamulette wurden verteilt und von allen getragen, Mondgebete flossen über aller Lippen; alter Aberglaube lebte wieder auf und wurde streng beachtet – zum Beispiel das Tabu des *khaibut*, das verbot, daß man mit dem Schatten seiner Person einen heiligen Gegenstand verdunkelte. Die Festlichkeiten breiteten sich in die Stadt jenseits der Palastmauern aus: Straßenhändler verkauften Statuetten der Mondgöttin; jungverheiratete Paare kauften kleine Tonkrüge mit Mondtau, den man ins Bad geben mußte, um die eigene Fruchtbarkeit zu fördern; schwangere Frauen, deren Niederkunft nahe war, tranken Kräutertees zur vorzeitigen Einleitung der Wehen, damit ihre Kinder in der Glücksnacht des Vollmonds geboren werden würden.
In den Bezirken um die Tempel Allats, vom kleinsten Schrein in der Stadt bis zum gewaltigen, von Säulen getragenen Haus Allats gleich beim Palast, drängten sich bei Tag und Nacht die Bittsteller. Die Luft war erfüllt vom Gesang der Betenden und vom Rauch der Brandopfer. Und tief im Innern des Palasts, in einer Flucht von Räumen, die einzig dem heiligen Ritual vorbehalten waren, vollzog sich unterdessen die wunderbare Wandlung der Königin von der Menschenfrau zur fleischgewordenen Göttin auf Erden.
In einem anderen Teil des Palasts wurden Vorbereitungen anderer Art getroffen.
Selene begutachtete ein letztes Mal den Inhalt ihres Medizinkastens. Sie hatte in den vergangenen Nächten kaum geschlafen, bei Tag kaum einen Bissen gegessen. Seit der schrecklichen Nacht in der Operationskammer hielt man sie in ihrem Zimmer gefangen. Tag und Nacht wurde sie bewacht, hatte nicht die geringste Möglichkeit, sich frei zu bewegen. Doch einen Hoffnungsschimmer gab es in dieser Finsternis: Bei der Vereinigung Lashas mit ihrem Prinzgemahl im Opfersaal durfte nur eine einzige Person zugegen sein, die nämlich, welche den Mann töten mußte, nachdem er seine ›Ehe‹ mit der Königin vollzogen hatte. Und für diese Aufgabe hatte Lasha Selene auserwählt.
Selene klappte den Medizinkasten zu und ging in ihren kleinen Garten hinaus. Es war eine heiße, feuchte Nacht, geschwängert vom Geruch überreifer Früchte. Der weiße Glanz des Vollmonds, der scharf umrissene, schwarze Schatten an leuchtendweiße Mauern warf, tauchte den Garten in ein gespenstisches Licht, so daß er wie verzaubert wirkte.
Selene legte die Hand um das goldene Horusauge und sprach lautlos in die Nacht. Ich schwöre bei unserer Liebe, Andreas, und beim Geist mei-

nes Vaters, den ich nie gekannt habe, und meiner Vorfahren, die ich eines Tages zu finden hoffe, daß ich heute nacht entfliehen werde. Es ist meine letzte Hoffnung.

Selene hatte einen Plan.

Vor zwei Tagen waren Priesterinnen gekommen, um sie in die Hochzeitskammer zu führen, die tief unter Allats Tempel war. Dort sollte das Ritual der Vereinigung und des Todes stattfinden. Die steinerne Kammer, vor Hunderten von Jahren erbaut, war seit langer Zeit nicht mehr benutzt worden, nun aber hatte man sie gereinigt und geweiht und das heilige Bett hineingestellt. Man hatte Selene eine Binde um die Augen gelegt, ehe man sie aus ihrem Zimmer durch den Palast geführt hatte, dann hinaus ins Freie und weiter durch muffige, klamme Gänge, eine Treppe hinunter bis in die heilige Kammer, wo Kazlah sie erwartet hatte, um ihr ihre Anweisungen zu geben.

»Du stehst hier, Fortuna.« Er zeigte ihr die genaue Stelle. »Wenn der Gatte hereingeführt wird, reinigst du ihn mit dem Zeichen der Göttin. Dann tanzt die Königin für ihn, und danach hilfst du ihr auf das Bett und machst sie bereit. Wenn sie dir das Zeichen gibt, daß der Akt vollzogen ist, tötest du den falschen König mit diesem Dolch.«

Er hatte ihr ein langes goldenes Messer gegeben, das nun in ihrem Medizinkasten lag, ein Werkzeug des Todes unter ihren Werkzeugen, die der Erhaltung des Lebens dienen sollten.

Als sie, wiederum mit verbundenen Augen, in ihr Zimmer zurückgebracht wurde, war Selene ein Einfall gekommen. Sie wußte, daß man sie absichtlich einen Umweg führte, um zu verhindern, daß sie sich den Weg merkte. Sie hatte den Verdacht, daß man sie mehrmals dieselben Gänge hinauf- und hinunterschleuste, ehe man sie schließlich zu der Tür geleitete, die ins Freie hinausführte, vermutlich ein Durchgang zwischen Tempel und Palast. Bei früheren Besuchen im Tempel, wenn sie an irgendwelchen Feierlichkeiten teilgenommen hatte, waren ihr die vielen Türen aufgefallen, die zweifellos alle in weitverzweigte Gänge führten. Sie wußte, wenn sie die falsche Tür durchschreiten sollte, würde sie sich im Labyrinth unter dem Tempel verirren, vielleicht tagelang durch die Finsternis stolpern, vielleicht nie wieder herausfinden. Doch wenn es eine Möglichkeit gab, die richtige Tür zu kennzeichnen...

Diesmal mußte die Flucht gelingen. Selene wurde das Bild des toten Darius nicht los und ebensowenig die schreckliche Erinnerung an den folgenden Morgen, als sie erfahren hatte, daß Samia sich an einem Baum im Haremsgarten erhängt hatte.

Es klopfte. Die Priesterinnen in weißen Gewändern, mit heiligem Öl ge-

salbt, waren gekommen, sie zu holen. Wieder wurde Selene die Binde um die Augen gelegt. Den Weg durch den Palast kannte sie schon, doch das war nutzloses Wissen, da sie nicht die Absicht hatte, in ihr Zimmer zurückzukehren. Erst als sie aus dem Palast ins Freie traten, merkte sie auf. Sie glaubte, einen Windhauch vom Fluß zu spüren, während sie ihre Schritte zählte: genau einhundert, ehe sie durch die nächste Tür geführt wurde.
Als die Tür hinter ihr zufiel, stolperte Selene und ließ ihren Medizinkasten fallen. Mit lautem Krachen prallte er auf den Steinboden, und der Deckel klappte auf. Fläschchen, Beutelchen, Verbandzeug und Nahtmaterial rollten heraus. Die Priesterinnen tauschten Ausrufe des Schreckens – das konnte doch nur ein schlechtes Omen sein! –, doch ehe sie etwas beschließen konnten, lag Selene schon auf den Knien und versuchte hastig, die Sachen einzusammeln. Als die Priesterinnen sich bückten, um ihr zu helfen, stiftete Selene weitere Verwirrung, indem sie wie in Achtlosigkeit viele Gegenstände wegstieß. Fläschchen rutschten davon, eine Kette zerriß und ihre Perlen rollten nach allen Richtungen auseinander, und in der allgemeinen Verwirrung, während Selene erregt rief, daß alles gefunden werden müsse, und die ängstliche Besorgnis der Priesterinnen wuchs, wandte sie sich von ihren Begleiterinnen ab und zog aus ihrem Gürtel das, was sie vorher dort verborgen hatte.
Die Priesterinnen suchten und sammelten die verlorenen Gegenstände und mühten sich bei erregtem Wortwechsel mit fliegenden Händen, sie in den Medizinkasten einzuordnen, und derweilen rieb Selene ihren Schwefelbrocken auf dem rohen Stein und entzündete einen Funken. Sobald das geschehen war, fuhr sie herum und gab ihren Begleiterinnen zu verstehen, daß sie weiter müßten.
Wieder von den Priesterinnen geführt, eilte Selene fort von dem Schwefelbrocken, ohne sich bewußt zu sein, daß sich nun die Prophezeiung der Seherin vom Tempel der Isis in Antiochien erfüllte.

Die uralte Steinkammer verkörperte den Schoß und die Unterwelt, Mahnung an den zweifachen Aspekt der Göttin als Herrin über Leben und Tod. Die Göttin, Lasha, war anwesend, wartete von Kopf bis Fuß in sieben Schleier gehüllt, die die sieben Tore der Unterwelt und die sieben Sphären des Himmels symbolisierten. Die Schleier waren so kunstvoll um ihren Körper gewickelt, daß nur ihre Augen zu sehen waren.
Man führte Selene herein und nahm ihr die Binde von den Augen. Blinzelnd spähte sie durch den Dunst von Fackellicht und Weihrauch und glaubte zunächst, eine Statue zu sehen, die auf einem Thron saß. Dann erkannte sie, daß es Lasha war, die Tochter der Göttin.

Sobald die Priesterinnen sich zurückgezogen hatten und die Tür geschlossen war, ging Selene ans Werk. Sie nahm die Mittel aus ihrem Medizinkasten, die sie brauchen würde: Öl von grüner Minze zur Erfrischung der Königin nach dem heiligen Tanz; ein Pulver aus zerstoßenem Seidenspinner zur Bereitung eines Tranks, der die Potenz des prinzlichen Gatten steigern sollte. Bereit waren auch das weiße Tuch und die Schale mit Wasser zum Abwaschen des blutigen Dolches.
Das Klirren der Sistra jenseits der Tür kündigte ihr das Nahen des Opfergatten an. Nach Beginn des Rituals, hatte ihr Kazlah erklärt, würden sich die Priesterinnen in den Tempel zurückziehen, um dort zu wachen, bis die heilige Handlung vollendet war. Dann sollte Selene sie holen. Doch wenn alles nach Plan ablief, würde Selene sie niemals holen; wenn sie anfingen, sich über Selenes Ausbleiben zu wundern, würde sie längst weit draußen in der Wüste sein, auf dem Weg in die Freiheit.
Sie richtete sich auf und wandte sich zur Tür. Ihr Herz raste, ihre Handflächen waren feucht. Es war unangenehm stickig in der heiligen Kammer. Lautlos schwang die Tür auf, und zwei Priesterinnen führten das Opfer herein, dessen Augen verbunden waren. Als ihm die Binde abgenommen wurde, blickte Selene direkt in zwei verwirrte blaue Augen.
Wulf war es, der Barbarenhäuptling, der mit gebundenen Händen vor ihr stand. Den Bart hatte man ihm abgenommen, sein weißer, zernarbter Körper war gewaschen und parfümiert, aber er war immer noch in Leder und Pelz gekleidet.
Selene hatte den Sklaven in den vergangenen zwei Wochen des öfteren im Palast gesehen, wenn sie unter Bewachung zur Königin geführt worden war. Immer hatte Wulf geschwiegen. Jetzt fürchtete Selene, daß Kazlah ihren Betrug entdeckt und dafür gesorgt hatte, daß der Barbar zum Opfergatten erkoren worden war, um sie beide zu strafen.
Während sie die Fesseln an seinen Handgelenken löste und mit Öl die heiligen Zeichen der Göttin auf seinen Körper malte, versuchte sie, seinem Blick auszuweichen. Aber es gelang ihr auf Dauer nicht. Und als sie ihm schließlich in die Augen sah, war sie tief bestürzt.
Sie sah keine Bitterkeit in ihnen, keinen Zorn und keinen Haß gegen die, die ihn mißbrauchten. Nur Schmerz und Trauer spiegelten sich in ihnen.
Er weiß, daß er sterben muß, dachte Selene, während sie das Mondzeichen Allats auf seiner Stirn machte. Sie wollte ihm tröstende Worte sagen, von ihrem Fluchtplan berichten, aber sie wagte es nicht. Die Priesterinnen waren gegangen, aber wer sagte ihr, daß nicht eine von ihnen hinter der Tür stand und lauschte?
Darum legte Selene, nachdem sie das letzte heilige Zeichen auf seiner

Brust gemacht hatte, statt dessen ihre Finger auf das hölzerne T-Kreuz, das in der Mulde seines Halses ruhte, und sah ihm fest in die Augen. Dein Gott wird dich nicht verlassen, sagte sie lautlos, und Wulf senkte die Lider.
Ein schwaches Klirren veranlaßte Selene, sich umzudrehen. Die Königin war aufgestanden, eine Göttin in seidenen Gewändern so farbenfroh wie ein sommerlicher Garten. Es war das Zeichen zum Beginn des Tanzes. Selene zog sich an ihren Platz an der Mauer zurück. Wulf blieb, wo er war, die Augen auf die Königin gerichtet.
Es war ein alter Tanz, den Lasha jetzt begann, so alt, daß kein einzelnes Volk seine Erfindung für sich in Anspruch nehmen konnte. Es war ein Tanz, dessen Botschaft von allen Stämmen und Kulturen verstanden wurde. Im Osten nannte man ihn den Tanz des Shalomé, in den semitischen Sprachen das Wort für ›willkommen‹. Der Name bezog sich auf die uralte Sage, wonach die Göttin Ishtar in die Unterwelt hinabstieg und bei ihrer Wiederkehr den willkommenen Frühling und die Erneuerung des Lebens mitbrachte. Die sieben Schleier, die Lasha während des Tanzes nacheinander ablegte, repräsentierten die sieben Tore der Hölle, die Ishtar durchschritten hatte, ehe sie wiedergekehrt war. Es war ein verführerischer, erotischer Tanz, ein geschmeidiges Spiel von Bauch und Hüften, das die Tänzerin in die Ekstase und die Vereinigung mit der göttlichen Kraft führen sollte.
Lasha wiegte und schlängelte sich in fließenden Bewegungen, und die Schleier fielen einer nach dem anderen von ihrem Körper ab. Sie begleitete sich mit Fingerschellen und dem Klatschen ihrer bloßen Füße auf dem Steinboden. Ihr Körper glänzte, ihre Muskeln spielten unter der glatten Haut. Sie tanzte für Wulf. Sie tanzte um ihn herum, ging vor ihm auf die Knie, ließ ihre Arme wie Zwillingsschlangen an seinem Körper hinaufgleiten. Ihre Hüften und Schenkel bewegten sich in den ekstatischen Zuckungen des Liebesakts, ihr Bauch wölbte und senkte sich in der Darstellung von Wehen und Geburt, ihre nackten Brüste wogten und zitterten lebenverheißend.
Lashas Augen waren weit geöffnet, aber sie sahen nichts, da die Priesterinnen ihr vor Beginn des Rituals einen Trank aus heiligen Pilzen gereicht hatten. Die Bilder, denen sie folgte, waren nicht von dieser Welt, die Leidenschaft, die in ihr brannte, ging über fleischliches Begehren nach dem blonden Barbaren hinaus. Lasha war eins mit der Göttin; sie tanzte für die Mondfrau, sie tanzte für das Leben.
Als der Tanz zu Ende war, rührte sich Selene nicht gleich. Dann aber eilte sie rasch zur Königin, half ihr auf das Bett, rieb ihr Arme und Beine mit den Ölen Allats ein, machte die heiligen Zeichen auf ihren Brüsten, ihrem

Bauch und ihren Schenkeln. Sie bemühte sich, klar und ruhig zu denken. Sie mußte jetzt sehr vorsichtig sein.
Ihre Mutter hatte ihr das Verfahren vor langer Zeit gezeigt. Sie hatte es stets angewendet, wenn sie Patienten behandeln mußte, die mit den üblichen Säften oder Tränken nicht betäubt werden konnten. Große, starke Männer, die auch auf den stärksten Schlaftrank nicht ansprachen, konnte man durch die einfache, aber nicht gefahrlose Anwendung anatomischen Wissens in Bewußtlosigkeit versenken.
Mera hatte Selene gezeigt, wo sich die großen Blutgefäße des Halses befanden, eben dieselben, die Kazlah ihr in der Operationskammer gezeigt hatte. Man mußte ihren pulsenden Schlag mit den Fingerspitzen ertasten, und konnte selbst den stärksten und größten Mann in tiefen Schlaf versetzen, indem man auf beide große Adern gleichzeitig Druck ausübte. Drückte man zu lange, hatte Mera gewarnt, so trat der Tod ein; drückte man nicht lange genug, so dauerte der Schlaf nur Minuten.
Während Selene die Königin massierte und ihr den Schweiß vom Körper wischte, näherte sie ihre Hände langsam Lashas Hals. Dort ließ sie sie einen Moment liegen und fühlte nach dem Puls der großen Schlagadern, dann, gewiß, daß sie beide Blutgefäße unter ihren Fingern hatte, drückte sie behutsam.
Die Augen der Königin öffneten sich in flüchtigem Erstaunen, ihre Lippen öffneten sich in stummem Protest. Gleich darauf jedoch, ohne daß sie auch nur versucht hätte, sich zu wehren, erschlaffte ihr Körper, und ihre Augen verdrehten sich. Selene drückte noch einen Moment, während sie versuchte, sich die Worte ihrer Mutter ins Gedächtnis zu rufen, und darum betete, daß sie es richtig machte, dann ließ sie los und richtete sich auf. Sie schlug die heiligen Zeichen Allats und Isis' über der Königin und sprang auf.
Sie zog sich den Gurt ihres Medizinkastens über die Schulter und huschte zur Tür. Als sie dort stand, das Ohr an den kalten Stein gedrückt, um zu lauschen, wurde Wulf plötzlich lebendig. Er rannte zur Tür, zog Selene weg und legte seinerseits das Ohr an den Stein. Dann stieß er die Tür auf, hielt nach beiden Seiten im dunklen Gang Ausschau und gab Selene schließlich Zeichen, ihm zu folgen.
Der Gang war leer, wie sie gehofft hatte. Vorsichtig trat sie hinaus und blieb dicht hinter Wulf stehen, der vorgebeugt stand, jeden Muskel gespannt, zum Sprung bereit. Einen Moment lang spähten sie in die Finsternis, lauschten in die Stille, dann drehte Wulf sich um, packte den Gurt von Selenes Medizinkasten, schwang sich den Kasten über die Schulter und bedeutete ihr, vorauszugehen.

Selene wartete, bis Wulf die schwere Tür hinter sich geschlossen hatte. Wie lange? dachte sie. Wie lange würden die Priesterinnen warten, ehe sie ungeduldig wurden? Wie lange würde es dauern, bis Lasha wieder zu Sinnen kam und ihnen ihre Soldaten nachhetzte?
Gemeinsam lieferten sich die beiden Flüchtlinge dem Unbekannten aus. Lautlos eilten sie durch dunkle Gänge, blind, weil nirgends auch nur ein Lichtschimmer winkte. Nur die schreckliche, alles verschlingende Schwärze war um sie, mit der Selene gerechnet hatte. Ihr war von Anfang an bewußt gewesen, daß es zu gefährlich gewesen wäre, aus der heiligen Kammer eine Fackel mitzunehmen. Ihr Licht hätte Priesterinnen und Wachen alarmieren können. Die Finsternis, die sie bedrohte, war auch ihr Schutz. Es hätte auch keinen Sinn gehabt, den Weg mit Kieseln oder Kreidezeichen zu kennzeichnen, selbst wenn das möglich gewesen wäre, denn ohne Licht hätte sie diese Zeichen ja nicht sehen können. Aber dann war ihr der Schwefelbrocken eingefallen. In der Grabesstille dieser nachtschwarzen unterirdischen Gänge, in denen man nichts sah und hörte, konnte nur ein Geruch sie leiten – der Geruch brennenden Schwefels, ein Geruch nach faulen Eiern.
Vorausgesetzt, der Schwefelbrocken hatte weitergebrannt.
Sie tasteten sich an den steinernen Mauern entlang, als balancierten sie auf schmalem Sims über einem Abgrund. Hände und Rücken an den feuchtkalten Fels gedrückt, schoben sie sich vorwärts, und Selene blieb immer wieder stehen und hob schnüffelnd die Nase in die Luft, in der Hoffnung, einen Schwefelhauch zu erhaschen; wenn eine Wand endete, war es, als fielen sie ins Nichts. Dann mußten sie in der Finsternis umhertasten, bis sie die abzweigenden Gänge fanden. Hand in Hand schlichen sie dann weiter.
Die Zeit schien sich ins Unendliche zu dehnen, und Selene geriet in Panik. In diesem Gang waren sie doch schon gewesen! Sie liefen im Kreis! Gleich würden sie wieder vor der Hochzeitskammer stehen. Gleich um die nächste Ecke würden sie auf die Priesterinnen und eine tobende Lasha stoßen...
Immer öfter blieb Selene stehen, um zu wittern. Manchmal nutzte dann Wulf die Gelegenheit, um den Medizinkasten über die andere Schulter zu hängen. Sie sprachen nichts; sie verständigten sich ohne Worte, auf den Wellen von Furcht und ängstlichem Verlangen, während sie sich Körper an Körper durch die Finsternis tasteten.
Beide fühlten sie über sich das erdrückende Gewicht des gewaltigen Tempels. In einem solchen Labyrinth hatte vor langer Zeit ein Grieche namens Theseus gegen ein stierköpfiges Ungeheuer gekämpft. Was für

Ungeheuer, fragte sich Selene zitternd, lauerten hier, in dieser furchtbaren Finsternis?

Undurchdringlich war die Dunkelheit, schien nie mehr aufhören zu wollen. Lange vor ihrer Zeit waren diese beiden Flüchtlinge in die Unterwelt geraten. Doch nach einer Weile geschah beiden etwas Seltsames: Sie begannen zu sehen.

Ein eigenartiges Licht glomm plötzlich aus dem Nichts auf, Bilder tauchten auf und zerflossen wieder. Selene sah das kleine Haus im Armenviertel Antiochiens, die Schiffe im Hafen, Andreas, wie er unter dem Lorbeerbaum stand. Wulf sah vertraute Wälder, weite Schneedecken, seine Frau, wie sie das Feuer entzündete. Anfangs waren die Visionen erschreckend; nach einer Weile beachteten sie sie nicht mehr, und bald verschwanden die Trugbilder ganz. Ihre Welt schrumpfte wieder auf die Realität des finsteren Ganges, der Wärme ihrer Hände, die einander festhielten, der Furcht, die sie miteinander teilten.

An jeder Kreuzung roch die Luft gleich, leere Monotonie, die nichts enthielt, weder Salz der Erde noch Süße sommerlicher Himmel; die vor allem nicht den geringsten Hauch von Schwefel enthielt.

Wir werden hier sterben, dachte Selene merkwürdig distanziert.

Da riß Wulf plötzlich an ihrer Hand, gab ihr ein Zeichen. Sie drehte sich um und erstarrte.

Ein Geruch. Ein ekelhafter Geruch nach faulen Eiern. Der Schwefel!

Selene versuchte zu bestimmen, woher der Geruch kam. Erst ging sie den einen Gang hinunter; als sie merkte, daß der Geruch schwächer wurde, drehte sie um und ging in die andere Richtung. Dort wurde er stärker. Endlich hatten sie den ersten Gang gefunden, in den etwas von den Schwefeldämpfen eingedrungen war. Sie folgten dem Geruch durch die Dunkelheit, machten kehrt, wenn sie in einen Gang gerieten, in dem die Luft sauber war, suchten begierig die stinkenden Dämpfe.

Je stärker der Geruch wurde, desto heftiger wurde ihre Erregung. Weiter, immer weiter folgten sie dem Geruch, eilig jetzt und ungeduldig. Selene machte Wulf begreiflich, daß der Geruch ihr Leitfaden zur Freiheit war, und er blieb dicht hinter ihr, vertraute ihr, obwohl er nicht wußte, warum sie – die bei Hof eine so hohe Stellung zu bekleiden schien – fliehen wollte, obwohl er nicht wußte, was sie am Ende des Weges erwartete.

Was sie erwartete, als sie die letzte Ecke umrundet hatten, war Kazlah.

Abrupt blieben sie stehen. Der Leibarzt, in einer Hand eine Fackel, in der anderen den Schwefelbrocken, versperrte ihnen den Weg. Sein Gesicht war ausdruckslos, zeigte weder Zorn noch Überraschung über das plötzliche Auftauchen Selenes und Wulfs.

Wulf stand dicht hinter Selene. Sie konnte den Hauch seines Atems in ihrem Nacken spüren. Er war groß und kräftig. War er auch flink? War er schlau genug, um Kazlah zu übertölpeln? Und wer wartete auf der anderen Seite der Tür? Der Tür zur Freiheit...

Im flackernden Schein der Fackel maßen sich die beiden Gegner. Und immer noch machte Kazlah keine Anstalten, etwas zu tun. Er sagte kein Wort, machte keine Bewegung, stand nur da, den Schwefelbrocken in der Hand, und sah Selene an.

Da begriff sie. Er würde die Initiative nicht ergreifen. Und wenn sie bis in alle Ewigkeit hier standen. Selene wußte, was Kazlah wollte. Jetzt blieb nur eine Frage: Welchen Preis war er zu zahlen bereit?

Sie spürte, wie Wulf hinter ihr unruhig wurde. Sollte sie ihn versuchen lassen, den Leibarzt zu überwältigen? Würde es ihm gelingen? Oder würde er scheitern und damit seinen und ihren Tod besiegeln?

Die harten Augen Kazlahs fixierten sie. Selene mußte sich entscheiden. Sie sandte ein Stoßgebet zu Isis und sagte dann leise: »Der Trank der Hekate wird aus Weidenrinde bereitet. Man brüht sie in heißem Wasser, bis es die Farbe von starkem Tee annimmt, und stellt den Aufguß dann kalt. Zehn Tropfen in Wein gegen monatliches Unwohlsein, zwanzig bei Gelenkschwellungen und Fieber. Ein Tropfen direkt auf einen schlimmen Zahn gegeben betäubt den Schmerz.«

Die Augen des Leibarzts blitzten flüchtig auf. Selene hielt den Atem an. Dann trat er zu ihrer Überraschung zurück, drehte sich um und schritt den dunklen Gang hinunter.

Selene sah ihm nach, bis das Licht seiner Fackel nur noch ein glimmender Funke war, dann stürzte sie zur Tür. Nachdem sie flüchtig gelauscht hatte und nichts hören konnte, drückte sie gegen die Tür. Sie bewegte sich nicht. Wulf trat neben sie und stemmte sich mit seinem ganzen Gewicht gegen den schweren Steinquader. Leise knarrend öffnete sich die Granittür, und kühle Nachtluft wehte ihnen in die Gesichter.

28

Sie waren gelaufen und gelaufen – sie wußte nicht, wie viele Meilen –, bis sie dem Zusammenbruch nahe waren. Es war erstaunlich einfach gewesen, aus dem Palastbezirk zu entkommen – aller Aufmerksamkeit war auf die Vorgänge im Tempel gerichtet gewesen. In der Stadt jedoch mußten sie vorsichtiger sein. Sie stahlen sich durch Magnas dunkle Straßen, wie sie sich vorher durch die finsteren Gänge des Labyrinths gestohlen hatten

– tastend, spähend, an jeder Ecke lauschend –, bis sie das Stadttor erreichten. Es war zur Nacht geschlossen gewesen, doch Wulf hatte mit Hilfe eines gestohlenen Seils die Mauer erklommen und Selene mit sich hinaufgezogen.
Jenseits dehnte sich die weite Wüste mit all ihren Gefahren.
Sie hetzten von Düne zu Düne, da sie wußten, wie hell der Vollmond auf sie herunterschien, wie leicht sie in seinem Licht auszumachen waren. Und als sie endlich die kahlen Felsen hinter der Stadt erreichten, hörten sie aus der Ferne das Schmettern der Trompeten, das ihnen sagte, daß man Alarm geschlagen hatte. Die Jagd hatte begonnen. Sie ahnten beide, daß Lasha keine Ruhe geben würde, bis sie gefunden waren.
Felsige Hänge und steinige Schluchten bildeten den unwirtlichen Bergrücken südöstlich von Magna, der von Höhlen und Spalten durchschossen war. Trotz ihrer Erschöpfung schleppten sie sich weiter, hoch hinauf zu einem kahlen Plateau und wieder hinunter in eine tiefe Schlucht, wo sich hinter einer kleinen Öffnung im Fels eine mäßig große Höhle auftat. Wortlos zwängten sie sich hinein und ließen sich keuchend, mit schmerzenden Gliedern auf den sandigen Boden fallen. Selene rührte sich nicht mehr von der Stelle, wollte nur noch schlafen, doch Wulf hob sie auf und trug sie taumelnd ans hintere Ende der Höhle, wo sie nicht so leicht zu entdecken waren. Dort legte er sie nieder und bedeckte sie mit seinem Körper. Sie schliefen augenblicklich ein.
Der Medizinkasten lag vergessen am schmalen Tor der Höhle.

Die Morgensonne, die blendend in die Höhle fiel, weckte sie, und kaum hatten sie den Schlaf abgestreift, da hörten sie von draußen Hufgetrappel und gedämpfte Stimmen. Wulf setzte sich auf und blickte zur Höhlenöffnung. Als Selene etwas sagen wollte, drückte er ihr die Hand auf den Mund.
Reglos, mit angehaltenem Atem hockten sie da und lauschten dem Treiben vor der Höhle. Es gab keinen Zweifel, daß die Reiter dort draußen – und es waren viele – von Lasha ausgesandt waren, sie zu suchen. Sie hörten ihre gedämpften Rufe, während sie jeden Spalt und jede Höhle inspizierten. Immer näher kamen Hufschlag und Stimmen.
Selene, deren Augen sich mittlerweile an das grelle Licht gewöhnt hatten, entdeckte plötzlich etwas, das sie verblüffte. Eine Spinne hatte mit weitgespanntem Netz das ganze Höhlentor versiegelt. Sie mußte in den wenigen Stunden, als Selene und Wulf geschlafen hatten, fleißig bei der Arbeit gewesen sein. Wie gebannt starrte auch Wulf jetzt auf das feine Gespinst, das sich im leichten Morgenlüftchen leise bewegte.

Die Soldaten Lashas kamen näher. Durch den zarten Schleier sahen Selene und Wulf die Beine der Pferde, hörten das Gemurmel der Männer. Und dann hörte Selene mit tiefer Erleichterung einen Mann sagen: »Nein, da drin doch nicht. Schau dir das Spinnennetz an. In der Höhle ist seit Monaten keiner mehr gewesen.«
Sie sah, wie die Pferde dicht an der Höhle vorüberschritten, ohne anzuhalten. Der Hufschlag wurde leiser, die Stimmen entfernten sich. Lange saßen sie und Wulf stumm und bewegungslos, kaum fähig, ihrem Glück zu glauben. Erst als weit und breit kein Laut mehr zu hören war, richtete sich Wulf langsam auf und kroch zum Eingang der Höhle. Mit scharfem Augen spähte er in die Schlucht hinaus und lauschte in die Stille. Dann gab er Selene mit einer Geste zu verstehen, daß die Soldaten verschwunden waren.
Sie kroch zu ihm, und gemeinsam bestaunten sie das Spinnennetz, das sie gerettet hatte. Als Selene murmelte: »Die Göttin behütet uns«, hob Wulf die Hand und umfaßte das Zeichen des Odin. Selene nickte lächelnd. »Ja, vielleicht war es dein Gott, der uns gerettet hat.«
Sie hockte sich auf die Fersen und betrachtete ihren fremdartigen Gefährten. Er erschien ihr wie ein wildes, ungebärdiges Tier, das kaum gezähmt war. Wie würde er sich jetzt verhalten, wo er wieder frei war, aller Fesseln ledig? Vielleicht würde er in sein Barbarentum zurückfallen; vielleicht würde er davonlaufen und sie in der Wüste im Stich lassen.
Schön war er in Selenes Augen nicht, dazu waren seine Gesichtszüge zu grob und zu fremdartig, dennoch ging eine starke Anziehungskraft von ihm aus. Besonders jetzt, wo der wilde Bart entfernt und das kantige Gesicht glatt rasiert war. Was war er für ein Mensch? Aus was für einer seltsamen Welt kam er, wo die Männer ihr Haar so wirr und wild trugen und sich in Wolfsfell kleideten? Mit gekreuzten Beinen, die Arme locker auf den Knien aufliegend, saß er da und sah sie an. Das blonde Haar, das stellenweise noch geflochten war, fiel ihm über die Schultern und berührte seine Schenkel. Im Morgenlicht konnte Selene die zahllosen Narben sehen, die seine nackte Brust und seine Arme bedeckten. Ein Krieger.
Selene wandte den Blick ab und starrte hinaus in die unwirtliche Landschaft jenseits des Spinnennetzes. Mit einem Seufzer sagte sie leise: »Ja, nun müssen wir wohl weiter.«
Zu ihrer Überraschung öffnete Wulf den Mund und sagte etwas in einer Sprache, die Selene nicht verstand.
»Du kannst sprechen!« rief sie. »Du hast verstanden, was ich dir da unten in dem entsetzlichen Verlies sagen wollte. Ach, ich hatte solche Angst.

Ich dachte, Kazlah hätte dich vielleicht ein zweites Mal dorthin geschleppt und du wärst wirklich stumm.«
Wieder sprach Wulf in den fremdartigen, gutturalen Lauten, die Selene nicht verstand.
»Ich spreche leider nur griechisch und aramäisch«, sagte sie entschuldigend. »Und du sprichst wohl nur deine eigene Sprache. Ach, macht nichts. Hauptsache, wir sind entkommen. Ich würde gern wissen, warum Kazlah uns gehen ließ...«
Wulf unterbrach sie mit einem einzigen Wort und wies zum Höhlentor.
Selene nickte. »Du meinst, wohin wir von hier aus ziehen wollen? Für mich gibt es nur eine Richtung. Nach Westen. Nach Antiochien. Zu Andreas...«
Selene verstummte. Erst jetzt kam ihr voll zu Bewußtsein, was sie geschafft hatten – die Flucht aus dem Palast von Magna. Frei! Endlich frei! Nach zwei Jahren der Gefangenschaft kann ich endlich nach Hause!
Sie hatte ihren Weg wieder vor sich, konnte endlich die Verfolgung ihres Zieles wiederaufnehmen. Die Rückkehr zu Andreas. Der Beginn eines neuen Lebens an seiner Seite. Mit ihm wollte sie lernen, mit ihm gemeinsam jenen helfen, die der Hilfe so dringend bedurften. Und sie wollte ihre Wurzeln finden und ihre Bestimmung.
Wulf stand auf, klopfte sich den Sand ab und hob den Medizinkasten auf. Nachdem er ihn sich über die Schulter geschwungen hatte, bot er Selene die Hand. Sie nahm sie, und er zog sie in die Höhe.
»Jetzt gehen wir nach Hause«, sagte sie. »Ich bin sicher, wir werden den Weg finden. In meinem Medizinkasten habe ich etwas Proviant versteckt. Damit können wir ein paar Tage durchhalten. Und unter meinen Arzneien sind stärkende Kräuter, die uns in der Wüste Kraft geben werden. Und dann habe ich noch das hier.« Sie berührte die goldene Kette mit den blutroten Rubinen, die Lasha ihr zwei Jahre zuvor um den Hals gelegt hatte. »Mit diesem Halsband können wir Nahrung und Unterkunft bezahlen, vielleicht sogar die Reise mit einer Karawane.«
Als Wulf das Spinnennetz wegfegte und in die Sonne hinaustrat, dachte Selene, im Herbst bin ich wieder zu Hause...

Viertes Buch
Babylon

29

Fatma wurde langsam unruhig. Das Fest hatte bei Sonnenuntergang begonnen, und Umma, die Heilerin, war immer noch nicht da. Umma wollte unbedingt lernen, wie man Wollfett aus der Schafwolle gewann. Als Gegenleistung wollte sie Fatma in weitere Geheimnisse ihres wunderbaren Medizinkastens einweihen. Nun aber hatten die Frauen, die diese Arbeit stets mit einem Fest verbanden, sich bereits ans Werk gemacht. Fatma verstand nicht, warum Umma nicht gekommen war.

Mit einer Entschuldigung zu ihren Schwestern und Cousinen, die lachend und singend über dem Wasserbottich knieten und die Schafwolle kneteten, stand sie auf und ging zum Eingang ihres Zeltes, um hinauszuschauen. Aufmerksam ließ sie ihren Blick über das Wüstenlager schweifen. Unpünktlichkeit und Vergeßlichkeit war sie von Umma nicht gewöhnt.

Sie bewunderte diese junge Frau, die einen schier unersättlichen Wissensdurst zeigte. Alles, was ihr neu war, wollte sie ergründen und lernen, und als der Beduinenstamm vor einigen Tagen endlich dieses Sommerlager erreicht und mit der Schafschur begonnen hatte, war Umma zu Fatma gekommen und hatte gefragt, ob ihr die Frauen nicht zeigen könnten, wie man der Schafwolle das Wachs entzog, und in welchem Verhältnis man dieses Wachs mit tierischem Fett mischen mußte, um eine Grundlage für medizinische Salben und Cremes herzustellen. Da die Gewinnung des Wollfetts Frauenarbeit war, die nur einmal im Jahr anfiel, machten die Frauen sie immer zu einem heiteren Fest, bei dem sie sich mit ihrer Schafwolle und ihren Wasserbottichen in einem der Zelte versammelten und bei Wein und Schwatz die Wolle wuschen. Diesmal war auch Umma zu dem Fest eingeladen worden; sie sollte beim Schrubben der Wolle helfen und später beim Abschöpfen des Fetts aus dem Wasser, das viel Geschicklichkeit erforderte.

Doch es wurde immer später, die Frauen arbeiteten und feierten schon lange, und Umma kam nicht.

Achtzehn Monate lebten Umma und ihr fremdartiger, hellhaariger Gefährte nun schon bei Fatmas Stamm, seit dem Tag, als man die beiden obdachlos, halb verdurstet, erschöpft und von Hunger gepeinigt in der

Wüste gefunden hatte. Und in diesen anderthalb Jahren hatte Umma niemals eine Gelegenheit versäumt, von den Beduinen zu lernen. Wo blieb sie nur?

Wieder durchforschte Fatma das Lager mit suchendem Blick.

Sie hatten ihre Zelte in einer großen Oase nicht weit von der Stadt Babylon aufgeschlagen: mehrere Beduinensippen, Karawanen und auch Alleinreisende. Sie alle teilten sich das Wasser und die Datteln, die hier im Überfluß gediehen. Fast eintausend Menschen, schätzte Fatma, und doppelt so viele Tiere. Der Rauch von hundert Lagerfeuern stieg über den Zelten in die Luft; Stimmengewirr, Gesang und Gelächter schallten in den Abend. Hatte Umma in der Menge vielleicht Soldaten entdeckt? Hatte sie Gefahr gewittert und sich ein Versteck gesucht? Oder, fragte sich Fatma hoffnungsvoll, hatte sie endlich die Möglichkeit zur Flucht entdeckt, nach der sie schon so lange suchte?

Fatma wußte, daß ihre junge Freundin eine Gejagte war und eine Besessene – besessen von einem Traum, von einer Berufung, von der Liebe zu einem Mann, von dem sie grausam getrennt worden war. Mit brennenden Augen hatte sie Fatma eines Nachts, als alle anderen schon schliefen, ihre Geschichte erzählt. »Ich habe so viele hilflose Menschen gesehen«, hatte sie leidenschaftlich gesagt. »Menschen, die Pflege und Behandlung brauchen, die niemanden haben, der ihnen hilft, keinen Ort, wo sie Zuflucht suchen können. Das ist meine Berufung, Fatma, diesen Menschen zu helfen. Mit Andreas zusammenzuarbeiten ...«

Fatma schüttelte den Kopf. Die beiden jungen Leute taten ihr von Herzen leid. Sie kannten keinen Augenblick der Ruhe oder des Friedens, lebten in ständiger Angst vor Verfolgern, waren unablässig auf der Suche nach einer Fluchtmöglichkeit. Immer sehnten sie sich fort, verlangten verzweifelt nach der Rückkehr zu ihrer Familie, zu den Menschen, die sie liebten. Was für ein schreckliches Leben war das für das arme Ding! Fast zwanzig Jahre alt und noch nicht verheiratet!

Aus dem Inneren des Zelts kam lautes Gelächter. Mit gerunzelter Stirn blickte Fatma noch einmal suchend zum Lager hinaus. Möge Allat verhüten, daß meiner Freundin etwas zugestoßen ist!

Es war ein furchtbarer Fluch, der Umma und Wulf wie ein schwarzer Schatten folgte. Fatmas Mann hatte dem Stamm von dem königlichen Erlaß berichtet, von dem er gehört hatte, als er eines Abends vor achtzehn Monaten seine Schafe für die Nacht in den Pferch getrieben hatte. Berittene Soldaten waren, wie er erzählte, vorübergekommen und hatten ihn nach zwei Flüchtlingen befragt, die aus dem Palast von Magna, weit im Norden, entwichen waren. Für ihre Ergreifung war eine hohe Belohnung

ausgesetzt; jedem aber, der ihnen Obdach gewähren sollte, drohten die schrecklichsten Vergeltungsmaßnahmen. Die ganze unglaubliche Geschichte hatten die Beduinen einige Tage später erfahren, als sie die beiden Flüchtlinge ausgehungert, erschöpft und von der Sonne verbrannt gefunden und bei sich aufgenommen hatten.
Bedauernswerte Umma, dachte Fatma. Sich den Zorn einer so grausamen Königin zugezogen zu haben und, schlimmer noch, ohne Heim, ohne Familie leben zu müssen. Die Beduinen, denen die Familienbande alles bedeuteten, sahen Ummas größtes Unglück darin, daß sie nicht wußte, wer ihre Eltern waren; daß sie nicht nur Vater und Mutter, sondern auch den Bruder verloren hatte. Einen Ehemann, hieß es unter den arabischen Frauen, kann man immer finden, einen Sohn kann man immer gebären, aber ein Bruder ist unersetzlich.
Fatma wünschte, sie hätte Umma helfen können. Immerhin war sie die *shayka*, die weise Frau ihres Stammes, und verfügte daher über große Macht. Dennoch würde sie Umma nie vergelten können, daß sie vor achtzehn Monaten das Leben ihres neugeborenen Kindes gerettet hatte. Von den Wehen der schweren Geburt dieses späten Kindes – Fatma war schon in ihrem vierzigsten Jahr gewesen – völlig erschöpft, hatte Fatma sich von dem Säugling abgewandt, als die Hebamme ihn ihr an die Brust legen wollte. Und da hatte Umma eingegriffen. Sie hatte den Säugling genommen, der vor der Zeit geboren und sehr schwach war, und hatte ihn mit einem langen Stück Stoff auf Fatmas Brust gebunden, so daß er in einer festen Hülle gehalten wurde und säugen konnte, während Fatma schlief. Als Fatma am folgenden Morgen erwacht war, hatte das Kleine selig an ihrer Brust geschlafen. Jetzt liebte sie dieses Kind mehr als alle ihre anderen.
Die Frauen im Zelt riefen nach Fatma. Es war Zeit, das Fett abzuschöpfen. Fatmas Schwester stimmte ein Lied an, und die anderen Frauen stimmten händeklatschend ein. Ein schöner Duft erfüllte plötzlich den Abend: Mandelöl, das erwärmt wurde, damit man es später mit dem Wollfett zu einer Heilsalbe mischen konnte.
Fatma hielt ein letztes Mal Ausschau nach Umma, dann ging sie ins Zelt.

Selene blieb in ihrem Versteck. Auf keinen Fall wollte sie gesehen werden. Sie wußte, daß es spät war und sie die Wollwäsche in Fatmas Zelt verpaßt hatte, aber sie wollte dieses Gespräch mitanhören. Es konnte für sie und Wulf Flucht und Überleben bedeuten.
Sie kauerte hinter dem dicken Stamm einer Dattelpalme. Die Männer

bemerkten sie nicht, und wenn sie ihnen aufgefallen wäre, so hätten sie nur eine von vielen Beduinenfrauen gesehen: eine ganz in Schwarz gekleidete Gestalt, von der nur die Hände und die Augen zu sehen waren. Doch die Reisenden aus Jerusalem nahmen sie gar nicht wahr.

Selene hatte sie am Nachmittag aus der Ferne beobachtet, als sie am Lagerfeuer ihre Zauberkünste vorgeführt hatten. Es gab kein Wüstenlager ohne Taschenspieler und Zauberkünstler, die für eine Mahlzeit oder ein paar Münzen ihre Kunststücke zeigten. Diese beiden hatten Holzstöcke in Schlangen verwandelt und aus den Schlangen wieder Holzstöcke gemacht, und hatten Selene nicht weiter interessiert, bis sie zufällig gehört hatte, wie sie jemandem erklärt hatten, sie wären auf der Reise nach Babylon, und das aus einem ganz bestimmten Grund.

Jetzt hockte Selene gespannt und neugierig hinter ihrer Palme und lauschte diesem Gespräch. Und während der leichte Wind ihr die Worte der beiden Gaukler zutrug, begann ihr Herz schneller zu schlagen.

Sie wollten zu den Circusschiffen, die bald von Babylon nach Armenien auslaufen sollten.

Armenien, dachte Selene aufgeregt. Das Land lag weit im Norden. War es möglich? Hatte sich der Fluchtweg endlich aufgetan? Sie vergeudete keine Zeit. Als sie gehört hatte, was sie wissen mußte, huschte sie aus ihrem Versteck und ging durch das Lager zu dem Zelt zurück, das sie mit Wulf teilte. Wenn das, was sie gehört hatte, wahr war, würden sie bei Morgendämmerung aus diesem Lager weggehen und heimwärts ziehen.

Seit ihrer Flucht aus Magna waren Selene und Wulf immer weiter nach Osten geraten, obwohl ihr Weg eigentlich hätte nach Westen führen müssen. Doch sie hatten gar keine Wahl gehabt. Lashas Soldaten hatten den Weg nach Westen blockiert, das hatten sie schon bald erfahren müssen. Es war, als zöge sich eine unsichtbare Mauer vom Euphrat bis Arabien durch die Wüste. Anfangs hatte Lasha Suchtrupps ausgeschickt, um nach den Flüchtlingen forschen zu lassen; wenige Monate später, nach ihrer Hochzeit mit einem jungen, ehrgeizigen Prinzen, hatte sie nahezu ihr gesamtes Heer ausgesandt.

Alle Straßen wurden bewacht; Reisende wurden angehalten und verhört; alle Karawanen wurden durchsucht. Einmal war auch Fatmas Stamm angehalten worden, doch die Männer – grimmige Krieger, wenn man sie reizte – hatten die Soldaten vertrieben. Selene und Wulf hatten bald erkannt, daß es das Sicherste war, ihr Leben in die Hände dieser Nomaden zu legen. Doch sie wanderten nach Osten und führten die beiden Flüchtlinge immer weiter von ihrer Heimat fort.

Wir müssen doch nach Westen, schrie es jedesmal verzweifelt in Selene,

wenn die Zelte abgebrochen wurden und der Stamm in den Sonnenaufgang zog. Diese Menschen folgten uralten, überlieferten Pfaden und konnten nicht überredet werden, sie zu ändern.
Und nun lagerten sie also in dieser Oase bei Babylon, hier den Sommer zu verbringen, um ihre Schafe zu scheren und den frisch geworfenen Lämmern Zeit zu geben, groß und kräftig zu werden. Es war Zeit für Selene und Wulf, den Sprung in die Freiheit zu wagen. Es mußte ein Loch in Lashas Netz geben, durch das sie sicher entkommen konnten, um danach in weitem Bogen auf gefahrloseren Straßen endlich nach Westen zu ziehen.
Circusschiffe, hatten die Männer aus Jerusalem gesagt, die eine große Schar von Komödianten, Gauklern und Spielleuten den Euphrat hinauf nach Armenien tragen sollten, das weit außerhalb Lashas Machtbereich war. Wir müssen es versuchen!
Auf dem Weg durch das Lager blickte Selene zu den Sternen hinauf und suchte, wie Fatma sie gelehrt hatte, die Große Bärengöttin, die die Beduinen als Lebensspenderin und Herrscherin der Welt verehrten. In dieser Nacht wies der Schwanz der göttlichen Bärin nach Osten; das hieß, daß der Frühling gekommen war.
Fatma, eine stolze und kluge Frau, die als die Mutter ihres Stammes galt, hatte Selene im Lauf der Monate in das praktische Wissen der Beduinenfrauen eingeweiht, das über Jahrhunderte von Mutter an Tochter überliefert worden war. Fatma konnte Vorzeichen deuten, wußte viele wirksame Zaubersprüche, konnte das Wetter vorhersagen. Schäfchenwolken am Himmel, hatte sie Selene erklärt, bedeutete Regen innerhalb eines Tages; tieffliegende Fledermäuse kündigten Sturm an. Sie hatte Selene die Zubereitung eines Kopfschmerzmittels aus Datteln gelehrt und hatte ihr gezeigt, wie sie aus Papyrus Tampons drehen konnte, die sie während des Mondflusses verwenden konnte. All das, was Selene von Fatma gelernt hatte, wollte sie mit zurücknehmen zu Andreas, um es mit ihm zu teilen.
Selene drückte die Hand auf ihre Brust und fühlte unter ihrem Gewand warm und tröstlich das Horusauge. Mag auch die Entfernung noch so groß sein, Liebster, dachte sie, wir sind dennoch miteinander verbunden.
Mit einem letzten Blick zum nächtlichen Himmel trat sie in das Zelt, das sie mit Wulf teilte. Es war eine typische Beduinenbehausung, aus gewobenem Ziegenhaar gefertigt, in zwei Räume unterteilt. Die Seite des Mannes war vom Wind abgewandt und offen, wie die Gastfreundschaft es gebot. Immer brannte hier ein kleines Feuer für den Fall, daß Besucher

kommen sollten. Im Frauengemach verwahrten Wulf und Selene ihre wenigen Besitztümer, und hier schliefen sie auch.
Sie hatten auch die Kleidung von den Beduinen übernommen. Wulf trug ein langes Gewand, darüber einen Umhang und über dem Kopf ein großes Tuch, das mit einem Lederband umschlungen war. Als sie noch von Wasserloch zu Wasserloch gezogen waren, wie die Beduinen das im Winter zu tun pflegten, hatte Wulf stets einen Zipfel seines Kopftuchs weit über sein Gesicht gezogen, so daß er, bis auf die blauen Augen, genauso ausgesehen hatte wie die übrigen Männer des Stammes.
Das Leben in der Wüste war hart, ein täglicher Kampf mit Dürre, Sand und Wind, und die Nahrung der Beduinen war frugal: dicke Milch, Käse und getrocknete Früchte. Doch diese große Sippe bot Geborgenheit und die Sicherheit der Gemeinschaft. Obwohl Selene und Wulf Fremde waren, hellhäutig und sehr groß im Vergleich zu den kleinen, schlechtgenährten Arabern, obwohl sie nicht dieselben Götter verehrten und anderen Bräuchen huldigten – die Araber hatten mit ungläubigem Staunen gehört, daß weder Wulf noch Selene beschnitten waren –, hatte man sie in die Sippe aufgenommen.
»Ich habe Neuigkeiten«, sagte Selene, als sie ins Zelt trat und ihren Schleier abnahm.
Wulf sah von der Flickarbeit an einem Kamelsattel auf. Ihr Gesicht war gerötet, ihre Augen blitzten erregt.
»Der König von Armenien, hörte ich diese Männer sagen, lebt in einem Palast, der einer Festung gleicht, und obwohl er sehr reich ist, fühlt er sich einsam, da sein Reich weit abgeschieden in den Bergen liegt. Einmal im Jahr, sagten die Männer, schickt der König Abgesandte aus, damit sie Gaukler und Künstler aller Art zusammenholen und zu ihm in den Palast bringen. In Babylon warten sieben Schiffe, Wulf, um alle an Bord zu nehmen, die den König von Armenien unterhalten können. Sie sind streng bewacht und segeln unter königlichem Schutz. Morgen mittag sollen die Schiffe auslaufen. Vielleicht können wir mitfahren, Wulf. Du kannst deinen Jagdtanz vorführen, und ich kann sie vielleicht in Verblüffung versetzen, wenn ich mit meinem durchsichtigen Stein Feuer schlage.«
Wulf war nachdenklich. »Kommen die Schiffe an Magna vorüber?« fragte er.
Die Schiffe würden den Euphrat hinauffahren, und Magna lag ja direkt an diesem Fluß, sie würden unmittelbar an Lashas Palast vorübersegeln. Aber in der dichten Menge von Menschen aus aller Herren Länder, die die Schiffe bevölkern würde, meinte Selene, würden sie und Wulf gewiß nicht auffallen.

»Nördlich von Magna liegt die Grenze von Cilicia«, erklärte sie erregt. »Lashas Soldaten dürfen es nicht betreten, da es ein feindliches Königreich ist. Und hinter Cilicia ist Armenien. Von dort aus führt ein sicherer Weg nach Hause.«

Selene hockte sich vor ihm nieder und nahm seine Hände. »Wulf«, sagte sie leise und eindringlich. »Wir müssen es versuchen. Vielleicht ist das ein Zeichen der Götter – ein Tor nach Westen, das sich nur einen Moment auftut und dann wieder zufällt.«

Wulf starrte auf ihren schönen Mund, während sie sprach. Er hatte ihn monatelang betrachtet, während sie sich bemüht hatte, ihn das im Osten gebräuchliche Griechisch zu lehren. Und eines Abends, während Wulf aufmerksam darauf geachtet hatte, wie ihre Lippen die fremden Wörter formten, hatte er sich plötzlich vorgestellt, wie es wäre, diesen Mund zu küssen.

»Ja«, sagte er und hob den Blick, um ihr in die Augen zu sehen. »Ja, ich glaube, wir können es schaffen.«

»Bestimmt«, flüsterte sie und drückte seine Hände.

Stumm saßen sie einander gegenüber, vereint in der neu erwachten Hoffnung. Morgen! dachten sie beide, und ihre Herzen schlugen schneller.

Dann ließ Selene abrupt Wulfs Hände los und wandte sich ab. In Armenien werde ich dir für immer lebwohl sagen, dachte sie traurig.

Der Abschied von diesem Mann, der mit ihr achtzehn Monate des Exils geteilt hatte, würde ihr nicht leicht werden. Keinen Moment hatte er sie im Stich gelassen, während sie Seite an Seite durch Feindesland geflohen waren; er hatte sie getragen, wenn sie vor Schwäche keinen Fuß mehr vor den anderen setzen konnte, er hatte sie getröstet, wenn sie verzweifelt war, er hatte sie in den eisigen Nächten mit seinem Körper gewärmt. Sie hatte ihm von Antiochien und von Andreas erzählt und von dem Schicksal, das sie rief; Wulf seinerseits hatte ihr von seiner Heimat am Rhein erzählt, von der Frau und dem kleinen Sohn, die er zurückgelassen hatte, und nach denen er sich sehnte.

Selene war Wulf mit einer tiefen Zärtlichkeit zugetan; sie fühlte sich von ihm beschützt und hatte zugleich das Bedürfnis, ihn zu schützen. Sein Aussehen, ein kampfgestählter, von Narben verunstalteter Körper eines Kriegers, täuschte. Er war ein Mann mit einer sanften Seele, und oft, gerade wenn sie ihn Griechisch lehrte, hatte er Selene in seinem Vertrauen und seinem Bemühen, es ihr recht zu machen, an einen kleinen Jungen erinnert. Mit der Zeit hatte sie erkannt, wie er wirklich war; ein milder Vater und Ehemann, liebevoller Beschützer seiner Familie in den fernen Wäldern Germaniens.

Selene wußte, was Wulf trieb; das brennende Verlangen nach Rache. Unauslöschlich eingeprägt in sein Gedächtnis war das Gesicht eines römischen Offiziers, der mit seinem Heer in die Wälder gestürmt war und Wulfs Volk niedergemetzelt hatte. Die Erinnerung an dieses Gesicht hatte ihn in den vergangenen achtzehn Monaten am Leben erhalten, wenn er in seiner Verzweiflung nahe daran gewesen war aufzugeben. Immer wenn er den Namen dieses Römers aussprach, loderte ein tödliches Feuer in seinen Augen – Gaius Vatinius war es, dem sein ganzer Haß galt.

Hoch zu Roß auf weißem Hengst hatte dieser Mann mit dem schmalen Gesicht und den grausamen Augen sein Volk niedergetrampelt. Er hatte Freda, Wulfs Frau, Gewalt angetan, hatte den Wald zerstört, das Dorf dem Erdboden gleichgemacht, die Männer in Ketten abgeführt, Frauen und Kinder schutzlos zurückgelassen.

Selene erinnerte sich an eine Nacht achtzehn Monate zuvor. Sie hatten in der Wüste geschlafen, dicht aneinander geschmiegt im eisigen Nachtwind. Wulf war plötzlich unruhig geworden, hatte laut aufgeschrien und mit den Armen um sich geschlagen wie ein Ertrinkender. Erschrocken hatte Selene ihn an sich gedrückt und beruhigend auf ihn eingeredet, bis er aus dem Alptraum erwacht und der Name des Gaius Vatinius auf seinen Lippen erstorben war.

Sie liebte Wulf; sie liebte ihn für seine Güte und seine Sanftheit, und sie wußte, daß diese Liebe kein Verrat an Andreas war. Sie liebte Wulf auf ganz andere Art. Ihr Gefühl für Andreas war eine Leidenschaft, die sie keinem anderen Mann je würde entgegenbringen können; er hatte ihre Seele und ihren Körper erweckt. Sie fühlte sich ihm geistig verbunden und hatte keinen Zweifel, daß sie ihm bald auch körperlich verbunden sein würde. Das Gefühl, das sie für Wulf empfand, war von Zärtlichkeit und Freundschaft bestimmt. Sie hatten so viel gemeinsam durchgestanden – er hatte für sie gesorgt, und sie für ihn. Selene verspürte einen starken Wunsch, ihn in die Arme zu nehmen und von ihm gehalten zu werden, ihn zu küssen, um ihm zu zeigen, wie lieb er ihr war, und um den Schmerz zu lindern, der ihn bedrückte.

Aber sie wußte, daß seine ganze Liebe Freda, seiner Frau, gehörte. Die Erinnerung an sie begleitete ihn zu allen Zeiten, er sprach häufig von ihr und dem Tag, an dem er wieder mit ihr vereint sein würde. Sie konnte sich nicht vorstellen, daß er das Verlangen haben könnte, sich einer anderen Frau zuzuwenden. Darum hielt sie ihre Gefühle, ihr Begehren nach ihm geheim.

Wulf stand auf, um Feuer zu machen. Der Nachtwind war trotz der wärmeren Jahreszeit noch kalt. Mit Trauer dachte er daran, daß in seinen heimischen Wäldern jetzt die Frühlingsfeiern abgehalten wurden.

Die Zeit in der Fremde erschien ihm endlos. Er war gefangen in einem Land, wo die Menschen nie etwas von seinen Göttern Odin, Thor und Baldur gehört hatten. Sie wußten nichts von der Weltesche Yggdrasil, nichts von der Riesin Angrboda und dem Wolf Fenris, der in der Unterwelt angekettet lag. Sie wußten auch nicht, daß die Wolken am Himmel die Haare des erschlagenen Riesen Ymir waren und die Sterne die goldenen Tränen der Frigga.

Wulf war krank vor Heimweh. Ihm fehlten die Bäume und der Schnee, die Eberjagd, die Gemeinschaft mit den Menschen seines Stammes. Und die zuverlässige, kluge Liebe Fredas, seiner Frau.

Wenn die Verzweiflung ihn zu übermannen drohte, pflegte er aus Steinen einen kleinen Altar zu errichten und zu Odin zu beten. Und im Gebet belebte er von neuem die Erinnerung an die grausame Besetzung seiner Heimat durch die Römer. Er beschwor das Gesicht des Gaius Vatinius herauf und durchlebte noch einmal die Schrecken jener letzten Nacht: die lodernden Flammen, die gellenden Schreie, die kalte Gleichgültigkeit auf dem Gesicht des römischen Generals. Dann verlieh der frisch aufwallende Zorn ihm neue Kraft und Entschlossenheit. Rache an Gaius Vatinius! Eine Zeitlang konnte er sich dann damit abfinden, daß dieses Exil sein Schicksal war, das, was die Beduinen *gis-mah* nannten; und daß seine Seele auf Odins Amboß geschmiedet wurde, damit sie für den Tag der Abrechnung bereit sei.

Aber abends kam immer die schmerzliche Sehnsucht nach Selene. Er pflegte mit ihr am Feuer zu sitzen und den Schein der Flammen in ihren Augen zu beobachten. Oder er lag wach auf seiner Matte und lauschte ihren leisen Atemzügen. Und immer drängte es ihn, die Entfernung zu überbrücken, die sie trennte, Selene in seine Arme zu nehmen und sie zu lieben.

Ihm war, als hätte er ein Leben mit Selene verbracht. Wie wunderbar wäre es gewesen, hätte er seiner Liebe zu ihr nur einmal Ausdruck geben können. Es war nicht die tiefe Liebe, die er Freda entgegenbrachte, sondern eine zärtliche Zuneigung, die jedesmal in ihm erwachte, wenn Selene ihn anlächelte oder ihn berührte. Doch Wulf wußte von dem griechischen Arzt in Antiochien, dem Selene versprochen war, und von ihrer Bestimmung, die sie mit Leib und Seele an Andreas band. Wulf fürchtete, sie zu verletzen und zu enttäuschen, wenn er sich ihr nähern würde.

Selene legte wieder den schwarzen Schleier an, der ihr schönes Gesicht verbarg und sie zur anonymen Wüstenbewohnerin machte. Umma nannten die Araber sie. Wulf wußte, daß sie glücklich war, wenn er sie Selene nannte.

»Ich gehe jetzt zu Fatma«, sagte sie. »Ich will ihr von unserem Plan erzählen, gleich morgen fortzugehen.«

Nachdem Selene gegangen war, überließ sich Wulf wieder seinen Gedanken. Morgen würden sie auf eines der Schiffe nach Armenien gehen, und wenn sie erst in diesem fernen Land ankommen würden, würde er keine Mühe haben, sich in sein nördliches Heimatland durchzuschlagen. Er würde zu Freda zurückkehren und zu seinem Sohn Einar, der mittlerweile wohl schon zum jungen Mann herangereift war. Und er würde mit seinem Schwert das Blut des Gaius Vatinius vergießen.

Nach Selenes Rückkehr ins Zelt verabredeten sie, beim ersten Licht aufzustehen, um sich nach dem Abschied von Fatma und ihrem Stamm auf den Weg nach Babylon zu machen.

Selene löschte die Lampe, die von der Zeltdecke herabhing und kroch, genau wie Wulf völlig bekleidet, unter die Decken. Zwischen ihren Matten war nur ein schmaler Raum. Sie hätten nur die Arme auszustrecken brauchen, um einander zu berühren. Aber sie taten es nicht, da beide glaubten, der andere würde es nicht wollen. Hellwach lagen sie in der Dunkelheit nebeneinander und dachten an den fernen Tag in Armenien, wo ihre Wege sich schließlich trennen würden.

30

Sie hielten Augen und Ohren offen und blieben dicht beieinander, als sie sich unter die Menge mischten, die sich durch das gewaltige Tor der Ishtar wälzte, dessen blaue Kacheln in der Morgensonne glänzten. Selene, die nur die niedrigen Häuser Antiochiens kannte und Magna nur von einem Turm aus gesehen hatte, fand Babylon überwältigend. Wulf, der große Städte einzig von Sklavenschiffen aus erlebt hatte, wollte seinen Augen kaum trauen. Schon die Lager, die die Römer bei ihrem Vorstoß in die Rheingegend errichtet hatten, waren so beeindruckend gewesen, daß die Germanen geglaubt hatten, die Eindringlinge müßten Götter sein. Aber diese Mauern, diese von Säulen und Strebepfeilern getragenen Bauwerke, die sich majestätisch über dem Euphrat erhoben, mußten von Riesen errichtet worden sein. Blinzelnd sah Wulf zu ihren Höhen hinauf und konnte in den Wachtürmen die dunklen Schatten von Bogenschützen erkennen.

Selene hielt den Blick auf die Straße gerichtet. Babylon war weit von

Magna, aber sie kannte Lashas Wut. Die Königin von Magna hatte in ihrem rasenden Zorn auf die beiden Menschen, die das Ritual im Tempel entweiht und sie gezwungen hatten, einen neuen Gatten zu nehmen, ihr Netz zweifellos von Horizont zu Horizont gespannt. Selene und Wulf hatten vom verschwenderischen Lebensstil des neuen Königs gehört, der die Schatzkammern von Lashas Grabstätte geleert hatte, um zu seinem Vergnügen Seen anlegen und prunkvoll ausgestattete Lustschiffe bauen zu lassen. Lashas Bestreben, als Herrscherin in die siebente Sphäre des Himmels einzugehen, war vereitelt. Selene wußte, daß sie alles daran setzen würde, die Flüchtlinge, denen sie die Schuld daran gab, zu finden und zu bestrafen.

Doch sie sah in den Straßen Babylons keine Soldaten mit dem Sichelmond Magnas auf den Schilden, und sie sah auch keine römischen Soldaten.

Dennoch lauerte auch hier Gefahr. Selene und Wulf, in der Kleidung der Beduinen, den Medizinkasten in einem Fellsack verborgen, hielten sich auf dem Weg zum Fluß, wo den beiden Männern aus Jerusalem zufolge am Fuß des Marduktempels die sieben Schiffe nach Armenien vor Anker liegen sollten, in den Straßen, in denen es am lebhaftesten zuging. Wenn sie Soldaten sahen, traten sie rasch in einen Torbogen oder wichen in eine Seitengasse aus. Wulf trug zwar beduinische Gewänder, doch seine Körpergröße ließ sich nicht verbergen; er überragte die Menschen hier um mehr als Haupteslänge.

In lautlosem Gebet flehte Selene die Göttin an, daß sie ihnen helfen möge, den Fluß ungehindert zu erreichen. Instinktiv hob Selene die Hand und drückte sie auf das Horusauge unter ihrem Gewand. Dort fühlte sie auch das Amulett, das Fatma ihr umgehängt hatte, als sie an diesem Morgen einander Lebwohl gesagt hatten. Die Araber nannten es ein *shamrakh*; es war ein dreiblättriges Kleeblatt, Symbol der drei Phasen der Mondgöttin, das den Träger vor Gefahr und Unglück schützen sollte.

Von der Menge geschoben durchschritten Selene und Wulf ein weiteres Tor und gelangten auf einen riesigen Platz.

Verdutzt blieben sie stehen.

»Was ist denn das?« flüsterte Selene, doch Wulf konnte nur verblüfft den Kopf schütteln.

Der Platz breitete sich am Fuß eines Himmelbergs aus, der dunkelbraun unter dem beinhellen Himmel in die Höhe ragte. Ba-Bel hieß er, was soviel bedeutet wie Gottestor, und auf dem Platz in seinem Schatten wimmelte es von Menschen. Sie drängten sich an den Mauern, ballten sich

um den Brunnen in seiner Mitte, lagen und hockten auf Matten, auf Stroh oder auf dem nackten Boden überall herum. Der Lärm war ohrenbetäubend, ein erschütternder Chor menschlichen Leidens.
Langsam, sich aufmerksam umsehend, gingen Selene und Wulf weiter. Männer lehnten an den Mauern, weinende Kinder lagen auf Decken, junge Frauen hockten mit schamgesenkten Köpfen. Es war kaum Raum, einen Fuß vor den anderen zu setzen, so dicht lagen die Menschen nebeneinander und hintereinander auf den Lehmziegeln des Platzes – Kranke und Invaliden aller Geschlechter und aller Altersstufen. Die, welche dazu fähig waren, streckten die Arme aus, um an Wulfs und Selenes Gewändern zu zupfen; andere riefen schwach um Hilfe.
Viele der Kranken trugen Schilder an sich – entweder um den Hals oder am erkrankten Körperteil –, auf denen ihre Namen und die Art ihres Leidens aufgeschrieben waren. ›Nebe aus Uruk‹ stand da, ›Brand‹. Oder: ›Shimax aus Babylon, Zimmermann, dem eine Hand gefühllos geworden ist‹. Die, welche nicht schreiben konnten, hatten Bilder gemalt, die über ihre Leiden Auskunft gaben – ein Herz, ein Ausschlag, eine Schwellung. Die Ärmsten hatten einfach einen Fetzen Stoff umgebunden, um den Kopf oder einen Arm oder ein Knie.
Als Wulf und Selene den Brunnen erreichten, sagte Selene: »Oh, was ist das nur für ein Ort?«
Sie hatte laut gesprochen, um von Wulf gehört werden zu können, und sogleich rief jemand hinter: »Ihr müßt fremd sein in Babylon, wenn ihr den Gilgamesh-Platz nicht kennt. Er ist berühmt auf der ganzen Welt.«
Selene drehte sich um. Der Mann hinter ihr, stattlich und wohlgekleidet, stand von einem Schemel auf. Er hatte gerade einer Frau, die auf Decken an seiner Seite lag, einen Becher zu trinken gereicht.
»Meine Frau«, sagte er. »Könnt ihr ihr helfen?«
Selene blickte auf die Frau hinunter, die kaum mehr als Haut und Knochen unter dem hellen Frühlingshimmel lag, dicht neben einem Mann, der an einem eiternden Geschwür an seinem Bein kratzte.
»Warum hast du deine Frau hierhergebracht?« fragte Selene. »Warum sind alle diese Menschen hier?«
Er sah sie verständnislos an. »Sie ist krank! Wohin sonst sollte ich sie bringen?«
»Aber warum hierher, an diesen schrecklichen Ort? Warum nicht zu einem Arzt?«
»Einen Arzt aufzusuchen wäre Gotteslästerung, und wir Babylonier sind fromme Leute. Einen Arzt aufzusuchen wäre Auflehnung gegen das Ur-

teil der Götter; darum bringen wir unsere Kranken auf den Gilgamesh-Platz und bitten die Götter um Hilfe. Du siehst die Schilder, die jeder trägt.« Er wies auf seine Frau, auf deren aufgeschwollenem Leib ein Schild lag, das die Aufschrift trug: ›Ich bin Nanna, und mein Kind ist in meinem Schoß gestorben‹. »Wir kommen in der Hoffnung hierher«, erklärte der Mann, »daß die Götter einen Menschen vorbeischicken, der einst dem gleichen Leiden ausgeliefert war und ein Mittel zur Heilung weiß.«
Selene sah sich um und bemerkte, was ihr vorher nicht aufgefallen war: Bei vielen Kranken knieten oder standen Menschen, die auf sie einredeten und ihnen irgendwelche Mittel anboten. Aber nicht alle hatten jemand, der sich um sie kümmerte.
»Ist das denn nicht das gleiche, wie wenn man einen Arzt aufsuchte?« fragte sie.
»Nein, das ist etwas ganz anderes«, entgegnete der Mann mit leichtem Ärger. »Suchte man einen Arzt auf, so wäre das Auflehnung gegen das göttliche Urteil; ein Versuch, durch menschliches Eingreifen das Urteil rückgängig zu machen. So aber sind es die Götter, die selbst ihre Strafe aufheben.«
»Strafe wofür?«
»Für Sünden natürlich.«
Selene sah wieder zu der bewußtlosen Frau hinunter. »Und deine Frau? Was für eine Sünde hat sie begangen?«
Das Gesicht des Mannes verfinsterte sich. »Das Kind kann nicht von mir gewesen sein, da die Götter es töteten.«
Selene starrte ihn an. »Du sagst, daß sie eine Ehebrecherin ist?«
»Sie leugnet es. Aber was sonst kann der Tod des ungeborenen Kindes bedeuten?«
Selene kniete neben der Frau nieder und legte ihr behutsam die Hand auf den Leib. Sie spürte sofort, daß kein Leben in ihm war. Die Stirn der Frau war seltsam kühl und trocken. Ihr Puls ging schnell, und das Atmen machte ihr Mühe. Selene hätte sie gern genauer untersucht, aber das ging an diesem öffentlichen Platz nicht. Sie stand auf und warf Wulf einen Blick zu, der sichtlich nervös war.
»Ich wollte, ich könnte ihr helfen. Es gäbe vielleicht eine Möglichkeit.«
Der Mann musterte sie argwöhnisch. »Wie denn?«
Selene zögerte. Das Kind würde herausgeholt werden müssen. Selene hatte nur ein einziges Mal vor Jahren zugesehen, wie ihre Mutter einen solchen Eingriff vorgenommen hatte.
»Kannst du nun meiner Frau helfen oder nicht?« fragte der Mann barsch.

Ehe Selene antworten konnte, faßte Wulf sie beim Arm und warf ihr einen warnenden Blick zu.
»Ich glaube nicht, daß ihr von den Göttern geschickt seid«, bemerkte der Mann unwirsch mit einem geringschätzigen Blick auf ihre Beduinentracht und ihre Reisebündel.
»Rühr meine Frau nicht an. Macht, daß ihr fortkommt. Fort mit euch.«
Selene wollte protestieren, aber da zog Wulf sie schon mit sich weg. Sie müßten zum Fluß, sagte er. Es sei schon spät.
Aber Selene blieb schon nach ein paar Schritten wieder stehen und blickte sich um. Sie sah einen Mann mit verletztem Fuß, der versuchte, mit einer Krücke zu gehen; sie sah eine Frau, die sich über ein krankes Kind beugte; einen halbwüchsigen Jungen, der an der Brunnenmauer hockte, die Beine schlaff von sich gestreckt, ein Toter.
»Wulf, das ist grauenhaft«, flüsterte sie.
Er sah zur Sonne hinauf. Sie näherte sich dem Zenit. Bald würde es Mittag sein.
»Wir müssen gehen«, sagte er und nahm wieder ihren Arm.
»Bitte«, kam ein dünnes Stimmchen. Selene senkte den Blick und sah ein kleines Mädchen, das an ihrem Gewand zupfte. »Hilf meiner Mutter.«
Selene folgte ihr und kniete neben einer jungen Frau nieder, die stöhnend, die Hände auf den Unterleib gepreßt, auf einer Decke lag.
»Wann ist das geschehen?« fragte Selene, während sie die fieberhafte Stirn betastete.
»Mitten in der Nacht«, antwortete das kleine Mädchen. »Ganz plötzlich. Vater hat uns hergebracht, aber er mußte zur Arbeit. Bitte hilf meiner Mutter.«
»Hast du Blutungen?« fragte Selene die junge Frau, während sie vorsichtig auf eine Stelle oberhalb der Lenden drückte. Die Frau schrie auf vor Schmerz. Ja, sagte sie, sie hätte Blutungen, und ihren Mondfluß hätte sie das letztemal vor zwei Monaten gehabt. Selene hockte sich auf die Fersen und dachte nach. Dann bat sie Wulf um ihren Medizinkasten. Er reichte ihn ihr widerwillig, den Blick auf die Wachen an den Straßenmündungen gerichtet.
Selene goß etwas Opiumwein in einen Becher und hielt der Frau das Gefäß an die Lippen.
Dann stand sie auf und sagte so leise, daß nur Wulf sie hören konnte: »Das kann ich nicht behandeln. Es ist ein Kind, das außerhalb ihrer Gebärmutter wächst. Sie wird bald sterben, aber das Opium wird wenigstens die Schmerzen lindern.«

Ein Mann, der Selene beobachtet hatte, zog sich an einer Krücke hoch und humpelte zu ihr hin. Auf dem Schild um seinen Hals stand ›Gicht‹. Noch während Selene ihm Pulver aus zerstoßenen Herbstzeitlosen – ein altes Gichtmittel – in seinen Becher streute, trat ein zweiter Mann zu ihr, an dessen Ohr ein Schild mit der Aufschrift ›Schwerhörig‹ hing. Ehe Selene ihn untersuchen konnte, packte eine dicke Frau sie am Arm und bat um ein Mittel gegen ihre Arthritis.
Als Wulf Selene so umdrängt sah, packte er sie kurzerhand beim Arm und riß sie mit sich fort. Er wollte sie gerade auf die Soldaten aufmerksam machen, die rund um den Platz patrouillierten, da wurde Selene von einem sichtlich wohlhabenden Mann aufgehalten.
»Bitte sieh einmal nach meiner Frau«, sagte er und wies mit beringtem Finger auf eine stattliche Matrone, die inmitten einer Menschengruppe, vermutlich ihrer Familie, auf einem Stuhl saß. »Sie hat Schmerzen im Kopf«, erklärte der Mann besorgt. »Und mit dem linken Auge sieht sie Sterne.«
Selene wußte, was das bedeutete. Ein böser Geist hatte sein Ei im Gehirn der Frau abgelegt. Gegen ein solches Leiden vermochte Selene nichts. Hier hätte höchstens Andreas helfen können. Andreas!
»Selene«, sagte Wulf leise und streng.
Als sie zu ihm aufsah, wies er mit dem Kopf wortlos zur anderen Seite des Platzes, wo zwei Wachen jetzt an ihnen Interesse zeigten. Dann packte er eilig den Medizinkasten, steckte ihn in den Fellsack, hängte ihn über die Schulter und nahm Selene bei der Hand.
Sie waren nur wenige Schritte gegangen, als Selene hörte, wie ein Vorüberkommender einem Mann, auf dessen Krankenschild ›Geschwür‹ stand, Oleandertee empfahl.
»Nein!« rief sie. »Oleander ist ein Gift.«
Im selben Moment trat ihr eine sehr schöne junge Frau im Gewand einer Liebesdienerin des Tempels in den Weg und sagte hastig: »Meine Schwester hat seit vier Tagen Wehen. Bitte komm, sie ist gleich da drüben unter dem Torbogen.«
»Nein«, versetzte Wulf, der sah, daß die beiden Wachen jetzt langsam über den Platz kamen. Wieder zog er Selene weiter. »Vielleicht ist es nichts«, sagte er dicht an ihrem Ohr, »aber sie haben den Medizinkasten gesehen, und auch, wie du die Mutter des Kindes behandelt hast.«
Selene spähte über Wulfs Schulter. Die beiden Soldaten näherten sich jetzt mit zielstrebigem Schritt. Sie hatten den frommen Babylonier erreicht, der neben seiner Frau kniete und sein Gesicht auf ihren angeschwollenen Leib drückte.

»Er sagt ihnen bestimmt, daß wir in Babylon fremd sind«, meinte Wulf. »Er wird dich beschreiben, Selene, und den Medizinkasten auch.«
Selene erschrak und begann, schneller zu gehen, verschloß sich den Hilferufen der Menschen, die von beiden Seiten die Arme nach ihr ausstreckten. Einmal drehte sich Wulf um und sah, daß die Wachen, die inzwischen mit dem Babylonier gesprochen hatten, jetzt in entschlossener Haltung den Platz überquerten.
Von der Ostseite des Platzes zweigten mehrere schmale, dunkle, gewundene Gassen ab. Wenn sie das Gassengewirr erreichen konnten und dann rannten, so schnell sie konnten, würde es ihnen vielleicht gelingen, die Wachen abzuschütteln und rechtzeitig auf eines der Schiffe zu kommen, wo ihnen nichts mehr geschehen konnte.
Während sie sich eilig zwischen den Kranken ihren Weg bahnten, versuchte Selene, sich einzureden, daß ihre Angst vor den Wachen unbegründet war; daß die beiden Männer sie nur aus Neugier beobachtet hatten und den Platz jetzt aus ganz anderem Grund überquerten.
»Halt!« rief es hinter ihnen.
Sie drehten sich um.
»Ihr zwei da! Halt!« riefen die Wachen, und einer zog einen Pfeil aus dem Köcher, den er auf dem Rücken trug.
»Komm!« zischte Wulf, und gemeinsam tauchten sie in den Schatten der nächsten Straße.
Zornige Rufe wurden hinter ihnen laut. Sie rannten. Sie hetzten zwischen Buden hindurch, um Brunnen herum, durch alte Torbögen. Hinter sich hörten sie das Klirren genagelter Sandalen, als auch die Wachen in Laufschritt fielen. Menschen sprangen erschrocken zur Seite, als die beiden Beduinen sich durch die Menge drängten. Manche riefen ihnen Beschimpfungen nach, andere feuerten sie lachend an. Kinder und Hühner stoben vor ihnen auseinander; ein Tisch mit Datteln kippte um. Selene verlor ihr Bündel, als sie um eine Ecke jagten; sie wollte zurück, um es aufzuheben, doch Wulf zog sie weiter.
Sie stolperte über ihr langes Gewand, raffte es kurz entschlossen in die Höhe und rannte mit bloßen Beinen weiter. Wulf rutschte die schwarze Kapuze nach hinten; sein fliegendes helles Haar glänzte in der Sonne. Die Wachen schrien ihnen immer wieder nach, doch sie rannten weiter. Keuchend hetzten sie durch das Straßengewirr, schlugen Haken, kletterten über Mauern, stießen Fässer und Körbe um, den Verfolgern den Weg zu versperren. Doch die Wachen, die die Stadt besser kannten als die zwei Flüchtigen, kamen immer näher.
Selene folgte Wulf durch eine Tür, und einen Herzschlag später zischte

ein Pfeil an ihrem Kopf vorbei und bohrte sich in den hölzernen Türpfosten. Sie rannten durch einen Garten und erschreckten eine Familie. Sie überstiegen eine Mauer, jagten wieder durch einen Garten und dann die nächste gewundene Gasse hinunter. Den Medizinkasten hielt Wulf noch im Arm, doch sein Bündel hatte auch er nun verloren. Die langen Gewänder flatterten ihm um die Beine und behinderten ihn. Einmal stürzte Selene, und er riß sie hoch, ohne im Lauf innezuhalten.

Ein zweiter Pfeil verfehlte um Haaresbreite Wulfs Schulter; ein dritter sauste knapp an Selenes Schleier vorüber. Als sie endlich den Fluß erreichten, machte Wulf nur lange genug halt, um nach den Circusschiffen Ausschau zu halten, und als er sah, daß das letzte Schiff gerade ablegte, packte er Selene wieder beim Arm und rannte weiter.

Sie hatten die Planke zum Schiff erreicht, als der Pfeil Selene traf. Sie schrie auf und stürzte, beide Hände auf ihren Schenkel gedrückt. »Hilf mir«, stieß sie verzweifelt hervor. »Überlaß mich ihnen nicht. Ich muß – fort von hier.«

Wulf knickte den Schaft des Pfeils ab, dann faßte er sie um die Mitte und rannte mit ihr weiter. Die Wachen waren dicht hinter ihnen, als sie das Ende der Planke erreichten. Im allgemeinen Durcheinander der Abfahrt bemerkte zunächst niemand an Bord, was sich da abspielte. Wulf warf den Medizinkasten in seinem Fellsack auf Deck, dann hob er Selene über die Reling. Als er hinter ihr hinaufkletterte, zischte ein Pfeil an seinem Bein vorüber.

Die Planke löste sich, das Schiff glitt auf den Fluß hinaus.

»Halt!« schrien die Wachen. »Anhalten! Befehl der kaiserlichen Polizei!«

Der Kapitän, der die Uniformen und die gezogenen Pfeile sah, gab hastig Befehl, die Taue auszuwerfen, und die Matrosen stürzten herbei, um das Schiff wieder ans Ufer zu ziehen.

Wulf und Selene, die mitten unter der Menge an Deck standen, sahen mit Entsetzen, wie die Planke wieder angelegt wurde. Schnell riß Wulf sich die schwarzen Gewänder vom Leib und ging daran, bei Selene das gleiche zu tun. Als der Stoff am abgebrochenen Pfeil hängenblieb, der aus ihrem Schenkel ragte, schrie Selene auf. Alle an Deck drehten die Köpfe, starrten mit aufgerissenen Mündern auf den Pfeil. Sie sahen, wie Wulf den Fellsack vom Medizinkasten zog und ihn zusammen mit den schwarzen Gewändern in eine offene Luke warf. Dann hob er Selene auf seine Arme und trug sie auf die dem Fluß zugewandte Seite des Schiffs.

Der Not gewahr, in der die beiden Neuankömmlinge sich befanden, und den Gesetzeshütern aus eigener bitterer Erfahrung nicht freundlich ge-

sinnt, schlossen sich die Circusleute hinter ihnen zu einem dichten Ring und taten ihr Bestes, den Wachen das Durchkommen zu erschweren. Zwei Zwerge halfen Wulf und Selene über die Seite ins Wasser hinunter, ein Gaukler reichte ihnen den Medizinkasten nach. Eine ungeheuer dicke Frau mit einem Äffchen auf der Schulter schob sich geschickt den Wachen in den Weg, so daß ihnen die Sicht versperrt war.
Selene und Wulf hingen an die Schiffsseite geklammert im Wasser, und der Medizinkasten schaukelte neben ihnen auf den Wellen.
Zwei Akrobaten ließen sich, als sie die verzweifelte Lage der beiden Flüchtlinge im Wasser sahen, über die Reling hinunter und schnitten ein kleines rundes Floß los, das dort festgemacht war. Aufklatschend schlug es ins Wasser. Wulf winkte den Akrobaten seinen Dank, dann packte er das Floß und hob Selene und den Medizinkasten hinauf. Einen Augenblick später flog von oben ein leuchtendroter Reiseumhang auf das Floß hinunter. Wulf schwamm hinter das Floß und begann, mit den Beinen zu paddeln, um es vom Schiff wegzustoßen.
Ohne den Blick von dem armenischen Schiff zu wenden, stieß er das Floß, so schnell er konnte durch das Wasser, bis sie den Schutz des Schilfs erreichten. Dort legte er eine kurze Pause ein. Selene lag still, beide Hände an ihrem verletzten Schenkel. Er breitete den roten Umhang über sie aus, dann begann er wieder zu schwimmen – fort von Babylon.
Kurz bevor er das Floß um eine Flußbiegung lenkte, sah Wulf noch einmal zurück und konnte erkennen, daß die Leute auf dem Schiff alle nach Norden wiesen. In der Gewißheit, daß sie die Verfolger auf eine falsche Fährte gesetzt hatten, zog er sich auf das Floß und blieb erschöpft liegen. Die Strömung des Flusses trug das Floß weiter nach Südosten.

31

Erst als die Abenddämmerung kam, wagte es Wulf, das Floß am schilfgeschützten Ufer festzumachen; stromauf- und stromabwärts lagen von Laternen erleuchtete Boote, die für die Nacht vor Anker gegangen waren. Er sammelte Steine und Lehm für eine kleine Feuerstätte, in der er trokkene Zweige verbrannte. Im Medizinkasten fand er ein Keramiklämpchen, nicht größer als die Fläche seiner Hand, mit einem Leinendocht und mit Olivenöl gefüllt. Das zündete er ebenfalls an.
Selene war wach. Sie stöhnte leise. Als Wulf am Nachmittag hatte anhalten wollen, um nach ihrer Verletzung zu sehen, hatte sie es nicht zugelassen; sie meinte, sie sollten nur sehen, daß sie vor Einbruch der Dunkel-

heit Babylon so weit wie möglich hinter sich ließen. Die Stadt war nun, nach vielstündiger Fahrt auf dem Fluß, fern genug, doch es konnte sein, daß die Flußufer von Soldaten überwacht wurden. Sicherheit boten nur das Schilf und die Nacht.
Wulf kniete nieder, um Selenes Verletzung zu untersuchen. Der abgebrochene Pfeilschaft, der aus dem weißen Fleisch hervorragte, sah harmlos aus, doch Wulf wußte, daß er schnellstens entfernt werden mußte. Er sah mit Erleichterung, daß das Blut, das aus der Wunde sikkerte, von hellem Rot war; ›schwarzes Blut‹ hätte bedeutet, daß der Pfeil vergiftet war. Jetzt mußte Wulf nur entscheiden, wie er zu entfernen war.
Wäre er in seiner Heimat gewesen, so hätte er die genaue Lage der Pfeilspitze zunächst mit einem Magneten bestimmt, doch in dem Medizinkasten konnte er keinen Magneten finden. Dann hätte er, um die Pfeilspitze rasch herauszuziehen, den Schaft an einen Pferdezügel gebunden und das Pferd so erschreckt, daß es den Kopf zurückgeworfen und so den Pfeil herausgerissen hätte; oder er hätte den Schaft an einen heruntergezogenen Zweig gebunden und diesen dann plötzlich losgelassen. An diesem sumpfigen Flußufer jedoch gab es weder Pferde noch Bäume. Wulf wußte, daß ihm nichts anderes übrigbleiben würde, als den Pfeil mit eigener Hand herauszuziehen.
Selene öffnete die Augen und sah die Sorge in Wulfs Gesicht. Sie wußte, worüber er sich Gedanken machte. Es gab nur ein Mittel. »Stoß ihn durch«, flüsterte sie. »Hämmere den Schaft durch und zieh ihn auf der anderen Seite heraus. Das ist die einzige Möglichkeit...«
Wulf legte ihr die Hand auf die Stirn, und bat sie zu schweigen. Er mußte nachdenken. Die Methode, die Selene vorschlug, war mit schrecklichen Gefahren verbunden. Wulf kannte sie genau: Die Pfeilspitze konnte einen Nerv zerreißen, was womöglich zur Lähmung ihres Beines führen würde; oder sie konnte ein großes Blutgefäß durchtrennen, und dann würde Selene verbluten.
Wulf nahm sich den Medizinkasten vor. In seiner Heimat hätte er eine lange Föhrennadel verwendet, um die Widerhaken des Pfeils zu finden; jetzt wählte er eine lange silberne Sonde. Ehe er an die Arbeit ging, hob er Selene ein wenig hoch, so daß ihr Kopf in seiner Armbeuge ruhte, und gab ihr Opium zu trinken. Dann legte er sie so bequem wie möglich auf die Seite, breitete den roten Umhang über ihr aus und drückte ihr die Figurine der Isis in die Hand.
Mit einem kurzen Stoßgebet zu Odin beugte sich Wulf über Selenes Schenkel, um die Widerhaken zu suchen. Sobald die Sonde ihr Fleisch

berührte, schrie sie auf. Wulf wollte ihr mehr Opium geben, doch sie konnte nicht schlucken. Ihr Atem kam in Stößen; ihr Gesicht war schmerzverzerrt.

»Schnell«, hauchte sie. »Hämmere ihn durch.«

Mit zitternder Hand nahm Wulf wieder die Sonde. Entschlossen, den Pfeil auf seine Weise zu entfernen, nahm er eine Verbandrolle aus dem Medizinkasten und schob sie Selene zwischen die Zähne. Wenn sie jetzt schrie, würden die Schreie gedämpft werden.

Dann begann er zu sondieren. Er hatte oft gesehen, wie es gemacht wurde, hatte es einmal sogar am eigenen Leib erfahren. Aber zu Hause stand einem die weise Frau mit ihren Kräutern und ihrem Räucherwerk zur Seite; zu Hause lag man auf weichem Fell, von tröstlichem Feuer gewärmt. Die Priesterinnen der Großen Mutter verbannten die bösen Geister, und dem Verletzten wurde reichlich Met eingeflößt, den Schmerz zu betäuben. Hier jedoch war er ganz auf sich gestellt. Niemand konnte ihm helfen, niemand konnte Selene Trost und Beruhigung zusprechen.

Nach vier Sondierungen hatte er die Widerhaken der Pfeilspitze gefunden. Er markierte ihre Lage mit Blutstropfen auf Selenes weißer Haut. Dann hockte er sich auf die Fersen und sah sich die Wunde aufmerksam an.

Es gab nur ein Mittel, eine Pfeilspitze mit Widerhaken zu entfernen, ohne die Verletzung noch weiter aufzureißen – indem man die Kiele von Adlerfedern verwendete. Als könnte allein sein Wunsch die gewaltigen Vögel herbeizaubern, blickte Wulf zum Himmel auf. Mit Erstaunen sah er, daß inzwischen die Sterne aufgegangen waren. Die Nacht war sehr still; nur das Knarren der Floßplanken und das Klatschen des Wassers waren zu hören. Hin und wieder hörte man von einem der anderen Boote eine Stimme, ein Lachen, den klingenden Ton einer Harfe.

Er sah zu Selenes Gesicht hinunter. Ihre Augen waren geschlossen. Sie atmete keuchend durch den Verband in ihrem Mund.

Wieder suchte Wulf im Medizinkasten. Viele der Dinge, die er enthielt, hatte er gesehen, wenn Selene während ihres Lebens bei den Beduinen einen Kranken versorgt hatte; dennoch wußte er mit den meisten nichts anzufangen. Einen Gegenstand nach dem anderen nahm er zur Hand und legte ihn wieder zurück – einen durchsichtigen Stein, Fläschchen mit Ölen und Salben, Nähnadeln aus Fischbein, Beutelchen mit getrockneten Kräutern. Er fand nicht das, was er suchte. Schließlich pflückte er einen Schilfhalm und versuchte, ihn in der Mitte zu spalten; doch er war zu grün und zerfaserte. Er suchte etwas Rundes, Langes, Hohles; eine Hülle

für die Widerhaken. Verzweifelt beugte er sich noch einmal über den Medizinkasten.
Da sah er den Schreibkasten, der an der Unterseite des Deckels befestigt war. Er öffnete ihn und sah mit Erleichterung die Federkiele darin. Nachdem er einen ausgewählt hatte, einen Gänsekiel, wie er vermutete, schnitt er ihn der Länge nach durch, so daß er nun zwei halboffene Röhrchen hatte. Nun konnte er nur noch hoffen, daß sie stabil genug waren.
Ehe er sich wieder der Verletzung zuwandte, tränkte er die Verbandrolle in Opium und schob sie Selene wieder zwischen die Zähne. Selene sah ihn angstvoll an.
»Ich ziehe ihn jetzt heraus«, sagte er leise.
Sie schüttelte kraftlos den Kopf.
»Ich werde nicht tun, was du willst, Selene«, sagte er fest. »Ich werde ihn nicht durchstoßen. Ich tue, was mein Vater mich gelehrt hat. Es tut weh, aber es geht schnell und es ist sauber.«
Einen Moment lang sah sie ihn stumm an, dann nickte sie.
Wulf zog das Lämpchen näher heran, als er sich über ihren Schenkel beugte. Der Pfeilschaft ragte kaum einen Fingerbreit aus dem Fleisch heraus. Wenn er ihn versehentlich tiefer hineinstoßen sollte, würde er Selenes Bein aufschneiden müssen, um ihn herauszuholen.
Er ging so vorsichtig zu Werke, als näherte er sich einem Schmetterling auf einer Blüte. Das Ende eines Federkielröhrchens berührte die offene Wunde und glitt hinein. Selene stöhnte auf und wollte strampeln. Wulf hielt ihr Bein fest und schob das zweite Röhrchen in die Wunde, spürte, wie es den im Fleisch liegenden Widerhaken knapp berührte und wie eine Hülle über ihn glitt.
Er machte eine Pause und fuhr sich mit der Hand über die schweißnasse Stirn. Die Nachtluft war kühl, doch Wulf glühte, obwohl er nur einen Lendenschurz trug. Wieder sah er zu Selene hinunter. Ihre Augen waren wieder geschlossen. Ihr Gesicht war bleich und feucht. Sie zitterte unter dem roten Umhang, obwohl nur ihr verletzter Schenkel der Nachtluft ausgesetzt war.
Er musterte die drei Schäfte, die aus dem weißen Schenkel herausragten. Wenn er entschlossen zupackte, wenn die Kielröhrchen gut saßen und wenn seine Hand beim Herausziehen ruhig blieb, würde Selene nur kurzen Schmerz aushalten müssen und keine weitere Verletzung erleiden.
Behutsam legte Wulf beide Hände auf die kalte Haut. Nachdem er ein paarmal tief Atem geholt hatte, hielt er die beiden Kielröhrchen mit der Linken fest und umfaßte den Pfeilschaft mit den Fingern der Rechten.

Selenes Kopf fiel nach rückwärts, und der Verband fiel aus ihrem Mund.
Mit einem schnellen Ruck riß Wulf den Pfeil heraus. Selene schrie. Er drückte ihr blitzschnell die Hand auf den Mund und nahm sie in die Arme. Wimmernd lag sie an seiner Brust. Während er sie wiegte und streichelte und ihr immer wieder versicherte, daß alles vorbei wäre, lauschte er in die Nacht und spähte forschend in die Dunkelheit.

Am Flußufer wuchs frisches grünes Gras. Wulf pflückte eine Handvoll, zerdrückte es und breitete es über die Wunde, ehe er einen strammen Verband anlegte. Er wußte aus Erfahrung, daß frisches Grün Fäulnis verhinderte. Dann tauchte er den Zipfel eines Tuchs in den Fluß und drückte das Wasser über Selenes Lippen aus. Sie hatte das Bewußtsein verloren, nachdem er den Pfeil herausgezogen hatte, und lag jetzt in tiefem Schlaf.
Es war ihm gelungen, die Pfeilspitze glatt und sauber aus dem Fleisch zu ziehen, die Wunde hatte kaum geblutet, aber es konnte immer noch Komplikationen geben, das wußte Wulf. Gerade bei Pfeilverletzungen, die sehr tief waren, kam es häufig zu Entzündungen. Fieber konnte folgen, tödliches Fieber manchmal, und der gefürchtete schwarze Brand konnte auftreten, gegen den es kein Mittel als die Amputation gab. Lange saß Wulf deshalb wach, berührte immer wieder Selenes Stirn, beobachtete ihren Atem, untersuchte den Verband, bis er, als der Mond schon wieder im Sinken war, sich endlich neben ihr ausstreckte und sie an sich zog, so daß sie in der Wärme seiner Umarmung schlafen konnte.

Als Wulf wenig später wieder erwachte, dämmerte es noch nicht einmal. Seine Glieder schmerzten vor Verkrampfung. Er fühlte Selene in seinen Armen und tastete vorsichtig nach ihrem Schenkel. Erleichtert stellte er fest, daß der Verband trocken war. Selene schlief fest. Ihre Atemzüge waren regelmäßig, aber ihre Haut war unnatürlich klamm, als hielte schon der Tod sie in seiner kalten Umarmung. Von neuer Furcht gepackt, rieb Wulf heftig ihre Arme und versuchte, sie mit seinem Atem zu wärmen. Sie rührte sich nicht. Sie schlief tiefer, als er vermutet hatte – zu tief. Es machte ihm angst.
Hatte er ihr zuviel Opium gegeben? Hatte er ihr in seiner Sorge und Unerfahrenheit eine tödliche Dosis eingeflößt? Sie mit eigener Hand getötet?
Du darfst nicht sterben, schrie er lautlos, während er sie in seine Arme nahm und wiegte. Jetzt, wo wir es so weit geschafft haben, darf uns doch

der Tod nicht trennen! Seine Tränen tropften auf ihr weißes, stilles Gesicht. Geh nicht fort, rief er ihrer entfliehenden Seele nach. Laß mich nicht allein.

In höchster Verzweiflung beugte Wulf sich über sie und drückte seinen Mund auf den ihren. Ihre Lippen waren kalt, aber sie atmete noch.

Odin, flehte Wulf stumm. Isis, helft uns...

Wulf hob das tränennasse Gesicht in den kühlen Morgenwind, und da sah er am heller werdenden Horizont über dem leise wogenden Schilf den Morgenstern. Er nahm es als ein Zeichen der Hoffnung.

Fünftes Buch
Persien

32

»Bei allen Göttern!« riefen die Hebammen und wichen mit erhobenen Händen vom königlichen Bett zurück. »Seht doch, ihre Gebärmutter ist mit dem Kind herausgekommen. Seht, das Kind ist noch darin.«

Doktor Chandra stand in der Ecke und strich sich nachdenklich den buschigen Bart. Normalerweise leistete er bei Geburten keinen Beistand; er war nur hier, weil der König es gewünscht hatte. Diese junge Prinzessin war eine seiner Lieblingsfrauen. Als Chandra jetzt die Verwirrung unter den Frauen sah, trat er näher an das große Himmelbett heran.

Aus schwarzen Mandelaugen betrachtete er das Neugeborene, das in seiner durchsichtigen Hülle auf dem Laken lag, dann stach er mit spitzem braunem Finger in die dünne Haut hinein. Sie zerriß, und Wasser quoll heraus. Doch nicht die Gebärmutter der Prinzessin, wie nun alle sahen, sondern die Fruchthülle des Kindes, ein glückliches Vorzeichen.

Die Hebammen jubelten und stürzten zum Bett, um sich wieder ihren Aufgaben zu widmen. Chandra wünschte den Frauen mit einem kurzen Nicken einen guten Abend und eilte hinaus. Er hatte dem König versprochen, die Geburt unverzüglich dem Astrologen zu melden, damit dieser die Sterne des Kindes lesen konnte.

Klein und rundlich, in zitronengelber Seide und gleichfarbigem Turban, schritt Dr. Chandra tief in Gedanken versunken durch die Gänge des Palasts. Was, dachte er, konnte das zu bedeuten haben? Niemals in den Jahren seiner Tätigkeit als Arzt hatte er ein solches Phänomen beobachtet. Einer rosigen Krabbe gleich, von durchsichtiger Schale umhüllt, hatte das Neugeborene in seiner Fruchthülle gelegen. Niemals würde er den Anblick vergessen.

Die Sonne war untergegangen, die Nacht schon da, aber die Turmspitzen des Palasts über den weiten Parkflächen funkelten golden im späten Abglanz der längst am Horizont versunkenen Sonne. Kuppeln und Minarette hoben sich schwarz vom mitternachtsblauen Himmel ab, an dem schon die ersten Sterne flimmerten, doch auf den Türmen dort oben, die bis in die Wolken zu ragen schienen, lag noch das Tageslicht.

Was für ein Blick würde sich einem Menschen auftun, dachte Dr. Chandra, der fähig wäre, diese Spitzen zu erklimmen? Wie weit würde sein Auge schweifen? Wie weit würde seine Seele fliegen können? Es war ein

weiteres ehrfurchtgebietendes Wunder an diesem Tag, der voller Wunder gewesen war.
Die Geburt des jungen Prinzchens in seiner Glückshaube war nicht das erste gewesen. Tatsächlich hatte der Tag schon mit einem Wunder begonnen; mit der unglaublichen Prophezeiung nämlich, die der Astrologe kurz nach Sonnenaufgang ausgesprochen hatte und die selbst nach einem langen Arbeitstag im Behandlungszimmer, im Pavillon und später im königlichen Kreißsaal nichts von ihrer Wirkung auf Dr. Chandra verloren hatte.
Er kam zum Himmelsobservatorium und sah, daß der chinesische Diener des Astrologen ihn bereits erwartete. Nur widerstrebend trat er in den Holzkasten, diese höllische Erfindung, die Nimrod sich ausgedacht hatte, damit niemand ihn unverhofft bei seiner Arbeit im Turm stören konnte. Dr. Chandra hatte sich bis zu diesem Tag nicht an den Schwebekasten gewöhnen können, der jetzt unter fleißigem Kurbeln des Chinesen vom Boden abhob. Während er vom Wind geschüttelt immer höher schwebte, stand Dr. Chandra mit geschlossenen Augen und klammerte sich fest. Oben angekommen, führte der Chinese den Arzt über eine nicht weniger beängstigende Hängebrücke, von der man weite Sicht auf die umliegenden Berge hatte, zu einem hohen Tor, das mit geheimnisvollen Zeichen beschriftet war.
Nachdem Dr. Chandra in den runden Saal hinter dem Tor getreten war, verbeugte sich der Chinese und zog sich lautlos zurück.
Dies war das Reich des Astrologen, wo er seit Jahren hauste. Doch der große runde Saal war nicht der höchste Gipfel von Nimrods Turm; zur Turmspitze führte eine Treppe mit zweiundfünfzig Stufen. Dort oben auf dem Kuppeldach befand sich ein altes Observatorium, wo Nimrod in diesem Augenblick dem Sphärengesang der Sterne lauschte.
Ungeduldig sah der indische Arzt zur Kuppeldecke hinauf, einem goldenen Gewölbe, von funkelnden Edelsteinen besetzt, die die Sterne darstellen sollten. Es kam vor, das Nimrod stundenlang dort oben verweilte. Der Himmel und die Sterne waren das einzige, was Nimrod kannte, und er kannte sie besser als jeder andere, denn er war der Daniel ganz Persiens, letzter der heiligen Daniter, deren Linie sich bis in die Zeit Nebukadnezars zurückverfolgen ließ, als die Daniels – von Dan-El, einem uralten phönizischen Gott – Propheten gewesen waren. Nimrod war kein Prophet, dennoch konnte er die Zukunft voraussagen, denn sie stand in den Sternen geschrieben. Ohne vorherige Befragung Nimrods wurde im Palast nichts getan, ob es nun um Regierungsgeschäfte oder private Angelegenheiten ging; man öffnete nicht einmal einen Weinkrug, ohne Nimrod

vorher befragt zu haben, ob die Sterne günstig standen. Und der Astrologe irrte sich selten.
Nervös marschierte Dr. Chandra in dem runden Saal auf und ab. Er wollte mehr über die unglaubliche Prophezeiung hören, die Nimrod am Morgen gemacht hatte.
Daß ich, nachdem ich sechsunddreißig Jahre lang in diesen Mauern gelebt habe, endlich fortgehen und niemals zurückkehren werde!

Nimrod saß unterdessen hoch oben in seinem Turm, das Gesicht zu den Sternen erhoben, und bewegte die Lippen in einem vielmals deklamierten stimmlosen Gesang. Den ganzen Tag, vom frühen Morgen an, hatte er gemessen und gerechnet, Aspekte und Aszendenten, Oppositionen und Konjunktionen kalkuliert. Er hatte geschrieben und gezeichnet, und die Pergamentbögen häuften sich nun zu seinen Füßen wie Herbstblätter; Darstellungen von Trigonal- und Sextilaspekten, mathematische Tabellen, Darstellungen der Sternen- und Planetensymbole. Immer wieder hatte er sie hier oben im Dunkel der Nacht studiert und gelesen, erst lautlos, dann flüsternd, schließlich mit lauter Stimme, als könne er hörend glauben, was seine Augen nicht wahrhaben wollten. Denn die Botschaft war zu bestürzend.
Und nun betete er; er betete in der Hoffnung auf Beruhigung, in der Hoffnung auf ein Zeichen der Götter, das ihm sagte, daß seine Ergebnisse falsch waren. Doch was half es, den Göttern Lippendienste zu leisten? Mit dem Herzen mußte man zu ihnen sprechen, und Nimrods Herz blieb hartnäckig stumm.
Er bemühte sich redlich zu glauben. Er wünschte verzweifelt, wieder so glauben zu können, wie er vor vielen Sommern geglaubt hatte, als er an Geist und Seele jung gewesen war und die Götter bis zum Fanatismus verehrt hatte. Irgendwann jedoch im Lauf der Jahre, war Nimrod in seinem Glauben an die Götter schwankend geworden und hatte ihn schließlich verloren. Da hatte er getan, was viele einstmals Gläubige tun, die sich fürchten, die Götter ganz zu verstoßen: Er hatte aus dem Glauben ein wissenschaftliches Studium gemacht und begonnen, die Götter zu studieren. Doch dabei hatte er eine schreckliche Entdeckung gemacht; je eingehender er die Götter studierte, desto weniger konnte er ihrer habhaft werden. Bis der Tag kam – wann? in seinem fünfzigsten Jahr? oder war es in seinem siebzigsten gewesen? –, als Nimrod wieder einmal diese zweiundfünfzig Stufen erklommen und für sich erkannt hatte: Sie existieren nicht!
Der lautlose Gesang brach ab. Nimrod senkte die zitternden Hände und

starrte zu den Sternen hinauf, als sähe er sie zum erstenmal. Die Sterne waren das einzige, was von Bedeutung war; sie waren das einzige, was existierte, diese langsam kreisenden, eiskalten Lichter, die in den schwarzen Himmel emporgeschleudert worden waren, lange ehe die Erde entstanden war. Diese Sterne bestimmten die Geschicke der Menschen. Nimrod glaubte fest, daß nicht der menschlichen Phantasie entsprungene Götter, sondern Sterne und Konstellationen den Fluß menschlichen Lebens lenkten. Nicht kleine steinerne Standbilder, die zerbrachen, wenn man sie fallen ließ. Diese Sterne waren das Göttliche; ihnen galt nun die Verehrung Nimrods, des Astrologen.

Als er einige Zeit später den Fuß der Wendeltreppe erreichte, lehnte er sich an die Mauer, um Atem zu schöpfen. Seine Schriften und Berechnungen hielt er an die Brust gedrückt wie Kinder. Er schloß die Augen und seufzte. Manchmal war es ein Fluch, die Zukunft lesen zu können, und das, was er soeben gelesen hatte, verursachte ihm großen Schmerz. Er schwor sich, seinem alten Freund nicht zu sagen, was er in den Sternen gesehen hatte; er hatte an diesem Morgen schon zuviel gesagt. Dr. Chandra war sicher schon hier, im runden Saal, um mehr von ihm zu erfahren. Der Vorwand für sein Kommen wird sein, mir die Geburt des Prinzen mitzuteilen, dachte Nimrod, der den alten Freund gut kannte. Aber ich weiß, worum es ihm in Wirklichkeit geht, und ich werde es ihm nicht sagen.

Noch einmal seufzte er tief, dann stieß er sich von der Mauer ab und ging in den Saal, wobei er sich unglücklich fragte, ob die Sterne vielleicht einen Greis zum besten haben wollten, der irgendwie die Verabredung mit dem Tod verpaßt hatte.

Arzt und Astrologe verneigten sich förmlich voreinander, obwohl sie seit dreißig Jahren Freunde waren. Der rundliche Arzt mit der olivbraunen Haut und dem buschigen Bart wirkte fast wie ein Zwerg neben dem sehnigen, ungewöhnlich hochgewachsenen Astrologen. Es war, als hätte das ständige Greifen nach den Sternen Nimrod in die Länge gezogen. So gegensätzlich die beiden äußerlich wirkten, sie waren verwandte Seelen; seit dem Tag, als Dr. Chandra als junger Mann aus Indien gekommen war, hatten sie manchen Abend bei Gespräch oder Schachspiel verbracht und waren sich völlig einig in der Überzeugung, daß sie an Geist und Einsicht allen Menschen auf der Erde überlegen waren.

Dr. Chandra berichtete von der ungewöhnlichen Geburt des Prinzen, und Nimrod ging sogleich daran, die Sternkonstellationen für das Kind auszuarbeiten. Nachdem Dr. Chandra ihm eine Weile zugesehen hatte, erkannte er, daß sein Freund jetzt viel zu vertieft war, um ihm Näheres über

die ominöse Prophezeiung mitzuteilen, die er ihm am Morgen gemacht hatte. »Mein Freund«, hatte er gesagt, »die Sterne sagen, daß ein vieräugiger Mensch nach Persien kommen wird, der deinem langen Aufenthalt hier ein Ende bereiten wird.«
Und was konnte das anderes bedeuten, sagte sich Dr. Chandra zum tausendstenmal, als daß er sich auf eine lange Reise begeben würde?
Da er sah, daß die rätselhafte Prophezeiung an diesem Abend keine Erhellung erfahren würde, zog Dr. Chandra sich still zurück und schwebte wenig später in Nimrods schwankendem Holzkasten wieder zur Erde hinunter.
Nachdem er seine Patienten im Pavillon besucht und sich nach dem Befinden des neugeborenen Prinzen erkundigt hatte, begab sich Dr. Chandra in einen Flügel des Palasts, in den nur wenige Menschen kamen, und klopfte dort an eine Tür. Man führte ihn in die abgeschieden gelegenen Räume einer Patientin, die hier ein Einsiedlerdasein führte, die Prinzessin, die allgemein die Bedauernswerte genannt wurde, die einzige Patientin, die Dr. Chandra nicht heilen konnte und nicht heilen würde, sollte ihm je die Möglichkeit gegeben sein.

33

Selene öffnete die Augen und blinzelte zur Decke hinauf. Sie drehte den Kopf zur Seite und sah, daß Wulfs Matte leer war. Ihr fiel ein, daß er nochmals in die Stadt gegangen war, um einen Führer zu finden, der sie nach Persepolis bringen würde.
Selene versuchte, sich aufzusetzen und verzog unter Schmerzen das Gesicht. Die ersten Momente nach dem Erwachen waren immer schlimm. Sie mußte sich jedesmal zum Aufstehen zwingen; wenn sie es nicht tat, hielt der Schmerz im Bein an. Ausgerechnet über diesen Punkt waren sie und Wulf das erstemal in Streit geraten. Gleich nach ihrer Landung an dieser persischen Küste hatte er ein Gasthaus ausfindig gemacht und Selene dort untergebracht. Sie dürfe auf keinen Fall ausgehen, hatte er erklärt, da die Wunde in ihrem Bein noch nicht völlig verheilt sei. Sie brauche dringend noch Ruhe. Selene jedoch, die es nicht aushalten konnte, wie in einem Käfig zu leben, hatte entgegnet, das Bein brauche dringend Bewegung. So war es eine Weile hin und her gegangen, und schließlich hatte Wulf gewonnen. Er hatte mit eigenen Augen gesehen, wie nahe sie dem Tod gewesen war. Jetzt behandelte er sie, als wäre sie zerbrechlich.
Selene wusch sich, kleidete sich an und aß das Frühstück, das Wulf ihr

hingestellt hatte. Dann ging sie auf den Balkon, wo sie Ysopblüten zum Trocknen in der Sonne ausgebreitet hatte. Einen Moment lang blieb sie stehen und massierte sich den Oberschenkel. Wulf hatte recht; sie war immer noch nicht ganz gesund. Und sie war dem Tod wirklich sehr nahe gewesen.

Ich war schon mit einem Fuß über der Schwelle, aber dann wurde ich zurückgerissen, dachte sie. Was war das für eine Macht gewesen, die sie zurückgeholt hatte?

Sie schüttelte die Gedanken ab und setzte sich in die Sonne, um die Blüten für ihren Medizinkasten auszusortieren. Sorgsam trennte sie Blüten und Sprossen von den Blättern. Die blauen Blüten und die zarten Sprossen mit heißem Wasser aufgegossen, ergaben einen wohltuenden Brusttee für den Winter. Aus den schmalen, wohlriechenden Blättern ließen sich duftende Öle und Aromastoffe gewinnen, die man auf dem Markt gegen andere Waren tauschen konnte. Gerade so wie Wulf in diesem Augenblick versuchte, den durchsichtigen Feuerstein aus ihrem Medizinkasten als Lohn für einen Führer mit Saumeseln anzubieten. Abgesehen von ihren Arzneien und Instrumenten war das der einzige Besitz von Wert, der ihnen geblieben war.

Sie hatte allerdings auch noch das Horusauge, das Andreas ihr vier Sommer zuvor umgelegt hatte und das sie stets unter ihrem Kleid trug. Sie war bereit, auch die Kette zu verkaufen, aber nur in höchster Not.

Bislang war es Wulf gelungen, einige gute Geschäfte zu machen, zuerst bei den Sumpfbewohnern an der Mündung des Euphrat: Er hatte für sie gearbeitet, dafür hatten sie Selene während ihrer Rekonvaleszenz gepflegt. Später, als sie schon an einer Krücke herumhumpeln konnte und Wulf zum Aufbruch gedrängt hatte, da sie immer noch Verfolgung durch die babylonischen Soldaten fürchtete, hatte Wulf einem Schiffskapitän, der wie alle Seeleute an Zahnfleischbluten und Zahnausfall litt, eine Mundsalbe verkauft, und der Kapitän hatte sie dafür auf seinem Schiff nach Persien mitgenommen. Und hier, in dieser Hafenstadt an der Westküste Persiens, war es Wulf gelungen, Nahrung und Unterkunft einzuhandeln, und nun war er unterwegs, einen Führer nach Persepolis zu finden, die Stadt in den Bergen, wo sie, wie der Schiffskapitän ihnen versichert hatte, eine sichere Straße zurück in ihre Heimat finden würden.

Selene hob ihr Gesicht der heißen Sonne entgegen. Eine Sonne, dachte sie, die auf Länder und Menschen herunterschien, die ihr so fremd waren, als kämen sie von einem anderen Stern. Welch eine Ironie des Schicksals, daß sie trotz aller verzweifelten Bemühungen, nach Westen zu gelangen, immer wieder nach Osten getrieben wurde. Vor vier Monaten waren sie aus Babylon geflohen und hatten sich von der Strömung des Euphrat nach Südosten tragen lassen bis zum Persischen Golf. Von dort aus hatten sie nach Persien übergesetzt. Und nun mußten sie wiederum nach Osten.

»Persepolis ist eine großartige und mächtige Stadt«, hatte der Schiffskapitän berichtet. »Es heißt, daß es nichts gibt, was man dort nicht erhalten kann. In Persepolis werdet ihr Geld verdienen können und einen sicheren Weg in eure Heimat finden.«

Darum wollten sie nun nach Persepolis, nach Nordosten in die rauhen Berge dieses fremden Landes der Perser. Und die Entfernung zu Antiochien würde noch größer werden.

Selene ließ sich von der Sommerhitze einlullen und hing ihren Gedanken nach. Der Schiffskapitän war über die wohltuende Wirkung der Mundsalbe so glücklich gewesen, daß er ihnen zum Dank jede ihm mögliche Hilfe anbot. Da hatte Selene das letzte Stück Papyrus in ihrem Medizinkasten benutzt, um Andreas einen Brief zu schreiben. Der Kapitän hatte versprochen, ihn auf der Rückreise zum Euphrat einem Schiffer oder Karawanenführer zu übergeben, dessen Ziel Antiochien war. Die Chance, daß der Brief Andreas wirklich erreichen würde, war gering, aber Selene setzte dennoch ihre Hoffnung in ihn.

Andreas darf mich nicht vergessen. Ich muß ihn wissen lassen, daß ich am Leben bin. Damit er auf mich wartet.

Als Selene die Tür hörte, drehte sie sich um. Wulf war ins Zimmer gekommen. Wieder schoß ihr die Frage durch den Kopf, ob er es gewesen war, der sie von der Schwelle des Todes zurückgerissen hatte; ob es seine Stimme gewesen war, deren Ruf sie vernommen hatte.

Sie war so nahe daran gewesen, aus diesem Leben zu scheiden – einen Atemzug, einen Herzschlag entfernt nur vom Übergang in eine andere Welt –, doch eine fremde Macht hatte sie zurückgeholt, und die schmerzhafte, stürmische Umkehr war von eindringlichen Visionen begleitet gewesen.

In diesen Visionen hatte sie endlich ganz klar den Sinn ihres Lebens erkannt.

Jetzt verstehe ich alles, dachte sie, als sie aufstand, um Wulf zu begrüßen. Ich weiß jetzt, daß es nicht Zufall, sondern Bestimmung ist, daß ich nach Persien gelangt bin.

Seit vier Jahren schwebte Selene vor, eine Heilkunde zu schaffen, die die Lehren ihrer Mutter mit den Lehren Andreas' vereinigte. Doch in ihren Fieberträumen auf dem Fluß war Selene eine viel umfassendere Vision gezeigt worden, die sie erstaunt und erregt hatte. So viel mehr gab es noch zu lernen; die Welt war so groß und von solcher Vielfalt. Plötzlich begriff Selene den Sinn ihres Exils; plötzlich verstand sie, daß sie dazu bestimmt war, aus allen Ecken der Erde alles Wissen und alle Kundigkeit anderer in sich zu sammeln, um diesen Schatz dann mit der Welt teilen zu können.

Selene war auf dem Fluß erwacht und hatte gesehen, in welche Richtung der Strom sie trug – immer noch ostwärts – und hatte gewußt, daß es kein Zufall war. Sie hatte erkannt, daß die Götter ihre Pfade lenkten.

Es ist die Vorbereitung auf das große Werk, das mich erwartet. Bei meiner Wiedervereinigung mit Andreas werde ich reich sein an Wissen, das die Welt mich gelehrt hat, und mit ihm gemeinsam werde ich es dorthin tragen, wo es gebraucht wird.

Aus dieser Erkenntnis heraus wußte Selene, daß der Aufenthalt in Persien nur ein weiterer Schritt auf ihrem Weg zur Vollendung war; ein Schritt, den sie gehen mußte, ehe die Götter sie bereit fanden und ihr die Heimkehr gestatteten.

»Wie geht es dir heute morgen?« fragte Wulf.

»Es wird jeden Tag besser. Und wie war es bei dir? Hast du Glück gehabt?«

Wulf zögerte. Wie sollte er die Frage beantworten? Er hoffte, den Heimweg nach Westen antreten zu können, ehe der Schnee kam; aber wenn er das tun wollte, mußte er unverzüglich aufbrechen und durfte nicht länger hier verweilen. Er würde Selene verlassen müssen. An diesem Morgen hatte er einen Führer gefunden, einen Mann mit drei Eseln, der bereit war, sie nach Persepolis zu bringen. Aber dann ...

»Du hast jemanden gefunden?« drängte Selene.

Er machte sich Sorgen um sie. Auch wenn sie ihm immer wieder versicherte, daß es ihr täglich besser ging, war er nicht überzeugt, daß sie imstande war, eine solche Reise zu unternehmen.

»Ja«, antwortete er schließlich. »Er kennt die Straße gut und kann uns in zehn Tagen nach Persepolis bringen.«

»Dann müssen wir sofort aufbrechen.«

Eilig hinkte sie durch das Zimmer und griff nach den Bündeln, die Wulf mitgebracht hatte, Proviant für die Zweihundert-Meilen-Reise in die Berge des Zagros: Eier, Äpfel, Reis, flaches, ungesäuertes Brot und gesalzenen Fisch. Sie würden bei Nacht reisen, denn »keiner durchquert dieses Land im Sommer bei Tag, höchstens Verrückte und Griechen«, hatte der Führer unter Anspielung auf den großen Alexander gesagt, der dreihundert Jahre zuvor genau das getan und ganz Persien erobert hatte.

Während Wulf Selene beobachtete, wie sie seine Einkäufe in Augen-

schein nahm, überfiel ihn Traurigkeit. Er erinnerte sich ihrer von Angst und Verzweiflung begleiteten Reise flußabwärts, als er das kleine Floß auf der Strömung gelenkt und kaum einen Blick von der fiebernden Selene gewendet hatte.
Wulf hatte in jenen Tagen kaum geschlafen. Stundenlang hatte er sie nachts in den Armen gehalten und ihren Namen gerufen und hatte doch das Fieber nicht brechen können, das sie ihm rauben wollte. Es hatte Momente gegeben, wo er Odin verflucht hatte und beinahe sein hölzernes Kreuz in den Fluß geschleudert hätte; dann wieder hatte er so verzweifelt gebetet, daß ihm die Knie geblutet hatten.
Und gerade, als seine Verzweiflung am höchsten war, als Selenes Leben nur noch an einem Fädchen zu hängen schien, hatte er das Gebiet erreicht, wo Euphrat und Tigris sich ins Meer ergossen. Hier im Marschland des Flußdeltas war er auf die Menschen gestoßen, die seit Urzeiten hier lebten und nur die Sumpfbewohner genannt wurden.
Selene unterbrach plötzlich ihre Inspektion der Reisevorräte und richtete sich auf.
»Wie hast du das alles bezahlt?« fragte sie Wulf erstaunt und hielt dabei das neue Leinen für Verbandzeug, die Päckchen mit Holunderborke und getrockneten Basilikumblättern hoch. »Das hast du doch nicht alles für den Feuerstein bekommen.«
Er wandte sich ab und ging auf den Balkon hinaus.
Die Sumpfbewohner hatten Selene gesundgepflegt. In ihren sonderbaren tunnelförmigen Hütten hatten die Frauen Selene mit ihren alten Heilmitteln versorgt, während Wulf mit den Männern im Kanu hinausgefahren war und im Schilf mit Fallen auf Enten und Reiher Jagd gemacht hatte. Bis er eines Tages in die Hütte zurückgekehrt war und eine strahlende Selene vorgefunden hatte, die aufsaß und mit gutem Appetit eine Schale Reis aß.
»Wie konntest du alle diese Dinge kaufen, Wulf?« fragte Selene wieder.
Die dunklen Dächer der Hafenstadt schimmerten in der Sommerhitze. Bei Sonnenuntergang, hatte der Führer gesagt, würden sie aufbrechen. Und in zehn Tagen würden sie Persepolis erreichen.
Zehn Tage...
Beinahe gewaltsam umklammerte Wulf das Balkongeländer. Er mußte diese Erinnerungen jetzt hinter sich lassen. Nur die Zukunft war wichtig. Die Zukunft war das einzige, was zählte. Die Rückkehr nach Hause. Zu Freda, zu Einar; zu seinem Volk, das einen Führer brauchte, es zu neuem Kampf gegen die Römer zu vereinen.

Zurück an den Rhein, wo er Gaius Vatinius finden und Rache üben würde, wie er sich geschworen hatte.
»Wulf?« fragte Selene wieder. »Wie hast du für alle diese Dinge bezahlt?«
Nur einmal möchte ich sie noch in den Armen halten, ehe wir für immer auseinandergehen. Nur einmal möchte ich ihre Lippen kosten, ihren Körper spüren...
Mit einem Ruck drehte er sich um und riß sich das Tuch vom Kopf.
Selene stand wie vom Donner gerührt. Wulfs helles Haar, das ihm fast bis zu den Hüften herabgefallen war, war kurz abgeschnitten.
»Ich habe es verkauft«, sagte er. »Auf dem Markt ist ein Perückenmacher. Er sah mich und bot mir eine Menge Geld. Gelbes Haar ist sehr begehrt, sagte er mir.« Wulf griff in seinen Gürtel und zog eine lederne Börse heraus. »Es ist sogar noch Geld übrig. Damit können wir in Persepolis jemanden finden, der uns weiterführt.«
Selene hob die Hand, um sein Haar zu berühren, doch er wich ihr aus. »Es wächst schon wieder nach.«
Sie betrachtete ihn, wie er im Zimmer umherging und die Vorräte zusammenpackte. Sie wollte ihm so gern noch etwas sagen. Aber es gab nichts zu sagen. In Persepolis würden sich ihre Wege für immer trennen. Ihre gemeinsame Reise würde enden, wie sie das immer gewußt hatte.
Die Träume, die sie während ihres Kampfes mit dem Tod heimgesucht hatten, hatten ihr den Weg gewiesen und ihr neuen Antrieb gegeben. Nur die Schwäche ihres Körpers hatte sie daran gehindert, gleich nach dem Erwachen aus dem Fieber auf dem neuen Weg voranzustürmen. Jetzt aber, nach Wochen der Genesung, war Selene kräftig und stark genug, wieder vorwärtszustreben, und sie hatte es eilig. Im Westen wartete ihre Berufung auf sie.

34

»Hilfe!« rief das flüchtende Mädchen. »So hilf mir doch jemand!«
Sie rannte durch einen der vielen abgeschlossenen Gärten des Lustpalastes, über grünen, glatten Rasen, der von tausend Sommerblumen gesäumt so bunt und prachtvoll war wie einer der Teppiche, für die Persien berühmt war. Sie rannte, als gälte es ihr Leben und sah sich dabei immer wieder mit ängstlichen Blicken um.
Ein Mann verfolgte sie. Als sie ihn auf sich zulaufen sah, schrie sie wieder und rannte noch schneller. Doch sie war ein kleines, zierliches Ding, und

der Abstand zu ihrem Verfolger, langbeinig und von hohem Wuchs, verringerte sich zusehends.
Prinzessin Rani, die Bedauernswerte, beobachtete aus der Abgeschlossenheit ihrer Terrasse unbemerkt die Szene.
Das Mädchen flog über den Rasen, jagte um Hecken herum, hetzte gewundene Wege entlang, übersprang blühende Beete. Ihre leuchtend organgefarbenen Beinkleider, die sie bauschig umflatterten, waren feucht vom Strahl der Springbrunnen. An ihrer langen, ebenfalls orangefarbenen Jacke war ein Knopf abgesprungen, so daß der Ansatz ihres Busens zu sehen war.
»Hilfe!« schrie sie wieder. Aber es half nichts. Der Garten war auf allen Seiten von Mauern umschlossen, es gab keinen Ausgang; und es waren keine Menschen hier, nur Prinzessin Rani, die hinter grünumranktem Gitter verborgen war, eine schweigende Zuschauerin.
Schließlich sprang das Mädchen in höchster Verzweiflung in eine Gruppe blühender Myrtenbüsche und blieb dort keuchend auf der Erde liegen.
Der Mann hielt im Lauf inne und sah sich um. Die Hände in die Hüften gestemmt, stand er da und drehte suchend den Kopf nach allen Seiten. Als er flüchtig in Prinzessin Ranis Richtung blickte, sah sie, daß er schön war. Ein Edler, dachte sie, nach der Größe des Smaragden an seinem Turban zu urteilen. Ein schöner junger Adliger mit breiten Schultern und geradem Rücken, über dessen Muskeln sich die taubengraue Seide seiner Jacke spannte. Rani hatte keinen Zweifel an seinen Absichten. Ob das Mädchen sich bewußt war, dachte sie, daß sie sich ausgerechnet die Myrte als Schutz gesucht hatte? Die Myrte war der Venus heilig, der römischen Göttin der Liebe.
Der Mann wartete. Plötzlich sprang das Mädchen wie ein Hase aus dem Gebüsch. Der Mann lief hinzu und wollte sie greifen; doch er fing nur ihren Schleier. Das Mädchen schlug die Hände vor ihr Gesicht und rannte schreiend über den Rasen. Der Mann jagte ihr nach, Entschlossenheit jetzt im schönen Gesicht.
Prinzessin Rani hörte Miko kommen, ihre alte Magd. Die Alte stellte sich neben sie. Sie sagte nichts, beobachtete aber ebenfalls die beiden auf dem Rasen.
Endlich erreichte der Mann das Mädchen. Er packte sie, wirbelte sie herum, hielt ihre Arme fest und küßte sie auf den Mund.
Miko ließ einen Laut der Mißbilligung hören.
Draußen ließen sich die beiden jungen Leute lachend ins Gras fallen. Das Mädchen schlang dem Mann die Arme um den Hals, und während

ihr erregtes Gelächter durch die Stille perlte, wandte Prinzessin Rani endlich den Blick ab. Miko zog einen Vorhang über das umrankte Gitter und sagte: »Warum siehst du es dir immer an? Es bringt dir nur Schmerz und Traurigkeit und dennoch siehst du immer zu.«
»Es macht mir auch ein wenig Freude«, entgegnete Rani, doch es klang nicht sehr überzeugend, »zu sehen, daß andere genießen, was ich niemals haben kann.«
Miko warf ihrer Herrin einen sprechenden Blick zu. Rani wußte, was sie dachte.
Doch, es muß sein, hielt Rani im stillen dagegen. Ich tue es für Dr. Chandra.
Als das Gelächter des jungen Paares schließlich verstummte, neigte Rani den Kopf in den Nacken und sah zum Himmel hinauf. Sie dachte daran, was die beiden jungen Leute da draußen trieben; etwas, das sie nie erfahren hatte und niemals erfahren würde. Leise Wehmut überkam sie.
Die Liebe, dachte sie. Fast jedem war es vergönnt, sie irgendwann einmal zu genießen. Sogar die alte Miko hatte einst einen Ehemann gehabt.
Aber ich habe meinen Entschluß vor langer Zeit gefaßt, dachte Rani. Und ich werde an ihm festhalten. Ich werde weiterhin den Preis bezahlen.
Sie dachte wieder an die geheimnisvolle Prophezeiung, die der Astrologe am Morgen des vergangenen Tages ausgesprochen hatte. Dr. Chandras Leben in diesen Mauern wird bald vorüber sein, hatte Nimrod zur Überraschung aller erklärt. Nachdem der Arzt dreißig Jahre lang im Palast tätig gewesen war, hatte niemand geglaubt, daß er jemals fortgehen würde. Und der Grund seines Scheidens, hatte der Astrologe hinzugefügt, wird ein vieräugiger Mensch sein.
Rani schloß die Augen. Auf ihrer Terrasse war es still und friedlich. In diesen entfernten Winkel des Lustpalasts hoch in den persischen Bergen drangen weder Musik noch Gelächter, die alle anderen Räume bei Tag und Nacht durchzogen. Rani hatte sich diese Abgeschiedenheit selbst ausgesucht; sie wollte einerseits nicht an ihr eigenes Unglück erinnert werden, andererseits die anderen nicht in ihrer Unbeschwertheit stören.
Sie wußte, daß man sie die Bedauernswerte nannte. Vor fast dreißig Jahren hatte man ihr flüsternd diesen Namen gegeben, als alle Ärzte im Palast hatten bekennen müssen, daß sie sie nicht heilen konnten.
So einsam dieses Leben war, das sie nur mit ihren wenigen Sklaven und ihren Haustieren teilte, Rani zog es einem Leben unter gesunden, normalen Menschen vor. Hier war sie sicher; hier waren ihre Geheimnisse gut aufgehoben.
So war es jedenfalls bis jetzt gewesen. Bis zu der bestürzenden und ver-

wirrenden Ankündigung des Astrologen, daß Dr. Chandra bald den Palast verlassen würde.
Kann es wahr sein? fragte sich Rani mit klopfendem Herzen. Nach so langer Zeit; nach dreißig Jahren – nachdem Dr. Chandra an meinem achtzehnten Geburtstag plötzlich hier erschien, soll er nun gehen?
Was wird dann aus mir werden?
Rani, eine Frau von ruhigem Wesen und sanftem Gemüt, die, von der Hüfte abwärts gelähmt ein grausam eingeschränktes Leben führte, verspürte zum erstenmal seit Jahren Furcht.

Auch Nimrod hoch oben in seinem Turm dachte voll Sorge an Dr. Chandra. Die Sterne kündeten die Zukunft und logen nie, aber sie verrieten nicht immer alle Tatsachen. Nimrod schlug zornig auf seinen Arbeitstisch, daß Karten und Instrumente in die Höhe sprangen. Wann und wie würde Dr. Chandra den Palast in den Bergen verlassen? Und wer war dieser vieräugige Mensch, der nach Voraussage der Sterne hier erscheinen würde?
Er warf seine Feder aus der Hand und beugte sich mit gerunzelter Stirn noch einmal über seine Karten.
So war also der Tag endlich gekommen? Der Tag, an dem er seinen Turm verlassen mußte. Er wußte, daß er hier oben keine weiteren Antworten finden würde; die Sterne hatten ihm alles offenbart, was sie zu offenbaren bereit waren. Die Antworten auf seine anderen Fragen mußte er an anderem Ort finden. Draußen, außerhalb seines Turms, den Nimrod, wie die Prinzessin ihre Räume, seit vielen Jahren nicht verlassen hatte.
Er brauchte ein Lamm. Ein gesundes Lamm im richtigen Alter und von der richtigen Färbung. Er konnte sich nicht darauf verlassen, daß irgend jemand aus dem Palast ihm das richtige Tier bringen würde. Nein, diese Angelegenheit war zu wichtig. Nimrod würde sich selbst auf die Suche begeben müssen. Und es dann untersuchen und aus seiner Leber Dr. Chandras Zukunft lesen müssen.

35

Die Strahlen der untergehenden Sonne im Auge brachen sie auf und folgten einer alten Königsstraße, die Hunderte von Jahren früher von Cyrus, dem ersten König der Perser, gebaut worden war. Mählich stieg das flache Land der Küste zu sanft gewellten Hügeln an, die die Reisenden zu den steilen Hängen des Zagros hinaufführten. Die Luft wurde dünner

und kühler. Zehn Tage nach ihrem Aufbruch von der Küste erreichten sie das sogenannte Persische Tor, wo dreihundert Jahre zuvor der große Alexander eine erbitterte Schlacht geschlagen hatte.
Selene fühlte sich trotz der anstrengenden Reise frisch und stark, wie von einer neuen Kraft beseelt. Hier oben schienen die Sterne heller zu leuchten, und der Mond, der die Eichenhaine mit silbernem Licht übergoß, war groß und prall. Die Luft war berauschend in ihrer Klarheit und Reinheit. Prickelnde Erregung packte Selene, als sie mit Wulf zusammen dem Führer und seinen Eseln den mondhellen Bergpaß hinauf folgte. Bald würden sie das Ziel ihrer Reise erreicht haben; jenseits der Anhöhe würden sie das alte Persepolis sehen, von wo aus sie in ein paar Tagen ihre Reise nach Westen, in die Heimat, beginnen würden.
Sie konnte sich Persepolis genau vorstellen, der Schiffskapitän hatte es ihr auf der Überfahrt nach Persien geschildert. »Es liegt auf einer künstlich ummauerten Terrasse mitten in den Bergen«, hatte er gesagt, »und es ist ein einziger Garten mit Bäumen, Blumen und Gräsern. Kanäle und Wasserläufe fließen dort, und es gibt Wildvögel und zahme Gazellen. Die Paläste der Adligen schimmern in der Sonne. Euch wird der Atem stokken, wenn ihr es seht.«
Als sie endlich die Anhöhe erklommen hatten, machten sie halt, um hinunterzuschauen. Sie standen zu hoch, um deutlich sehen zu können, aber vor Selenes Auge stand klar der gewaltige Palast aus massigem Stein und Zedernholz, in leuchtenden Farben bemalt und mit tausend goldenen Quasten behangen. Persepolis, dachte sie selig. Eine weiterer Schritt auf dem Weg zu ihrer Bestimmung; die Götter hatten sie hierhergeführt.
Bald hatten sie den Abstieg über den Osthang hinter sich und folgten der Straße zum Plateau. Es war Mitternacht, und der Mond stand hoch am Himmel. Ihr Weg schien wie von einer Fackel erleuchtet. Und während sie auf der alten Königsstraße vorwärtsschritten, bemächtigte sich Selenes ein unheimliches Gefühl, das sie sich nicht erklären konnte.
Eine Stille, die unnatürlich schien, hing schwer über dem Tal; als läge die unsichtbare Hand eines Gottes über dem Kessel und schlösse ihn ab vom Rest der Welt. Der Schlag der Eselshufe hallte laut in der Stille. Selene und Wulf begannen sich umzusehen, verwirrt zuerst, dann zunehmend beunruhigt. Als sie die alte Holzbrücke über den Fluß Pulvar überquerten, erzählte der Führer von ›Sikander‹, dem großen Alexander, der vor langer Zeit dieses Land erobert hatte und der, um den Persern seine Macht zu zeigen, diese Festung in Brand gesetzt und zugesehen hatte, wie Persepolis in Flammen aufgegangen war.

Ungläubig blickte Selene auf die Steinhaufen, die abgebröckelten Mauern und umgestürzten Säulen, die einst zum Palast Darius des Großen gehört hatten. Hier gab es keine Gärten, keine Bäume und keine Blumen, nicht einmal Gräser – nur kahles, braunes Land, unfruchtbar, als hätten es die Götter verflucht.
Der Führer erzählte weiter, während Selene und Wulf ihm schweigend zum Tor des Xerxes folgten. Kein Gold glänzte hier; keine buntbemalten Säulen glänzten im Mondlicht. Der Schiffskapitän hatte ihnen etwas erzählt, das er irgendwo gehört hatte. Er war niemals in Persepolis gewesen.
»O Wulf«, flüsterte Selene. »Das ist eine tote Stadt. Hier gibt es keine Menschen.«
Wulf sah zu den wenigen Säulen hinauf, die noch standen. Was für Götter mochten diese Stadt gebaut haben und warum hatten sie sie schändlichem Verfall überlassen?
»Wulf«, sagte Selene enttäuscht, »wir sind in eine tote Stadt gekommen. Hier ist nichts. Warum haben uns die Götter hierhergeführt, wo es nichts gibt als Trümmer und Tote? Nun müssen wir weiterziehen, in eine andere Stadt. Ach, ich bin das Umherwandern so müde...«
Plötzlich erschöpft lehnte sie sich an Wulf, und der schloß die Arme um sie. Der Führer wies auf einen Platz in den Ruinen, wo er sein Lager aufschlagen wollte, und ging mit seinen Eseln davon.
Selene und Wulf standen eng aneinander geschmiegt in der Kälte der Nacht. Sie waren so müde, sie hatten einen so weiten Weg hinter sich, waren so voller Hoffnung gewesen, nur um jetzt entdecken zu müssen, daß sie weiterziehen mußten, in eine andere Stadt, auf einer anderen Straße.
Reglos hielten sie einander in den Armen, wie um sich in ihrer Enttäuschung und Müdigkeit gegenseitig zu stützen. Dann begann Wulf sachte, Selenes Haar zu streicheln, und Selenes Hände glitten warm über seinen Rücken. Ihre Münder trafen sich zu einem Kuß, der zärtlich und sanft war. Kein Drängen war in ihnen, keine lodernde Leidenschaft; sie hielten einander in liebevoller Zuneigung umschlungen, die Balsam auf ihren müden Seelen war.
Im Schein der Sterne, die über mondweißen Ruinen kreisten, legten sie sich nieder und liebten sich weit in die Nacht, vergaßen für eine kurze Zeitspanne Einsamkeit, Sehnsucht und Verzweiflung.

Die Sonne stieg über den östlichen Gipfeln auf, und Augenblicke später war der Talkessel in gleißendes Licht getaucht. Ein kühler Wind, der jedoch bald glühend heiß und trocken werden würde, fächelte ihnen die

Gesichter, während sie durch die Ruinenstadt wanderten. Sie sahen rußgeschwärzte Säulen und das verkohlte Zedernholz der wuchtigen Pfeiler, die im Inferno des von Alexander angefachten Feuers herabgestürzt waren. Sie sahen rissige Mauern aus dunklem Kalkstein, von kunstfertigen Steinmetzen mit Bildern steifer Prozessionen längst vergessener Menschen geschmückt.

Der Führer kam ihnen mit seinen Eseln entgegen. Sie müßten sich eine schattige Unterkunft für den Tag suchen, sagte er, da die Hitze bald unerträglich werden würde. Doch als er den Weg zurückgehen wollte, den sie gekommen waren, protestierten Wulf und Selene. Dies war nicht der Weg in die Heimat. Ob sie nicht nach Norden ziehen könnten, fragten sie. Ob nicht eine Straße aus dem Norden Persiens nach Westen, nach Armenien führe? Der Führer kratzte sich nachdenklich am Kopf und sagte: »Die Straße da drüben führt zu einem alten Lustpalast im Norden. Und von dort geht eine Straße nach Westen, bis nach Europa, wie ich gehört habe.«

Wulf und Selene hatten von dem Palast gehört und wußten, daß er am Ende einer sicheren und schnellen Straße stand. Lieber wollten sie diesen Weg einschlagen als umkehren und riskieren, Lashas Soldaten in die Arme zu laufen.

Der Führer war nicht bereit, sie zu begleiten, und wollte ihnen auch keinen Esel überlassen. Wulf und Selene dankten ihm, sagten ihm Lebewohl und machten sich auf eigene Faust auf den Weg durch die Trümmerstadt.

36

Sie waren noch eine Tagesreise von dem Lustpalast in den nördlichen Bergen entfernt, als sie, vor der Sonne geschützt in einem Eichenwäldchen lagernd, plötzlich einen weißhaarigen Mann hinter einer Felsengruppe sahen. Er lief genau in ihre Richtung, schien sie aber nicht zu bemerken, da sein Augenmerk auf ein Lamm gerichtet war, das in einiger Entfernung vor ihm hersprang. Seine Mütze fiel ihm vom Kopf, und das lange weiße Haar flatterte wie ein Schleier hinter ihm im Wind. Selene fing an zu lachen über den komischen Anblick. Aber da packte Wulf sie am Arm und wies auf einen Schatten, der schnell über den Boden glitt und dem Greis immer näher kam.

Entsetzt blickte Selene in die Höhe. Genau in dem Moment stieß der große Vogel herab und attackierte den Alten. Selene und Wulf sprangen auf und stürzten zur Straße, um dem Greis zu helfen.

Er lag schreiend auf den Knien, die Arme zum Schutz gegen die Angriffe des großen Vogels erhoben, der ihm seine Krallen in den Kopf geschlagen hatte.
Mit einem Sprung war Wulf bei dem Alten, packte den Falken, der sich wütend wehrte, dann aber von seinem Opfer abließ, um sich mit kraftvollen Schlägen seiner Schwingen in die Lüfte zu erheben.
Selene kniete neben dem alten Mann nieder und untersuchte den stark blutenden Kopf, während Wulf schon den Medizinkasten öffnete. Sie arbeitete rasch, um die Blutungen zu stillen, dann wusch sie die Wunde aus, nähte und verband sie. Als sie fertig war und Wulf gerade fragen wollte, was sie nun mit dem Bewußtlosen anfangen sollte, gewahrte sie am Fuß der Hügel einen höchst ungewöhnlichen Anblick. Wulf wurde zur gleichen Zeit aufmerksam und stand langsam auf.
Ein prächtiger Zug von mehr als hundert Menschen, alle wie Fürsten gekleidet, teilweise zu Pferd, teilweise auf buntbemalten Elefanten reitend, kam die Straße herauf. Langsam und gemessen bewegte er sich zum hellen Klang Hunderter von Glöckchen und kam kurz vor Wulf und Selene zum Stehen.
Ohne ein Wort sprang ein Reiter von seinem Pferd und lief zu ihnen. Er kniete neben dem alten Mann nieder, untersuchte ihn, drehte sich dann um und rief etwas in einer Sprache, die Selene nicht verstand.
Jetzt näherten sich vier Männer, die eine Sänfte trugen. Behutsam hoben sie den alten Mann hinein.
Der Führer des Zugs, ein großer, dunkler Mann, der auf einem gelbbemalten Elefanten thronte, sah mit unergründlicher Miene zu Wulf und Selene hinunter. Erstaunt blickte Selene auf seinen ausgestreckten Arm, auf dem der Falke hockte, der den alten Mann angegriffen hatte. Sein Gefieder und seine Klauen waren rot von Blut, über dem Kopf trug er eine Haube.
Sechs Soldaten stürmten aus dem Zug, umringten Selene und Wulf, führten sie zu einem Pferd und befahlen ihnen aufzusitzen.

Neben dem großartigen Lustpalast des parthischen Herrschers hätte der Palast von Magna wie ein schäbiger Stall gewirkt. Hier gab es so viele Zimmer und Säle, daß es hieß, man könne zehn Jahre lang jeden Tag einen anderen Raum aufsuchen und hätte dennoch nicht einmal die Hälfte gesehen. Über eine Brücke, die ein ausgetrocknetes Flußbett überspannte, zog die Prozession auf dem Palastgelände ein.
Als Selene den Palast erblickte, dachte sie, ist das der Ort, den ich in meinen Visionen gesehen habe? Alabastermauern, die weiß in der Sonne

leuchten. War die Vision eine Botschaft der Götter, um mir zu sagen, daß ich in diesen Palast geführt werden würde? Werde ich hier etwas finden, das mich meiner Bestimmung näherbringt?
Durch sieben mächtige Tore führte der Weg des Zuges auf einen weiten Platz, wo sogleich Hunderte von Bediensteten mit Leitern und Fußbänken die Ankommenden umschwärmten. Wulf und Selene meinten, man würde sie in dem wilden Durcheinander übersehen, aber da näherte sich schon ein Trupp parthischer Wachen und umringte ihr Pferd, während sie abstiegen. Man führte sie quer über den Hof durch ein mit goldenen Nägeln beschlagenes Tor.
Sie schritten durch endlose Gänge, die trotz der glühenden Hitze draußen kühl waren, und begegneten fremdartig gekleideten Menschen in farbenprächtigen Gewändern, mit Turbanen auf den Köpfen, die mit Federbüschen und Edelsteinen geschmückt waren. Wulf starrte sie an, und sie musterten den blonden Riesen in den ledernen Gamaschen gleichermaßen neugierig. Als die Wachen sie schließlich durch einen Garten führten, in dessen Mitte ein kleiner See war, blieb Wulf fasziniert stehen. Auf dem Wasser schwammen Schwäne, die ersten, die er gesehen hatte, seit man ihn in seiner Heimat gefangengenommen hatte. Traurigkeit erfaßte ihn. Die Schwäne waren die Tiere der Walküren.
Man brachte Wulf und Selene in ein behaglich eingerichtetes Gemach mit einem eigenen kleinen Garten. Die Wachen entfernten sich, die Türen wurden abgeschlossen.

37

Ein Mann suchte sie auf. Er war in braune Seide gekleidet und trug einen goldgelben Turban. Er stellte sich ihnen als Dr. Singh vor.
»Warum haltet ihr uns gefangen?« fragte Wulf. »Wir haben nichts Unrechtes getan.«
Eingeschüchtert von der Größe des Barbaren, wich Dr. Singh einen Schritt zurück. »Ich versichere euch, daß ihr nicht gefangengehalten werdet. Ihr seid unsere Gäste.«
»Aber ihr schließt die Türen ab.«
»Nur zu eurem Schutz.«
»Wie geht es dem alten Mann?« fragte Selene.
Der Arzt warf ihr einen Blick zu, als erstaunte es ihn, daß sie das Wort ergriffen hatte. Dann wandte er sich Wulf zu und sagte: »Du mußt verstehen, daß hier eine heikle und höchst ungewöhnliche Situation vor-

liegt. Nur ein Brahmane darf den Daniel von ganz Persien berühren; jeder andere, der es tut, wird bestraft. Doch du hast ihm das Leben gerettet. Wir beschlossen abzuwarten, wie sich der Gesundheitszustand des Daniel entwickeln würde. Er hat das Bewußtsein wiedererlangt und möchte dich sehen.«
»Dann geht es ihm also gut?« fragte Selene.
Wieder gönnte Dr. Singh ihr nur einen flüchtigen Blick, ehe er das Wort erneut an Wulf richtete.
»Der ›alte Mann‹, den du gerettet hast, ist unser Astrologe. Sein vorzeitiger Tod wäre ein Unglück für das ganze Volk gewesen. Aber nun bitte ich dich, mich zu begleiten.«
»Wohin bringst du uns?« fragte Wulf.
»Zum Astrologen. Er möchte den Mann kennenlernen, der ihm das Leben gerettet hat.«
Als Selene mit Wulf zur Tür gehen wollte, sagte Dr. Singh: »Deine Frau nicht. Sie bleibt hier.«
»Aber *sie* hat den alten Mann gerettet. Nicht ich.«
Dr. Singhs Augenbrauen zuckten in die Höhe. »Wie? Das kann nicht dein Ernst sein.«
»Sie ist eine Heilerin.«
Der Arzt rang nach Luft. »Und sie – sie hat den Astrologen *berührt*?«
»Das mußte ich doch, um –« begann Selene, doch der Arzt gebot ihr mit einer unwirschen Handbewegung zu schweigen.
»Das ist höchst ungewöhnlich. Damit hatte niemand gerechnet«, erklärte er verärgert. »Ich muß erst sehen, was da zu tun ist.« Damit eilte er zur Tür hinaus.
Als er ein wenig später zurückkam, sagte er: »Die Frau kann mitkommen.«
Durch ein Gewirr von Korridoren führte er sie in einen Raum, den er schlicht den Pavillon nannte. Selene sah sich staunend um. In dem großen Saal standen an einer Wand nebeneinander aufgereiht mehrere Betten; in der Wand gegenüber führte eine breite Tür auf eine Terrasse hinaus. Die Betten waren alle belegt, und die Menschen, die in ihnen lagen, litten, wie Selene im Vorübergehen sah, alle an einer Krankheit oder Verletzung. Blumengirlanden schmückten Wände und Zimmerdecke; neben jedem Bett lehnte ein großes Schwert; die Luft war von Weihrauch geschwängert.
Die Patienten lagen auf weißen Laken, ihre Köpfe ruhten auf weißen Kissen, weiße Decken lagen über ihren Körpern. Auf kleinen Tischen zwischen den Betten warteten Schalen mit Wasser, Verbandzeug und

Räucherstäbchen; Pflegerinnen standen über die Patienten gebeugt – wuschen sie, wechselten einen Verband, gaben ihnen zu essen; und während sie sich mit den Patienten beschäftigten, lachten und scherzten sie ohne Unterlaß. Einige der Pflegerinnen sangen sogar, und in der Mitte des Saals stand ein Mann und redete; dem allgemeinen Gelächter nach zu urteilen, erzählte er irgendeine lustige Geschichte.
Im letzten Bett erkannte Selene den alten Mann, den Dr. Singh ihnen als Nimrod, seines Zeichens Hofastrologe, vorstellte. Drei schöne Frauen saßen an seinem Bett. Sie sangen und klatschten mit den Händen den Takt. Als Nimrod die Augen zufielen, beugte sich eine von ihnen über ihn und schlug ihm auf die Wange. Sofort riß er die Augen wieder auf.
»Was tun sie da?« fragte Selene, am Fuß des Bettes stehend.
Dr. Singh antwortete ihr mit sichtlichem Widerwillen. »Sie halten ihn wach. Wenn du eine Heilerin bist, müßtest du wissen, daß ein Kranker bei Tag nicht schlafen sollte.«
Ohne auf die Geringschätzung in seinem Ton zu achten, fragte Selene: »Wie nennt ihr diesen Ort?«
»Den Pavillon.«
»Aber – was ist es für ein Ort?«
Dr. Singh runzelte die Stirn. Er und Selene hatten Griechisch miteinander gesprochen, doch ihm fiel in dieser Sprache kein passendes Wort ein, um diesen Raum zu beschreiben. Er sagte es ihr schließlich in Sanskrit.
»Wir sagen *chikisaka* dazu. Es ist der Ort, wo wir unsere Kranken versorgen. Wie nennt ihr ihn in deiner Heimat?«
Selene schüttelte den Kopf. Auch ihr fiel kein griechisches Wort dafür ein. Der Grund dafür war, daß sie keinen Ort kannte außer den Äskulap-Tempeln, wo die Kranken versorgt wurden.
»Bei uns gibt es so etwas nicht«, sagte sie.
Seine Miene zeigte Verachtung. Fremde, dachte er. Was denkt sich der Astrologe nur, daß er mit ihnen zu sprechen wünscht?
Er wandte sich ab und trat neben das Bett, wo immer noch die drei singenden Frauen saßen. Während er sich über den Astrologen neigte und in seiner Sprache mit ihm sprach, sah Selene sich noch einmal in diesem erstaunlichen Raum um und gewahrte diesmal, in einem schattigen Winkel stehend, einen kleinen, rundlichen Mann, der sie beobachtete. Das Gesicht war fast ganz von einem buschigen schwarzen Bart verdeckt, über dem ein Paar mißtrauischer Augen blitzte.
»Du darfst jetzt an den Daniel herantreten«, sagte Dr. Singh barsch. »Aber fasse dich kurz.«

Selene blickte in das graue Gesicht hinunter. Sie sollten ihn schlafen lassen, dachte sie besorgt und wünschte, die drei Sängerinnen würden sich entfernen.
»Sei gegrüßt«, sagte sie leise. »Ich bin Selene.«
Die milchigen Augen richteten sich auf ihr Gesicht. »*Du* hast mir das Leben gerettet?« fragte Nimrod mit krächzender Stimme.
»Ich und mein Freund«, antwortete sie mit einer Geste zu Wulf. »Er hat den Falken vertrieben. Ich habe deine Wunden versorgt.«
Nimrod seufzte. »Dieser verwünschte Vogel hat meinen Kopf mit einem Hasen verwechselt. Es war mein eigener Fehler. Ich hätte mich Mudras Jagdgesellschaft gar nicht anschließen sollen.«
Er war sichtlich erschöpft, und das Reden strengte ihn an. Selene hob die Hand, um seine Stirn zu befühlen.
»Nicht!« rief Dr. Singh scharf.
Sie sah ihn erstaunt an.
»Du darfst den Daniel nicht berühren.«
»Aber ich muß doch feststellen, wie es um ihn bestellt ist. Sein Gesicht hat eine ungesunde Farbe. Laß mich seine Verletzung untersuchen.«
»Du darfst ihn nicht berühren.«
»Aber ich habe ihn doch schon berührt!«
»Deine Anwesenheit hier ist störend. Geh jetzt wieder.«
Sprachlos starrte Selene den Arzt an. Als sie flüchtig den Blick über seine Schultern hob, sah sie in der Ecke immer noch den schwarzbärtigen Mann stehen, der sie beobachtete.
»Aber das ist ja läch –«
»Geh«, fuhr Dr. Singh sie an und winkte den Wachen.
Auf dem Weg hinaus sah Selene, daß Dr. Singh zu dem Bärtigen in der Ecke getreten war und mit ihm sprach.

38

Auf ihrem Sofa ruhend, seidene Kissen im Rücken, musterte Rani die beiden Fremden mit unverhohlener Neugier. Ein ungewöhnliches Geschöpf, dieses Mädchen, die helle Haut und dazu das rabenschwarze Haar! Und sie war groß. Rani schätzte, daß sie, wenn sie stehen könnte, ihr kaum bis zur Schulter reichen würde. Und beinahe noch ungewöhnlicher war ihr Gefährte. Dieses Haar, so hell wie die Sonne! Rani hatte von solchen hellhaarigen Menschen gehört, aber sie hätte nicht gedacht, daß sie je einen zu Gesicht bekommen würde.

»Man hat mir berichtet, daß ihr unserem Hofastrologen das Leben gerettet habt«, sagte sie freundlich. »Dafür ist euch mein Dank und der des ganzen Hofes gewiß. Und zweifellos auch der Dank der Götter.«
Selene fühlte sich an Lashas Gemächer in Magna erinnert. Die Räume, in denen diese Prinzessin lebte, waren weit prachtvoller als alles, was Selene in Magna gesehen hatte. In den Marmorboden waren goldene Kacheln eingelegt; fremdartige Vögel stolzierten umher, die lange Schwänze herrlich gezeichneter Federn hinter sich herzogen. Als einer von ihnen, ein weißer, die Schwanzfedern aufstellte und zu einem herrlichen weißen Fächer ausbreitete, klatschte Selene entzückt in die Hände.
»Ihr seid von weither gekommen«, sagte Rani lächelnd. »Was hat euch nach Persien geführt?«
Selene wandte den Blick von den Pfauen und musterte die Prinzessin. Sie war klein und braunhäutig wie viele der Bewohner des Palasts, doch ihr schien der Hochmut zu fehlen, den die anderen unverhohlen zur Schau trugen. Selene machte sich ihre Gedanken über die unter der Satindecke verborgenen Beine der Prinzessin.
»Wir sind auf der Suche nach einem Weg zurück in unsere Heimat hierher verschlagen worden. Das Schicksal hat uns weit von unserem Weg weggeführt.«
Rani nickte mit Verständnis. Niemals würde sie vergessen, wie das Schicksal sie selber sechsunddreißig Jahre zuvor in die Irre geführt hatte; sie sah es noch heute als niederträchtigen Streich an, den sie niemals verzeihen konnte.
»Dr. Chandra hat mir von eurem Besuch im Pavillon berichtet. Er sagte, du hättest den Astrologen berühren wollen. Weißt du nicht, daß du als Frau das nicht darfst? Nimrod gehört der Kaste der Brahmanen an.«
Selene dachte an den morgendlichen Besuch zurück. Wer war Dr. Chandra? Sie erinnerte sich des kleinen, bärtigen Mannes, der sie mit so kritischem Blick beobachtet hatte.
»Man darf mir meine Unwissenheit nicht zur Last legen, Hoheit«, antwortete sie. »In unserer Welt gibt es keine solchen Verbote. Ich bitte um Verzeihung, wenn wir eure Sitten verletzt haben. Mein Freund und ich möchten nur möglichst bald weiterziehen. Wir hörten, daß es von hier eine Straße gibt, die nach Westen führt...«
»Dr. Chandra sagte mir, daß du Nimrods Verletzung sachkundig behandelt hast und daß du behauptest, eine Heilerin zu sein. Ist das wahr?«
»Ich bin ein wenig in der Heilkunde bewandert, ja.«
Rani maß sie mit einem nachdenklichen Blick. »In deiner Heimat ist es Frauen erlaubt, die Heilkunst auszuüben?«

»Aber ja«, antwortete Selene, erstaunt über die Frage.
Rani schüttelte verwundert den Kopf. »Ich weiß so wenig von der Welt außerhalb dieser Mauern. Und ich empfange niemals Besuch. Alle Nachrichten und Neuigkeiten erfahre ich von Dr. Chandra. Er ist mein einziger Freund und mein Leibarzt.«
Selene sah automatisch zu der Satindecke über den leblosen Beinen, und Rani sagte: »Ich bin seit sechsunddreißig Jahren gelähmt.«
Einen Moment lang sah Rani sie mit ihren schwarzen, von dichten Wimpern umkränzten Mandelaugen eindringlich an, und es schien Selene, als wolle sie ihr mit diesem Blick etwas mitteilen. Aber schon war der Moment vorbei, und Rani sah weg.
»Ich möchte gern mehr über dich wissen«, sagte sie. »In diesem Teil der Welt ist es den Frauen nicht gestattet, die Heilkunde zu studieren. Wir lernen auch nicht lesen und schreiben. Kannst du lesen und schreiben?«
»Ja«, antwortete Selene.
Rani seufzte. »Das muß eine herrliche Welt sein, in der Frauen solche Freiheit genießen.«
Sie klatschte in die Hände, daß die goldenen Reifen an ihren Armen klirrten. Augenblicklich erschien eine Sklavin mit einer Platte, die sie vor den Gästen niederstellte, wobei sie Wulf staunend anstarrte.
»Du bist hier eine Kuriosität«, bemerkte Rani, nachdem die Sklavin sich zurückgezogen hatte, und bedeutete ihren Gästen, daß sie sich vom Wein und Süßigkeiten bedienen sollten. »Bald werden sich die Leute zusammenscharen, um dich zu bestaunen. So war es auch, als die Römer hier waren.«
»Die Römer?« fragte Selene. »So weit im Osten?«
»Wir befinden uns im parthischen Reich, und Parthien ist stark und mächtig, aber der römische Adler ist habgierig und möchte auch Persien unter seine tödlichen Fittiche nehmen. Vor drei Monaten war hier im Palast eine römische Delegation. In friedlicher Mission, wie es hieß. In diplomatischer Mission. Doch der Führer der Delegation war einer ihrer Generäle, ein Militär! Ein harter, grausamer Mann namens Gaius Vatinius.«
Wulf fuhr auf. »Gaius Vatinius?«
»Du hast von ihm gehört?« fragte Rani.
»Gaius Vatinius war *hier*?« rief Selene. Sie sah Wulf an. »Kann es derselbe sein?«
»Er befehligt das Heer am Rhein«, bemerkte Rani.
Wulf sprang auf. »Wann ist er von hier fortgezogen? Welchen Weg hat er genommen?«

»Beruhige dich, mein Freund. Es gibt Männer an diesem Hof, die dir alles sagen können, was du wissen willst. Ich selber habe die Römer nie zu Gesicht bekommen; Dr. Chandra berichtete mir von ihrem Besuch. Aber ich weiß, daß der General vor drei Monaten fortgezogen ist und daß er an den Rhein zurückkehren wollte.«
Selene sah zu Wulf auf, der mit geballten Fäusten dastand. Eisiges Feuer blitzte in seinen blauen Augen.
»Ich sehe jetzt«, sagte Rani langsam, während sie die Gesichter ihrer beiden Gäste betrachtete, »daß es kein Zufall ist, daß ihr nach Persien gekommen seid. Die Götter haben euch aus gutem Grund hierhergeführt.«
Sie kniff die Augen zusammen und dachte, ist es möglich, daß einer von euch der von den Sternen Angekündigte ist, der Dr. Chandras Leben hier zu seinem Ende bringen wird?
»Ich bitte dich, mich noch einmal zu besuchen, ehe ihr aus Persien fortzieht«, sagte sie zu Selene. »Ich möchte hören, wie Frauen in eurer Welt Heilerinnen werden können.«
Doch Selenes Blick war immer noch auf Wulf gerichtet. »Wir sind in Eile, Hoheit. Wir können hier nicht verweilen.«
»Bist du auch auf dem Weg an den Rhein?«
Jetzt erst sah Selene Rani an. Ihre Stimme war bewegt, als sie sagte: »Ich muß in meine Heimat Syrien zurückkehren. Dort wartet meine Berufung.«
»Deine Berufung?«
Selene berichtete ihr kurz von ihrer Begegnung mit dem Tod auf dem Euphrat und von den Visionen, die sie in ihren Fieberträumen gesehen hatte. Es war nicht leicht, einem anderen Menschen begreiflich zu machen, wie sie in diesen Visionen nochmals Ereignisse aus ihrer Vergangenheit durchlebt hatte, die kraft dieser Träume völlig neue Bedeutung gewonnen hatten: der Teppichhändler aus Damaskus, der beinahe auf der Straße gestorben wäre; das Gedränge der Kranken und Verletzten vor den Palasttoren in Magna; der schreckliche Gilgamesh-Platz in Babylon. Jede dieser Episoden war von neuem lebendig geworden, und diesmal hatte sie verstanden, was sie in ihrem Leben zu bedeuten hatten.
»Vorher handelte ich ohne tieferes Verständnis«, erklärte sie Rani mit Leidenschaft. »Da wendete ich nur die Fertigkeiten an, die meine Mutter mich gelehrt hatte. Aber als ich diese Momente in meinen Träumen noch einmal durchlebte, erlebte ich mich selbst dabei als eine andere.
Die Frau, die mich großgezogen hat, war nicht meine leibliche Mutter, mußt du wissen. Mein Vater starb in der Nacht, als ich geboren wurde,

und er sagte der Heilerin, auf mich warte eine Bestimmung, die ich suchen müsse. Als die Visionen in meinen Träumen zu mir kamen, hatte ich eine erstaunliche Offenbarung: Ich erkannte plötzlich, daß meine Berufung als Heilerin und die Suche nach meinen Wurzeln nicht zwei getrennte Dinge sind, sondern miteinander verknüpft sind. Die Götter offenbarten mir, daß meine Berufung als Heilerin und die Frage, wer ich bin, untrennbar zusammengehören. Und wenn ich diese Frage gelöst habe, werden sich meine Berufung und mein Wissen um mich selbst vereinen, damit ich das Werk vollbringen kann, zu dem ich von Geburt ausersehen bin.«

Rani sah Selene mit einem Blick an, der in weite Ferne gerichtet zu sein schien. »Es ist, als zögest du die Kraft zu heilen nicht aus dem, was man dich gelehrt hat, sondern unmittelbar aus deinem Inneren, aus deiner Seele«, sagte sie leise. »Als wärst du zur Heilerin geboren.«

»Ja«, antwortete Selene und schaute die Prinzessin wortlos an.

Rani lächelte. »Und weißt du, was für ein großes Werk das ist, auf das die Götter dich vorbereiten?«

»Ich glaube«, antwortete Selene ruhig, »daß es meine Aufgabe ist, Wissen zu sammeln, das dem Wohl der Kranken und Leidenden dient, und dieses Wissen dorthin zu tragen, wo es den meisten Menschen am nützlichsten ist.«

»Und wo ist das?«

»Das weiß ich nicht.«

»Dann mußt du in deine Heimat zurückkehren und tun, was dir bestimmt ist. Ich beneide dich.«

Traurigkeit schwang in den letzten Worten. Selene sah sich in dem prächtigen Raum mit den seidenen Behängen, den goldenen Lampen und den stolzen Pfauen um und verstand sie nicht ganz. Schließlich aber glitt ihr Blick wieder zu der kleinen Frau auf dem Ruhebett.

»Soll ich deine Beine untersuchen?« fragte sie. »Ich weiß, daß andere es vor mir getan haben, aber vielleicht...«

»Du darfst. Aber mir ist nicht zu helfen.«

Wulf ging in den Garten der Prinzessin hinaus, ließ den Blick über Blumen und Bäume schweifen und sah doch nur das Gesicht des Gaius Vatinius. Selene schlug unterdessen die Satindecke zurück, die die kleinen braunen Füße der Prinzessin verbarg.

»Ich gehöre einer der edelsten Familien Indiens an«, erzählte Rani, während sie zusah, wie Selene ihre Füße betastete, »und als ich zwölf Jahre alt war, versprach mein Vater mich einem persischen Prinzen. Man brachte mich aus dem Tal des Ganges hierher, damit ich einen Mann heiraten sollte, den ich nie gesehen hatte. Ich sollte eine seiner vielen Frauen werden und den Rest meines Lebens unter Fremden an einem ausländischen Hof verbringen. Am Vorabend der Eheschließung warf mich ein schweres Fieber nieder. Es brannte tagelang, und als ich mich langsam erholte, stellte ich fest, daß in meinen Beinen kein Leben mehr war.«

»Fühlst du das?« fragte Selene und kniff leicht.

»Nein. Der Prinz weigerte sich, mich zu heiraten, und mein Vater wollte mich nicht zurückhaben. Man brachte mich hierher und vergaß mich. Sechs Jahre lang war ich entsetzlich einsam – mein einziger Freund war Nimrod, der mich das Lesen und Schreiben lehrte, damit ich mir wenigstens ein bißchen Zerstreuung verschaffen konnte. Als ich achtzehn wurde, kam Dr. Chandra. Er stammte wie ich aus dem Ganges-Tal.«

Selene hob Ranis rechten Fuß und fuhr mit dem Daumennagel über die nackte Sohle. Die Zehen krümmten sich. Sie hob den linken und tat das gleiche, und wieder krümmten sich die Zehen. Verwundert krauste Selene die Stirn.

Als sie die Decke wieder über den Beinen hatte, sagte Rani: »Siehst du? Es ist ein Leiden der Wirbelsäule. Es ist unheilbar. Aber ich danke dir, daß du mir helfen wolltest. Wirst du mich noch einmal besuchen, ehe du fortgehst?«

Draußen im Korridor, auf dem Weg zu ihrem Zimmer, sagte Selene leise zu Wulf: »Hier geht etwas Seltsames vor. Den Beinen der Prinzessin fehlt nichts. Sie müßte eigentlich in der Lage sein zu gehen.«

Dann dachte Selene an Dr. Chandra und fragte sich, was für eine geheimnisvolle Macht er über die Prinzessin hatte.

39

Zu ihrer Freude wurde es Selene gestattet, den Pavillon wieder aufzusuchen; ja, man ermutigte sie sogar dazu. Und sie nahm die Gelegenheit gern wahr, da sie wußte, daß sie dort viel lernen konnte.

Während Wulf stundenlang über Landkarten saß und mit Männern sprach, die die Straßen nach Westen kannten, verbrachte Selene viele Tage im *chikisaka*. Sie lernte, daß diese Zufluchtsstätte für die Kranken keine Besonderheit des Palasts war, sondern daß es solche Unterkünfte überall in Persien und Indien gab. Sie waren, wie man ihr berichtete, ursprünglich von Buddha eingerichtet worden, der seine Jünger lehrte, sich der Kranken und Leidenden anzunehmen.

Selene erfuhr, daß die Betten nach Osten gewandt standen, damit die

Patienten den Himmelsgeistern, die jenen Teil der oberen Sphären bewohnten, ihre Verehrung darbringen konnten; das Schwert, das neben dem Bett lehnte, war gedacht, die bösen Geister von der Entschlossenheit der Patienten, wieder gesund zu werden, zu überzeugen. Die Blumenkränze und Girlanden sollten die Zuversicht und den Willen der Patienten bezeugen, sich nicht von Krankheit und Leiden besiegen zu lassen; Lachen und Gesang sollten die bösen Geister daran hindern, den Patienten das Leben zu rauben.

Vieles, was Selene lernte, konnte sie nicht gutheißen; vieles aber beeindruckte sie auch: daß die Kranken statt auf Matten in Betten lagen; daß zur Versorgung der Kranken besonders ausgebildete Pflegerinnen bestellt wurden; daß die Kranken alle in einem Haus waren, so daß die Ärzte ihre Fähigkeiten wirksamer einsetzen konnten. Das alles gab es im Westen nicht, nicht einmal in den Tempeln des Äskulap.

Selene erlernte auch neue medizinische Praktiken, von denen einige höchst erstaunlich waren.

Eines Nachmittags beobachtete sie, wie Dr. Chandra Hautverletzungen mit Hilfe von großen Ameisen und Käfern schloß. Er erlaubte Selene, ihm dabei zuzusehen, und erklärte sogar, während er arbeitete.

»Sobald die Mandible des Käfers die Wundränder zusammenzwickt, dreht man den Körper des Käfers ab und achtet darauf, daß Kopf und Kiefer festgeklemmt bleiben. Sie werden entfernt, wenn die Wunde verheilt ist.«

Dr. Chandra hatte eine merkwürdige Stimme, und beim Sprechen sah er Selene niemals direkt an, sondern warf ihr nur versteckte Seitenblicke zu. Was in ihm vorging, war schwer zu ergründen. Der buschige Bart verbarg fast das ganze Gesicht, bedeckte sogar noch die Brust. Aber sie ertappte ihn oft dabei, wie er sie anstarrte, und dann versuchte sie, ehe er sich hastig abwandte, seinen Blick zu deuten. Enthielt er Mißtrauen? Neugier? Eifersucht?

Dr. Chandra war Prinzessin Ranis einziger Freund, der einzige, der sie besuchte. Selene überlegte manchmal, warum er niemals kam, wenn sie bei Rani war. Waren die beiden ein Liebespaar? Nahm er Selenes Eindringen in ihr Privatleben übel? Wußte er, wie Selene, daß die Beine der Prinzessin organisch gesund waren?

War er vielleicht sogar die Ursache ihrer Unfähigkeit, ihre Beine zu gebrauchen?

Was immer er sonst sein mochte, Selene erkannte, daß er ein hervorragender Arzt war, und bemühte sich, möglichst viel von ihm zu lernen.

40

»Am Gilgamesh-Platz in Babylon«, erzählte Selene Rani eines Abends, als sie zusammen Tee tranken, »finden sich alle Kranken und Invaliden zusammen, ähnlich wie in euren *chikisakas*. Aber es gibt keine Methode und kein System in dem Bemühen zu helfen, und oft ist diese Hilfe eher schädlich. Viele werden einfach dem Tod überlassen. In unseren Äskulaptempeln in Syrien spendet der Hilfesuchende dem Priester eine Münze und darf dafür die Nacht in der Zuflucht verbringen. Wenn der Gott dem Kranken erscheint, während er schläft, wird er geheilt. Wenn nicht, so muß er wieder gehen. Der Gott kann in der Gestalt eines Arztes oder eines Priesters erscheinen, aber es ist abhängig von den Fähigkeiten des Arztes, und die Patienten gehen immer ein großes Wagnis ein.«

»Dann heißt du also unsere Methoden gut?«

»Die Einrichtung der *chikisakas*, ja. Zu Hause in Antiochien mußte meine Mutter durch die ganze Stadt laufen, um ihre Patienten zu besuchen. Viele lebten allein und hatten keinen Menschen, der sich um sie kümmerte; selbst die, welche Geld hatten, wurden von Menschen versorgt, die nichts davon verstanden. Bei uns gibt es keine ausgebildeten Pflegerinnen wie bei euch im Pavillon. In meinen Fieberträumen hatte ich die Vision von einem großen Haus, einem Tempel oder einem Palast ähnlich. Eine Stimme sprach zu mir – oder vielleicht hörte ich auch meine eigenen Gedanken –, und sie sagte: Alabastermauern, die in der Sonne leuchten.«

»Was bedeutet das?«

»Erst dachte ich, ich hätte einen Blick in die Zukunft getan und ein Haus gesehen, das ich eines Tages aufsuchen würde. Als ich hier in den Palast kam, glaubte ich, er wäre das Haus meiner Vision. Aber jetzt glaube ich das nicht mehr. Ich denke, es war vielleicht gar nicht das Bild eines realen Ortes, sondern eher das einer Idee. Als ich den Pavillon sah und von euren *chikisakas* hörte, wurde es mir klar: Ich werde eines Tages selber ein *chikisaka* einrichten, in Antiochien, wo die Kranken und die Invaliden Pflege und Ruhe finden können.«

Rani seufzte. Sie bewunderte Selenes hohe Ziele und beneidete sie um die Möglichkeit, diese Ziele zu verfolgen. Wie anders mein eigenes Leben verlaufen wäre, dachte sie niedergeschlagen, wäre ich in ihre Welt hineingeboren statt in meine.

Draußen begann es leise zu regnen. Selene stellte ihre Teetasse ab und trat zu den seidenen Vorhängen.

»Wann brecht ihr auf?« fragte die Prinzessin.

»Morgen.«
»Dann habt ihr also einen guten Reiseweg gefunden?«
Selene drehte sich nicht um, sondern sprach in den Regen hinaus. »Wulf und ich schließen uns der Karawane eines Mannes namens Gupta an. Er kennt die Straße durch Armenien gut und hat den Gebirgsbanditen ein Schutzgeld bezahlt. Er hat uns versprochen, daß wir das Schwarze Meer sicher und wohlbehalten erreichen werden.«
»Und dann?«
Selene blickte noch einen Moment in den Regen hinaus, ehe sie sich Rani zuwandte. »Dort an der Küste wird Wulf sich ein Schiff suchen, das ihn über das Meer zur Donau bringt. Ich reise südwärts weiter, nach Cilicia. Ich werde noch vor dem Frühjahr in Antiochien sein.«
Die beiden Frauen sahen einander an.
»Du wirst mir fehlen«, sagte Rani.
»Du mir auch.«
Rani senkte die Lider. Sie hatte daran gedacht, Selene zu überreden, eine Weile in Persien zu bleiben, aber sie kannte Selenes Geschichte, wußte von Andreas und der Elfenbeinrose, die das Geheimnis von Selenes Geburt barg, wußte auch von Selenes Versprechen an die sterbende Mera, ihrer Berufung zu folgen. Eine verheißungsvolle, reiche Zukunft lag vor Selene, und Rani hatte nicht das Recht, ihr auch nur einen Tag dieser Zukunft zu verweigern. Sie selbst hatte keine Zukunft, hatte nie eine gehabt. Von der Stunde ihrer Geburt an war ihr Weg, da sie als Mädchen zur Welt gekommen war, vorgezeichnet gewesen – heiraten, Kinder bekommen, in Unwissenheit verharren.
Vor langer Zeit hatte Rani ihr Schicksal verflucht. Doch mit den Jahren hatten Zorn und Bitterkeit sich gelegt, und sie hatte gelernt, dankbar zu sein für das, was sie hatte. Wenn sie auch weder Mann noch Kinder hatte, in diesem Teil der Welt als ein nutzloses Geschöpf angesehen wurde, das keiner Achtung wert war, so lebte sie dennoch, konnte Bücher lesen und das Gespräch mit einem gelehrten Mann pflegen. Selenes Ankunft jedoch hatte die Flammen des Zorns von neuem entfacht; an ihr Ruhebett und diese wenigen abgeschiedenen Räume gefesselt, verfluchte Rani abermals die Gesellschaft, die sie hervorgebracht hatte.
Und sie dachte auch: Ich habe mich getäuscht. Selene ist nicht die, welche die Sterne angekündigt haben. Sie ist nicht die, welche Dr. Chandra von hier fortführen wird.
Die beiden Frauen versanken in Schweigen, die Prinzessin auf ihrem Ruhebett, Selene auf der anderen Seite des Raumes, wieder in den Regen hinausblickend. Körperlich waren sie einander nahe, im Geist waren sie

weit getrennt. Während Rani schon über den bevorstehenden Verlust der neu gefundenen Freundin trauerte, kämpfte Selene mit der schweren Entscheidung, die sie treffen mußte.
Denn nun kann ich nicht mehr mit Wulf fortgehen, dachte sie trostlos. Gestern hätte ich noch mit ihm nach Armenien ziehen können; aber heute ist alles anders.
Sie drehte sich um und betrachtete Rani, fragte sich, ob sie ihr ihr Geheimnis anvertrauen, sie um ihren Rat bitten sollte. In den wenigen Wochen ihres Aufenthalts im Palast hatte Selene die ruhige Stärke und die Weisheit Ranis schätzen gelernt. Jahrelang in diesem unbeweglichen Körper gefangen zu sein, in völliger Einsamkeit zu leben, dieses Schicksal, meinte Selene, konnte nur eine Frau mit großer innerer Stärke meistern.
Wie hält man ein solches Leben aus? dachte Selene, während sie Ranis kleinen runden Kopf mit dem ergrauenden schwarzen Haar betrachtete, das im Nacken zu einem Knoten gesteckt war. Wie hält man es aus, dreißig Jahre lang in diesen beschränkten Räumen zu leben und nur von einem einzigen Menschen besucht zu werden?
Ihre Gedanken schweiften wieder einmal zu Dr. Chandra. So still und unaufdringlich der Mann war, er wollte Selene nicht aus dem Kopf.
In diesen vergangenen Wochen hatte er kaum mit Selene gesprochen. Sie vermutete, der Grund war, daß es unter seiner Würde war, an eine Frau wie sie – eine Ausländerin von niedrigem Stand – das Wort zu richten. Aber gleichzeitig interessierte sie ihn, das wußte Selene. Ganz gleich, wann sie in den Pavillon kam, immer war Dr. Chandra da, stand schweigend in seiner Ecke und beobachtete sie. Und fast jeden Abend, wenn Selene die Prinzessin besuchte, stellte diese ihr Fragen über das, was sie im Lauf des Tages im Pavillon erlebt hatte, Ereignisse, die Dr. Chandra beobachtet und Rani schon geschildert hatte.
Wie an dem Morgen, als sie versucht hatte, Nimrod durch ›innere Berührung‹ zu helfen. Seine Kopfverletzung war gut geheilt, doch durch das lange Liegen hatte sich in seiner Lunge Wasser gesammelt. Die Bemühungen der Ärzte und Pflegerinnen hatten nichts dagegen vermocht; der alte Astrologe hatte ständig gehüstelt und bei jedem Atemzug beunruhigend geröchelt. Da Arzneien und Dunstzelte nichts zu helfen schienen, hatte Selene vorgeschlagen, es mit der ›inneren Berührung‹ zu versuchen; hatte allerdings darauf hingewiesen, daß dieses Verfahren nicht immer wirksam war.
Sie hatte sich an das Bett des Astrologen gestellt, die Arme ausgestreckt und das Bild der Flamme heraufbeschworen. Sobald sie die Kraft der

Flamme in sich gespürt hatte, hatte sie ihre Arme über seinem ganzen Körper kreisen lassen. Die ›innere Berührung‹ hatte beruhigende Wirkung auf Nimrod gehabt. Er hatte weniger gehustet, und das Atmen war ihm leichter geworden; nach einigen Tagen waren seine Lungen wieder trocken gewesen, und er befand sich auf dem Weg zur Genesung.

Selene entdeckte bald, daß Rani ein starkes Interesse an der Heilkunde hatte und auf diesem Gebiet sehr bewandert war. Eines Nachmittags hatte Selene beobachtet, wie man ein Schaf in den Pavillon geführt hatte. Man brachte es an das Bett eines Patienten, der dem Tier in die Nasenlöcher gehaucht hatte. Danach hatte man es wieder weggeführt. Am Abend hatte Selene Rani gefragt, was das zu bedeuten hatte.

»Das ist eine Möglichkeit, eine schwierige Diagnose zu stellen«, hatte Rani ihr erklärt. »Das Schaf wurde hinterher in den Tempel geführt und geschlachtet. Man untersuchte seine Leber, um festzustellen, an was für einem Leiden der Patient erkrankt war.«

»Du kennst dich gut aus auf dem Gebiet der Medizin«, hatte Selene gesagt, und Rani hatte erwidert: »Mein einziger Freund ist ein Arzt.«

Als Selene jetzt wieder zu ihr ging, sagte Rani: »Ihr wollt wirklich bei diesem schlechten Wetter aufbrechen?«

»Das müssen wir, wenn wir nicht mitten in den Winter geraten wollen.«

Selene ergriff ihre Teetasse, hob sie an die Lippen und stellte sie dann wieder weg. »Rani«, sagte sie, »ich habe ein Problem.«

»Worum geht es?«

»Ich bekomme ein Kind«, antwortete Selene leise.

Rani sah sie überrascht an, dann umfaßte sie mit Wärme ihre Hand. »Die Götter haben dich gesegnet, mein Kind. Das ist doch kein Anlaß zur Traurigkeit!«

»Doch, Rani. Denn nun kann ich Wulf nicht begleiten. Ich kann jetzt nicht reisen.«

Ranis Lächeln erlosch. »Ich verstehe. Natürlich. Was sagt denn Wulf dazu? Ist er bereit, die Reise zu verschieben?«

»Ich habe es Wulf noch nicht gesagt.«

»Warum nicht?«

»Weil er bleiben wird, wenn ich ihm sage, daß ich schwanger bin. Er wird dann nicht mit Gupta reisen.«

»Ihr könnt doch beide reisen, wenn das Kind geboren ist.«

Selene schüttelte den Kopf. »Es wird eine sehr anstrengende Reise werden. Ein kleines Kind würde uns behindern. Wir müßten warten, bis es alt genug ist, die Strapazen einer solchen Reise auszuhalten. Und wohin würden wir dann gehen? Was für eine Familie wären wir denn? Wulf hat seine Familie in Germanien, eine Frau und einen Sohn, zu denen er zurückkehren muß. Und ich muß zurück nach Antiochien, zu Andreas. Wie würden wir denn zusammenleben, wir beide mit dem Kind? Das hat nicht geschehen sollen, Rani. Wulf und ich waren nicht dazu bestimmt, für immer zusammenzubleiben.«

In Selenes Augen glänzten Tränen. Mitleidig sah Rani sie an. »Dann darfst du es ihm nicht sagen«, meinte sie behutsam. »Um seinet- und um deinetwillen. Du mußt einen Vorwand erfinden, warum du hierbleiben mußt. Du mußt darauf bestehen, daß er allein reist.«

»Wie kann ich ihm das verheimlichen«, sagte Selene mit brüchiger Stimme. »Er hat ein Recht darauf, es zu wissen.«

Ranis Gesicht verdunkelte sich. Geheimnisse, dachte sie. Ich habe mein schreckliches Geheimnis sechsunddreißig Jahre bewahrt. Nur ein einziger Mensch weiß darum. Nimrod. Nimrod kennt es...

»Es wäre selbstsüchtig von mir, es Wulf zu sagen«, murmelte Selene. »Denn ich weiß, daß er dann bei mir bleiben würde. Wenn er von dem Kind hört, wird er Persien nicht verlassen. Aber er muß *jetzt* gehen, zurück zu seinem Volk, das ihn braucht. Und ich muß zurück nach Syrien und Andreas finden. Ich liebe Wulf, Rani, aber Andreas gehöre ich mit Leib und Seele. Sie sind zwei grundverschiedene Männer, und ich liebe sie auf ganz unterschiedliche Weise. Wulf war mir Freund und Gefährte im Exil, er hat mir das Leben gerettet, und ich habe ihm das Leben gerettet. Das Band, das uns verbindet, ist von besonderer Art. Aber unsere Schicksale sind nicht miteinander verknüpft. Ach, Rani, was soll ich nur tun?«

Rani antwortete nicht. Sie starrte Selene so verblüfft an, als hätte sie soeben eine bestürzende Erkenntnis gehabt. Als sie dann endlich doch sprach, war ihre Stimme nur ein Flüstern. »Bei allen Göttern, so bist doch du es...«

Selene sah sie fragend an.

»Du bist das Ende von Dr. Chandra«, sprudelte Rani hastig hervor. »Selene, was wirst du nach der Geburt des Kindes tun? Wohin wirst du gehen?«

»Nach Antiochien. Aber erst wenn das Kind kräftig genug ist. Ich werde gleich nach Süden ziehen, denn Lashas Soldaten halten nicht nach einer alleinreisenden Frau mit einem kleinen Kind Ausschau.«

»Nimm mich mit!«

»Dich mitnehmen?«

»Ja, nimm mich mit nach Westen, Selene. Hilf mir, aus diesem Gefängnis zu fliehen! Ich möchte die Welt sehen, ich möchte *deine* Welt sehen,

Selene. Hör mir zu!« Rani sprach hastig, das Gesicht vor Erregung gerötet. »Nimrod sagte mir, daß ein vieräugiger Mensch in diesen Palast kommen und Dr. Chandras Leben hier ein Ende bereiten würde. Du bist dieser Mensch, Selene. Du und das Kind, das du unter dem Herzen trägst, ihr beide habt vier Augen.«

Selene war verwirrt. »Aber was habe ich mit Dr. Chandra zu tun?«

»Du hast vor, von hier wegzugehen, nicht wahr? Wenn ich mit dir gehe, dann hört Dr. Chandra auf zu existieren und die Prophezeiung ist erfüllt.«

»Ich verstehe überhaupt nichts.«

Rani klatschte in die Hände. Miko, die alte Magd, trat ins Zimmer. Die Prinzessin sagte etwas in ihrer Sprache zu ihr, worauf Miko sie erstaunt ansah. Dann wandte sich Rani wieder an Selene. »Ich verrate dir jetzt ein Geheimnis, das niemand außer Nimrod kennt.«

Miko, die hinausgegangen war, kam mit einem Bündel in den Armen wieder herein, legte es Rani hin und zog sich wieder zurück. Selene wartete voller Verwirrung. Da warf Rani plötzlich die Satindecke zurück und schwang die Beine vom Sofa.

»Hier«, sagte sie, während sie die Bündel auseinanderriß, »ist Dr. Chandra.«

Selene sah sprachlos zu. Auf säuberlich gefalteten Gewändern, die Selene aus dem Pavillon kannte – zitronengelbe Jacke und gleichfarbiger Turban – lag ein buschiger schwarzer Bart.

»Schau«, sagte Rani und hielt sich den Bart vor das Gesicht. »Begreifst du jetzt?«

Selene riß die Augen auf. »Du?« stieß sie hervor. »Du bist Dr. Chandra?«

Rani stand auf, ließ den falschen Bart auf das Sofa fallen und trat zur Tür in den Garten. »Solange ich denken kann, wollte ich Heilerin werden«, sagte sie, in den Regen hinausblickend. »Wenn ich als Kind ein verwundetes oder krankes Tier entdeckte, nahm ich es auf und pflegte es. Es wollte mir nicht in den Kopf, daß eine Frau nicht würdig genug sein sollte, den Heilberuf zu ergreifen.

Ich war ein eigensinniges Kind. Mein Vater und ich trugen erbitterte Kämpfe aus. Ich wollte auf eine der großen Schulen für Medizin in Madras oder Peshawar. Als er mir eröffnete, daß ich einen persischen Prinzen heiraten sollte, schloß ich mich in mein Zimmer ein und weigerte mich zu essen. Ich wollte verhungern. Ich war zwölf Jahre alt, und ich wußte genau, was ich mit meinem Leben anfangen wollte.«

Rani drehte sich um und sah Selene lächelnd an. »Einen dicken Prinzen

zu heiraten und viele Kinder zu bekommen, gehörte nicht zu meinen Plänen.«
Selene hörte ihr fasziniert zu. Während Rani sie über ihren Betrug aufklärte – daß sie in den letzten dreißig Jahren ein Doppelleben geführt hatte –, wurde ihr vieles klar: Wieso Rani so viel von der Medizin verstand; wieso sie stets von Selenes Tätigkeiten im Pavillon unterrichtet gewesen war; warum Selene Dr. Chandra niemals bei ihr angetroffen hatte; warum Dr. Chandra so selten mit ihr gesprochen hatte.
»Ich habe darauf geachtet, daß niemand mich in beiden Gestalten sah«, erklärte Rani. »Die, welche mit Dr. Chandra zusammenarbeiten, sind der Prinzessin nie begegnet. Abgesehen von Nimrod habt nur ihr, du und Wulf, mich als Prinzessin und als Dr. Chandra gesehen.«
Nachdem Selene das alles gehört hatte, berichtete sie Rani von ihrer Verwunderung über ihre ›Lähmung‹ und erläuterte ihr die Fußsohlenprobe, die Andreas sie gelehrt hatte.
»Wenn man bei einem gesunden Bein über die Sohle streicht, krümmen sich die Zehen reflexartig nach unten. Bei einem gelähmten Bein tun sie das nicht. Aber *deine* Zehen krümmten sich. Das hat mich stutzig gemacht.«
Selene stand auf und trat zu Rani an die Tür. »Was geschah, als man dich hierherbrachte?« fragte sie.
»Zuerst wollte ich fliehen«, antwortete Rani. »Ich wollte mich als Knabe verkleiden und durch die Welt wandern.« Sie seufzte. »Aber ich wurde bis zum Vorabend der Hochzeit in mein Zimmer eingesperrt. In meiner Not erfand ich das Fieber und tat hinterher so, als könne ich meine Beine nicht mehr gebrauchen. Ich wußte, der Mann würde mich dann nicht mehr haben wollen.«
Sie wandte sich Selene zu. »Von diesem Fußreflex, den du mir eben erklärt hast, wissen wir hier nichts. Ein Glück vielleicht, sonst hätte man meinen Betrug wohl längst entdeckt. Ich ließ das Kneifen und die Nadelstiche der Ärzte über mich ergehen, bis man mich schließlich in Ruhe ließ und vergaß. Der Prinz heiratete eine andere, und ich wurde die Bedauernswerte.«
Ranis leise Stimme vermischte sich mit dem Wispern des Regens, der auf Gras und Blätter fiel. Sie erzählte von ihren ersten sechs Jahren der Einsamkeit, wie sie sich mit dem Astrologen angefreundet hatte, als der gekommen war, ihr das Horoskop zu stellen, wie er ihr Lesen und Schreiben beigebracht, und wie sie schließlich an ihrem achtzehnten Geburtstag Dr. Chandra ins Leben gerufen hatte, um sich frei im Palast bewegen zu können.

»Nimrod hat mir geholfen. Er besorgte mir die Männerkleidung und den falschen Bart, und er führte mich im Pavillon als Dr. Chandra ein. Ich hielt mich im Hintergrund, sprach wenig, beschränkte mich aufs Zusehen und aufs Lernen. Eigentlich war mein Plan, als Dr. Chandra aus dem Palast fortzugehen und in die großen Städte der Wissenschaft zu reisen. Aber – irgendwie ist es nie dazu gekommen.«

Ihr Doppelleben im Palast hatte angefangen, ihr Spaß zu machen – ein geachteter Arzt bei Tag, der alle Vorrechte der Männer genießen konnte; eine verwöhnte Prinzessin bei Nacht.

»Meine Sklavinnen hielten alle Besucher fern, indem sie behaupteten, ich schliefe bei Tag. Aber im Grunde hatte man mich sowieso vergessen. Nur wenige versuchten, mich zu sehen. Es war eine ideale Situation. Ich konnte lernen und studieren, wonach mich verlangte. Ich konnte mich mit all den Dingen befassen, die den Frauen verboten waren: mit Büchern, mit der Heilkunde, mit den Sternen über Nimrods Himmelsobservatorium. Der Preis dafür war mein Leben als normale Frau. Ich wußte von Anfang an, daß ich, wenn ich diesen Weg einschlagen sollte, auf Liebe, Ehe und Kinder würde verzichten müssen. Man hätte mich mit dem Tod bestraft, wenn entdeckt worden wäre, daß ich mich als Mann verkleidet hatte.«

Sie seufzte wehmütig. »Als ich doch einmal nahe daran war, mich zu verlieben, als ein Arzt im Pavillon mir gefährlich zu werden begann, tötete ich das Gefühl in mir ab. Niemand merkte etwas, am wenigsten der junge Arzt, dem meine Liebe galt. Er verließ den Palast einige Jahre später ...«

»Warum bist du nie fortgegangen?« fragte Selene.

Rani sah Selene an. »Warum hätte ich fortgehen sollen? Nach einer Weile erschien mir dieses Leben so ideal, daß die Außenwelt mich gar nicht mehr lockte. Aber jetzt lockt sie mich wieder. Mit Macht. Und das habe ich dir zu verdanken, Selene. Ich sehe jetzt, daß ich alles gelernt habe, was ich hier lernen konnte. Es ist Zeit für mich, in die Welt hinauszugehen. Als Nimrod mir sagte, daß die Sterne ein Ende dieses Lebens ankündigten, hatte ich große Angst. Ich fragte mich, ob ich von hier fortgehen oder ob ich vielleicht sterben würde. Und dann kamst du.« Sie berührte Selenes Arm. »Du hast mich an die lang vergessenen Wünsche meiner Kindheit erinnert. Eine Heilkundige zu werden und die Welt zu sehen.«

Ihre braunen Augen wurden feucht. »Selene«, flüsterte sie drängend, »so vieles möchte ich sehen, so vieles tun. Ich kann so viel lernen und ich habe so viel zu bieten. Ich bin achtundvierzig Jahre alt, es ist Zeit, daß mein Leben beginnt. Selene, nimm mich mit.«

Selene und Wulf hatten die ganze Nacht gestritten, und nun sagten sie einander Lebewohl.

Am Ende hatte Wulf nachgegeben. Selene wollte in Persien bleiben und erst im Frühling dann nach Süden ziehen. Doch er mußte weiter; Gaius Vatinius war wieder am Rhein, Wulf war schon zu lange fortgewesen.

»Du mußt deinem Schicksal folgen«, hatte Selene zu ihm gesagt, »und ich dem meinen.«

Sie hatten gestritten und geweint, und nun, während der östliche Horizont sich rosig färbte, hielten sie sich ein letztes Mal im Arm.

Ihn fest umschlungen haltend, dachte Selene: Dies ist nicht nur der Beginn eines neuen Tages; dies ist der Beginn eines neuen Lebens. Schreib Andreas einen Brief, hatte Rani sie gedrängt. Wir schicken ihn mit einem königlichen Boten. Ich werde Anweisung geben, daß der Bote in Antiochien nach Andreas suchen soll. Spätestens im Frühjahr wirst du Antwort haben, Selene.

Selene legte ihren Kopf an Wulfs Hals und weinte. Schon fühlte sie, wie die zwei gemeinsamen Jahre zu verschwimmen begannen; während sie ihn noch festhielt, seine körperliche Nähe spürte, schien er schon in Erinnerung zu zerfließen.

Liebster Gefährte in Not und Exil, flüsterte ihre Seele, du wirst immer bei mir sein, in meinem Herzen und in dem Kind, das ich unter dem Herzen trage...

Sechstes Buch
Jerusalem

42

An einem Strick, mit gefesselten Händen, wurde das Mädchen durch die Straßen gezerrt. Eine zornige Menge folgte ihr schimpfend und steinewerfend.

Selene, die wußte, was gleich geschehen würde, blieb stehen und suchte in der dichtbevölkerten Straße mit wachsender Besorgnis nach Rani und Ulrika. Mehrmals schon, seit sie nach Jerusalem hineingekommen waren, waren sie voneinander getrennt worden, und jetzt begann Selene unruhig zu werden. Sie mochte diese lärmende, von Menschen wimmelnde Stadt nicht, und die explosive Stimmung der Bevölkerung machte ihr Angst.

»Rani!« rief sie laut, als sie die beiden endlich entdeckte. »Ulrika! Ich bin hier drüben.«

Aber die Menge, die dem gefesselten Mädchen folgte, trennte sie. Selene winkte, um Rani und Ulrika zu bedeuten, daß sie bleiben sollten, aber die beiden sahen sie nicht und wurden vom Strom der Menschen fortgerissen. Nein! dachte Selene entsetzt. Ulrika darf das nicht sehen.

Die Frühlingsfeiern waren der Grund dafür, daß Jerusalem so voller Menschen war. Die judäische Landschaft außerhalb der Stadtmauern bot ein friedliches Bild leuchtender Frühlingsfarben. Wilde Tulpen, gelbe Krokusse und blutrote Anemonen blühten in den Wiesen; in den Obstgärten beschnitten die Bauern ihre Bäume; Büsche und Sträucher standen in Blüte; an den Feigenbäumen hingen schon kleine grüne Früchte. Innerhalb der Stadtmauern jedoch wälzten sich Ströme von Pilgern, füllten Tavernen und Herbergen, Erregung lag in der Luft, die Stimmung war gereizt.

Was, dachte Selene, mochte das Mädchen getan haben, daß man es wie eine Verbrecherin durch die Straßen schleifte?

Sie versuchte, sich durch das Gewühl zu drängen, um Rani und ihre Tochter zu erreichen, aber vergeblich. Und plötzlich drückte ihr zu ihrem Entsetzen jemand einen Stein in die Hand.

»Rani!« rief sie wieder, doch die Menge, die jetzt das Ende der Straße erreicht hatte, flutete in einen kleinen Platz und riß Selene mit sich fort. Die Köpfe von Rani und Ulrika waren plötzlich nicht mehr zu sehen.

Unter erregtem Geschrei drängten die Leute auf den kleinen, sonnenbe-

schienenen Platz, und das gefesselte Mädchen wurde an eine Mauer gestellt.
»Nein!« flüsterte Selene und versuchte verzweifelt, sich durch die Menge zu drängen. Als ihr beinahe ihr Medizinkasten von der Schulter gerissen wurde, nahm sie ihn mit einer Hand an ihre Brust. Sie konnte Rani nirgends entdecken, und auch Ulrika war verschwunden.
In dem freien Raum, den die Menge rund um das Mädchen gelassen hatte, stand jetzt ein Mann und sprach mit donnernder Stimme zu den Leuten. Er gebrauchte Wörter wie ›Hure‹, ›Sünderin‹, ›Verräterin‹, und die Menge gab ihm kreischend Antwort. Von neuer Furcht gepackt, verdoppelte Selene ihre Anstrengungen, um zu ihrer Tochter zu gelangen. Doch die Reihen aus Männern und Frauen, ja, sogar Kindern, waren so dicht geschlossen, daß an ein Durchkommen nicht zu denken war.
Wider eigenen Willen drehte sie den Kopf und sah zu dem freien Platz hinüber, wo mit gesenktem Kopf das Mädchen an der Mauer stand. Sie ist ja noch ein Kind, dachte sie.
Der Mann, der zur Menge sprach, schrie geifernde Worte der Verdammnis. Selene konnte nur Wortfetzen hören. ›Das Gesetz‹, verstand sie, und ›die heilige Schrift‹. Dann sah sie, wie der Mann seinen Platz verließ und sich in die Menge einreihte.
Gleich darauf flog der erste Stein. Er verfehlte das Mädchen, das immer noch mit gesenktem Kopf dastand, die Hände auf dem Rücken gebunden. Der nächste Stein traf ihre Schulter. Sie machte keinen Versuch, sich zu schützen.
Immer mehr Steine flogen. Viele verfehlten ihr Ziel, aber viele trafen auch. Selene hatte den Eindruck, der helle Frühlingstag hätte sich plötzlich verfinstert. Sie sah, wie eine gebrechlich wirkende alte Frau am vorderen Rand der Menge den Arm hob und einen Stein warf, der mitten im Gesicht des Mädchens landete. Das Gesicht der Alten war zu einer Grimasse verzerrt, die Schmerz oder Freude ausdrücken konnte.
Der Hagel von Steinen wurde dichter. Das Mädchen fiel auf die Knie. Ihre Stirn war blutig.
»Hure!« brüllte die Menge. »Verräterin!«
Da stürmten aus einer Seitenstraße mit fliegenden roten Umhängen und blitzenden Schwertern zwei römische Soldaten auf den Platz. Sich mit ihren Schilden schützend, rannten sie mitten in den Steinhagel und versuchten mit lauten Rufen, der Menge Einhalt zu gebieten. Doch ihr Auftauchen schien das Volk nur um so rasender zu machen. Es wogte vorwärts, als wollte es die Soldaten verschlingen, wich zurück, als die Schwerter drohend gezückt wurden.

In wahnsinniger Angst sah sich Selene nach Rani und Ulrika um. Sie spürte das Gift des Hasses um sich herum wie etwa Greifbares.
Einer der Soldaten wich zurück und beschützte das Mädchen mit seinem Körper.
Doch plötzlich schwärmten Soldaten von allen Seiten heran; rote Umhänge flatterten, Schilde und Schwerter funkelten in der Sonne. Die Menge geriet in Panik und wandte sich schreiend zur Flucht. Selene wurde an eine Mauer gedrückt und stand unfähig sich zu bewegen, während Männer und Frauen wie ein Herde wildgewordener Tiere an ihr vorüberhetzten. Innerhalb von Minuten war der Platz wie leergefegt, und eine geisterhafte Stille senkte sich herab.
»Ulrika!« rief Selene fast schluchzend, als sie Rani und das Kind aus einer Tornische treten sah.
»Mama!« Mit fliegenden Haaren rannte das kleine Mädchen über den Platz und warf sich Selene in die Arme. Rani folgte langsamer. Sie hinkte.
»Alles in Ordnung?« fragte Selene Ulrika.
»O ja, Mama.« Ulrikas Wangen glühten, die hellblauen Augen blitzten vor Erregung. Selene atmete erleichtert auf; das Kind hatte nicht viel gesehen, hatte nichts verstanden.
Als Selene nach Rani Ausschau hielt, sah sie, daß die Freundin über den Platz zu dem wild schluchzenden Mädchen gegangen war, dem man eben die Fesseln durchschnitt. Sobald sie die Hände frei hatte, warf sie sich über einen Soldaten, der bewußtlos auf dem Pflaster lag. Es war der Soldat, der sie mit seinem Körper vor den Steinen geschützt hatte. Er hatte seinen Helm verloren; in seinem Kopf klaffte eine tiefe Wunde.
»Ist ja gut«, sagte einer der später gekommenen Soldaten, ein grauhaariger Veteran, und versuchte, das Mädchen von seinem Kameraden wegzuziehen.
»Er ist tot!« schluchzte sie. »Cornelius ist tot.«
Rani kniete neben ihr nieder und untersuchte den Bewußtlosen. »Nein«, sagte sie in ihrem gebrochenen Aramäisch,»er ist nicht tot. Aber er muß sofort versorgt werden.«
»Das erledigen wir schon«, sagte der Veteran freundlich und winkte zwei jungen Soldaten, den Kameraden fortzutragen.
»Wir können helfen«, erbot sich Selene, die neben dem weinenden Mädchen niedergekniet war und versuchte, sie zu beruhigen.
»Nein, nein, ist schon gut. Ist nicht nötig. Wir kümmern uns schon um Cornelius. Also, kommt ihr beiden.«
Als das schluchzende Mädchen den Soldaten folgen wollte, nahmen-

Selene und Rani sie in ihre Mitte und führten sie zu einem kleinen Brunnen. Dort wuschen sie ihre Wunden aus und legten Salbe auf. Als das Mädchen endlich zu weinen aufhörte, erfuhren sie, daß sie Elisabeth hieß und Cornelius, der verwundete Soldat, der Mann war, den sie liebte.

»Aber sie haben es erfahren«, sagte sie und fing wieder zu weinen an. »Sie hatten kein Recht, mich zu verurteilen. Es steht *nicht* im Gesetz geschrieben. Aber sie hassen die Römer, und darum betrachten sie mich als Verräterin.«

Sie begleiteten sie nach Hause. Sie wohnte nicht weit von dem Platz, und als sie das Häuschen erreicht hatten, bat Elisabeth sie hinein. »Ihr wart freundlich zu mir. Und ihr habt versucht, Cornelius zu helfen.«

Doch Selene, die sah, daß die Sonne schon tief stand, erwiderte: »Wir danken dir, aber wir müssen noch eine Unterkunft für die Nacht finden. Wir sind erst vor kurzem in Jerusalem angekommen.«

»Oh, aber jetzt werdet ihr niemals eine Unterkunft finden«, rief Elisabeth. »Zur Zeit des Pessach-Festes gibt es in ganz Jerusalem kein freies Zimmer. Und ihr seid zu dritt! Bitte, übernachtet doch bei mir. Ich habe Platz genug in meinem Haus. Und es wäre mir eine Ehre.«

Selene konnte nicht ablehnen. Der Nachmittag neigte sich dem Abend zu, Ulrika war müde, und Rani, die im Gedränge getreten worden war, schmerzte der Fuß.

Nach ihrer Ankunft am Morgen vor dem Damaskus-Tor hatten Selene und Rani ihre Reisebündel bei der Karawane zurückgelassen, die vor der Weiterreise nach Cäsarea eine Rast einlegte.

Während Selene ein einfaches Abendessen mit Brot, Oliven und Käse auftischte, untersuchte Rani Elisabeths Verletzungen, legte Brotschimmel auf und verband sie. Dann brühte sie dem Mädchen einen Beruhigungstee aus roten Kleeblüten auf. Ulrika, die es gewöhnt war, bei Fremden unterzukommen und unter fremden Dächern zu schlafen, kroch in eine Ecke, wo ein großer Webstuhl stand, und spielte still mit ihrer Puppe.

Beim Abendessen brach Elisabeth wieder in Tränen aus. Rani legte tröstend den Arm um ihre Schultern, und Selene fragte: »Hast du eine Freundin, die wir holen können?«

»Oh, natürlich habe ich Freundinnen«, antwortete Elisabeth heftig. »Ich lebe allein hier, seit dem Tod meiner Mutter, aber das Häuschen gehört mir, und ich verdiene mit meiner Weberei gutes Geld. O ja, ich habe viele Freundinnen. Rebecca, gleich gegenüber, Rachel, die nur ein paar Häuser weiter wohnt, und die Frau des Rabbi –« Elisabeths Gesicht

war hochrot vor Zorn. »Aber eine von ihnen hat mich verraten. Eine von ihnen hat verraten, daß ich mit Cornelius befreundet bin.«
Sie begann von neuem so heftig zu schluchzen, daß sie nicht weitersprechen konnte. Etwas ruhiger geworden, sagte sie dann: »Ich bin nicht Cornelius' Geliebte. Diejenigen, die mich verraten haben, haben gelogen. Ich bin Cornelius auf dem Markt begegnet. Er gefiel mir so gut. Danach habe ich immer nach ihm Ausschau gehalten, und er nach mir. Dann sind wir oft draußen vor der Stadt spazierengegangen. Wir haben immer aufgepaßt, daß uns keiner sieht. Aber eine meiner angeblichen Freundinnen hat mich doch gesehen; plötzlich fingen sie nämlich alle an, mich zu warnen, ich sollte mich lieber nicht mehr mit ihm treffen. Dabei sind wir nur Freunde. Wir haben uns noch nicht einmal geküßt. Auf einmal waren meine Freundinnen alle gegen mich. Die Römer sind unsere Feinde, sagen sie. Unsere Eroberer. Durch meine Freundschaft mit Cornelius, behaupten sie, übe ich Verrat an meinem eigenen Volk.«
Elisabeth schwieg und wischte sich die Augen. »Warum muß die Liebe nur so schmerzlich sein?« fragte sie leise.
Selene antwortete nicht. Sie dachte an Andreas. Sie war endlich nach Antiochien gekommen...
Elisabeth fand ihre Gäste interessant. Sie hätte gern mehr über sie gewußt. Sie betrachtete Ulrika, ein hübsches kleines Mädchen mit Augen so blau wie ein blasser Sommerhimmel, und fand sie seltsam still und schwermütig.
»Deine Tochter ist schön«, sagte sie zu Selene, und in ihren Augen lag eine Frage, die Selene in den sieben Jahren ihrer Wanderschaft, seit sie Persien verlassen hatten, häufig in den Gesichtern Fremder gesehen hatte.
»Ulrikas Vater ist vor ihrer Geburt gestorben.« Sie hatte diese Lüge schon so oft ausgesprochen, daß sie sie beinahe selbst glaubte. Die Wahrheit, daß Wulf vor mehr als neun Jahren aus Persien fortgezogen war, ohne von Selenes Schwangerschaft zu wissen, hatte sie keinem gesagt, nicht einmal Ulrika.
Sie erinnerte sich an einen Zwischenfall in Petra, wo sie eine Weile geblieben waren, ehe sie nach Jerusalem weitergereist waren. Eines Tages war Ulrika weinend ins Haus gelaufen gekommen, weil ein Junge sie einen Bastard genannt hatte.
»Er sagt, ein Bastard ist ein Kind, das keinen Vater hat«, hatte Ulrika weinend berichtet. »Und weil ich keinen Vater habe, bin ich ein Bastard.«
Selene hatte ihre Tochter in die Arme genommen. »Hör nicht auf das,

was andere sagen, Ulrika. Sie wissen nichts. Natürlich hast du einen Vater. Aber er ist gestorben und ist jetzt bei der Göttin.«
Rani hatte Selene einen zweifelnden Blick zugeworfen. Wann sagst du ihr endlich die Wahrheit? hatte der Blick gefragt.
Als Ulrika noch sehr klein gewesen war und angefangen hatte, Fragen zu stellen, hatte Selene ihr alles erzählt, was sie über Wulfs Volk wußte. Ulrika kannte die Weltesche und die Eisriesen, sie kannte Odin und seine Begleiter, die Raben, und sie wußte, daß sie nach ihrer germanischen Großmutter genannt war, die die weise Frau ihres Stammes war. Das Kind wußte auch, daß sein Vater ein Fürst seines Volkes gewesen war.
Aber die Wahrheit über das Schicksal ihres Vaters hatte sie ihr verschwiegen. »Wie kann ich einem kleinen Kind begreiflich machen, warum sein Vater nicht hier ist?« hatte sie an jenem Abend in Petra zu Rani gesagt. »Wie soll ich ihr erklären, daß er fortgegangen ist, in ein anderes Land? Daß er eine andere Familie hat? Wie soll ich ihr erklären, warum ich ihm nicht von ihr erzählen konnte? Sie würde mir niemals verzeihen, daß ich ihn fortgehen ließ, und sie würde nicht begreifen, daß ich es tun mußte. Es ist besser, ihr zu sagen, daß er tot ist. Vorläufig wenigstens. Wenn sie älter ist, sage ich ihr die Wahrheit.«
»Und wann wird das sein?« hatte Rani skeptisch gefragt. Sie war nicht überzeugt davon, daß Selene richtig handelte.
Ja, wann wird das sein? fragte sich Selene. Keinesfalls schon jetzt. Ulrika ist erst neun Jahre alt. Am Tag ihrer Einkleidung, wenn sie sechzehn wird, werde ich ihr alles sagen.
Doch Ulrika stellte ständig Fragen nach ihrem Vater; in letzter Zeit ging das beinahe bis zur Besessenheit. Und Selene begann sich zu fragen, ob sie ihr die Wahrheit nicht schon jetzt, an diesem Abend in Elisabeths Haus sagen sollte. Ulrika vergötterte ihren Vater. Er war, das wußte Selene, ihr großer Held. Sie konnte nicht genug davon bekommen, von seinen Abenteuern zu hören. Vielleicht, dachte Selene, würde sie, wenn sie die Wahrheit wüßte, ihren Vater mehr als Menschen sehen, ihn weniger idealisieren.
Und mich dafür hassen, daß ich ihn gehen ließ...
Selene fragte sich oft, ob Wulf seine heimatlichen Wälder erreicht, seine Frau und seinen Sohn wiedergefunden hatte, ob er Gaius Vatinius endlich gegenübergetreten war und Vergeltung geübt hatte.
»Woher kommt ihr?« fragte Elisabeth, während sie ihren Gästen Wein hinstellte.
»Zuletzt waren wir in Palmyra«, antwortete Selene, froh um die Ruhe

und Stille in Elisabeths kleinem Haus nach der langen beschwerlichen Reise durch die Wüste. »Aber ursprünglich kommen wir aus Persien.«
»Aus Persien!« rief Elisabeth. »Aber das liegt ja auf der anderen Seite der Welt.«
Ja, dachte Selene, ein ganzes Leben entfernt. Beinahe ein Jahrzehnt war vergangen, seit sie mit Wulf zusammen nach Persien gekommen war. Und vor zwei Jahren war sie voller Träume und Hoffnung endlich nach Antiochien zurückgekehrt...
»Seid ihr für die Festtage nach Jerusalem gekommen?« fragte Elisabeth.
»Nein. Jerusalem ist nur eine Zwischenstation auf unserer Reise. Wir sind seit sieben Jahren auf Wanderschaft.«
»Und wohin wollt ihr?«
»Nach Ägypten.«
»Was ist in Ägypten?«
Selenes Gesicht bekam einen träumerischen Ausdruck. »Ich bin auf der Suche nach meiner Familie«, antwortete sie, und ihre Stimme schien aus weiter Ferne zu kommen. »Ich bin in Palmyra geboren, aber meine Eltern kamen aus Alexandria. Ich hoffe, dort eine Spur von ihnen zu finden.« Und, fügte sie für sich hinzu, Andreas zu finden.
Sieben Monate zuvor waren Selene, Rani und Ulrika nach Palmyra gekommen, fast auf den Tag genau dreizehn Jahre nach dem Überfall auf die Karawane und Selenes Entführung nach Magna. Sie hatte in Palmyra Erkundigungen eingezogen und war durch einen glücklichen Zufall auf einen Mann gestoßen, der sich des Römers und seiner schwangeren jungen Frau erinnerte, die an jenem schicksalhaften, sturmgepeitschten Abend vor siebenundzwanzig Jahren in die Stadt gekommen waren.
Er erinnerte sich an den Tag, weil die Karawane aus Alexandria, mit der der vornehme Römer und seine Frau gereist waren, in der Herberge seines Vaters Unterkunft gesucht hatte. Der Herbergswirt hatte das Paar zum Haus einer Heilerin am Stadtrand gewiesen und hatte ihm zwei Esel aus seinem Stall zur Verfügung gestellt. Als Selene und Rani meinten, es wäre doch ungewöhnlich, daß der Palmyrene sich nach so langen Jahren an diese kleine Episode erinnerte, hatte dieser gesagt: »Bald nachdem der Römer und seine Frau fortgegangen waren, kamen Soldaten in die Herberge. Sie wollten wissen, wohin die beiden verschwunden wären. Mein Vater berichtete ihnen von der Heilerin, und einer der Soldaten packte mich und befahl mir, sie zu dem Haus zu führen. Ich war damals noch ein Knabe und hatte Todesangst. Ich führte sie zum Haus der Heilerin. Danach versteckte ich mich bei einem Fenster und beobachtete, was sie ta-

ten. Sie töteten den Römer und rissen die junge Mutter aus dem Kindbett. *Darum* erinnere ich mich so gut an jene Nacht.«

Die Soldaten hatten die junge Frau und den Säugling lebend mitgenommen, hatte der Palmyrene berichtet. Was aus der Heilerin geworden war, wußte er nicht zu sagen.

»Ich werde nicht ruhen«, sagte Selene zu der wie gebannt lauschenden Elisabeth, »bis ich weiß, was aus ihnen geworden ist – aus meiner Mutter und meinem Zwillingsbruder. Ich muß wissen, ob sie am Leben sind oder tot. Aus welcher Familie ich stamme, wessen Blut in meinen Adern fließt.«

»Und du hast nichts, was dich mit deiner Familie verbindet?« fragte Elisabeth.

»Doch, ich hatte einmal etwas«, sagte Selene leise. »Aber ich habe es jemandem geschenkt...«

Zwei Jahre waren Selene und Rani nach Ulrikas Geburt in Persien aufgehalten worden: zum einen durch eine Seuche, derentwegen alle Reisen über die Landesgrenzen beschränkt worden waren; zum anderen, weil sie den königlichen Kurier erwarteten, der Selene Nachricht von Andreas bringen sollte.

Aber als der Bote im Frühjahr nach Persien zurückgekehrt war, hatte er berichtet, daß er trotz gründlicher Suche in ganz Antiochien keinen Arzt namens Andreas hatte finden können. Auch niemanden, der ihn kannte. Er hatte Selene ihren Brief ungeöffnet zurückgegeben.

Elisabeth musterte die beiden Frauen fasziniert. Ihrem Äußeren nach hätte man sie für ganz gewöhnliche Reisende halten können. Beide trugen lange Leinengewänder und darüber Reiseumhänge mit Kapuzen, die groß genug waren, auch ihre Gesichter zu verbergen. Wie alle Reisenden hatten sie am Gürtel einen getrockneten Flaschenkürbis hängen, in dessen Innerem ein schwerer Stein lag, damit er sank, wenn sie aus einem Brunnen Wasser schöpfen wollten. Beide trugen sie auch einen kleinen Dolch am Gürtel, und im Verborgenen gewiß Beutel mit Geld, dachte Elisabeth.

Elisabeth konnte ihre Neugier nicht bezähmen. »Wie kommt es, daß ihr so frei und ungebunden reisen könnt?« fragte sie.

»Wir sind Heilerinnen«, erklärte Rani. »Wir können uns unsere Reise verdienen.« Daß sie außerdem sehr reich war, behielt Rani für sich. Bei der Abreise aus Persien hatte sie ihren ganzen Besitz mitgenommen. Sie trugen ihn jetzt in ihre Kleider eingenäht und in Ziegenhäuten verborgen, die wie Wasserschläuche aussahen, mit sich.

»Heilerinnen«, rief Elisabeth erstaunt. »Deshalb konntet ihr mir so gut helfen. Darum habt ihr so wunderbare Arzneien bei euch.« Neid spiegelte sich in ihren Augen. »Ihr könnt reisen, wohin ihr wollt, und ihr wißt, daß ihr immer und überall willkommen seid.«

Ja, dachte Selene. Immer und überall... Denn für sie würde es keine Ruhe geben, keinen Ort, den sie Zuhause nennen konnte, solange sie Andreas nicht gefunden hatte.

Nach Antiochien waren Selene und Rani mit dem Kind nach Palmyra gezogen, von der Hoffnung getragen, daß Andreas sich nach der vergeblichen Suche nach Selene dort niedergelassen hatte. Als sie ihn auch dort nicht gefunden hatten, war Selene bewußt, wohin sie sich als nächstes wenden mußte: nach Alexandria, wo die berühmte Schule der Medizin war, die Andreas vor langen Jahren besucht hatte. Vielleicht, sagte sich Selene, hatte es ihn dorthin zurückgezogen.

Wieder erkannte Selene, daß die Götter sie führten. Es konnte kein Zufall sein, daß die beiden Ziele, die sie verfolgte – die Wahrheit über ihre Herkunft zu erfahren und Andreas zu finden – in derselben Stadt warten sollten. Mit jedem neuen Tag, mit jeder Meile, die sie zurücklegte, wurde Selene sicherer, daß die Visionen ihrer Fieberträume zehn Jahre zuvor ihr die Wahrheit gezeigt hatten: Ihre Identität und ihre Berufung als Heilerin waren auf bisher noch unbekannte Weise miteinander verknüpft.

Aber nun mußte sie doch bald das Ende des Wegs erreicht haben! Die Götter mußten sehen, daß der Wissensschatz, den Selene auf ihren Irrfahrten gesammelt hatte, unermeßlich reich war.

Nach der Abreise aus Persien hatten Selene und Rani eigentlich direkt nach Antiochien ziehen wollen, doch alle möglichen Hindernisse hatten ihnen Umwege aufgezwungen, so daß sich der Marsch nach Westen über sieben lange Jahre hingezogen hatte. Doch in dieser Zeit waren Selene und Rani nicht müßig gewesen. In jeder Stadt, jedem Dorf, jeder Oase hatten sie mit Heilern, mit Ärzten, mit Medizinmännern und den weisen Frauen wandernder Stämme gesprochen, neue Heilmittel und neue Verfahren kennengelernt, hatten sich das Gute und Hilfreiche angeeignet. Sie hatten den Gilgamesh-Platz in Babylon aufgesucht und von den Ärzten gelernt, die dort vorüberkamen; sie hatten in Palmyra mit den Priestern des Äskulap gesprochen; und vor wenigen Tagen erst, als sie von Petra herauf der Westküste des Toten Meeres gefolgt waren, hatten sie eine Nacht in einem Kloster verbracht und die saubere kleine *infirmaria* besucht, wo die Mönche ihre kranken Brüder pflegten.

Selene war bereit. Die Götter würden erkennen, daß sie nun bald ihr Leben und ihre gemeinsame Arbeit mit Andreas aufnehmen mußte.

Rani brach das Schweigen. »Du mußt jetzt ruhen«, sagte sie zu Elisabeth. »Du hast Schlimmes durchgemacht. Du mußt schlafen, damit deine Wunden heilen können.«

43

Hinkend stieg Selene die Treppe zum oberen Zimmer in Elisabeths kleinem Haus hinauf. Ihr Oberschenkel schmerzte, eine Erinnerung an die alte Verletzung, die sie auf der Flucht aus Babylon davongetragen hatte. Sie meldete sich oft, wenn Selene einen anstrengenden Tag hinter sich hatte.

Der Geruch der Schafwolle, die in Säcken an den Wänden lag, erfüllte den Raum. Elisabeth spann die Wolle für das Tuch, das sie webte, selbst. Ulrika schlief schon, auf einer Matte zusammengerollt, eine weiche Decke über ihrem kleinen Körper.

Selene zog ihre Sandalen aus und legte sich neben ihr Kind. Bald, meine Kleine, dachte sie, sind unsere Irrfahrten vorbei. Bald, bald...

Nicht daß Ulrika sich je beklagt hätte. Wie für das unstete Wanderleben geboren, fand sie sich in jeder Herberge und in jedem Zelt zurecht, nahm die Monate auf der Straße als Selbstverständlichkeit hin. Nie stellte sie ihr ungewöhnliches Leben in Frage, es war einfach so, wie ihre Mutter und Rani es für richtig hielten. Neid auf andere Kinder, die an einem festen Ort lebten, kannte Ulrika nicht.

Sie fand ihr Leben schön und aufregend. Jeden Tag gab es etwas Neues zu sehen, etwas Aufregendes zu erleben. Von den Leuten bekam sie kleine Geschenke, vor allem wenn Selene und Rani einem Kranken geholfen hatten, und ihre Mutter und Rani lehrten sie ständig Neues, zeigten ihr, wie man Kräuter zog und erntete und wozu man sie dann verwendete. Und wenn sie einmal Angst hatte, wie zum Beispiel bei einem Gewitter, waren immer ihre Mutter und Rani zur Stelle, um sie zu trösten.

Sie hätte sich kein besseres Leben wünschen können. Sie hatte Liebe, Geborgenheit und Abenteuer. Und doch weinte sich Ulrika jeden Abend in den Schlaf. Selene und Rani wußten nichts davon.

Selene streckte sich aus und legte, wie es ihr zur Gewohnheit geworden war, ihre Hand auf die Stirn des Kindes. Kinder waren so zart, so anfällig für Krankheiten. Der schlimme Husten, der Ulrika in Antiochien befallen hatte und zu einer bösen Lungenentzündung geworden war, hatte Selene so erschreckt, daß sie jetzt ständig um die Gesundheit ihrer kleinen Tochter fürchtete.

Ulrikas Stirn war warm und trocken. Selene atmete auf und legte ihren Arm über den festen, kleinen Körper ihrer Tochter. Sie war jetzt schon so groß wie Rani, würde als Erwachsene sicher größer werden als Selene, die selbst von hohem Wuchs war. Es war das Erbe ihres Vaters, genau wie die Farbe ihrer Augen und der Schnitt ihres Gesichts mit den kräftigen Wangenknochen. Immer wieder kam es vor, daß die Leute Ulrika anstarrten; ihr Haar war von ungewöhnlicher Farbe, nicht gelb, sondern von dem dunklen Ocker der Wüste bei Sonnenuntergang, und ihre Augen waren von einem so hellen Blau, daß sie manchmal beinahe farblos wirkten. Sie würde einmal eine schöne Frau werden.
Sie ist ein wunderbares Kind, dachte Selene und drückte den kleinen Körper an sich. Sie wußte nicht, daß Ulrikas Unbeschwertheit eine Maske war, hinter der sich heimlicher Schmerz versteckte. Selene und Rani, so gefangen von ihrer Arbeit als Heilerinnen und ihrem Bemühen zu lernen, sahen nicht, daß das kleine Mädchen sich langsam von ihnen zurückzog, daß die kindliche Lebenslust, von der sie Ulrika beseelt glaubten, schon seit langem einer stillen Schwermut gewichen war.
Ulrika entwickelte sich immer mehr zu einem traurigen, viel zu ernsten kleinen Mädchen, das nicht wußte, wohin es gehörte.

Nachdem Rani sich niedergelegt hatte, nahm sie die kleine Statuette Dhanvantaris, des Hindugottes der Heilkunde, und stellte sie neben ihr Kopfkissen. Schlafen würde sie noch lange nicht; nicht weil sie nicht müde war, sondern weil es seit mehr als zwanzig Jahren ihre Gewohnheit war, vor dem Einschlafen zu meditieren. Und das tat sie auch jetzt. Sie leerte ihr Hirn von allen Gedanken und richtete ihr inneres Auge auf einen Leuchtturm am Horizont. Endlich würde sie sie sehen, die großartige Schule der Medizin in Alexandria.
Rani war jetzt ganz grau, und ihre Bewegungen waren langsamer geworden. Sie war siebenundfünfzig Jahre alt, aber ihre Augen sahen immer noch gut, ihr Verstand war unvermindert scharf und wach, ihre Hände waren so flink und geschickt wie eh und je. Der Gedanke, daß sie eines Tages diese glänzende Schule sehen würde, wo hohe Gelehrsamkeit und wissenschaftliches Forschertum vereint waren, hatte sie jung erhalten, das wußte sie. Die Schule in Alexandria war noch bedeutender als die Schulen in Madras und Peshawar, die zu besuchen vor langer, langer Zeit ihr sehnlichster Wunsch gewesen war.
Seit dem Tag vor sieben Jahren, als Rani den ersten Schritt in die Freiheit getan hatte, hatte sie nicht mehr zurückgeblickt. Aber sie tat es jetzt, weil sie es angebracht fand – es war auf den Tag genau sieben Jahre her, daß sie

mit Selene und der damals zweijährigen Ulrika die Palasttore durchschritten und den Weg in die Freiheit eingeschlagen hatte.
Mit leiser Wehmut erinnerte sich Rani des Abschieds von Nimrod, der sechsunddreißig Jahre lang ihr einziger Freund gewesen war. Er hatte geweint, und er hatte sie geküßt; es war der erste und einzige Kuß, den Rani je von einem Mann empfangen hatte. Danach hatte er ihr zur Erinnerung seinen wertvollsten Besitz geschenkt, einen magischen Stein.
Es war ein Türkis von der Größe eines Zitronenschnitzes, und er hatte die Macht, dem, der ihn in Besitz hatte, Glück zu bringen. Seine Farbe wechselte auf geheimnisvolle Weise von Grün zu Blau, wenn man sich seiner Glückskraft bediente. Auf einer Seite hatte er eine rostfarbene Maserung, die auf den ersten Blick an zwei Schlangen erinnerte, die sich um einen Baum wanden – Symbol der Ärzte und Heiler überall auf der Welt. Bei näherem Hinsehen jedoch konnte man eine Frau erkennen, die mit ausgestreckten Armen stand.
Und hat der Stein mir nicht Glück gebracht? fragte sich Rani in der dunklen, stillen Nacht von Jerusalem. Ich bin frei und ich reise durch die Welt, wie ich es mir immer gewünscht habe. Alle meine Träume sind wahr geworden. Wenn jetzt nur noch...
Ja, wenn jetzt nur noch die Träume ihrer Freundin sich erfüllen würden! Doch Selene, so schien es Rani, jagte einem flüchtigen Traum nach, der sich vielleicht niemals erfüllen würde. Sie wünschte, Selene würde ihre Suche nach Andreas aufgeben, damit ihr rastloser Geist endlich Frieden finden könnte. Denn solange die Erinnerung an Andreas wach war, würde Selene in diesem Leben niemals wahre Zufriedenheit kennenlernen. Ranis letzter Gedanke, ehe sie in einen tiefen Schlaf glitt, galt Alexandria. Vielleicht würde Selene dort endlich das Ende ihres Wegs erreichen.

Selene lag immer noch wach und lauschte in die Stille der Nacht. Sie war wieder in Antiochien, eilte wie damals, vor zwei Jahren, mit klopfendem Herzen durch die vertrauten Straßen zur Oberstadt, an der Stelle vorbei, wo der Teppichhändler gestürzt war. Je näher sie der Straße kam, in der Andreas' Villa stand, desto schneller wurde ihr Schritt.
Die Mauer, das Tor, und dann stand sie plötzlich vor einem wildfremden Haus und erfuhr das Unglaubliche: Die Villa war vor Jahren abgebrannt, und niemand wußte etwas über die früheren Bewohner.
Sie war wie versteinert gewesen. Sie hatte sich an die Hoffnung geklammert, daß der königliche Bote sich getäuscht hatte, daß er vielleicht zu

faul gewesen war, richtig zu suchen, daß irgendein schreckliches Mißverständnis vorlag und Andreas noch immer hier lebte, in seinem Haus, und auf Selenes Rückkehr wartete.
Das Herz war Selene schwer gewesen, als sie Rani und ihre Tochter ins Armenviertel Antiochiens hinuntergeführt hatte, um ihnen das Haus zu zeigen, in dem sie aufgewachsen war. Sie wollte es vor allem Ulrika zeigen. Während sie vor dem kleinen Gärtchen gestanden hatten, meinte Selene, im gleißenden Sonnenschein zwei traumhafte Gestalten zu sehen – Mera und die junge Selene bei der Arbeit im Garten. Sie war erstaunt darüber, wie klein das Häuschen war.
Tieftraurig und niedergeschlagen hatte Selene Antiochien wieder verlassen. Was hatte sie zu finden gehofft? Ihre Jugend? Einen Traum? Hatte sie erwartet, dort die Vergangenheit anzutreffen, wie sie in ihrem Gedächtnis bewahrt war, wo sich doch so viel in ihrem eigenen Leben verändert hatte? Man kann die Vergangenheit nicht zurückholen, dachte sie, während sie sich fragte, wie Ulrika wohl einmal auf ihre Kindheit zurückblicken würde, dieses ständige, rastlose Umherschweifen, das sie war.
Sie erinnerte sich wieder an die Nacht, in der Ulrika zur Welt gekommen war. Eine kalte, regnerische Märznacht war es gewesen. Persischer Sitte gemäß hatte ein Priester des Zoroaster bei der Geburt Beistand geleistet, das Kind mit eigenen Händen entbunden. Selene hatte bei der Geburt ein seltsames Erlebnis gehabt.
Als die Wehen ihren Höhepunkt erreicht hatten, sie glaubte, ihr Leib müsse jeden Augenblick bersten, hatte sie wieder Visionen gehabt. Plötzlich lag sie nicht mehr in einem seidenen Bett in einem persischen Palast, sondern auf einer Strohmatte in einem einfachen Haus. Die Wände aus Lehmziegeln bebten unter der Wucht eines heulenden Sturms; sie spürte die sanfte Berührung Meras; sie sah schattenhaft das edle Gesicht des Mannes, der sich voll Liebe und Besorgnis über sie beugte. Es war, als erlebte Selene ihre eigene Geburt mit, wäre ihre eigene Mutter.
Wie war das möglich? Oft und oft hatte sich Selene darüber den Kopf zerbrochen. Waren es Hirngespinste gewesen, ausgelöst durch den dramatischen Augenblick der Geburt ihres Kindes? Oder gab es wirklich eine geistige Verbindung, die jenseits dieser irdischen Ebene existierte; eine Erinnerung, die tief im Unbewußten lagerte und in solchen Augenblikken ins Bewußtsein getragen wurde? Hatte Selenes Mutter, während sie selbst geboren hatte, die Wehen ihrer eigenen Mutter durchgemacht? Und wenn ja, in welchem Haus, in welcher Stadt, in welchem Jahr?
Oft sah Selene Ulrika an und glaubte, in diesem noch ungeformten Gesicht den Schatten Meras zu sehen, obwohl sie wußte, daß das unmöglich

war, daß nicht ein Tropfen vom Blut dieser guten Frau in Ulrikas Adern floß. Sondern das Blut einer anderen Großmutter. Nur, wer war sie? Eine Römerin? Eine Ägypterin? Was für einen Namen trug sie?
Ein Geräusch riß Selene aus ihren Gedanken. Sie hob den Kopf und lauschte. Es war das Weinen einer Frau. Unten. Es mußte Elisabeth sein.
Sie warf einen Blick auf Ulrika und dann auf Rani. Beide schliefen tief. Lautlos stand Selene auf und huschte die Treppe hinunter.
Elisabeth saß in der Mitte des Zimmers und weinte, als wolle ihr das Herz brechen. Durch den Verband an ihrem Arm sickerte frisches Blut. Selene nahm ihren Medizinkasten, der auf dem Tisch stand, und setzte sich zu Elisabeth auf den Teppich.
»Du hast dir weh getan«, sagte sie sanft. »Komm, ich mache dir einen frischen Verband.«
Elisabeth hörte nicht auf zu weinen. Die Hände vor ihr Gesicht geschlagen, schluchzte sie so bitterlich, daß Selene am liebsten mit ihr geweint hätte.
»Komm«, sagte sie wieder. »Laß dir helfen.« Behutsam zog sie dem Mädchen die Hände vom Gesicht.
»Ich will ihn nicht verlieren«, schluchzte Elisabeth. »Ich liebe ihn.«
Selene nahm den Verband ab, untersuchte die Wunde und griff nach einem Fläschchen in ihrem Medizinkasten. Es enthielt ein schmerzlinderndes Mittel für Schnittwunden, das Selene aus Birkenrinde gewonnen hatte. Nachdem sie direkt auf die Wunde etwas grünen Brotschimmel gestreut hatte, um einer Entzündung vorzubeugen, legte sie einen frischen Verband an und hörte dabei Elisabeth zu, die ihr immer noch weinend ihr Herz ausschüttete.
»Sie werden ihn fortschicken«, sagte sie. »Er hat die Befehle mißachtet. Die römischen Soldaten dürfen sich nicht einmischen, wenn die Einheimischen nach eigener Sitte handeln.«
»Aber die Leute haben doch Schreckliches getan, Elisabeth.«
»Nach unserem Gesetz ist es erlaubt. Und wenn die Leute eines Landes nach eigenem Gesetz handeln, dürfen die Römer nicht eingreifen. Ich werde ihn nie wiedersehen. Sie werden ihn bestrafen und an irgendeinen fernen Posten versetzen, wohin keiner will. Nach Germanien zum Beispiel.« Wieder schlug Elisabeth die Hände vor ihr Gesicht.
Selene berührte sachte den Arm des Mädchens. »Elisabeth«, sagte sie leise. »Die Liebe ist das Wunderbarste auf der Welt. Sie ist die stärkste Macht, die es gibt, und sie kann Wunder wirken. Aus der Liebe kommt das Leben, Elisabeth. Die Liebe heilt Wunden, spendet Mut und Hilfe in

der Not. Wenn du Cornelius stark genug liebst, wirst du ihn nie verlieren. Aber du mußt ihn lieben, Elisabeth. Liebe ihn wirklich, von ganzem Herzen und ganzer Seele. Es gibt nichts Schöneres auf der Welt, nichts Stärkeres als die Liebe.«
Elisabeths Weinen wurde stiller.
»Er ist nicht zum Soldaten geschaffen«, sagte sie leise. »Cornelius ist ein sanfter Mensch. Er ist ein Träumer. Ich habe nie zuvor jemanden wie ihn gekannt. Und als wir uns das erstemal begegneten, da war es, als ob wir uns schon immer geliebt hätten. Kannst du das verstehen, Selene?«
»Ja.«
»Wir können doch nichts dafür, daß unsere Völker verfeindet sind, daß sein Volk das meine unterdrückt. Wir wollen nur in Frieden und Glück miteinander leben.«
Selene stand auf und ging zu dem Wasserschlauch, der in der Ecke hing. Sie füllte einen Becher, gab ein paar Tropfen Flohkrautöl dazu.
»Hier«, sagte sie. »Trink das. Dann schläfst du besser.«
»Du bist sehr gut zu mir«, sagte Elisabeth, nachdem sie das Wasser getrunken hatte. »Ich weiß nicht, was ich getan hätte, wenn ihr mir nicht geholfen hättet. Wie kann ich es euch vergelten?«
Selene lächelte. »Ich hätte gern etwas von deiner Schafwolle.«
»Von der Schafwolle?«
»Ich verwende sie zur Behandlung bei Hautleiden. Ich brauche nur ein wenig. Und ich glaube«, fügte sie in beschwichtigendem Ton hinzu, »du solltest dir um Cornelius keine Sorgen machen. Beim Heer kümmert man sich schon um ihn.«
»Ja – sie haben ihn sicher ins *valetudinarium* gebracht.«
»Ins *valetudinarium*? Was ist denn das?«
Elisabeth suchte vergeblich nach einer Übersetzung ins Aramäische. »So nennen es die Römer. Da versorgen sie die Kranken und die Verwundeten. Ich kann ein bißchen Lateinisch von Cornelius. *Bona valetudo* heißt Gesundheit.«
»Und wo ist dieser Ort?«
»In der Festung Antonia.«
Selene überlegte. Sie hatte noch nie von einem *valetudinarium* gehört. Ihres Wissens gab es in Rom als Heilstätten nur die Äskulaptempel. Aber da gab Elisabeth ihr schon die Erklärung.
»Das *valetudinarium* gehört zum Militär. Nur Soldaten kommen dorthin«, sagte sie. »Cornelius hat mir davon erzählt, als sein Freund Flavius mit einer Verwundung dort lag. Er sagte, es gibt an jeder Grenzfestung eines. Sogar in Germanien.«

»Kannst du Cornelius dort nicht besuchen?« fragte Selene und versuchte, sich ein Haus vorzustellen, das nur für Kranke und Verwundete bestimmt war und wo Ärzte die Behandlungen vornahmen.
»Nein. Zivilpersonen dürfen in die Festung nicht hinein.«
»Was ist mit Cornelius' Freund? Kann er dir nicht Nachricht geben, wie es Cornelius geht?«
»Flavius? Nein, der weiß nicht, wo ich wohne. Aber – Selene, er hat immer in der Straße beim Tempel Wache. Ich kann zu ihm gehen.« Elisabeth nahm Selene bei der Hand. »Gehst du mit mir? Ich habe Angst, allein auf die Straße zu gehen.«
»Natürlich gehe ich mit dir.«
Elisabeth strahlte. »Morgen? Ganz früh?«
»So früh du willst. Aber jetzt leg dich schlafen.«

Wieder auf ihrer Matte, schlief Selene beinahe augenblicklich ein. Sie merkte nicht, daß ihre kleine Tochter sich unruhig hin und her wälzte.
Im Schlaf griff Ulrika nach dem Holzkreuz, das an ihrem Hals hing, dem Kreuz Odins, das Wulf Selene vor nahezu zehn Jahren umgelegt hatte. Von tiefer Unruhe bewegt, warf sich das kleine Mädchen hin und her. »Vater«, flüsterte sie im Traum.

44

Sie kamen zu einem *trivium*, einer Dreiwegekreuzung, wo die Leute gern zu einem Schwatz stehenblieben. Dort, im Schatten der Festung, trafen sie mit Flavius zusammen.
Er war sehr jung, mit Flaum auf den Wangen und einer schlecht sitzenden Rüstung am knabenhaft schlanken Körper. Niemand aus der Menge, die sich durch das Tor in Herodes' prächtigen neuen Tempel wälzte, achtete auf die drei Frauen und das kleine Mädchen, die da mit einem römischen Soldaten beisammen standen.
Das erste, was Flavius berichtete, war, daß Cornelius noch immer bewußtlos war. Elisabeth begann zu weinen.
»Gibt es keine Möglichkeit, ihn zu besuchen?« fragte Selene und sah mit zusammengekniffenen Augen an den massigen Mauern über der schmalen Straße empor.
»Man muß schon ein kranker oder verwundeter Soldat sein, um ins *valetudinarium* zu kommen«, antwortete Flavius. Er zeigte ihnen den Gebäudeteil, in dem sich das Lazarett befand. »Das *valetudinarium* selbst ist

nicht bewacht«, erklärte er, »aber die Festung. Die Zeiten sind unruhig, wißt ihr. Es gibt immer wieder Aufstände und Unruhen, besonders da drinnen.« Er wies mit dem Kopf zum Tempelbezirk, wo sich die Menschen drängten. »Es gibt eine Menge Hitzköpfe in Jerusalem.«

Selene musterte die massige Mauer, so gewaltig und abschreckend wie die Mauern Babylons, von denen sie sich vor zehn Jahren überwältigt gefühlt hatte.

»Was ist das für ein Tor?« fragte sie und zeigte mit der Hand darauf.

»Das ist der Eingang für die Zivilpersonen. Aber man muß bei einem Beamten angemeldet sein, um durchgelassen zu werden. Und es ist nur bei Tag geöffnet.«

Selene warf einen Blick auf Elisabeth, die leise in ihren Schleier weinte.

»Es muß doch noch eine andere Möglichkeit geben, da hineinzukommen«, sagte sie und sah Flavius bittend an. Er war ein sehr ernsthafter junger Mann und ritterlich dazu, vermutete sie, da sie gesehen hatte, wie tapfer er Elisabeth verteidigt hatte. »Wenn wir ihn nur einen Moment sehen könnten. Wir wären so dankbar.«

Sie hatte ihn richtig eingeschätzt.

»*Eine* Möglichkeit gibt es«, sagte er leise und warf einen Blick über die Schulter. »Aber es ist gefährlich...«

Rani war froh, daß sie mit Ulrika zu Hause bleiben konnte, während Elisabeth und Selene ausgingen. Sie fand das ganze Unternehmen nicht nur gefährlich, sondern auch töricht. Aber nichts konnte Elisabeth bewegen, dem Geliebten fernzubleiben, und Selene war hartnäckig entschlossen, sich das römische Lazarett von innen anzusehen.

»Was können uns die Römer denn noch lehren?« fragte sich Rani, während die beiden Frauen in ihre Verkleidung schlüpften. Wir haben jetzt genug für unser *chikisaka*.

Aber sie behielt diese Überlegungen für sich, und sie wünschte ihnen Glück und den Schutz der Götter, als sie im Dunkel der Nacht das Haus verließen.

Es war Mitternacht, als sie die nördlichste Mauer der Stadt erreichten. Unter ihren Umhängen fröstelnd, warteten sie. Die Stadt war sehr still. Selene fand das merkwürdig, bis ihr einfiel, daß dies die heilige Woche war, in der alle, Einheimische wie Pilger, sich in ernster Feier sammelten.

An die Mauer gedrückt, um sich vor dem beißenden Märzwind zu schützen, beobachteten Selene und Elisabeth die dunkle Straße und warteten

ungeduldig. Stunden schienen ihnen vergangen zu sein, als endlich die erste Frau kam. Als noch einige folgten und sich an das Tor stellten, gesellten sich Elisabeth und Selene zu der kleinen Gruppe.
Die anderen, die leise miteinander schwatzten, schenkten den Neuankömmlingen keine Beachtung. Selene und Elisabeth hatten sich mit Schminke, Schmuck und bunten Gewändern so herausgeputzt, daß sie wie Dirnen aussahen. Flavius hatte ihnen von den nächtlichen Besuchen der Prostituierten in der Festung erzählt; sie gingen in die Soldatenunterkünfte und die Gefängniszellen und machten sich vor Tagesanbruch wieder davon. Es verstieß natürlich gegen die Vorschriften, aber die Wachen pflegten beide Augen zuzudrücken. Eine große, auffallend hellhaarige Frau war eben für den Wachsoldaten bestimmt, der an diesem Tor Dienst tat.
Ein Legionär kam ans Tor, sperrte auf und ließ die Frauen ein.
»Ich warte auf euch«, hatte Flavius am Morgen versprochen. »Sobald ihr kommt, hole ich euch und führe euch in den Krankensaal.«
Stumm folgten sie den schwatzenden Frauen durch das Tor in eine Säulenhalle. Jenseits der Säulen dehnte sich leer und gespenstisch der Innenhof im Mondschein. Selene blickte den von Fackeln erleuchteten Säulengang hinauf und hinunter. Flavius war nirgends zu sehen.
Der Legionär führte die Frauen eine Treppe zur Linken hinauf, und einen Moment lang zögerten Selene und Elisabeth, unschlüssig, was sie tun sollten.
»Wo ist er?« flüsterte Elisabeth, Furcht und Erregung in den Augen.
Selene überlegte einen Moment, dann nahm sie Elisabeth bei der Hand und eilte mit ihr der Frauengruppe nach, die die Treppe hinaufstieg. Oben traten sie in einen großen Hof hinaus. Still und verlassen lag er unter dem Nachthimmel, die Steine seines Pflasters glattgeschliffen von den Schritten vieler Füße. Auf der gegenüberliegenden Seite des weiten Platzes konnte Selene einen erhöht stehenden thronähnlichen Sitz erkennen. Offenbar war dies der Ort, wohin man die Gefangenen zur Gerichtsverhandlung und Verurteilung brachte.
Das Herz schlug ihr bis zum Hals, während sie verzweifelt nach Flavius Ausschau hielt. Sie konnte nicht begreifen, wieso er nicht gekommen war. Der Legionär, bemerkte sie mit Schrecken, führte sie jetzt zu den Unterkünften. Stimmengewirr und Gelächter drang aus den hell erleuchteten Räumen.
Selene und Elisabeth blieben zurück. Doch nun waren schon einige Männer aus den Unterkünften herausgekommen und standen winkend und gestikulierend an der Tür. Die Frauen winkten lachend zurück und gin-

gen schneller. Vier trennten sich von der Gruppe und verschwanden durch einen Torbogen.
Während sie schleppenden Schrittes der Gruppe folgten, die den Unterkünften zustrebte, versuchte Selene auszumachen, wo das *valetudinarium* sein konnte. An der Ostseite, hatte Flavius gesagt. Sie befanden sich jetzt auf der Ostseite, aber hier war nichts, was einem Krankensaal glich.
»Selene«, flüsterte Elisabeth ängstlich, als sie den Mannschaftsräumen immer näher kamen. Ein paar besonders ungeduldige Männer waren in den Gang herausgetreten, um die Frauen näher in Augenschein zu nehmen und ihre Wahl zu treffen. Rasch begann die Gruppe sich aufzulösen.
Als ein Riese von Mann auf Selene zusteuerte, sagte sie hastig: »Komm!« und zog Elisabeth in die Finsternis des nächsten Torbogens. Blind stolperten sie in einen engen Gang und stürzten sich, als sie laute Rufe hinter sich hörten, Hals über Kopf in die Dunkelheit. Nachdem sie ein ganzes Stück gelaufen waren, hielten sie an und lauschten, an die Mauer gedrückt, mit angehaltenem Atem. Alles war still. Vom Hof kam kein Geräusch mehr.
»Selene«, hauchte Elisabeth, die so heftig zitterte, daß ihre Halskette klirrte, »ich habe Angst.«
»Still! Sie sind in ihre Unterkünfte gegangen. Sie haben uns vergessen.«
»Aber wenn sie nun doch draußen stehen und auf uns warten?«
»Das tun sie nicht. Jetzt hör mir zu. Wir können nicht weit von dem Krankensaal sein. Wir finden ihn bestimmt.«
»Wie denn?«
Selene rief sich die Kreuzung ins Gedächtnis, wo sie am Morgen gestanden hatten. Flavius hatte nach oben gedeutet. *Hier,* hatte er gesagt, wäre das *valetudinarium*. Konnte das wirklich sein?
»Wo sind wir?« flüsterte Elisabeth.
»Ich weiß nicht.« Zögernd, mit vor sich ausgestreckten Armen trat Selene von der Mauer weg. Sie ging ein paar Schritte, dann noch ein paar und stieß schließlich an die gegenüberliegende Wand. Sie war erstaunt. Der Gang hatte sich verbreitet. Mit der flachen Hand tastete sie die Steinmauer ab und stieß auf eine Wandfackel.
»Elisabeth«, rief sie leise, »hast du den Zunder mitgebracht?«
Sie hob die Fackel aus dem Halter, während Elisabeth Feuerstein und Stahl aneinanderrieb. Nun hatten sie Licht. Was Selene sah, erstaunte sie noch mehr. Der Gang war beträchtlich breiter geworden, und statt des

Steinpflasters hatten sie nun Holzdielen unter den Füßen. An seinem Ende sah sie eine große Flügeltür mit hölzernen Bänken daneben.
Dicht gefolgt von Elisabeth huschte sie leise durch den Korridor. Als sie die große Flügeltür erreichten, starrten sie beide erstaunt auf den von zwei Schlangen umwundenen Stab, der in das Holz eingekerbt war. Es war das Zeichen des Äskulap, des Gottes der Heilkunst.
»Wir haben es gefunden«, sagte Selene aufatmend.
Als der Wächter gähnend die Tür öffnete, war er nicht überrascht, zwei Dirnen vor sich zu sehen. Aber er war verärgert, daß er nicht vorher sein kleines Schmiergeld erhalten hatte. Er verlangte es jetzt in verdrießlichem Ton, und Selene gab ihm eine Silbermünze. Nachdem er flüchtig die Prägung der Münze begutachtet hatte, sagte er mürrisch: »Schaut nur, daß ihr wieder weg seid, ehe die Ärzte kommen«, und kehrte zu seinem Würfelspiel zurück.
Selene und Elisabeth blieben einen Moment zaudernd an der Tür stehen. Vor ihnen dehnte sich ein langer, hell erleuchteter Gang mit offenen Türen zu beiden Seiten, aus denen vielfältige Geräusche kamen – gedämpftes Gelächter, sanftes Gemurmel, der klagende Klang einer Panflöte, aber auch leises Stöhnen und Jammern. Am Ende des Korridors standen zwei Marmorstandbilder: Äskulap, der Gott der Heilkunst mit dem Schlangenstab, und der römische Kaiser Claudius.
Während Selene und Elisabeth langsam durch den Gang schritten, blickten sie rechts und links durch die offenen Türen. Hinter jeder befand sich ein kleiner Krankenraum mit jeweils vier Betten. Alle Betten waren belegt. Die meisten Patienten schliefen, einige aber waren noch auf, Männer mit verbundenen Armen und Beinen, manche an Krücken humpelnd.
Elisabeth verkroch sich in ihren Umhang und zog ihren Schleier vor ihr Gesicht. Doch Selene schaute neugierig in jeden Krankenraum und versuchte, sich zu merken, was sie sah. Die Patienten waren, wie sie mit steigendem Interesse vermerkte, nach der Art ihrer Krankheiten oder Verletzungen eingeteilt, ein Verfahren, das sie bisher noch nirgends angetroffen hatte, dessen Wert sie aber sogleich begriff.
»He!« erklang eine tiefe Stimme.
Elisabeth und Selene fuhren herum. Ein grauhaariger alter Soldat humpelte aus seinem Zimmer. Er hielt sich am Türrahmen fest und sprang auf einem Bein vorwärts. Das andere war unter dem Knie amputiert.
»Wen sucht ihr?« fragte er.
Elisabeth wollte antworten, konnte aber keinen Laut hervorbringen.
»Cornelius«, sagte Selene deshalb. »Man hat uns gesagt –«

»Dahinten«, sagte der Soldat und fuchtelte mit dem Arm. »Bei den eingeschlagenen Schädeln.« Aus dem Zimmer hinter ihm erscholl Gelächter.
Sie gingen an drei weiteren offenen Türen vorüber und gelangten schließlich zu einem Raum, wo vier schlafende Männer mit verbundenen Köpfen lagen. Alle Furcht und Zaghaftigkeit vergessend, rief Elisabeth: »Cornelius!« und stürzte an das Bett ihres Freundes.
Selene folgte langsam, bemüht, sich alles einzuprägen, was sie in dem Krankenzimmer sah. Die Betten standen in gleichem Abstand voneinander, über dem Kopfende eines jeden hing ein Wachstäfelchen an der Wand, auf einem Tisch an der freien Wand standen mehrere Schalen mit Wasser, daneben lagen Verbandzeug und Instrumente griffbereit.
Praktisch war das Wort, das Selene in den Sinn kam. Das *valetudinarium* der Fünften Legion war nüchtern und praktisch.
Als sie zu Cornelius' Bett kam, kniete sie nieder und zog die weinende Elisabeth behutsam weg, um sich über den jungen Mann zu beugen, seine Stirn zu fühlen, seine Augenreflexe zu prüfen, seinen Puls zu zählen.
»Ist das die Art, wie ihr Mädchen euch heutzutage euer Geld verdient?«
Elisabeth stieß einen unterdrückten Schrei aus, und Selene fuhr herum. Ein großer, schlanker Mann in einem langen weißen Gewand stand an der Tür. Er ist genau wie dieses Krankenhaus, dachte Selene, während sie langsam aufstand. Nüchtern und reserviert. Er war außerdem, wie sie bemerkte, ein sehr gutaussehender Mann.
»Wer seid ihr?« fragte er. »Was habt ihr bei diesem Mann zu schaffen?«
Sein Blick sagte Selene, wie sie wirken mußten, und sie erinnerte sich ihres herausfordernden Aufzugs: rote Lippen und Wangen, blaugefärbte Augenlider, blitzende große Ohrringe, rote Gewänder. Einen Moment lang wurde sie verlegen.
Dann erklärte sie ihm, warum sie hergekommen und wie sie hereingekommen waren. Der Fremde beobachtete sie mit durchdringendem Blick, während sie sprach, und sah bald, daß sie mit den üblichen nächtlichen Besucherinnen nichts gemein hatte. Sie strahlte nach anfänglicher Unsicherheit ein ruhiges Selbstbewußtsein aus, das er von den anderen Frauen nicht kannte.
»Ich glaube dir«, sagte er schließlich. »Ich bin Magnus, der Nachtarzt. Wie kann ich euch behilflich sein?«

»Immer wenn der Puls gezählt wird«, berichtete Selene Rani am folgenden Morgen beim Frühstück, »wird die Zahl auf ein Wachstäfelchen geschrieben, das über dem Bett hängt. Wird der Puls später nochmals gezählt, so kann man die neue Zahl mit der früheren vergleichen, um zu sehen, ob sich etwas verändert hat. Die Römer sind der Ansicht, daß eine Veränderung des Pulsschlags auf eine Veränderung im Befinden des Patienten hinweist.«
»Genial«, rief Rani, die jetzt wünschte, sie hätte Selene bei der Besichtigung des *valetudinariums* begleitet.
Auf dem Tisch hatten sie ein Blatt Papyrus liegen, auf dem Selene den Grundriß des Lazaretts aufgezeichnet hatte.
»Sie operieren nur morgens«, erklärte sie weiter. »Da ist das Licht am besten, und es ist noch kühl. Die frisch Operierten werden nicht in ihr Krankenzimmer gebracht, sondern bleiben in einem Raum neben dem Operationsraum.«
»Warum?« fragte Rani.
»Falls es Komplikationen gibt. Da hat man sie gleich in der Nähe.«
Ulrika, die mit ihrer Puppe in der Ecke saß, beobachtete ihre Mutter und Rani stumm und aufmerksam. Sie saßen dicht beieinander über den Tisch gebeugt und zeichneten Bilder. Sie schienen über irgend etwas sehr erfreut und aufgeregt zu sein.
Dann hörte Ulrika Gesang aus dem Garten. Sie drehte den Kopf und lauschte. Elisabeth war dort draußen und pflückte Blumen.
Am vergangenen Abend, als Elisabeth ihren Cornelius tief schlafend, mit bleichem Gesicht und verbundenem Kopf in dem Krankenbett gesehen hatte, war sie in Tränen ausgebrochen. Sie hatte ihn dem Tod geweiht geglaubt. Aber dann war der Arzt gekommen und hatte berichtet, daß Cornelius am Nachmittag wieder zu Bewußtsein gekommen war und jetzt nur so tief schlief, weil man ihm ein Mittel gegeben hatte. Und als Cornelius zu sich gekommen war, hatte der Arzt weitererzählt, hatte er als erstes nach einer Frau namens Elisabeth verlangt.
Sie konnte es noch immer kaum fassen, daß der heimliche Besuch im *valetudinarium* so glücklich verlaufen war. Selene mußte eine Zauberin sein, daß sie den römischen Arzt so freundlich gestimmt hatte. Nicht nur hatte er ihnen zu bleiben erlaubt, nicht nur hatte er Selene überall herumgeführt und alle ihre Fragen beantwortet; er hatte Elisabeth die Erlaubnis gegeben, Cornelius jeden Tag zur Mittagszeit zu besuchen. Darum pflückte sie jetzt die Blumen.
Ulrika verfolgte Elisabeths fröhliches Tun mit großen Augen und fragte sich, wieso auf einmal alle so vergnügt waren, und keiner seine Freude

mit ihr teilte. Nun ja, dachte sie, während sie vom Boden aufstand, die Puppe fest an ihre Brust gedrückt, sie haben es eben vergessen. Sie vergessen mich manchmal einfach. Sie ging zum Tisch und zupfte ihre Mutter am Ärmel.

»Was ist denn, mein Kind?« fragte Selene, ohne den Kopf zu drehen, weiter mit der Zeichnung beschäftigt.

»Mama«, sagte Ulrika.

»Deine Mutter arbeitet«, mahnte Rani. »Warum gehst du nicht ein bißchen in den Garten zum Spielen?«

»Mama«, sagte Ulrika wieder.

»Nur einen Augenblick noch, Rikki. Siehst du, hier, Rani«, sagte sie und wies auf eine Stelle auf ihrer Zeichnung. »Hier ist ein großer Schrank für Verbandzeug und Arzneien. Das ist praktischer, als wenn...«

Ulrika wich zurück. Sie kannte diesen Ausdruck auf dem Gesicht ihrer Mutter. Er wirkte wie eine unsichtbare Barriere, die nicht zu überwinden war. Sie drehte sich um und ging in den Garten hinaus.

»Magnus hat mir auch geraten, wie wir das am besten mit unserem Geld machen«, bemerkte Selene und legte die Feder aus der Hand. »Als ich ihm erzählte, daß wir zu Schiff nach Alexandria wollen, meinte er, wir sollten unser Geld bei einer Bank hier in Jerusalem hinterlegen. Seeleute seien berüchtigte Diebe, sagte er. Wir könnten unser Geld noch so gut verstecken, es wäre ein Wunder, wenn wir es bei der Ankunft in Ägypten noch hätten. Hier gibt es Geldverwalter, die Verbindung zu Bankhäusern in Alexandria haben, sagte er, und mit einem Kreditbrief...«

Sie beschlossen, daß Rani noch am Nachmittag in die Stadt gehen und Geld und Juwelen einem der vielen angesehenen Bankiers in Jerusalem anvertrauen würde. In zwei Tagen dann, wenn die Feiertage vorüber waren, wollten sie nach Westen reisen und in Joppe ein Schiff nach Alexandrien besteigen.

Selene und Rani sahen einander lächelnd an. Die Zukunft schien jetzt ganz nahe.

45

Die Holzlöffel aus Elisabeths Küche bildeten den Tannenwald, und ein mit Wasser gefüllter Graben war der Fluß. Der Rhein. Ulrika hatte nie Schnee gesehen, aber ihre Mutter hatte ihn ihr beschrieben, und sie fand, die Schafwolle, die sie aus einem der Säcke oben stiebitzt hatte und die sie über ihren Wald gestreut hatte, sähe sehr echt aus.

Es war später Nachmittag. Ulrika war im Garten und beschäftigte sich mit ihrem Lieblingsspiel, das ›Germanien‹ hieß.
»Hier ist der Fluß«, sagte sie laut, drückte die Grabenränder ein wenig fester und goß noch etwas Wasser nach. »Und hier sind die Bäume.« Sie richtete die Löffel gerade, die sie wie Pfähle in die Erde gesteckt hatte.
»Und hier ist Ulrika«, sagte sie schließlich und setzte ihre Puppe mitten in die Miniaturlandschaft. »Ulrika ist die Prinzessin. Sie warnt alle, daß die Eisriesen kommen. Wer wird die Leute retten?« rief sie mit ihrer Kleinmädchenstimme.
»Oh! Schaut! Da ist Wulf, der edle Prinz.«
Ulrika hatte keine Puppe zur Darstellung ihres Helden; ihre lebhafte Phantasie zauberte sein Bild. Plappernd und lachend, lebhafter, als sie sich je zeigte, führte sie ihre beiden Helden durch ausgedachte Abenteuer.
»Und danach lebten sie glücklich und zufrieden bis an ihr seliges Ende«, sagte sie schließlich und ließ sich seufzend ins Gras fallen.
Wieder einmal hatte sich Wulf als der große Held und Retter erwiesen. Es gab nichts, was er nicht vollbringen konnte, und Ulrika war stolz darauf, daß er ihr Vater war. Sie wußte, daß er sie von Herzen liebte, denn er war immer bei ihr. Das war Ulrikas ganz besonderes Geheimnis. Ihre Mutter sagte, Wulf wäre bei der Göttin, aber Ulrika wußte es besser. Vor Jahren schon war er in ihren Träumen zu ihr gekommen und hatte ihr versprochen, so lange bei ihr zu bleiben, wie sie ihn brauchte.
Und Ulrika brauchte ihren Vater oft. Rani und ihre Mutter waren immer so beschäftigt; sie ließen sie häufig in der Obhut Fremder – so wie an diesem Tag, wo sie sie bei Elisabeth zurückgelassen hatten. Dann drohte immer das schreckliche Gefühl des Verlassenseins sie zu überfallen und traurig zu machen; aber immer rettete sie Wulf, der plötzlich zu ihr kam, mit ihr sprach und sie tröstete. Auch jetzt war er bei ihr, hier in diesem kleinen Garten in Jerusalem.
Ulrika, die in der warmen Nachmittagssonne lag, wurden die Lider schwer, als plötzlich ein Schatten über ihr Gesicht huschte. Sie schlug die Augen auf, sagte: »Oh!« und setzte sich auf.
Auf der Gartenmauer hockte ein Rabe, dessen goldener Blick direkt auf sie gerichtet zu sein schien. Ulrika saß wie gebannt. Der Rabe war der heilige Vogel Odins, und er war, wie ihre Mutter ihr erzählt hatte, das Schutztier ihres Vaters.
»Grüße dich«, sagte sie. »Grüße dich, Rabe.«
Der Vogel neigte den Kopf, blinzelte einmal, breitete dann seine Schwingen aus und hob sich in die Luft.

»Warte!« rief Ulrika und sprang auf. »Warte! Flieg nicht fort.«
Wilder Wein wuchs an der Gartenmauer. Sein Geäst war stark genug, das kleine Mädchen zu tragen. Flugs war Ulrika über der Mauer und rannte dem schwarzen Vogel folgend, der am blauen Himmel dahinschwebte, die Gasse hinunter.

Alexandria!
Nur noch Tage war es entfernt. Selene eilte die Straße entlang, als könne sie so den Lauf der Stunden beschleunigen. Im Gürtel trug sie die drei Schiffskarten, die sie bei einem Schiffsagenten gekauft hatte. Auch die Reisekosten für die Karawane nach Joppe hatte sie schon bezahlt. Nicht erst in zwei Tagen würden sie aufbrechen, sondern schon an diesem Abend. Spätestens in einer Woche würde Selene zum erstenmal Alexandria betreten, die Stadt, aus der ihre Eltern gekommen waren und die Andreas in seiner Jugend gekannt hatte.
Eilig bog sie in die Straße ein, in der Elisabeths Häuschen stand. Hoffentlich war Rani schon zurück. Sie mußten sich sputen, flink ihre Sachen packen, wenn sie die Seidenkarawane, die am Abend zur Küste aufbrechen würde, rechtzeitig erreichen wollten.
Elisabeth saß am Webstuhl und arbeitete an einem der schönen Tücher, für die sie bekannt war, als Selene ins Haus trat. Rani war noch nicht zurück, und auch Ulrika war zu Selenes Überraschung nirgends zu finden.
»Sie war im Garten«, sagte Elisabeth und sprang auf. »Durchs Haus ist sie nicht gekommen. Da hätte ich sie gesehen.«
»Dann muß sie über die Mauer geklettert sein.«
»Aber warum denn?«
Selene wurde plötzlich kalt. »Wohin führt die Gasse hinter dem Haus, Elisabeth?«
»In dieser Richtung ist sie eine Sackgasse.« Elisabeth wies mit ausgestrecktem Arm. »In der anderen führt sie bis in die Oberstadt hinauf.«
Selene eilte zur Tür. »Ich gehe sie suchen. Bleibst du hier, falls sie zurückkommt?«

Der Rabe spielte mit Ulrika. Er flog ein kurzes Stück, dann ließ er sich auf einem Torbogen oder einem Vordach nieder, neigte den Kopf, um zu ihr hinunterzuschauen, und wenn sie sich näherte, flog er plötzlich wieder auf. Ulrika wußte nicht, wohin er sie führte, aber sie fürchtete sich nicht. Ihr Vater war ja bei ihr.
Der Rabe flatterte schließlich eine kurze Gasse hinunter, hockte sich einen Moment lang auf ein vorspringendes Dach und schwang sich, als

Ulrika fast unter ihm stand, wieder in die Lüfte. Diesmal verschwand er hinter den Dächern.
Enttäuscht sah sie ihm nach. Sie wandte sich ihrem Vater zu, der sich nur von Ulrika und sonst keinem sehen ließ, um ihn zu fragen, was sie tun solle. Da merkte sie, daß sie nicht allein in der Gasse war. Ein Hund war ihr gefolgt.
Ulrika lächelte. »Grüße dich, Hund«, sagte sie.
Der Hund blieb stehen und starrte sie an. Seine Haltung war lauernd, in seinem Nacken die Haare waren gesträubt.
»Grüß dich, Hund«, sagte Ulrika wieder und hielt ihm die Hand hin.
Das Tier schlich dicht an den Boden gedrückt näher. Da sah sie, daß der Hund Schaum vor dem Maul hatte.

Rani war zufrieden mit sich. Sie war in die Straße der Banken gegangen und hatte dort einen Mann von ausgezeichnetem Ruf gefunden. Er hatte ihr Gold und ihr Silber auf ehrlicher Waage gewogen und ihren Schmuck auf einen reellen Marktwert geschätzt, und Rani hatte dafür einen Kreditbrief erhalten.
Dieser Brief war mit dem Abdruck eines Siegels versehen, das Rani jetzt an einer Schnur um den Hals trug – ein Achat, in den eine komplizierte Zeichnung eingegraben war. Es gab im ganzen Reich keine zwei Siegel, die gleich waren. Wenn sie oder Selene Geld holen wollten, mußten sie den Kreditbrief vorlegen und das Siegel in Ton eindrücken.
»Bewahre nur Brief und Siegel getrennt auf«, hatte der Mann geraten. »Das eine ist wertlos ohne das andere. Wenn wirklich jemand den Brief oder das Siegel stehlen sollte, nützt ihm das gar nichts. Er kann dein Geld nicht von der Bank abholen.«
Rani wollte das Siegel gleich nach ihrer Rückkehr Selene geben. Den Kreditbrief, der jetzt in einem Holzröhrchen zusammengerollt in ihrem Gürtel steckte, würde sie selber behalten.
Ranis Gedanken eilten ihren schnellen Schritten voraus. Es gab noch so viel zu tun. Sie brauchten Proviant für die Reise, dazu Schlafmatten, dicke Umhänge zum Schutz gegen die Kälte auf See. Rani hatte noch ein paar Münzen in der Tasche. Sie wußte, daß auch Selene einen kleinen Betrag bei sich trug. Genug, rechnete sie sich aus, um die Einkäufe zu machen und in Alexandria die Unterkunft in einer Herberge zu bezahlen.
Elisabeth stand sichtlich beunruhigt vor ihrem Haus, als Rani ankam. »Ulrika ist verschwunden«, berichtete sie sogleich. »Selene ist unterwegs, um sie zu suchen.«
Rani war verwundert. Das war nicht die Art des Kindes. Sie sah zu den

Dächern hinauf. Es lag kein Sonnenlicht mehr auf ihnen. Der Nachmittag ging rasch zur Neige, und in den Straßen Jerusalems begann es schon still zu werden. Die Menschen zogen sich zur Feier des Sabbats, der an diesem Abend begann, in ihre Häuser zurück.

»Ich gehe auch suchen«, sagte Rani zu Elisabeth. »Warte du hier. Vielleicht findet Ulrika allein nach Hause.«

Rani eilte in das Gewirr schmaler Straßen und Gassen in dem Viertel hinter Elisabeths Haus. Sie war noch nicht weit gegangen, als sie zu einer Reihe kleiner Lagerhäuser gelangte, die schon zur Nacht abgesperrt waren. In den Straßen dämmerte es. Rani schritt an lichtlosen Torbögen und verschlossenen Türen vorüber. Plötzlich hörte sie ein Geräusch. Aus der Ferne, über die Dächer hinweg, hörte sie das Summen der Stadt. Näher jedoch vernahm sie ein klareres Geräusch; ein vertrautes Geräusch. Sie erschrak.

Es war das leise, drohende Knurren eines Hundes.

Vorsichtig ging sie weiter, blieb immer wieder stehen, um nach dieser und jener Richtung Ausschau zu halten. Und je näher sie dem bedrohlichen Knurren kam, desto unheimlicher wurde ihr.

Noch ein paar Schritte, und sie stand an der Einmündung zu einer kleinen Seitengasse. Das Licht war so dämmrig, daß sie Mühe hatte, etwas zu sehen. Dennoch konnte sie etwa auf halbem Weg die Gasse hinunter einen Hund erkennen. Der Schaum vor seinem Maul glänzte silbern. Und dann sah sie am Ende der Gasse, an einer Mauer, Ulrika stehen.

Rani drückte die Hand auf die Brust, als könne sie so ihr rasendes Herz beruhigen. Sie öffnete den Mund, um zu sprechen, aber ihre Kehle war wie ausgedörrt. Sie fuhr sich mit der Zunge über die Lippen, schluckte einmal und sagte dann so ruhig sie vermochte: »Ulrika, ich bin es, Rani. Hab keine Angst.«

»Ich habe keine Angst«, kam die Stimme des Kindes.

»Ulrika, tu jetzt genau, was ich dir sage. Mache keine plötzlichen Bewegungen. Dreh dich langsam um und schau, ob es hinter dir oder neben dir einen Ausgang aus der Gasse gibt.«

»Nein, es gibt keinen.«

Rani schloß einen Moment die Augen. Es war eine Sackgasse. Um herauszukommen, mußte Ulrika an dem Hund vorbei.

»Ulrika«, sagte sie wieder. »Der Hund ist krank. Er weiß nicht, was er tut. Wir müssen sehr vorsichtig sein. Verstehst du mich?«

»Ja.«

»Du mußt ganz still stehenbleiben, Ulrika. Und sieh ihm nicht in die Augen. Das mag er nicht. Sieh weg.«

Rani überlegte fieberhaft. Wenn sie Hilfe holen ging, würde sie kostbare Zeit verlieren. Wenn sie um Hilfe rief, in der Hoffnung, daß ein Vorüberkommender sie hören würde, konnte das den Hund so erschrecken, daß er angriff. Was soll ich tun? dachte sie. Was soll ich nur tun?
Voller Entsetzen sah sie, wie der Hund sich Ulrika langsam näherte. Knurrend, am ganzen Leib zitternd, kroch er tief am Boden entlang. Rani hatte früher schon tollwütige Hunde gesehen; sie wußte von der Bösartigkeit, die sie im letzten Stadium der Krankheit überfiel. Jeden, der diesem Tier im Weg stand, würde es angreifen und zerfleischen.
Großer Shiva, betete Rani, hilf mir!

Selene kam atemlos ins Haus gelaufen. »Ist sie zurück?«
»Nein«, antwortete Elisabeth angstvoll. »Rani ist auch gegangen, sie zu suchen. Aber das ist jetzt schon lange her.«
Selene versuchte, die aufsteigende Panik zu bezähmen. Es war jetzt fast dunkel. Sie hatte furchtbare Angst um ihr Kind.
»Wir müssen Hilfe holen«, sagte sie.
»Ja. Der Rabbi –«
»Schnell!«

Rani wußte, daß es nur einen Ausweg gab: Sie mußte den Hund irgendwie von Ulrika ablenken. Sie blickte suchend zu Boden, entdeckte einen scharfkantigen, schweren Stein und hob ihn auf. Wenn ihr ein glücklicher Wurf gelang, wenn sie den Hund am Kopf treffen konnte, so daß er das Bewußtsein verlor...
Aber was, wenn sie nicht traf und den Hund so erschreckte, daß er sich auf Ulrika stürzte?
Ich muß ihn dazu bringen, daß er sich umdreht und in diese Richtung läuft. Sie umklammerte den Stein fester. Es war fast dunkel jetzt. Der Hund schlich näher an Ulrika heran.
Ich bin eine alte Frau, dachte Rani. Welche Aussicht habe ich, dem Hund davonzulaufen? Er muß hierherkommen, und ich muß hier, an dieser Stelle, stehenbleiben und den Stein werfen.
»Halt dich jetzt ganz still, Ulrika«, sagte sie tonlos. »Ich werfe einen Stein und verscheuche den Hund. Hast du verstanden?«
Ulrika, die dem Raben hierhergefolgt war und in deren Adern das Kriegerblut ihres Vaters floß, antwortete ohne Furcht: »Ja, Rani.«
Ich habe die Welt gesehen, dachte Rani, als sie den Stein hob. Ich bereue nichts...
Sie warf den Stein.

Die Schreie des Kindes waren im ganzen Viertel zu hören, so daß sich, als Selene kam, bereits eine große Menge um die tote Rani gesammelt hatte.
Ulrika warf sich schluchzend in die Arme ihrer Mutter, während Selene wie erstarrt zu Boden blickte. Rani und der Hund lagen nebeneinander. Sie waren im selben Moment gestorben. Ranis Gewand war zerfetzt und voller Blut. Die Schnur an ihrem Hals war abgerissen, das Achatsiegel verschwunden. Ihr Gürtel lag offen auf dem Pflaster. Die Röhre mit dem Kreditbrief war fort.

Siebtes Buch
Alexandria

46

»Wenn ihr je vor einer sehr schlimmen Wunde stehen solltet und nicht die richtigen Arzneien zur Hand habt«, ließ sich die weiche Stimme aus der Mitte des Kreises von Frauen vernehmen, »dann greift ruhig auf die alte Weisheit zurück, die besagt, daß man erst etwas Brennendes und dann etwas Linderndes auflegen soll. Ihr könnt fast alles verwenden, was gerade da ist.«

Mutter Mercia, die Vorsteherin des Tempels, hörte aufmerksam zu, während Schwester Peregrina im Krankensaal Morgenunterricht erteilte. Die um Schwester Peregrina versammelten Frauen, jung und ernsthaft, in langen weißen Gewändern, das Kreuz der Isis auf der Brust, waren Novizinnen, die zur Ausbildung in der Krankenpflege hier weilten. Sie liebten Schwester Peregrina, die vor drei Jahren aus Jerusalem nach Alexandria gekommen war.

An diesem Morgen erhielten sie Unterricht in der Versorgung von Wunden. Schwester Peregrina demonstrierte an einer Patientin, die in der Nacht in den Tempel gebracht worden war, einer jungen Frau, die das Opfer einer Vergewaltigung geworden war. Vor Schwester Peregrinas Ankunft in Alexandria hätte die junge Frau kaum Hilfe erhalten; heute jedoch war das kleine Krankenhaus, das zum Isistempel in Alexandria gehörte, in ganz Ägypten bekannt.

Mutter Mercia lächelte dankbar. Unglaublich, wie die Schwesternschaft dank Schwester Peregrina gewachsen war; wie reich die Spenden der dankbaren Patienten flossen. Es mußte der Göttin eine Freude sein zu sehen, mit welcher Hingabe diese jungen Frauen aufmerkten, während ihnen Schwester Peregrina zeigte, wie man einen Kreuzverband anlegte.

Schwester Peregrinas schier unerschöpfliches Wissen erstaunte Mutter Mercia immer von neuem. Sie hatte einige recht seltsame, aber durchaus wirksame Heilverfahren eingeführt, hatte ihnen beispielsweise gezeigt, wie man offene Wundränder mit Hilfe von Käfern schließen, wie man Entzündungen durch Auflegen von Brotschimmel vorbeugen konnte. Sie hatte sie auch gelehrt, daß man den Trank der Hekate, dessen geheimes Rezept den Priesterinnen der Isis seit langem bekannt war, außer gegen Kopfschmerzen und Krämpfe auch zur Behandlung bei Fieber und

Schwellungen einsetzen konnte. Selbst die gelehrten Ärzte aus der nahegelegenen Schule der Medizin kamen in diesen Krankensaal, um zuzuhören und zu beobachten.

Nach Mutter Mercias fester Überzeugung war es kein Zufall gewesen, daß Schwester Peregrina vor drei Jahren in den Tempel gekommen war und sich erboten hatte, sich in den Dienst der Isis zu stellen. Die Göttin selbst hatte sie hierhergeführt. Ihre Ankunft war Teil eines göttlichen Plans; die Beweise waren unübersehbar: Dieser Saal, einst eine Vorratshalle, war nun zum Asyl für Kranke und Leidende geworden, die in weißbezogenen Betten liegend gepflegt wurden und das Licht und die herbe Meeresluft atmeten, die durch die Fenster hereinströmten. Ja, es war ein richtiges Krankenhaus, weit entfernt von den beengten kleinen Kammern, wo Schwestern und Priesterinnen früher die Kranken und Leidenden aufgenommen hatten, die hilfesuchend zu ihnen gekommen waren.

Mutter Mercias Blick ruhte liebevoll auf Schwester Peregrina. Sie sah in ihr die Tochter, die sie nie gehabt hatte. Sie war eine gute Frau, diese weitgereiste Fremde aus dem Osten. Ja, als Fremde war sie gekommen – darum hatte ihr Mutter Mercia den Namen Peregrina gegeben, das lateinische Wort für Fremdling – und eine Fremde war sie bis zu diesem Tag geblieben, sehr ruhig und verschlossen, keinem Einblick in ihre Seele gewährend.

Als Schwester Peregrina mit ihrer kleinen Tochter in den Tempel gekommen war, um in den Dienst der Göttin zu treten, hatte Mutter Mercia, die die Aufrichtigkeit dieses Anerbietens erkannte, Mutter und Kind im Tempel Asyl gewährt. In den ersten Monaten, während sie einander kennenlernten, abends in ruhigem Gespräch beisammensaßen, hatte Mutter Mercia geglaubt, die junge Frau würde sich bald öffnen und auch über Persönliches mit ihr sprechen. Die Vorsteherin des Tempels war eine sanftmütige und teilnahmsvolle Frau, deren freundliche Geduld dazu einlud, ihr das Herz auszuschütten. Sie verstand es, den Menschen ihre Befangenheit zu nehmen, so daß sie es wagten, ihre Seelen zu erleichtern, und danach mit frischem Mut dem Leben ins Gesicht sehen konnten. Doch obwohl Mutter Mercia überzeugt war, daß Schwester Peregrina dunkle Erinnerungen mit sich herumtrug, die ans Licht zu bringen ihr gutgetan hätte, verharrte die junge Frau in ihrer Verschlossenheit.

Mutter Mercia war unbegreiflich, wie sie das nach drei Jahren des gemeinsamen Lebens und Arbeitens immer noch durchhalten konnte; ja, daß sie es offenbar durchzuhalten *wünschte*. Im Grunde genommen wußte sie wenig über Schwester Peregrina. Sie hatte keine Ahnung, wie oder warum sie, völlig mittellos, aus Jerusalem nach Alexandria gekommen war; wie sie zuvor nach Persien verschlagen worden war; welches die Geschichte ihrer Tochter Ulrika war.

»Mutter Mercia«, rief ein junges Mädchen sie, das erst vor kurzem in den Dienst der Isis getreten war. »Du hast Besuch. Er wartet draußen.«

»Danke dir, mein Kind. Ich komme sofort.«

Mutter Mercia warf einen letzten Blick auf Peregrina, die gerade die Schülerinnen zum nächsten Bett führte. Als Peregrina sich umdrehte, überfiel sie blitzartig wieder dieses flüchtige Gefühl der Vertrautheit, das sie niemals richtig zu fassen bekam.

Schon als sie Peregrina vor drei Jahren das erstemal gesehen hatte, hatte dieses Gefühl der Vertrautheit sie durchzuckt. Ich kenne diese Frau, hatte sie gedacht, doch im nächsten Moment schon wußte sie, daß sie ihr unbekannt war. In den folgenden drei Jahren hatte es immer wieder solche Momente gegeben, wo ein bestimmter Gesichtsausdruck Peregrinas, eine Kopfbewegung dieses vage Gefühl ausgelöst hatten, das sie zu necken schien. Was war es nur an Peregrina, das ihr so vertraut erschien? Oder sie vielleicht an jemanden erinnerte, den sie einmal gekannt hatte?

Sie schüttelte jetzt den Kopf, wie sie das auch die anderen Male stets getan hatte. Der Ausdruck war erloschen, die Vertrautheit verloren. Sie drehte sich um und ging zur Tür des Krankensaals, wo ihr Besuch wartete.

»Andreas!« sagte sie überrascht und streckte ihm beide Hände hin. »Wie schön, dich wiederzusehen. Wie lange haben wir uns nicht gesehen? Drei Jahre? Oder vier?«

Lächelnd nahm er ihre Hände. »Wie kommt es, Mutter, daß du jedesmal, wenn ich dich sehe, jünger und schöner geworden bist?«

Sie lachte. »Bist du für länger in Alexandria oder fegst du nur hier vorbei wie der Wüstenwind?«

»Es ist leider nur ein kurzer Aufenthalt. Ich habe nur ein paar Tage, um meine Freunde zu besuchen, dann muß ich weiter nach Britannien.«

»Nach Britannien! Das soll ja ein ganz wildes, barbarisches Land sein, wie ich gehört habe. Du bist wohl in Angelegenheiten des Kaisers unterwegs?«

»Gibt es denn überhaupt andere Angelegenheiten?«

Sie gingen langsam durch den Garten.

»Du siehst wohl aus, Andreas. Das Leben in Rom scheint dir gutzutun.«

Andreas neigte den Kopf zu der kleinen alten Frau hinunter und lächelte. Sein Haar, das ganz ergraut war, schimmerte in der Sonne.

»Rom ist gut und Rom ist schlecht. Ich liebe es und ich hasse es.«

»Und was gibt es Neues zu berichten? Erzähl mir.«

Wieder lächelte Andreas. Er war nicht mehr der zornige und ernsthafte junge Mann, der er damals in Antiochien gewesen war. Siebzehn Jahre weiter Reisen durch die Welt, auf denen er die Tugenden und Laster der Menschen gründlich kennengelernt hatte, hatten ihn milder gemacht. Immer noch war die steile Falte zwischen den dunklen Brauen vorhanden, war sogar tiefer eingekerbt jetzt, doch er lächelte häufiger und leichter, und die Fältchen um seine Augen verrieten Humor und Nachsicht.
»Erzähl mir von dir, Mutter. Wie geht es dir? Ich habe gehört, daß ihr jetzt mit der Schule der Medizin in Konkurrenz getreten seid. Daß ihr ihnen die Patienten stehlt.«
»Das kannst du nur von Diosthenes haben, dem alten Krokodil. Nur *er* spricht von Patienten, als handelte es sich um eine Ware, um die man streiten muß. Nein, Andreas. Unser kleines Krankenhaus ist für die große Schule keine Bedrohung. Schon deshalb nicht, weil wir nur Frauen und Kinder behandeln. Außerdem machen wir keine Operationen.«
Sie waren wieder zum Eingang des Krankensaals gekommen und blieben stehen, um einen Blick hineinzuwerfen. Andreas war sogleich beeindruckt von den weißen Betten, dem hellen Licht, der allgemeinen Sauberkeit.
»Wie hat sich das denn entwickelt?« fragte er, den Blick auf die Gruppe von Schülerinnen am hinteren Ende des Saals gerichtet.
»Es war ein Wunder, Andreas. Wahrhaftig. Vor drei Jahren stand plötzlich eine Heilerin aus Persien vor unserer Tür und bat darum, in den Dienst der Isis treten zu dürfen. Sie leitet jetzt unser kleines Krankenhaus. Und sie bildet die Pflegerinnen aus, die wir dann zu anderen Tempeln am Nil schicken.«
»Sie kommt aus Persien, sagst du?«
»Sie erzählte mir, daß sie viel gereist ist. Sie war sogar in Babylon.«
Andreas beobachtete immer noch die Schülerinnen, die um eines der Betten gruppiert waren. Er sah ihre Lehrerin, die ihm den Rücken kehrte. Sie neigte sich über einen Patienten, tat irgend etwas, dann reichte sie einer der Schülerinnen einen Verband. Während Andreas sie beobachtete, durchzuckte ihn plötzlich eine heiße Flamme.
»Wie heißt sie?« fragte er scharf.
»Schwester Peregrina. Sie lebt mit ihrer Tochter hier im Tempelbezirk.«
Er sah noch einen Moment zu ihr hinüber. »Einen Augenblick hatte ich – sie erinnerte mich an jemanden, den ich vor langer Zeit einmal in Antiochien kannte.«
Mutter Mercia zog die Brauen hoch. So ging es also anderen mit Pere-

grina ähnlich wie ihr. Vielleicht lag es an ihrem Gesicht; vielleicht war etwas in ihren Zügen, das jedem, der sie ansah, vertraut erschien. Solche Menschen gab es.

»Möchtest du nicht einen Abend mit mir essen, solange du in Alexandria bist, Andreas?« fragte sie, sich von der Tür abwendend.

»Das kann ich leider nicht versprechen. Mein Schiff läuft in wenigen Tagen aus, und ich habe noch so viel zu erledigen.«

»Dann trink jetzt einen Becher Wein mit mir.«

Andreas wandte dem Krankensaal den Rücken, und während er Mutter Mercia die neuesten Skandale vom kaiserlichen Hof in Rom berichtete, stand hinten im Krankensaal Schwester Peregrina still wie ein Standbild, mit ausgestreckten Armen vor einem schlafenden Patienten. Sie führte ihren Schülerinnen die ›innere Berührung‹ vor, aber Andreas sah es nicht.

47

Ulrika hatte es wieder getan. Sie hatte sich aus dem Unterrichtsraum geschlichen und war zum Hafen hinuntergelaufen, wo die große Bibliothek stand. Wieder hatte sie heimlich ein Buch mitgenommen. Wenn je einer der Bibliothekare sie ertappen sollte, wenn ihr Lehrer je merken sollte, daß sie den Unterricht schwänzte, wenn ihre Mutter ihr je auf die Schliche kommen sollte – Ulrika wußte, daß sie streng bestraft werden würde. Aber das war ihr gleichgültig. Dieses Buch war ganz neu, und sie hatte es unbedingt haben müssen. Sie würde es am Ende der Woche in die Bibliothek zurückbringen, und alles war in Ordnung.

Es war eines dieser neuen Codex-Bücher – viereckige Lagen von Pergamentblättern, die auf einer Seite außen zusammengeheftet waren; so viel bequemer zu lesen als die unförmigen Schriftrollen, die nur auf einer Seite beschrieben waren und immer mit zwei Händen gehalten werden mußten. Dieses Buch enthielt die Kriegserinnerungen eines gewissen Gaius Vatinius, der das Rheinheer befehligt hatte.

Ulrika las heimlich in ihrem Zimmer, beim trüben Licht einer einzigen Lampe. Sie verschlang die Worte so gierig, wie ein anderes Kind in ihrem Alter vielleicht verbotene Süßigkeiten genascht hätte. Ihr Hunger nach Wissen über das Volk, dem ihr Vater angehört hatte, war unersättlich.

Doch als Ulrika zu Vatinius' Beschreibungen der ›nördlichen Barbaren‹ kam, die er dem Leser als seelenlose und hirnlose wilde Tiere vorstellte, schleuderte sie das Buch zornig weg und setzte sich in ihrem Bett auf.

Das Buch war genauso wie unzählige andere, die sie gelesen hatte – getränkt von römischem Hochmut und Vorurteil. Dieser Vatinius war nicht besser als Julius Cäsar, der Mann, den Ulrika am meisten haßte. Cäsar hatte als erster die Germanen überfallen und sie zu Sklaven herabgewürdigt. Seine Standbilder waren überall in Alexandria zu sehen; durch seine Ermordung war er zum Gott erhoben worden. Doch Ulrika verachtete diesen Erzfeind ihres Volkes und verfluchte ihn bei jeder Gelegenheit.

Niedergeschlagen stand sie auf und ging zum Fenster. Sie konnte das Meer riechen und seine Feuchtigkeit spüren, wie eine lockende Liebkosung, aber sie konnte es nicht sehen. Diese Kammer war erstickend. In dem gewaltigen Tempel mit seinen hallenden Innenhöfen, den Heiligtümern und den Zellen der Schwestern fühlte sie sich wie in einer Gruft. Sie konnte kaum atmen in der schwülen Sommernacht. Sie wünschte sich Bäume und freien Himmel, sie wollte laufen, springen, frei sein.

Diese Rastlosigkeit hatte sich erst kürzlich eingestellt, etwa zur Zeit ihrer ersten Menses vor ein paar Monaten, als sie zwölf Jahre alt geworden war. Vorher war sie ein stilles, zurückgezogenes kleines Mädchen gewesen, das in seiner eigenen Welt eingeschlossen lebte, zu der nur ihr Vater Zutritt hatte. Aber dann hatte diese Rastlosigkeit sie gepackt, die wie eine Flamme in ihr brannte, bei Tag und bei Nacht, in kalten Frühlingsnächten und bei stürmischen Sommergewittern. Sie brannte darauf, ihre Fesseln zu sprengen.

Selene stieg aus dem Bad, trocknete sich ab, band ihr feuchtes Haar mit einem weißen Tuch und schlüpfte in ein frisches Gewand. Sie zog die beiden Ketten um ihren Hals gerade.

An der einen hing das goldene Horusauge, das Andreas ihr vor siebzehn Jahren in der Grotte von Daphne geschenkt hatte. An der anderen hing Ranis Türkis, Nimrods Geschenk an seine Freundin, als diese vor zehn Jahren Persien verlassen hatte. Selene umfaßte den Stein mit der Hand und fühlte wieder den dunklen Schmerz tief in ihrem Innern.

Ehe sie den kleinen Wohnraum verließ, streute sie Staub in das heilige Feuer der Isis, das Tag und Nacht neben ihrer Tür brannte. Sie vergaß die Göttin nie.

Vor drei Jahren war sie am Rand der Verzweiflung gewesen – obdachlos, hungrig, allein mit einem Kind. Alexandria, die Perle des Mittelmeers, diese herrliche Stadt aus weißem Stein und Alabaster, von der ein Historiker geschrieben hatte, sie wäre ›von so blendendem Glanz, daß man, wolle man nicht blind werden, die Augen beschatten müsse, wenn man mittags durch ihre Straßen ging‹, hatte sie im Stich gelassen. Alexandria hatte sie verraten.

Selene, die in Jerusalem erfolglos versucht hatte, die Bank ausfindig zu machen, der Rani ihr Vermögen anvertraut hatte, war mit wenig Geld in Alexandria angekommen. Und bald hatte sie überhaupt keines mehr gehabt. Die reichen, verwöhnten Bewohner Alexandrias brauchten keine einfache Heilerin; sie hatten gelehrte und vornehme Ärzte genug um sich herum.
Ihre Erkundigungen nach Andreas an der Schule für Medizin waren erfolglos gewesen. Ihre Bemühungen, eine Spur ihrer Eltern zu finden, hatten zu nichts geführt. Aber gerade an dem Tag, als ihre Not am tiefsten gewesen war, hatte sie eine Erleuchtung gehabt. ›Sie stammt von den Göttern‹, hatte ihr Vater gesagt. Und Mera hatte kurz vor ihrem Tod zu ihr gesagt: ›Bewahre dir immer die Freundschaft mit Isis.‹ Da hatte Selene gewußt, was sie zu tun hatte. Sie stand in der Hand der Götter. Ohne die Elfenbeinrose, ohne Andreas konnte sie die Verwirklichung ihres großen Traums nicht weiterverfolgen. Darum mußte sie sich in den Dienst der Götter stellen und darauf vertrauen, daß sie sie weiterführen würden.

Selene fand ihre Tochter am Fenster sitzend unter dem dunklen Nachthimmel. Sie nahm sich einen Moment Zeit, um sie zu betrachten. Ulrika war in den letzten Monaten rasch gewachsen; schon war sie größer als einige der Schwestern im Tempel. Ihr Körper begann sich zu runden, Arme und Beine waren kräftiger geworden. Ihr glattes Haar war heller geworden, das Blau ihrer Augen dunkler. Es war beinahe, dachte Selene, als wolle ihr germanisches Erbe das römische verdrängen. Sie entwächst mir, dachte Selene plötzlich.
Und sie war ein so ernstes Mädchen. Warum lächelte Ulrika nie? Was verbarg sich hinter dem ernsten Blick? War der frühe Ernst durch Ranis Tod gekommen? Oder war Ulrika schon immer so gewesen?
Ich darf sie nicht verlieren, dachte Selene. Sie ist das einzige, was ich habe.
»Rikki«, sagte sie leise.
Ulrika drehte sich um. Ihr Blick war zu reif für ein Mädchen ihres Alters. Sie ist doch noch ein Kind, protestierte Selene stumm. Sie müßte kichern und lachen wie all die anderen Mädchen ihrer Altersstufe. Doch Ulrika hielt sich von den anderen Mädchen fern, sie hatte keine Freundin, und Selene wußte nie, was in ihr vorging.
Ihr Blick wanderte zum Bett, und augenblicklich sprang Ulrika auf. Sie versuchte, ihrer Mutter die Sicht zu versperren, aber es war zu spät. Sie hatte das Buch schon gesehen.

»Was liest du da?« fragte Selene, ging um Ulrika herum und nahm das Buch zur Hand. »Du warst wieder in der Bibliothek, nicht wahr?«
Ulrika nickte.
Selene legte das Buch nieder, ohne einen Blick darauf geworfen zu haben, und setzte sich auf den Bettrand.
»Komm«, sagte sie und zog Ulrika neben sich. »Ist das Buch gut?«
Ulrika zögerte, dann sagte sie: »Nein. Es stehen nur Lügen darin.«
Selene seufzte. Sie wußte schon seit einiger Zeit, daß das, was sie Ulrika über ihren Vater und sein Volk erzählen konnte, nicht mehr ausreichte, um den Wissensdurst des Mädchens zu stillen. Kein Wunder, daß sie sich nun anderen Quellen zuwandte.
Selene wurde plötzlich bewußt, daß sie schon lange nicht mehr über Wulf gesprochen hatten. Sie konnte sich an das letztemal nicht erinnern. Konnte es wirklich in Jerusalem gewesen sein, vor so langer Zeit? War Ranis Tod schuld daran, daß die Gespräche zwischen ihr und Ulrika verstummt waren? Ein Gefühl ängstlicher Beklemmung überkam Selene. Ich sollte jetzt von ihm sprechen, dachte sie. Gerade jetzt braucht Ulrika die Wahrheit dringender denn je.
Aber ihre Angst vor diesem Schritt war zu groß. Darum sagte sie nur leise: »Dein Vater war ein wunderbarer Mensch, Rikki. Ich wollte, du hättest ihn kennenlernen können.«
Einen Moment war es ganz still im kleinen Raum, dann füllten sich Ulrikas Augen mit Tränen. Als Selene es sah, nahm sie ihre Tochter in die Arme. Zum erstenmal seit dem schrecklichen Tag, als sie umschlungen am Ende der Gasse in Jerusalem gestanden und über Ranis Tod geweint hatten, hielten sie sich in den Armen.
»Ach, Rikki«, murmelte Selene. »Es tut mir leid. Es tut mir ja so leid.«
»Mama«, schluchzte Ulrika.
Mehr sprachen sie nicht. Die Mauer war immer noch da. Der Schmerz, der zwischen ihnen stand, war zu groß. Und was würde jetzt die Wahrheit bewirken? fragte sich Selene, während sie ihrer Tochter über das Haar strich. Was würde es bewirken, wenn ich ihr sagte, daß ihr Vater nicht in Persien gestorben ist, daß er nach Germanien aufbrach, ohne zu wissen, daß ich ein Kind erwartete, daß er vielleicht jetzt in seinen heimatlichen Wäldern ist, ohne eine Ahnung von der Tochter, die sich nach ihm sehnt? Ich kann es ihr nicht sagen. Ich kann nicht...
»Begleite mich heute abend auf meiner Runde, Rikki«, sagte Selene und neigte sich ein wenig zurück, um Ulrika das Haar aus dem nassen Gesicht zu streichen. »Hilf mir bei der Arbeit mit den Patienten.«

Ulrika starrte ihre Mutter einen Moment lang an, überrascht beinahe, dann veränderte sich ihr Gesicht, wurde dunkel, verschloß sich in einem Ausdruck verratenen Vertrauens. Sie stand auf und ging wieder zum Fenster.

»Ich – ich möchte nicht, Mutter. Ich bin müde.«

Selene sah ihre Tochter an. Was habe ich falsch gemacht? Der Augenblick tiefer Vertrautheit, gemeinsam empfundenen Schmerzes, so kostbar, war wie weggefegt.

»Gut«, sagte sie, stand auf und ging zur Tür. »Du darfst nicht mehr heimlich zur Bibliothek hinunterlaufen, Ulrika. Am Hafen ist es gefährlich für junge Mädchen. Hast du mich verstanden?«

»Ja, Mutter.«

»Wir gehen morgen zusammen hin, ja? Wir bitten den Bibliothekar, uns das beste Buch über das Rheinland zu geben. Möchtest du das?«

»Ja«, antwortete Ulrika und drehte sich um, wieder zum Fenster hinauszusehen.

48

»Sechs neue Mitglieder!« rief Mutter Mercia erfreut, während sie ihre Weinbecher füllte. »Stell dir das vor, Peregrina. Nie in der Geschichte des Tempels war unsere Mitgliederzahl so hoch. Und das haben wir alles dir zu verdanken.«

Selene starrte in die Tiefen des dunklen Weins und dachte voll Trauer an Rani. Wie hätte sie das Leben in Alexandria genossen! Und wie anders wäre vielleicht alles geworden, wäre Rani nicht gestorben! Es war ihr Traum gewesen, die Schule der Medizin zu besuchen. Vielleicht hätte sie hier in Alexandria ein Haus gekauft, in dem sie zu dritt zusammen hätten leben können. Vielleicht hätten sie regelmäßig die Schule besucht, um von den großen Gelehrten dort zu lernen. Und vielleicht hätte Selene, da sie ja Geld gehabt hätte, ihre Suche nach einem Menschen, der ihr über ihre Familie hätte Auskunft geben können, fortführen können. Mittellos und ohne ein Dach über dem Kopf jedoch war Selene gezwungen gewesen, im Tempel Hilfe zu suchen.

Sie war mehrmals nahe daran gewesen, sich Mutter Mercia anzuvertrauen und sie um ihre Hilfe zu bitten; aber die Vorsteherin des Tempels war eine weltfremde Frau. Sie war als ganz junges Mädchen vor nahezu sechzig Jahren in den Tempel gekommen und hatte nie wieder einen Fuß in die Außenwelt gesetzt. Alles, was sie über die Welt außerhalb des Tempelbezirks wußte, hörte sie von ihren seltenen Besuchern. Mutter

Mercia war die Hohepriesterin der Isis; ihr Geist schwebte in höheren Sphären. Sie konnte Selene bei ihrer Suche gewiß nicht weiterhelfen, und Selene wollte die gütige alte Frau nicht mit ihren Kümmernissen belästigen.

Auch von Andreas hatte sie Mutter Mercia nicht erzählt. Nachdem sie sich an der Schule nach ihm erkundigt hatte und nur Kopfschütteln oder falsche Auskünfte geerntet hatte – »Ach ja, Andreas! So ein Mann aus Gallien« –, hatte sich Selene in stille Trauer zurückgezogen. Ihn von neuem verloren zu haben, war schlimmer gewesen als alles, was ihr bisher widerfahren war. Darum hatte sie ihren großen Traum an sicherem Ort verschlossen. Jetzt wollte sie sich ganz dem Dienst der Göttin widmen, indem sie das Wissen und die Fähigkeiten, die sie sich auf ihren Reisen angeeignet hatte, zum Nutzen derer anwendete, die sie brauchten.

»Es gibt viele junge Frauen, die in die Schwesternschaft der Isis eintreten möchten«, sagte Mutter Mercia gerade, »aber sie schrecken vor dem Gedanken zurück, daß sie ihr Leben so einfachen Aufgaben wie der Herstellung von Weihrauch oder dem Kopieren heiliger Schriften widmen sollen. Und darum kommen sie dann doch nicht. Aber jetzt können wir ihnen eine Aufgabe bieten, die sie als lohnend betrachten: die Pflege der Kranken. Jetzt ist sogar der Fall eingetreten, daß ich Aufnahmegesuche ablehnen muß.« Mutter Mercia lächelte. »Und du bist eine hervorragende Lehrerin, Peregrina.«

»Die Anerkennung gebührt nicht mir allein, Mutter. Ich habe sehr gute Schülerinnen. Wenn sie in ihrem Übereifer auch manchmal das Falsche tun. Die Hauptsache ist, sie halten sich an den Rat, den ich ihnen immer als erstes gebe: Vor allem keinen Schaden tun.«

»Das ist ja interessant«, meinte Mutter Mercia und trank einen Schluck Wein. »Mein alter Freund Andreas sagte gern genau das gleiche –«

»Andreas? Sie kennen einen Mann namens Andreas?«

»Ja, sicher. Wieso? Wir lernten uns vor Jahren kennen, als er hier an der Schule der Medizin studierte. Heute sehe ich ihn selten. Er ist sehr viel auf Reisen. Aber immer, wenn er nach Alexandria kommt –«

»Mutter Mercia«, sagte Selene, »ich kannte einmal einen Arzt namens Andreas. Es ist Jahre her. Es war in Antiochien.«

»Das ist wirklich ein seltsamer Zufall. Gerade neulich sagte er zu mir, du erinnertest ihn an jemanden, den er einmal in Antiochien gekannt hat.«

Selene erstarrte. »Er war hier? Im Tempel? Und er hat mich gesehen?«

Mutter Mercia schüttelte verwundert den Kopf. »Ist es derselbe Mann?«

»Wo ist er jetzt? Ich muß es wissen.«

»Immer wenn er nach Alexandria kommt, nimmt er ein Zimmer in der Schule der Medizin. Aber ich glaube nicht, daß er noch dort ist. Er wollte etwa um diese Zeit nach Britannien reisen.«
»Verzeih mir, Mutter«, sagte Selene, schon auf dem Weg zur Tür.
»Peregrina, warte!«
Aber sie war schon fort.

Alexandrias breite Straßen waren von Menschen bevölkert – abendliche Spaziergänger, Leute, die in eines der vielen Theater eilten, andere, die den warmen Abend in einem der Parks genießen wollten. Kaum einer drehte sich nach der jungen Frau um, die im weißen Gewand und der Kopfbedeckung der heiligen Schwester eilends vorüberging.
Die Schule der Medizin stand an der Uferstraße, mit Blick auf den gewaltigen Steindamm, der die Stadt mit der Insel Pharos und dem berühmten Leuchtturm verband, der als eines der Sieben Weltwunder galt. Sie war ein großangelegter Bau aus weißem Marmor und Alabaster, mit Innenhöfen und Kolonnaden, von Fackeln strahlend erleuchtet.
Selene rannte über weite Rasenflächen, an Gruppen von Medizinstudenten in weißen Tuniken und Togen vorbei, eine Treppe hinauf, die kein Ende zu nehmen schien. Vor der prächtigen Flügeltür, die von Standbildern der Götter der Heilkunst flankiert war, hielt Selene inne und schöpfte Atem.
Als sie dann in die große Rotunde trat, war ihr, als beträte sie ein Heiligtum. In gewisser Weise war es auch so, denn hier waren die Götter versammelt: Äskulap, der griechische Gott der Heilkunst, und seine beiden Töchter Panakea und Hygieia; Thot, der alte ägyptische Gott der Wissenschaft; selbst Hippokrates stand in einer Nische, eine ewige Lampe zu seinen Füßen.
Selene bemerkte einen Bediensteten, der den Boden fegte. Sie fragte ihn, wo sie einen Gast finden könne, der sich nur vorübergehend an der Schule aufhielt, und er beschrieb ihr den Weg zu den Wohnräumen auf der anderen Seite des Geländes.
Wieder rannte sie. Ich glaube nicht, daß er noch dort ist, hatte Mutter Mercia gesagt. Er wollte etwa um diese Zeit nach Britannien reisen.
Selene klopfte das Herz zum Zerspringen. Er muß da sein, dachte sie. Bitte, laß ihn da sein...
Der Hausmeister war ein freundlicher alter Grieche, der Selenes atemloses Erscheinen erheiternd zu finden schien.
»Ah ja, Andreas«, sagte er augenzwinkernd auf ihre Frage. »Er ist im Gästehaus. Ein Freund von dir?«

»Bitte führ mich zu ihm.«
Er führte sie durch einen Garten, einen gewundenen Pfad entlang und schließlich eine Treppe hinauf. Unaufhörlich floß sein Redestrom, aber Selene hörte nicht zu. Sie hielt den Blick starr geradeaus gerichtet, beide Hände auf ihr hämmerndes Herz gedrückt.
Endlich gelangten sie in einen Korridor. Hinter geschlossenen Türen konnte Selene gedämpfte Stimmen hören, Gelächter, Musik.
»So«, sagte der redselige Grieche, »hier wohnen unsere Gäste. Im letzten Jahr hatten wir sogar die Frau des Gouverneurs bei uns, die sich von einer Operation –«
»In welchem Zimmer wohnt Andreas?« unterbrach Selene. Ihre Stimme zitterte, sie war kaum fähig zu atmen.
»Gleich hier«, antwortete der Hausmeister und blieb vor einer geschlossenen Tür stehen, um zu klopfen.
Aber es rührte sich nichts.
Er klopfte noch einmal.
Es blieb ganz still.
»Vielleicht schläft er«, sagte Selene.
Der Grieche warf ihr einen merkwürdigen Blick zu, dann öffnete er die Tür. Das Zimmer war leer.
»Er ist fort«, sagte der Hausmeister.
Selene drängte sich an ihm vorbei. Sie sah ein Bett, eine Truhe, einen Tisch und einen Stuhl. Alles kahl und leer.
»Sucht ihr Andreas?«
Selene fuhr herum. Ein Mann lehnte am Türpfosten.
»Weißt du, wo er ist?« fragte sie.
»Er ist vor ein paar Stunden abgereist. Sagte, er müßte zu seinem Schiff.«
»Zu welchem Schiff? Weißt du das?«
Er musterte sie von oben bis unten und tauschte einen vielsagenden Blick mit dem Hausmeister.
»Er hat nur gesagt, daß er nach Britannien will. Mit welchem Schiff, kann ich dir nicht sagen.«
Die beiden Männer sahen ihr nach, als sie den Korridor hinunterrannte. Einer von ihnen machte eine Bemerkung, und ihr Gelächter schallte laut in den heißen Abend hinaus.

Das letztemal hatte Selene den Hafen gesehen, als sie und Ulrika mit ihren Reisebündeln hier an Land gegangen waren. Sie hatte ihn damals verwirrend gefunden und sie fand ihn auch jetzt verwirrend, aber sie ließ

sich von den Menschenmengen, den Seeleuten und Hafenarbeitern, die ihr hinterhergrölten, nicht abschrecken.
Von einem Pier zum anderen rannte sie, fragte nach jedem einzelnen Schiff, sprach Schiffseigner an, die kein Griechisch verstanden, erkundigte sich bei Kapitänen, die sie mürrisch abfertigten, versuchte, mit Schiffsagenten zu reden, die keine Zeit für sie hatten. Hoch oben in der Takelage mancher Schiffe hingen Männer und machten Reparaturen. Ladung wurde aufgenommen und gelöscht. Gigantische Segel waren zum Flicken ausgebreitet; Tiere hockten verschüchtert in Käfigen; verärgerte Passagiere stritten sich mit den Zahlmeistern der Schiffe. Selene hielt jeden an, der ihr in den Weg kam und fragte nach einem Schiff nach Britannien. Das ganz am Ende würde demnächst auslaufen, sagte ihr der eine; sie hätte das Schiff, das sie suche, gerade verpaßt, sagte der andere. In den nächsten Wochen liefe keines mehr aus. Sie erhielt nichts als falsche Auskünfte und Hinweise, die sie in die Irre führten.
Am Ende stand sie entmutigt und aller Hoffnung bar im Gewühl. Andreas war schon fort. Sie hatte ihn verfehlt.

Als sie den Tempelvorhof durchquerte, eilte ihr eine junge Frau entgegen, die sich um Aufnahme in den Tempel beworben hatte.
»Mutter Mercia möchte dich sofort sprechen, Schwester Peregrina«, sagte sie. »Sie hat schon in der ganzen Stadt nach dir suchen lassen.«
Es war Mitternacht vorbei. Selene war müde und niedergeschlagen. Sie hätte sich gern in ihr Zimmer zurückgezogen. Aber sie wußte, daß sie sich bei Mutter Mercia dafür entschuldigen mußte, daß sie Hals über Kopf und ohne einen Grund anzugeben, davongestürzt war.
Sie folgte der jungen Frau mit gesenktem Kopf. Was soll ich jetzt tun? dachte sie. Um Minuten vielleicht hatte sie das Wiedersehen mit Andreas verfehlt. Aber jetzt wußte sie wenigstens, daß er am Leben war und daß er immer noch zur See fuhr.
Was soll ich tun? dachte sie wieder. Das nächste Schiff nach Britannien nehmen?
Die junge Frau hielt Selene die Tür auf und zog sich dann zurück, um die Leiterin des Krankenhauses mit Mutter Mercia und ihrem Gast allein zu lassen.
Selene trat ins Zimmer und blieb abrupt stehen.
»Ah«, sagte Mutter Mercia und stand von ihrem Stuhl auf. »Hier ist Schwester Peregrina.«
Und Andreas drehte sich um.

49

»Ich wollte dich zurückhalten, Peregrina«, sagte Mutter Mercia zu Selene. »Ich wußte, einem Boten von mir würde es schneller gelingen, Andreas zu finden. Und da siehst du es.« Sie lächelte.

»Andreas!« sagte Selene.

Er starrte sie ungläubig an. Dann sagte er: »Selene!« und plötzlich war sie nicht mehr eine Frau von dreiunddreißig Jahren in Alexandria, sondern sie war wieder in Antiochien, sechzehn Jahre alt und trug ihr erstes langes Gewand. Sie stand mit Andreas auf dem Dach von Meras Haus, und über ihnen blitzten die Sterne. Er trat nahe zu ihr und umschloß ihr Gesicht mit seinen Händen. Seine Augen sahen sie brennend an, als er leise und leidenschaftlich sagte: »Du heilst andere, Selene. Du kannst auch dich selbst heilen.«

Ach, Andreas! hätte Selene am liebsten geweint. Die Jahre und die endlosen Wege, die ich seit jenem Tag hinter mich gebracht habe. Die Dinge, die ich gesehen und gelernt habe. Die Namen, die man mir gegeben hat: Fortuna, Umma, Peregrina. Aber ich bin immer noch Selene, das Mädchen von damals.

Sie wollte zu ihm laufen, sie wünschte, er würde die Arme ausbreiten und sie an sich drücken, die endlos langen Jahre der Trennung überspringen und ihr sagen, daß sie nicht zählten, daß sie ohne Bedeutung waren. Aber er stand reglos auf der anderen Seite des Raumes und starrte sie an.

»Ich war in einer Taverne am Hafen«, sagte er schließlich, und der Ton seiner Stimme war so ungläubig wie der Blick seiner Augen. »Ich saß mit dem Kapitän meines Schiffes zusammen, als der Bote vom Isistempel kam. Ich konnte mir nicht vorstellen, was so dringend sein könnte, daß man mich hierher rufen mußte – aber da der Ruf von Mutter Mercia kam, konnte ich nicht nein sagen. Und als ich hier ankam, berichtete sie mir von Schwester Peregrina, die glaubte, mich zu kennen.«

Er hielt inne. Und wieder sah er sie an, als könne er seinen Augen nicht trauen. »Selene... So viele Jahre sind vergangen.«

Andreas mit seinen siebenundvierzig Jahren schien Selene schöner, als sie ihn in Erinnerung hatte. Der Blick seiner Augen war weicher geworden, der Mund hatte den strengen Zug verloren. »Ich habe immer an dich gedacht«, sagte sie.

»Und ich an dich.«

Sie schwiegen beide. Mutter Mercia, die zunächst verwirrt gewesen war, dann begriffen hatte, staunte wieder einmal über das geheimnisvolle Walten der Göttin.

»Ich lasse euch beide allein«, sagte sie.
»Als ich dich neulich im Krankensaal sah«, bemerkte Andreas, nachdem Mutter Mercia gegangen war, »glaubte ich dich zu erkennen. Aber dann sagte Mutter Mercia, du wärst Schwester Peregrina.«
»Ich habe viele Namen getragen«, erwiderte Selene leise. »Ich war vor fünf Jahren in Antiochien, Andreas. Aber deine Villa stand nicht mehr.«
»Ich hörte, daß sie abgebrannt ist.«
»Du bist von Antiochien fortgegangen«, sagte sie.
»Wie du.« Er sah ihr unverwandt in die Augen. »Ich habe dich unzählige Male in meiner Erinnerung gesehen, Selene, in meinen Träumen; so oft, daß ich jetzt nicht wage, meinen Augen zu trauen. Mutter Mercia hat mir von deiner Arbeit hier berichtet. Sie erzählte mir, wie du hergekommen bist, daß du mit deiner Tochter bei den Schwestern lebst. Wie seltsam ist das Leben, daß es uns so wieder zusammenführt...«
Siebzehn Jahre lang hatte Selene von diesem Augenblick geträumt, hatte sich dieses Wiedersehen so oft vorgestellt, daß ihr manchmal gewesen war, als hätte es tatsächlich stattgefunden. Doch jetzt, wo der Moment da war, wo sie Andreas leibhaftig vor sich sah, seine Stimme hörte und wußte, daß dies kein Traum war, fehlten ihr plötzlich die Worte.
»Bist du Lehrer geworden, Andreas?« fragte sie. »Du wolltest doch ein Lehrbuch schreiben...«
Sein Gesicht verdunkelte sich, und Bitternis färbte seine Stimme, als er antwortete: »Ich bin über alle Meere gefahren. Das Buch habe ich nie fertig geschrieben.«
»Und jetzt?«
»Jetzt bin ich im Dienst des Kaisers.«
Selene spürte eine Spannung in der Luft. Die Atmosphäre war aufgeladen mit einer unheilvollen Energie. Die Knie zitterten ihr. Andreas, wollte sie sagen, die Götter haben uns endlich zusammengeführt. Wir können jetzt mit unserer Arbeit beginnen. Aber sie brachte es nicht über sich, die Worte auszusprechen.
Andreas, schrie es in ihr. Warum hast du mich nicht gesucht? Warum bist du mir nicht nachgekommen, als ich nach Palmyra ziehen mußte?
Plötzlich erkannte sie, daß sie die Antwort nicht wissen wollte. Die Erkenntnis dessen, was sie siebzehn Jahre lang zu leugnen versucht hatte, traf sie wie ein Schlag – die unausweichliche Wahrheit, daß Andreas ihr nicht gefolgt war.
Zwei Wochen waren wir auf der Straße nach Palmyra, dachte sie, verletzt und zornig plötzlich. Und drei Tage lang habe ich mit meiner sterbenden

Mutter am Straßenrand gesessen. Du hättest kommen können, Andreas. Du hättest kommen müssen. Aber du kamst nicht.
Sie wandte sich ab. »Warum«, fragte sie ein wenig atemlos, »mußt du nach Britannien?«
»Claudius will mich bei sich haben. Er ist in Britannien, und das Klima tut ihm nicht gut. Es steht mit seiner Gesundheit nicht zum besten.«
Andreas' Stimme klang hart, und dabei zerriß es ihm fast das Herz. Dies waren nicht die Worte, die er sagen wollte, doch die Erinnerung an den Schmerz, den Zorn und die Bitterkeit von damals lähmte ihm die Zunge. Sie hatte nach dem Lehrbuch gefragt. Er hätte ihr sagen können, daß jeder Gedanke daran mit dem Traum gestorben war; daß er ein Narr gewesen war, zu glauben, er könne ein neues Leben anfangen, er hätte für die Sünden der Vergangenheit genug gelitten.
Alles hatte sich verändert. Die Liebe, die sie damals miteinander verbunden hatte, war tot. Selene hatte sie getötet, mit der Nachricht, die sie an seinem Tor hinterlassen und die ihm das Mädchen Zoë überbracht hatte – daß sie einen anderen heiraten würde, einen Mann in Tyrus.
Er hatte Zoë nicht geglaubt und war am folgenden Morgen in aller Frühe zu Meras Haus gelaufen. Es war leer gewesen. Sie sind früh in die Berge aufgebrochen, hatte er sich gesagt. In zwei Tagen werden sie zurück sein. Er sah sich jetzt, wie er immer wieder zu dem kleinen Haus im Armenviertel gegangen war, verwirrt und ungläubig, wider alles Wissen hoffend, wartend, während die Tage zu Wochen und die Wochen zu Monaten geworden waren, ohne daß Selene zurückkehrte. Da hatte er endlich begriffen, daß es wahr war, daß ein zweites Mal in seinem Leben die Liebe ihn blind gemacht, daß Selene ihn verlassen hatte wie Hestia vor ihr.
Und wenn Andreas auch noch den geringsten Zweifel an Zoës Worten gehabt hatte, so war dieser zerstört worden, als Mutter Mercia ihm gesagt hatte, daß Selene ein Kind hatte. Zoë hatte also doch die Wahrheit gesprochen.
Selene starrte auf ihre Hände. Das war doch alles nicht richtig. Sie standen einander gegenüber wie zwei Fremde. Was war aus dem Traum geworden? Aus ihrem schönen Traum der gemeinsamen Arbeit als Lehrer und heilkundige Helfer. Sie hätte weinen mögen um den zerstörten Traum, um den Jungen, der mit dem Bernsteinschiff ausgefahren war und seine Seele verloren hatte.
»Warum bist du nach Alexandria gekommen?« fragte er unvermittelt mit angespannter Stimme.
Selene hob den Blick und sah in die dunklen, zornigen Augen. Um dich zu finden, hätte sie sagen wollen. »Um meine Familie zu suchen«, ant-

wortete sie. »Mir wurde gesagt, daß meine Eltern aus dieser Stadt kamen.«
»Deine Eltern?«
»Mera war nicht meine leibliche Mutter.«
Andreas sah sie verwirrt an, und Selene fiel ein, daß er ja nichts wußte. Erst nach Meras Tod auf der Straße nach Palmyra hatte sie selber von den wahren Umständen ihrer Geburt erfahren.
»Hast du –« begann sie und ihr war plötzlich bang. Hatte er die Elfenbeinrose noch? Oder hatte er sie vielleicht verkauft? Oder verloren? »Die Elfenbeinrose, die ich dir in Daphne gegeben habe – hast du sie noch?«
Sie sah etwas in seinem Blick, zu flüchtig war es, als daß sie es hätte deuten können. Sie konnte nicht ahnen, daß er gehofft hatte, sie würde etwas anderes sagen.
»Ja«, antwortete er dann, ging durchs Zimmer, hob einen schweren Reisesack aus Leder auf den Tisch und öffnete die Riemen. Er griff hinein. Dann drehte er sich um und streckte einen Arm aus. Auf der geöffneten Hand lag die Elfenbeinrose.
Selene sah sie nur stumm an. Eine kleine weiße, vollendet geformte Rose. Jedes Blütenblatt kunstvoll geschnitzt.
Ich bin es, die er da in seiner Hand hält, dachte sie, als sie auf ihn zuging. Aber er weiß es nicht... Hier ist sie endlich, die Antwort auf all meine Fragen nach meiner Herkunft und meiner Bestimmung.
Ihr war beklommen zumute.
Es klopfte, und Mutter Mercia schaute herein. »Darf ich euch jetzt Gesellschaft leisten?« fragte sie.
Dann bemerkte sie, daß Andreas Peregrina etwas darbot und Peregrina zögerte, es zu nehmen. Andreas' gewitterdunkle Miene überraschte sie. Verwundert blickte sie zu Peregrina und sah die angespannte Haltung, das krampfhafte Bemühen, Kontrolle zu bewahren.
Wie sonderbar, dachte sie, während sie durch das Zimmer schritt. Vorhin, als sie einander gegenübertraten, hätte ich schwören mögen, daß Liebe in ihren Blicken war.
»Was ist das, Peregrina?« fragte sie, zu Selene und Andreas tretend.
»Das hat meine Mutter mir geschenkt, als ich sechzehn wurde. Aber ich habe es Andreas geschenkt.« Selene nahm sehr behutsam die kleine Elfenbeinrose und legte sie auf ihre offene Hand. »Meine Mutter«, sagte sie wie versunken, »die Frau, die mich großgezogen hat, sagte mir, daß der Inhalt der Rose mir Aufklärung darüber bringen wird, wer meine Eltern waren.«
Mutter Mercia sah sie fragend an. »Willst du sie dann nicht öffnen?«

Selene zögerte. Was würde sie finden? Wie furchtbar, wenn sich nach den langen Jahren des Suchens herausstellen sollte, daß auch die Rose die Antwort nicht enthielt. Daß Mera, in ihrer Schlichtheit und ihrem Glauben an das Wunderbare, sich von den Phantasien eines Sterbenden hatte täuschen lassen.

Sie versuchte, die Rose zu öffnen, aber das Siegel aus Keramik ließ sich nicht erbrechen.

»Warte«, sagte Andreas. »Laß mich versuchen.«

Mit kräftiger Hand zerbrach er die Versiegelung und schüttete ihr den Inhalt der Rose auf die geöffnete Hand: das Fetzchen Leinen von dem Laken, das ihren Bruder nach seiner Geburt aufgenommen hatte; eine Haarlocke; ein goldener Ring. Mutter Mercia bekreuzigte sich ehrfürchtig.

Der Ring vor allem zog ihre Aufmerksamkeit auf sich. Nachdem Selene die anderen Dinge auf den Tisch gelegt hatte, hielt sie den Ring ans Licht.

»Er hat eine Inschrift«, sagte sie, »aber ich kann sie nicht lesen. Es sind lateinische Buchstaben.«

Mutter Mercia sah sich das Schmuckstück an; eine goldene Münze, die in einen Ring gefaßt war. Eingeprägt in die Münze war ein Männerkopf im Profil. Um den Rand lief eine Inschrift, die auch sie nicht entziffern konnte.

Andreas nahm den Ring und hielt ihn hoch. Seine Brauen schossen in die Höhe. Rund um den Kopf standen die Worte: ›Caesar perpetuo dict‹.

»Was heißt das?« fragte Selene.

»Es ist eine alte Münze«, erklärte Andreas. »Sie wurde vor vielen Jahren geprägt, als Julius Cäsar sich zum Diktator auf Lebenszeit erklärte. Er war der erste Römer, dessen Bild auf eine Münze geprägt wurde.«

»Und das ist er?« fragte Selene und nahm den Ring wieder an sich. »Das ist Julius Cäsar?«

»Ja. Und die Inschrift besagt: Cäsar, Diktator auf ewig. Die Münze wurde aus Anlaß der Ernennung geprägt, die, glaube ich, vor etwa siebzig Jahren stattfand.«

Selene sah Andreas an. »Was hat das zu bedeuten?« fragte sie. »Warum hat mein Vater gesagt, in diesem Ring läge meine Bestimmung? Warum hat er gesagt, ich stamme von den Göttern?«

»Das hat dein Vater gesagt?« flüsterte Mutter Mercia ungläubig.

»In welchem Jahr bist du geboren?« fragte Andreas.

»Vor fast dreiunddreißig Jahren. Wenn du weißt, was das zu bedeuten hat, Andreas, dann sag es mir!«

»Vor dreiunddreißig Jahren«, sagte er vorsichtig, »starb Kaiser Augustus und Tiberius folgte ihm. Aber die Nachfolge ging nicht reibungslos vonstatten. Es gab Leute, die die Wiederherstellung der Republik anstrebten. Es gab andere, die der Auffassung waren, die Alleinherrschaft über Rom sollte nur an einen direkten Nachkommen des Mannes übergehen, der die Diktatur errichtet hatte, also Julius Cäsars. Augustus war schließlich nur Cäsars Großneffe gewesen. Es gab viel Aufruhr und Unruhe, als Augustus starb, und ehe es Tiberius gelang, die Herrschaft an sich zu reißen.«

»Aber was hat das alles mit mir zu tun?«

»Menschen wurden getötet, Selene. Jeden, der ihm den Thron hätte streitig machen können, der legitimen Anspruch auf die Nachfolge hätte erheben können, ließ Tiberius beseitigen.«

Selene schluckte. »Du meinst – auch meinen Vater?«

»Ich verstehe es allerdings nicht«, bekannte Andreas stirnrunzelnd. »Es ist allgemein bekannt, daß Julius Cäsar kinderlos starb.«

Doch Mutter Mercia schüttelte plötzlich den Kopf. »Ich glaube, ich weiß die Antwort. Kommt mit.«

Sie führte Selene und Andreas durch einen düsteren Gang, durch dunkle Torbogen und Gewölbe in einen Teil des Tempels, in dem Selene noch nie gewesen war. Die Wände waren bedeckt mit Darstellungen uralter Götter, Menschengestalten mit Tierköpfen, und mit langen Reihen altägyptische Hieroglyphen. Die Luft war feucht und muffig, Moder hing an den alten Steinen. Diese Mauern waren vor Jahrhunderten, vielleicht sogar vor Jahrtausenden errichtet worden; sie hatten schon gestanden, als Alexander seine neue Stadt gegründet hatte. Dies war das Allerheiligste des Tempels.

In einer Steinkammer, die dunstig war von Weihrauch, fanden sie eine alte Priesterin vor, die die heiligen Feuer in Brand hielt, die rundherum flackerten. Nachdem Mutter Mercia die Alte hinausgeschickt hatte, führte sie Selene vor das Standbild, das alles beherrschend in der Mitte des Raumes stand.

Es paßte nicht hierher, es war zu neu für diese alten Mauern, schien erst in jüngerer Zeit hier aufgestellt worden zu sein. Mutter Mercia wies auf den Sockel, auf dem in griechischer Schrift stand: ›Thea neotera‹.

»Neue Göttin«, murmelte Selene. Sie hob den Blick zum Kopf der Statue und erstarrte.

Das Gesicht, das sie anblickte, hätte fast ihr eigenes sein können.

»Kleopatra«, sagte Mutter Mercia ehrfürchtig. »Die letzte Königin von Ägypten. Fleischgewordene Verkörperung der großen Göttin Isis. Jetzt weiß ich, warum ich immer wieder das Gefühl hatte, dich zu kennen,

Peregrina. Siehst du, wie ähnlich du ihr bist? Es heißt, daß sie eine ungewöhnlich helle Haut hatte und dazu Haar so schwarz wie die Nacht. Wie du, Peregrina.«

Selene konnte nicht sprechen. Wie gebannt blickte sie in das weiße Gesicht, stand so still, als wäre auch sie aus Stein gemeißelt.

Mutter Mercia drehte sich nach Andreas um, der hinter ihnen in den Schatten stand.

»Du hast gesagt, Andreas, Julius Cäsar sei kinderlos gestorben. Aber das stimmt nicht. Er hatte einen Sohn, Cäsarion, von Kleopatra, seiner ägyptischen Gattin.«

Andreas' tiefe Stimme dröhnte in der alten Gruft. »Aber der Knabe wurde getötet. Als Antonius und Kleopatra tot aufgefunden wurden, nachdem sie selber Hand an sich gelegt hatten, befahl Augustus die Hinrichtung ihrer beiden Kinder und Cäsarions.«

Mutter Mercia blickte durch den von Feuerschein erleuchteten Raum zu Andreas, und ihre klugen alten Augen sprachen deutlicher als alle Worte.

»Ich war damals ein kleines Mädchen«, sagte sie, »und ich weiß noch, wie es war, als die Römer kamen. Ich erinnere mich an die Bestattung unserer letzten Königin. Ich erinnere mich, daß ihre Kinder ermordet wurden. Aber es kamen Gerüchte auf, Andreas. Es wurde gemunkelt, anstelle von Cäsarion wäre ein Sklave getötet worden, und eine Gruppe Verschwörer, die Julius Cäsar noch immer in Treue verbunden waren, hätten den Prinzen gerettet und versteckt. Um ihn großzuziehen und auf den Tag vorzubereiten, wo er auf sein rechtmäßiges Erbe in Rom Anspruch erheben sollte. Darum nämlich befahl Augustus, ihn zu töten. Cäsarion hätte ihm die Herrschaft streitig machen können. Aber der Prinz entkam.«

Andreas trat ins Licht. »Dann wäre es denkbar, daß Tiberius davon erfahren hat. Seine Spitzel könnten Wind davon bekommen haben, daß der Prinz noch am Leben war. Vielleicht sandte Tiberius Soldaten aus. Sie kamen nach Alexandria und zwangen Cäsarion und seine Frau zur Flucht. Doch in Palmyra holten sie die Flüchtlinge ein...«

Selene blickte immer noch auf das Standbild der Göttin. »Ist es möglich?« flüsterte sie. »Ist diese Frau die Mutter meines Vaters?«

»Ihr voller Name«, sagte Mutter Mercia, »lautete Kleopatra Selene. Und der Name ihres Bruders war Ptolemaios Helios.«

Die Steinkammer erschien Selene plötzlich stickig. Der Rauch der Fakkeln drehte sich in Wirbeln um ihren Kopf, der starke Duft des Weihrauchs benahm ihr den Atem. Sie schwankte. Andreas legte den Arm um sie und hielt sie fest.

Als sie wieder im Zimmer Mutter Mercias waren, schüttelte Selene benommen den Kopf. »Ich kann es nicht glauben«, murmelte sie.
»Der Ring ist der Beweis«, entgegnete die Tempelvorsteherin, »und dein Name. Hinzu kommt deine bemerkenswerte Ähnlichkeit mit der Königin.«
Selenes Stimme kam wie aus weiter Ferne. »Die Heilerin, die mich zur Welt brachte, erzählte mir, wie meine Mutter mir gleich nach meiner Geburt meinen Seelennamen ins Ohr flüsterte. Welcher Name war das, Mutter Mercia?«
Die Tempelvorsteherin sah Selene fest in die Augen. Die Antwort hing unausgesprochen in der Luft.
»Bin ich Kleopatra Selene? Und ist mein Bruder Ptolemaios Helios?« Selene blickte von Mutter Mercia zu Andreas. »Aber warum haben die Soldaten nur meinen Vater getötet und meine Mutter und meinen Bruder verschont? War nicht mein Bruder ebenfalls eine Bedrohung für Tiberius?«
»Ich weiß nicht, warum sie nicht getötet wurden«, erwiderte Andreas. »Eine Bedrohung waren sie ganz gewiß.«
»Und ich?« fragte Selene. »Bin ich jetzt auch eine Bedrohung für die Herrscher in Rom?«
Sie saßen stumm da und lauschten dem sachten Atem der heißen Sommernacht. Jenseits der Tempelmauern lag Alexandria in nächtlichem Schlummer. Ein leichter Meereswind bewegte die Palmen und kräuselte das mondhelle Wasser.
Schließlich sagte Selene: »Das also meinte meine Mutter. Als sie sterbend in der Wüste vor Palmyra lag, sagte sie mir, Isis wäre meine Göttin. Sie hätte ein besonderes Interesse an mir.«
»Deine Großmutter *war* Isis, Selene«, erklärte Mutter Mercia. »Kleopatra wurde zu ihren Lebzeiten von Millionen als Göttin verehrt. Und dein Großvater, Julius Cäsar, war ein Abkömmling der Venus. Die beiden Göttinnen wachen über dich, Selene. In deinen Adern fließt das Blut von Göttern und Königen.«

Sie standen im Hof des Tempels. Die Morgenröte war nicht mehr fern. Bald würde Venus über den Wipfeln der Palmen sichtbar werden. Selene war immer noch wie betäubt. Ihre ganze Welt hatte sich verändert. Und auch sie war nicht mehr dieselbe.
»Was wirst du jetzt tun?« fragte Andreas leise.
»Ich weiß es nicht. Ich hatte gedacht – ich hatte es mir so anders vorgestellt. Ich meine, den Moment der Erkenntnis, wer ich wirklich bin.

Wozu ich in diesem Leben bestimmt bin. Ich hatte alle möglichen Bilder. Aber so habe ich es mir nie gedacht.«

Andreas stand dicht neben ihr; aber er berührte sie nicht, er nahm sie nicht in die Arme, wie er das so gern getan hätte. Sag nur ein Wort, Selene, flehte er stumm, und ich werde den Befehl des Kaisers mißachten und bei dir bleiben. Wir suchen uns einen versteckten Ort, weit oben am Nil, wo niemand uns findet und wir in Liebe und Frieden zusammenleben können. Ich werde die Vergangenheit vergessen, den Schmerz und den Zorn. Sag nur ein Wort, Selene...

Selene wußte, daß sie nur eine leichte Bewegung zu machen brauchte, um ihn zu berühren. Bitte mich, mit dir zu reisen, Andreas, dachte sie. Sag nur ein Wort, und ich verlasse Alexandria und die Götter und mein Schicksal, um dir zu folgen.

»Du hast eine große Gabe, Selene«, sagte er. »Aber hier, in dieser Stadt voller Heilkundiger, vergeudest du sie. Du bist zu bedeutenderen Taten geboren. Das Krankenasyl im Tempel kann jetzt auch ohne dich sein; du hast andere ausgebildet, deinen Platz einzunehmen.«

Sein Ton war eindringlich und leidenschaftlich. »Vor Jahren träumtest du davon, eine große Heilerin zu werden und deine Fähigkeiten dort einzusetzen, wo sie am dringendsten gebraucht werden. Du bist bereit, Selene. Dein Wissen und deine Fähigkeiten sind umfassend. Verteile deine Gaben dort, wo die Not am größten ist.«

»Und wo ist das, Andreas?« fragte sie. »Wohin soll ich gehen?«

»Geh nach Rom.«

»Nach Rom!«

»Die Menschen dort brauchen jemanden wie dich, Selene. Sie brauchen deine Fähigkeiten und deine Weisheit. Hier in Alexandria sind deine Gaben verschwendet. Aber Rom, Selene, Rom braucht dich.«

Rom, dachte sie, die Stadt meiner Vorfahren; die Stadt, die meinen Großvater zum Gott erhoben hat. Warten sie dort auf mich? fragte sie sich. Meine Mutter und mein Bruder. Wurden sie nach Rom zurückgebracht? Sind sie noch am Leben?

»Ich hatte immer das Gefühl, Andreas«, sagte sie leise, »daß meine Berufung zur Heilerin und meine innere Einheit als Person, mein Selbst, miteinander verbunden sind. Ich weiß nur nicht, in welcher Weise. Werde ich die Antwort in Rom finden?«

»Vielleicht.«

»Und kehrst du auch nach Rom zurück, Andreas?« fragte sie. »Wenn du beim Kaiser in Britannien warst, kommst du dann nach Rom zurück?«

»Ich muß dorthin zurückkehren, Selene. Rom ist mein Zuhause. Dort habe ich meine Freunde. Ich werde nach Rom zurückkehren, sobald Claudius es mir gestattet. Wir werden uns wiedersehen...«

50

Selene und Ulrika segelten mit einem der großen Getreideschiffe, die regelmäßig das Mittelmeer von Ägypten nach Rom überquerten. ›Isis‹ stand in großen Lettern am Bug, der sich zu einem goldglänzenden Gänsekopf emporschwang. Die ›Isis‹ hatte tausend Tonnen Getreide geladen und beförderte mehr als sechshundert Passagiere. Gegen nördliche Winde ankämpfend, bewältigte sie die Überfahrt in sieben Wochen.

Die Abreise hatte sich durch verschiedene Umstände mehrmals verzögert. Zunächst hatte Selene, um die Ausreisegenehmigungen für sich und ihre Tochter zu bekommen, die jeder brauchte, der Alexandria verlassen wollte, auf die Rückkehr des Gouverneurs warten müssen, der auf Inspektionsreise am Nil war. Danach hatte es Dispute wegen der Gebühr für die Genehmigung gegeben, die Selene unannehmbar fand: Für Männer kostete die Ausreise zehn Drachmen, für Kinder dreißig und für Frauen einhundert. Selenes Proteste hatten nichts gefruchtet; die Vorschrift war extra erlassen worden, um Frauen vom Reisen abzuhalten. Schließlich hatte Mutter Mercia die Gebühren aus der Tempelkasse bezahlt. Nun ging es darum, ein Schiff zu finden; das hieß, daß man von Schiff zu Schiff laufen, sich nach dem Bestimmungshafen erkundigen und fragen mußte, ob an Bord noch Platz für zwei Passagiere war. Und zu guter Letzt hatten ungünstige Omen die Abreise verzögert.

Die Schiffskapitäne waren alle abergläubische Leute, aber der Kapitän der ›Isis‹ war schlimmer als die meisten. An dem Tag, an dem er in See stechen wollte, opferte er dem Poseidon einen Stier, doch das Opfer wurde nicht gut aufgenommen, also verschob er die Abreise. Beim nächstenmal hockte oben in der Takelage eine krächzende Krähe, und wieder wagte der Kapitän nicht auszulaufen. Dann berichtete der Schiffszimmermann, er hätte von schwarzen Ziegen geträumt, und der folgende Tag, der vierundzwanzigste August, galt als allgemeiner Unglückstag. Jedesmal waren Selene und Ulrika mit ihren Reisebündeln und in Begleitung von Mutter Mercia zum Hafen hinuntergegangen und hatten darauf gewartet, daß der Herold die bevorstehende Abfahrt des Schiffes ausrufen würde. Jedesmal hatten sie unverrichteter Dinge wieder in den Tempel zurückkehren müssen.

Endlich jedoch kam der Tag, wo die Winde günstig waren und die Omen gut. Selene und Ulrika standen an Deck und winkten, bis die Küste und Alexandria nicht mehr zu sehen waren.
Nachts schliefen sie in Decken gehüllt, ihre Bündel zwischen sich, an Deck hinter einem Vorhang, der die Frauen von den Männern trennte. Bei Tag saßen sie unter dem riesigen Hauptsegel im Schatten. Dort nahmen sie auch ihre Mahlzeiten zu sich, flickten ihre Kleider oder schwatzten mit den anderen Reisenden. Selene hatte wenig Ruhe. Als bekannt geworden war, daß sich eine Heilerin an Bord befand, hatte sie Ingwerwurzel gegen die Seekrankheit zu verteilen und Salbe gegen die unvermeidlichen Zahnfleischbläschen.
Ulrika stand oft beim Steuermann und sah ihm bei der Arbeit zu, oder sie belauschte die Reden der Seeleute, wenn sie die Segel stellten oder Bilgenwasser ausschöpften, oder sie unterhielt sich mit dem Schiffszimmermann, während dieser Ersatzruder schnitzte. Sie konnte aber auch stundenlang an der Reling stehen und mit großen ernsten Augen auf das Mittelmeer hinausblicken, das viele Jahre zuvor ihr Vater als Sklave in Ketten überquert hatte.
Es war eine ruhige Überfahrt ohne Zwischenfälle, dennoch jubelten die Passagiere, als Roms Hafen Ostia in Sicht kam. Selene stand an der Reling, das Gesicht in den Wind gedreht, und dachte, wieder ein neues Land. Mit neuen Menschen und neuen Bräuchen. Was wird Rom mir bringen? Welchen Namen werde ich hier tragen?
Ein Gefühl tief im Innern sagte ihr, daß dies das letzte fremde Ufer war, auf das sie ihren Fuß setzen würde; daß die Jahre unsteter Wanderschaft bald beendet sein würden. Hier endlich werden mir die Götter offenbaren, was sie mit mir im Sinn haben. Hier endlich wird die Verschmelzung meines wahren Selbst mit meiner Berufung als Heilerin stattfinden, und ich werde ganz sein – wenn ich auch noch nicht weiß, wie es geschehen wird.
Sie dachte an Mera, eine bescheidene Frau von bescheidener Herkunft, die den Ring Julius Cäsars von der Hand eines sterbenden Prinzen gezogen hatte. Sie erinnerte sich ganz unerwartet an den alten Ignatius, der mit den Wüstenräubern gekämpft hatte, um sie zu beschützen, und dessen wunderbarer durchsichtiger Stein ihr in kalten Nächten in fremden Ländern Feuer gespendet hatte. Sie dachte sogar an Kazlah, dessen bevorzugte ›Medizin‹ ein Trank aus Wein mit zerstoßenen Smaragden und Rubinen gewesen war, der die Kranken nur noch kränker gemacht hatte. Wie mochte er das Geheimnis der Herstellung von Hekates Trank verwertet haben? Hatte er es schließlich als Waffe gegen Lasha gebraucht? Weiter wanderten ihre Gedanken zu Fatma, der weisen Frau aus der Wü-

ste, die das geheime Wissen ihrer Vorfahrinnen mit ihr geteilt hatte, das sie jetzt nach Rom mitbrachte. Und sie erinnerte sich mit Liebe an Rani, die so viel geopfert hatte, um sich der Heilkunst widmen zu können; die auf Ehe und Kinder verzichtet, ihr Frausein verleugnet hatte, um in einer Männerwelt tätig sein zu können.

Sie dachte auch an ihre Tochter, Zeugnis ihrer Liebe zu Wulf. In Rom werden wir zusammenarbeiten, dachte sie. Mein ganzes Wissen will ich an Ulrika weitergeben, damit es nicht mit mir stirbt.

Und schließlich dachte sie an Andreas. Ihre Liebe zu ihm schien ihr so groß wie das weite Meer und tiefer als seine grünen Tiefen unter ihr. Und doch hatte sie ihn verloren; ihr Traum war zerbrochen. Aber in Rom vielleicht, wenn er aus Britannien zurückkehrte, wenn die Götter es erlaubten...

Vielleicht war mein Leben nur das Vorspiel zu diesem Augenblick, dachte Selene erregt, als das Schiff sich dem Hafen näherte. Die Götter haben mich vorbereitet, und nun bin ich gerüstet.

51

»Rom ist eine gefährliche Stadt, Selene«, hatte Andreas gewarnt. »Besonders für eine Frau allein. Geh zu Paulina. Sie ist eine alte Freundin von mir und wird dir weiterhelfen.«

Klein und bescheiden hatte sich Selene das Haus Paulinas vorgestellt, und die Frau selbst Mutter Mercia ähnlich. Die Villa auf dem Esquilin-Hügel und die Frau, die sie bewohnte, entsprachen in nichts ihren Erwartungen.

Gleich an ihrem ersten Tag in Rom hatten sich Selene und Ulrika bei strahlendem Herbstwetter auf den Weg zum Esquilin gemacht. Die Straße, in der Paulinas Villa stand, war wenig bemerkenswert, von einer einzigen langen Mauer abgegrenzt, hinter der sich die Prachthäuser der Reichen vor dem Auge der Öffentlichkeit verbargen. Durch eines der in die Mauer eingelassenen Tore traten Selene und Ulrika in einen herrlichen Garten voll schattenspendender Bäume und duftender Blumen. Das Plätschern der Springbrunnen begleitete sie auf dem Weg ins Atrium, hinter dem sie das Peristyl sehen konnten, den von Säulen umgebenen Innenhof des Hauses.

Selene war verblüfft über all den Luxus und die Pracht. »Paulina ist Witwe«, hatte Andreas ihr erzählt. »Ihr Mann, Valerius, und ich waren enge Freunde. Sie lebt jetzt allein in dem Haus, das er ihr hinterlassen

hat. Sie ist einsam, ich weiß, sie wird sich über deine Gesellschaft freuen.«
Musik und Gelächter drangen aus einem der Räume rund um den Innenhof, die Tür wurde geöffnet, und eine Frau trat heraus. In aristokratischer Haltung durchschritt sie das Peristyl und kam ins Atrium.
Paulina Valeria war mittelgroß und zierlich gebaut. Die Haut ihres Gesichts war fein und sehr hell, als meide sie jeden Sonnenstrahl. Das braune Haar war zu einer kunstvollen Pyramide kleiner Löckchen aufgetürmt. Sie war etwa vierzig Jahre alt, weit jünger, als Selene erwartet hatte.
Paulina musterte Selenes einfaches Leinengewand und die bäuerlichen Sandalen mit einem kurzen Blick. Auf Ulrika lag ihr Auge ein wenig länger – Selene meinte, einen Schatten der Mißbilligung über ihre Züge huschen zu sehen –, dann sagte sie auf lateinisch: »Ich bin Paulina Valeria. Ihr wollt zu mir?«
Selene antwortete auf griechisch. »Meine Tochter und ich sind gerade erst in Rom angekommen. Ich bin eine Freundin von Andreas, dem Arzt, und er schlug mir vor, dich aufzusuchen.«
Die schönen topasfarbenen Augen flackerten. »Ich verstehe. Willkommen in Rom. Seid ihr das erstemal hier?«
»Ja. Meine Tochter und ich kommen aus Alexandria und sind mit Rom nicht vertraut. Wir kennen niemanden außer Andreas.«
»Ach ja, Andreas. Wie geht es ihm?«
»Er ist auf der Reise nach Britannien.«
»Ich weiß. Ich habe ihn vor drei Monaten nach Ostia begleitet. Hatte er aus Alexandria eine gute Abreise?«
»O ja. Das Schiff lief bei gutem Wetter aus.«
Paulina schwieg einen Moment, dann sagte sie: »Wo seid ihr untergekommen?«
Als Selene ihr die Herberge in der Nähe des Forums nannte, wo sie und Ulrika die vergangene Nacht verbracht hatten, lächelte Paulina ohne Wärme und sagte: »Dann müßt ihr hierher kommen, in mein Haus. Der Aufenthalt in Herbergen ist immer teuer und nicht ganz ungefährlich. Ihr seid Andreas' Freunde, also seid ihr auch meine Freunde. Ich lasse eure Sachen von einem Sklaven holen.«
Sie rief einen Sklaven, der sie in ihre Zimmer führen sollte. Ehe sie das Atrium verließ, sagte sie noch: »Ihr bleibt selbstverständlich solange ihr wollt.« Dann warf sie einen Blick auf Ulrika. »Wie alt ist deine Tochter?«
»Sie wird im nächsten März dreizehn.«

Paulina schien einen Moment zu überlegen. »Das Haus ist groß«, meinte sie dann. »Ein Kind kann sich hier leicht verlaufen. Und der Park hinter dem Haus ist sehr weitläufig. Du wirst ihr sicher ans Herz legen wollen, nicht herumzuwandern, sondern immer in der Nähe eurer Räume zu bleiben.«
Auf dem Weg durch den Innenhof kamen sie an dem Zimmer vorüber, aus dem die Musik zu hören war. Das Gespräch drinnen war laut.
»Ich verstehe gar nicht, warum Amelia ihn geheiratet hat. Er kommt doch aus ganz kleiner Familie«, sagte jemand. »Weil er schön und reich ist«, kam die Antwort, der schallendes Gelächter folgte. »Gut«, meinte eine Frau, »die Familie hat Geld, aber doch keinen *Namen*. Amelia hat sich zum Gespött gemacht. – Ah, hier ist Paulina! Fragen wir sie doch einmal, was sie von der armen Amelia hält.«
Doch als Paulina ins Zimmer trat, erstarb das Gelächter. Selene hörte Getuschel und stellte sich die neugierigen Blicke der Gäste vor, die ihnen durch die offene Tür folgten.
Ulrika sah sich staunend um, während sie mit ihrer Mutter durch den Innenhof ging. Sie konnte sich nicht vorstellen, daß dies alles einer einzigen Person gehörte. Und da fiel ihr Blick plötzlich auf einen Jungen, der, zwei oder drei Jahre älter als sie selbst, einen der Wege des bepflanzten Innenhofs rechte. Verblüfft starrte sie ihn an. Er hatte blondes Haar und blaue Augen und war sehr groß. Als er, ihren Blick spürend, von der Arbeit aufsah, war er so verdutzt wie sie. Mit großen Augen schaute er sie an, und der Rechen in seiner Hand war vergessen.

Von ihren jahrelangen Reisen gewohnt, sich auf immer neue Gegebenheiten einzustellen, hatten Selene und Ulrika keine Mühe, sich im Haus des Valerius zurechtzufinden. Sie legten sich an diesem ersten Tag, noch mitgenommen von der langen Schiffsreise und überwältigt von den vielen neuen Eindrücken, früh schlafen.
Ulrika, sehr wortkarg seit dem Tag, an dem Selene ihr eröffnet hatte, daß sie Alexandria verlassen würden, wünschte ihrer Mutter nur kurz gute Nacht, ehe sie in ihrem Zimmer in das saubere Bett kroch. Sie dachte an den Jungen, den sie im Hof gesehen hatte.
Selene, die im Nebenzimmer lag, konnte keinen Schlaf finden. Ihr Körper war erschöpft, doch ihr Geist war hellwach. War diese Stadt, war Rom nun endlich ihr Zuhause? Sie glaubte zu fühlen, daß es so war. Hier war ihre Familie, die mächtigen Herrscher des Reiches, Männer und Frauen, die ihre Blutsverwandten waren. Und hier auch war Andreas' Heim, in das er eines Tages aus Britannien zurückkehren würde. Aber was sonst

wartete in Rom auf sie? Ihr Medizinkasten stand am Fuß ihres Bettes bereit, zerkratzt und angeschlagen, aber wohlgefüllt mit all den Heilmitteln, die sie in den Jahren ihrer Wanderschaft gesammelt hatte.
»Die Menschen in Rom brauchen dich«, hatte Andreas gesagt. »In Rom gibt es keine Asyle für die Kranken, wie du sie in anderen Städten gesehen hast, es gibt kein Tempelkrankenhaus, wie du es hier in Alexandria aufgebaut hast, es gibt keine Zuflucht, die sie bei Schmerz und Leiden aufsuchen können. Deine Bestimmung liegt in Rom.«
Die Lider wurden Selene schwer. Ihre Gedanken wanderten zu Paulina. Was bedeutete sie Andreas, und was er ihr?
Während Selenes Atemzüge tiefer und langsamer wurden, sah sie Andreas vor sich, und der alte Schmerz, die alte Sehnsucht brachen wieder auf. Sie liebte ihn so sehr wie am ersten Tag.

52

»Die Leute, die dort oben leben, sind unsere Verwandten, Rikki«, sagte Selene mit Stolz. »Wir sind vom selben Blut wie sie.«
Sie standen am Fuß des Palatin-Hügels und schauten zu den von Zypressen beschatteten Terrassen und Säulenhallen der Adelspaläste hinauf. Selene versuchte noch einmal, die komplizierten Familienbande zu erläutern, um sie Ulrika begreiflich zu machen.
»Augustus, der erste Kaiser«, erklärte sie, das wiederholend, was Andreas ihr an dem Abend in Mutter Mercias Räumen dargelegt hatte, »war Julius Cäsars Großneffe. Seine Schwester Octavia heiratete Marcus Antonius. Ihre gemeinsame Tochter Antonia heiratete Drusus und hatte mit ihm zusammen zwei Söhne – Germanicus und Claudius. Und dieser Claudius ist jetzt Kaiser des römischen Reiches. Er ist zwar nur entfernt mit uns verwandt, Rikki, aber er ist unser Verwandter.«
Etwas später besuchten sie das Heiligtum des göttlichen Julius Cäsar, einen Rundtempel, wo die Römer ihm ihre Verehrung darbringen konnten.
»Er war dein Urgroßvater, Rikki«, sagte Selene. »Die Familie der Claudier, die jetzt in Rom an der Macht ist, leitet ihr Recht zu herrschen von dem Tröpfchen Julierblut ab, das in ihren Adern fließt. Aber dein Blut, Rikki, ist rein; du bist eine *direkte* Nachkommin Julius Cäsars. Sein Sohn war dein Großvater.«
Ulrika hörte ihr schweigend zu, während sie das überlebensgroße Standbild des Mannes musterte, den sie verachtete. Sie schämte sich ihrer

Blutsbande mit ihm, denn er war der erste gewesen, der mit seinem Heer in die Rheingebiete eingefallen war und das Volk ihres Vaters unterworfen hatte.
Sie wollte mit den Menschen und mit dieser Stadt nichts zu tun haben. Mit einer brüsken Bewegung wandte sie sich vom Standbild Cäsars ab und richtete den Blick fest nach Norden.

Jeden Tag ging Selene, die zunächst Schwierigkeiten hatte, sich in der Riesenstadt zurechtzufinden, schon morgens los und streifte durch die Straßen, bis ihre Füße schmerzten, prägte sich den Verlauf von Straßen und Gassen ein, die Standorte der unzähligen Monumente, redete mit den Leuten, und bald bekam sie ein Gefühl für diese Stadt. Ihren Medizinkasten hatte sie stets bei sich und unterbrach ihre Erkundungswanderungen oft, um Hilfe zu leisten. Es gab, wie Andreas gesagt hatte, keinen Ort, wohin die Kranken und Invaliden dieser Stadt sich hätten wenden können.
Rom war, wie Selene bald merkte, eine Stadt mit zwei Gesichtern. Es zeigte sich finster und grausam auf der einen Seite, mit lichtlosen Gassen, wo die Menschen in stickigen Unterkünften zusammengepfercht waren. Zu Tausenden hockten hier die Menschen ohne Arbeit müßig in der Sonne des späten Nachmittags und ertränkten ihre Unzufriedenheit in dem Bier, das die Stadtregierung ihnen zuteilte.
Das andere Rom war jenes der Reichen, die wie Paulina in prächtigen Häusern hinter hohen Mauern lebten, abgehoben von der Masse, die sie beherrschten, ohne an ihrem Leben Anteil zu nehmen.
Selene lernte schnell, daß es ratsam war, bei Sonnenuntergang nach Hause zu eilen. Wenn der Tag zur Neige ging, ergriffen gefährliche Elemente, die in ihrer Hoffnungslosigkeit vor nichts zurückschreckten, Besitz von den Straßen. Kein Wunder, daß die Fenster der Häuser vergittert, die Türen mit schweren Riegeln versehen waren. In der römischen Nacht gedieh das Verbrechen.
Ihre Gastgeberin bekam Selene selten zu Gesicht, doch sie stellte fest, daß Paulina im Gegensatz zu dem, was Andreas gesagt hatte, niemals allein war. Immer waren Gäste in der Villa, abends wurde in großer Runde gespeist, lärmende Feste wurden gefeiert, Dichter lasen aus ihren Werken vor, Theatergruppen unterhielten die Gäste mit ihren Schauspielkünsten. Jeden Abend entzündeten die Sklaven die Fackeln und Lampen in Haus und Innenhof, dann trafen die Gäste mit ihren Leibwächtern ein, und bald schallten Musik und Gelächter durch die Villa. Selene und Ulrika wurden zu diesen Geselligkeiten niemals eingeladen, aber sie

konnten nicht umhin, das fröhliche Treiben in ihren Zimmern im oberen Stockwerk zu hören, und manches Mal kniete Ulrika auf dem Balkon und spähte durch die Gitterstäbe des Geländers hinunter.
Selene machte es nichts aus, von der heiteren Geselligkeit ausgeschlossen zu sein; sie hatte anderes im Kopf. Jeden Morgen ging sie in aller Frühe aus dem Haus – ohne Ulrika, die es vorzog, zu Hause zu bleiben – und kehrte erst bei Sonnenuntergang müde, mit schmerzenden Füßen, ihr Medizinkasten um einiges leichter, zurück. Die Abende brachte sie damit zu, Verbände zu rollen, Skalpelle zu schärfen, Kräuter zu sortieren, die sie auf dem Forum gekauft hatte.
Selene war bereit. Sie war gewiß, daß in dieser Stadt ihre Bestimmung wartete, und sie hoffte, sie würde sie erkennen.

53

Mit einem Ruck hob Ulrika den Kopf und sah einen blonden Haarschopf vom Fenster verschwinden. Er hatte sie also wieder bespitzelt, der flachshaarige Junge. Sie legte ihr Buch nieder, stand vom Bett auf und schlich auf Zehenspitzen durch das Zimmer.
Das fünftemal in dieser Woche hatte sie ihn dabei ertappt, daß er ihr nachspionierte. Manchmal, wenn sie durch den Innenhof ging, spürte sie seinen Blick, der ihr folgte; und einmal, als sie ihre Mutter zum Tor zur Straße begleitet hatte, hatte sie gesehen, daß der Junge sich im Gebüsch versteckt hatte.
Sie spähte zur Tür hinaus. Der Korridor war leer. Unten im Hof waren die Sklaven dabei, die Fackeln anzuzünden. Ulrika war erstaunt. Sie war so in ihr Buch vertieft gewesen, daß sie gar nicht gemerkt hatte, wie spät es geworden war. Die Sonne war kurz vor dem Untergang; Selene war noch nicht zurück.
Ulrika trat aus ihrem Zimmer und hielt nach beiden Seiten Ausschau. Gegenüber wurde eine Tür geöffnet, und zwei Leute kamen heraus, Paulinas Gäste, ein Senator und seine Frau. Ulrika beobachtete sie. Die Leute, die in dieses Haus kamen, waren immer sehr elegant gekleidet; die Männer wirkten vornehm und die Frauen sehr sicher. Sie hatten eine besondere Art zu sprechen – ihr Griechisch war absolut rein und gewählt; selbst ihr Gelächter war anders, höflich und zurückhaltend. Ulrika war fasziniert von Paulinas Freunden; und sie fand sie fürchterlich.
Der Senator und seine Frau stiegen zum Innenhof hinunter, und im selben Moment gewahrte Ulrika aus dem Augenwinkel eine Bewegung. Sie

fuhr herum und sah gerade noch, wie der Junge in eine Türnische zurückwich.
»Warte!« sagte sie. »Lauf nicht weg.« Sie rannte durch den Korridor und kam zu einer geschlossenen Tür. Einen Moment zögerte sie, dann machte sie sie auf. Dahinter war ein unbewohntes Gästezimmer, ähnlich ihrem eigenen.
»Bitte, komm doch heraus«, sagte Ulrika und ging hinein. Sie blieb stehen und lauschte, hörte aber nur von unten das Lärmen der eintreffenden Gäste. Wieder rief sie den Jungen, wechselte diesmal von Griechisch zu Aramäisch. »Kannst du mich verstehen? Du brauchst keine Angst zu haben. Ich möchte so gern mit dir reden.«
Sie ging tiefer ins Zimmer. Als sie sah, daß die Vorhänge am Fenster sich bewegten, obwohl kein Lüftchen ging, sagte sie bittend: »Du brauchst keine Angst vor mir zu haben. Ich gehöre nicht zu diesen Leuten. Bitte, komm doch heraus.«
Sie hielt den Blick auf die Vorhänge gerichtet. »Ich gehe nicht von hier weg«, sagte sie entschlossen. »Ich bleibe, bis du herauskommst.«

Selene trat aus dem ärmlichen Wohnhaus am Fluß und sah mit Schrekken, wie spät es geworden war. Sie hatte zu lange bei dem kleinen Kind verweilt, dessen Mutter sie voller Sorge ins Haus gezogen hatte, weil das Kind so teilnahmslos war und nicht essen wollte. Nun versank die Sonne schon fast hinter den Hügeln, und sie befand sich immer noch in diesem schmutzigen Elendsviertel am Fluß.
Sie drückte ihren Medizinkasten fest an die Brust, bog in die erste Gasse ein, die vom Tiber wegführte und eilte in Richtung zum Esquilin.
Plötzlich jedoch versperrte ihr eine grölende Menge, die um die Ecke bog, den Weg. Die Leute verlangten mit lauten, zornigen Stimmen nach ›Brot und Spielen‹. Selene wußte, was hier geschah; sie hatte mehrere Ausbrüche dieser Art in Rom erlebt. Die Menge schimpfte an diesem Abend über Claudius' ständige Abwesenheit von Rom und die immer knapper werdende Nahrung.
Selene drückte sich in eine Tornische, während die aufgebrachten Männer fäusteschüttelnd und Verwünschungen gegen die Reichen ausstoßend, an ihr vorüberzogen. Die Zahl der Menschen ohne Arbeit in Rom war hoch; ein großer Teil der Bevölkerung lebte von den Freirationen der Regierung, und so war eine Klasse entstanden, in der jederzeit Rebellion aufflammen konnte. An diesem Abend nun suchten diese Leute ihre Unterhaltung darin, lärmend durch die Straßen zu ziehen und die Soldaten zu reizen, die jetzt am Ende der Gasse auftauchten.

Als Soldaten und Pöbel an der Straßenkreuzung aufeinanderprallten, kamen noch Reiter hinzu. An ihren Sätteln hingen Körbe, aus denen sie mit flinken Händen lebende Schlangen hervorzogen und sie unter die Menge warfen. Augenblicklich stoben die Leute schreiend auseinander, und Minuten später war die Straße leer bis auf die Soldaten, die ihre Schlangen wieder einsammelten.

Als Selene aus dem Schutz der Tornische trat, sah sie einen Mann, der sich, die Hand auf seine Seite gedrückt, taumelnd von der Hausmauer entfernte und dann zu Boden stürzte. Die Soldaten ignorierten ihn; Selene jedoch eilte zu ihm. Er war unterhalb der Rippen verwundet worden. Eine rasche Untersuchung zeigte ihr, daß sie ihn hier auf der Straße nicht behandeln konnte. Die Verletzung blutete stark, sie mußte fest abgebunden werden, und der Mann brauchte einen Platz, wo er ruhig liegen konnte.

In der Absicht, einen der Soldaten zu Hilfe zu rufen, schaute Selene auf und sah, daß die Straße leer war. Da fiel ihr die Insel in der Flußmitte ein, wo der Tempel des Äskulap stand. Die Brücke zur Insel war nicht weit. Sie half dem geschwächten und benommenen Mann auf die Beine und führte ihn, einen Arm fest um seine Mitte, schwankend zum Fluß hinunter.

Eine alte steinerne Brücke verband das linke Tiberufer mit der Insel. Sie war in der Nähe des Eingangs zum Theater des Marcellus, wo sich eine große Menge zum Kartenkauf für die Abendvorstellung drängte. Selene half dem Fremden durch das Gewühl auf die Brücke.

Sie wußte, daß die auf der Insel stehenden Gebäude, die sich jetzt scharf umrissen im letzten Licht zeigten, zum Tempelbezirk gehörten. Sie hatte diese Heilstätte seit ihrer Ankunft in Rom noch nicht besucht, nahm aber an, sie sei ähnlich wie die anderen Äskulaptempel im Reich, und meinte, der Verletzte würde dort Hilfe bekommen. Doch auf der anderen Seite der Brücke bot sich ihr ein so schrecklicher Anblick, daß sie ihren Augen nicht trauen wollte.

Endlich bewegte sich der Vorhang, und der blonde Kopf zeigte sich. Mißtrauisch starrte der Junge Ulrika mit seinen blauen Augen an, bereit, jederzeit die Flucht zu ergreifen.

»Du brauchst keine Angst vor mir zu haben«, sagte Ulrika wieder, die nicht verstand, warum er so scheu war. Sie bot ihm die Hand. »Ich bin deine Freundin.«

Er kam hinter dem Vorhang hervor, wahrte jedoch mißtrauisch Abstand. Jetzt begriff Ulrika, warum er Angst hatte: Auf seinen Oberarmen brannten die roten Striemen von Peitschenschlägen, die er erst kürzlich erhalten hatte; und an den Handgelenken, wo die Fesseln ihn wundgescheuert haben mußten, hatte er rote Narben. Dieser Junge war noch nicht lange in der Sklaverei; er mußte erst noch ›abgerichtet‹ werden.

»Verstehst du mich nicht?« fragte sie auf griechisch.

Er starrte sie nur stumm an, hatte die Sprache seiner Herren offensichtlich noch nicht gelernt.

Sie musterte ihn aufmerksam. Er war groß und langgliedrig wie sie selbst, und hatte, fand Ulrika, ein sehr schönes Gesicht. Die großen blauen Augen lagen weit auseinander, die Nase war lang und gerade. Und Angst, erkannte Ulrika, hatte er eigentlich gar nicht; er war nur mißtrauisch wie ein ungezähmtes Tier.

»Ich bin Ulrika«, sagte sie und deutete auf sich selbst. »Wie heißt du?«

Er starrte sie an.

»Ulrika«, wiederholte sie und tippte sich auf die Brust. »Ich bin Ulrika.«

Sie trat ein paar Schritte näher, hielt jedoch an, als sie sah, wie er zurückwich. Sie richtete den Zeigefinger auf ihn und sah ihn fragend an.

»Eiric«, sagte er schließlich.

Ulrika lächelte. »Grüß dich, Eiric«, sagte sie.

Sie trat noch etwas näher. Diesmal blieb er stehen. Als sie nahe genug war, blickte sie auf den Anhänger auf seiner Brust. Es war das Kreuz des Odin. Sie griff nach dem Lederband, das um ihren Hals lag und zog es unter ihrem Gewand hervor. Eiric riß die Augen auf, als er es sah.

»Odin«, sagte er ungläubig.

»Ja, Odin. Mein Vater hat meiner Mutter das Abzeichen gegeben, ehe er starb.«

Er sah ihr forschend ins Gesicht, dann lächelte er zaghaft.

»Das ist schon besser«, sagte Ulrika. »Ich bringe dir meine Sprache bei und du mir deine, und wir werden Freunde sein, weil wir demselben Volk angehören.«

Als sie dem Jungen nochmals die Hand bot, nahm er sie scheu. Ulrika war glücklich. Sie vergaß, wie spät es war, daß es draußen schon dunkel war und ihre Mutter immer noch nicht nach Hause gekommen war.

Pauline begleitete die letzten Gäste zur Straße hinaus, küßte sie zum Abschied und kehrte zum Haus zurück. Ein heißer Wind kam plötzlich auf und fegte durch das welke Laub, daß es raschelte. Paulina eilte schneller durch den Garten und ging durch das Atrium zur Treppe, die zu ihren

Zimmern hinaufführte. Doch auf halbem Weg blieb sie stehen. Im Innenhof saß jemand auf einer Bank. Sie ging näher und sah, daß es das Kind war, Ulrika. Ihr Gesicht wirkte sehr bleich im Mondlicht.
»Was tust du hier draußen?« fragte Paulina.
»Ich warte auf meine Mutter.«
Paulina zog die Brauen hoch. »Sie ist noch nicht zu Hause?«
Ulrika preßte die Lippen zusammen und schüttelte den Kopf. Es war Mitternacht. Sie saß schon seit Stunden hier, seit Eiric vom Sklavenaufseher geholt und ins Sklavenhaus zurückgebracht worden war. Das Abendessen, hatte sie nicht angerührt, sondern war voller Angst in den Hof hinuntergegangen, um zu warten.
Paulina zögerte. Ein Impuls trieb sie, sich zu dem Kind zu setzen und es zu trösten; doch sie kämpfte ihn nieder.
»Weißt du, wohin deine Mutter heute gegangen ist?« fragte sie.
Wieder schüttelte Ulrika stumm den Kopf.
Sie hat Angst, dachte Paulina. Sie möchte ihre Furcht nicht zeigen.
Wieder verspürte sie den Trieb, das Kind zu trösten. Aber Paulina war stark. Gefühle ließen sich bezwingen, das wußte sie aus Erfahrung, wenn man sie nur entschlossen genug bekämpfte.
»Vielleicht sollte ich jemanden schicken sie zu suchen«, meinte sie sachlich. »Ein paar von meinen Sklaven.«
Ulrika blickte auf. »Ach ja, würdest du das tun?«
Paulina wandte sich ab unter dem Blick der hoffnungsvollen Augen und bedauerte ihre Schwäche. Sie hätte diese beiden nicht hier aufnehmen sollen. Sie hatte es nur für Andreas getan...
In diesem Moment öffnete sich das Tor, und einen Moment später trat Selene in den Hof.
»Mutter!« rief Ulrika und rannte zu ihr.
Selene schloß sie in die Arme. »Rikki! Es tut mir leid, daß ich dich beunruhigt habe. Ich hatte keine Möglichkeit, dir Nachricht zu geben.«
Selene hob den Kopf und sah Paulina, die reglos im Strahl des Mondlichts stand. Ihr Gesicht zeigte Unbehagen und noch etwas anderes – Schmerz vielleicht?
»Wo warst du, Mutter?« fragte Ulrika und entzog sich Selenes Umarmung.
»Ich war im Äskulaptempel.«
»Im Äskulaptempel!« rief Paulina. »Bist du krank?«
»Nein, Paulina, ich war –«
»Wenn du krank bist, kannst du dich an meinen Arzt wenden. Du brauchst doch nicht auf diese grauenvolle Insel zu gehen.«

Ehe Selene eine weitere Erklärung geben konnte, fügte Paulina hinzu: »Es ist spät. Deine Tochter hatte große Angst um dich.«
Selene und Ulrika stiegen Arm in Arm die Treppe hinauf.
»Ach, Mutter, du hast ja keine Ahnung, wie sehr ich mich um dich gesorgt habe.«
»Es tut mir leid, Rikki«, antwortete Selene, während sie ihren schmerzenden Schenkel rieb und den Medizinkasten auf den Tisch stellte. Ihr Kleid war beschmutzt, ihr Haar hatte sich unter dem weißen Tuch gelöst und hing ihr in Strähnen ins Gesicht, doch ihre Augen blitzten. »Heute abend ist etwas Wunderbares geschehen, Rikki.«
Während Ulrika warmes Wasser holte und in eine Schüssel füllte, damit ihre Mutter sich waschen konnte, berichtete ihr Selene von dem Mann, den sie zum Tempel auf der Insel gebracht hatte, und von dem schrecklichen Anblick, der sie dort überrascht hatte.
»Es war unglaublich, Rikki! Hunderte von Menschen sind auf dieser kleinen Insel zusammengepfercht. Es gibt überhaupt keinen freien Platz. Und du hättest das Elend sehen sollen! Kranke und Verletzte zu Hunderten, Rikki, und nur eine Handvoll Brüder und Priester, die sich um sie kümmern. Der Hohepriester, ein Mann namens Herodas, hat mir erzählt, daß die Ärzte aus der Stadt, die früher gekommen sind, um Beistand zu leisten, sich schon lange nicht mehr sehen lassen, weil die Zahl der Hilfebedürftigen so groß ist.
Es war entsetzlich. Diese bedauernswerten Männer und Frauen – es sind lauter abgeschobene Sklaven, Rikki! In dieser grausamen Stadt ist es anscheinend üblich, kranke oder verletzte Sklaven, oder auch solche, die zu alt sind, zum Tempel des Äskulap zu bringen und sie dort auszusetzen. Die Priester sind machtlos dagegen. Alles ist völlig verwahrlost. Und die, die normalerweise in den Tempel kommen würden, um dort Heilung zu suchen, bleiben weg. Die Folge ist, daß die Kasse des Tempels leer ist, und die Brüder können den obdachlosen Sklaven kaum noch helfen.«
Selene nahm Ulrika bei den Händen und zog sie neben sich aufs Bett.
»Aber jetzt ist es soweit, Rikki«, sagte sie leidenschaftlich. »Der Moment ist gekommen. Ich weiß jetzt, wo meine Bestimmung liegt.«
Ulrika sah wie gebannt in das Gesicht ihrer Mutter, sah die geröteten Wangen, die blitzenden Augen, spürte die Leidenschaft.
»Sobald ich diese Insel sah», fuhr Selene fort, »wußte ich es. Ich erkannte, daß dies das Ende meines langen Weges ist, der Grund für alles, was mir bisher geschehen ist. Andreas hatte recht. Er hatte recht, Rikki. Meine Bestimmung liegt hier in Rom.«
Selene umklammerte Ulrikas Hände so fest, daß es dem Kind weh zu tun

begann. Eine ungeheure Kraft flutete von den Händen ihrer Mutter in die ihren. Wie wunderbar, dachte Ulrika. Wie herrlich, so sicher sein zu können, so genau zu wissen, wohin man gehört.
»Und was willst du nun tun, Mutter?« fragte sie, ebenfalls erregt jetzt, mitgerissen von Selenes Feuer.
»Ich werde auf der Insel arbeiten, Rikki. Sie kann wieder zu der Zufluchtsstätte werden, zu der sie ursprünglich bestimmt war. Das ist der Grund, warum ich hierhergeführt wurde. Ich werde alle Fähigkeiten und alles Wissen, die ich mir auf meiner langen Wanderschaft angeeignet habe, auf dieser Elendsinsel einsetzen, die die Götter verlassen zu haben scheinen.«
Impulsiv ließ Selene Ulrikas Hände los und nahm ihre Tochter fest in die Arme. »Wir werden zusammenarbeiten«, sagte sie. »Ich lehre dich alles, was ich weiß. Ich gebe es dir weiter, meine Tochter, damit der Traum niemals vergehen wird.«

54

Anfangs waren die Priester und Brüder verwundert über Selenes tägliches Erscheinen auf der Insel, dann begannen sie, ihren Motiven zu mißtrauen, doch als sie einmal von ihren guten Absichten überzeugt waren, waren sie nur noch unendlich dankbar.
»Viele Ärzte aus der Stadt pflegten hierherzukommen und zu helfen«, berichtete Herodas Selene. »Manche kamen nur einen Tag im Monat, andere öfter, um sich in den Dienst des Gottes zu stellen. Es gab eine Zeit, wo wir auf unseren Tempel stolz waren, und der Gott Wunder wirkte. Aber dann begann man, uns die abgeschobenen Sklaven zu bringen, es wurden immer mehr, und du siehst, was jetzt aus unserem Tempel geworden ist.«
Das Innere des Tempels war so wie alle anderen Heiligtümer des Äskulap: Eine lange Basilika mit einem überlebensgroßen Standbild des Gottes an einem Ende, der Rest des Raumes leer, um den Pilgern Platz zu lassen, die sich hier in der Hoffnung niederlegen wollten, daß der Gott sie im Schlaf heilen würde. Inkubation wurde dieser Heilschlaf genannt, wo der Gott dem Hilfesuchenden in Gestalt eines Priesters oder Arztes erschien und ihn behandelte oder ihn belehrte, was er tun müsse, um geheilt zu werden. An den Wänden standen die Dankesopfer jener, die geheilt worden waren, steinerne oder Terrakotta-Nachbildungen der Körperteile oder -zonen, die wieder gesund geworden waren. Doch sie waren verstaubt und viele offensichtlich sehr alt. Selene wußte, weshalb hier

keine Dankesgaben neuerer Zeit zu sehen waren: Die Mengen der ausgesetzten Sklaven ließen anderen Hilfesuchenden keinen Raum. Unermüdlich wanderten die Priester und Brüder unter den Kranken umher und verteilten zu essen und zu trinken, doch wirklich helfen konnten sie ihnen nicht.
»Die Leute werfen ihre Sklaven weg wie Abfall«, sagte Herodas bitter. »Und das Gesetz erlaubt es. Dann liegen diese Unglücklichen hier und können nur noch sterben. Wir können ihnen nicht helfen.«
Herodas war ein gebrechlicher alter Mann mit schlohweißem Haar und zitternden Händen. Während der Herrschaft von vier Kaisern hatte er den Tempel gehütet; sehen zu müssen, wie sich alles verändert hatte, bekümmerte ihn tief.
»Und Claudius hilft nicht?« fragte Selene, während sie durch den Vorhof des Tempels gingen, wo noch mehr Menschen lagen – Männer, Frauen und unterernährte Kinder.
»Claudius ist blind vor Liebe zu seiner Frau Messalina, dieser Hexe, und vor Ehrgeiz, Britannien zu erobern. Er sagt mir, ich soll zu Äskulap beten und ihm Opfer bringen.«
Selene schwieg nachdenklich. Dann sagte sie: »Ich werde euch helfen.«
Herodas sah sie nur traurig an. Vor ihr waren schon andere gekommen und hatten ihre edlen Absichten erklärt; diese junge Frau mit ihrem wunderbaren Medizinkasten und ihren erstaunlichen Fähigkeiten würde bald den Mut verlieren und wegbleiben wie alle anderen.

55

Paulina warf einen letzten Blick auf das Halsband, um sich zu vergewissern, daß sie richtig gewählt hatte, dann klappte sie das Kästchen zu und übergab es dem wartenden Boten. Das Geschmeide, aus edelsten Perlen des Roten Meeres gefertigt, war ein Geschenk für die Kaiserin. Paulina mochte Messalina nicht, aber sie wußte, daß es ratsam war, sich die Gunst dieser mächtigen Frau zu erhalten.
Nachdem der Bote gegangen war, um das Geschenk in den kaiserlichen Palast zu bringen, wo Messalina in Abwesenheit ihres Gatten eines ihrer berüchtigten Feste feierte, musterte Paulina die anderen Geschenke, die auf dem Tisch ausgelegt waren.
Es war Sitte, sich aus Anlaß der Saturnalien, einem fünftägigen Fest im Dezember zu Ehren des Gottes Saturn, zu beschenken und üppige Gelage abzuhalten. An diesem Abend erwartete Paulina acht Gäste; die Düfte

bratenden Schweine- und Pfauenfleisches zogen schon durch die Villa. Doch ihr war das Herz schwer. Sie wußte, es würde sie Anstrengung kosten, an diesem Abend fröhlich zu sein.

Mein erstes Saturnalienfest ohne Valerius...

Sie kämpfte gegen die aufsteigenden Tränen. Aus einer der ältesten und vornehmsten Familien Roms stammend, war sie nach dem alten patrizischen Ideal erzogen worden, dem Haltung und Würde, jene beiden Eigenschaften, die den Aristokraten ausmachten, mehr galten als alles andere. Sie durfte ihre Schwäche nicht sehen lassen. Valerius, wäre er am Leben, wäre enttäuscht von ihr.

Sie zwang sich, ein letztes Mal die Geschenke zu mustern – ein Gedichtband für Maximus, ein goldener Teller mit kunstvoller Einlegearbeit für Juno, eine Leier aus Schildpatt für Decius' Frau. Alles in hübsches buntes Tuch eingepackt und mit Namensschildern versehen.

Aber keine Spielsachen...

In starrer Haltung, das Gesicht so unbewegt wie eine Maske, ließ Paulina den Sturm des Schmerzes über sich hinwegfegen. Dann ging sie die Treppe hinauf in ihre Privaträume. Sie wollte vor der Ankunft ihrer Gäste in Ruhe überlegen, wie sie ihre unerwünschten Hausgäste loswerden könnte.

Sie nahm es Andreas beinahe übel, daß er ihr das angetan hatte. Er hatte ihr keine Wahl gelassen, es für selbstverständlich gehalten, daß sie Selene und Ulrika aufnehmen würde. Er hatte ihr aus Britannien sogar einen Dankesbrief geschrieben, in der Annahme, daß sie gehandelt hatte, wie er es von ihr erwartete. Aber sie wollte die beiden nicht länger in ihrem Haus haben. Darum mußte sie sich jetzt etwas einfallen lassen, um sie auf taktvolle Weise loszuwerden.

Besonders das Kind.

Sie lebten jetzt seit mehr als zwei Monaten im Haus. Es wurde langsam unerträglich. Wenn es nur die Mutter gewesen wäre; Selene war ruhig und zurückhaltend, war den ganzen Tag außer Haus und hielt sich abends stets in ihrem Zimmer auf.

Aber das Kind!

Ulrika saß mit Vorliebe im Innenhof und unterhielt sich mit den Sklaven. Mit einigen von ihnen hatte sie sich sogar angefreundet. Immer war ihre helle Stimme zu hören, Paulina wußte nie, wann sie ihr plötzlich gegenüberstehen würde – einmal hatte sie das Mädchen sogar in der Bibliothek ertappt, wie sie die Schriftrollen durchgesehen hatte.

Paulina schloß die Augen. Ulrikas Gelächter, ihre Anwesenheit, waren ihr dauernder Schmerz.

Sie ist fast dreizehn, dachte sie. Valeria wäre diesen Monat dreizehn geworden.
Eine Sklavin, die die Ankunft der ersten Gäste – Maximus und Juno – meldete, riß Paulina aus ihren Gedanken. Doch genau da hatte sie einen Einfall. Maximus und Juno lebten den größten Teil des Jahres in ihrer Villa in der Nähe von Pompeji und drängten sie schon seit Monaten, sie dort zu besuchen.
Das war die Lösung! Paulina war erleichtert.
Heute abend würde sie die beiden damit überraschen, daß sie ihre Einladung annahm. Spätestens zum Ende der Woche würde sie sich auf der Reise nach Pompeji befinden. Dieses Haus mußte für die Dauer ihrer Abwesenheit selbstverständlich geschlossen werden. Die beiden Gäste würden sich eine andere Bleibe suchen müssen.

Selene saß auf ihrem Bett und starrte niedergeschlagen auf ihren Medizinkasten. Er war fast leer.
Nach einer Weile stand sie auf und ging auf die Galerie hinaus, die im oberen Stockwerk rund um den Innenhof lief. Sie roch die Düfte der köstlichen Speisen, die unten aufgetragen wurden, hörte die Musik und das Gelächter von Paulinas Freunden. Das Fest dauerte nun schon Stunden und schien kein Ende nehmen zu wollen.
Selene wandte sich ab. Es wunderte sie, daß Ulrika bei diesem Lärm schlafen konnte. Sie hatte vor einiger Zeit in das Zimmer ihrer Tochter geschaut. Ulrika hatte sich nicht einmal gerührt. Leise hatte Selene die Tür wieder geschlossen. Warum sie wecken? Sie hatten nichts zu feiern; sie hatten keine Geschenke und kein Geld, welche zu kaufen.
Und kein Geld, dachte sie mutlos, um den Medizinkasten aufzufüllen.
Wie hatte sie es so weit kommen lassen können? Wie hatte sie so naiv sein können, zu glauben, daß ein Wunder sie retten würde? Der Hohepriester hatte sie gewarnt, hatte ihr gesagt, daß der Gott sich abgewandt hatte. Doch Selene, die nun seit zwei Monaten auf der Insel arbeitete, war sicher gewesen, daß Hilfe kommen würde. Aber nun war die Tempelkasse leer und ihre eigene Börse ebenfalls.
Ulrika hatte sie nichts davon gesagt. Warum das Kind beunruhigen? Und wie hätte sie es Ulrika erklären können? Wie kann ich erklären, daß ich in meiner törichten Hoffnung, der Gott werde schon für uns sorgen, unser letztes Geld für Arzneien ausgegeben habe. Und jetzt sind auch diese aufgebraucht.
Selene setzte sich wieder auf ihr Bett und nahm ein Gefäß nach dem anderen aus dem Kasten. Viele waren leer, in einigen waren noch Restbe-

stände, ein oder zwei waren noch voll. In ein paar Tagen würde auch davon nichts mehr da sein.

Und was dann?

Selene rieb sich die Augen, während sie krampfhaft überlegte. Wie konnte sie das Geld aufbringen, neue Heilmittel zu kaufen? Sie wußte, sie konnte sich ein wenig Geld verdienen, wenn sie in die Stadt ging und dort ihre Dienste als Heilkundige anbot. Aber um das zu tun, brauchte sie Medizin. Und um diese zu kaufen, brauchte sie Geld.

Doch immerhin, sagte sich Selene dankbar, hatten sie dank Paulinas Großzügigkeit ein Dach über dem Kopf und genug zu essen. Und wir können bleiben solange wir wollen, tröstete sie sich, sich an Paulinas eigene Worte erinnernd.

Ihr wurde ein wenig leichter zumute. Im Grund konnten sie und Ulrika sich glücklich schätzen.

Im Speisezimmer sagte Maximus gerade: »Der arme alte Claudius. Es heißt, als sein Onkel Tiberius Kaiser war, bat Claudius ihn, ihm ein Staatsamt zu geben. Daraufhin bekam er den Titel eines Konsuls. Aber als Claudius auch die Pflichten eines Konsuls übernehmen wollte, soll der alte Tiberius zu ihm gesagt haben: ›Das Geld, das ich dir bezahle, ist dazu gedacht, bei den Saturnalien für Spielsachen vergeudet zu werden.‹«

Alle am Tisch lachten, und Juno fügte hinzu: »Jetzt ist er Kaiser und verschwendet sein Geld in Britannien.«

»Ich möchte nur wissen, was er sich davon verspricht«, meinte Paulina, während sie sich die Hände in einer goldenen Wasserschale wusch. »Was will er denn in Britannien?«

»Vielleicht gefällt es ihm in Britannien, weil er dort das Gespött Roms nicht hört.«

Paulina schüttelte den Kopf. »Claudius ist meiner Ansicht nach ein guter Mensch mit guten Absichten.«

»Pah. Jeder weiß, daß er nur Kaiser geworden ist, weil kein anderer da war. Hinter einem Vorhang versteckt fand man ihn nach Caligulas Ermordung. Die Prätorianer ernannten ihn zum Kaiser, weil er der einzige überlebende männliche Erbe der Claudier war.«

»Trotzdem!« beharrte Paulina. »In meinen Augen ist er ein Opfer. Claudius ist verdorben worden.«

»Und du brauchst nicht zu sagen, von wem«, warf Juno ein.

»Ist es denn möglich, daß er von Messalinas Treiben wirklich nichts weiß?« fragte ein anderer Gast. »Sieht er ihr lasterhaftes Treiben tatsächlich nicht?«

»Nein, weil er durch sein eigenes lasterhaftes Treiben geblendet ist«, versetzte Maximus und schob sich ein großes Stück Honigkuchen in den Mund, das er mit Wein hinunterspülte.
Juno, die ihm gegenüber zwischen Paulina und dem Dichter Nemesis auf einem Sofa lag, beobachtete ihren Mann mit besorgtem Blick. Er sah an diesem Abend nicht gut aus.
»Falls das eine Anspielung auf Agrippina ist«, bemerkte Paulina, »so kann ich dir nur sagen, daß ich kein Wort von dem Klatsch glaube.«
»Ich schon«, entgegnete Maximus und wischte sich das schweißnasse Gesicht. Dann warf er sich eine Handvoll pikant gewürzter Walnüsse in den Mund und fügte hinzu: »Er sucht ihr Bett auf, sage ich euch.«
»Das Bett seiner eigenen Nichte?« fragte der Dichter.
»Ihr kennt Agrippina nicht«, sagte jemand mit gesenkter Stimme, um zu verhindern, daß die Bediensteten und die Musiker mithörten. »Sie ist eine gefährliche Frau. Sie hat nur ein Ziel: Ihren Sohn Nero auf den kaiserlichen Thron zu bringen. Und um dieses Ziel zu erreichen, schreckt sie vor nichts zurück, nicht einmal vor dem Beischlaf mit ihrem leiblichen Onkel.«
Juno, der auffiel, wie fahl das Gesicht ihres Mannes wirkte, sagte: »Aber Claudius' Sohn Britannicus ist doch auch noch da. Er wird seinem Vater folgen.«
»Wenn er so lange lebt«, meinte Maximus schnaufend.
Nemesis, der Dichter aus Athen, der besuchsweise in Rom weilte, fragte: »Ist Messalina wirklich so schlimm, wie man sich erzählt? Sind die Geschichten wahr?«
Maximus wischte sich wieder das Gesicht. Trotz der kühlen Dezembernacht schwitzte er. »Die Geschichten sind noch harmlos«, behauptete er und nahm sich noch einmal von den Pilzen. »Ich weiß mit Sicherheit, daß in einer einzigen Nacht dreißig Männer sie besessen haben.«
»Ungeheuerlich!« sagte jemand lachend.
Maximus versuchte plötzlich, sich auf seiner Liege aufzusetzen.
Ein anderer Gast sagte: »Kann Claudius da überhaupt sicher sein, daß Britannicus sein Sohn ist? Wenn Messalina wirklich so –«
Juno schrie auf. Maximus war zusammengebrochen.
Paulina sprang auf. Als sie Maximus rücklings auf dem Boden liegen sah, um Atem ringend, das Gesicht schmerzverzerrt, schickte sie sofort einen Sklaven, den Hausarzt zu holen.
Juno kniete neben ihrem Mann und umschloß sein Gesicht mit beiden Händen. »Was ist, mein Liebster? Was ist dir?«
»Schmerz –« stieß er keuchend hervor.

»Es ist bestimmt der Magen«, sagte einer der anderen. »Er hat zuviel gegessen.«
»Bringt ihn zum Erbrechen«, riet Nemesis. »Das wird ihn erleichtern.«
Paulina sah voll Schrecken zu Maximus hinunter. Seine Lippen färbten sich blau.
»Er bekommt keine Luft!« rief Juno angstvoll.
»Leert ihm den Magen, sage ich euch.« Nemesis ließ sich neben Maximus auf die Knie hinunter und machte sich daran, seinen Mund zu öffnen.
»Wartet auf den Arzt«, sagte Paulina.
Doch einen Augenblick später kehrte der Sklave mit der Meldung zurück, der Arzt sei für den Abend ausgegangen.
»Gebt mir eine Feder«, befahl Nemesis. »Rasch!«
Paulina nickte dem Sklaven zu, und der rannte aus dem Zimmer.
»Das viele Essen«, sagte eine Frau händeringend. »Man kann sterben, wenn man zuviel ißt, wißt ihr das?«
»Sei still!« fuhr Paulina sie an. »Decius, bring deine Frau hinaus.«
Maximus' Zustand verschlechterte sich sichtlich. Sein Gesicht war aschgrau, seine Kleider waren naß von Schweiß. Paulina fiel auf, daß er die Hände nicht auf den Magen drückte, sondern auf seine Brust.
Als der Sklave mit einer Feder zurückkehrte, riß Nemesis sie ihm aus der Hand und wollte sie Maximus in den Mund einführen.
»Warte!«
Alle sahen die junge Frau an, die ins Zimmer getreten war.
»Selene!« rief Paulina überrascht.
»Zwingt ihn nicht zu erbrechen«, sagte sie, Nemesis gegenüber niederkniend.
Sie zog ihm die Feder aus der Hand und warf sie weg.
»Augenblick –«
»Wenn du ihn zum Erbrechen zwingst, tötest du ihn«, erklärte Selene. Sie beugte sich über Maximus, befühlte Hals und Handgelenk, prüfte seine Augen, drückte ihr Ohr auf seine Brust. »Es ist das Herz«, sagte sie, als sie sich wieder aufrichtete.
Juno preßte erschrocken die Hand auf den Mund.
Selene griff zu ihrem Medizinkasten, den sie neben Maximus' Kopf zu Boden gestellt hatte. Als sie unten den Tumult und dann die Meldung gehört hatte, daß der Hausarzt nicht erreichbar war, hatte sie ihren Kasten gepackt und war heruntergelaufen.
Hoffentlich, dachte sie inbrünstig, ist noch genug da... Sie schüttete

etwas Pulver in ihre offene Hand, berechnete die Dosis, die sie für einen Mann von Maximus' Gewicht brauchen würde und streute die entsprechende Menge dann in einen Weinbecher.
»Helft mir ihn aufzusetzen«, sagte sie zu den Umstehenden aufblikkend.
»Was gibst du ihm?« fragte Nemesis, der über sie gebeugt stand.
»Fingerhutblätter. Das verlangsamt den Herzschlag und lindert den Schmerz.«
»Aber meiner Meinung nach ist es nicht das Herz.« Nemesis wandte sich Paulina zu. »Und der Fingerhut ist giftig. Das weiß jeder.«
Auch die anderen sahen nun Paulina an. Einer fügte hinzu: »Wir haben doch alle gesehen, wieviel Maximus gegessen hat.«
»Bitte!« sagte Selene. Sie versuchte, Maximus aufzurichten, aber er war zu schwer für sie. »Es *ist* sein Herz. Fühlt seinen Puls, wenn ihr mir nicht glaubt.«
Nemesis warf ihr einen verächtlichen Blick zu. »Die Pulse befördern Luft. Sie haben mit dem Herzen nichts zu tun.«
»Du irrst dich.«
»Tut doch etwas!« rief Juno außer sich.
Einen Moment lang war Paulina unschlüssig. Dann befahl sie dem Sklaven: »Hilf ihr, ihn aufzusetzen.«
Nemesis machte auf dem Absatz kehrt und stolzierte hinaus.
Als die anderen sie umdrängten, um zu sehen, was sie tat, sagte Selene: »Bitte geht weg. Er braucht Luft.« Sobald Maximus aufgerichtet war, flößte ihm Selene vorsichtig den Wein ein.
Als der Becher leer war, trugen zwei Sklaven Maximus zu einer Liege und legten ihn darauf nieder.
»Schiebt ihm Kissen in den Rücken«, sagte Selene. »Dann atmet er leichter.« Sie nahm seinen Arm und fühlte den rasenden Puls. Manchmal wirkte Fingerhut augenblicklich, manchmal trat die Wirkung langsam ein, und manchmal half das Mittel überhaupt nicht.
Alle standen wie gebannt, die Augen auf Maximus gerichtet. Er lag stöhnend da, krampfhaft nach Luft schnappend. Während Selene die Hebungen und Senkungen seines Brustkorbs beobachtete, flehte sie im stillen Isis um Hilfe an.
Ein Windstoß fegte durchs Zimmer und schwang die Lampen hin und her, daß ihre Ketten klirrten. Keiner sprach ein Wort. Selene sah auf Maximus' Fingernägel hinunter; sie waren blau angelaufen. Dann schaute sie seine Fesseln an; sie waren geschwollen. Mit einer gewissen Erleichterung stellte sie fest, daß Maximus ein Herzleiden hatte, das,

wenn er diesen Anfall überleben sollte, unter Kontrolle gehalten werden konnte.
Es war grabesstill in der hell erleuchteten Villa auf dem Esquilin. Während die Leute in den umliegenden Häusern sich in ihre Schlafräume zurückzogen, dachte hier keiner an Schlaf. Unverwandt beobachteten Paulina und ihre Gäste den stöhnenden Maximus.
Nach langer Zeit fühlte Selene, daß der Pulsschlag sich verlangsamte. Die anderen bemerkten, daß Maximus leichter atmete, sein Gesicht wieder Farbe bekam.
»Er braucht jetzt viel Ruhe«, sagte Selene, während Sklaven daran gingen, den schlafenden Mann in eines der Gästezimmer hinaufzutragen. »Aber es gibt keinen Grund, weshalb er nicht noch viele Jahre leben sollte. Er hat ein Herzleiden, das mit täglichen Gaben von Fingerhut gemildert werden kann.«

»Ich weiß nicht, wie ich dir danken soll«, sagte Paulina. »Maximus ist einer meiner ältesten und liebsten Freunde. Wenn er gestorben wäre...« Ihre Stimme zitterte.
Paulina und Selene saßen allein in einem kleinen Empfangsraum neben dem Atrium und tranken warmen Wein mit Honig. Die Gäste waren nach oben gegangen und schliefen; nur Juno saß auf und wachte bei ihrem Mann.
»Maximus wäre heute abend beinahe gestorben«, sagte Paulina. »Ich habe den Schatten des Todes auf seinem Gesicht gesehen. Wie kann ich es dir vergelten, daß du ihn gerettet hast?«
»Spende dem Tempel des Äskulap auf der Tiberinsel.«
»Ein Opfer, ja.«
»Geld für die Priester und die Brüder wäre besser.«
»Ganz wie du willst. Aber wie kann ich es dir lohnen, Selene?«
»Mir hast du es schon hundertfach gelohnt, Paulina, indem du mir und meiner Tochter hier Obdach gewährt hast.«
»Das ist doch nichts besonderes«, erwiderte Paulina beschämt.
»Doch. Für uns ist es ungeheuer viel, denn – wir haben kein Geld. Wir haben nicht ein Silberstück übrig.«
Paulina sah Selene erschrocken an. »Aber –« begann sie. »Aber wohin gehst du denn jeden Tag? Du scheinst doch hart zu arbeiten?«
Als Selene ihr berichtete, war sie einen Moment sprachlos. »Das wußte ich nicht«, sagte sie dann. »Und auch nicht, daß du eine Heilkundige bist. Andreas schrieb mir in seinem Brief nichts davon.«
»Du hast einen Brief von Andreas bekommen?« fragte Selene.

»Erst letzte Woche, ja.«
Schmerz durchzuckte Selene. Er weiß, daß ich hier bin, und doch hat er mir nicht geschrieben. Aber warum sollte er auch? dachte sie. Die Verbindung zu ihm war zerbrochen. Er hatte ihr die Elfenbeinrose zurückgegeben.
»Wie geht es ihm?« fragte sie. »Ist er gesund?«
»Er klagt ein wenig über die Feuchtigkeit und die Kälte in Britannien.«
Und wann kehrt er nach Rom zurück? wollte Selene fragen, doch sie schwieg. Andreas hatte an Paulina geschrieben, nicht an sie. Was er an Neuigkeiten mitzuteilen hatte, war nicht für Selene bestimmt.
»Darf ich fragen«, sagte Paulina höflich, »woher du Andreas kennst?«
Selene dachte an ihren sechzehnten Geburtstag und wurde tieftraurig. Ihre Tage waren ausgefüllt mit der Arbeit im Tempel, abends kam sie vor Müdigkeit kaum zum Nachdenken, doch die Sehnsucht nach Andreas, der Schmerz über seinen Verlust, verließen sie nie. Nachts träumte sie von ihm, und wenn sie erwachte, wurde sie verzehrt von schmerzlichem Verlangen nach seiner Berührung.
»Ich bin Andreas vor vielen Jahren begegnet«, sagte sie ruhig. »In Antiochien, in Syrien.«
Paulino hob die fein gezupften Augenbrauen. »Dann seid ihr schon sehr lange Freunde.«
»Unsere Freundschaft ist seltsame Wege gegangen. Wir trafen uns und trennten uns vor Jahren. Im letzten Sommer trafen wir uns ganz durch Zufall in Alexandria wieder.«
»Ah ja. Aber du bist jung. Du mußt noch ein Kind gewesen sein, als du Andreas zum erstenmal begegnet bist.«
»Ich war sechzehn. Er lehrte mich die Heilkunst – wie Mera, die Frau, die mich großgezogen hat.«
»Dann bist du also eine *femina medica*«, sagte Paulina bewundernd. Als sie Selenes verständnislosen Blick sah, erklärte sie: »So nennen wir alle unsere medizinisch gebildeten Frauen. Ich zähle einige zu meinen Bekannten. Die meisten sind allerdings vor allem Hebammen. Wo hast du deine Ausbildung erhalten?«
Selene gab ihr einen kurzen Bericht ihrer Lehrjahre, die sie von Meras kleinem Häuschen in Antiochien schließlich in den Isistempel in Alexandria geführt hatten. Aber vieles ließ sie aus – Königin Lasha, Wulf, Rani und auch, daß sie von Julius Cäsar abstammte.
Paulina betrachtete Selene mit nachdenklichem Blick, während sie zuhörte. Und als Selene ihr von den unmenschlichen Zuständen berichtete, die sie auf der Tiberinsel vorgefunden hatte, von der Notlage der Priester

dort und von ihrer Überzeugung, daß die Götter sie nicht zufällig in diesen Tempel geführt hatten, wurde Paulina plötzlich traurig. Eine solche Vision zu haben, dachte sie, muß wunderbar sein. Auch in meinen Augen leuchteten einst Hoffnung und Zukunftsglaube. Aber dieses Licht ist jetzt erloschen.

»Ich beneide dich«, sagte sie.

Selene verstand das nicht. Paulina hatte alles, was ein Mensch sich wünschen konnte: ein schönes Haus, einen guten Namen, viele Freunde, ein Leben voller Unterhaltung und Geselligkeit.

Als hätte Paulina ihre Gedanken gelesen, sagte sie leise: »Ich habe jung geheiratet, und mein Mann und ich haben gut miteinander gelebt. Er ist letztes Jahr gestorben. Ich habe mich an das Alleinsein noch nicht gewöhnt.« Sie sah Selene an. »Früher liebte ich die stillen Abende«, fuhr sie fort, »wenn ich an meinem Webstuhl saß oder Briefe schrieb und wußte, daß mein Mann in der Nähe war, in seinem Arbeitszimmer. Aber jetzt graut mir vor den Abenden und den Nächten. Die dunklen Stunden erscheinen mir so lang, dem Tod so ähnlich...«

»Wie ist dein Mann gestorben?« fragte Selene behutsam.

»Es war ein langes und schreckliches Sterben. Er wurde langsam vom Krebs aufgefressen«, antwortete Paulina. »Die besten Ärzte kamen ins Haus, aber keiner konnte ihn retten. Am Ende bat Valerius um Erlösung und schließlich befreite Andreas ihn von seinen Qualen...«

»Ach, das tut mir so leid«, sagte Selene.

Paulinas Augen waren feucht. »Jetzt fülle ich meine Abende mit Geselligkeit. Ich halte das Alleinsein nicht aus.«

»Ihr habt keine Kinder?«

»Wir hatten eine Tochter. Sie hieß Valeria. Sie starb vor fünf Jahren.«

Paulinas Schmerz war wie ein harter, scharfkantiger Stein, der sich in ihrer Brust festgesetzt hatte. Tag und Nacht war er da, und nichts konnte ihn vertreiben. Die Feste und Gäste, alle Musik und alles Gelächter, die Fackeln, die Licht und Wärme spendeten und die dunkle Nacht bannen sollten – all dies konnte den Schmerz nicht lindern.

Denn nichts war dem Tod eines Kindes vergleichbar. Geduldig hatte das kleine siebenjährige Mädchen in den Kissen gelegen und lächelnd zu seinen Eltern aufgesehen, um sie zu trösten und zu beruhigen in ihrem Kummer über den bevorstehenden Abschied. Und Paulina hatte nicht nur das siebenjährige Kind sterben sehen. Sie hatte das junge Mädchen gesehen, das Valeria hätte werden können, die junge Frau von zwanzig Jahren, die Mutter, die sie nun niemals werden würde. Viele Gesichter hatten von dem weißen Kissen zu ihr emporgelächelt; alle zum Tode verurteilt.

Sie wischte eine Träne fort und sagte: »Wir wollten andere Kinder, Valerius und ich, aber aus irgendeinem Grund bin ich nicht mehr schwanger geworden. Und dabei wünschte ich mir Kinder so sehr...« Paulina hielt inne, um sich zu fassen, und trocknete sich die Augen mit ihrem Taschentuch. Dann fuhr sie mit ruhigerer Stimme zu sprechen fort. »Als Valerius im Sterben lag, mußte ich ihm versprechen, wieder zu heiraten. Aber ich bin vierzig Jahre alt, Selene. Ich bin jetzt zu alt, um noch Kinder zu bekommen.«

»Du könntest eines annehmen.«

Paulina schüttelte den Kopf. »Das wollte Valerius auch. Er wollte den Sohn von entfernten Verwandten annehmen, die beim Einsturz eines Theaters umgekommen waren, aber ich hatte nicht die Kraft dazu. Valeria war erst kurz vorher gestorben. Und ich wollte ein eigenes Kind. Aus meinem eigenen Leib.«

Selene lauschte dem Knistern des Feuers in der Kohlenpfanne und dachte, wie seltsam das Schicksal war, das im Leben der Menschen waltete. Sie erinnerte sich an Fatma, die das Kind, das sie neun Monate unter dem Herzen getragen hatte, nicht hatte haben wollen. Ihr hatte sie helfen können. Wie konnte Paulina geholfen werden? Merkwürdigerweise erinnerte sie sich plötzlich an etwas, das sie einmal in Persien gesehen und was, wie Rani ihr erklärt hatte, im Orient nichts Ungewöhnliches war: daß kinderlose Frauen, wenn sie verwaiste Säuglinge an die Brust nahmen, tatsächlich Milch hervorbrachten.

Selene wollte Paulina gerade von diesem Wunder erzählen, als aus dem Gang laute Rufe erschallten. Gleich darauf stürzte Ulrika ins Zimmer.

»Man hat mir gesagt, daß du hier bist«, rief sie atemlos.

Selene sprang auf. »Rikki!«

Ein Mann stürmte hinter ihr durch die Tür und packte Ulrika beim Arm. »Hab ich dich wieder erwischt«, schimpfte er. Dann gewahrte er Paulina, seine Herrin, und wurde rot. »Sie belästigt immer wieder die Sklaven«, murmelte er verlegen.

»Rikki«, sagte Selene, »ich dachte, du wärst im Bett und schläfst.«

Auch Ulrikas Gesicht war gerötet, aber nicht vor Scham, sondern vor Zorn. »Ich hatte meine Kissen unter die Decke gelegt. Ich war gar nicht da.«

Selene war sprachlos. Konnte dieses ungebärdige Wesen ihre Tochter sein?

»Das habe ich schon oft so gemacht«, fuhr Ulrika fort und riß sich von dem Mann los.

»Lucas«, sagte Paulina und stand auf. »Was geht hier eigentlich vor?«
»Sie hat sich mit einem der Sklaven angefreundet. Dauernd kommt sie zu ihm, und dann sprechen sie in einem unverständlichen Kauderwelsch miteinander.«
Selene starrte ihre Tochter fassungslos an. Ulrikas Gesicht verzog sich, als wollte sie zu weinen anfangen, aber es kam keine Träne. Ulrika hatte seit Jahren nicht mehr geweint, kam es Selene plötzlich zu Bewußtsein. Mit Ausnahme des Abends von Ranis Tod und jenem kurzen Augenblick, wo sie sich in Alexandria umarmt hatten, hatte Ulrika nicht mehr geweint, seit sie ein kleines Kind gewesen war.
»Er ist mein Freund!« rief Ulrika aufgebracht. »Ich bringe ihm Griechisch bei.«
Selene wandte sich an Paulina. »Ich bitte dich um Verzeihung.«
Paulina sah Ulrika an. »Wer ist der Junge, mit dem du befreundet bist?« fragte sie freundlich.
Ulrika warf ihr einen trotzigen Blick zu und schwieg.
»Eiric«, sagte der Aufseher. »Einer der Neuen aus Germanien.«
»Warum lehrst du ihn Griechisch?« fragte Paulina in unvermindert freundlichem Ton.
»Weil er niemanden versteht«, stieß Ulrika hervor.
»Er versteht sehr gut«, belferte Lucas. »Er ist nur starrköpfig. Spielt den Einfaltspinsel. Den kriegt man nur mit Schlägen zur Arbeit.«
»Er versteht wirklich nichts«, schrie Ulrika. »Deshalb schlägst du ihn. Dauernd peitschst du ihn aus und bist grausam zu ihm.« Mit flehendem Blick wandte sie sich Paulina zu. »Sie schlagen ihn nur, weil er nichts versteht. Das ist ungerecht.«
Selene starrte ihre Tochter immer noch an. Jetzt rannen ihr Tränen über das Gesicht. Tränen für einen unbekannten Sklaven?
Paulina sah den Aufseher scharf an. »Ist das wahr?«
Der Mann schien zu schrumpfen. »Der Bursche macht mehr Arbeit, als er wert ist. Der gehört verkauft.«
»Darüber entscheide ich«, sagte Paulina schneidend. »Unsere Sklaven sollen nicht mißhandelt werden, Lucas.« Sie wandte sich Ulrika zu, und ihre Miene wurde freundlicher. »Du brauchst dir um den Jungen keine Sorgen zu machen. Er ist jung. Er wird unsere Sprache mit der Zeit schon lernen.«
»Aber er unterrichtet mich auch. Er lehrt mich seine Sprache.«
»Und was ist das für eine Sprache, Ulrika?«
Ulrika warf ihrer Mutter einen Blick zu, dann sagte sie leise: »Die Sprache, die mein Vater sprach.«

Selene nahm sie leicht bei der Schulter. »Ulrika«, sagte sie müde, »was du getan hast, ist nicht in Ordnung. Paulina möchte nicht, daß du überall im Haus herumwanderst. In Zukunft wirst du nicht mehr –«

»Aber Eiric ist Germane, Mutter. Er mag Julius Cäsar nicht. Und ich mag ihn auch nicht.«

»Ich kann nichts dabei finden«, meinte Paulina lächelnd, ohne Selenes bestürztes Gesicht zu bemerken. »Wenn er seine Arbeit getan hat, kannst du Eiric jederzeit besuchen – vorausgesetzt, deine Mutter erlaubt es.« Zu Lucas gewandt fügte sie hinzu: »Sie können sich im Obstgarten treffen, im Beisein eines Aufsehers. Aber du wirst es nicht sein.«

Ulrika sah die Römerin, die sie so lange gehaßt hatte, ungläubig an, dann rief sie: »Oh, danke dir. Ich verspreche dir, daß ich von jetzt an keine Dummheiten mehr mache.«

»Ich muß gestehen, Selene«, sagte Paulina, als sie wieder allein waren, »daß die Anwesenheit deiner Tochter mir Schmerz bereitet. Sie erinnert mich ständig an den Verlust meines eigenen Kindes.«

Ulrika hatte auch ihrer Mutter Schmerz bereitet. Niemals, dachte Selene, würde sie den Ausdruck auf Ulrikas Gesicht vergessen, als sie von ihrem Urgroßvater gesprochen hatte.

»Ich werde von jetzt an darauf achten, daß Ulrika in der Nähe unserer Räume bleibt«, sagte sie.

»Nein, das ist nicht nötig. Ich bin töricht. Ich will ja nur meinem Schmerz nicht ins Gesicht sehen. Ulrika kann sich überall im Haus frei bewegen. Sie ist ein liebenswertes Kind.«

Sie gingen durch das Atrium in den Innenhof, über dem sich der kalt glitzernde Dezemberhimmel spannte. Paulina zog ihre Palla um sich. »Ich danke dir nochmals, Selene, für das, was du getan hast. Gleich morgen sende ich den Priestern des Äskulap ein Dankgeschenk. Was dich betrifft«, fügte sie hinzu, »so mußt du mit Ulrika so lange bleiben, wie du willst.«

Selene lächelte. Es war doch ein Wunder geschehen. Ihr Medizinkasten war fast leer, aber es war gerade noch genug Fingerhut dagewesen, um Maximus das Leben zu retten. Der Gott hatte doch für sie gesorgt.

56

Sobald Selene das Mädchen sah, wußte sie, daß es sterben würde.

»Leg sie so bequem wie möglich«, sagte sie zu dem Bruder, der dem provisorischen Krankensaal vorstand. »Ich muß zu Äskulap beten.«

Sie wollte den Gott um Kraft und eine ruhige Hand bitten, nicht, wie der Bruder glaubte, um einen Rat, was sie tun sollte. Diese Entscheidung war gefallen, als das Mädchen, dem Tode nahe, weil das Kind, das sie trug, nicht geboren werden wollte, in den Tempel gekommen war. Was zu tun war, darüber gab es keinen Zweifel – das Gesetz besagte: Sollte eine Frau in der Schwangerschaft sterben, so mußte das Kind, sofern es lebensfähig war, aus ihrem Leib herausgeschnitten werden. Dieses arme junge Ding, dessen Namen sie nicht wußte, war dem Tode geweiht; doch das Kind in ihrem Leib lebte und mußte die Chance erhalten, weiterzuleben.
Selene war beklommen. Sie hatte noch nie einen Kaiserschnitt gemacht.
Müde schritt sie den Pfad hinunter, der von dem kleinen Nebengebäude zum Tempel selbst führte. Entbindungen innerhalb des Tempels waren nicht erlaubt; sie hätten den heiligen Boden besudelt. Darum hatten die Brüder das fast bewußtlose Mädchen in eines der Räucherhäuser getragen, das Selene in einen Krankensaal umgewandelt hatte. Und dort, unter dem niedrigen Dach, in dessen Balken die Tauben gurrten, wollte Selene den schwierigen Eingriff wagen, um das Leben des Kindes zu retten.
Der Tempelraum war jetzt reinlicher – es war Herodas gelungen, Helfer zu finden, die das Haus des Gottes sauberhielten –, aber immer noch lagen hier die kranken und altersschwachen Sklaven dichtgedrängt, und täglich wurden neue auf die Insel gebracht. Dies war nicht der Isistempel mit vollen Truhen und einer Schwesternschaft, die sich aus den Töchtern der Adelsfamilien zusammensetzte; dies war der alte und verwahrloste Tempel des Äskulap, der von einer Handvoll aufopfernder Brüder notdürftig instand gehalten wurde.
Die Hoffnungen, die Selene nach Paulinas und Junos großzügigen Spenden im Dezember beflügelt hatten, hatten sich nicht erfüllt. Sie hatte in den nachfolgenden Monaten erfahren müssen, daß Geld nutzlos war, wenn keine Arbeitskräfte zur Verfügung standen. Der Tempel brauchte Menschen, die zupacken konnten und bereit waren, sich mit Herz und Hand einzusetzen. Doch die Insel war gewissermaßen zu einer Exklave geworden. Die Angst vor den Kranken, vor der ungesunden Luft rund um den Tempel und vor den bösen Geistern der Krankheit und des Todes schreckte die Menschen ab.
Selene nahm es ihnen nicht übel; ihre Furcht war berechtigt. Aber waren sie denn unfähig, aus früherer Erfahrung zu lernen? Die römischen Gesundheitsbeamten kannten doch die Vorteile von sanitären Einrichtungen und allgemeiner Hygiene – Abwasserkanäle, Straßenabflüsse, das

alles gab es in der Stadt. Man hatte die Sümpfe am Fluß trockengelegt, um die immer wiederkehrende Seuche der Malaria zu besiegen; und die lästigen Mücken, die in den Sümpfen gebrütet hatten, waren verschwunden.
Wie kam es, fragte sich Selene beinahe zornig, während sie Äskulap einen Strauß Frühlingsblumen zu Füßen legte, daß die Römer diese Insel vergaßen.
Weil man von einem Volk, das sich an Gemetzel und Blutvergießen ergötzt, kein Mitgefühl erwarten kann, dachte sie bitter.
Bei dem Gedanken tauchte die Erinnerung an jenen schrecklichen Tag auf, als sie mit Ulrika zu den Spielen im Circus Maximus gegangen war, die dort zur Feier des neuen Jahres veranstaltet worden waren. Ganz Rom war auf den Beinen gewesen, und Selene und Ulrika hatten sich von dem Strom mittragen lassen, der sich durch die Torbögen in das Stadion wälzte. Staunend hatten sie das gewaltige Bauwerk bewundert, das größte seiner Art auf der Welt, bis nach Persien berühmt für die Wagenrennen, die hier stattfanden.
Von der Menge gestoßen und gepufft, waren sie zu den obersten Sitzreihen hinaufgestiegen, wo sie, von der allgemeinen Erregung mitgerissen, unter einem Sonnendach Platz genommen hatten, Selene mit einem Korb auf dem Schoß, der Eier, Brot und Käse und eine Flasche verdünnten Wein enthielt. Ulrika hatte zum erstenmal seit langem wieder gelacht, während sie ungeduldig wie die Massen um sie herum auf den Beginn der Veranstaltung gewartet hatten.
Endlich schmetterten die Fanfaren, und unter dem donnernden Gebrüll der Menge wurden die Götter und Göttinnen in die Arena getragen. Ihnen folgten Priester, Würdenträger der Stadt, die Künstler, die an diesem Tag das Publikum unterhalten wollten, und zuletzt der Kaiser und die Kaiserin, bei deren Erscheinen sich der Beifall der Massen bis zur Raserei gesteigert hatte.
Die Vorstellung begann mit einer Truppe Reiter, die jeweils auf zwei Pferden stehend, durch die Arena galoppierten. Es war ein aufregendes Spektakel, und Selene und Ulrika klatschten aus Leibeskräften, als die Reiter wieder abzogen. Danach kamen Turner und Akrobaten, alle in prächtigen Kostümen, und dazwischen unterhielten Clowns und Possenreißer die Leute mit ihren Späßen.
Neuerliche Fanfarenstöße kündigten den nächsten Programmteil an: Zwei Männer im Lendenschurz, Helme auf den Köpfen, Schwerter und Schilde in den Händen, traten in die Arena. Die Leute grölten. Die beiden Kämpfer schienen berühmt zu sein. Wetten wurden abgeschlossen, und

Selene hörte aus einem Gespräch ihrer Nachbarn, daß der Größere der beiden bereits einhundert Kämpfe gewonnen hatte und allgemein als Favorit gehandelt wurde.

Als der Kampf begann, geriet das Publikum völlig außer Rand und Band. Die Schwerter klirrten, die geölte Haut der Kämpfer glänzte im Spiel der gewaltigen Muskeln. Selene und Ulrika sahen zuerst mit Neugier, dann mit wachsendem Entsetzen zu.

Das Johlen der Menge schwoll ohrenbetäubend an, als einer der Gladiatoren, der hochgewachsene Favorit, zu Boden stürzte, und sein Gegner ihm augenblicklich den Fuß auf die Brust setzte. Der Sieger blickte zur Loge des Kaisers, das Zeichen – Daumen nach unten – wurde gegeben und ohne zu zögern, stieß der Sieger seinem gefallenen Gegner das Schwert in die Brust. Dann bückte er sich und riß dem Besiegten den Helm ab. Die blonden Zöpfe eines Germanen kamen darunter zum Vorschein.

Selene und Ulrika konnten nur starr vor Entsetzen zusehen, wie der Sieger seinen Preis entgegennahm und der tote Verlierer aus der Kampfbahn geschleift wurde.

Tausende von Menschen schrien und brüllten und trampelten mit den Füßen.

Selene und Ulrika waren immer noch wie betäubt, als die nächste Darbietung begann. Das eiserne Tor wurde hochgezogen und etwa einhundert Menschen stolperten blinzelnd ins helle Licht, in Fetzen gekleidet, abgemagert, mit bleichen Gesichtern, Männer, Frauen und Kinder. Auf der anderen Seite der Arena wurde ein weiteres Tor geöffnet, und eine Meute ausgehungerter Löwen stürzte heraus.

»Juden!« grölte die Menge. »Tod den Juden!«

Selene faßte Ulrika bei der Hand und floh mit ihr aus dem Stadion.

Ja, sie wußte, warum es für die Insel keine Hilfe gab. Von solchen Menschen war kein Mitgefühl zu erwarten.

»Solange das Gesetz gestattet, daß die Leute einfach ihre alt gewordenen Sklaven bei uns abliefern«, hatte Herodas gesagt, »werden wir nie eine Lösung finden. Denn hier sind zu viele Menschen. Wenn nur der Kaiser ein Einsehen hätte.«

Der Kaiser ist ein habgieriger und selbstsüchtiger Mensch, dachte Selene, vor dem Standbild des Äskulap stehend. Dreimal hatte sie darum gebeten, von ihm empfangen zu werden; dreimal war ihre Bitte abgelehnt worden. Nicht einmal Paulina, die großen Einfluß und gute Beziehungen hatte, war es gelungen, ihr eine Audienz zu vermitteln. Jetzt, wo der Kaiser wieder in Rom war, war er viel zu sehr damit beschäftigt, seinem

persönlichen Vergnügen nachzujagen, um sich die Sorgen des Volkes anzuhören.
Claudius wieder in Rom. Wo ist dann Andreas? Paulina hatte sich bei ihren Freunden im kaiserlichen Palast nach ihm erkundigt, aber niemand hatte ihr Auskunft geben können.
Ich weiß, wo er ist, dachte Selene. Er hat ein Schiff gefunden, das ihn zu neuen Horizonten trägt.
Selene schüttelte den Kopf. Sie war vor den Gott getreten, um seinen Beistand bei dem bevorstehenden Eingriff zu erbitten, nicht um ihm ihre persönlichen Kümmernisse zu Füßen zu legen. Sie mußte sich auf das Hier und Jetzt konzentrieren. Es war, wie Herodas gesagt hatte, als wolle man versuchen, die Meeresflut mit einem Besen zurückzuhalten. Ihr Plan, die Insel in eine Zufluchtsstätte für Kranke und Verwundete zu verwandeln, hatte sich nicht verwirklichen lassen; es gab noch immer keinen Ort, an den die Menschen Roms sich wenden konnten.
»Heiliger Äskulap«, murmelte Selene, von Weihrauch und flackernden Schatten umgeben, »Vater der Heilkunst, führe heute abend mein Messer. Gewähre mir die Weisheit und die Kraft, dieses Kind in die Welt zu bringen.
Mutter Venus, wache über das arme Mädchen, hilf ihr, daß sie ohne Schmerzen aus dieser Welt scheiden kann und gib mir dieses Kind.«
Zuletzt rief Selene noch den Geist des göttlichen Julius Cäsar an, der ihr Großvater war.
Wenn Selene vor sechs Monaten mit der Hoffnung in Rom angekommen war, sich mit den Mitgliedern ihrer Familie auf dem Palatin zu vereinigen, so war diese Hoffnung erloschen, als sie von der Falschheit und Machtgier dieser Leute gehört hatte. Die Angehörigen der kaiserlichen Familie waren, wie Andreas gewarnt hatte, in der Tat eine höchst gefährliche Clique. Ganz Rom zerriß sich die Mäuler über Messalinas heimtükkische Bestrebungen, ihren Sohn Britannicus als Nachfolger Claudius' zu sehen. Jedes Hindernis war sie bereit, aus dem Weg zu räumen. Es kursierten Geschichten von unerklärlichen Todesfällen und dem geheimnisvollen Verschwinden von Personen, die Messalina im Weg gewesen waren.
Mit jedem Tag, der verstrich, mit jedem neuen Gerücht über die kaiserliche Familie wuchs Selenes Wachsamkeit. Diese Leute, die mit so viel Erbitterung und Tücke um die Macht kämpften, würden das plötzliche Erscheinen der einzigen legitimen Nachkommin Julius Cäsars nicht willkommen heißen. Aus Gründen der eigenen Sicherheit blieb Selene ihnen aus dem Weg; und auch um Ulrikas Willen mußte sie ihr Geheimnis

bewahren. Die Urenkelin Julius Cäsars war jetzt in heiratsfähigem Alter, eine junge Frau, die Kinder zur Welt bringen konnte.
Mit ihrem letzten, inbrünstigsten Gebet wandte sich Selene an die Göttin, die Große Mutter. Sie erflehte Gnade für die Seele des jungen Mädchens, das ein so frühes und tragisches Ende finden mußte. Und sie befahl, wie sie das immer tat, ihre eigene Mutter und ihren Bruder, ob sie nun tot oder lebendig sein mochten, dem besonderen Schutz der Göttin.

»Wenn ich groß bin, möchte ich einmal viele Kinder haben, Paulina.«
Ulrika saß im sonnigen Garten und plauderte mit Paulina, die Pfingstrosen und gelbe Iris pflückte. Jetzt, wo der Garten seinen Frühlingsflor angelegt hatte, waren sie fast jeden Tag hier draußen. Meistens saßen sie zusammen unter dem Granatapfelbaum, Freundinnen seit dem aufregenden Abend im Dezember. Paulina, die früher die Anwesenheit Ulrikas nur mühsam ertragen hatte, genoß jetzt ihre Gesellschaft, und Ulrika sah in ihr, wie früher in Rani, eine zweite Mutter.
»Nur ein Kind zu haben«, fuhr Ulrika fort, »finde ich grausam. Ich hätte immer Angst, daß mein Kind einsam ist. Deshalb möchte ich viele Kinder haben, damit sie Gesellschaft haben. Sonst« – ihr Gesicht wurde ernst – »will ich lieber überhaupt keines.«
Paulina kam mit ihrem Blumenstrauß zum Baum zurück und pflückte noch ein paar Granatäpfel für Selene, die aus der Schale einen Trank zuzubereiten pflegte. »Aber erst brauchst du einen Ehemann«, sagte sie lächelnd.
»Ja, natürlich. Aber ich heirate bestimmt nicht den Nächstbesten. Es muß schon ein ganz besonderer Mann sein.«
Wie gut ich das kenne, dachte Paulina wehmütig. Valerius war für mich der ganz besondere Mann, als wir einander kennenlernten. Ach, noch einmal so jung zu sein wie Ulrika, und das ganze aufregende Leben vor sich zu haben. Aber das alles liegt jetzt hinter mir. Ich könnte natürlich wieder heiraten, aber es wäre nicht recht, da ich meinem Mann keine Kinder schenken könnte.
Paulina blickte seufzend zum lichtblauen Himmel hinauf. Wenn ich Kinder bekommen könnte, dachte sie, würde ich einen Mann wie Andreas heiraten wollen. Am besten Andreas selber...
»Ich kann nicht einfach irgendeinen heiraten«, erklärte Ulrika ernsthaft. »Ich habe königliches Blut in mir. Mein Vater war ein Fürst.«
Paulina sah auf den goldbraunen Kopf hinunter. Sie machte sich manchmal Sorgen um Ulrika. Das Mädchen hatte eine wilde, trotzige Seite.

Und häufig verfiel sie in lange Perioden des Schweigens und der Verschlossenheit. Paulina fand sie zu ernst für ihr Alter. Und wie sie sich diesem jungen Sklaven, Eiric, angeschlossen hatte. Wie sie bei jeder Gelegenheit sich in seiner Sprache übte! Wie sie ständig von ihrem toten Vater sprach. Sie wirkte verloren, als wüßte sie nicht, wohin sie gehörte.

»Und Mutters Seite muß ich natürlich auch bedenken«, fuhr Ulrika fort, »auch wenn ich es fürchterlich finde, daß Julius Cäsar mein Urgroßvater ist. Die anderen Leute scheinen es wichtig zu finden, vielleicht fände mein Mann es auch wichtig.«

Paulina ließ mit einem zerstreuten Lächeln die gelblichrote Frucht in ihren Korb fallen. Dann hielt sie inne und sah, die Arme noch zu den Ästen erhoben, das Mädchen an.

»Was hast du da eben gesagt, Ulrika? Über Julius Cäsar?«

»Er war mein Urgroßvater.« Ulrika nahm einen Granatapfel aus dem Korb und ging daran, die harte Schale abzuziehen.

»Warum sagst du das?«

»Weil es wahr ist. Sein Sohn war mein Großvater. Folglich ist er mein Urgroßvater, oder nicht?«

Paulina senkte die Arme. »Sein Sohn?«

»Prinz Cäsarion. Er war der Vater meiner Mutter.«

Paulina starrte sie ungläubig an. »Ulrika, hast du dir das ausgedacht?«

»Aber nein. Die Tempelvorsteherin in Alexandria hat es meiner Mutter gesagt. Sie hat uns alles über die Königin Kleopatra erzählt, die die Großmutter meiner Mutter war. Prinz Cäsarion wurde versteckt und an seiner Stelle wurde ein Sklave getötet. Aber später haben ihn die Soldaten doch getötet. In Palmyra. In der Nacht, als meine Mutter zur Welt kam.«

Langsam ließ sich Paulina neben Ulrika auf die Bank sinken. »Das kann ich schwer glauben. Deine Mutter hat davon nie etwas zu mir gesagt.«

»Sie hält es geheim. Aber sie trägt Julius Cäsars Ring an einer Kette um ihren Hals. Er hat Gallien unterworfen, weißt du, und ist in Germanien eingefallen. Es wäre mir viel lieber, er wäre nicht mein Urgroßvater, aber –«

»Ulrika.« Paulina nahm die Hand des Mädchens. »Weiß das alles sonst noch jemand?«

»Nur Mutter Mercia. Und ein Mann, der in den Tempel kam. Andreas.«

Paulina blickte in die großen, aufrichtigen Augen, die so blau waren wie der Aprilhimmel, und sah, daß das Kind die Wahrheit sprach.

»Ulrika«, sagte sie. »Hör mir gut zu. Deine Mutter hat recht. Es muß ein

Geheimnis bleiben. Du darfst mit keinem Menschen darüber sprechen. Versprichst du mir das, Ulrika?«
Ulrika gab feierlich ihr Versprechen, und Paulina drückte ihr fest die Hand. Wenn Messalina davon erfahren sollte...

»Sie steht auf Todes Schwelle«, sagte der Bruder leise.
Selene wußte, daß es nicht notwendig war, die Instrumente im Feuer zu reinigen; das Mädchen würde tot sein, wenn sie den Eingriff vornahm, und nichts mehr zu fürchten haben. Doch es erschien ihr nicht recht, ihren Körper mit unsauberen Instrumenten zu berühren, darum bereitete sie alles so vor wie bei jeder anderen Operation.
Aus dem Allerheiligsten des Tempels hatte man die heiligen Flammen der Panakea und der Hygieia gebracht, und auch das Standbild des Apollo hatte man hereingetragen. An Türen und Fenstern hatte man heilige Kräuter aufgehängt, an die Wände waren die Zeichen der Isis und der Minerva gemalt. Alle ihnen bekannten Mächte riefen die Brüder an, Selene bei ihrer schweren Aufgabe beizustehen.
Sie glaubten an sie, die Priester und Brüder Äskulaps. Entgegen Herodas' Voraussage hatte Selene sie nicht im Stich gelassen. Sie hatte nicht entmutigt aufgegeben; im Gegenteil, sie arbeitete härter denn je. Aber ihre unermüdliche Energie allein reichte nicht.
Selene war mit einem großen Plan in den Tempel gekommen. Sie wollte den Tempelbezirk in verschiedene Zonen aufteilen, je nach Krankheit, wie sie das in dem römischen *valetudinarium* gesehen hatte. Statt der Matten wollte sie Betten aufstellen wie in Persien, und sie wollte nach indischer Art besondere Krankenpfleger und -pflegerinnen ausbilden. Sie versuchte, fließendes Wasser einzusetzen, um Abfälle und Exkremente wegzuspülen; sie versuchte, immer frisches Verbandzeug auf Vorrat zu haben und alle Instrumente in heiligen Feuern zu reinigen. Aber im Schmutz des Tempelgeländes lagen mehr als hundert Kranke und Sterbende; das Brummen der Fliegen erfüllte die Luft; der Geruch von der Insel war so ekelhaft, daß er die Leute fernhielt, die sonst vielleicht zu Hilfe gekommen wären; es gab keinen Platz mehr, die Toten zu begraben, keine Möglichkeit, die Kinder von den sterbenden Alten zu trennen, denen, die Ruhe brauchten, Ruhe zu geben. Unter diesen Umständen konnte eine Frau allein, auch wenn sie noch so großartige Pläne hatte, nur wenig ausrichten.
Doch jetzt wurde Selene gebraucht. Das junge Mädchen hatte sich in der Hoffnung auf die Insel geschleppt, daß der Gott ihr helfen würde, und nun wollte Selene wenigstens dem Kind eine Überlebenschance geben.

Selene und der Bruder saßen zu beiden Seiten des still daliegenden Mädchens, die Augen unverwandt auf ihre sich langsam hebende und senkende Brust gerichtet. Im Augenblick des Todes würde Selene zum Messer greifen. Aber nicht vorher, sonst würde sie in lebendiges Fleisch schneiden; und ja nicht zu spät, sonst würde das Kind im Mutterleib sterben...
Genau in dem Moment, in dem der letzte Atemzug den Körper des Mädchens floh...
Der Bruder legte eine Hand auf die warme Brust und fühlte keinen Pulsschlag. »Es ist zu Ende«, flüsterte er.
Selene nahm das Messer, rief alle Götter und Göttinnen, die sie kannte, um Hilfe an und begann.

57

Selene wußte, daß sie sich sehr weit vorwagte. Sie kannte Paulina noch nicht gut genug, um vorhersagen zu können, wie sie reagieren würde; und ihre Freundschaft hatte sich auch noch nicht so weit entwickelt, daß Selene sich Freiheiten wie die, welche sie an diesem Abend wagen wollte, hätte herausnehmen können. Aber sie hatte keine Wahl. Sie konnte das Neugeborene nicht dem Tod überlassen.
Im vergangenen Dezember, nachdem Maximus erholt die Villa verlassen hatte, war Selene auf Paulinas hartnäckigen Wunsch in die Ehrengästezimmer des Hauses gezogen. Sie befanden sich im rückwärtigen Teil, weg von der Straße, mit Blick auf den Obstgarten, der sich den Hang hinaufzog.
Das kleine Bündel fest an ihre Brust gedrückt, eilte Selene durch das Atrium. Im Speisezimmer saß Paulina mit Gästen beim Essen; danach sollte ein Philosoph aus seinem neuesten Werk vorlesen. Sobald die Gäste gegangen waren, wollte Selene Paulina in ihr Zimmer holen.
Große Mutter, betete Selene, während sie unbemerkt durch den Innenhof zur Treppe hastete, die zu ihren Räumen hinaufführte, erweiche Paulinas Herz beim Anblick dieses hilflosen kleinen Kindes. Bring die Mutterliebe, die in ihm verschlossen ist, zum Fließen.
Das war es, was Selene sich erhoffte: daß Paulinas Mutterinstinkt, den sie fünf Jahre lang unterdrückt hatte, beim Anblick des winzigen Kindes hervorbrechen würde.
Wenn nicht –
Dann bleibt der Kleine bei mir, und ich werde ihn wie meinen eigenen Sohn großziehen.
Aber es war ja Paulina, die dieses Kind brauchte. Sie sah Ulrika manch-

mal mit so viel schmerzlicher Sehnsucht an, hatte Selene geklagt, wie leer ihr Leben war und wagte dennoch nicht, sich wieder zu verheiraten, weil sie glaubte, kein Kind mehr bekommen zu können. Vielleicht, dachte Selene hoffnungsvoll, würde Paulina, wenn sie das Kind annahm, auch den Mut finden, noch einmal zu heiraten.
Sie war eine schöne Frau, charmant, gebildet, aus guter Familie, und sie war, auch wenn sie sich hinter einer kühlen Fassade versteckte, eine warme und gefühlvolle Frau. Unter den Männern des römischen Adels gab es genug, die das erkannten und Paulinas Nähe suchten. Aber sobald die Beziehung enger zu werden versprach, entzog sich Paulina, wie Selene bemerkt hatte, und sorgte dafür, daß die Freundschaft abkühlte.
Dieses Kind könnte Paulinas Leben verändern, dachte Selene aufgeregt, während sie den Säugling auf ihr Bett legte und zudeckte. Er war ein hübscher kleiner Junge mit dichtem schwarzem Haar. Zart, aber gesund. Seine Mutter hatte während der Schwangerschaft offensichtlich nicht gedarbt. Nach der Operation waren Selene noch andere Dinge aufgefallen: die feine Qualität des Stoffes, aus dem die Gewänder des Mädchens genäht waren, ihre gepflegten, weichen Hände und Füße. Ein Bauernmädchen oder eine Sklavin war sie gewiß nicht gewesen; es war gut möglich, daß sie aus einer vornehmen Familie stammte. Warum hatte sie das Kind nicht zu Hause bekommen wollen?
Als die letzten Gäste gegangen waren, schickte Selene eine Sklavin, Paulina zu holen. Und als Paulina wenig später erschien, angeregt noch von dem heiteren und interessanten Abend, bat Selene sie, Platz zu nehmen, und erzählte ihr die Geschichte von dem unbekannten Mädchen und der Kaiserschnittoperation.
Zum Ende gekommen, wandte sie sich von Paulina ab, die nicht recht verstand, warum Selene ihr das alles erzählte, und nahm das schlafende Kind in ihre Arme.
»Ich habe ihn mit mir nach Hause genommen«, sagte sie, sich umdrehend, »ich habe das Kind behalten.«
Paulina sagte kein Wort und hielt den Blick starr auf Selenes Gesicht gerichtet.
»Er ist so schön, die winzigen Händchen, alles ist vollendet geformt. Und er ist kräftig. Ich konnte ihn nicht sterben lassen.« Selene kniete vor Paulina nieder und zog die Decke von dem kleinen Gesichtchen. »Sieh doch, was für ein hübscher kleiner Knabe er ist.«
Paulina sah hinunter. »Ja«, sagte sie.
»Hier.« Selene hielt ihr das Kind hin.

Aber Paulina rührte sich nicht. »Du wirst eine Amme für ihn brauchen. Ich werde eine für dich besorgen.«
»Das Kind ist nicht für mich«, sagte Selene langsam. »Ich habe es dir mitgebracht.«
»Was?« flüsterte Paulina. »Was hast du da gesagt?«
»Nimm es nur einmal in die Arme –«
Paulina sprang auf. »Du mußt verrückt geworden sein.«
»Nimm es, Paulina. Halte es.«
»Hast du den Verstand verloren? Du hast geglaubt, *ich* würde ihn nehmen?«
»Er braucht ein Zuhause.«
»Aber nicht bei mir!« Paulina ging ein paar Schritte und drehte sich abrupt um. »Das hätte ich nie von dir gedacht, Selene. Daß du von mir erwarten würdest, daß ich dieses – dieses –«
»– dieses heimatlose kleine Kind!« sagte Selene und stand auf. »Sieh es dir nur einmal an, Paulina. Es ist doch nur ein kleines Kind.«
»Ein Kind aus der Gosse. Ein Kind, das sonst niemand haben wollte.«
»*Ich* wollte es haben.«
»Dann behalte es auch.«
»Aber Paulina –«
»Warum hast du das getan, Selene?« Paulina zitterte. »Wie kannst du so grausam sein?«
»Ich konnte es nicht einfach aussetzen, Paulina.«
»Warum nicht? In Rom wimmelt es von unerwünschten Kindern! Weshalb liegt dir gerade dieses hier so am Herzen?«
Sie hatte recht; warum sollte Selene gerade dieses Kind am Herzen liegen, wo sie so viele gesehen hatte, die man einfach ausgesetzt und dem Tod überlassen hatte – neugeborene Mädchen, Krüppel, Bastarde.
»Weil ich ihm das Leben gegeben habe«, antwortete Selene leise.
»Dann behalte du es. Sei du seine Mutter.«
»Aber warum kannst du es nicht nehmen, Paulina. Bitte erkläre es mir, nur damit ich es verstehe.«
»Ich habe es dir schon früher gesagt. Ich will nicht das weggeworfene Kind einer anderen Frau.«
»Sie hat ihn nicht weggeworfen, Paulina. Sie ist gestorben.«
»Ich möchte ein Kind aus meinem eigenen Leib.« Paulina drückte beide Hände auf ihren Bauch.
»Aber dort gedeiht doch keines mehr.«
»Dann will ich gar keins.« Damit machte sie kehrt und lief zur Tür.
»Paulina! So hör doch!« Selene rannte ihr nach. »Hör doch! Du kannst

ihn selber stillen. Du kannst ihn an deine Brust legen und ihm das Leben geben. Ist das nicht fast das gleiche, als wenn du ihn selbst gebärst?«
Paulina griff nach dem Türriegel. »Jetzt weiß ich, daß du wirklich verrückt bist.«
»Paulina, hör mir doch zu! Ich möchte dir doch nur erzählen, was ich selbst gesehen habe. Im Orient. Frauen, die niemals schwanger gewesen sind, stillen dort neugeborene Kinder. Es ist möglich, Paulina.«
»Willst du mich zum Narren halten?«
Selene faßte Paulina am Arm. Das Kind, das in der Armbeuge von Selenes Arm lag, schlief zwischen den beiden Frauen. »Es ist wahr. Ich habe es mit eigenen Augen gesehen. Wenn ein Säugling an der Brust saugt, dann kommt nach einer Weile auch Milch. Ich habe es gesehen, Paulina.«
Paulina zögerte einen Moment. In ihren Augen war ein Flackern. Dann riß sie sich los und eilte davon.

Die Hände in die Hüften gestemmt, stand Ulrika da und betrachtete das Kind und fragte sich dabei, was die ganze Aufregung sollte. Ihre Mutter hatte gesagt, der Kleine wäre schön. Ulrika fand, er sähe ziemlich komisch aus. Außerdem konnte man überhaupt nichts mit ihm anfangen.
Seufzend wandte sie sich vom Bett ab. Die Aprilnacht war von köstlichen Düften durchwoben; es schien Ulrika, als gediehen in Paulinas Garten alle Blumen der Welt. Sie ging auf den Balkon und sah zum dunklen Obstgarten hinaus. Die Luft war mild und verheißungsvoll.
Im vergangenen Dezember, nach Maximus' Herzanfall, hatte Paulina den griechischen Sklaven, der ihr als Hausarzt gedient hatte, verkauft und Selene gebeten, die Aufgaben des Arztes zu übernehmen. Darum war Selene jetzt im Sklavenhaus und kümmerte sich um eine am Fieber Erkrankte, und Ulrika mußte das Kind hüten. Es machte ihr eigentlich nichts aus, er war ja so klein und hilflos. Aber langweilig war es doch. Der Kleine schlief immer nur, und sie selbst war so rastlos.
»Dein neues Brüderchen«, hatte ihre Mutter gesagt.
Ulrika wußte nicht recht, was sie davon halten sollte. Ihre Mutter schien traurig darüber. Aber warum hatte sie den Kleinen dann nach Hause gebracht? Und er hatte noch nicht einmal einen Namen.
Ein Geräusch im Obstgarten riß Ulrika aus ihren Gedanken. Es war ein vertrautes Geräusch, ein leises Pfeifen. Es bedeutete, daß Eiric mit seiner Arbeit fertig war und auf sie wartete. Ulrikas Herz schlug schneller.
Sie blickte zum Bett zurück. Der Kleine schlief fest.

Sie wandte sich wieder dem Garten zu, sah einen winkenden Arm. Einen Moment war sie unschlüssig, dann winkte sie zurück und lief zur Treppe. Der Kleine würde noch Stunden schlafen. Kein Mensch würde merken, daß sie weg gewesen war.

»Tut endlich etwas!« befahl Paulina, die sonst selten Zorn zeigte, aufgebracht. »Sucht jemanden, der ihn zur Ruhe bringen kann.«
Das Kind schrie seit fast einer Stunde. Sein dünnes Weinen war durch das ganze Haus zu hören, und bis jetzt war es keiner der Sklavinnen, die Paulina hinaufgeschickt hatte, gelungen, ihn zu beruhigen.
Zornig lief sie in ihrem Zimmer auf und ab. Das war eine von Selenes Listen, dessen war sie sicher. Damit wollte sie sie dazu bringen, das Kind anzunehmen. Aber sie würde nicht darauf hereinfallen; sie nicht.
»Wo ist sie?« fragte Paulina, als die Sklavin zurückkam.
»Im Sklavenhaus. Sie ist bei einer Fieberkranken. Sie sagt, sie kann jetzt nicht weg. Sie sagte, ihre Tochter wäre bei dem Kind. Und es wäre gezukkerte Milch für das Kind da.«
»Und ist Ulrika bei dem Kleinen?«
Die Sklavin schüttelte furchtsam den Kopf. Sie hatte ihre Herrin nie so zornig gesehen.
Paulina legte ihre Palla um und eilte wütend aus ihrem Zimmer.
In Selenes Zimmer waren vier Frauen verzweifelt bemüht, das schreiende Kind zu beruhigen. Sie reichten den Kleinen von Arm zu Arm, wiegten ihn, sangen, schwenkten alle möglichen Gegenstände vor seinen Augen hin und her.
»Geht!« befahl Paulina kurz.
Sie legten das Kind hastig wieder in die Kissen aufs Bett und liefen erleichtert aus dem Zimmer.
Paulina drückte die Hände auf die Ohren. Sein Weinen war unerträglich, ein schriller, verzweifelter Ruf um Zuwendung. Valeria hatte anfangs auch so geschrien...
Mit steifen Bewegungen ging Paulina zum Bett und sah zu dem Kleinen hinunter. Die winzigen Hände zu Fäusten geballt, strampelte er nach Leibeskräften. Das Gesicht war hochrot. Paulina zitterte. Sie wußte, sie brauchte nur den ersten Schritt zu tun, dann würde alles andere von selbst kommen.
Sie sah sich um. Der Saugbehälter lag auf dem Tisch, mit einem von Selene selbst gefertigten Sauger aus grob gewobenem Leinen. Er war verklebt und in sich zusammengefallen; die Sklavinnen hatten offensichtlich erfolglos versucht, das Kind zu füttern.

»Unfähige Dinger«, murmelte sie und ergriff das Fläschchen. Dann dachte sie: Er braucht etwas Festeres, etwas, woran er richtig saugen kann.
Das Schreien tat ihr in den Ohren weh. Sie ging wieder zum Bett und blickte mit einer Mischung aus Mitleid und Ärger auf das kleine Bündel hinunter. Selene hätte ihn sterben lassen sollen. Das hätte jeder andere getan. Den Kaiserschnitt durchzuführen, war Narrheit gewesen. Paulina schüttelte den Kopf. Manchmal konnte Selene wirklich sehr unüberlegt handeln.
»So, so, ist ja gut«, hörte sie sich sagen, und ihre Arme streckten sich beinahe gegen ihren Willen nach dem Kleinen aus.
Diesmal sah sie sich das Kind wirklich an. Sie war überrascht. Es war so klein. Sie hatte vergessen, wie klein Neugeborene waren.
»Ist ja gut«, sagte sie wieder und drückte den Kleinen an sich. Er hörte auf zu weinen.
»Na also«, murmelte Paulina, während sie im Zimmer hin und her ging. Sie spürte die Wärme des kleinen Körpers durch die Decken, sah das kleine, runde Gesicht, die Augen, die noch nicht richtig sahen.
Es erinnerte sie...
Erinnerungen und Gefühle, die sie längst vergessen geglaubt, kehrten zurück.
»Sie hätten dich nicht allein lassen sollen«, murmelte sie. »Was dachte sich Selene nur, dich dieser unzuverlässigen Ulrika anzuvertrauen?«
Sie nahm die Saugflasche und setzte sich auf einen Stuhl. Aber der Sauger war, wie sie vermutet hatte, unbrauchbar. Sie zog ihn von der Flasche, tauchte ihren kleinen Finger in die gezuckerte Milch und führte die Fingerspitze an den Mund des Kindes. Es begann sogleich zu saugen.
Sie tat es noch einmal und noch einmal. »Wir müssen uns etwas Besseres einfallen lassen«, sagte sie, während sie ihn in ihren Armen wiegte. Aber wenigstens hatte er sich jetzt beruhigt.
»Ich werde Selene sagen, sie soll eine Amme anstellen«, sagte Paulina vor sich hin, während sie das Kind wiegte, und ihr kleiner Finger von der Flasche zum Mund wanderte. Sie lehnte sich zurück. Ein vertrautes Wohlgefühl breitete sich in ihr aus, eine süße Trägheit, die sie nur selten in ihrem Leben gekannt hatte. Sie summte ein altes Lied, das Valeria geliebt hatte.
Der Kleine warf den Kopf zur Seite und begann wieder zu weinen.
»Ist ja gut, ist ja gut«, sagte Paulina leise. Sie öffnete die Schulterspange ihres Gewandes und zog den Stoff herunter. Der kleine Kopf drehte sich instinktiv, das Kind suchte und begann zu saugen.

Sobald Paulina die Lippen des Kindes auf ihrer Haut spürte, fühlte sie wieder den scharfen Schmerz in ihrer Brust. Sie fühlte, wie er sich zu lösen begann.
»Du sollst Valerius heißen«, sagte sie. »Und du wirst ein schöner kleiner Junge werden...«

58

Die Herrschaft über das Römische Reich beruhte auf einem merkwürdigen Paradox: Obwohl der Kaiser die unumschränkte Macht hatte und niemandem Rechenschaft schuldig war, brauchte er die Zustimmung des Volkes, um herrschen zu können. Die Römer interessierten sich wenig für die Palastintrigen und die dauernden Machtkämpfe; sollten die Familien der Julier und Claudier ruhig die Welt beherrschen, Hauptsache, sie lieferten weiterhin Brot und Spiele.
Und um das Volk bei Laune zu halten, sollte an diesem Nachmittag ein großes Flußfest zu Ehren des Gottes Tiber stattfinden, der Rom Wasser und Leben spendete. Es sollte das großartigste und aufwendigste Spektakel werden, das Claudius in den sieben Jahren seiner Herrschaft geboten hatte, und die gesamte Stadtbevölkerung war unterwegs, sich daran zu ergötzen.
Die Flußufer hinauf und hinunter drängten sich die Schaulustigen in dichten Reihen. Tribünen für die Würdenträger der Stadt und die Favoriten der kaiserlichen Familie waren aufgebaut worden; die Bürger jedoch mit den glänzendsten Namen – die Metelli, Lepedi, Antonii – hatten ihre Plätze gleich neben der kaiserlichen Tribüne am Flußrand.
Hier saßen Selene und Paulina, so erwartungsvoll wie die Tausende, die, soweit das Auge reichte, am Fluß standen und ungeduldig auf den Beginn des Spektakels, den Festzug der Götter, warteten. Selene und Paulina waren von Sklavinnen begleitet, die sie aus dem Korb mit kalten Speisen, den sie mitgebracht hatten, bedienten. Selene war froh, daß sie gekommen war. Der Sommer mit seiner mörderischen Hitze und den Fiebererkrankungen, die er mit sich gebracht hatte, war für die Insel besonders schlimm gewesen. Die Zahl der Toten war erschreckend, und noch mehr Sklaven als sonst waren zum Tempel gebracht und dort ausgesetzt worden. Paulinas Geldspenden waren kaum eine Hilfe gewesen. Es war einfach niemand bereit, auf die Insel zu kommen. Und Selenes Bemühungen, eine Audienz beim Kaiser zu erwirken, waren weiterhin vergeblich geblieben. Sie war soweit, sich zu fragen, ob Herodas nicht recht hatte. Vielleicht hatte Äskulap sein heiliges Haus doch verlassen.

Es hatte Selene überrascht, daß Paulina die Einladung zum Flußfest angenommen hatte. In den letzten sechs Monaten war ihr Leben so von der Sorge um den kleinen Valerius erfüllt gewesen, daß sie für gesellschaftliche Vergnügungen keinen Sinn gezeigt hatte. Aber dann hatte Paulina ihr den Grund für ihre Annahme der Einladung genannt: Es könne sein, daß Andreas auch käme, hatte sie gesagt.

Vor sechs Monaten, nachdem Paulina den kleinen Valerius endlich angenommen hatte, hatte sie Selene ein Geständnis gemacht: »Ich wollte mich nicht wieder verheiraten, weil ich es nicht recht fand, einem Mann das Recht auf einen Erben zu nehmen. Aber jetzt habe ich ein Kind, einen Sohn, den ich meinem Mann schenken kann. Jetzt möchte ich heiraten, Selene. Und ich will dir ein Geheimnis verraten: Ich habe Andreas schon lange sehr gern.«

Andreas und Paulinas Mann Valerius waren jahrelang gute Freunde gewesen; seit dem Tag, als Andreas nach Rom gekommen war und seine Arbeit als einer von mehreren Leibärzten Caligulas aufgenommen hatte. Paulina hatte manchen Abend mit den beiden Männern verbracht, sie war mit ihnen ans Meer gefahren, hatte mit ihnen gemeinsam Feste und andere Veranstaltungen besucht. Andreas und Paulina mochten sich und paßten gut zusammen. Er war nie verheiratet gewesen, doch jetzt, hoffte Paulina, wo er achtundvierzig Jahre alt war und keinen Erben hatte, wünschte er sich gewiß eine Familie.

»Ich habe, wie das Gesetz es befiehlt, ein Trauerjahr verstreichen lassen«, hatte Paulina gesagt. »Jetzt kann ich mich wieder verheiraten. Und ich wüßte keinen besseren Mann als Andreas.«

Verständlich, dachte Selene, während sie das Treiben auf der kaiserlichen Tribüne beobachtete. Die Familie war da, aber einige Sitze waren noch leer. Andreas' Schiff hätte irgendwann in den letzten Tagen in Ostia eintreffen müssen. Würde er heute hier sein?

Der kleine Valerius wurde unruhig und begann zu weinen. Paulina öffnete ihr Kleid und legte den Kleinen unter dem züchtigen Schutz ihrer Palla an die Brust.

Wie bei den Frauen, die Selene im Orient gesehen hatte, war bei Paulina, nachdem sie den Säugling einige Tage lang mehrmals am Tag an die Brust gelegt hatte, die Milch eingeschossen. Paulina war dem Kind jetzt so innig verbunden, als hätte sie es aus ihrem eigenen Leib geboren. Ihre Milch war dünn und reichte nicht aus, doch durch das tägliche Stillen wurde die Bindung zwischen Mutter und Kind ständig gefestigt. Die zusätzlichen Mahlzeiten, die Valerius erhielt, dienten seiner Ernährung; was ihm Paulina gab, wenn sie ihn stillte, war Liebe und Zuwendung.

Paulina und Selene hatten sich eine Geschichte ausgedacht, um das plötzliche Erscheinen des Kindes zu erklären: Der kleine Valerius sei der Sohn entfernter Verwandter aus altem und vornehmem Geschlecht, die an einer Seuche gestorben seien. Paulina hatte eine Menge Geld für falsche Papiere bezahlt; aber jetzt war der Junge amtlich registriert und trug den alten, stolzen Namen der Valerianer.

Selene hob das Gesicht in den leichten Wind, der ihr die schweren Düfte der adligen Damen rund um sie herum zutrug. Paulina hatte sie bei ihrer Ankunft mit ihnen bekanntgemacht: Cornelia Scipionis, eine Nachfahrin des großen Scipio Africanus, und Marcia Tullia, Urenkelin Ciceros.

»Selene«, hatte Cornelia verwundert gesagt. »Was für ein ungewöhnlicher Name. Aus welcher Familie stammst du?«

»Selene ist eine *therapeuta*«, hatte Paulina hastig eingeworfen. »Sie wurde in Alexandria ausgebildet. Du hast sicher von Maximus' Herzanfall im vergangenen Dezember gehört?«

»Aber ja!«

»Selene war es, die ihm das Leben rettete. Sie lebt jetzt bei mir. Ich habe meinen Hausarzt verkauft, und Selene hat seinen Platz eingenommen.«

»Diese Griechen!« meinte Marcia Tullia. »Weit überschätzt, wenn du mich fragst. Die Qualität der Sklaven ist nicht mehr das, was sie einmal war.« Dann neigte sie sich zu Paulina und flüsterte ihr etwas ins Ohr.

Selene hörte Paulina leise sagen: »Nein, Selene ist keine Sklavin von mir. Sie ist freigeborene römische Bürgerin.«

Selene hatte sich mittlerweile daran gewöhnt, daß der Name, den man trug, in Rom wichtiger war als alles andere. Abstammung zählte mehr als Charakter und Leistung. Die Leute, die hier um sie herum saßen, waren Nachfahren der Gründer Roms und wachten sorgsam darüber, daß niemand ihre Kreise sprengte.

»– in Not geraten«, sagte Cornelias Ehemann soeben zu seinem Nachbarn. »Aber er ist dennoch ein Agrippa. Da konnten wir doch nicht zulassen, daß er sein Haus an einen Syrer verkaufte. – Oh, gewiß, der Käufer hat Geld, aber er kommt aus kleinster Familie ...«

Hinter Selene unterhielten sich zwei Frauen. »Und als sie dahinterkam, daß er sie belogen hatte, daß seine angebliche Verwandtschaft mit den Gracchen nichts als Erfindung war, hatte sie natürlich keine andere Wahl, als sich von ihm scheiden zu lassen. Sie hat es sehr schwergenommen. Sie behauptet, sie hätte ihn geliebt.«

Bei Marcia Tullias lautem Gelächter drehte sich Selene um. »Einen Schauspieler!« rief Marcia Tullia. »Wie konnte sie so töricht sein, sich in einen Schauspieler zu verlieben. Sie kann von Glück sagen, daß ihr Vater sie nur verbannte.«

Cornelia fügte mit unmutiger Miene hinzu: »Man hätte ihnen beiden den Tod geben sollen. Das wäre das gute Recht des Vaters gewesen.«

Paulina, die Selenes perplexes Gesicht sah, beugte sich zu ihr und sagte erklärend: »Das Gesetz verbietet es Nachkommen von Senatoren, Mitglieder der Schauspielergilde zu heiraten.«

Sie nahm Valerius von der Brust, schloß ihr Gewand und reichte das Kind einer Sklavin. Während sie die Spange ihrer Palla zudrückte, blickte sie über Selenes Schulter hinweg und rief: »Oh! Da ist Andreas.«

Die Sonne lag hell auf seinem grauen Haar und der weißen Toga, während er, immer wieder von Freunden und Bekannten aufgehalten, die ihn begrüßten, auf sie zukam. Selene, der das Herz bis zum Hals schlug, schien es eine Ewigkeit zu dauern, bis er bei ihnen war. Ihre Blicke trafen sich, lange ehe er vor ihr stand, und hielten einander fest, bis er endlich da war, Andreas, der Mann, den sie liebte.

»Sei mir gegrüßt, Selene«, sagte er.

Sie sah in sein lächelndes Gesicht. »Andreas«, sagte sie nur.

»Sieh da!« rief Cornelias Ehemann, von seinem Platz aufstehend. »Zurück in Rom. Es hat lange genug gedauert.« Die beiden Männer schüttelten sich die Hände.

»Wie war es in Spanien?« fragte Marcia Tullia. »Es soll, wie ich hörte, um diese Jahreszeit unerträglich sein.«

Selene senkte die Lider. Er war in Spanien gewesen.

»Und in welche unwirtlichen Regionen wird deine nächste Mission dich führen, Andreas?« fragte Paulina.

Er trat zu ihr und faßte ihre beiden Hände. »Du siehst wohl aus, Paulina«, sagte er mit Wärme. »Wie geht es dir?«

Selene sah den forschenden Blick seiner Augen, als Paulina antwortete: »Es geht mir gut, Andreas. Danke dir für deine Briefe.«

»Ich hörte, daß du einen Sohn hast.«

»Er könnte Valerius' Sohn sein, so ähnlich ist er ihm.«

»Bist du für länger in Rom?« erkundigte sich Marcia Tullia.

»Ja«, antwortete er, Paulinas Hände loslassend und sich Selene zuwendend. »Ich bleibe jetzt.« Er schwieg einen Moment. »Und du, Selene?« fragte er sie lächelnd. »Wie geht es dir?«

»Ich bin dir Dank schuldig, daß du mich zu Paulina gesandt hast. Ohne ihre liebevolle Hilfe wäre dieses Jahr für mich sehr schwierig gewesen. Meiner Tochter und mir geht es gut.«

Ein Schatten flog über sein Gesicht, aber schon lächelte er wieder.
»Wann bist du nach Rom zurückgekommen?« fragte Paulina.
Andreas wollte gerade Antwort geben, aber da begrüßte ihn schon wieder jemand, nahm ihn beim Arm und zog ihn mit sich.
Selene starrte auf den Fluß. Der Wind frischte auf, und sie fröstelte ein wenig. Als sie einen Blick über die Schulter warf, sah sie Andreas in einem Kreis von Leuten, dessen Mittelpunkt er war. Es überraschte sie nicht, daß er wenig später auf der kaiserlichen Tribüne Platz nahm. Er saß zur Rechten des Kaisers.
Selene musterte die kaiserliche Familie. Sie fand Claudius' Erscheinung nicht so abstoßend, wie sie von seinen Gegnern geschildert wurde. Er hinkte und wackelte mit dem Kopf, aber er war weder ausnehmend häßlich, noch machte er auf Selene den Eindruck besonderer Bösartigkeit. Sie sah, daß das Ruhebett an seiner Seite leer war und wunderte sich, wo die Kaiserin war.
Fanfarenklänge lenkten aller Aufmerksamkeit auf den Fluß. Aus der Ferne war das Geschrei der Menge zu hören, die den Beginn des Spektakels begrüßte. Dumpfer, rhythmischer Trommelschlag näherte sich, und die Menge verstummte. Aller Augen richteten sich auf die Flußbiegung, wo der Bug eines prächtigen Schiffes in Sicht kam, auf dem der *hortator* mit seiner Trommel den Ruderern unter Deck den Schlagtakt angab. Sobald das Schiff die Biegung ganz umrundet hatte, schossen tausend Bogenschützen, die überall am Fluß entlang unter den Schaulustigen postiert waren, Pfeile in die Luft, an denen bunte Bänder und Wimpel flatterten. Ein vielfarbiger schwebender Teppich verhüllte den Nachmittagshimmel, und die Menge jubelte.
Auf dem Prunkschiff präsentierte sich der Gott Tiber, dargestellt von einem Schauspieler mit langem zottigem Haar und einem buschigen Bart. In der einen Hand hielt er ein Ruder, Symbol der Seefahrer, die auf seinen Wassern kreuzten, in der anderen ein Füllhorn, Sinnbild der Fruchtbarkeit. Umgeben von nackten Wassernymphen, die mit vollen Händen Süßigkeiten zu den Zuschauern hinüberwarfen, stand Tiber inmitten nachgeahmter Meereswogen. Die Menge geriet in heftige Bewegung, drängte zum Fluß, stieß die in den vordersten Reihen ins Wasser.
Als nächstes kam ein kleineres Boot. Es trug nur einen Käfig mit der Wölfin, die stets auf dem Kapitol ausgestellt war. Bei der Wölfin im Käfig waren zwei kleine Knaben, die Romulus und Remus darstellen sollten, die Gründer Roms. Doch anstatt an den Zitzen der Wölfin zu saugen, wie beabsichtigt, hockte der eine schreiend in der Ecke und der andere lag völlig teilnahmslos im Stroh. Es war offenkundig, daß man der Wölfin

ein Betäubungsmittel gegeben hatte, um zu verhindern, daß sie die kleinen Kinder angriff; jedesmal wenn sie aufstehen wollte, kippte sie torkelnd wieder um. Gewiß nicht die Wirkung, die vorgeschwebt hatte, aber die Menge klatschte dennoch Beifall.
Wieder schmetterten Trompeten, und um die Flußbiegung kam ein höchst merkwürdiges Floß. Steine waren auf ihm zu einem hohen Haufen aufgetürmt, der wohl einen Berg darstellen sollte, und auf der Spitze dieses ›Bergs‹ stand ein nackter Mann, dem zwei gewaltige gefiederte Flügel auf den Rücken gebunden waren. Die Zuschauer erkannten ihn sofort. »Ikarus!« schrien sie. »Da ist Ikarus!«
Der Mann, unverkennbar kein Freiwilliger, sondern ein Sklave, dem man die Rolle aufgezwungen hatte, stand zitternd auf seiner Bergeshöhe und wagte nicht einmal, zum Wasser hinunterzublicken.
»Flieg, Ikarus!« grölte die Menge. »Flieg! Flieg!«
Zweifellos hatte der Mann Anweisung zu springen, sobald das Floß an der kaiserlichen Tribüne vorüberkam, doch er stand wie gelähmt vor Furcht. Da erklomm der Steuermann, der hinter dem Steinhaufen verborgen war, den Gipfel und stieß den ängstlichen Ikarus hinunter. Er stürzte ins Wasser, wo ihn die schweren Schwingen sogleich in die Tiefe zogen. Die Menge raste vor Begeisterung.
Selene wandte sich ab. Die Leute, bei denen sie saß, waren dezenter als die Volksmenge; sie nickten beifällig, während sie gelassen speisten und sich mit ihren Nachbarn unterhielten.
Sie sah über ihre Schulter und bemerkte, daß Andreas' Blick auf sie gerichtet war.
Das nächste Schiff war sehr schön, die Schöpfung eines Künstlers. Aus dem Deck wuchs ein künstlicher Wald in die Höhe – Bäume, Büsche, sogar ein Wasserfall waren zu sehen. Und mitten in diesem Idyll stand einsam ein weißes Pferd mit hoch aufragenden weißen Schwingen, in denen sich das kupferrote Licht der untergehenden Sonne fing.
Friedlich und still segelte Pegasus an der Menge vorüber, die in andächtiges Schweigen verfiel.
Doch schon das nächste Schiff bejubelten sie wieder mit lärmendem Überschwang. Es brachte ihnen Selene, die Mondgöttin, ganz in Silber gekleidet, die Arme mit Silberstaub besprenkelt, und ihren Bruder Helios, den Sonnengott, im goldenen Sonnenwagen, das Haupt von einem goldenen Strahlenkranz umgeben. Als Sonne und Mond langsam an der kaiserlichen Tribüne vorüberglitten, verneigten sie sich vor Claudius, und ganz Rom brach in Jubelgeschrei aus.
»Etwas ganz Neues«, bemerkte Cornelia Scipionis. »Man muß es dem

schlauen alten Burschen lassen – dieses Spektakel übertrifft alles, was er bisher geboten hat.«

Marcia Tullia nickte. »Claudius hat das Volk für ein weiteres Jahr für sich gewonnen.«

Großes Geschrei von flußabwärts verkündete denen in der Nähe der kaiserlichen Tribüne, daß als nächstes ein besonders eindrucksvolles Schiff zu erwarten war, und da glitt es schon heran, ein lebendes Bild von starker Dramatik bietend.

Zwei junge Menschen standen an Deck, reglos wie Standbilder. Das junge Mädchen, den nackten Körper von langem Haar umflossen, stand mit erhobenen Armen, das eine Bein leicht hinter dem anderen erhoben, als befände es sich in schnellem Lauf. Der junge Mann, der sie verfolgte, hielt die Arme ausgestreckt, als wolle er sie umfangen. Was die Menge zu ihrem begeisterten Jubel veranlaßte, war die bemerkenswerte Vorspiegelung der langsamen Verwandlung des Mädchens in einen Baum; Blätter hingen an ihren Fingerspitzen, ihre Arme waren mit Baumrinde überzogen, mit Lorbeer belaubte Zweige umrankten ihren Kopf. Die Zuschauer wußten, wer sie war: Daphne, die ihre Gestalt wandelte, um den Nachstellungen des Apollo zu entkommen.

Wieder sah Selene sich nach Andreas um, und ihre Blicke trafen sich. Dachte auch er in diesem Moment an den Tag in der Grotte von Daphne?

In ununterbrochener Folge glitten die Boote vorüber, trugen Götter und Göttinnen, Helden und Heldinnen der Sage, historische Gestalten an den begeisterten Zuschauern vorüber, und eines war phantasievoller gestaltet als das andere; auf einem konnte man sogar einen feuerspeienden Vulkan bestaunen, auf einem anderen einen von eben abstreichenden Schwänen gezogenen zweirädrigen Wagen.

Als die Dunkelheit kam, wurden an den Ufern des Tiber Tausende von Fackeln entzündet, deren Schein sich im Wasser spiegelte. Die Klänge von Flöten und Harfen waren über das beständige Summen der feiernden Menge hinweg zu hören. Brot und Fleisch wurden unter den Leuten verteilt, dazu Karten zu einem Wagenrennen, das am folgenden Tag stattfinden sollte. Die Nacht wurde kühl, doch die Stimmung der Menge erhitzte sich immer mehr. »Claudius!« brüllten sie jedesmal, wenn ein neues Boot oder Floß sich zeigte. Sie waren betrunken, sie amüsierten sich, sie liebten ihren Kaiser. Für diesen Tag.

Selene sah sich häufig nach Andreas um. Oft blickte er zu ihr hin, und dann tauchten ihre Blicke ineinander; mehrmals jedoch sah sie ihn auch in angeregtem Gespräch mit Agrippina, Claudius' schöner Nichte.

Plötzlich wurde es auf ein Signal hin mucksmäuschenstill. Kein Laut war zu hören außer dem Knistern der Fackeln und dem Plätschern des Wassers. Ein stattliches Schiff, das größte bisher, golden bemalt und von hundert goldenen Rudern, die im Gleichtakt ins dunkle Wasser tauchten, getrieben, glitt langsam um die Flußbiegung. Es funkelte im Fackelschein, und sein Abglanz lag wie flüssiges Gold auf dem Wasser. Der Nachtwind spielte mit Haaren und Togen, riß an Flaggen und Wimpeln. Niemand rührte sich, alles war still.

Auf dem Schiff waren zwei verschiedene Szenerien aufgebaut, die jedoch an ihren Grenzen kunstvoll ineinander übergingen. Auf dem vorderen Teil war eine Meereslandschaft mit blauen Wogen und weißen Felsen und springenden Delphinen dargestellt, in deren Mitte eine herrliche weiße Muschel prangte. Sie war doppelt so hoch wie die beiden Knaben, die zu beiden Seiten von ihr standen. Als das Schiff näher kam, erkannten die Leute den siebenjährigen Britannicus, Claudius' Sohn, und den elfjährigen Nero, Sohn der Agrippina.

Der hintere Teil des Schiffes zeigte eine idyllische Waldlandschaft mit Rosen und Myrten, Schwänen und Tauben.

Lautlos glitt das Schiff den Fluß hinunter. Die Menge begann unruhig zu werden. Außer den beiden Knaben, jeder mit einem Lendenschurz bekleidet und kleinen Flügeln auf dem Rücken, waren keine Darsteller auf dem Boot.

Von unsichtbaren Ankern gehalten, kam es vor der kaiserlichen Tribüne zum Stillstand, ein Mysterium im Fackelschein.

Die Leute begannen zu wispern und zu tuscheln – war etwas mißlungen? –, während die beiden Knaben sich von der Muschel entfernten und zum vordersten Ende des Bugs gingen. Wieder trat erwartungsvolles Schweigen ein. Dann war ein Knarren wie von sich langsam drehenden Rädern und Kurbeln zu hören. Als die gewaltige Muschel sich zu öffnen begann, ging ein Aufschrei des Erstaunens durch die Menge.

Die eine Hälfte der Muschel senkte sich langsam abwärts, und als ihr Schatten das Innere freigab, sahen alle, was die Muschel enthielt. Zweihunderttausend brüllten ihre Begeisterung heraus, als Venus, Roms liebste Göttin, im Inneren der Muschel sichtbar wurde.

Eine unwirklich schöne junge Frau, ihre Haut so weiß wie das Mondlicht, stand inmitten der künstlichen blauen Meereswogen. Das goldschimmernde Haar fiel ihr über die nackten Brüste, ihr lächelndes Antlitz wirkte wie gemeißelt im Licht der Fackeln.

»Messalina«, riefen die Leute. »Es ist die Kaiserin.«

Selene betrachtete die zweiundzwanzigjährige Kaiserin fasziniert. Sie wußte, daß Messalina vierzehn gewesen war, als sie Claudius, den Achtundvierzigjährigen, geheiratet hatte; und daß sie aus altem, vornehmem Geschlecht stammte. Daß Messalina außerdem eine laszive und grausame Frau war, war, soweit Selene es beurteilen konnte, nichts als böses Gerücht.

In ihrer Nähe sagte jemand: »Es ist ein offenes Geheimnis, daß Messalina sich nachts eine blonde Perücke aufsetzt und das berüchtigste Bordell am Hafen aufsucht, wo sie sich den Männern umsonst hingibt. Es heißt, daß sie unersättlich ist.«

Selene starrte die schöne Kaiserin an, von der es hieß, sie töte ihre Liebhaber, wenn sie genug von ihnen habe, und von der bekannt war, daß sie mehrere Frauen des Adels aus Eifersucht hatte töten lassen. Und mit dieser Frau bin ich verwandt, dachte Selene, als ihr einfiel, daß Messalina die Urenkelin Octavias war, der Großnichte Julius Cäsars.

Als Messalina lange genug in der geöffneten Muschel gestanden hatte, um allen Gelegenheit zu geben, die Geburt der Göttin zu bestaunen, stieg sie von einem Sockel und begann zu plötzlich einsetzendem Flötenspiel zu tanzen. In der Waldidylle zeigte sich jetzt ein junger Mann, den alle sofort erkannten: Es war Silius, angeblich der schönste und ehrgeizigste Mann von Rom – und Messalinas Liebhaber.

Während ›Adonis‹ auf seiner Seite des Schiffes so tat, als wäre er der Göttin nicht gewahr, spielte Venus mit ihren beiden Söhnen Eros und Anteros. Als Eros, der kleine Britannicus, Messalinas Sohn, seinen kleinen Bogen spannte und einen Pfeil auflegte, wußten alle, was geschehen würde. Die Geschichte, wie Cupidos Pfeil versehentlich die Brust der Venus durchbohrt hatte, und diese den Adonis erblickt hatte, noch ehe die Wunde verheilt war, gehörte zu den beliebtesten Mythen. Auch das Ende der Geschichte war allen bekannt: Adonis wurde von einem Eber getötet, und an der Stelle, wo sein Blut vergossen wurde, wuchs eine neue Blume, die rote Anemone.

Doch so weit gedieh das Drama gar nicht. Venus stellte sich in Positur, und Eros zückte seinen Bogen. Ein wenig unsicher auf dem leicht schwankenden Schiff, machte Britannicus einen Schritt nach rückwärts, um sein Gleichgewicht zu finden, und fiel ins Wasser.

Einen Augenblick war es totenstill, dann begann die Menge lauthals zu lachen, während der Knabe wie wild im Wasser strampelte.

»Er kann nicht schwimmen!« schrie Messalina.

Augenblicklich sprangen mehrere Männer ins Wasser. So erpicht war jeder von ihnen darauf, die Lorbeeren für die Rettung des kaiserlichen Erben einzuheimsen, daß sie sich gegenseitig ins Gehege kamen. Hinzukam, daß sie kaum etwas sehen konnten und sich immer wieder in den Ankertauen des Schiffes verfingen. Als der Junge schließlich ans Ufer gezogen wurde, war er bewußtlos und atmete nicht.

»Tut etwas!« schrie Messalina in höchster Angst. Die Männer packten Britannicus an den Füßen und schwangen ihn hin und her.

Andreas stürzte von der Tribüne zum Ufer hinunter.

Selene sah, wie gefährlich nahe der Kopf des Jungen bei jedem Schwung dem Boden kam. Und sie hatte noch etwas gesehen, was keiner bemerkt zu haben schien: daß Britannicus von Nero vom Boot gestoßen worden war.

Andreas riß den Männern den Knaben aus den Händen. Er legte den Knaben rücklings auf den Boden und begann, seine Arme auf und nieder zu bewegen wie Pumpenschwengel.

Stumm sahen die Menschen seinen Bemühungen zu. Messalina stand fröstelnd in Silius' Armen. Claudius, der immer noch auf der Tribüne saß, schien wie betäubt. Alle sahen das Wasser aus Britannicus' Mund sprudeln, aber er atmete immer noch nicht.

»Er ist tot!« flüsterte Paulina entsetzt.

Selene sprang auf und rannte zum Ufer. Ohne ein Wort zu Andreas, kniete sie sich über Britannicus, nahm seinen Kopf in ihre Hände und begann, in seinen Mund zu blasen.

Andreas wich verdutzt zurück; die anderen beobachteten verwundert, was die Fremde dort tat. Selene blies mehrmals in den Mund des Jungen, dann hielt sie inne und beobachtete seine Brust. Sie bewegte sich nicht. Selene beugte sich über ihn und drückte ihr Ohr auf sein Herz; sie hörte seinen schwachen Schlag. Wieder blies sie Britannicus in den Mund, immer im gleichen Rhythmus, hielt nur ab und zu inne, um zu sehen, ob er von selbst weiteratmen würde. Die Nacht schien sich zur Ewigkeit zu dehnen.

Selene war nahe daran, aufzugeben. Aber als sie wieder das Herz des kleinen Jungen abhörte, vernahm sie einen dünnen, raschen Pulsschlag, taktgleich mit ihrem eigenen. Lebe, rief sie lautlos. Du mußt leben!

Da sah sie plötzlich die Flamme. Sie erschien ihr ganz von selber; sie hatte sie nicht herbeschworen. Ihre Seelenflamme brannte so hell wie die Fackeln rundum. Als sie sie sah, kam eine wunderbare Ruhe über sie. Mit jedem Atemstoß schickte sie das kraftspendende Feuer der Flamme in den Körper des bewußtlosen Knaben. Ihre Augen waren geschlossen, ihr Körper entspannt. Wie im Kuß umschlossen ihre Lippen den Mund des Britannicus, während sie ihm mit dem Feuer der Flamme Leben einhauchte.

Lebe, flüsterte es in ihr. Nimm meine Kraft in dich auf und beginne wieder zu atmen.
Als sie hinter geschlossenen Lidern sah, wie die Seelenflamme länger wurde, durch ihren Mund in den Mund des Knaben hineinzüngelte und sich dort mit einem kleineren, schwächeren Flämmchen vereinigte, wußte sie, daß er leben würde.
Die Menge wurde ungeduldig, Andreas legte ihr die Hand auf den Arm. Da richtete sich Selene endlich auf, und Britannicus hustete.
Unter tosendem Jubelgeschrei wurde der Junge fortgetragen und Selene auf die kaiserliche Tribüne geführt.
Lange mußte Claudius die Hände erhoben halten, ehe die Menschenmenge endlich still wurde. Dann sagte er mit zitternder Stimme: »Du hast meinem Sohn, dem Erben Roms, das Leben gerettet.«
Jetzt, wo sie vor ihm stand, konnte Selene auf seinem Gesicht die Verwüstungen sehen, die Krankheit und ausschweifender Lebenswandel angerichtet hatten. Claudius war nur wenige Jahre älter als Andreas, doch er sah aus wie hundert. Er war sichtlich erschüttert.
»Wie heißt du?« fragte er.
»Selene, Herr.«
Claudius' Lippen zuckten. »Nenn mich nicht Herr«, sagte er leise. »Sag einfach Cäsar.« Lauter fügte er hinzu: »Du hast hier heute abend ein Wunder vollbracht. Es ist ein Zeichen der Götter.«
Die Menge jubelte.
Claudius wartete, bis der Tumult sich gelegt hatte, dann sagte er: »Für das, was du getan hast, ist keine Belohnung groß genug.« Selene sah die Tränen in seinen Augen. Claudius hätte beinahe seinen einzigen Sohn verloren. »Nenne deinen Lohn«, sagte er. »Du sollst sehen, wie Rom seinen Helden dankt.«
»Ich danke dir, Cäsar«, erwiderte Selene. »Für mich selber will ich nichts, aber ich bitte den göttlichen Cäsar, daß er die Tiberinsel unter seinen persönlichen Schutz nimmt.«
»Wie? Die Insel? Warum?«
Selene schilderte ihm die Zustände auf der Insel, die Ohnmacht der überlasteten Priester und Brüder, die Massen abgeschobener Sklaven, und als sie endete, fragte der Kaiser: »Woher weißt du das alles?«
»Weil ich dort arbeite, Cäsar. Ich bin Heilerin.« Selene warf einen Blick auf Andreas, der hinter dem Kaiser stand, und sah, daß er sie anlächelte.
»Eine Heilerin!« rief Claudius. »Darum warst du in der Lage, meinem Sohn das Leben wiederzugeben. Dein Wunsch soll erfüllt werden, Se-

lene. Die Insel steht von nun an unter dem Schutz des Kaisers. Meine Minister werden sich gleich morgen dorthin begeben und sehen, was zu tun ist. Ich bin ein Mensch, wie du sehen kannst, der es sich nicht leisten kann, den Gott der Heilkunst zu mißachten.«

Selene lächelte. »Ich danke dir, Cäsar.«

»Selene heißt du also, wie?« fragte er. »Ist das dein voller Name? Welcher Familie gehörst du an?«

Selene zögerte. »Mein voller Name lautet Kleopatra Selene.«

»Kleopatra Selene? Wie das?«

»Ich wurde nach meiner Großmutter genannt, der letzten Königin von Ägypten.«

Die Mitglieder der kaiserlichen Familie und die höchsten Würdenträger des Reiches, die um Claudius versammelt waren, starrten Selene ungläubig an. Hinter ihr an den Flußufern, auf Balkonen und Hausdächern warteten die Menschen voller Spannung. Nur das Flattern der Wimpel im Wind und das Knistern der Fackeln war in der Stille zu hören.

Claudius sagte: »Ich hätte nicht gedacht, daß Kinder der Königin überlebt haben. Wer war dein Großvater?«

Selene hob ihre Halskette über den Kopf, nahm den goldenen Ring ab und reichte ihn Claudius.

Er hielt ihn dicht vor die zusammengekniffenen Augen. »Wie? Dieser Ring gehörte dem göttlichen Julius Cäsar. Oder er sieht jedenfalls genauso aus.« Er sah Selene an. »Was hat das zu bedeuten?«

»Mein Großvater war Julius Cäsar.«

Erstauntes Gemurmel ging durch die Menge, breitete sich aus wie die Kräuselwellen eines stillen Sees, in den man einen Stein geworfen hat, bis selbst jene weit flußabwärts leise Worte der Verwunderung miteinander tauschten.

»Ich spreche die Wahrheit, Cäsar«, sagte Selene mit lauter Stimme. »Mein Vater war Prinz Cäsarion, Sohn Kleopatras und Julius Cäsars. Er wurde nicht getötet, wie der Göttliche Augustus befohlen hatte, sondern man brachte ihn fort und versteckte ihn. Ein Sklave wurde an seiner Stelle getötet. Im Jahr von Augustus' Tod sandte Tiberius Soldaten aus, Cäsarion zu töten. Er floh mit seiner Frau aus Alexandria nach Palmyra, und dort wurde ich geboren.«

Claudius musterte sie einen Moment, dann sagte er bedächtig: »Mein Onkel Tiberius hatte viele Feinde. Ich weiß, daß er behauptete, von der Existenz Cäsarions, des einzigen lebenden Nachfahren Julius Cäsars, gehört zu haben, und daß er aus Angst vor einem Rivalen, der ihm die Herrschaft streitig machen konnte, Soldaten aussandte, um den Mann

töten zu lassen. Aber es wurde ihm nie ein Beweis gebracht, daß der Mann, den sie getötet hatten, wirklich Cäsarion war.«
»Hier ist der Beweis, Cäsar«, sagte Selene und wies auf den Ring. »Kurz vor seinem Tod gab mein Vater diesen Ring der Hebamme, die mich gerade zur Welt gebracht hatte, und sagte ihr, er sei mein Vermächtnis.«
Claudius betrachtete sie mit skeptischem Blick. »Wann war das? In welchem Monat?«
»Es war im August des ersten Regierungsjahres von Tiberius.«
Claudius nickte. Er war Historiker und Gelehrter; er hatte Daten und Ereignisse im Kopf. »Das war die Zeit, wie du sagst. Dennoch – es wäre möglich, daß du den Ring machen ließest.«
»Möglich wäre es, aber ich habe es nicht getan.«
»Das ist immer noch kein Beweis. Hast du sonst keine Beweise?«
Sie schwieg einen Moment. »Nein, Cäsar.«
»Kann jemand für dich bürgen?«
»Ich, Cäsar.« Alle Köpfe drehten sich nach Andreas, der jetzt vorgetreten war. »Sie spricht die Wahrheit. Ich war in Alexandria, als Selene die Wahrheit über ihre Herkunft erfuhr«, sagte er. »Das war erst im letzten Jahr. Vorher war ihr selber unbekannt, wer sie ist.«
»Und was für Beweise gibt es in Alexandria?« fragte Claudius.
»Ihre Ähnlichkeit mit der Königin Kleopatra. Sie ist augenfällig.«
Während Claudius Selene stumm betrachtete, setzte bei den Massen ein Raunen ein, das rasch lauter wurde und von einer Woge winkender Arme getragen zur kaiserlichen Tribüne hinaufbrandete.
»Julius Cäsar, Julius Cäsar«, schrien die Menschen ohne Aufhören und stießen dazu im Takt die Fäuste in die Luft.
Selene drehte sich um und blickte staunend auf die Menge. Den Fluß hinauf und hinunter, standen Tausende von Römern und riefen in immer gleichem Rhythmus: »Julius Cäsar, Julius Cäsar.«
»Mir scheint«, bemerkte Claudius trocken, »Rom glaubt deiner Behauptung.«
Er schürzte die Lippen und blickte nachdenklich zu der tobenden Menge hinunter. Er glaubte Selenes Geschichte nicht, aber das Volk nahm sie offensichtlich für bare Münze. Claudius erkannte sogleich, daß es für ihn selber nur von Vorteil sein konnte, wenn er dem Volk seine neue Heldin ließ. Indem er diese Frau als das akzeptierte, was sie zu sein vorgab, konnte er seine eigene Beliebtheit bei den Römern untermauern. Darum legte er ihr eine Hand auf die Schulter und rief mit lauter, klarer Stimme: »Seht, wie Rom die Enkelin Julius Cäsars willkommen heißt.«

Dann neigte er sich näher zu Selene und fügte hinzu: »Du wirst bis zum Ende des Spektakels an meiner Seite sitzen. Und wenn die Feierlichkeiten vorüber sind, dann komm in den Palast. Niemand außer dir darf meinen Sohn berühren.«

Britannicus erholte sich rasch von seinem unfreiwilligen Bad. Einer nach dem anderen ging, Leute, die den ganzen Abend um ihn herum gewesen waren: Claudius und Messalina, Agrippina und ihr mürrischer Sohn, die Hofärzte, und die Sklaven. Nur Selene und Andreas blieben.

Es war tiefe Nacht, das Schlafgemach war in den sanften Schein der Lampen gehüllt, die von der Decke herabhingen. Selene saß am Bett des Jungen, den Blick auf seinem Gesicht. Er schlief ruhig und tief.

»Woher kanntest du das Verfahren, das du heute angewendet hast?« fragte Andreas, der mit verschränkten Armen an einer Säule lehnte. »Ich habe noch nie davon gehört.«

»Ich habe es in Persien gelernt«, antwortete sie. »In mancher Hinsicht sind die Inder uns in der Heilkunde weit voraus.«

»Und nun verehrt das Volk dich als Göttin.«

»Die Leute brauchen immer ein Idol. Morgen wird es jemand anderer sein.«

Andreas trat von der Säule weg und wanderte durch das prunkvolle Schlafgemach. »Ich war sehr froh, dich heute abend auf dem Fest zu sehen«, sagte er. »Ich dachte schon, ich hätte dich verfehlt.«

»Mich verfehlt?« Sie drehte sich erstaunt um. »Was meinst du damit?«

»Ich suchte heute nachmittag Paulinas Haus auf, und du warst nicht da.«

Selene sah ihn an. Noch immer übte er die gleiche starke Anziehungskraft auf sie aus wie vor vielen, vielen Jahren. »Liebst du Paulina?« hörte sie sich fragen.

Er zog die Brauen hoch. »Ja, ich liebe sie. Aber als Freundin.«

»Du kamst heute morgen in Rom an und bist direkt zu ihr gegangen.«

»Um *dich* zu sehen.«

»Das glaube ich dir nicht.«

»Frag den Sklaven am Tor, wenn du nach Hause kommst. Als mein Schiff hier einlief, hatte ich nur einen Wunsch – dich zu sehen.«

»Warum hast du mir nie geschrieben?«

»Ich habe es versucht«, antwortete er leise. »Viele Male.«

Selene krampfte die Hände ineinander. »Warum bist du nach Spanien gereist, anstatt sofort nach Rom zurückzukehren?«

»Claudius sandte mich dorthin. Er wollte etwas geklärt haben, und ich war der einzige, dem er vertraute. Ich hatte keine Wahl.«
Es knisterte etwas in der Luft. Selene fühlte es. Es ging von Andreas aus und von ihr selber. Laß es, sagte sie sich. Ihr seid jetzt Fremde. Es ist zu viel geschehen. Reiß die Wunden nicht wieder auf. Laß es ruhen.
Aber sie konnte nicht. Die Vergangenheit hatte zuviel Macht über die Gegenwart.
»Andreas«, sagte sie leise, »ich möchte dich etwas fragen. Ich sollte es wahrscheinlich nicht tun. Ich sollte es ruhenlassen und allmählich vergessen. Nach den langen Jahren...«
Er kam näher zu ihr. »Was willst du wissen?«
»Bist du...« Sie starrte auf ihre verkrampften Hände. Wenn er nein sagt, wenn er nein sagt... »Bist du je nach Palmyra gereist, Andreas?«
Sein Gesicht zeigte Verständnislosigkeit. »Nach Palmyra?«
Selene wünschte, sie hätte geschwiegen. Dann hätte sie die Wahrheit nicht hören müssen.
»Weshalb hätte ich nach Palmyra reisen sollen?« fragte Andreas.
Selene legte eine Hand auf Britannicus' Stirn.
»Ich bin von Antiochien fortgegangen, ja«, sagte Andreas. »Um dich zu suchen. Aber nicht in Palmyra. Ich bin nach Tyrus gereist.«
Sie stand auf und trat ihm gegenüber. »Ich habe dir damals eine Nachricht hinterlassen. Hast du sie bekommen?«
»Ja. Aber was hat das mit Palmyra zu tun?«
»Das erklärte ich in meinem Schreiben.«
Andreas runzelte die Stirn. »In welchem Schreiben? Das Mädchen, das mir deine Nachricht überbrachte, sagte, du zögest nach Tyrus.«
»Nach Tyrus?«
»Ja, um zu heiraten.«
Selene war wie vom Donner gerührt. »Um zu heiraten? Und das hast du geglaubt?«
»So lautete doch die Nachricht, die du mir hinterlassen hattest.«
»Das stimmt nicht. Ich bat das Mädchen, dir zu sagen, daß meine Mutter mit mir nach Palmyra reisen würde. Ich wünschte mir, du würdest nachkommen und mich zurückholen. Ich hinterließ dir ein Schreiben auf einem Tontäfelchen.«
»Ich habe das Schreiben nie erhalten«, entgegnete er. »Das Mädchen berichtete, du hättest ihr gesagt, du hättest dich entschlossen, einen anderen zu heiraten.«
»Andreas! Das war eine Lüge!«
»Weshalb hätte sie lügen sollen?«

»Vielleicht wollte sie dich für sich haben.«
Andreas versuchte, sich an das Mädchen zu erinnern, das ihn damals nach dem Überfall am Hafen bei sich aufgenommen hatte. Sie war ein Mädchen mit traurigen Augen gewesen, die wie ein kleiner Geist durch das Haus gehuscht war. Sie war noch im selben Herbst an einer zehrenden Krankheit gestorben. Malachus hatte sie geliebt, daran erinnerte sich Andreas jetzt.
Er faßte Selene bei den Schultern. »Du sagst, es war eine Lüge, aber du hast dennoch geheiratet.«
»Nein! Nie.«
»Deine Tochter –«
»Ihr Vater und ich waren nicht verheiratet. Ich begegnete ihm lange, nachdem ich aus Antiochien fortgezogen war. Er –«
Andreas brachte sie mit einem Kuß zum Schweigen, und sie schlang ihm die Arme um den Hals.
»Ich habe dich überall gesucht«, murmelte er, den Mund in ihrem Haar. »Ich reiste nach Tyrus, nach Cäsarea. Ich lebte nur für den Tag, wo ich dich wiederfinden würde, Selene. Der Schmerz war unerträglich. Ich dachte, wenn ich dich finden würde, würde ich um dich kämpfen, dich zurückgewinnen. Ich hatte keine Ahnung, wohin du verschwunden warst.«
»Die grauenvollen Monate in Lashas Palast«, stammelte sie schluchzend. »Und dann die Wüste, immer auf der Flucht, immer in Angst. Aber du hast mich immer begleitet, Andreas. Ich betete darum, daß du mich eines Tages finden würdest.«
»Und jetzt endlich habe ich dich gefunden und lasse dich nie wieder fort. Nie habe ich einen Menschen so sehr geliebt, Selene, wie ich dich liebe. Du hast mich gelehrt, wieder zu träumen, wieder zu hoffen. Du gabst mir meine Selbstachtung wieder, aber als du verschwandst, da waren die Träume und die Hoffnung zerschlagen. Ich ging wieder aufs Meer...«
»Jetzt können wir wieder träumen, Andreas. Zusammen! Wir können dort wieder anfangen, wo wir in der Grotte aufgehört haben. Du wirst deine Bücher schreiben, du wirst unterrichten, und ich –«
Sie küßten sich wieder und all der Schmerz des grausamen Getrenntseins wurde von ihren Tränen fortgespült. Dann führte Andreas Selene hinaus, in jene Räume im Palast, wo er wohnte.

Achtes Buch
Rom

59

Da stand es. Das *Domus Julia,* Zuflucht für die Kranken und Leidenden.
Kaiserin Agrippina zog den Vorhang ihrer Sänfte gerade so weit auf, daß sie hinausspähen konnte, ohne selber gesehen zu werden. Sie hatte auf dem linken Ufer des Tiber anhalten lassen, um das Treiben auf der Insel zu beobachten, wo das Domus Julia im Bau war. Diese Frau, dachte sie jetzt, besitzt die Anmaßung, diesem Werk ihrer Narrheit den Namen eines der ältesten und vornehmsten Geschlechter Roms zu geben. Und Claudius, dieser Idiot, billigt es.
Agrippina packte den Vorhang fester. Sie wußte genau, was Julia Selena im Schilde führte – daß sie diesen Namen angenommen hatte, war Beweis genug für ihre ehrgeizigen Pläne. Der Name Julia Selena war Selene vor fünfeinhalb Jahren am Abend des Flußfestes vom römischen Volk verliehen worden. Wie demütig hatte sich Julia Selena gezeigt, nachdem sie Britannicus das Leben gerettet hatte. Mit welcher Bescheidenheit hatte sie die Huldigungen des Pöbels entgegengenommen! Aber Agrippina wußte die Wahrheit. Sie wußte, daß Julia Selena die Herrschaft über das Römische Reich genau so entschlossen anstrebte wie sie selber, Agrippina.
Seitdem sie nach Messalinas Hinrichtung vor viereinhalb Jahren Claudius' Ehefrau geworden war, wurde Agrippina nur von einem Ehrgeiz getrieben: Mutter eines Kaisers zu werden. Sie hatte es erreicht, Claudius' Ehefrau und zu seiner rechtmäßigen Gattin erklärt zu werden, und sie hatte Claudius dazu überreden können, ihren Sohn Nero als seinen eigenen zu adoptieren, was ihn, da er älter war als Britannicus, zum Thronfolger machte. Jeder, der für Agrippinas Pläne auch nur die geringste Bedrohung darstellte, wurde beseitigt. Sie hatte dafür gesorgt, daß ihr Sohn der einzige noch lebende Nachkomme aus dem vereinten Geschlecht der Julier und Claudier war; das Volk würde nach Claudius' Tod keine Wahl haben, als ihn als Herrscher anzunehmen.
Doch nun, so schien es, gab es ein neues Hindernis.
Agrippina beobachtete die Aktivitäten auf der Insel mit scharfem Blick. Die Bauarbeiter, die Steinmetze, die Marmorschleifer, die Handwerker und die Baumeister, alle wimmelten sie so geschäftig wie die Bienen auf dem Gelände herum. Hirnlose Drohnen, dachte Agrippina, die ihre Kö-

nigin umschwirren. Aber wo war denn die ›Erhabene‹ an diesem Morgen?
Agrippina zog den Vorhang ein wenig weiter auf und ließ ihr Auge über die Insel schweifen.
An ihrem Südende stand der alte, bescheidene Tempel des Äskulap, umgeben jetzt von Gärten und den kleinen Nebengebäuden – Vorrats- und Räucherhäusern –, die Julia Selena in provisorische Krankenasyle umgewandelt hatte. Beherrscht jedoch wurde die Insel von dem erst halbfertigen Bau des Domus mit seinen majestätischen Granitsäulen und Marmorbögen, die von zukünftiger Pracht kündeten und ahnen ließen, daß dieser Bau alle anderen Bauwerke Roms – das Theater des Marcellus ebenso wie den Tempel des Agrippa – überstrahlen würde.
Ein Haus für Kranke!
Agrippina gab den Trägern Zeichen, sie näher an das Flußufer heranzutragen. Sie hoffte, einen Blick auf Julia Selena erhaschen und sich mit eigenen Augen vergewissern zu können, ob das, was ihre Informanten ihr zugetragen hatten, der Wahrheit entsprach.
Von ihrem neuen Standort aus konnte Agrippina die Gartenwege sehen, die noch trockenen Springbrunnen, Büsche und Sträucher noch winterlich kahl. Bald jedoch würde die Insel einem Göttergarten gleich mitten im alten grauen Fluß erblühen. Das war Julia Selenas Werk. Agrippina konnte sich nicht erinnern, daß die Insel je etwas anderes gewesen war als ein Schandfleck. In fünfeinhalb Jahren hatte Julia Selena ein Schmuckstück aus ihr gemacht.
Nur dank Claudius' neuem Erlaß hatte sie das schaffen können, der gleich nach dem Flußfest geschrieben worden war und bestimmte, daß jeder Sklave, der auf der Tiberinsel ausgesetzt und dort geheilt wurde, freigelassen werden mußte.
Die Konsequenzen waren vorhersehbar gewesen und hatten sich schnell gezeigt. Niemand wagte, gegen den Erlaß des Kaisers zu verstoßen; plötzlich begannen die Leute, die alte Insel wieder zu achten. Und die Sklavenhalter erkannten, daß sie gutes Geld zum Fenster hinauswarfen, wenn sie ihre Sklaven auf der Insel aussetzten, nur um sie nach ihrer Gesundung freilassen zu müssen.
Beinahe über Nacht hatte die üble Praxis, unbrauchbar gewordene Sklaven auf die Insel abzuschieben, ein Ende. Die Zahl der Pflegebedürftigen verringerte sich zusehends, Tempelraum und Nebengebäude leerten sich, die Insel begann sich zu erholen. Gold von reichen Spendern, die sich der Gunst des Kaisers versichern wollten, floß in die Truhen; Mauern und Dächer wurden repariert; Gärten und Brunnen wurden angelegt. Die

Hilfesuchenden kamen wieder und mit ihnen die Ärzte aus der Stadt. Alle sagten, der Gott wäre auf die Insel zurückgekehrt, und seine Rückkehr sei allein der Enkelin des göttlichen Julius Cäsar zu verdanken.
Die Römer waren ein frommes und abergläubisches Volk; sie achteten die alten Traditionen, fürchteten die Götter und verehrten ihre Vorfahren. Das erklärte Julia Selenas ungeheure Popularität. Stets schnell bereit, sich einen Helden zu erwählen, den sie vergöttern konnten, hatten die Leute Roms Julia Selena zu ihrem Idol erhoben – nicht nur wegen ihrer Abstammung, sondern auch wegen ihrer ›guten Werke‹.
Agrippina krallte die Finger so fest in den Vorhang, daß er beinahe zerriß. Wieso durchschauten die Leute Julia Selenas Spiel nicht? Ein Asyl für die Kranken, bei allen Göttern! Wo sie bleiben konnten, solange es nötig war, und von ausgebildeten Pflegern versorgt wurden. Auf der ganzen Welt gab es keine solche Einrichtung. Es war eine List, da war Agrippina ganz sicher; diese Zufluchtsinsel und dieses obszöne Haus mit seinen zum Himmel aufragenden Säulen sollten einzig dazu dienen, Julia Selena ihren Platz in den Herzen der Leute zu sichern.
Damit ihr Sohn und nicht meiner der nächste Kaiser wird!
Endlich erblickte sie sie. In die weiße Leinenstola gekleidet, die sie kennzeichnete, das Haar in ein Tuch eingebunden, den wohlbekannten Ebenholzkasten über der Schulter, trat Julia Selena aus einem der kleinen Steinhäuser und schritt einen Pfad entlang zum Baugelände am nördlichen Ende der Insel. Ihr dicht auf den Fersen war ihr ›Schatten‹, Pindar, der Schwachsinnige, der eines Tages auf der Insel erschienen war und seitdem nicht mehr von Julia Selenas Seite wich.
Agrippina kniff die Augen zusammen. Julia Selena näherte sich jetzt dem Domus; die Männer legten die Arbeit nieder und begrüßten sie mit lauten Rufen. Der launische Märzwind, der aus dem Westen geblasen hatte, drehte sich plötzlich und wehte fauchend von Norden heran. Er packte Julia Selenas Palla und hob sie hoch, so daß die neue volle Rundung ihres Leibes sichtbar wurde.
Agrippina ließ den Vorhang fallen. Sie hatte genug gesehen. Ihre Informanten hatten die Wahrheit gesprochen. Julia Selena war schwanger.
Während sie den Trägern ihre Befehle gab und vom Flußufer weggetragen wurde, begann sie schon, ihre Überlegungen anzustellen. In den vergangenen fünfeinhalb Jahren war Julia Selena keine Bedrohung für sie gewesen; jetzt aber war sie gefährlich geworden. Agrippina wußte, daß sie handeln mußte.
Julia Selenas Kind – und das Domus – durften nicht am Leben bleiben.

60

Wie immer, wenn Ulrika Paulina besuchte, versuchte sie, sich einzureden, daß sie nicht Eirics wegen kam. Wenn sie ihm wirklich begegnete, und ihre Blicke sich trafen, versuchte sie, nicht darauf zu achten, daß ihr Herz plötzlich schneller schlug. Ulrika war gern bereit einzugestehen, daß sie vor sieben Jahren, als sie zwölf gewesen war, eine Art schwesterlicher Zuneigung zu Eiric empfunden hatte, aber von Liebe konnte wahrhaftig keine Rede sein. Das war undenkbar.

Ulrika besuchte Paulina häufig. Das Haus, in dem sie mit ihrer Mutter und Andreas, ihrem Stiefvater, lebte, war nicht weit entfernt; sie kam, weil sie den kleinen Valerius wie einen Bruder liebte. Sie half ihm beim Lernen, sie spielte mit ihm, jeder gab dem anderen etwas, das ihm in seinem Leben fehlte.

Sie fand Valerius im Peristyl, wo er sich versteckt hatte, um die Ankunft der ersten Gäste zu erwarten, die zu Paulinas großem Fest an diesem Nachmittag geladen waren. Ulrika schlich sich von hinten an ihn heran, packte ihn und schwang ihn hoch in die Luft. Valerius quietschte und strampelte wild mit den Beinen.

»Uff, kleiner Bruder«, rief Ulrika keuchend und ließ ihn herunter. »Dafür wirst du langsam zu schwer. Du bist ja auch schon sechs, ein richtiger großer Junge.«

Aber als sie sich aufrichten wollte, schlang Valerius seine Arme fester um ihren Hals. »Geh nicht weg, Rikki«, bat er.

Sie kniete vor ihm nieder und strich ihm das Haar aus den Augen, die sie unter zusammengezogenen Brauen flehend ansahen. Warum fürchtet er sich immer so? dachte sie.

Paulina war eine gute Mutter, aber sie hatte viel zu tun und erkannte nicht immer die Bedürfnisse des Kleinen. Ulrika erinnerte sich, sie war selbst in ihrer Kindheit oft einsam gewesen, den Erwachsenen im Weg.

»Soll ich lieber nicht auf das Fest gehen, Valerius?«

»Ach, gegen das Fest habe ich gar nichts, Rikki. Ich will nur nicht, daß du Drusus heiratest.«

Ulrikas Gesicht verdüsterte sich. In solchen Momenten hätten die beiden Geschwister sein können; zwei junge Gesichter, die sich in ihrem düsteren Ernst wie Spiegelbilder glichen. Aber gleich lächelte Ulrika wieder.

»Ganz gleich, wen ich heirate, Brüderchen«, sagte sie heiter, »du kommst mich immer besuchen.«

»Ja, aber ich kann nicht mit dir zusammen wohnen.«

»Das tust du doch jetzt auch nicht.«

Valerius machte ein nachdenkliches Gesicht. Sie hatte recht, und doch war es etwas anderes. Rikki wohnte jetzt nur ein paar Häuser weiter und kam beinahe jeden Tag. Er ahnte, daß sich alles verändern würde, wenn sie heiratete, er wußte nur nicht recht, was.

»Dann hast du bald selber einen kleinen Jungen und vergißt mich.«

»Aber Brüderchen!« Sie zog ihn in ihre Arme und drückte ihn an sich. »Was sind das für finstere Gedanken!«

Doch verneinen konnte sie es nicht. Ganz gleich, wen sie einmal heiraten würde, sie würde fortziehen und, das hoffte sie jedenfalls, eigene Kinder haben.

Plötzlich ärgerte sich Ulrika über Paulina. Sie sollte im Beisein des Jungen nicht über solche Dinge sprechen. Zumal Ulrika nicht die geringste Absicht hatte, Drusus zu heiraten. Die Vorstellung war genauso absurd wie der Gedanke, daß sie Eiric lieben könnte.

Während Ulrika Valerius aus dem Innenhof in sein Kinderzimmer führte, dachte sie an Drusus. Er war ein sehr schöner junger Mann aus alter, reicher Familie mit ehrgeizigen Zukunftsplänen. Im Gegensatz zu vielen anderen Verehrern, die um Ulrika warben, war er noch jung, dreiundzwanzig erst. Ihm machte es wie den anderen hoffnungsvollen Bewerbern nichts aus, daß Ulrika bereits neunzehn war, nach römischen Maßstäben zu alt, um noch unverheiratet zu sein. Die Männer waren bereit, das Alter zu übersehen, da eine Heirat mit Ulrika ungeheure Vorteile bot: Sie war schön, sie brachte eine ansehnliche Mitgift mit und sie war aus bester Familie. Tatsächlich gehörte Ulrika zu den begehrtesten jungen Frauen Roms.

Doch wie konnte sie ihrer Mutter und Paulina erklären, daß sie zur Ehe gar nicht bereit war; daß sie sich von einer unerklärlichen, rastlosen Energie getrieben fühlte, der sie keinen Namen geben konnte? Seit ihrem zwölften Geburtstag, damals in Alexandria, spürte Ulrika dieses Feuer in sich, das nach Befreiung drängte.

Aber Befreiung wozu? fragte sie sich, in Valerius' Zimmer angekommen, wo das Kindermädchen wartete.

Sie fühlte sich getrieben, aber sie wußte nicht, zu welchem Ziel. Der ungeheure Tatendrang, den sie in sich spürte, fand keine Nahrung. Sie arbeitete gern auf der Insel, teilte das Interesse ihrer Mutter an der Medizin und an den kranken Menschen, aber sie fühlte sich in Rom so gefesselt wie einst in Alexandria. Aber was wollte sie? Wollte sie vielleicht in die Fußstapfen ihrer Mutter treten und mit einem Medizinkasten über der Schulter durch die Welt wandern?

Vielleicht wird es mir eines Tages offenbart, dachte Ulrika, während sie

Valerius gut zuredete, sein Mittagsmahl aufzuessen. Wie es meiner Mutter offenbart wurde. Vielleicht schon bald...

Ulrika sah zum Fenster des Kinderzimmers hinaus. Dahinter war die Obstplantage zu sehen, die sich am Hang hinter der Villa hinaufzog. Die Aprilsonne lag hell auf den Bäumen, und Ulrikas Herz begann plötzlich zu jagen.

Sie dachte an Eiric, an die frühen Tage, als sie noch mit ihrer Mutter im Haus Paulinas gelebt hatte und sich abends in den Obstgarten hinausgestohlen hatte, um Eiric Sprachunterricht zu erteilen und sich von ihm seine Muttersprache lehren zu lassen. Wie scheu und unsicher sie damals gewesen waren! Unter Zitronen- und Orangenbäumen sitzend, hatten sie die Wörter ihrer Sprachen getauscht; Ulrika hatte mit einem Stock Buchstaben in die Erde geritzt und Eiric gelehrt, seine eigene Sprache zu lesen. Die Unsicherheit war mit der Zeit einer behaglichen Vertrautheit gewichen; wenn die Lernerei ihnen langweilig wurde, spielten sie miteinander. Eiric neckte Ulrika und zog sie an ihren Zöpfen; Ulrika spottete über seine Stimme, die noch nicht die richtige Tonlage gefunden hatte, und über den Flaum, der auf seiner Oberlippe sprießte. Sie rannten durch den Garten und bewarfen sich mit faulenden Früchten. Das waren glückliche, unkomplizierte Zeiten gewesen.

Aber eines Tages hatte sich alles geändert. Ulrika war fünfzehn, Eiric siebzehn. Sie waren im Obstgarten und spielten fangen. Ulrika stiebitzte Eiric eine Sandale, und er jagte sie durch die Bäume. Als er sie einholte, balgten sie sich lachend. Plötzlich stolperte Ulrika und stürzte zu Boden. Einen Moment lang rangen sie weiter, dann neigte sich Eiric plötzlich über sie und küßte sie mitten auf den Mund. Mit einem Ruck stieß Ulrika ihn weg. Er hätte abscheuliche Manieren, rief sie entrüstet und nannte ihn einen Barbaren.

Eiric war tödlich beleidigt gewesen und hatte kein Wort mehr mit ihr gesprochen. Und wenn sie versuchte, ihn aus der Reserve zu locken, sagte er nur, sie wäre wie ein kleines Kind und solle ihn gefälligst in Ruhe lassen.

Ulrika war wochenlang tiefunglücklich gewesen. Sie verstand ihre eigenen Gefühle nicht, konnte sich nicht erklären, warum sie so heftig reagiert und so grausame Worte gesprochen hatte. Immer wenn sie in Paulinas Haus kam, hielt sie nach Eiric Ausschau, doch er mied sie, und die alte Vertrautheit ließ sich nicht wiederherstellen.

Und schließlich war da noch dieser Zwischenfall an ihrem siebzehnten Geburtstag.

»Rikki!« Valerius zupfte an ihrem Gewand. Er hatte seine Eier und sein Brot aufgegessen.
Sie sah ihm lächelnd in das ernsthafte kleine Gesicht. »Versprich mir, daß du ein braver Junge bist, Brüderchen«, sagte sie. »Mach jetzt deinen Mittagsschlaf, und später bringe ich dir eine Überraschung.«
Auf dem Weg nach unten sagte sich Ulrika, daß ihre innere Rastlosigkeit eine Folge ihrer Kinderjahre sein mußte. Auf den endlosen Reisen, wo sie niemals ein festes Zuhause gehabt hatte, mußte der Keim dazu gelegt worden sein.
Durch das offene Tor zur Straße sah Ulrika drei Pferde und sie sah Eiric, licht und hell im Glanz der Sonne, der die Pferde führte.
An Ulrikas siebzehntem Geburtstag hatte Paulina in ihrem Haus ein Fest für sie gegeben. Viele Gäste waren gekommen, Gaukler und Schauspieler hatten die Gesellschaft unterhalten, Ulrika war mit den schönsten Geschenken bedacht worden. Doch sie hatte den ganzen Tag nur nach Eiric geschaut und bis zuletzt gehofft, daß er kommen und ihr Glück wünschen würde. Aber er kam nicht. Er ist eben immer noch beleidigt, sagte sich Ulrika. Typisch. Und sie redete sich ein, daß es gut war, daß er nicht gekommen war; er hätte sie mit seinen ungehobelten Manieren nur vor den anderen in Verlegenheit gebracht.
In derselben Nacht hatten Lärm und Getöse im Garten das ganze Haus geweckt. Lucas, der Sklavenaufseher, schleppte Eiric herein. Auf seinem Rücken waren frische Peitschenstriemen, sein Gesicht war voller Schrammen und blauer Flecken, seine Hände waren gefesselt. Der Junge, erklärte Lucas seiner Herrin, wäre dabei erwischt worden, wie er hatte davonreiten wollen, über die Hügel zur Küste. Er hatte fliehen wollen.
Das war ein schweres Verbrechen. Lucas hatte geraten, Eiric zur Warnung für die anderen Sklaven zu töten.
Da hatte Ulrika eingegriffen. Sie hatte Paulina um Nachsicht gebeten. Paulina zögerte. In einer Gesellschaft, wo die Geknechteten die Herren an Zahl weit übertrafen, war es wichtig, daß die Herren ihre Macht geltend machten. Niemand würde je den von Spartacus geführten blutigen Sklavenaufstand vergessen. Doch auf Ulrikas inständige Bitten hin hatte Paulina schließlich widerstrebend nachgegeben; mit der Auflage allerdings, daß der nächste Verstoß rücksichtslos bestraft werden würde.
Eiric wurde von seinen Fesseln befreit, und Ulrika ging, in der Annahme, daß er froh und dankbar sein würde, strahlend auf ihn zu. Doch er hatte ihr nur einen zornigen Blick zugeworfen, hatte sich umgedreht und war davongegangen.
Seitdem sprachen sie kaum noch miteinander. Wenn sie sich im Haus

zufällig begegneten, zeigte Ulrika kühle Gleichgültigkeit, und Eirics finstere Miene verriet nichts als Groll.
Er kann mir nicht das Wasser reichen, sagte sie sich jetzt, gegen ihre drängende Sehnsucht nach ihm ankämpfend. Wie könnte ich einen solchen Rohling lieben?
»Paulina«, sagte sie, als sie in den Innenhof trat, »ich habe Valerius zum Mittagsschlaf in sein Zimmer gebracht.«
»Danke dir, Ulrika.« Paulina nahm Ulrikas Hand und drückte sie. »Manchmal habe ich den Eindruck, *du* bist seine Mutter, und nicht ich.«
»Ach, du müßtest doch eigentlich inzwischen wissen, daß Mütter immer unterschätzt werden, Paulina«, meinte Ulrika. Rani fiel ihr ein, und sie fügte hinzu: »Dafür zählen die Ersatzmütter doppelt.«
Paulina lachte.
»Weil wir gerade von Müttern sprechen«, sagte Ulrika. »Ist meine schon da?«
Paulina schüttelte den Kopf. »Aber das wundert dich sicher nicht.«
»Nein. Soweit ich mich erinnere, ist meine Mutter das ganze vergangene Jahr kein einziges Mal pünktlich gewesen. Sie hat nur das Domus im Kopf.«
»Ich kann das verstehen«, meinte Paulina. »Das Domus ist die Erfüllung eines Traums, dem deine Mutter jahrelang nachgejagt ist. Wenn es fertig ist und die ersten Kranken dort aufgenommen werden, können sie und Andreas ein großes Werk beginnen.«
»Mir wäre es lieber, sie würde sich jetzt, wo sie das Kind erwartet, ein bißchen mehr Ruhe gönnen«, entgegnete Ulrika.
»Ja, da hast du natürlich recht.« Paulina freute sich mit Selene auf das Kind, das diese und Andreas sich so lange gewünscht hatten. Die flüchtige Enttäuschung darüber, daß Andreas nicht sie, sondern Selene gewählt hatte, hatte sie längst überwunden. Es war offenkundig, daß die beiden zusammengehörten; sie waren einander schon verbunden gewesen, ehe sie – Paulina – Andreas überhaupt kennengelernt hatte. Aus dieser Erkenntnis heraus war es ihr nicht schwergefallen, ihren heimlichen Traum von einer Ehe mit Andreas aufzugeben und ihren Freunden aufrichtig Glück zu wünschen.
Draußen ritten drei Männer heran, ihrer Erscheinung und ihrem Gebaren nach Männer von Bedeutung. Während Paulina beobachtete, wie sie absaßen, war Ulrikas Blick auf Eiric gerichtet, der für die Versorgung der Pferde verantwortlich war. Sein Gesicht war ausdruckslos, aber sie wußte, daß hinter der starren Maske kalter Haß sich verbarg. Eiric ver-

achtete die Eroberer seines Volkes und hatte sich bis heute nicht mit seinem Sklavendasein abgefunden.
Im Atrium stand ein Bediensteter, der die Namen der eintreffenden Gäste meldete. Die drei, die jetzt hereinkamen, waren Militärs. Der erste war ein bekannter Zenturio, der zweite ein ebenso bekannter Tribun.
Und der dritte war der Eroberer vom Rhein, der Befehlshaber Gaius Vatinius.

61

»Ich kann dir leider nicht helfen«, sagte Selene, nachdem sie die junge Frau untersucht hatte. »Ich kann die Ursache deiner Unfruchtbarkeit nicht feststellen und dir daher zu keiner Behandlung raten.«
Die Patientin war eine fünfundzwanzigjährige Frau der Oberschicht, seit neun Jahren verheiratet und immer noch kinderlos. Sie war eine von vielen Frauen ihres Standes, die mit diesem Problem zu Selene kamen.
Nachdem sie gegangen war, trat Selene an das kleine Fenster und atmete die frische Frühlingsluft. Den ganzen Winter über waren die kleinen Krankenquartiere zur Abwehr der Kälte fest verschlossen gehalten worden; in allen Räumen war nach alter römischer Tradition Brot verbrannt worden, um der muffigen Luft einen angenehmeren Geruch zu geben. Aber jetzt war endlich der Frühling da; die Insel grünte und blühte; vom Fluß wehten reinigende Lüfte durch die Krankenasyle.
Selene legte beide Hände auf ihren Leib und lächelte. Sie war glücklich, nach so langer Wartezeit doch noch schwanger geworden zu sein.
Nach den Ereignissen beim Flußfest vor fünfeinhalb Jahren war Selene wie selbstverständlich in die vornehmsten Kreise Roms aufgenommen worden. Die Leiden des römischen Adels unterschieden sich, wie sie schnell feststellte, in nichts von denen der Reichen anderer Städte und Länder – bis auf eine rätselhafte Ausnahme: Viele Paare waren mit Kinderlosigkeit geschlagen.
Anfangs hatte Selene angenommen, diese Leute wären auf eigenen Wunsch kinderlos; aber es hatte nicht lange gedauert, da waren die ersten Frauen zu ihr gekommen, um sich Rat und Hilfe zu holen.
Selene hatte Andreas nach möglichen Gründen für die Unfruchtbarkeit dieser Frauen gefragt, doch er hatte keine Erklärung dafür gehabt. Auffallend war, daß das Problem in den unteren Schichten nicht zu existieren schien. Die einfachen Leute hatten weiterhin große Familien und setzten ihre unerwünschten Kinder auf der Tempeltreppe aus.

Das, was Selene zunächst einfach als interessantes Phänomen sah, wurde bald zu ihrem persönlichen Problem. Nach ihrer Eheschließung im Oktober nach dem Flußfest hatten sich Selene und Andreas dringend ein Kind gewünscht, doch fünf Jahre lang war ihr Wunsch unerfüllt geblieben. Selene begann zu fürchten, die unbekannte empfängnisverhindernde Krankheit, an der die wohlhabenden Frauen Roms litten, hätte sich auch ihrer bemächtigt; denn dafür, daß sie nicht von Natur aus unfruchtbar war, hatte sie ja den Beweis – Ulrika.

Doch im Januar endlich hatte Selene zu ihrer großen Erleichterung gemerkt, daß sie schwanger war.

Sie sah in diesem Kind vor allem ein Geschenk an Andreas. Sie wußte, wie sehnlich er sich ein eigenes Kind wünschte. Er hatte es niemals ausgesprochen, doch die Sehnsucht war immer spürbar gewesen. Er war vierundfünfzig Jahre alt und wünschte sich von ganzem Herzen einen leiblichen Erben, an den er das, was er geschaffen hatte, weitergeben konnte: die Villa auf dem Hügel, das Vermögen, das er und Selene angesammelt hatten, sein Wissen, das er in der umfassenden Encyclopädie über die Medizin, die sich ihrer Vollendung näherte, niedergelegt hatte.

Und mit der Geburt dieses Kindes, dachte Selene, den Blick auf den Rohbau des Domus gerichtet, der die Hausdächer überragte, werden wir endlich eine richtige Familie sein.

Was ihre andere Familie betraf, die, welche im kaiserlichen Palast lebte, so hatte Selene wenig für sie übrig. Die Mutter und den Bruder, die man ihr vor langer Zeit entrissen hatte, hielt sie für tot.

Selene versuchte, auf der Sonnenuhr im Garten die Zeit abzulesen. Sie mußte sich auf den Weg zu Paulina machen; die Gäste würden bald eintreffen. Aber sie konnte sich vom Anblick des Domus Julia, das sich leuchtend weiß vom blauen Aprilhimmel abhob, nicht losreißen.

Das Domus wurde einzig nach Selenes Anweisungen und Vorstellungen erbaut; Krankenhaus und Lehrstätte zugleich sollte es werden, alle Vorzüge des persischen *chikisaka*, des römischen *valetudinariums*, der essenischen *infirmaria*, der großartigen Schule für Medizin in Alexandria in sich vereinen. Es würde nach Krankheitsart getrennte Pflegestationen haben, Tempelräume, die den verschiedenen Göttern geweiht waren, einen Operationsraum mit einer großen Kuppel, durch die von allen Seiten Licht einfallen konnte. Andreas hatte Unterrichtsräume entworfen, eine kleine Anatomie und die Wohnräume für seine Schüler. Jetzt wurden die Rohre gelegt, durch die das Domus mit frischem Wasser versorgt und durch die Exkremente und Abfälle fortgespült werden sollten. Das

Domus wurde nicht nur nach praktischen Erwägungen gestaltet; auch die Schönheit, nach Selenes Überzeugung Wohltat für jeden Kranken, sollte nicht zu kurz kommen. Wenn das Domus erst fertiggestellt war, würde die gewaltige weiße Kuppel weithin zu sehen sein, ein Wahrzeichen der Heilkunst und der Hilfsbereitschaft. Das Domus Julia würde einzigartig sein auf der ganzen Welt und, davon war Selene felsenfest überzeugt, ewig stehen.

Nun endlich konnte sie die innige Verbindung sehen, die zwischen ihrer Herkunft und ihrer Berufung als Heilerin bestand; sie zeigte sich ihr in diesem Bau, dem Domus Julia. Nur als Enkelin Julius Cäsars hatte es Selene gelingen können, eine solche Vision Wirklichkeit werden zu lassen. Dies war es, was sie in ihren Fieberträumen auf dem Euphrat gesehen hatte – weiße Alabastermauern, die in der Sonne leuchten. Und zugleich war es die Verwirklichung des Traums, dem sie und Andreas sich damals in der Grotte verschrieben hatten: gemeinsam für ein Ziel zu arbeiten.

Als Selene sich vom Fenster abwenden wollte, sah sie Pindar kommen. Er rannte offensichtlich erregt den Pfad herauf.

Pindar gehörte zur Insel wie die Bäume und die Blumen, die jetzt auf ihr wuchsen. Er lebte hier und versorgte die Gärten, seine Anwesenheit war allen Selbstverständlichkeit geworden, und auch Selene, der er wie ein Schatten folgte, hatte sich längst an ihn gewöhnt.

Keiner wußte genau, wann er zum erstenmal auf die Insel gekommen war. Eines Tages war er da gewesen und hatte die Gartenwege gefegt, hatte die Brunnen gesäubert und die Hecken gestutzt. Als Selene sich schließlich bei den anderen erkundigt hatte, wer er sei, stellte sich heraus, daß niemand das wußte.

Pindar war ein Mann in den Dreißigern, aber er wirkte wie ein Halbwüchsiger, schlaksig, ungelenk, immer ein wenig scheu. Seine Tunika, die ihm lose um die langen Glieder schlotterte, saß immer schief, die Sandalen waren stets falsch geschnürt, das Haar hing ihm meist wirr wie ein Knabenschopf in die Stirn. Auch sein Gesicht war ungewöhnlich; es hatte die Züge eines Erwachsenen, doch es war völlig faltenlos, offen wie das eines Kindes. Und sein Lächeln war von einer gewinnenden Zärtlichkeit.

Er war völlig anspruchslos, sprach wenig, verlangte nie etwas, begnügte sich damit anzupacken, wo gerade Hilfe gebraucht wurde. Darum duldete man ihn gern.

Eines Tages war ein Mann erschienen, ihn zu holen. Er hieß Rufus und er war der Vater des Mannes.

»Er meint's nicht böse«, erklärte Rufus Selene, als Pindar sich seinen Bemühungen, ihn von der Insel wegzubringen, widersetzte. »Der Junge ist nun mal so. Wenn er sich einmal was in den Kopf gesetzt hat, läßt er sich einfach nicht umstimmen. Ich weiß nicht, was er sich jetzt wieder denkt. Ich hab ihn bestimmt schon hundertmal von der Insel geholt, und immer läuft er wieder her.«

Rufus war ein großer, bulliger Mann von fast sechzig Jahren mit grauem Bart und dem von Narben gezeichneten Gesicht des alten Kriegers. Seine Tunika war aus grobem, selbstgewebtem Tuch, und er roch nach Zwiebeln. Arme Leute, dieser Vater und sein Sohn, dachte Selene, der eine ungebildet, der andere einfältig.

»Er kann bleiben«, sagte Selene. »Er ist uns eine Hilfe.«

»Er möchte gern hier übernachten, wenn du's ihm erlaubst, Julia Selena«, sagte Rufus offensichtlich erleichtert. »Ich arbeite den ganzen Tag, und Pindar braucht jemanden, der auf ihn aufpaßt. Die Leute haben ihn immer schlecht behandelt, nur weil er ein bißchen unbedarft ist.«

»Hier wird keiner grausam zu ihm sein, dafür sorge ich.«

Der einfältige Pindar war also geblieben. Immer konnte man ihn in Selenes Nähe sehen, wo er irgendeine Arbeit machte und jeden, der vorüberkam, anlächelte.

Als er jetzt den Pfad heraufgelaufen kam, sah Selene, daß der Hund ihn begleitete. Die Rettung des Hundes hatte Selene tiefen Einblick in Pindars Wesen gegeben.

Es waren viele Hunde auf der Insel. Sie liefen frei herum, dienten als Wachhunde, jagten die Ratten und die Kaninchen und wurden mit Abfällen gefüttert. Sie waren alle gut genährt, nur einer, groß und zottig wie ein alter Bär, war von Tag zu Tag magerer geworden, war bald so ausgezehrt, daß man die Rippen unter dem glanzlosen Fell zählen konnte. Alle hatten angenommen, er wäre krank und würde bald eingehen.

Eingegangen wäre er sicher, aber nicht an einer Krankheit.

Eines Tages hatte Pindar dem Hund das Maul geöffnet, die abgebrochenen, verfaulten Zahnstummel gesehen und sofort begriffen, daß das arme Tier einfach nicht kauen konnte, was ihm als Futter hingeworfen wurde. Es war nahe daran, mitten im Überfluß Hungers zu sterben. Pindar hatte etwas Brot in Soßenreste getunkt, aus dem weichen Brei kleine flache Kuchen geformt und diese dem Hund zu fressen gegeben. Der Hund hatte sie gierig hinuntergeschlungen, und von da ab hatte Pindar das Tier jeden Tag getreulich gefüttert. Es war langsam wieder zu Kräften gekommen und sprang jetzt munter hinter seinem Retter den Pfad entlang.

Als Pindar Selene am Fenster erblickte, fuchtelte er aufgeregt mit den Armen. Sie wußte sofort, daß etwas geschehen war und sie ahnte auch schon, was es war.
Als sie auf der Baustelle ankam, sah sie, daß die Arbeiter die Arbeit niedergelegt hatten. Sie waren alle aus dem Bau geflohen und standen unruhig und nervös draußen in der Sonne.
»Was ist los?« fragte Selene Gallus, den Vorarbeiter.
Er war ein massiger Mann mit mächtigen Schultern und den Muskeln eines Gladiators. Doch er wirkte ängstlich, als er auf Selene zutrat. »Es ist wieder geschehen, Herrin«, sagte er.
Selene preßte die Lippen aufeinander. Das viertemal in drei Wochen! Wer war der Urheber dieser Sabotageakte?
»Wo ist es?« fragte sie.
Er wies auf das Gebäude. »Drinnen. Die Männer weigern sich, wieder reinzugehen. Ein paar sind schon auf und davon. Sie behaupten, das Haus wäre verflucht.«
Selene warf ihm einen strengen Blick zu. Sie hatte Gallus davor gewarnt, solches Gerede unter den Leuten zu fördern.
Sie raffte ihr Gewand in die Höhe, stieg über Schutt und Steine und trat in das Gebäude. Eine Schicht feinen Staubes von den Marmorplatten, die die Schleifer zu bearbeiten begonnen hatten, bedeckte den Boden, die Gerüste, den Arbeitstisch des Baumeisters. Selene steuerte auf das Zentrum des Gebäudes zu, wo in einigen Monaten direkt unter der Kuppel ein Standbild der Venus aufgestellt werden sollte.
Abrupt blieb sie stehen, drückte eine Hand auf den Mund und wandte sich ab. Sie kämpfte die aufsteigende Übelkeit hinunter, ehe sie umkehrte und wieder ins Freie trat.
»Woher kommt das Ding?« fragte sie den Vorarbeiter.
»Einer der Arbeiter hat es in eine der Wände eingemauert gefunden. Er sagte, der Mörtel wäre noch frisch gewesen. Es muß in der Nacht gemacht worden sein.«
Selene schloß einen Moment die Augen, als könnte sie so das Bild des obszönen Dings auslöschen, das sie eben gesehen hatte. »Wo waren die Wächter?« fragte sie dann.
»Sie behaupten steif und fest, sie wären wach gewesen, Herrin. Und alle Lampen waren erleuchtet. Wir haben die Zahl der Wächter verdreifacht seit...«
Seit der vergangenen Woche, als an einer der Säulen eine tote schwarze Ziege gehangen hatte.
Selene konnte es nicht fassen. Diese Akte konnten nur das Werk eines der

Arbeiter oder Handwerker sein, die auf der Insel tätig waren. Dreihundert waren es, und jeder konnte der Täter sein.
»Hol es heraus«, sagte sie. »Verbrenn es.«
Aber der Vorarbeiter rührte sich nicht.
»Ich sagte, du sollst es entfernen.«
»Tut mir leid, Herrin«, entgegnete Gallus, »aber das ist etwas Böses. Das ist das Werk von bösen Geistern. Wenn ich das anrühre, was geschieht dann mit mir?«
»Aber Gallus, es ist doch nur ein –« Sie konnte es nicht aussprechen. Ruhiger sagte sie: »Jemand versucht, die Fertigstellung des Domus zu verzögern, verstehst du? Man will uns Angst einjagen. Das Ding da drinnen, Gallus, ist nur ein *Ding*.«
»Es ist böser Zauber.«
Selene bemerkte die Unruhe der Männer.
»*Ich* habe keine Angst davor«, sagte sie und drehte sich um, wieder hineinzugehen.
Doch Pindar hielt sie fest. Er wollte sich an ihr vorbeidrängen.
»Nein, Pindar«, sagte sie. »Ich tue es selber. Ich muß ihnen zeigen, daß ich mich nicht fürchte.«
Sie suchte sich zwei Stöcke und klemmte das Ding zwischen ihnen ein. Als sie damit in den Sonnenschein hinaustrat, wichen die Männer zurück und schlugen das Zeichen, das sie vor bösem Zauber schützen sollte. Selene eilte an den Rand der Insel und ließ die Stöcke samt ihrem Anhängsel ins Wasser fallen.
Zu den Männern zurückgekehrt, bemühte sie sich, ihr Zittern zu verbergen. »Es ist fort«, sagte sie. »Ihr habt nichts zu fürchten.«
»Es ist böser Zauber«, behauptete Gallus wieder. »Jemand hat den Bau verflucht, und der Fluch wird uns alle treffen.«
»Geht jetzt alle wieder an die Arbeit.«
Die Männer tauschten stumme Blicke.
»An die Arbeit, habe ich gesagt.«
Selene bemerkte, daß sie alle auf ein Zeichen von Gallus warteten. Doch Gallus zögerte. Da stieg sie die Treppe zum Domus hinauf und ergriff einen schweren Hammer. Sie schwang ihn hoch über ihren Kopf und rief laut: »Dann mache ich die Arbeit eben selbst. Ich lasse nicht zu, daß der göttliche Julius auf diese Weise beleidigt wird.«
Ein paar Männer eilten zu ihr und nahmen ihr das schwere Werkzeug aus der Hand. Sie müsse an ihren Zustand denken, sagten sie und beteuerten, daß sie den göttlichen Julius und seine Enkelin verehrten. Dann nahmen sie wie gescholtene Kinder kleinlaut die Arbeit wieder auf.

»Ich werde wohl die Priester holen müssen, um die bösen Geister austreiben zu lassen. Nur so kann ich die Männer dazu bewegen, am Domus weiterzuarbeiten.«
Ulrika, die Arm in Arm mit ihrer Mutter durch den Garten ging, fragte: »Aber wer kann denn da dahinterstecken?«
Selene schüttelte den Kopf. Ihr Blick war auf das hell erleuchtete Speisezimmer gerichtet, wo Paulina mit ihren Gästen wartete, aber sie sah sie nicht. Sie sah vielmehr das obszöne Ding, das sie vor kurzem in den Fluß geworfen hatte, und fragte sich, welche schrecklichen Dinge der nächste Morgen bringen würde.
Drei martialisch aussehende Männer, die im Innenhof beieinanderstanden und debattierten, unterbrachen ihr Gespräch, als Ulrika und Selene sich näherten, und stellten sich Selene vor. Als Vatinius seinen Namen nannte, sah Selene ihn starr an.
Einen Moment lang betrachtete sie ihn stumm. Zu ihrer Überraschung war er ein ungewöhnlich schöner Mann.
»Befehlshaber Vatinius?« sagte sie. »Habe ich nicht schon von dir gehört?«
Der Militärtribun lachte, daß die weißen Zähne in seinem braungebrannten Gesicht blitzten. »Wenn nicht, Julia Selena, wäre er niedergeschmettert. Unvorstellbar, daß es in Rom auch nur eine schöne Frau gibt, die noch nicht von Gaius Vatinius gehört hat!«
Sie ignorierte den Mann und hielt den Blick auf Gaius Vatinius gerichtet. Sein Gesicht war von einer strengen Schönheit, seine Haltung verriet Hochmut. Um seine Lippen spielte ein Lächeln.
»Bist du vielleicht«, hörte Selene sich fragen, »der Gaius Vatinius, der vor einigen Jahren am Rhein kämpfte?«
Sein Lächeln vertiefte sich. »Du hast also doch von mir gehört«, stellte er fest.
Selene schloß die Augen. Wulf, dachte sie, was ist geschehen? Bist du nie nach Germanien zurückgekommen? Ach, Wulf! Du hast deine Rache nie bekommen...
Gaius Vatinius wandte sich Ulrika zu, musterte sie mit unverhohlenem Wohlgefallen von Kopf bis Fuß. Im nächsten Moment meldete ein Sklave, daß das Mahl serviert sei, und die drei Männer entschuldigten sich, um ins Speisezimmer zu gehen.
»Mutter«, sagte Ulrika erschrocken, als sie Selenes bleiches Gesicht sah. »Ist dir nicht gut?«
»Doch, doch, es geht mir sehr gut.«
»Du denkst an das Domus.«

»Nein.«
Ulrika sah den drei Männern nach, die ins Speisezimmer traten. »Haben sie dich erschreckt?« fragte sie. »War es Gaius Vatinius?«
Selene zwang sich zu einem Lächeln. »Niemand hat mich erschreckt, Ulrika. Ich fühle mich ganz wohl. Komm, gehen wir hinein.«
»Wer ist dieser Gaius Vatinius?«
Selene mied den Blick ihrer Tochter, als sie antwortete: »Er befehligte früher die Legionen am Rhein. Aber das war lange vor deiner Geburt.«
Vier Tische standen in dem großen Raum, jeder auf drei Seiten von Ruhebetten flankiert. Die Plazierung der Gäste erfolgte nach strengem Protokoll, wobei die Ehrengäste jeweils auf dem linken Rand eines Betts lagen. Die vierte Seite eines jeden Tisches war frei, damit die Sklaven ungehindert Speisen und Getränke servieren konnten.
Als sie das Speisezimmer betraten, gesellte sich Andreas zu ihnen und legte Ulrika den Arm um die Taille.
»Ich sehe«, flüsterte er ihr zu, »daß Paulina Odius und Odia eingeladen hat.«
Ulrika lachte. Es war ein privater Scherz zwischen ihnen. Sie konnten beide Maximus und Juno nicht leiden.
Sie drückte seinen Arm und warf ihm einen verschwörerischen Blick zu. Ulrika liebte ihren Stiefvater. Anfänglich hatte sie in Andreas einen Eindringling gesehen, aber bei der Hochzeitsfeier in Ostia hatte die Liebe in seinen Augen jedesmal, wenn er Selene ansah, sie so tief bewegt, daß alle Feindseligkeit ein für allemal verflogen war.
Andreas war ein feiner Mensch, gütig und sanft. Und sein Wissen war profund. Seine Encyclopädie, beinahe vierzig Bände mittlerweile, versprach das umfassendste Werk auf dem Gebiet der Medizin zu werden, das bisher geschrieben worden war. Ulrika half Andreas oft bei seiner Arbeit, schrieb nach seinem Diktat, las Korrektur und machte eigene Vorschläge. Er hörte immer auf sie und schätzte ihr Interesse.
»Aber wer sind denn diese drei?« fragte er sie und wies mit dem Kopf auf die drei Militärs in den scharlachroten Togen mit den goldenen Litzen, die sich benahmen, als wären sie die Herren des Hauses.
»Soldaten«, antwortete Ulrika und begab sich zu ihrem Platz.
Der Ehrenplatz an ihrem Tisch wurde von Gaius Vatinius eingenommen. Selene, die ihm als Tischdame zugedacht war, hatte ihren Platz links von ihm, Ulrika saß ihrer Mutter gegenüber. Dazwischen waren Maximus und Juno, der Zenturio und Aurelia, eine ältere Witwe, plaziert.
In der Mitte des Tisches prangte ein gebratener Fasan in seinem Federkleid, umgeben von Platten und Schalen mit verschiedenen Speisen, von

denen die Gäste sich mit den Fingern nahmen. Die Gespräche von sechsunddreißig Personen füllten den Raum und übertönten beinahe die Klänge der Panflöte, auf der ein einzelner Musiker in der Ecke des Saales spielte, während vierzig Sklaven lautlos von Tisch zu Tisch eilten, um die Speisenden zu bedienen.

Ulrika konnte den Blick nicht von Gaius Vatinius wenden.

»Ich sage euch, es ist eine Last«, erklärte er seinen Tischgenossen gerade. »Unter Tiberius unterzeichneten wir Friedensverträge mit den Barbaren, und jetzt brechen sie sie. Caligula plante, wie ihr vielleicht wißt, den Rhein zu überschreiten und die ›freien‹ Germanen zu unterjochen. Hätte er diese Pläne nur verwirklicht! Dann wäre ich jetzt nicht gezwungen, dorthin zurückzukehren.«

Als Gaius Vatinius Ulrikas aufmerksamen Blick bemerkte, verstummte er und starrte sie seinerseits an. Er wußte ihre aparte Schönheit wohl zu würdigen – das lichtbraune Haar und die blauen Augen. Ein Blick auf ihre linke Hand verriet ihm, daß sie unverheiratet war, was ihn angesichts ihres Alters überraschte.

Er bedachte sie mit seinem charmantesten Lächeln und sagte: »Ich langweile dich mit meinen Soldatengesprächen.«

»Durchaus nicht«, versicherte Ulrika. »Das Rheinland hat mich immer schon interessiert.«

Sein Blick wanderte zu ihrem Busen und blieb dort liegen, während er sagte: »Vielleicht möchtest du dir einmal meine Bücher zu diesem Thema ansehen.«

Aurelia rief: »Warum können sie nicht Ruhe geben und sich wie zivilisierte Menschen benehmen? Man sieht doch, was wir für die Welt getan haben. Unsere Aquädukte, unsere Straßen.«

Ulrika sah zu ihrer Mutter hinüber und bemerkte mit Schrecken, wie bleich sie war. Sie aß keinen Bissen, und ihr Wein war unberührt.

»Sie waren lange friedlich«, versetzte Gaius Vatinius, »aber es scheint, daß sie jetzt von einem Rebellenführer aufgewiegelt werden.«

»Und wer ist das?« fragte Maximus.

»Wir wissen nicht, wer er ist, und kennen auch seinen Namen nicht. Wir haben ihn noch nicht einmal zu Gesicht bekommen. Er kam ganz plötzlich, wie aus dem Nichts, und führt jetzt die germanischen Stämme in neue Rebellion. Sie greifen an, wenn wir es am wenigsten erwarten und verschwinden dann spurlos in den Wäldern. Späher, die wir ausschicken, ihre Lager aufzuspüren, kehren niemals zurück. Die Lage spitzt sich zu, deshalb hat Pomponius Secundus, der Statthalter in Germanien, mich zurückgerufen, den Oberbefehl über die Legionen zu übernehmen.«

Gaius Vatinius trank einen Schluck Wein, wartete, bis eine Sklavin ihm die Lippen gewischt hatte und fügte dann selbstsicher hinzu: »Aber ich werde diesen Rebellenführer aufstöbern, und wenn es soweit ist, werde ich an ihm ein Exempel statuieren zur Abschreckung aller, die an Aufstand und Rebellion denken. Ich werde diesem Unfug ein für allemal ein Ende bereiten.«
»Und wieso bist du so sicher, Gaius«, fragte Ulrika, »daß du diesmal Erfolg haben wirst?«
»Weil ich einen besonderen Plan habe. Es ist kein Zufall, daß der Kaiser mich auswählte, die Rheinlegionen zu führen. Meine Stärke ist die Taktik, und bei diesem Feldzug ist überlegenes Geschick notwendig.«
Ulrika starrte ihn an. Dieses anmaßende Großmaul wollte das Volk ihres Vaters unterjochen. Lächelnd sagte sie: »Ich habe gehört, daß die Barbaren schlau sind, Gaius. Wie planst du, sie zu überlisten, daß du deines Sieges so gewiß bist?«
Sein Lächeln war eine unzweideutige Aufforderung. »Mein Plan kann nicht scheitern, da er auf dem Element der Überraschung fußt.«
Ulrika zwang sich zur Ruhe; tat so, als wäre ihr Interesse rein theoretischer Natur. »Ich könnte mir vorstellen«, meinte sie und griff nach einer Olive, »daß die Barbaren mittlerweile sämtliche Taktiken der Legionen bestens kennen, selbst jene, die auf dem Überraschungsmoment basieren.«
»Mein Plan ist etwas ganz Neues.«
»Inwiefern?«
Er schüttelte mit einem leisen Lachen den Kopf. »Das würdest du doch nicht verstehen. Diese Angelegenheiten bleiben am besten den Männern überlassen.«
Doch sie ließ nicht locker. »Ich habe die Kriegserinnerungen meines Urgroßvaters sehr gründlich gelesen«, erklärte sie mit einem koketten Lächeln, ihn gleichzeitig daran erinnernd, von welch illustrem Stamm sie war. »Soldatengespräche, wie du vorhin sagtest, Gaius, langweilen mich durchaus nicht.«
»Aber mich«, ließ sich Aurelia vernehmen und wandte sich Selene zu. »Julia Selena, wie schreiten die Arbeiten am Domus voran?«
Selene zwinkerte. Sie war mit ihren Gedanken weit weg gewesen. »Wie bitte?«
»Das Domus. Wie entwickelt es sich? Ich muß gestehen, es fällt mir schwer, mir vorzustellen, wie es sein wird. Es wirkt ja ungeheuer großartig. Warum es mit Kranken füllen? Ich denke, kranke Menschen werden am besten in ihren eigenen Heimen, bei ihren Familien versorgt.«

»Viele haben kein Heim und keine Familia. Sieh dich selber an, Aurelia. Du bist Witwe. Du lebst allein, nicht wahr?«
»Aber ich habe einen Arzt unter meinen Sklaven.«
Das war für Selene kein Argument. Viele der sogenannten Ärzte unter den Sklaven waren schlecht ausgebildet und brachten es kaum fertig, einen notdürftigen Verband anzulegen. Doch das würde Aurelia nicht verstehen; so wenig wie die meisten Leute in Rom verstanden, was Selene und Andreas zu erreichen hofften. Eine Einrichtung wie das Domus gab es bisher nirgends auf der bekannten Welt. Doch Selene wußte, wenn sich erst die Türen des Domus öffneten, wenn ihre Pflege- und Lehrtätigkeit begann, würden die Leute sehr rasch die Bedeutung ihres Werks begreifen.
»Gaius«, sagte Ulrika, die Aufmerksamkeit des Befehlshabers wieder auf sich lenkend, »hast du vor, in deinem Feldzug gegen die Barbaren Kriegsmaschinen einzusetzen?«
Er betrachtete sie einen Moment lang. Geschmeichelt von ihrem beharrlichen Interesse und beeindruckt von ihrem Sachverstand antwortete er dann milde: »Genau das werden die Barbaren erwarten. Aber ich habe etwas ganz anderes im Sinn. Diesmal werde ich sie mit ihren eigenen Waffen schlagen.«
Sie sah ihn fragend an.
»Um die Barbaren ein für allemal zu unterwerfen«, erklärte er, »bedarf es der Überraschung. Sie werden Kriegsmaschinen erwarten, und genau die werde ich einsetzen.«
Ulrika sah ihn groß an. »Eine List?«
Er nickte. »Der Kaiser hat mir für diesen Feldzug völlige Handlungsfreiheit gewährt. Ich habe Vollmacht, so viele Legionäre aufzubringen, wie ich brauche, so viel Kriegsmaschinerie, wie ich für nötig halte. Die Barbaren werden Katapulte und bewegliche Türme, berittene Truppen und Fußsoldaten zu sehen bekommen. Alles typisch römisch. Was sie nicht zu sehen bekommen«, sagte er und nahm einen Schluck Wein, »sind die Kampfeinheiten, die von Barbaren ausgebildet und geführt überall in den Wäldern *hinter* ihnen verteilt sein werden.«
Ulrika starrte Gaius Vatinius an. Mit den gleichen Waffen schlagen, hatte er gesagt. Er wollte ihr Volk mit seinen eigenen Waffen schlagen. Während ihre Landsleute sich rüsteten, gegen römische Kriegsmaschinen und Reiterheere zu kämpfen, würden sie aus dem Hinterhalt überfallen werden.
Sie wandte sich ab. Sie senkte den Blick auf ihre Hände. Und sie dachte: es wird ein schreckliches Gemetzel geben...

62

Die Nacht war kalt geworden. Ulrika, die nur ihr Nachthemd anhatte, zog sich den wollenen Umhang um die Schultern, ehe sie ins Freie trat. Paulinas Haus war dunkel und still. Die Gäste waren vor langer Zeit gegangen. Alles schlief. Maximus und Juno, deren Haus weit entfernt war, schliefen im Nebenzimmer. Selene und Andreas, die auf Paulinas Wunsch geblieben waren, nächtigten drei Türen weiter. Leise schlich Ulrika die Galerie entlang. Als sie klopfte, öffnete ihre Mutter sofort. Sie war noch angekleidet und schien über Ulrikas Besuch nicht überrascht.

»Ich dachte mir, daß du kommen würdest«, sagte Selene und schloß die Tür hinter Ulrika. Zwei Sessel mit Fußschemeln standen dicht bei einer brennenden Kohlenpfanne. Selene setzte sich und wies auf den anderen Sessel. »Komm. Andreas schläft«, sagte sie. »Wir können ungestört miteinander sprechen.«

Eine Zeitlang schwiegen beide. Dann sagte Selene leise: »Du möchtest wissen, wer Gaius Vatinius ist, nicht wahr?«

»Er hat dich erschreckt, Mutter. Das war deutlich zu sehen. Du hast während des Essens kaum etwas gesprochen und bist früh gegangen. Erzähl es mir. Was hat er mit meinem Vater zu tun? War er es, der...?«

Selene drehte den Kopf und sah ihrer Tochter ins Gesicht. »Gaius Vatinius war der Mann, der das Dorf deines Vaters niedergebrannt und deinen Vater in Ketten gelegt und verschleppt hat. In den Jahren unseres Zusammenseins hat dein Vater oft davon gesprochen, daß er nach Germanien zurückkehren und an Gaius Vatinius Rache üben würde.«

»Ach, so ist das«, flüsterte Ulrika. »Aber er starb, ehe er sein Vorhaben ausführen konnte. Diesen Mann zu töten. Den Mann, mit dem ich eben an einem Tisch gesessen habe.«

»Ulrika.« Selene faßte ihre Tochter bei der Hand. »Das gehört der Vergangenheit an. Es ist viele Jahre her. Laß es ruhen, Ulrika. Vergiß es.«

»Ich komme mir vor, als hätte ich meinen Vater verraten.«

»Aber das stimmt doch nicht!« Selene warf einen Blick auf die geschlossene Tür zum Schlafzimmer. »Du wußtest ja nicht, wer Gaius Vatinius ist. Und es war der Kampf deines Vaters, nicht deiner.«

Ulrika spürte, wie die Hand ihrer Mutter sich verkrampfte, ihre Finger so fest umfaßte, daß es weh tat. Sie sah Selene in die Augen. »Das ist nicht alles«, sagte sie. »Du hast mir etwas verschwiegen. Was ist es?«

Selene zog ihre Hand weg und wandte sich ab.

»Hast du mir etwas verschwiegen?« drängte Ulrika.

Selene nickte.

»Dann sag es mir jetzt.«

Selene wandte sich ihrer Tochter wieder zu. Ihre Augen spiegelten ihren Schmerz. »Ich hätte es dir schon vor langer Zeit sagen sollen«, flüsterte sie. »Ich wollte es auch. Als du noch klein warst, meinte ich, ich könnte es dir nicht richtig erklären, aber ich hatte immer vor – später ... Rani drängte mich immer wieder, es dir zu sagen. Aber der richtige Moment kam nie.«

Selene sah Ulrika gerade in die Augen. »Ulrika, ich habe dir erzählt, dein Vater wäre vor deiner Geburt bei einem Jagdunfall ums Leben gekommen. Das war eine Lüge. Er ist aus Persien fortgezogen. Er ist nach Germanien zurückgekehrt.«

Ulrika sah sie an. »Er ist nicht tot? Er ist nach Germanien zurückgekehrt?«

»Auf mein Verlangen. Wir waren erst kurze Zeit in Persien, als wir hörten, daß Gaius Vatinius vor uns dagewesen war. Man berichtete uns, er befände sich auf der Rückreise nach Germanien. Ich drängte deinen Vater aufzubrechen, ihm nachzureisen, während ich in Persien zurückblieb.«

»Und er ging? Obwohl er wußte, daß du schwanger warst?«

»Nein. Er wußte es nicht. Ich hatte es ihm nicht gesagt.«

»Warum nicht?«

»Weil ich wußte, daß er dann bei mir bleiben würde. Weil ich wußte, daß er nach der Geburt des Kindes niemals nach Germanien zurückkehren würde. Ich hatte kein Recht, mich in sein Leben zu drängen, Ulrika.«

»Kein Recht! Du warst doch seine Frau!«

Selene schüttelte den Kopf. »Nein, das war ich nicht. Wir waren nicht verheiratet.«

Ulrika starrte ihre Mutter fassungslos an.

»Er hatte schon eine Frau«, fuhr Selene fort. »Er hatte in Germanien eine Frau und einen Sohn. Ach, Ulrika, dein Vater und ich waren nicht für ein gemeinsames Leben bestimmt. Sein Schicksal erwartete ihn am Rhein, und ich suchte Andreas. Wir mußten getrennte Wege gehen.«

»Er ging aus Persien fort, ohne von deiner Schwangerschaft zu wissen«, murmelte Ulrika. »Er wußte nichts von mir.«

»Nein.«

»Und er weiß auch jetzt nichts von mir«, sagte Ulrika ungläubig. »Mein Vater hat keine Ahnung von meiner Existenz.«

»Ich glaube nicht, daß er noch am Leben ist, Ulrika.«

»Wie kannst du so etwas sagen?«

»Wenn dein Vater Germanien erreicht hätte, dann hätte er Gaius Vatinius gefunden und Rache genommen.«
Entsetzen trat in Ulrikas Augen. »Aber Gaius Vatinius lebt«, sagte sie leise. »Ich habe heute abend mit ihm an einem Tisch gesessen...«
Selene griff wieder nach der Hand ihrer Tochter, doch Ulrika entzog sich ihr. »Du hattest kein Recht, mir das zu verheimlichen«, rief sie heftig. »Mein ganzes Leben war eine Lüge!«
»Ich habe es für dich getan, Ulrika. Als Kind hättest du es nicht verstanden. Du wärst mir böse gewesen, daß ich ihn gehen ließ. Du hättest nicht verstehen können, warum ich es tat.«
»Ich bin dir auch jetzt böse, Mutter. Ich bin schon lange kein Kind mehr. Du hättest mir vor Jahren die Wahrheit sagen können, anstatt sie mich auf diese Weise entdecken zu lassen.« Ulrika stand auf. »Du hast mir meinen Vater genommen und hast mich in dem Glauben aufwachsen lassen, er wäre tot. Und heute abend, Mutter, heute abend hast du dagesessen und seelenruhig zugesehen, wie ich mich mit diesem Ungeheuer unterhalten habe.«
»Ulrika –«
Aber sie war schon zur Tür hinaus.

Ulrika lag da und starrte zur Decke hinauf, während sie den fernen Nachtgeräuschen der Stadt lauschte. Ihr Kopf schmerzte. Während sie jetzt dalag und in die Finsternis starrte, versuchte sie, sich über ihre Gefühle klarzuwerden, aber es gelang ihr nicht. Sie spürte Schmerz und Enttäuschung und sie fühlte sich verraten. Aber sie empfand auch ein tiefes Mitleid mit ihrer Mutter, mit der jungen Frau, die ein Kind unter dem Herzen getragen und den Mann, den sie liebte, fortgeschickt hatte um seinetwillen. Ulrikas Bewunderung für ihre Mutter, die dieses Opfer gebracht und das Geheimnis um eines Kindes willen jahrelang mit sich herumgetragen hatte, lag im Kampf mit ihrem Zorn darüber, daß ihr die Wahrheit verschwiegen worden war. Sie dachte an ihren Vater, der gewiß noch am Leben gewesen war, als sie in den Jahren ihrer frühen Kindheit von ihm geträumt hatte. Vielleicht war er auch noch am Leben gewesen, als sie damals in Jerusalem dem Raben nachgejagt war. Und er hatte nicht gewußt, daß er am anderen Ende der Welt eine Tochter hatte.
Ulrika fiel in einen kurzen Schlummer und hatte einen Traum. Ihr träumte, sie stünde von ihrem Bett auf, ginge zum Fenster, stieg hinaus und lande barfuß im Schnee. Hohe Fichten standen ringsum, und Wolkenfetzen trieben über das Angesicht des Mondes. Sie sah Spuren im Schnee – die Abdrücke großer Pfoten, die in den Wald hineinführten. Sie

folgte ihnen, vom Strahl des Mondes begleitet. Plötzlich erblickte sie einen großen zottigen Wolf mit goldenen Augen. Sie setzte sich in den Schnee, da kam er zu ihr, streckte sich neben ihr aus und legte seinen Kopf in ihren Schoß. Die Nacht war klar, so klar wie die Augen des Wolfes, der zu ihr aufblickte. Unter seinen Rippen konnte sie den ruhigen Schlag seines Herzens spüren. Die goldenen Augen schienen zu sagen: Hier ist Vertrauen, hier ist Liebe, hier ist Zuhause.

Ulrika erwachte, war einen Moment verwirrt, als sie sich in ihrem Bett sah und den milden Duft der Frühlingsnacht wahrnahm. Sie stand auf und ging zum Fenster. Weiß, wie unter einer Schneedecke lag die Erde unter ihr, übersät von den Blütenblättern der Obstbäume. Sie spähte in die Bäume und sah Bewegung.

Eiric war dort.

Sie schlich sich aus ihrem Zimmer, durch den Innenhof zur Hintertür, die in den Obstgarten führte. Sie ging zu dem Baum, unter dem er saß. Er hatte ihr den Rücken zugewandt. Um den Kopf trug er ein schmales goldenes Band. Seine hellen Locken fielen ihm bis auf die Schultern. Er war schön.

»Eiric«, sagte sie.

Er fuhr herum und sprang auf. Einen Moment lang standen sie sich im Mondlicht gegenüber. Dann lag sie in seinen Armen. Ihr schwindelte unter der Berührung seines Körpers und unter seinen Küssen. Jeden Teil seines Körpers wollte sie mit ihren Händen berühren. Er küßte ihr die Tränen von den Wangen und sagte ihr flüsternd, wie sehr er sich nach ihr gesehnt hatte.

Die weißen Blättchen der Orangenblüten lagen wie eine Decke unter ihrem bloßen Rücken, als sie Eiric in sich aufnahm. Durch das Filigran von Ästen und Blättern konnte sie den schimmernden Mond sehen. Der Schmerz verebbte. Zorn und Groll und das Gefühl, verraten worden zu sein, verglühten unter Eirics Leidenschaft.

»Wir gehen zusammen fort«, flüsterte sie. »Wir verstecken uns. Ich liebe dich. Ich liebe dich.«

Eiric sagte nichts. Er wußte schon, was er zu tun hatte. Er würde nicht mit ihr fliehen, sich mit ihr verstecken, nur um dann gedemütigt und grausam bestraft zu werden, wenn man sie fand. Dies war etwas, das er allein tun mußte. Er mußte sich ihrer würdig erweisen.

Dann würde er zurückkommen und sie mit sich nehmen, in allen Ehren; dorthin, wo sie gehörte; wohin sie beide gehörten. In den Norden.

63

Entschlossenen Schritts marschierte Rufus über die Brücke. Er hatte gehört, was im Domus vorging, gemeine Tücken, um die Arbeiter zu verschrecken, und er war hell empört darüber. Keinesfalls würde er das tatenlos mitansehen. Dieser Niederträchtigkeit mußte ein Ende bereitet werden.

Still lag die Insel im Mondlicht der Frühlingsnacht. Am Eingang zum Tempel brannten Fackeln, doch das Haus des Gottes schien leer und unbelebt. Am anderen Ende der Insel jedoch, dort, wo das Baugelände war, brannten viele Lichter, und Männer mit Knüppeln an ihrer Seite saßen um die Lagerfeuer.

Zielstrebig näherte sich Rufus dem Domus. Er konnte Julia Selena für das, was sie für ihn und seinen Sohn Pindar getan hatte, nicht genug danken. Der arme Bursche war jahrelang mißhandelt worden, von Kindern verlacht und verspottet, mit faulen Früchten und Eiern beworfen, Opfer unzähliger herzloser Streiche. Dabei war Pindar einfach nur einfältig; er hatte nicht den bösen Blick, wie die Leute behaupteten.

Er konnte nichts für seine Einfalt. Die kam nur daher, daß ihm viel zu früh nach seiner Geburt die Mutter genommen worden war. Rufus hatte um das Leben des jungen Mädchens gekämpft, aber er hatte es nicht retten können. Sie hatten sie direkt aus dem Kindbett in den eisigen Wüstenwind hinausgeschleppt, und diesen Schock hatte sie nicht überstanden.

Sie waren sich alle einig gewesen, Rufus und die anderen Soldaten, daß es nicht recht war, die Mutter und ihr neugeborenes Kind zu töten. Sie hatten den Römer getötet, das reichte. Was konnte dieses jammervolle Paar Tiberius schon anhaben? Die Soldaten, die von Palmyra ausgesandt worden waren, hatten einen geheimen Pakt geschlossen: Die junge Frau und ihr Kind sollten verschont werden. Rufus aber hatte noch ein Geheimnis gehabt, eines, das er ganz für sich behalten und nicht einmal mit den anderen geteilt hatte: daß er gesehen hatte, wie sich die Hebamme mit einem zweiten Säugling im Arm im Maisspeicher versteckt hatte.

Schlimm war es gewesen, in das kleine Haus einzubrechen und den Römer zu töten. Die Soldaten hatten nicht gewußt, warum sie es taten, sie befolgten nur einen Befehl des neuen Kaisers, Tiberius. Aber selbst hartgesottene alte Legionäre konnten menschlich handeln; darum hatten sie die Mutter und das Neugeborene verschont.

Doch die Mutter war ihnen noch auf der Straße zur Festung unter den Händen gestorben. Sie hatten sie begraben und den Säugling mitgenom-

men. Rufus' junge Frau, die vor kurzem selbst ein Kind geboren hatte, hatte ihn an ihre Brust genommen.
Mit Wehmut dachte Rufus, während er sich dem weiß leuchtenden Domus näherte, an jene ferne Zeit. Seine Lavinia, so jung und so zart, war dem rauhen Leben als Soldatenfrau nicht gewachsen gewesen; sie und ihr Kind waren am Kindbettfieber gestorben, das in jenem Sommer in Palmyra so viele junge Mütter und neugeborene Kinder dahingerafft hatte. Aber der Findeljunge hatte überlebt. Rufus hatte dieses Wunder als einen Fingerzeig der Götter betrachtet. Sie hatten ihm für den verlorenen Sohn einen anderen geschenkt. Da er den Namen des Jungen nicht wußte, nannte er ihn Pindar und zog ihn als seinen eigenen Sohn auf.
Merkwürdig war, wie Pindar sich an Julia Selena angeschlossen hatte. Nach Jahren der Mißhandlung hatte Pindar gelernt, sich den Menschen fernzuhalten, möglichst immer im Hintergrund zu bleiben. Eines Tages auf dem Forum jedoch, als Rufus und sein Sohn sich die Waren eines Sandalenmachers angesehen hatten, war Pindar plötzlich von der schützenden Seite des Vaters verschwunden, um einer fremden Vorüberkommenden nachzulaufen. Sie hatte sich in der Menge verloren, und Rufus hatte Pindar schließlich völlig aufgelöst und erregt an der Straße wiedergefunden.
Tage später hatte Pindar die Frau wiederentdeckt; auf dieser Insel. Und nichts hatte ihn mehr von hier wegbringen können.
Nun ja, dachte Rufus, während er sich im Arbeiterlager nach einem Vorarbeiter umsah, Tiere hatten ja angeblich den besonderen Instinkt, der ihnen verriet, wer ein gutes Herz hatte und wem man vertrauen konnte. Vielleicht hatte auch Pindar in seiner Einfalt diesen Instinkt mitbekommen; so verhielt er sich nämlich, wie ein Hund, der seiner Herrin treu ergeben ist.
Die Ähnlichkeit zwischen den beiden war beinahe unheimlich. Die anderen sahen sie vielleicht nicht, aber Rufus war sie sofort aufgefallen – die Ähnlichkeit der beiden Gesichter. Vielleicht war das die Erklärung, warum Pindar sich so heftig zu Julia Selena hingezogen fühlte. Hier sah er ein Gesicht, das er kannte und dem er vertrauen konnte.
Rufus blieb stehen und sah sich aufmerksam um. Wachen waren genug da um diese späte Stunde, aber nicht einer der Wächter befand sich, wie er feststellte, im Inneren des halbfertigen Gebäudes. Er fand das sehr sonderbar. Sollten sie nicht gerade drinnen aufpassen, wo voraussichtlich die nächste Ungeheuerlichkeit geschehen würde?

Selene war außer Atem, als sie auf der Baustelle ankam. Sie war müde an diesem kühlen frühen Morgen. Dunkle Schatten lagen unter ihren Augen. Sie hatte nach dem Gespräch mit Ulrika in der vergangenen Nacht kaum geschlafen und machte sich Sorgen.
Eigentlich hatte sie am Morgen gleich zu Ulrika gehen und noch einmal mit ihr sprechen, wollen, um Klarheit zu schaffen. Aber in aller Frühe war ein Bote von der Insel gekommen, ihr zu melden, daß etwas nicht in Ordnung war, und da war Selene sofort losgegangen.
Die Männer standen untätig herum, ratlos und unsicher.
»Was ist es diesmal?« fragte Selene.
Mordecai, der ägyptische Baumeister, trat auf sie zu. »Die Männer sind zur Arbeit bereit, Julia Selena, aber der Vorarbeiter ist nirgends zu finden.«
»Gallus?« Selene sah sich um. Die Männer standen in Gruppen beieinander: Marmorschleifer, Maurer, Steinmetze. Ihre Gesichter waren noch verquollen vom Schlaf der Nacht, viele hielten noch den Krug mit dem Frühstücksbier in der Hand.
»Habt ihr ihn gesucht?« fragte Selene.
»Wir haben ein paar Leute in die Stadt geschickt, um nach ihm zu schauen. Er war nirgends zu finden. Seine Frau sagte, er wäre in der Nacht nicht nach Hause gekommen.«
Selene runzelte die Stirn. War dies ein neuer Schachzug, um die Arbeiten am Domus zu verzögern? Gerade als sie einen Boten zur Bauarbeitergilde schicken wollte, um einen Ersatz für Gallus anzufordern, kam lautes Rufen aus dem Inneren des Domus.
Alle drehten sich um. Rufus stürzte aus dem Bau. »Julia Selena! Herrin!« rief er. »Komm und sieh dir das an.«
Ihr wurde eiskalt. Doch sie wollte vor den Arbeitern ihre Beklemmung nicht zeigen und folgte Rufus mit zusammengebissenen Zähnen in das Bauwerk.
»Da, Herrin, schau!« Er wies zum Dach hinauf.
Unter den Balken und Brettern des Gerüsts flatterte eine weiße Taube.
Selene starrte ungläubig in die Höhe. Der Vogel schwang sich von Balken zu Balken, hinauf und hinunter zwischen den Verstrebungen des Gerüsts, ohne auch nur den Versuch zu machen, durch das offene Dach davonzufliegen und zum Himmel hinaufzusteigen. Die Kuppel war noch nicht errichtet. Das Haus war ohne Dach. Und doch flog die Taube nicht fort.
Plötzlich sah Selene, daß sie etwas im Schnabel hielt – einen grünen Myrtenzweig.

»Das ist ein Zeichen, Herrin!« rief Rufus so laut, daß die Draußenstehenden es hören konnten. »Es ist ein Zeichen von den Göttern.«
Einer nach dem anderen kamen die Männer die Treppe herauf und spähten vorsichtig herein. Als sie oben die weiße Taube sahen, wagten sie sich ganz hinein und blickten wie Selene voller Staunen in die Höhe.
»Venus hat uns ein Zeichen gesandt«, sagte Mordecai, der Ägypter. Die Myrte war der heilige Baum der Göttin.
»Und daher ist es auch ein Zeichen von Cäsar«, rief ein anderer Mann.
Bald drängten sich die Männer nickend und erregt miteinander sprechend weiter in das Domus. Als das Geräusch vieler Stimmen die große, dachlose Rotunde füllte, neigte sich Rufus nahe zu Selene und murmelte: »Gallus ist fort, Herrin. Er kommt nicht wieder.«
Sie sah ihn an. »Warum nicht? Wohin ist er gegangen?«
Rufus antwortete nicht. Aber als Selene wieder zu der Taube hinaufsah, genauer und aufmerksamer diesmal, sah sie, was keiner der anderen bemerkt hatte: daß der Myrtenzweig mit einem Faden am Schnabel des Vogels befestigt war, und daß ein sehr feiner Faden einen seiner Füße mit dem mittleren Dachbalken verband.
Mit einem Schlag begriff Selene. Sie war beeindruckt. Sich Rufus zuwendend, sagte sie: »Das ist in der Tat ein Zeichen des göttlichen Julius. Es sagt uns, daß die Arbeit am Domus weitergehen muß. Aber nun habe ich keinen Vorarbeiter.«
»Ich will gleich zur Gilde gehen, Herrin.«
»Warte, Rufus.« Sie hielt ihn fest. »Willst du nicht den Posten übernehmen?«
»Ich? Herrin, ich bin doch nur ein alter Soldat.«
»Ich bezahle gut, und du bekommst dreimal in der Woche Fleisch.«
Rufus grinste breit. »Es wäre eine Beleidigung gegen dich, wenn ich's nicht wenigstens versuchen wollte.«
Als sie etwas später den Weg zum Tempel einschlug, waren die Männer wieder an der Arbeit, und der Gesang ihrer Hämmer und Meißel schallte über die Insel.

In dem kleinen Steinhaus, wo früher Wein und Rauchfleisch gelagert worden waren und das Selene in einen Arbeitsraum für sich umgewandelt hatte, erwartete Ulrika sie. Auch sie sah müde und blaß aus. Steif und förmlich wie eine Fremde stand sie vor ihrer Mutter.
»Ich bin gekommen, weil ich dich bitten möchte, mir alles zu sagen«, begann sie.
»Worüber?«

»Ich möchte alles wissen, was Gaius Vatinius dem Volk meines Vaters angetan hat.«
»Wie meinst du das?«
»Mein Vater hat es dir erzählt. Jetzt möchte auch ich es wissen.«
»Ulrika, das ist so lange her.«
»Ich möchte wissen, was damals geschah. Ich habe ein Recht darauf. Es ist mein Vermächtnis. Ich möchte alles hören, was mein Vater dir erzählt hat.«
Selene schüttelte den Kopf. »Was dieser Mann getan hat, ist grauenvoll. Die Kämpfe waren schlimm genug, aber das reichte ihm nicht. Die Heiligtümer wurden geschändet, die Menschen wurden gefoltert.«
»Weiter.«
»Warum, Ulrika?« rief Selene. »Warum mußt du das wissen?«
»Weil ich sehen möchte, was mein Vater gesehen hat; weil ich in meinem Herzen fühlen möchte, was er gefühlt hat. Wenn er bei uns in Persien geblieben wäre, hätte er selbst mir das alles erzählt. Ich wäre in dem Bewußtsein seines Schmerzes aufgewachsen. Jetzt mußt du das alles an mich weitergeben.«
Selene sah ihre Tochter an. Dann sagte sie: »Die Frauen wurden vergewaltigt. Die Frau deines Vaters wurde ins Zelt des Gaius Vatinius geschleppt. Andere Männer waren bei ihm. Dein Vater wurde gezwungen zuzusehen.«
Ulrikas Gesicht war wie versteinert. »Du hast gesagt, er kehrte zu ihr zurück. Sie muß es also überlebt haben.«
»Sie war dem Tode nahe, als man ihn verschleppte.«
»Und sein Sohn?«
»Wulf erzählte mir, daß auch Einar gefoltert wurde. Er war damals ein kleiner Junge. Auch er überlebte.«
Durch das offene Fenster trug der Wind die Geräusche vom Hafen am anderen Flußufer herein.
»Mein Bruder«, sagte Ulrika. »Ich habe einen Bruder namens Einar. Wie alt war er? Hat mein Vater dir das gesagt?«
Selene dachte nach. »Ich glaube, er war damals zehn. Ulrika, warum kannst du es nicht ruhenlassen? Es ist alles so lange her.«
»Weil mein Vater noch am Leben ist.«
Selene sah sie groß an. »Wie kommst du darauf?«
»Er ist der Rebellenführer, von dem Gaius Vatinius gestern abend gesprochen hat. Mein Vater ist der Mann, der die Aufständischen führt.«
»Das kannst du nicht im Ernst glauben! Ulrika, neunzehn Jahre sind vergangen, seit er aus Persien fortgezogen ist!«

Ulrika ging an ihrer Mutter vorbei zum Fenster. Über Nacht hatte sich ihre ganze Welt verändert. Nichts war mehr wie vorher. Sie wußte jetzt, was ihre Rastlosigkeit zu bedeuten hatte, wohin es sie trieb, warum sie sich in Rom niemals zu Hause fühlen konnte. In den frühen Morgenstunden, als sie in Eirics Armen gelegen hatte, hatte Ulrika die Zukunft so klar und deutlich gesehen, wie sie jetzt das Domus Julia sah. Sie wußte, was sie zu tun hatte. Wenn der Führer der Aufständischen nicht ihr Vater war, dann war es ihr Bruder Einar. Aber Ulrika würde die Wahrheit niemals erfahren, wenn sie nicht selbst dorthin zog, um zu sehen, wie es war.

»Ich gehe fort, Mutter«, sagte sie nach einer langen Pause. »Ich gehe fort aus Rom.«

»Aber warum denn? Wohin willst du?«

»Nach Germanien.«

»Ulrika!«

»Ich werde meinen Vater suchen.«

»Ulrika, nein!«

»Er braucht mich, Mutter. Das weiß ich jetzt. Es wurde mir klar, sobald ich erkannte, daß mein Vater der Rebellenführer sein muß, den Gaius Vatinius in die Knie zwingen will. Ich muß ihn und sein Volk vor Gaius Vatinius' Plänen warnen, Mutter. Gaius Vatinius wird eine große Überraschung erleben, denn mein Volk wird gewappnet sein. Und ich helfe ihnen in ihrem Kampf. Ich kümmere mich um die Verwundeten.«

»Bitte«, flüsterte Selene, »bitte, geh nicht.«

Ulrika zögerte einen Augenblick. Ihr Gesicht verzog sich, als wollte sie weinen, ihr Körper neigte sich ihrer Mutter zu, doch dann hatte sie sich schon wieder in der Gewalt. Sie hatte eine Schwelle überschritten; sie würde nicht umkehren.

An der Tür drehte sich Ulrika noch einmal um und sagte leise: »Du hast gesagt, du und mein Vater, ihr hättet getrennte Wege gehen müssen; du hättest immer gewußt, daß ihr eines Tages die Weggabelung erreichen würdet. Jetzt müssen wir uns trennen, Mutter, weil auch wir verschiedene Schicksale haben. Lebewohl, mögen die Götter, deine und meine, dich behüten.«

Selene öffnete den Mund, um etwas zu sagen, aber statt dessen lief sie ohne ein Wort zu ihrer Tochter und zog sie in ihre Arme. Ulrika drückte ihre Mutter fest an sich; in der Umarmung drückte sich eine Endgültigkeit aus, die mehr sagte als alle Worte.

Als Selene ihre Halskette über den Kopf zog, um sie Ulrika zu geben, schüttelte diese den Kopf.

»Nein, Mutter«, wehrte sie ab. »Das bist du.« Sie deutete auf den goldenen Ring. »Gib ihn dem Kind, das bald zur Welt kommen wird. Es wird in Rom aufwachsen und auf seinen Urgroßvater stolz sein. Mich zieht es nach Norden. Ich habe mit Rom nichts zu schaffen. Mich begleitet Odin auf meinem Weg zu meinem Vater.«

Selene schluchzte auf. »Es ist so weit, Rikki! Und so gefährlich. Dein Zuhause ist hier, in Rom, bei mir.«

»Nein, Mutter. Gerade du mußt doch verstehen können, warum ich fort muß. Du hast einen großen Teil deines Lebens der Suche nach deinen Wurzeln und deiner Bestimmung gewidmet. Jetzt muß ich mich auf die Suche begeben.«

Selene starrte auf die Tür, die hinter ihrer Tochter zufiel, dann sank sie auf einen Stuhl. Flüchtig hatte sie den Impuls, aufzuspringen und Ulrika aufzuhalten. Sie wollte sie festhalten, bei sich in Rom behalten, für immer an ihrer Seite. Doch schon im nächsten Augenblick wußte sie, daß sie das nicht tun durfte. Vor vielen Jahren hatte Mera versucht, Selenes Schicksal einen anderen Lauf zu geben, indem sie selbst es gesteuert hatte. Selenes Bestimmung war es gewesen, ihr Leben mit Andreas zu verbringen. Mera hatte das nicht annehmen können und hatte Selene auf einen Weg gezwungen, der ihren Vorstellungen entsprochen hatte.

Genau das gleiche hatte Selene eben tun wollen – Ulrika daran hindern, ihrem selbst erwählten Weg zu folgen. Aber das durfte sie nicht.

64

Ulrika mußte sich beeilen. Am Abend zuvor hatte Gaius Vatinius ihr gesagt, daß er mit einer Legion von sechstausend Mann in fünf Tagen nach Germanien aufbrechen werde. Ulrika mußte vor Vatinius am Rhein eintreffen.

Zuerst lief sie zum Forum, wo sich ein geschäftiger Markt mit Hunderten kleiner Läden und Buden befand. Dort ließ sie von einem Holzschnitzer eine Nachbildung des Odinkreuzes anfertigen, das sie um den Hals trug, und wickelte es in ein Leinentüchlein.

Danach eilte sie zum Haus ihrer Eltern auf dem Esquilin. Andreas saß in seinem Arbeitszimmer über seiner Encyclopädie. Ulrika wäre gern hineingegangen, um ihm Lebewohl zu sagen, doch dazu war keine Zeit. Er würde es verstehen.

In ihrem Zimmer packte sie in aller Eile ihre Sachen. Sie wählte die wärmsten Gewänder, ein Paar extra Sandalen und einen zusätzlichen

warmen Umhang. Dann stellte sie sich aus den Vorräten ihrer Mutter einen Grundstock an Medikamenten und medizinischen Hilfsmitteln zusammen und nahm aus ihrem Schmuckkasten den Türkis, der einst Rani gehört hatte. Sie hängte ihn neben das Odinskreuz an ihre Halskette. Zuletzt packte sie noch zwei Bücher aus der Bibliothek ein. *Materia Medica* von Pedanius Dioscorides und *De Medicina* von Celsus.
Paulina traf sie nicht an, als sie zu deren Villa kam. Froh, keine Erklärungen geben zu müssen, lief sie direkt zum Sklavenhaus.
Eiric war nicht da.
Sie hatte ihm sagen wollen, er solle sich bereitmachen. Doch er war weder im Haus, noch irgendwo auf dem Gelände. Seit Tagesanbruch hatte niemand ihn mehr gesehen.
Da wußte sie, was geschehen war. Eiric war entflohen.
Er hatte ihr kein Wort davon verraten. Er hatte die Flucht allein angetreten. Sie wußte, warum. Sie erinnerte sich an sein grimmig entschlossenes Gesicht in der vergangenen Nacht, an das gedankenvolle Schweigen, in das er sich zurückgezogen hatte. Er hatte schon da vorgehabt zu fliehen und hatte es vor ihr geheimgehalten.
Um meinetwillen, dachte sie. Er hat es für mich getan. Sie wußte, wohin sein Weg ihn führen würde – nach Norden, zu seinem Volk. Und sie war zuversichtlich, daß sie ihn finden würde. In Germanien würde Ulrika ihren Vater, ihren Bruder und den Mann, den sie liebte, finden.
Sie lief zum Kinderzimmer hinauf und schickte das Kindermädchen weg, um mit Valerius allein sein zu können.
»Brüderchen«, sagte sie und kniete vor ihm nieder. »Ich möchte dir etwas schenken.«
»Gestern abend bist du überhaupt nicht mehr in mein Zimmer gekommen, Rikki«, beschwerte er sich. »Ich habe die ganze Zeit gewartet, aber du bist nach dem Fest nicht gekommen.«
»Sei mir nicht böse, Valerius. Ich fühlte mich nicht wohl. Ich weiß, daß ich versprochen hatte, dir eine Überraschung zu bringen, aber ist das hier nicht viel schöner?«
Er machte große Augen, als sie das Tüchlein auseinanderschlug.
»Das ist ja das gleiche wie deins!« rief er und griff nach dem Kreuz.
Während Ulrika Valerius die Kette über den Kopf streifte und ihm das Kreuz auf die Brust legte, sagte sie feierlich: »Das ist ein ganz besonderes Geschenk, Brüderchen. Es ist wirklich das gleiche wie meins, und es verbindet uns ganz fest miteinander. Ganz gleich, wie weit wir eines Tages voneinander entfernt sein werden, durch das Kreuz bleiben wir immer verbunden.«

Er lachte. »Wir bleiben doch immer zusammen, Rikki. Du wohnst ja nur ein paar Häuser weiter.«
Sie unterdrückte die aufsteigenden Tränen.
»Hör mir zu, Brüderchen. Sieh mich an und hör mir zu. Das Kreuz hat eine große Bedeutung. Du mußt es immer behalten. Und eines Tages, wenn du mich einmal brauchst –« Ihr brach die Stimme.
»Warum bist du so traurig, Rikki?«
Sie nahm ihn in die Arme und drückte ihn an sich.
»Hör mir zu, Valerius. Du mußt mir etwas versprechen. Wenn du mich jemals brauchen solltest, ganz gleich, wo du bist, oder wie alt du bist, dann schickst du mir dieses Kreuz und ich komme zu dir.«
Seine Stimme wurde durch ihr Haar gedämpft. »Aber wo wirst du denn sein, Rikki?«
»Das alles lasse ich dich wissen, wenn ich kann, Brüderchen. Sonst frag Selene. Das Kreuz wird seinen Weg zu mir finden, Valerius, und ich werde dann sofort zu dir kommen, ganz gleich, wo du bist. Das verspreche ich dir.«
»Und wenn du *mich* brauchen solltest«, erwiderte Valerius, der den Ernst des Augenblicks spürte, »dann schicke mir dein Kreuz, Rikki, und ich komme zu dir.«
Ulrika neigte sich zurück und blickte in das kleine Gesicht, das immer von Furcht beschattet war. Zum erstenmal sah sie das Gesicht, wie es sein würde, wenn Valerius erwachsen war. Es war das Gesicht eines schönen und mutigen Mannes.
»Ja«, sagte sie innig. »Wenn ich dich brauche, Brüderchen, schicke ich dir mein Kreuz als Zeichen.«
Sie eilte aus dem Kinderzimmer, ehe er ihre Tränen sehen konnte. Im Innenhof nahm sie ihr Bündel, das sie dort abgelegt hatte, ging in den Garten hinaus, blickte zur Sonne hinauf, um ihren Stand festzustellen, und marschierte dann den Esquilin hinunter in Richtung zur Straße nach Ostia. Sie trug feste Stiefel und hatte in ihrem Gürtel genug Geld, um ihr Ziel erreichen zu können. Und von ihrer linken Schulter hing ihr Medizinkasten herab.
Ulrika ging schnell. Sie wußte, daß die Götter sie begleiteten.

»Du bist die Frau namens Marcella?«
»Ja.«
»Du bist Hebamme auf der Tiberinsel?«
»Ja.«
Kaiserin Agrippina nickte den Sklavinnen im Zimmer zu, und sie gingen hinaus. Marcella, plötzlich allein mit der Kaiserin und ohne eine Ahnung, warum man sie in den kaiserlichen Palast geholt hatte, trat nervös von einem Fuß auf den anderen.
»Mir wurde berichtet«, bemerkte Agrippina, »daß du Julia Selena von ihrem Kind entbinden wirst. Ist das richtig?«
»Ja, Herrin. Sie hat mich darum gebeten. Ich habe dreißig Jahre Erfahrung in meinem Beruf.«
»Wann kommt das Kind?«
»In zwei Wochen.«
»Ich habe einen Auftrag für dich.«
Marcella wurde beklommen zumute. Sie hatte Gerüchte über diese grausame Frau gehört; Menschen wären auf ihr Geheiß plötzlich verschwunden, munkelte man, andere, völlig Unschuldige, wären zu Tode gebracht worden, ohne je zu erfahren, welchen Verbrechens man sie beschuldigte. Kein Wunder, daß Marcella einen Schrecken bekommen hatte, als sie die kaiserliche Vorladung erhalten hatte.
Agrippina griff nach einem kleinen Beutel, der auf dem Tisch neben ihrem Ruhebett lag, und hielt ihn Marcella hin. Diese nahm ihn verwundert.
»Wenn die Wehen einsetzen«, sagte Agrippina, »schickst du alle anderen fort. Sorge dafür, daß du mit Julia Selena allein bist, wenn das Kind zur Welt kommt. Hast du mich verstanden?«
Marcella nickte.
»Und wenn das Kind ein Knabe ist, wirst du es ersticken bis es tot ist. Dann wirst du Julia Selena sagen, daß es eine Totgeburt war.«
»Herrin!« rief Marcella entsetzt. »Das kann ich nicht tun.«
Agrippina fixierte sie mit ihren grünen Augen. Es war ein Blick, der die Menschen in die Knie zwang.
»Du wirst tun, was ich sage.«
»Aber Herrin –« begann Marcella und brach ab. Sie begriff. Ein Knabe, den das Volk als Erben seines verehrten Julius Cäsar anerkennen konnte, war für Agrippina, die ihren Sohn auf dem Thron sehen wollte, ein Hindernis.

Marcella warf den Beutel mit dem Gold auf den Tisch, richtete ihren rundlichen Körper kerzengerade auf und sagte entschlossen: »Nein, das werde ich nicht tun.«
Agrippina seufzte. »Ich hatte gehofft, du würdest keine Schwierigkeiten machen. Man sagte mir, du wärst eine gescheite Frau. Ich sehe jetzt, daß du das nicht bist.«
Die Kaiserin klatschte in die Hände, und ein Sklave trat ein. Er legte mehrere Schriftrollen auf den Tisch und glitt lautlos wieder hinaus. Marcella starrte auf die Schriftrollen, und das Blut gefror ihr in den Adern.
»Weißt du, was das für Schriftstücke sind?« fragte Agrippina.
Marcella schüttelte den Kopf.
»Das sind beeidigte Aussagen von Personen, die Zeugen deiner staatsfeindlichen Äußerungen und Handlungen wurden. Zeugen deines Verrats.«
»Verrat?!«
»Bestreitest du es etwa?«
»Ganz entschieden. Ich habe nie auch nur einen verräterischen Gedanken gehabt.«
»Zu deinem Unglück ist das keine Verteidigung. Bist du bereit, dich einem ordentlichen Gericht zu unterstellen?«
»Ja. Meine Freunde werden meine Loyalität Rom und dem Kaiser gegenüber bezeugen.«
Agrippina zog eine fein geschwungene Braue in die Höhe. Marcella wurde angst. Sie starrte wieder auf die Schriftrollen. Wer hatte unterschrieben? Wer hatte sie verraten? Wen hatte die Kaiserin mit Drohungen genötigt, einen Meineid zu schwören, so wie sie Marcella jetzt nötigen wollte, einen Mord zu begehen?
»Siehst du?« fragte Agrippina. »Du hättest vor Gericht keine Chance. Und auf Verrat steht, wie du weißt, der Tod.«
Marcella blieb stumm.
»Also«, sagte Agrippina, stand auf und stellte sich vor Marcella hin. »Dieses Gold ist erst die Hälfte der Bezahlung. Wenn du meinen Auftrag ausgeführt hast, wirst du die andere Hälfte erhalten – und diese Schriftrollen dazu.«
Marcella raffte ihren ganzen Mut zusammen. »Ich glaube dir nicht«, sagte sie. »Diese Schriftrollen sind unbeschrieben.«
»Oh, vergewissere dich ruhig mit eigenen Augen. Sieh sie dir an.«
Mit zitternder Hand nahm Marcella eine der Rollen und öffnete sie. Sie las die Beschuldigung und die Unterschrift darunter. Sie stammte von

der Hand des Bäckers, der seit Jahren ihr Nachbar war. Sie las noch eine und noch eine. In allen wurde sie beschuldigt, staatsfeindliche Äußerungen getan zu haben.

Die Kaiserin sah zu, wie das Gesicht der Frau mehr und mehr verfiel. Gerade so waren die Gesichtszüge dieses Gallus in Resignation erschlafft. Gallus war Agrippinas Handlanger auf der Insel gewesen. Eine Zeitlang hatte er sich recht gut bewährt, hatte die Bauarbeiten beinahe zum Stillstand gebracht. Noch einige ›schlechte Omen‹ mehr, und kein Mann im ganzen Reich hätte für den Bau des Domus noch einen Finger gerührt. Leider war man Gallus dann auf die Schliche gekommen. Ein loyaler Anhänger Julia Selenas hatte ihn bespitzelt und auf frischer Tat ertappt. Venus hatte angeblich eine weiße Taube gesandt, zum Zeichen, daß ihr Segen auf dem Domus ruhte, und zwei Tage später hatte man Gallus' enthauptete Leiche im Fluß treibend gefunden.

Agrippina war gezwungen gewesen, andere Maßnahmen zu ergreifen. Jedoch ohne Erfolg. Julia Selenas Beliebtheit war ihr Schutz; hinzukam, daß sie die Freundschaft Claudius' genoß. Er mochte Julia Selena und nahm Anteil an ihrem Vorhaben. Agrippina hatte ihren Mann noch nicht an Macht überflügelt; sie mußte vorsichtig sein. Das Domus war zwar fast fertig, aber noch war Zeit. Die Sache mit dem Kind hingegen drängte.

»Nun?« sagte sie zu der Hebamme.

Marcella legte die letzte Schriftrolle auf den Tisch zurück und senkte den Kopf. »Ich werde tun, was du wünschst.«

Die Stadt lag unter sengender Hitze. Kein Lüftchen bewegte die Blätter der Bäume. Im Circus Maximus jagte ein Spektakel das andere, um das Volk abzulenken, das in der sommerlichen Glut zu jähen Ausbrüchen von Gewalt und Rebellion neigte.

An diesem Tag drängten sich die Massen zu den Spielen zu Ehren des Gottes Augustus. Denn dies war der Monat, der nach ihm benannt war. Auf einem künstlichen See sollte eine große Schiffsschlacht stattfinden, bei der zwei Mannschaften mit Schiffen und Katapulten so lange miteinander kämpfen sollten, bis eine niedergemetzelt war.

Die Straßen Roms waren darum fast leer, als Selene und Pindar sich langsamen Schrittes dem Forum näherten, wo der Tempel des göttlichen Julius Cäsar stand. Andreas hatte Selene gebeten, nicht auszugehen, aber sie hatte sich von ihrem Vorhaben nicht abbringen lassen. Genau vier Monate war es her, daß Ulrika nach Norden aufgebrochen war, und sie hatte bis zu diesem Tag nichts von ihr gehört. Selene wollte im Schrein

ihres Urgroßvaters ein Opfer darbringen und den göttlichen Julius bitten, Ulrika zu behüten.
Pindar, der sie begleitete, war sehr besorgt um sie, faßte sie immer wieder unter dem Ellbogen, um sie zu stützen und trug ihren Medizinkasten. Selene, hochschwanger, bewegte sich schwerfällig und mußte häufig stehenbleiben, um Luft zu holen. Das Kind in ihrem Leib hatte sich am vergangenen Tag gedreht; es lag jetzt tief in ihrem Schoß.
Das Heiligtum des göttlichen Julius stand auf einem mit Springbrunnen und Hecken gezierten Stück Rasen, ein kleiner Rundbau, dessen Dach von Säulen getragen wurde. Nebengebäude gab es nicht; die Priester lebten anderswo. Drinnen stand nur die Statue Julius Cäsars, zu deren Füßen ständig ein Feuer brannte.
Selene atmete auf, als sie in den kühlen Raum trat. Sie drückte eine Hand in ihren Rücken und dachte, sie hätte vielleicht doch auf Andreas hören sollen, der ihr geraten hatte, sich in einer Sänfte tragen zu lassen. Aber das war ihr übertrieben erschienen bei dem kurzen Weg, und der Morgen war ja kühl gewesen.
Sie blickte in das steinerne Gesicht ihres Vorfahren und fragte sich, ob er wirklich in diesem Tempel anwesend war.
»Göttlicher Julius«, murmelte sie und legte ihm die Blumen zu Füßen, »bitte schütze und behüte Ulrika, deine Urenkelin. Sie hat dich verleugnet, aber sie ist jung. Sie muß erst ihren Weg finden, wie ich den meinen finden mußte. Sie wird eines Tages zu dir zurückkehren.«
Selene versank in zufriedener Nachdenklichkeit. Alles ging wie geplant. Seitdem Rufus im April den Posten des Vorarbeiters übernommen hatte, schritten die Arbeiten am Domus zügig fort. Die Kuppel war vollendet; die Wände, Säulen und Torbögen waren fertiggestellt. Jetzt konzentrierten sich die Arbeitsmannschaften auf die kleineren Dinge – Türriegel, Fenstergitter. In zwei Monaten würden sich die Tore des Domus Patienten und Lernbegierigen öffnen.
Selene schloß die Augen. Sie hatte das Gefühl, an einer Schwelle zu stehen. Einen so weiten Weg hatte sie zurückgelegt; ein noch längerer schien sich vor ihr zu dehnen. Bald würde sie ihre gemeinsame Arbeit mit Andreas aufnehmen.
Sie spürte, wie ihr Leib sich plötzlich zusammenzog, fühlte warme Feuchtigkeit zwischen den Beinen.
Das ist zu früh, dachte sie, während ein Krampf, der in ihrem Rücken begann, sich um ihren ganzen Leib ausdehnte.
»Pindar, ich muß mich setzen. Hilf mir. Sieh, ob –« Ein neuerlicher krampfartiger Schmerz, heftiger diesmal, durchzuckte sie.

Pindar nahm sie beim Arm und führte sie hinter das Standbild Julius Cäsars, wo eine große steinerne Truhe stand, die Räucherwerk und die Gewänder der Priester enthielt. Selene ließ sich darauf niedersinken und legte beide Hände auf ihren Bauch. Ehe sie Atem schöpfen konnte, überfiel sie die nächste Wehe, stärker noch als die letzte.

»Hol Marcella«, stieß sie atemlos hervor. »Ich gehe nach Hause.«

Pindar schüttelte den Kopf.

»Geh!« Sie gab ihm einen Stoß. »Es ist noch Zeit genug. Ich komme schon zurecht. Ich gehe langsam. Lauf schon, Pindar!«

Er zögerte einen Moment, dann wirbelte er auf dem Absatz herum und rannte los. Flüchtig sah sie seine Gestalt in der Öffnung des Tores, von der Augustsonne umflossen, so daß es aussah, als wäre er wie der Gott Helios auf den Bildern, die ihn zeigten, von einem goldenen Strahlenkranz umgeben – dann war er fort, und sie blieb allein zurück.

Die nächste Wehe war so heftig, daß sie sich vor Schmerz krümmte und beide Hände in den Saum ihres Gewandes krallte. Kalter Schweiß brach ihr aus allen Poren, während gleichzeitig glühende Hitze in ihrem Körper brannte.

Nur eine kurze Atempause war ihr gegönnt, ehe die nächste Wehe kam, ein feuriges Eisenband, das ihren Leib umklammerte. Einen Moment lang wurde es Selene schwarz vor Augen. Sie war blind und taub, nahm nichts wahr als den schrecklichen brennenden Schmerz.

So war es bei Ulrika nicht, schoß es ihr durch den Kopf. Das kann nicht richtig sein.

Sie versuchte aufzustehen. Eine Schmerzwelle riß sie um; sie fiel auf die Knie, sank keuchend zu Boden. Der Stoff ihres Gewandes klebte kalt und feucht an ihrer Haut. Sie wartete. Die nächste Schmerzwelle schien in ihrem Herzen zu beginnen, eine Flut flüssigen Feuers, die durch sie hindurchschoß und in ihrem Leib sich überschlug.

Sie schrie auf.

Danach lag sie eine Weile reglos, keuchend und versuchte, ihre Kräfte zu sammeln, um dem nächsten Ansturm standhalten zu können. Der Schmerz war grauenvoll.

»Hilfe«, flüsterte sie, aber sie meinte, sie hätte es geschrien.

Dieses Kind wird mich töten. Ich sterbe.

Sie merkte, wie sie fortglitt. Sie sah die Marmorfüße Julius Cäsars davonschweben, während sie in einen finsteren Schacht sank, wo nichts sie erwartete als glühender Schmerz.

Der Boden war kalt und hart, doch Selene wurde von einem schwarzen Feuer verschlungen. Minuten dehnten sich zu Stunden und diese zu Ta-

gen, die zur Ewigkeit wurden. Pindar war nur noch eine ferne Erinnerung.
Dann sah sie Füße auf sich zu eilen. Der göttliche Julius schien es sich anders überlegt zu haben, schien zurückzukehren, um ihr zu helfen. Aber es waren Pindars Füße. Sie sah sein Gesicht, als er sich über sie beugte und ihr, auf seine Kinderart babbelnd, erklärte, daß er Angst gehabt hatte, bis zur Insel zu laufen, um Marcella zu holen. Er wollte Selene nicht allein lassen. Weinend versuchte er, sie aufzurichten.
Selene war entsetzt; er war nur Minuten weg gewesen.
»Irgend etwas ist nicht in Ordnung«, flüsterte sie.
Er schob seine kräftigen Hände unter ihre Arme und zog sie hinter das Standbild zurück. Da erst wurde Selene mit Verwunderung bewußt, daß sie über den Boden gekrochen war. Wohin? fragte sie sich.
Sie sah, wie Pindar das Schloß der Steintruhe erbrach und den Deckel hob. Von einer neuen Schmerzwelle überflutet, dachte Selene seltsam losgelöst, das darf er nicht. Das ist Tempelschändung.
Dann fiel ihr ein, warum sie gekrochen war. Sie hatte versucht, aus dem Tempel hinauszukommen, weil das Heiligtum durch eine Geburt entweiht werden würde.
Wieso eigentlich? dachte sie, während sie unter dem Ansturm der nächsten Welle keuchte. Dies ist das Wunder des Lebens. Die Götter selber haben es erdacht.
Die Abstände zwischen den Wehen, in denen Selene atmen und denken konnte, wurden immer kürzer, bis sie unter einer Flutwelle des Schmerzes versank. Sie wurde selber zum Schmerz, denn er hatte sie verschlungen und trug sie nun fort zu einem dunklen Ort außerhalb von Zeit und Leben. Pindar tat irgend etwas – riß scharlachrote Gewänder und goldene Gürtel aus der Truhe.
»Darfst du nicht...«, murmelte sie.
Er schluchzte, er war halb besinnungslos vor Angst, doch er war entschlossen, bei ihr zu bleiben und ihr beizustehen. Ein Kissen für ihren Kopf, ein zweites unter ihr Becken. Selene blickte zur gewölbten Decke des Tempels hinauf und spürte warme Sommerluft auf ihren Beinen, als Pindar ihr Gewand hochschob.
Sie dachte an Ulrikas Geburt, versuchte sich zu erinnern, wie sie sich gefühlt hatte. Es war ganz anders gewesen. Sie hatte in einem großen, weichen Bett gelegen, Rani hatte ihr warmen Wein eingeflößt, der alte Priester des Zoroaster, der schon tausend Kinder in die Welt befördert hatte, hatte sie versorgt. Ulrika schien einfach aus ihrem Schoß ins Leben hinausgesprungen zu sein.

Ja, so ist Ulrika, dachte Selene, sich aus ihrem gemarterten Körper lösend. Wo immer sie jetzt auch sein mag, ob sie an der Seite ihres Vaters kämpft oder noch auf der Suche nach ihm ist, sie wird immer versuchen, das Leben zu umarmen.
Wieder verspürte sie Schmerz, anders diesmal, tiefer. Es war ein schneidender Schmerz, der sie erschreckte. Dann fühlte sie Pindars Hand auf ihrer Stirn, und die Berührung war wie unerwarteter Balsam.
Ich bin zu alt, dachte sie. Ulrika wurde vor neunzehn Jahren geboren, als ich noch jung war... Mein Körper hat sich verhärtet; er wehrt sich gegen die gewaltsame Öffnung. Ich sterbe...
»Ich behalte es«, flüsterte sie. »Ich behalte dieses Kind in mir und trage es immer bei mir.«
Sie schrie.
Tauben flatterten von den Dachbalken und schwirrten wie gejagt durch das Gewölbe, ehe sie sich wieder niederließen.
Selene schrie wieder.
Nein, so war es nicht richtig. Sie fühlte es, und Pindar sah es. Sie wehrte sich. Er wollte ihr sagen, das solle sie nicht tun. Er versuchte, sie zu beruhigen, sie zu entspannen. Er versuchte ungeschickt, ihr zu befehlen, Ruhe zu geben und alles von selber geschehen zu lassen; sagte ihr, daß ihr Kämpfen nur Schaden anrichtete.
Doch der Schmerz zwang sie, sich zu wehren und wurde dadurch nur schlimmer. Voll Angst und Entsetzen erkannte Selene, daß sie sich tatsächlich umbringen würde, aber sie konnte nicht dagegen an, der Schmerz, der rasende Schmerz...
Zärtliche Arme umfingen sie, liebevolle Worte drangen in ihr Ohr.
»Es ist gut«, sagte sie zu dem treuen Toren, der sie in den Armen hielt und an ihrer Schulter weinte.
Pindar wiegte sie wie ein Kind, und Selene fand, es wäre das Wunderbarste auf der Welt. Er weiß, was ich brauche, dachte sie. Er weiß es besser, als Marcella es gewußt hätte. Ich brauche jemanden, der mich hält, der meinen Schmerz teilt, ihn zerschneidet und von mir nimmt.
Und da sah sie plötzlich ihre Seelenflamme. Nur einmal zuvor hatte sich die Flamme von selber gezeigt, ohne beschworen worden zu sein, und nun war sie da, ganz unerwartet, und leuchtete so hell und strahlend wie ein Stern. Glücklich lief Selene ihr entgegen und umarmte sie, wie Pindar sie umarmte.
Erst da merkte sie, daß es nicht *ihre* Seelenflamme war. Es war eine andere, kühlere, süßere Flamme. Es war Pindars Flamme, und sie brannte hell und licht, während Selene sie festhielt.

Selene begann zu weinen, dann lachte sie und dann rief sie: »Hier ist es!« Eine letzte Schmerzwelle überschwemmte sie, und dann strömte alles flüssige Feuer aus ihr heraus.

66

Geister begleiteten sie. Selene spürte ihre Anwesenheit in der milden Herbstluft. Sie hatten sich versammelt, sie zu führen, ihr Glück zu teilen, während sie durch das Domus schritt, das leer stand an diesem Oktobernachmittag.

Die Arbeitsmannschaften waren vor einer Woche entlassen worden. Reinigungstrupps hatten das Haus von unten bis oben geputzt, um es zu strahlendem Glanz zu bringen. Im Domus roch es nach Pflanzenölen und Bienenwachs, nach frischem Talg und Kräutern; die Marmorböden schimmerten wie klares Wasser, die weißen Decken waren noch nicht geschwärzt von Lampenqualm. Das Domus Julia – neu und jung, für seine Aufgabe bereit.

Von Pindar gefolgt, der den drei Monate alten Julius trug, trat Selene in die große Rotunda, die den Mittelpunkt des Gebäudes bildete, und sah sich langsam um sich selbst drehend zur gewaltigen Kuppel hinauf. Auf ihrem Gesicht lag ein Ausdruck staunender Verwunderung, als sähe sie das Domus zum erstenmal. Weiter gingen sie durch die vielen Räume: die Krankenzimmer mit den neuen Betten, die Vorratskammern, die Turnhalle und die Bibliothek, Andreas' Unterrichtsräume. In ihrer Vorstellung sah Selene die Patienten, die Pflegerinnen, die Ärzte und Lehrer, spürte die Kraft und das Leben, die bald diese noch leeren Räume füllen würden. Sie sah das Domus so, wie sie es seit den Tagen in Persien, seit ihrer Begegnung mit Dr. Chandra und dem Pavillon in ihren Träumen gesehen hatte.

Damals hatte der Bau des Domus Julia begonnen, während der abendlichen Gespräche mit Rani. Sie schritt jetzt an Selenes Seite, diese kluge, liebenswerte Freundin, ein freundlicher Geist der Vergangenheit, der gekommen war, Selene zu beglückwünschen.

Die Patienten müssen immer wach und munter gehalten werden, hatte Rani viele Male behauptet.

Kranke müssen schlafen, hatte Selene widersprochen.

Es war einer der wenigen Punkte gewesen, über den sie sich niemals hatten einigen können; doch Selene hatte ihre Auffassung durchgesetzt. Über dem Eingang zum Domus stand geschrieben: Der Schlaf ist das

Heilmittel des Schmerzes. Eine Mahnung an Personal und Besucher, das Ruhebedürfnis der Kranken zu achten.
Selene zweifelte nicht, daß die Besucher in Scharen in das Domus Julia strömen würden. Seit Monaten ergingen sich die Römer in neugierigen Mutmaßungen über das Gebäude, das am Nordende der Insel entstanden war. Eine Zuflucht für die Kranken und Leidenden? Kein Tempel, wo man dem Priester einen Obolus bezahlte, um die Nacht dort verbringen zu dürfen, sondern ein Haus, wo man versorgt wurde wie im eigenen Heim. Die Römer hatten von so einer Einrichtung nie gehört, konnten sich überhaupt nichts darunter vorstellen. Die provisorischen kleinen Pflegeräume auf der Insel, wo man sich um Kranke und Verletzte gekümmert hatte, solange das Domus im Bau gewesen war, waren mit diesem ›Krankenhaus‹ nicht zu vergleichen.
Morgen, bei der Eröffnungsfeier, würde es den Bürgern Roms gestattet sein, alle Räume und Säle des Domus Julia zu besichtigen und die Geheimnisse zu entdecken, die dieser stattliche Kuppelbau barg.
In der Bibliothek blieb Selene einen Moment stehen. Borde voller Schriftrollen und Codex Bücher zogen sich vom Boden bis zur Decke an den Wänden entlang. Hier waren alte Rezepturen und Zauberformeln aus Ägypten, eine medizinische Abhandlung aus dem fernen China, ein Kompendium über die Volksheilkunde der Britannier und – Krönung des Ganzen – Andreas' großartige Encyclopädie, fünfzig Bände, die gerade zur rechten Zeit für die Einweihungsfeier fertig geworden waren. Das Werk hatte Andreas harte Arbeit gekostet; es enthielt den gesamten Wissensschatz der römischen und der griechischen Medizin, von der Kräuterheilkunde bis zur Chirurgie und Anatomie. In einigen Tagen, nach der Einweihung, würde Andreas das Werk kopieren lassen, so daß auch Ärzte und Studenten der Medizin in anderen Städten der Welt daraus Nutzen ziehen konnten.
Hinter sich hörte Selene ein leises Weinen. Sie drehte sich. Pindar wiegte den quengelnden kleinen Julius in Schlaf. Seit dem erschreckenden Zwischenfall mit Marcella einige Tage nach der Geburt des Kindes – Julius war plötzlich erkrankt, sein winziges Gesichtchen hatte sich bläulich verfärbt – ließ Pindar den Kleinen nicht mehr aus den Augen. Marcella hatte man am nächsten Tag tot in ihrem Bad gefunden, die Pulsadern aufgeschnitten. In einem hinterlassenen Brief hatte sie um Vergebung gebeten.
Beruhten die Gerüchte auf Wahrheit? War Agrippina wirklich außer sich vor Zorn über die Geburt von Selenes Sohn? Hatte sie tatsächlich gesagt, sie sei der Meinung, die Geburt im Heiligtum des göttlichen Julius sei

eine schlaue Inszenierung gewesen? Gewiß, sie war ein gutes Omen gewesen. Die Priester hatten sogar darüber hinweggesehen, daß das alte Tabu verletzt worden war, und hatten erklärt, die Geburt des Kindes im Tempel des göttlichen Julius wäre ein gutes Zeichen.

Sie wäre dort, zu Füßen des Standbilds ihres Großvaters, vielleicht gestorben, wäre Pindar nicht gewesen.

Die Gefühle, die sie Pindar seit jenem Tag entgegenbrachte, konnte sie sich kaum selber erklären. Eine tiefe Verbindung bestand zwischen ihnen, die sie nicht benennen konnte. Pindar hatte ihrem Kind in die Welt geholfen, er hatte sie in ihrem Schmerz getröstet und gehalten. Dafür fühlte sie sich ihm herzlich zugeneigt, wie man sich einem guten Freund oder Verwandten zugeneigt fühlt. Aber das war nicht alles; es war noch etwas Tieferes da, ein inniges Gefühl der Zugehörigkeit, das dennoch diffus und unscharf blieb.

Selene schüttelte den Kopf. So vieles ging ihr heute durch den Sinn! Sie war so aufgeregt wie eine junge Braut, so erwartungsvoll wie damals, an ihrem sechzehnten Geburtstag. Sie fühlte Meras Geist an ihrer Seite, sie spürte ihr Staunen und ihre Verwunderung über dieses Haus, wo so viele Menschen zugleich behandelt und gepflegt werden konnten. Beifällige Bewunderung strahlte von Meras Geist aus, aber auch eine Spur Skepsis, als wollte sie sagen: Kann das wirklich gutgehen?

Nur Wulfs Geist konnte Selene nicht wahrnehmen. Hieß das, daß er noch am Leben war? War er vielleicht tatsächlich der Rebellenführer in den germanischen Wäldern? Hat Ulrika ihn gefunden? Waren sie endlich vereint und kämpften Seite an Seite?

Selene schlang beide Arme um ihren Körper und atmete tief. Morgen würde ihr Leben einen neuen Anfang nehmen. Ihre lange Irrfahrt war zu Ende; ein Abschnitt ihres Lebens war abgeschlossen und ein neuer begann. Morgen –

»Selene!«

Sie drehte sich um.

Andreas eilte atemlos in die Bibliothek. »Paulina!« stieß er hervor. »Sie ist gefangengesetzt worden.«

Sie ließen Pindar mit dem Kind auf der Insel zurück und eilten zum Gefängnis auf dem Kapitol. Dort hörten sie auf ihre Erkundigungen mit Entsetzen, daß man Paulina in die Verliese unter dem Circus Maximus gebracht hatte.

»Große Götter, warum denn?« fragte Andreas.

Der Beamte zuckte die Achseln. »Sie wird des Verrats beschuldigt.«

»Des Verrats?«
»Aber warum hat man sie in den Circus Maximus gebracht?« fragte Selene.
Der Mann ging einen Stapel Wachstäfelchen durch, auf denen die angesetzten Hinrichtungen verzeichnet waren. »Sie wurde verurteilt, mit den Juden zu sterben.«
Es gab eine jüdische Sekte, deren Mitglieder sich Nazarener nannten und die sich weigerten, den Kaiser als Gott zu verehren. Schon waren die ersten dieser Hochverräter in der Arena von wilden Hunden und Bären zerfleischt worden – zum abschreckenden Beispiel für ihre Gesinnungsgenossen. Am folgenden Tag sollte ein Spektakel stattfinden, von dem man wußte, daß Claudius es besonders schätzte – die Verräter sollten in der Arena an Kreuzen aufgehängt, mit Pech übergossen und bei lebendigem Leib verbrannt werden.
»Aber Paulina Valeria hat ja noch gar keine Gerichtsverhandlung gehabt«, protestierte Andreas.
Der Gefängniswärter warf ihm nur einen verächtlichen Blick zu.
»Aber warum soll sie hingerichtet werden?« fragte Selene, blaß bis in die Lippen. »Paulina gehört nicht zu dieser Sekte. Das weiß Claudius.«
»Der Befehl kam nicht vom Kaiser«, versetzte der Mann. »Sie ist auf Anordnung der Kaiserin verhaftet worden.«
»Andreas, ich verstehe das nicht«, sagte Selene, als sie wieder auf der geschäftigen Straße standen. »Warum läßt Agrippina Paulina unter Beschuldigungen verhaften, von denen sie wissen muß, daß sie falsch sind?«
Andreas blickte mit zusammengekniffenen Augen in die untergehende Sonne. »Geh du zu Paulina. Sag ihr, wir werden dafür sorgen, daß sie augenblicklich wieder freigelassen wird.«
»Und wohin gehst du?«
»Zu Claudius. Ich habe den Verdacht, daß er von der Geschichte keine Ahnung hat. Er wird einen Freilassungsbefehl für sie ausstellen.«
Selene eilte zum Circus Maximus. Dort mußte sie sich mit mehreren Beamten und Wächtern auseinandersetzen, ehe ihr gestattet wurde, Paulina aufzusuchen.
Die Freundin war allein in einer Zelle. Sie trat zum Gitterfenster in der schweren Tür, als sie Selene erblickte.
»Paulina«, sagte Selene, die Gitterstäbe umfassend. »Wir haben es gerade erst gehört. Andreas ist jetzt beim Kaiser.«
Paulinas Gesicht war bleich, doch selbst in dieser verzweifelten Lage hatte sie die Würde und die Haltung, die von einer adligen Römerin ge-

fordert wurden, nicht verloren. Sie wirkte ruhig und gefaßt neben den schreienden und schimpfenden Gefangenen rundherum.
»Es ging so schnell«, sagte sie, und ihre Stimme zitterte leise. »Plötzlich waren die Prätorianer im Haus, präsentierten mir den Haftbefehl und führten mich ab. Ich konnte gerade noch einen Sklaven bitten, euch Bescheid zu geben.«
Selene blickte in Paulinas schöne topasfarbene Augen und sah die Furcht in ihnen.
»Aber warum hat man dich verhaftet?« fragte sie. »Wer beschuldigt dich?«
»Das weiß ich nicht. Man führte mich zur Kaiserin, und sie legte mir einige Schriftrollen vor, Erklärungen von Leuten, die bezeugten, daß ich mich des Verrats schuldig gemacht hätte, sagte sie.«
»Fälschungen!«
Paulina preßte die Lippen zusammen. »Agrippina hat zweifellos meine Freunde mit Bestechung oder Drohungen genötigt, Meineide zu schwören. Man gesteht mir nicht einmal eine Gerichtsverhandlung zu. Ich soll morgen – sterben. In der Arena.«
Selene starrte die Freundin ungläubig an. Sie kam sich vor wie in einem bösen Traum gefangen. Gleich würde sie im hellen, klaren Sonnenlicht erwachen. Und die Geräusche, die sie von allen Seiten hörte – das Schluchzen, das verzweifelte Flehen hinter den Türen der anderen Zellen –, existierten auch nur in diesem Alptraum.
»Aber hat sie dir nicht gesagt, *warum*, Paulina? Sie muß doch etwas von dir gewollt haben, wenn sie dich extra zu sich bringen ließ. Was hat sie gesagt?«
Paulinas Lippen bebten. Sie mußte die Stimme senken, um sie besser beherrschen zu können. »Sie stellte nur eine Forderung.«
»Und?«
»Ich solle dich überreden, deine Behauptung, eine Nachkommin Julius Cäsars zu sein, zurückzunehmen.«
Hoch in der Mauer von Paulinas Zelle war ein einziges kleines Fenster, durch das jetzt die glühenden Farben des zur Neige gehenden Tages zu sehen waren. Ein sonderbarer Geruch wehte durch die Öffnung herein, nach schwelendem Holz und heißem Stein, und aus der Ferne waren die Stimmen von Menschen zu hören, die ›Feuer‹ riefen.
Selene starrte auf den Streifen kupferfarbenen Sonnenlichts, der auf dem Steinboden lag und langsam schmäler wurde. Sie atmete den schwachen Brandgeruch und lauschte den fernen Rufen der *cohortes vigilum*, der römischen Feuerwehr; sie sah sie vor sich mit ihren Eimern und Leder-

schläuchen und primitiven Handpumpen. Sie hatte sie oft bei der Arbeit gesehen, tapfere Freiwillige, die die Flammen so erbittert bekämpften wie eine einfallende Armee. Plötzlich ausbrechende Brände waren, besonders im Sommer, eine gefährliche Bedrohung für die Stadt.
»Ich verstehe«, sagte Selene schließlich. In diesem kurzen Augenblick hatte sie wirklich verstanden. Paulinas Worte hatten alles erklärt: den bösen Zauber im Domus, Julius' unerklärliche Erkrankung, als sie ihn Marcella überlassen hatte, Marcellas Selbstmord. Hinter allem stand die Kaiserin. Sie bildete sich ein, Selene hätte die Absicht, ihr und ihrem Sohn den Thron streitig zu machen.
Mich selber wagt sie nicht anzurühren, dachte Selene. Aber sie kann mich durch meine Familie und meine Freunde treffen.
»Und wie soll ich das bewerkstelligen?« fragte Selene.
»Du sollst vor aller Öffentlichkeit erklären«, antwortete Paulina leise, »daß du gelogen hast. Daß du in Wirklichkeit nicht mit Julius Cäsar verwandt bist. Und du sollst vor aller Öffentlichkeit den Ring an Agrippina übergeben.«
»Und dafür ist sie bereit, dich freizulassen?«
Paulina schwieg.
»Dann muß ich es tun, Paulina. Meinetwegen droht dir ein grausamer Tod. Ich bin dafür verantwortlich. Es ist meine Pflicht, dich hier herauszuholen!«
Paulina kam ganz dicht an das Gitter und sagte: »Das ist nicht alles.«
»Was verlangt sie denn noch?«
»Du sollst vor aller Öffentlichkeit erklären, daß deine Heilkunst Zauberei ist.«
Selene war sprachlos.
»Und du sollst das Domus zum bösen Ort erklären.«
Selene war entsetzt. Wie war es so weit gekommen? Sie sollte ihre Berufung verleugnen, dem Traum entsagen, den sie mit Andreas teilte?
Sie sah wieder zu dem kleinen Fenster hinauf. Der letzte Sonnenstrahl war verglüht. Die Nacht senkte sich über Rom; Rauchschwaden zogen durch die Luft, die immer dicker wurden. Die Stimmen der Gefangenen in den anderen Zellen wurden lauter und drängender; die Leute verlangten, hinausgelassen zu werden. Auch sie rochen den Rauch und hatten Angst.
»Dazu wird es nicht kommen«, sagte Selene. »Andreas ist zu Claudius gegangen...«
»Selene«, drängte Paulina. »Du mußt Rom verlassen. Agrippinas Macht wird täglich größer. Der Tag wird kommen, wo das Volk dich nicht mehr

retten kann. Ich kenne diese Frau. Sie wird den Pöbel gegen dich aufhetzen. Die Leute sind wankelmütig, Selene. Heute bist du ihr Idol, morgen reißen sie dich vom Sockel. Geh fort aus Rom, Selene. Nimm dein Kind und geh weit fort von hier.«
Selene schüttelte den Kopf. »Aber – das Domus! Es ist mein Lebenswerk, Paulina. Ich kann es nicht einfach im Stich lassen.«
»Glaubst du denn, Agrippina wird es bestehen lassen? Sie wird Mittel und Wege finden, es zu zerstören, und dich und die deinen mit ihm.«
»Aber wenn ich meine Abstammung verleugne!« rief Selene. »Das muß doch genug sein. Wenn ich ihr beweise, daß ich nicht die Absicht habe, ihrem Sohn den Zugang zur Herrschaft streitig zu machen, dann muß Agrippina uns doch in Frieden lassen!«
Nein, das würde sie nicht tun – Selene erkannte es, noch während sie sprach. Wenn sie – Selene – einmal auf ihre Ansprüche verzichtet hatte, dann gab es für sie und ihren Sohn keinen Schutz mehr. Durch ihr eigenes Handeln würde sie den Pöbel gegen sich wenden und damit Agrippina genau in die Hände spielen.
Paulina streckte einen Arm zwischen den Gitterstangen hindurch und ergriff Selenes Hand.
»Geh«, flüsterte sie eindringlich. »Noch heute abend. Jetzt gleich. Fliehe mit Andreas und deinem Kind an einen fernen Ort, wo ihr sicher seid.«
»Ich lasse dich nicht im Stich, Paulina.«
»Und nimm meinen Sohn mit, Selene. Nimm Valerius mit dir. Wenn ich tot bin, ist er gefährdet. Nimm ihn als deinen Sohn an.«
Die Gefangenen fingen jetzt an, gegen die Türen zu trommeln, und verlangten schreiend, hinausgelassen zu werden. In dem kleinen Fenster glühte ein neues Licht, so rot wie ein zweiter Sonnenuntergang. Der Rauchgeruch wurde beißender.
Ein Wärter kam durch die eiserne Tür und herrschte die Gefangenen an. »Das Feuer ist weit weg!« brüllte er. »Ihr verbrennt schon nicht. Gebt Ruhe jetzt!«
Er ließ die Tür halb offen, als er hinausging, und Selene hörte im allgemeinen Getöse plötzlich Andreas' Stimme. Er stritt sich mit einem Wärter. Sie lief zur Tür, um zu sehen, was los war. Der Wärter blickte stirnrunzelnd auf ein Blatt Pergament. Andreas sagte: »Du kennst das Siegel des Kaisers. Da ist es. Setze Paulina Valeria augenblicklich auf freien Fuß, sonst mußt du die Konsequenzen tragen.«
Während der Wächter sich unschlüssig am Kopf kratzte – die Gefangene war auf Befehl *Agrippinas* hier –, warf Andreas Selene einen warnenden Blick zu. Sie blieb hinter der Tür.

Schließlich gab der Mann klein bei. »Also gut«, sagte er. »Eigentlich müßte der Befehl ja von der Kaiserin kommen, aber...«
Er sperrte Paulinas Zelle auf. Schnell, aber doch nicht so schnell, daß sie aufgefallen wären, gingen die drei hinaus. Als sie draußen in der rauchgeschwängerten Nacht standen, sagte Andreas: »Wir müssen Rom sofort verlassen. Claudius ist tot.«
»Was?«
»Er war beim Abendessen, als ich ihn wegen Paulina aufsuchte. Er war betrunken und bestand darauf, daß ich mich zu ihm setze. Agrippina drängte ihm eine zweite Portion Pilze auf, die sein Vorkoster nicht probiert hatte. Daran ist er gestorben. Agrippina behauptet, *ich* hätte ihn vergiftet. Sie hat meine Verhaftung befohlen.«
»Nein!« rief Selene.
»Es gelang mir, unbemerkt aus dem Palast zu entkommen, aber Agrippina hat jetzt unumschränkte Macht. Sie wird die Herrschaft übernehmen, bis Nero erwachsen ist. Wir müssen noch heute abend aus Rom fort.«
»Mein Sohn –« sagte Paulina.
»Ich habe schon mit einem Schiffskapitän gesprochen, der noch heute abend ausläuft. Das ist unsere einzige Hoffnung. Die Straßen, die aus der Stadt hinausführen, werden zweifellos alle überwacht. Das Schiff fährt in einer Stunde.«
»Andreas«, sagte Selene, »geh du mit Paulina. Holt Valerius ab. Und nimm Geld mit, Andreas. Wir werden Geld brauchen. Ich laufe inzwischen zur Insel und hole Julius. Wir müssen ein paar Sachen mitnehmen – Proviant, Medikamente. Ich muß Herodas Anweisungen geben, wie es mit dem Domus weitergehen soll. Ich treffe euch am Hafen.«
Sie trennten sich auf der dunklen Straße; Andreas und Paulina eilten in Richtung zum Esquilin, Selene machte sich auf den Weg zur Insel.
Doch als sie das Flußufer erreichte, blieb sie wie gebannt stehen.
Das Domus brannte.
Die Feuerwehr war da, aber sie konnte gegen die Flammen nichts ausrichten. Das Domus war zu groß, die Insel zu beengt. An den Ufern sammelten sich die Menschen und schauten neugierig zu den Flammen hinüber, die hoch in den Nachthimmel loderten. »... stand nie unter einem guten Stern«, hörte Selene jemanden sagen. »Weißt du noch, im April? Ich hab mir gleich gedacht, daß das nichts werden kann. Wer hat denn so was schon gehört? Ein Haus für die Kranken!«
Nein, nein, nein, schrie es in ihr, während sie über die Steinbrücke rannte.

Die glühende Hitze des Feuers reichte bis zu diesem Ende der Insel und trieb Patienten und Priester aus dem Tempel. Viele sprangen in den Fluß, andere flohen über die Brücke, verstopften den schmalen Übergang, trampelten in blinder Panik über die hinweg, die stürzten. Das Feuer wütete auf der Insel wie ein zorniger Löwe, der fauchend seinen heißen Atem zum Himmel stieß.
Selene wurde von der flüchtenden Menge zurückgedrängt. Zweimal stürzte sie und raffte sich hastig wieder hoch. Das brennende Domus erleuchtete den Himmel mit roter Glut, Asche und glimmende Funken regneten auf die Stadt.
Die heiße Luft benahm Selene den Atem. Sie tauchte ihre Palla in einen Brunnen und hängte sie sich tropfnaß über den Kopf. Das feuchte Tuch auf den Mund gedrückt, drängte sie sich weiter zum Domus.
Wo waren Pindar und das Kind?
Rufus fand sie zuerst. Er lag unter einem herabgestürzten Steinquader. Sein Kopf blutete aus einer tiefen Wunde, doch seine Augen waren geöffnet. Golden spiegelten sich die Flammen in ihnen. Als sie neben ihm niederkniete, holte der alte Soldat noch einmal zitternd Luft und flüsterte: »Kümmere dich um den Jungen. Pindar hat jetzt nur noch dich.« Dann starb er.
Auch andere lagen gefangen unter Trümmern. Ein Mann raste einer lebenden Fackel gleich zum Fluß und stürzte sich hinein. Das Tor des Domus glich einem feuerspeienden Schlund. Sie dachte an all die Dinge, die sich im Inneren des Baus befanden – die Bücher, die Medikamente und Instrumente.
Andreas' Encyclopädie.
Ihr Medizinkasten.
Sie mußte zurückweichen. Überall in dem brennenden Gebäude kam es jetzt durch die im Mauerwerk vorhandenen Gase, die sich in der Hitze ausdehnten, zu Explosionen. Selbst die Feuerwehrleute verließen jetzt die Insel. Und die Menschenmenge an den Ufern wuchs. Die Gaffer schrien und brüllten, Weinkrüge gingen von Hand zu Hand. Sie schienen das Schauspiel gründlich zu genießen.
Selene rannte zum rückwärtigen Teil des Domus, wo die Feuersbrunst nicht so heftig wütete.
»Pindar!« rief sie laut.
Die Fenster glühten wie Dämonenaugen; Qualmwolken wälzten sich aus den Türen.
»Pindar! Wo bist du?«
Ein glühender Funke fiel auf ihr Gewand. Der Saum fing Feuer. Sie trat

es aus. Von oben fielen Asche und Schutt auf sie herab, und sie hob schützend einen Arm über den Kopf.
Das Kind! Wo war das Kind?
»Pindar!« schrie sie in Verzweiflung, aber ihre Stimme ging im Tosen der Flammen unter.
Ein Mann, einer der heiligen Brüder, faßte sie beim Arm und versuchte, sie wegzuziehen.
»Hast du Pindar und das Kind gesehen?« rief Selene schluchzend.
»Sie waren drinnen, als das Feuer ausbrach, Julia Selena. Sie sind nicht herausgekommen. Komm jetzt fort von hier!«
»Pindar! Julius!«
Sie wehrte sich gegen den Bruder, bis er sie losließ und floh, die Arme zum Schutz gegen die fallenden Steine erhoben.
Selene rannte um das ganze Domus herum und suchte verzweifelt nach einem Zugang, aber überall stießen die Flammen sie zurück.
»Pindar«, schluchzte sie hilflos und rannte jetzt zurück zum Hauptportal, wo gelbe Flammen an den stattlichen Säulen leckten. Die Hitze war wie eine unüberwindliche Mauer. Über dem Eingangstor knallte es. Das steinerne Gesims mit der Aufschrift ›Schlaf ist das beste Heilmittel des Schmerzes‹ zerbarst, und es hagelte Marmorbrocken.
Selene schaute hinauf. Sie warf die Arme hoch, aber das konnte sie nicht retten. Ein faustgroßer Brocken traf ihren Kopf. Sie stürzte bewußtlos zu Boden.

Während Andreas und Paulina durch die Straßen liefen, die sich zum Esquilin hinaufwanden, schauten sie immer wieder zurück, um zu sehen, wo es brannte. Aber immer wieder war ihnen die Sicht versperrt, von einem Haus, einer Mauer, einer Gruppe Zypressen. Im August waren Brände in der Stadt beinahe eine Alltäglichkeit; kaum ein Tag verging, ohne daß Rauchschwaden durch die heiße Sommerluft zogen und ein feiner Ascheregen auf Häuser und Gärten niederging. Erst als sie den Gipfel des Hügels erreichten, wo ihre Häuser standen, sahen sie es.
»Die Insel!« rief Paulina entsetzt.
»Selene ist da unten.« Andreas wandte sich Paulina zu. »Hör zu. Das Schiff ist die *Bellerophon*, der Kapitän heißt Naso. Hol Valerius und geh mit ihm sofort zum Schiff.«
»Aber –«
»Schnell, Paulina. Hast du einen Sklaven, auf den du dich verlassen kannst?«
»Ja –«

»Nimm alle Wertgegenstände mit, die du tragen kannst – Schmuck und Geld. Und beeile dich.«
»Nein, ich gehe mit dir, Andreas!«
»Nein! Ich laufe hinunter und hole Selene und das Kind. Wir treffen dich auf dem Schiff. Mach schnell, Paulina. Naso will mit der Ebbe auslaufen.«
»Aber er wird doch auf dich warten!« rief sie.
»Ich habe ihm gesagt, das soll er nicht tun. Wenn du mit Valerius an Bord bist, wird die Gefahr für ihn so groß, wie sie für uns ist. Wenn Selene und ich nicht rechtzeitig kommen, müßt ihr segeln, Paulina. Irgendwie werden wir schon aus der Stadt herauskommen. Geh jetzt!«
Ohne ein weiteres Wort drehte sich Andreas um und rannte den Weg zurück, den sie soeben heraufgekommen waren. Als er die Garde der Kaiserin um eine Straßenecke kommen sah, drückte er sich in eine Tornische. Er spähte die Straße hinauf und hinunter. Vor ihm war der Himmel glühend rot. Der Rauch des Feuers zog zu den Hügeln hinauf. Seine Augen brannten, und Tränen verschleierten seinen Blick.
Als Andreas zwei der Wachen vor Paulinas Tor anhalten sah, huschte er aus der Nische und schlich sich an der Mauer entlang bis zu einer schmalen Gasse, die zwischen zwei Villen hindurch zur Parallelstraße führte. Er rannte durch die Gasse, fand eine Stelle, wo tiefhängende Zweige sich über die Mauer neigten, zog sich hoch und sprang von der Mauer auf die andere Seite.
Er landete im Garten hinter Paulinas Villa, nicht weit von den Sklavenquartieren. Von der anderen Seite des Hauses konnte er das Getöse der Soldaten hören, die versuchten, das Tor einzuschlagen.
Paulina kam ihm entgegengelaufen, den schläfrigen Valerius auf den Armen. Andreas nahm ihr den Jungen ab und zog sie eilig unter die Bäume an der Gartenmauer.
»Meine Sklaven!« sagte Paulina. »Agrippina wird sie alle töten lassen.«
»Klettere hinauf«, befahl Andreas Valerius und half ihm auf den Baum. »Wenn du oben bist, steigst du auf die Mauer und springst drüben hinunter. Dann wartest du und hilfst deiner Mutter herunter. Du bist jetzt ein Mann, Valerius. Du mußt dich um sie kümmern.«
Der kleine Junge war plötzlich hellwach und kletterte gewandt wie ein Äffchen den Baum hinauf. Nachdem Andreas auch Paulina hinaufgeholfen hatte und sah, daß sie zurechtkam, rief er: »Vergiß nicht. Das Schiff heißt *Bellerophon*. Und macht schnell!« Dann drehte er sich um und lief zum Sklavenhaus.

»Los!« rief er den Leuten zu, die sich ängstlich zusammendrängten. »Lauft! Flieht!«
Sie rührten sich nicht.
»Lauft fort!« rief er wieder.
Sie starrten ihn an wie verängstigte Tiere.
Als er das Splittern und Krachen des Tores vernahm und gleich darauf polternde Schritte und laute Rufe, machte er kehrt und rannte zur Mauer zurück. Er zog sich den Baum hinauf, und als er in die Gasse hinuntersprang, hörte er drüben die Soldaten in den Garten stürmen.

Das Gras rings um sie stand in Flammen, als Selene wieder zu Bewußtsein kam. Sie hustete krampfhaft. Ihre Augen tränten. Sie wollte ihr Gesicht zudecken, aber ihre Palla hatte es fortgeweht. Schwankend stand sie auf und sah sich benommen um.
»Hilfe!« rief sie.
Dann schaute sie auf. Die Venusstatue hoch über dem Portal drohte herabzustürzen.
»Hilfe!« schrie Selene.
Andreas hörte sie, als er über die Brücke kam. Er sah sie in dem Flammenring stehen und sah auch, direkt über ihr, das Standbild, das jeden Moment bersten würde.
»Hilfe!« schrie Selene wieder.
Andreas sah eine Toga, die sich an einem Busch verfangen hatte, von einem Flüchtenden zurückgelassen. Er packte sie, tauchte sie in einen Weiher und rannte mit dem nassen Tuch auf Selene zu. Er warf sich die Toga über den Kopf und stürzte sich in das Flammenmeer, packte Selene beim Arm, warf ihr das andere Ende des nassen Kleidungsstücks über den Kopf und die Schultern und riß sie mit sich.
Im selben Moment stürzte krachend das Standbild der Venus herunter.
An der Brücke riß Selene Andreas zurück. »Julius!« rief sie laut weinend. »Wir müssen Julius finden.«
Andreas sah sich um. Alle Gebäude standen in Flammen. Die Insel war verloren.
»Es hat keinen Sinn, Selene«, rief er. »Wir müssen uns selber retten.«
Er faßte ihre Hand fester und zog sie hinter sich her auf die Brücke und ans Ufer hinüber.

Sie liefen durch dunkle, rauchverhangene Straßen. Zu ihrer Linken erhoben sich in Qualmschleier gehüllt die gewaltigen Mauern des Circus Maximus, dessen Torbögen und Säulen im Feuerschein erglühten. An-

dreas hielt Selene, die mehrmals gestürzt war, fest um die Mitte, um sie zu stützen. Er wußte, daß die Soldaten, nachdem sie sein Haus leer vorgefunden hatten, nun auf der Insel und in der Stadt nach ihnen fahnden würden. Er konnte nur hoffen, daß sich ihre Suche zuerst auf die Ausfallstraßen konzentrieren würde.
Sie gelangten zu einem kleinen Park, in dessen Mitte ein weißer Rundtempel stand – das Heiligtum des göttlichen Julius. Im Vorübereilen hörten sie das Bellen eines Hundes und drehten sich um.
Fido, Pindars Hund, sprang aus dem Park. Und ihm folgte Pindar mit dem Kind im Arm.
»Pindar!« rief Selene und rannte zu ihm. Schluchzend vor Erleichterung nahm sie Julius in die Arme und drückte ihn an sich, während Pindar erzählte, daß der Hund den Rauch des Feuers vor allen anderen gewittert und Alarm geschlagen hatte.
Und über Pindars Schulter hing der Medizinkasten. Mit ihrem freien Arm umschlang Selene Pindars Hals und küßte seine tränennassen Wangen.
»Kommt«, sagte Andreas. »Wir müssen uns beeilen.«
Der Hafen war beinahe menschenleer, da alle flußaufwärts geeilt waren, um den großen Brand zu sehen. Die *Bellerophon* war zu Andreas' Erleichterung noch da. Während sie in aller Eile an Bord gingen, brummte Naso unwirsch, er sei zu alt, um sich von einer verrückten Kaiserin in die Flucht schlagen zu lassen. Dann gab er Befehl, die Anker zu lichten.
Selene und Paulina fielen sich in die Arme. Fido sprang über das Deck zu Valerius und leckte ihm freudig das Gesicht. Andreas stand an der Reling und blickte zum Hafen zurück, der sich langsam entfernte.

Stunden später, kurz vor Sonnenaufgang, gelangten sie endlich aufs offene Meer. Das Schiff, das Wein nach Mauretanien an der fernen nordafrikanischen Küste trug, war eines der letzten, die vor Wintereinbruch noch das Mittelmeer überquerten. Naso versicherte seinen Passagieren, daß sie jetzt, im Reich Poseidons, in Sicherheit wären.
Während die anderen am Heck standen und zum rötlich leuchtenden Himmel über Rom zurückblickten, stand Selene ganz vorn am Bug, den Blick voraus gerichtet. Sie hielt Julius in den Armen, und die Kette, die um ihren Hals lag, streifte seinen kleinen Körper; die Kette, an der der goldene Ring ihres Großvaters hing und die Elfenbeinrose mit der Haarlocke Cäsarions und dem kleinen Fetzchen Leinen von der Geburtsdecke des Zwillingsbruders, den Selene, wie sie meinte, nie gefunden hatte.
Nach einer Weile kam Andreas zu ihr und dann auch Pindar. Valerius lag,

den Kopf auf Fidos weichem Fell und schlief. Paulina trat zu ihm und strich ihm über das Haar, dann gesellte auch sie sich zu der kleinen Gruppe am Bug.
Erschöpft und erschüttert von den Ereignissen der Nacht starrten sie stumm in die schwarze Weite der Nacht und des Meeres. Sie hörten das Knarren der Schiffswände und das Rauschen des Wassers und dachten an all das, was sie hatten zurücklassen müssen.
Paulina begann lautlos zu weinen, und Pindar legte ihr scheu den Arm um die Schultern. Andreas suchte Selenes Hand. Das Bild des brennenden Domus würde sie immer begleiten.
Hinter ihnen färbte sich der Himmel, schon fiel das erste Licht des neuen Tages auf das Wasser.
»Wir dürfen den Mut nicht sinken lassen«, sagte Selene. »Wir müssen dankbar sein, daß wir mit dem Leben davongekommen und daß wir zusammen sind. Wir werden an einen Ort reisen, wo Agrippina uns nicht finden kann. Wir werden uns ein neues Zuhause schaffen und einen neuen Anfang machen.« Ihre Stimme wurde brüchig. »Wir werden einen Ort finden, wo unsere Kinder in Frieden und ohne Furcht aufwachsen können.«
Sie holte tief Atem. »Wir bauen ein neues Haus zur Heilung und Pflege der Kranken, das alle Prüfungen der Zeit überdauern wird. Denn dazu sind wir bestimmt.«
An Andreas gelehnt blickte sie in die Ferne und erkannte, daß dies nur einer von vielen Neuanfängen war, die ihr bisheriges Leben bestimmt hatten. Ich war Fortuna von Magna, dachte sie, Glücksbringerin; ich war Umma, die Mutter, Peregrina, die Fremde; Kleopatra Selene, Nachkommin einer Königin: und Julia Selena, Tochter der Götter. Aber am Ende bin ich die, die ich von Anfang an war – Selene, die Heilerin.
So sehr der Untergang des Domus sie schmerzte, sie wußte, daß ihr Traum nicht mit ihm untergegangen war. Sie hatte das Ende ihrer langen Irrfahrt erreicht und gefunden, was sie gesucht hatte: ihre Wurzeln und ihre Bestimmung.
Umgeben von den Menschen, die sie liebte, stand sie an Deck und sah, wie mit dem Heraufziehen des neuen Tages die Venus langsam verblaßte.

Bemerkung der Autorin

Die Antike kannte das Wort ›Krankenhaus‹ nicht. Die erste derartige Einrichtung wurde im Jahr 394 in Rom von der christlichen Wohltäterin Fabiola gegründet. Heute steht auf der Tiberinsel, auf dem Fundament des alten Äskulaptempels, ein modernes Krankenhaus, das von einem religiösen Männerorden betrieben wird.
Kaiser Claudius erließ in der Tat ein Gesetz, demzufolge Sklaven, die auf die Insel flohen oder dort ausgesetzt wurden, freigelassen werden mußten. Nach seiner Frau Agrippina, die später von ihrem Sohn Nero ermordet wurde, wurde das heutige Köln Colonia Agrippinensis genannt.
Es gibt mehrere Theorien zur Erklärung des Geburtenrückgangs in der römischen Oberschicht während der Kaiserzeit, der als eine der späteren Ursachen für den Untergang des Römischen Reiches angesehen wird. Moderne Historiker sind der Auffassung, daß die Mitglieder der römischen Oberschicht an Bleivergiftung gelitten haben könnten; sie nahmen das Blei aus dem Wasser auf, das in Bleirohren befördert wurde, aus Bechern und Kochgeschirr, die aus bleihaltigen Materialien hergestellt waren, aus bleihaltigen Kosmetika und aus dem Wein, der in Töpfen gekocht wurde, die mit Blei ausgekleidet waren. In der Unterschicht kannte man solchen Luxus nicht; man kochte in bleifreien Tongefäßen, und aus solchen Gefäßen wurde auch gegessen und getrunken.
Chronische Bleivergiftung verursacht bei Männern Sterilität, bei Frauen Fehlgeburten und Totgeburten.

Die in diesem Buch erwähnten Volksheilmittel sind alten Quellen entnommen; für ihre Wirkung gibt es uns heute einleuchtende Erklärungen:
Das Auflegen von grünen Blättern auf offene Wunden verhindert Wundbrand, da das in den Blättern enthaltene Chlorophyll den verursachenden Bakterien entgegenwirkt.
Die Anwendung von Schafwolle bei Hautkrankheiten ist ein sehr altes Verfahren; Schafwolle enthält Lanolin, das heute in den meisten Handcremes enthalten ist.
Grüner Schimmel ist ein jahrhundertealtes Vorbeugungsmittel gegen

Entzündungen; der Schimmel, wie man ihn auf Brot findet und wie er bei der Käseherstellung verwendet wird, enthält die Bakterie Penicillium. Der Trank der Hekate wird heute noch verwendet. Er wird aus Weidenrinde hergestellt, die Salicylsäure enthält, bekannter unter dem Namen Aspirin.